Os Miseráveis

Victor Hugo

TEXTO INTEGRAL

Volume II

Tradução:
Regina Célia de Oliveira

Série Ouro

Dados Internacionais de Catalogação na Publicação (CIP)
(Câmara Brasileira do Livro, SP, Brasil)

Hugo, Victor, 1802-1885.
Os miseráveis : texto integral / Victor Hugo ; tradução Regina Célia de Oliveira -- São Paulo : Martin Claret, 2007. -- (Coleção a obra-prima de cada autor. Série ouro)

Título original : Les misérables
Obra em 2 v.
ISBN 978-85-7232-723-7 (v. 1)
ISBN 978-85-7232-724-4 (v. 2)

1. Romance francês. I. Título. II. Série.

06-9480 CDD-843

Índices para catálogo sistemático:

1. Romances : Literatura francesa 843

COLEÇÃO A OBRA-PRIMA DE CADA AUTOR

Série Ouro

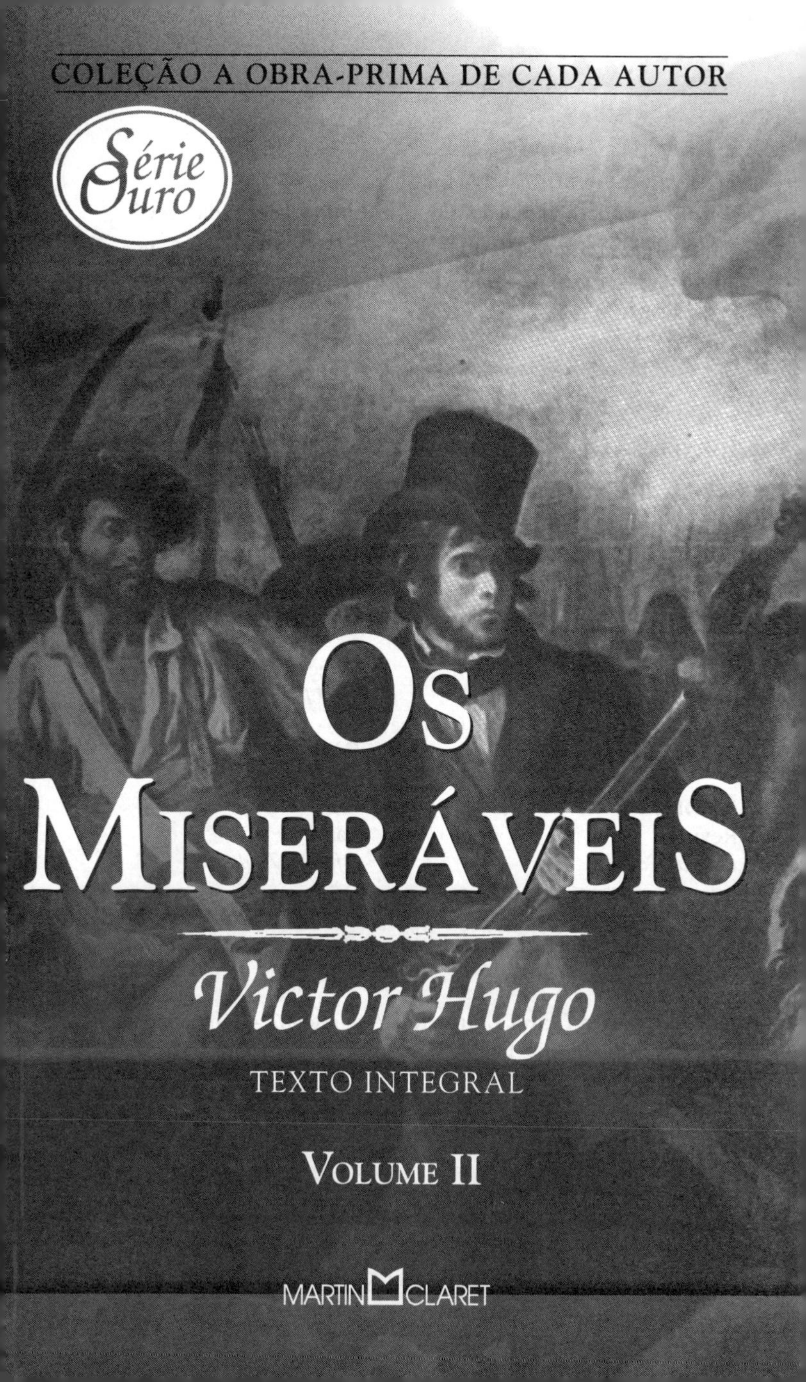

Os Miseráveis

Victor Hugo

TEXTO INTEGRAL

VOLUME II

MARTIN CLARET

CRÉDITOS

Título original francês: *Les Misérables* (1862). Tradução feita a partir da edição Le Livre de Poche-Classique (Librairie Générale Française, 1998).

Idealização e Coordenação
Martin Claret

Assistente Editorial
Rosana Gilioli Citino

Capa
Ilustração
A Liberdade Guiando o Povo,
Eugène Delacroix,1830,
óleo sobre tela, 260 x 325 cm (detalhe).
Museu do Louvre, Paris.

Miolo
Revisão
Durval Cordas

Tradução
Regina Célia de Oliveira

Projeto Gráfico
José Duarte T. de Castro

Direção de Arte
José Duarte T. de Castro

Editoração Eletrônica
Editora Martin Claret

Papel
Off-Set, 70g/m²

Impressão e Acabamento
Paulus Gráfica

Editora Martin Claret Ltda. - Rua Alegrete, 62 - Bairro Sumaré
CEP: 01254-010 - São Paulo - SP
Tel.: (11) 3672-8144 - Fax: (11) 3673-7146

www.martinclaret.com.br / editorial@martinclaret.com.br

Agradecemos a todos os nossos amigos e colaboradores — pessoas físicas e jurídicas — que deram as condições para que fosse possível a publicação deste livro.

15ª REIMPRESSÃO - 2019

A história do livro e a coleção "A Obra-Prima de Cada Autor"

MARTIN CLARET

Que é o livro? Para fins estatísticos, na década de 1960, a UNESCO considerou o livro "uma publicação impressa, não periódica, que consta de no mínimo 56 páginas, sem contar as capas".

O livro é um produto industrial.

Mas também é mais do que um simples produto. O primeiro conceito que deveríamos reter é o de que o livro como objeto é o veículo, o suporte de uma informação. O livro é uma das mais revolucionárias invenções do homem.

A *Enciclopédia Abril* (1972), publicada pelo editor e empresário Victor Civita, no verbete "livro" traz concisas e importantes informações sobre a história do livro. A seguir, transcrevemos alguns tópicos desse estudo didático.

O livro na Antiguidade

Antes mesmo que o homem pensasse em utilizar determinados materiais para escrever (como, por exemplo, fibras vegetais e tecidos), as bibliotecas da Antiguidade estavam repletas de textos gravados em tabuinhas de barro cozido. Eram os primeiros "livros", depois progressivamente modificados até chegarem a ser feitos — em grandes tiragens — em papel impresso mecanicamente, proporcionando facilidade de leitura e transporte. Com eles, tornou-se possível, em todas as épocas, transmitir fatos, acontecimentos históricos, descobertas, tratados, códigos ou apenas entretenimento.

Como sua fabricação, a função do livro sofreu enormes modificações dentro das mais diversas sociedades, a ponto de constituir uma mercadoria especial, com técnica, intenção e utilização determinadas. No moderno movimento editorial das chamadas sociedades de consumo, o livro pode ser considerado uma mercadoria cultural, com maior ou menor significado no contexto socioeconômico em que é publicado. Enquanto mercadoria, pode ser comprado, vendido ou trocado. Isso não ocorre, porém, com sua função intrínseca, insubstituível: pode-se dizer que o livro é essencialmente um instrumento cultural de difusão de ideias, transmissão de conceitos, documentação (inclusive fotográfica e iconográfica), entretenimento ou ainda de condensação e acumulação do conhecimento. A palavra escrita venceu o tempo, e o livro conquistou o espaço. Teoricamente, toda a humanidade pode ser atingida por textos que difundem ideias que vão de Sócrates e Horácio a Sartre e McLuhan, de Adolf Hitler a Karl Marx.

Espelho da sociedade

A história do livro confunde-se, em muitos aspectos, com a história da humanidade. Sempre que escolhem frases e temas, e transmitem ideias e conceitos, os escritores estão elegendo o que consideram significativo no momento histórico e cultural que vivem. E, assim, fornecem dados para a análise de sua sociedade. O conteúdo de um livro — aceito, discutido ou refutado socialmente — integra a estrutura intelectual dos grupos sociais.

Nos primeiros tempos, o escritor geralmente vivia em contato direto com seu público, que era formado por uns poucos letrados, já cientes das opiniões, ideias, imaginação e teses do autor, pela própria convivência que tinham com ele. Muitas vezes, mesmo antes de ser redigido o texto, as ideias nele contidas já haviam sido intensamente discutidas pelo escritor e parte de seus leitores. Nessa época, como em várias outras, não se pensava na enorme porcentagem de analfabetos. Até o século XV, o livro servia exclusivamente a uma pequena minoria de sábios e estudiosos que constituíam os círculos intelectuais (confinados aos mosteiros durante o começo da Idade Média) e que tinham acesso às bibliotecas, cheias de manuscritos ricamente ilustrados.

Com o reflorescimento comercial europeu, nos fins do século XIV, burgueses e comerciantes passaram a integrar o mercado livreiro da época. A erudição laicizou-se e o número de escritores aumentou, surgindo também as primeiras obras escritas em línguas que não o latim e o grego (reservadas aos textos clássicos e aos assuntos considerados dignos de atenção). Nos séculos XVI e XVII, surgiram diversas literaturas nacionais, demonstrando, além do florescimento intelectual da época, que a população letrada dos países europeus estava mais capacitada a adquirir obras escritas.

Cultura e comércio

Com o desenvolvimento do sistema de impressão de Gutenberg, a Europa conseguiu dinamizar a fabricação de livros, imprimindo, em cinquenta anos, cerca de 20 milhões de exemplares para uma população de quase 10 milhões de habitantes, cuja maioria era analfabeta. Para a época, isso significou enorme revolução, demonstrando que a imprensa só se tornou uma realidade diante da necessidade social de ler mais.

Impressos em papel, feitos em cadernos costurados e posteriormente encapados, os livros tornaram-se empreendimento cultural e comercial: os editores passaram logo a se preocupar com melhor apresentação e redução de preços. Tudo isso levou à comercialização do livro. E os livreiros baseavam-se no gosto do público para imprimir, principalmente obras religiosas, novelas, coleções de anedotas, manuais técnicos e receitas.

Mas a porcentagem de leitores não cresceu na mesma proporção que a expansão demográfica mundial. Somente com as modificações socioculturais e econômicas do século XIX — quando o livro começou a ser utilizado também como meio de divulgação dessas modificações e o conhecimento passou a significar uma conquista para o homem, que, segundo se acreditava, poderia ascender socialmente se lesse — houve um relativo aumento no número de leitores, sobretudo na França e na Inglaterra, onde alguns editores passaram a produzir obras completas de autores famosos, a preços baixos. O livro era então interpretado como símbolo de liberdade, conseguida por conquistas culturais. Entretanto, na maioria dos países, não houve nenhuma grande modificação nos índices porcentuais até o fim da Primeira Guerra Mundial (1914/18), quando surgiram as primeiras grandes tiragens de um só livro, principalmente romances, novelas e textos didáticos. O número elevado de cópias, além de baratear o preço da unidade, difundiu ainda mais a literatura. Mesmo assim, a maior parte da população de muitos países continuou distanciada, em parte porque o livro, em si, tinha sido durante muitos séculos considerado objeto raro, atingível somente por um pequeno número de eruditos. A grande massa da população mostrou maior receptividade aos jornais, periódicos e folhetins, mais dinâmicos e atualizados, e acessíveis ao poder aquisitivo da grande maioria. Mas isso não chegou a ameaçar o livro como símbolo cultural de difusão de ideias, como fariam, mais tarde, o rádio, o cinema e a televisão.

O advento das técnicas eletrônicas, o aperfeiçoamento dos métodos fotográficos e a pesquisa de materiais praticamente imperecíveis fazem alguns teóricos da comunicação de massa pensarem em um futuro sem os livros tradicionais (com seu formato quadrado ou retangular, composto de folhas de papel, unidas umas às outras por um dos lados). Seu conteúdo e suas mensagens (racionais ou emocionais) seriam transmitidos por outros meios, como por exemplo microfilmes e fitas gravadas.

A televisão transformaria o mundo todo em uma grande "aldeia" (como afirmou Marshall McLuhan), no momento em que todas as sociedades decretassem sua prioridade em relação aos textos escritos. Mas a palavra escrita dificilmente deixaria de ser considerada uma das mais importantes heranças culturais, entre todos os povos.

Através de toda a sua evolução, o livro sempre pôde ser visto como objeto cultural (manuseável, com forma entendida e interpretada em função de valores plásticos) e símbolo cultural (dotado de conteúdo, entendido e interpretado em função de valores semânticos). As duas maneiras podem fundir-se no pensamento coletivo, como um conjunto orgânico (onde texto e arte se completam, por exemplo, em um livro de arte) ou apenas como um conjunto textual (onde a mensagem escrita vem em primeiro lugar — em um livro de matemática, por exemplo).

A mensagem (racional, prática ou emocional) de um livro é sempre intelectual e pode ser revivida a cada momento. O conteúdo, estático em si, dinamiza-se em função da assimilação das palavras pelo leitor, que pode discuti-las, reafirmá-las, negá-las ou transformá-las. Por isso, o livro pode ser considerado instrumento cultural capaz de liberar informação, sons, imagens, sentimentos e ideias através do tempo e do espaço. A quantidade e a qualidade de ideias colocadas em um texto podem ser aceitas por uma sociedade, ou por ela negadas, quando entram em choque com conceitos ou normas culturalmente admitidos.

Nas sociedades modernas, em que a classe média tende a considerar o livro como sinal de *status* e cultura (erudição), os compradores utilizam-no como símbolo mesmo, desvirtuando suas funções ao transformá-lo em livro-objeto. Mas o livro é, antes de tudo, funcional — seu conteúdo é que lhe dá valor (os livros de ciências, filosofia, religião, artes, história e geografia, que representam cerca de 75% dos títulos publicados anualmente em todo o mundo).

O mundo lê mais

No século XX, o consumo e a produção de livros aumentaram progressivamente. Lançado logo após a Segunda Guerra Mundial (1939/45), quando uma das características principais da edição de um livro eram as capas entreteladas ou cartonadas, o livro de bolso constituiu um grande êxito comercial. As obras — sobretudo *best sellers* publicados algum tempo antes em edições de luxo — passaram a ser impressas em rotativas, como as revistas, e distribuídas nas bancas de jornal. Como as tiragens elevadas permitiam preços muito baixos, essas edições de bolso popularizaram-se e ganharam importância em todo o mundo.

Até 1950, existiam somente livros de bolso destinados a pessoas de baixo poder aquisitivo; a partir de 1955, desenvolveu-se a categoria do livro de bolso "de luxo". As características principais destes últimos eram a abundância de coleções — em 1964 havia mais de duzentas, nos Estados Unidos — e a variedade de títulos, endereçados a um público intelectualmente mais refinado. A essa diversificação das categorias adiciona-se a dos pontos de venda, que passaram a abranger, além das bancas de jornal, farmácias, lojas, livrarias, etc. Assim, nos Estados Unidos, o número de títulos publicados em edições de bolso chegou a 35 mil em 1969, representando quase 35% do total dos títulos editados.

Proposta da coleção
"A Obra-Prima de Cada Autor"

"Coleção" é uma palavra há muito tempo dicionarizada e define o conjunto ou reunião de objetos da mesma natureza ou que têm alguma relação entre si. Em um sentido editorial, significa o conjunto não limitado de obras de autores diversos, publicado por uma mesma editora, sob um título geral indicativo de assunto ou área, para atendimento de segmentos definidos do mercado.

A coleção "A Obra-Prima de Cada Autor" corresponde plenamente à definição acima mencionada. Nosso principal objetivo é oferecer, em formato de bolso, a obra mais importante de cada autor, satisfazendo o leitor que procura qualidade.*

Desde os tempos mais remotos existiram coleções de livros. Em Nínive, em Pérgamo e na Anatólia existiam coleções de obras literárias de grande importância cultural. Mas nenhuma delas superou a célebre biblioteca de Alexandria, incendiada em 48 a.C. pelas legiões de Júlio César, quando estas arrasaram a cidade.

A coleção "A Obra-Prima de Cada Autor" é uma série de livros a ser composta por mais de 400 volumes, em formato de bolso, com preço altamente competitivo, e pode ser encontrada em centenas de pontos de venda. O critério de seleção dos títulos foi o já estabelecido pela tradição e pela crítica especializada. Em sua maioria, são obras de ficção e filosofia, embora possa haver textos sobre religião, poesia, política, psicologia e obras de autoajuda. Inauguram a coleção quatro textos clássicos: *Dom Casmurro*, de Machado de Assis; *O Príncipe*, de Maquiavel; *Mensagem*, de Fernando Pessoa; e *O lobo do mar*, de Jack London.

Nossa proposta é fazer uma coleção quantitativamente aberta. A periodicidade é mensal. Editorialmente, sentimo-nos orgulhosos de poder oferecer a coleção "A Obra-Prima de Cada Autor" aos leitores brasileiros. Nós acreditamos na função do livro.

---

* Atendendo a sugestões de leitores, livreiros e professores, a partir de certo número da coleção, começamos a publicar, de alguns autores, outras obras além da sua obra-prima.

Os Miseráveis

Volume II

Quarta Parte

O idílio da rua Plumet e a epopéia da rua Saint-Denis

LIVRO I

Algumas páginas da história

I. Bem cortado

1831 e 1832, os dois anos que se ligam imediatamente à Revolução de Julho, são alguns dos momentos mais particulares e mais tocantes da história. Esses dois anos, entremeando os anos precedentes e os subseqüentes, são como duas montanhas, têm a grandeza revolucionária. Neles dintinguem-se precipícios. As massas sociais, os próprios alicerces da civilização, o sólido grupo dos interesses sobrepostos e aderentes, os perfis seculares da antiga formação francesa, neles aparecem e desaparecem, a cada instante, através das nuvens tempestuosas dos sistemas, das paixões e das teorias. Essas aparições e desaparições foram chamadas de resistência e movimento. De tempos em tempos, nesses dois anos pode-se ver fulgurar a verdade, essa luz da alma humana.

Essa época notável é bastante circunscrita, e começa a distanciar-se o bastante de nós para que possamos presentemente compreender suas linhas principais.

É o que vamos tentar.

A Restauração tinha sido uma dessas fases intermediárias difíceis de definir, compostas de cansaço, ruído, murmúrios, sono, tumulto, e que nada mais são do que a chegada de uma grande nação ao fim de uma etapa. Essas épocas são singulares e enganam os políticos que querem explorá-las. No princípio, a nação só pede descanso; só tem uma sede, de paz; só tem uma ambição, ser pequena. O que é a tradução de viver tranqüila. Grandes acontecimentos, grandes acasos, grandes aventuras, grandes homens, obrigado, Senhor, já se viu o suficiente de tudo isso, já se está por aqui de tudo isso. César seria trocado por Prúsias e Napoleão pelo rei de Yvetot. "Que bom reizinho era aquele!" Caminhamos desde o romper do dia, estamos na noite de uma longa e dura jornada; fizemos o primeiro revezamento com Mirabeau, o segundo com Robespierre, o terceiro com Napoleão, estamos exaustos. Cada um pede uma cama.

As afeições cansadas, os heroísmos envelhecidos, as ambições saciadas, as fortunas feitas procuram, reclamam, imploram, solicitam o quê? Um asilo. Já têm. De posse da paz, da tranqüilidade, do lazer, ei-los contentes.

Ao mesmo tempo, porém, surgem certos fatos que se fazem reconhecer e, por sua vez, batem à porta. Esses fatos saíram das revoluções e das guerras, existem, vivem, têm direito de instalar-se na sociedade, e ali se instalam; e, a maior parte do tempo, os fatos são segundos-sargentos de cavalaria e soldados que não têm outra coisa a fazer senão preparar o alojamento para os princípios.

Então, eis o que se apresenta aos filósofos políticos.

Assim como os homens cansados pedem descanso, os fatos consumados pedem garantias. As garantias são para os fatos o mesmo que o descanso é para os homens.

É o que a Inglaterra pedia aos Stuarts após o Protetor — Cromwell; é o que a França pedia aos Bourbons após o Império.

Essas garantias são uma necessidade dos tempos. É preciso que sejam concedidas. Os príncipes as "outorgam", mas na realidade é a força das circunstâncias que as propicia. Profunda e útil verdade, da qual os Stuarts duvidaram em 1660, e que os Bourbons nem sequer entreviram em 1814.

A família predestinada, que voltou à França após a derrocada de Napoleão, teve a fatal simplicidade de acreditar que era ela quem dava, e que aquilo que havia dado, ela podia retirar; que a Casa Bourbon possuía o direito divino e que a França não possuía nada; e que o direito político concedido na Carta de Luís XVIII era apenas um ramo do direito divino cortado pela Casa Bourbon e graciosamente oferecido ao povo até quando aprouvesse ao rei reavê-lo. No entanto, pelo desprazer que lhe causava, a Casa Bourbon deveria ter percebido que essa dádiva não vinha dela.

Foi rabugenta no século XIX. Fez cara feia a cada expansão da nação. Para nos servirmos de um termo trivial, isto é, popular e verdadeiro, *torceu o nariz*. O povo viu.

Acreditou que tinha força porque o Império desaparecera diante dela como um cenário de teatro. Não percebeu que ela própria havia sido levada da mesma maneira. Não viu que ela também estava nas mesmas mãos que retiraram Napoleão dali.

Acreditou que tinha raízes porque era o passado. Enganou-se; fazia parte do passado, mas o passado inteiro era a França. As raízes da sociedade francesa não estavam nos Bourbons, e sim na Nação.

Essas obscuras e vivazes raízes constituíam não o direito de uma família, mas a história de um povo. Ramificavam-se por toda parte, menos sob o trono.

A Casa Bourbon era para a França o ilustre e sangrento nó de sua história, e não mais o elemento principal de seu destino, nem a base necessária de sua política. Podia-se muito bem ficar sem os Bourbons; já se tinham passado vinte e dois anos sem eles. Houve solução de continuidade, mas eles não suspeitavam. E como suspeitariam, eles que imaginavam que Luís XVII reinava no 9 termidor e que Luís XVIII reinava no dia de Marengo? Nunca, desde a origem da história, os príncipes haviam sido tão cegos em presença dos fatos e da porção de autoridade divina que os fatos contêm e promulgam. Nunca essa pretensão inferior, chamada de direito dos reis, havia negado a tal ponto o direito superior.

Erro capital, que levou essa família a recolocar as mãos nas garantias "outorgadas" em 1814, nas concessões, como ela as denominava. Coisa triste! O que ela chamava de suas concessões eram nossas conquistas; o que ela chamava de nossas usurpações eram nossos direitos.

Quando lhe pareceu que havia chegado a hora, a Restauração, supondo-se vitoriosa sobre Bonaparte e enraizada no país, isto é, julgando-se forte e profunda, tomou repentinamente sua decisão e arriscou seu golpe. Uma manhã, ergueu-se diante da França e, elevando a voz, contestou o título coletivo e o título individual; à Nação, sua soberania; ao indivíduo, sua liberdade. Em outras palavras, negou à nação o que a tornava uma nação, e ao cidadão o que o tornava um cidadão.

É esse o fundamento dos célebres atos chamados de Decretos de Julho.

A Restauração caiu.

Caiu com justiça. No entanto, devemos dizer, ela não havia absolutamente sido hostil a todas as formas do progresso. Grandes coisas foram feitas tendo seu apoio.

Durante a Restauração, a Nação habituara-se à discussão com calma, coisa que faltara à República, e à grandeza na paz, coisa que faltara ao Império. A França livre e forte fora um espetáculo encorajador para os outros povos da Europa. A Revolução teve a palavra com Robespierre; o canhão teve a palavra com Bonaparte; foi com Luís XVIII e Carlos X que chegou a vez da inteligência ter a palavra. O vento cessou, a chama se reacendeu. Viu-se estremecer nos cimos serenos a pura luz dos espíritos. Espetáculo magnífico, útil e encantador. Viu-se que trabalharam durante quinze anos, em plena paz, em plena praça pública, esses grandes princípios, tão velhos para o filósofo, tão novos para o homem de estado: a igualdade perante a lei, a liberdade de consciência, a liberdade de palavra, a liberdade de imprensa, o acesso de todas as capacidades a todas as funções. Isso durou até 1830. Os Bourbons foram um instrumento de civilização que se quebrou nas mãos da Providência.

A queda dos Bourbons foi cheia de grandeza, não por parte deles, mas por parte da nação. Abandonaram o trono com gravidade, mas sem autoridade; sua descida para as trevas não foi nenhuma dessas solenes desaparições que deixam à história uma sombria emoção; não foi a serenidade espectral de Carlos I, nem o grito de águia de Napoleão. Eles se foram, é tudo. Depuseram a coroa e não mantiveram uma auréola. Foram dignos, mas não augustos. Em certa medida, faltaram à majestade de seu infortúnio. Carlos X, durante a viagem de Cherbourg, mandando tornar quadrada uma mesa redonda, parecia mais preocupado com a etiqueta em perigo do que com a monarquia desabando. Essa diminuição entristeceu os homens dedicados, que amavam suas pessoas, e os homens sérios, que honravam sua raça. O povo, este foi admirável. A Nação, atacada certa manhã, à mão armada, por uma espécie de insurreição real, sentiu tanta força que nem sequer encolerizou-se. Defendeu-se, conteve-se, tornou a colocar as coisas em seu lugar; pôs o governo na lei, os Bourbons no exílio e, infelizmente, parou. Pegou o velho Carlos X sob o dossel que abrigara Luís XIV e o colocou devagar no chão. Não tocou nas pessoas reais senão com tristeza e precaução. Não foi um homem, não foram alguns homens, foi a França, a França inteira, a França vitoriosa e ébria de sua vitória, que pareceu recordar e pôr em prática aos olhos do mundo inteiro estas graves palavras de Guilhaume du Vair após a jornada das barricadas: "É facil para os que estão acostumados a tocar os favores dos grandes, e a saltar, como os pássaros, de galho em galho, de uma sorte adversa a outra florescente, mostrarem-se ousados contra seu príncipe na adversidade; mas para mim a sorte de meus reis será sempre venerável, e principalmente a dos aflitos".

Os Bourbons levaram o respeito, mas não deixaram saudades. Como acabamos de dizer, seu infortúnio foi maior que eles. Sumiram no horizonte.

A Revolução de Julho logo teve amigos e inimigos no mundo inteiro. Uns acorreram a ela com entusiasmo e alegria; os outros voltaram-lhe as costas, cada qual de acordo com sua natureza. Os príncipes da Europa, num primeiro momento, feito mochos dessa aurora, fecharam os olhos, feridos e estupefatos, reabrindo-os apenas para ameaçar. Medo que se compreende, cólera que se desculpa. Essa estranha revolução não foi mais que um choque; não deu sequer à realeza vencida a honra de tratá-la como inimiga e de derramar seu sangue. Aos olhos dos governos despóticos sempre interessados em que a liberdade calunie a si própria, a Revolução de Julho errou por ser formidável e permanecer branda. De resto, nada foi tentado nem maquinado contra ela. Os mais descontentes, os mais irritados, os mais ardorosos saudavam-na; por maiores que sejam nossos egoísmos e rancores, um respeito misterioso brota dos acontecimentos nos quais se reconhece a colaboração de alguém que trabalha acima do homem.

A Revolução de Julho é o triunfo do direito sobre os fatos. Algo cheio de esplendor.

O direito pondo os fatos por terra. Vem daí o brilho da revolução de 1830, bem como sua mansidão. O direito que triunfa não tem qualquer necessidade de ser violento.

O direito é justiça e verdade.

É característico do direito conservar-se eternamente belo e puro. O fato, até o mais aparentemente necessário, até o mais bem aceito pelos contemporâneos, se só existir como fato, ou se contiver muito pouco ou nada de direito, estará infalivelmente destinado a tornar-se, com o passar do tempo, disforme, imundo, talvez até monstruoso. Quem quiser constatar de vez a que nível de fealdade o fato pode chegar, visto à distância dos séculos, que olhe para Maquiavel. Maquiavel não é um gênio mau, nem um demônio, nem um escritor covarde e miserável; não é nada mais que o fato. E não é só o fato italiano, é o fato europeu, o fato do século XVI. Parece horrível, e é, em presença da idéia moral do século XIX.

Essa luta entre o direito e o fato dura desde a origem das sociedades. Terminar o duelo, amalgamar a idéia pura com a realidade humana, fazer penetrar pacificamente o direito no fato e o fato no direito, esse é o trabalho dos sábios.

II. Mal costurado

Mas um é o trabalho dos sábios, e o outro é o trabalho dos espertos.

A revolução de 1830 logo viu-se estancada.

Assim que uma revolução encalha, os espertos dividem o revés.

Em nosso século, os espertos deram a si próprios a qualificação de homens de estado, embora esse termo, homem de estado, tenha acabado por tornar-se uma gíria. Que ninguém se esqueça, com efeito, de que onde só há esperteza necessariamente há pequenez. Dizer "os espertos" é o mesmo que dizer "os medíocres".

Da mesma forma, dizer "homens de estado" às vezes equivale a dizer "traidores".

Ao dar crédito aos espertos, revoluções como a de julho são artérias cortadas; é preciso uma pronta atadura. O direito, proclamado com demasiada grandeza, abala. Assim, uma vez fortalecido o direito, é necessário fortalecer o Estado. Assegurada a liberdade, é preciso pensar no poder.

Nesse ponto, os sábios ainda não se separam dos espertos, mas começam a desconfiar. O poder, muito bem. Mas, antes de tudo, o que é o poder? E, depois, de onde vem?

Os espertos parecem não ouvir a objeção murmurada, e continuam suas manobras.

Segundo esses políticos, que engenhosamente sabem colocar em ficções proveitosas uma máscara de necessidade, a primeira necessidade de um povo após uma revolução, quando esse povo faz parte de um continente monárquico, é arranjar uma dinastia. Desse modo, dizem eles, o povo pode ter paz após sua revolução, quer dizer, ter tempo para curar suas feridas e reparar sua casa. A dinastia oculta o andaime e cobre a ambulância.

Ora, nem sempre é fácil arranjar uma dinastia.

A rigor, o primeiro homem inteligente, ou mesmo o primeiro homem de fortuna, que aparecer basta para que se faça um rei. No primeiro caso, houve Bonaparte; no segundo, Iturbide[1].

Mas a primeira família que apareceu não bastou para que se fizesse uma dinastia. Deve, necessariamente, haver certa quantidade de antiguidade em uma raça, e não se pode improvisar a ruga dos séculos.

Se nos colocarmos do ponto de vista dos "homens de estado", guardadas, bem entendido, todas as reservas, após uma revolução, quais são as qualidades do rei originado dela? Pode ser, e convém que seja, revolucionário, isto é, que tenha participado da revolução por si mesmo, que tenha colocado as mãos nela, que tenha se comprometido ou ilustrado com ela, e nela tenha manejado o machado ou a espada.

Quais são as qualidades de uma dinastia? Ela deve ser nacional, isto é, revolucionária à distância, não por atos praticados, mas pelas idéias aceitas. Deve compor-se de passado e ser histórica, compor-se de futuro e ser simpática.

---

[1] Imperador fantoche do México, entre 1821 e 1823. (N. do E.)

Tudo isso explica por que as primeiras revoluções se satisfazem encontrando um homem, Cromwell ou Napoleão; e por que as segundas querem infalivelmente encontrar uma família, a casa Brunswick ou a casa Orléans.

As casas reais assemelham-se às figueiras-da-índia, em que cada ramo, ao curvar-se até o chão, lança uma raiz e se torna uma figueira. Cada ramo pode tornar-se uma dinastia, com a única condição de curvar-se até o povo.

Tal é a teoria dos espertos.

Esta, então, é a grande arte: emprestar, em certa medida, a um sucesso o som de uma catástrofe, para que aqueles que dele tiram proveito também estremeçam; temperar com medo um passo dado; aumentar a curva da transição até a diminuição do progresso; tornar essa aurora insípida; mostrar e aplainar as asperezas do entusiasmo; cortar os ângulos e as garras; amortecer o triunfo, envelopar o direito, enrolar o gigante povo em flanela e logo colocá-lo para dormir; impor uma dieta a esse excesso de saúde; dar a Hércules tratamento de convalescente; diluir o acontecimento no expediente; oferecer aos espíritos sequiosos de ideal este néctar dissolvido em tisana; tomar as precauções contra o excesso de êxito; guarnecer a revolução com um quebra-luz.

1830 praticou essa teoria, que já fora aplicada à Inglaterra por 1688.

1830 é uma revolução estancada a meio termo. Metade de progresso; quase-direito. Ora, a lógica ignora o quase; exatamente como o sol ignora uma vela.

Quem estanca as revoluções a meio termo? A burguesia.

Por quê?

Porque a burguesia é o interesse satisfeito. Ontem era o apetite, hoje é a plenitude, amanhã será a saciedade.

O fenômeno de 1814 depois de Napoleão se reproduziu em 1830 depois de Carlos X.

Quiseram, sem razão, fazer da burguesia uma classe. A burguesia não é mais do que a parte satisfeita do povo. O burguês é o homem que agora tem tempo para sentar-se. Uma cadeira não é uma casta.

Mas, por querer sentar-se antes do tempo, pode-se estancar até mesmo a marcha do gênero humano. Esse tem sido, com freqüência, o erro da burguesia. Não se é uma classe por ter-se cometido um erro. O egoísmo não é uma das divisões da ordem social.

Contudo, é preciso ser justo mesmo em relação ao egoísmo; o estado a que aspirava, após o abalo de 1830, essa parte da nação que chamamos de burguesia não era a inércia, que se mescla de indiferença e preguiça, e contém um tanto de vergonha; não era o sono, que supõe um esquecimento momentâneo acessível aos sonhos; era o *alto-lá*, o momento de parar.

Essa expressão encerra dois sentidos singulares e quase contraditórios: tropa em marcha, isto é, movimento; parada, isto é, descanso.

O alto-lá é a reparação das forças, é o repouso armado e desperto; é o fato consumado que posta sentinelas e se mantém atento; é a suposição do combate hoje e do combate amanhã.

É o entremeio de 1830 e de 1848.

O que aqui chamamos de combate também pode se chamar progresso.

Seria, então, preciso, tanto à burguesia quanto aos homens de estado, um homem que exprimisse esta palavra: alto-lá. Um *Embora Porque*[2]. Uma individualidade mista que significasse revolução e estabilidade, ou, em outras palavras, que firmasse o presente pela evidente compatibilidade do passado com o futuro.

Esse homem já estava achado. Chamava-se Luís Filipe de Orléans.

Os 221 deputados fizeram Luís Filipe rei. Lafayette encarregou-se da sagração. Chamou-o de *a melhor das repúblicas*. A Câmara de Paris substituiu a catedral de Reims.

Essa substituição de um meio trono por um trono completo foi "a obra de 1830".

Quando os espertos concluíram sua obra, o vício imenso de sua solução apareceu. Tudo aquilo foi feito fora do direito absoluto. O direito absoluto gritou: "Protesto!" E depois, coisa temível, voltou às trevas.

III. Luís Filipe

As revoluções têm braços terríveis e mãos certeiras; elas batem com firmeza e escolhem bem. Mesmo incompletas, mesmo degeneradas e malfaladas, e reduzidas ao estado de revolução *caçula*, como a de 1830, conservam quase sempre suficiente lucidez providencial para que não terminem mal. Seu eclipse jamais é uma abdicação.

No entanto, não nos vangloriemos demais; as revoluções também se enganam, e graves erros podem ser vistos.

---

[2] Fórmula correntemente aplicada a Luís Filipe, feito rei embora fosse Bourbon e porque era um Bourbon. (N. do E.)

Voltemos a 1830. 1830, dentro de seus erros, foi feliz. No estabelecimento do que se chamou ordem, após a revolução repentinamente estancada, o rei valia mais que a realeza. Luís Filipe era um homem raro.

Filho de um pai a quem a história certamente concederá circunstâncias atenuantes, e tão digno de estima quanto seu pai fora digno de censura; dotado de todas as virtudes pessoais e de muitas virtudes públicas; zeloso de sua saúde, de sua fortuna, de sua pessoa e de seus negócios; conhecedor do valor de um minuto, mas nem sempre do valor de um ano; sóbrio, sereno, pacífico, paciente; bom homem e bom príncipe; dormindo com sua mulher e tendo em seu palácio criados encarregados de mostrar aos burgueses o leito conjugal, ostentação de alcova regular que se tornou útil depois das antigas amostras ilegítimas do ramo primogênito; sabendo todas as línguas da Europa, e, o que é mais raro, falando todas as linguagens de todos os interesses; admirável representante da "classe média", mas excedendo-a, e de todas as formas sendo superior a ela; dotado de excelente espírito, ao mesmo tempo que apreciava o sangue de seus ascendentes avaliava-se principalmente por seu valor intrínseco, até na questão de sua raça era muito singular, declarando-se Orléans e não Bourbon; primeiríssimo príncipe de sangue enquanto não foi mais que alteza sereníssima, mas franco burguês no dia em que chegou a majestade; difuso em público, conciso na intimidade; considerado avaro, mas sem provas; no fundo, um desses homens econômicos, facilmente pródigos para satisfazer uma fantasia ou um dever; letrado, mas pouco sensível às letras; fidalgo, mas não cavaleiro; simples, calmo e forte; adorado por sua família e por sua casa; de fala sedutora, homem de estado sem ilusões, intimamente frio, dominado pelo interesse imediato; incapaz de ódio ou de gratidão; gastando sem piedade as superioridades sobre as mediocridades; hábil em desconcertar pelas maiorias parlamentares as unanimidades misteriosas que se manifestam surdamente sob os tronos; expansivo, às vezes imprudente em sua expansão, mas muito habilidoso nessas imprudências; fértil em expedientes, em caras, em máscaras; fazendo medo à França com a Europa e à Europa com a França; amando seu país incontestavelmente, mas preferindo sua família; prezando mais o domínio que a autoridade e a autoridade mais que a dignidade, disposição algo funesta porque, visando o sucesso, admite a astúcia e não repudia de todo a baixeza, e algo proveitosa porque preserva a política dos choques violentos, o estado das fraturas e a sociedade das catástrofes; minucioso, correto, vigilante, atento, sagaz, incansável, às vezes contradizendo-se e desmentindo-se; ousado contra a Áustria em Ancona, teimoso contra a Inglaterra na Espanha; bombardeando Anvers e pagando Pritchard; cantando a *Marselhesa* com convicção; inacessível ao desânimo, ao cansaço, ao gosto do belo e do ideal, às generosidades temerárias, à utopia, à quimera, à cólera, à vaidade, ao temor; dotado de todas as formas de intrepidez pessoal; general em Valmy, soldado em Jemmapes; oito vezes atacado pelo regicídio e sempre risonho; bravo como um granadeiro, corajoso como um pensador; inquieto apenas diante das possibilidades de um abalo europeu e impróprio para as grandes aventuras políticas; sempre pronto a arriscar sua vida, mas nunca sua obra; disfarçando sua vontade em influência para ser obedecido mais pela inteligência do que por ser rei; dotado de observação e não de adivinhação; pouco atento aos espíritos, mas conhecedor de homens, isto é, precisando ver para julgar; bom senso pronto e penetrante, sabedoria prática, palavra fácil, memória prodigiosa; tirando muito dessa memória, seu único ponto de semelhança com César, Alexandre e Napoleão; conhecendo os fatos, os detalhes, as datas, os nomes próprios, e ignorando as tendências, as paixões, os diversos gênios da multidão, as aspirações íntimas, as agitações ocultas e obscuras da alma, em uma palavra, tudo o que poderíamos chamar de correntes invisíveis da consciência; aceito pela superfície, mas pouco de acordo com a França das camadas mais baixas; saindo-se bem pela sutileza; governando de mais e reinando de menos; primeiro-ministro de si mesmo; primando em fazer da pequenez das realidades um obstáculo à imensidão das idéias; mesclando a uma verdadeira faculdade criadora de civilização, de ordem e de organização certo espírito de processo e de chicana; fundador e procurador de uma dinastia; tendo algo de Carlos Magno e algo de um advogado; em suma, figura altiva e original, príncipe que soube obter poder, apesar dos temores da França, e poderio, apesar da inveja da Europa, Luís Filipe será classificado entre os homens eminentes de seu século, e seria colocado entre os mais ilustres governantes da história, se tivesse gostado um pouco da glória e tivesse o sentimento da grandeza no mesmo grau em que tinha o da utilidade.

Luís Filipe havia sido belo, e, envelhecido, continuava gracioso; nem sempre bem acolhido pela nação, mas sempre pela multidão; ele agradava. Tinha o dom de encantar. Faltava-lhe majestade, não usava coroa, embora fosse rei, nem tinha cabelos brancos, embora estivesse velho. Suas maneiras eram do Antigo Regime e seus hábitos do novo, mistura de nobre e de burguês que convinha a 1830; Luís Filipe era a transição reinante; conservara a antiga pronúncia e a antiga ortografia, que colocava a serviço das opiniões modernas; amava a Polônia e a Hungria, mas escrevia *les polonois* e pronunciava *les hongrais*[3]. Usava o traje da Guarda Nacional como Carlos X e o cordão da Legião de Honra como Napoleão.

Ia poucas vezes à capela, quase nada à caça, e nunca à ópera. Incorruptível para os sacristãos, para os criados das matilhas e para as dançarinas, isso fazia parte da sua popularidade burguesa. Não tinha corte. Saía com seu guarda-chuva embaixo do braço, e esse guarda-chuva, por muito tempo, fez parte de sua auréola. Era um pouco pedreiro, um pouco jardineiro, um pouco médico; era capaz de sangrar um condutor que caísse do cavalo; assim como Henrique III nunca andava sem seu punhal, Luís Filipe nunca saía sem sua lanceta. Os realistas zombavam desse rei ridículo, o primeiro que havia derramado sangue para curar.

Nos agravos da história contra Luís Filipe há um desconto a ser feito; há quem acuse a realeza, há quem acuse o reinado, e há quem acuse o rei; três colunas que dão, cada uma, um total diferente. O direito democrático confiscado, o progresso convertido em interesse secundário, os protestos de rua reprimidos violentamente, a execução militar das insurreições, a revolta passada pelas armas, a rua Transnonain[4], os conselhos de guerra, a absorção do país real pelo país legal, o governo associado a trezentos mil privilegiados, isso tudo é obra da realeza; a Bélgica recusada, a Argélia tão duramente conquistada, como a Índia, pelos ingleses, com mais barbárie do que civilização, a falta de palavra para com Abd-el-Kader, Blaye, Deutz comprado, Pritchard pago, isso é obra do reinado; a política mais familiar do que nacional, isso é obra do rei.

Como se vê, feito o desconto, o que pesa sobre o rei diminuiu.

Sua grande falta: ele foi modesto em nome da França.

De onde veio essa falta?

Vamos dizer.

Luís Filipe foi um rei demasiadamente paternal; essa incubação de uma família que se pretende fazer dinastia tem medo de tudo e não quer ser incomodada; daí os excessos de timidez importunos para o povo, que tem um 14 de julho em sua tradição civil e Austerlitz em sua tradição militar.

De resto, se abstrairmos dos deveres públicos, que querem ver-

---

[3] Formas antigas de *polonais* (polonês) e *hongrois* (húngaro). (N. do E.)

[4] Os dez primeiros anos do reinado de Luís Filipe foram marcados por manifestações políticas republicanas e revoltas operárias; em 1834 o massacre da rua Transnonain foi o mais sangrento deles. (N. do E.)

se cumpridos em primeiro lugar, essa profunda ternura de Luís Filipe por sua família, a família a merecia. Aquele grupo doméstico era admirável. Nele, as virtudes ladeavam os talentos. Uma das filhas de Luís Filipe, Marie d'Orléans, colocara o nome de sua raça entre os artistas, assim como Charles d'Orléans o colocara entre os poetas. Ela fez de sua alma um mármore ao qual chamou de Joana d'Arc. Dois dos filhos de Luís Filipe arrancaram de Metternich este demagógico elogio: *São dois jovens como poucos e dois príncipes como não se vêem mais*.

Eis, sem nada dissimular, e também sem nada agravar, a verdade a respeito de Luís Filipe.

Ser o príncipe igualdade, trazer em si a contradição da Restauração e da Revolução, ter esse lado inquietante do revolucionário, que se torna tranqüilizador no governante, essa foi a fortuna de Luís Filipe em 1830; jamais houve adaptação mais completa de um homem a um acontecimento; um penetrou no outro e a encarnação se fez. Luís Filipe: é 1830 feito homem. Além disso, tinha a seu favor essa grande designação para o trono — o exílio. Fora proscrito, errante e pobre. Vivera de seu trabalho. Na Suíça, esse herdeiro dos mais ricos principados da França precisou vender um cavalo velho para poder comer. Em Reichenau dera aulas de matemática, enquanto sua irmã Adélaïde bordava e costurava. Essas recordações ligadas a um rei entusiasmavam a burguesia. Ele demolira com as próprias mãos a última gaiola de ferro do Mont-Saint-Michel, construída por Luís XI e utilizada por Luís XV. Era o companheiro de Dumouriez, era o amigo de Lafayette; pertencera ao clube dos jacobinos; Mirabeau batera-lhe no ombro; Danton lhe dissera: “Meu jovem!”

Em 1793, aos vinte e quatro anos de idade, como Senhor de Chartres, e do fundo de uma escura tribuna da Convenção, assistira ao processo de Luís XVI, apropriadamente chamado de *este pobre tirano*. A cega clarividência da Revolução, abatendo a realeza no rei e o rei com a realeza, quase sem notar o homem no feroz esmagar da idéia, a vasta tempestade da assembléia-tribunal, a ira pública interrogando, Capeto não sabendo o que responder, a terrível vacilação admirada com aquela cabeça régia sob aquele sopro sombrio, a inocência relativa de todos naquela catástrofe, tanto dos que condenavam como do que era condenado, ele vira tudo isso, contemplara essas vertigens; vira os séculos comparecendo perante a barra da Convenção; vira, por trás de Luís XVI, esse desafortunado tido como responsável, erguer-se das trevas a temível acusada, a monarquia; e ficara-lhe na alma o respeitoso temor pelas imensas justiças do povo, quase tão impessoais quanto a justiça de Deus.

As marcas que a revolução nele deixara eram prodigiosas. Sua lembrança era como uma impressão viva daqueles grandes anos, minuto por minuto. Certa vez, em presença de uma testemunha da qual nos é impossível duvidar, retificou de memória toda a letra A da lista alfabética da Assembléia Constituinte.

Luís Filipe foi um rei de plena luz. Durante seu reinado, a imprensa foi livre, a tribuna foi livre, a consciência e a palavra foram livres. As leis de setembro são de claridade. Embora conhecendo o poder corrosivo do esclarecimento sobre os privilégios, deixou seu trono exposto a ele. A história saberá levar em conta sua lealdade.

Luís Filipe, como todos os homens históricos que já saíram de cena, é hoje posto em julgamento pela consciência humana. Seu processo ainda não passou da primeira instância.

A hora em que a história fala em tom venerando e livre ainda não soou para ele; ainda não chegou o momento de se pronunciar sobre esse rei o julgamento definitivo; o austero e ilustre historiador Louis Blanc amenizou recentemente seu primeiro veredito; Luís Filipe foi o eleito desses dois *quase*, 221 e 1830, isto é, de um meio parlamento e de uma meia revolução; e, em todo caso, do ponto de vista superior em que se deve colocar a filosofia, não poderíamos julgá-lo aqui, como acima demos a entender, senão com certas reservas, em nome do princípio democrático absoluto; aos olhos do absoluto, fora desses dois direitos, primeiro o direito do homem, depois o direito do povo, tudo é usurpação; mas o que desde já podemos dizer, feitas tais reservas, é que, afinal de contas e de qualquer modo que o considerarmos, Luís Filipe, tomado em si mesmo e do ponto de vista da bondade humana, continuará a ser, para nos servirmos da velha linguagem da antiga história, um dos melhores príncipes que passaram por um trono.

O que há contra ele? Esse trono. Tirem de Luís Filipe o rei, restará o homem. E o homem é bom. Ele é bom, chegando por vezes a ser admirável. Freqüentemente, em meio às mais graves preocupações, após uma jornada de luta contra toda a diplomacia do continente, voltava à noite a seus aposentos e, esgotado pelo cansaço, cheio de sono, o que ia fazer? Pegava um dossiê e passava a noite revisando um processo criminal, entendendo que era importante fazer frente à Europa, mas que era ainda mais importante arrancar um homem de um algoz. Obstinava-se contra seu ministro da justiça; disputava palmo a palmo o terreno da guilhotina com os procuradores-gerais, *esses tagarelas da lei*, como os chamava. Às vezes, pilhas de autos cobriam sua mesa; ele examinava todos; para ele era uma agonia abandonar aquelas miseráveis cabeças condenadas. Um dia, ele dizia à mesma testemunha a que acima nos referimos: *Esta noite, ganhei sete cabeças*. Durante os primeiros anos de seu reinado a pena de morte estava como que abolida, e o restabelecimento do cadafalso foi uma violência feita ao rei. A Grève tendo desaparecido sob o ramo primogênito, uma Grève burguesa foi instituída com o nome de Barreira Saint-Jacques; os "homens práticos" sentiram a necessidade de uma guilhotina quase legítima, e essa foi uma das vitórias de Casimir Perier, que representava a face mesquinha da burguesia, sobre Luís Filipe, que representava sua face liberal. Luís Filipe anotou Beccaria[5] de próprio punho. Depois do caso Fieschi[6], costumava exclamar: *Que pena que eu não tenha sido ferido! Poderia ter perdoado*. Em outra vez, fazendo alusão à resistência de seus ministros, escrevia a respeito de um condenado político que é uma das figuras mais generosas de nossos tempos: *Seu perdão foi concedido, só me resta obtê-lo*. Luís Filipe era afável como Luís XI e bondoso como Henrique IV.

Ora, para nós, na história, onde a bondade é pérola rara, quem foi bom quase supera quem foi grande.

Luís Filipe foi severamente apreciado por uns, e com dureza talvez por outros; não é de admirar que um homem, hoje também fantasma, que conheceu esse rei, venha tomar sua defesa perante a história; essa defesa, qualquer que seja sua natureza, é evidentemente, e antes de tudo, desinteressada; um epitáfio escrito por um morto é sincero; uma sombra pode consolar outra sombra; partilhar das mesmas trevas dá direito de louvor; e pouco deve-se temer que digam de dois túmulos levantados no exílio: "Este adulou aquele".

IV. Fendas nos alicerces

No momento em que o drama que contamos começará a penetrar na densidade de uma das trágicas nuvens que cobrem o início do reinado de Luís Filipe, não poderia haver equívocos, e faz-se necessário que este livro se explique a respeito desse rei.

Luís Filipe investiu-se da autoridade real sem violência, sem ação direta de sua parte, em virtude de uma transformação revolu-

---

[5] *Cesare Bonesana, Marquês de Beccaria* – jurista italiano cujas teses fizeram-no precursor do direito penal moderno. (N. do E.)

[6] Conspirador que atentou contra a vida de Luís Filipe, saindo este ileso. (N. do E.)

cionária, aliás muito distinta do verdadeiro objetivo da revolução, mas em relação à qual ele, Duque d'Orléans, não tivera nenhuma iniciativa pessoal. Nascera príncipe e julgava-se rei eleito. Não dera esse mandato a si mesmo, nem o tomara; fora-lhe oferecido e ele o aceitara, convencido, equivocadamente é verdade, mas convencido de que o oferecimento era conforme ao direito, e a aceitação conforme ao dever. Daí uma posse de boa-fé. Ora, dizemos com toda a consciência, Luís Filipe sendo de boa-fé na posse de seu mandato, e a democracia sendo de boa-fé em seu ataque, a quantidade de espanto que se desprende das lutas sociais não pode ser imputada nem ao rei, nem à democracia. Um choque de princípios é como um choque de elementos. O oceano defende a água, o vendaval defende o ar; o rei defende a realeza; a democracia defende o povo; o relativo, que é a monarquia, resiste ao absoluto, que é a república; a sociedade sangra sob esse conflito, o que é seu sofrimento de hoje será mais tarde sua salvação; e em todo caso não há o que censurar aos que combatem; com certeza, um dos dois partidos se engana. O direito não está, como o colosso de Rodes, em duas margens ao mesmo tempo, um pé na república e outro na realeza; ele é indivisível e está em um só lado; mas os que se enganam, se enganam sinceramente; um cego é tão culpado quanto um cidadão da Vendée é um salteador. Imputemos, portanto, somente à fatalidade das coisas essas colisões temerosas. Quaisquer que sejam essas tempestades, a irresponsabilidade humana se mescla a elas.

Concluamos esta exposição.

O governo de 1830 teve logo vida difícil. Nascido ontem, teve de entrar em combate hoje.

Mal se instalara, já sentia por toda parte vagos movimentos de tração sobre o aparelho de julho, ainda tão recentemente assentado e tão pouco sólido. A resistência nasceu no dia seguinte; talvez tenha até mesmo nascido na véspera.

De mês em mês, a hostilidade crescia, e, de encoberta, tornou-se patente.

A Revolução de Julho, malvista pelos reis fora da França, já o dissemos, havia sido interpretada diversamente na França.

Deus entrega suas visíveis vontades aos homens por meio dos acontecimentos, texto obscuro escrito em uma língua misteriosa. Os homens tentam apressadamente traduzi-lo; são traduções prematuras, incorretas, cheias de erros, de lacunas e de contra-sensos. Muito poucos espíritos compreendem a língua divina. Os mais sagazes, os mais calmos, os mais profundos decifram lentamente, e, quando chegam com seu texto, o trabalho já foi feito há muito tempo, já existem vinte traduções em praça pública. De cada tradução nasce um partido, e de cada contra-senso uma facção; e cada partido julga possuir o único texto genuíno, e cada facção julga possuir a luz.

Muitas vezes o próprio poder é uma facção.

Nas revoluções, há os que nadam contra a corrente, são os velhos partidos.

Para os velhos partidos que se prendem à hereditariedade pela graça de Deus, como as revoluções saíram do direito de revolta, existe direito de revolta contra elas. Errado. Pois nas revoluções o revoltado não é o povo, mas sim o rei. Revolução é justamente o contrário de revolta. Toda revolução, sendo uma realização normal, contém em si a sua legitimidade, que falsos revolucionários por vezes desonram, mas que persiste, ainda que maculada, e que sobrevive, ainda que ensangüentada.

As revoluções nascem, não de um acidente, mas da necessidade. Uma revolução é um retorno do fictício ao real. Ela existe porque é preciso que ela exista.

Nem por isso os velhos partidos legitimistas deixavam de atacar a revolução de 1830 com toda a violência que jorra de falsos raciocínios. Os erros são excelentes projéteis. Esses partidos a atacavam lá onde ela era vulnevável, no defeito de sua couraça, em sua falta de lógica; atacavam essa revolução em sua realeza. Gritavam-lhe: "Revolução, por que este rei?" As facções são cegos que miram com precisão.

Esse grito, os republicanos também lançavam. Mas, vindo deles, tinha lógica. O que era cegueira nos legitimistas era clarividência nos democratas. 1830 havia quebrado o povo. A democracia indignada o reprovava por isso.

O que fora estabelecido em julho debatia-se entre o ataque do passado e o ataque do futuro. Representava o minuto em luta, de um lado com os séculos monárquicos, e de outro com o direito eterno.

Além disso, no exterior, não sendo mais a revolução e tendo-se tornado monarquia, 1830 via-se obrigado a andar no passo da Europa. Manter a paz era um acréscimo de complicação. Uma harmonia que se quer a contra-senso é muitas vezes mais onerosa que uma guerra. Desse surdo conflito, constantemente amordaçado, mas em constante reclamação, nasceu a paz armada, esse ruinoso expediente de uma civilização que suspeitava dela mesma. A realeza de julho irritava-se, no que lhe pesava, com o atrelamento dos gabinetes europeus. Metternich, de boa vontade, a amarraria. Impelida na França pelo progresso, ela impelia as monarquias na Europa, aquelas pesadas máquinas. Rebocada, ela também rebocava.

Ao mesmo tempo, internamente, pauperismo, proletariado, salário, educação, penalidade, prostituição, destino da mulher, riqueza, miséria, produção, consumo, repartição, troca, moeda, crédito, direito do capital, direito do trabalho, todas essas questões se multiplicavam acima da sociedade; sobrecarga terrível.

Fora dos partidos políticos propriamente ditos, um outro movimento se manifestava. À fermentação democrática respondia a fermentação filosófica. A elite se sentia perturbada como as multidões; de outra forma, mas com a mesma intensidade.

Os pensadores meditavam, enquanto que o solo, ou seja, o povo, atravessado por correntes revolucionárias, estremecia sob seus pés ao abalo de não se sabe que vagas convulsões epilépticas. Esses pensadores, uns isolados, outros reunidos em famílias e quase em comunhões, revolviam as questões sociais, pacífica mas profundamente; mineiros impassíveis, que tranqüilamente cavavam suas galerias nas profundezas de um vulcão, levemente incomodados pelas comoções surdas e pelas fornalhas entrevistas.

Essa tranqüilidade não era o espetáculo menos belo dessa época agitada.

Esses homens abandonavam aos partidos políticos a questão dos direitos e se ocupavam da questão da felicidade.

O bem-estar do homem, era isso que queriam extrair da sociedade.

Elevavam as questões materiais, as questões de agricultura, de indústria e comércio, quase à dignidade de uma religião. Na civilização, tal qual ela se forma, um pouco por Deus, e muito pelo homem, os interesses se combinam, se agregam, se amalgamam de modo a formarem uma verdadeira rocha dura, segundo uma lei dinâmica pacientemente estudada pelos economistas, esses geólogos da política.

Esses homens que se agrupavam sob diferentes denominações, mas que podiam, todos, ser designados pelo título genérico de socialistas, tratavam de perfurar essa rocha para dela fazer jorrar a água viva da felicidade humana.

Desde a questão do cadafalso até a questão da guerra, seus trabalhos englobavam tudo. Ao direito do homem, proclamado pela Revolução Francesa, acrescentavam o direito da mulher e o direito da criança.

Ninguém deverá se admirar pelo fato de que, por razões diversas, não trataremos a fundo aqui, do ponto de vista teórico, das questões suscitadas pelo socialismo. Limitamo-nos a indicá-las.

Todos os problemas que os socialistas se colocavam, as visões cosmogônicas, os sonhos e o misticismo colocados de lado, podem ser reduzidos a dois problemas principais.

Primeiro problema: produzir a riqueza.

Segundo problema: reparti-la.

O primeiro problema contém a questão do trabalho.

O segundo contém a questão do salário.

No primeiro problema, trata-se do emprego das forças.

No segundo, da distribuição do que se produziu.

Do bom emprego das forças resulta o poderio público.

Da boa distribuição do que foi produzido resulta a felicidade individual.

Por boa distribuição deve-se entender, não distribuição igual, mas distribuição eqüitativa. A primeira igualdade é a eqüidade.

Da combinação destas duas coisas, poderio público no exterior, felicidade individual interna, resulta a prosperidade social.

Prosperidade social significa felicidade para o homem, liberdade para o cidadão, grandeza para a nação.

A Inglaterra resolveu o primeiro desses problemas. Sabe criar admiravelmente a riqueza, mas a reparte mal. Essa solução, completa apenas de um lado, fatalmente a leva a dois extremos: opulência monstruosa, miséria monstruosa. Todos os gozos para uns; todas as privações para outros, ou seja, para o povo; o privilégio, a exceção, o monopólio, a feudalidade nascem do próprio trabalho. Situação errada e perigosa, que assenta o poderio público na miséria privada, que enraíza a grandeza do Estado nos sofrimentos do indivíduo. Grandeza malformada, em que todos os elementos materiais se combinam, e da qual nenhum elemento moral participa.

O comunismo e a lei agrária acreditam resolver o segundo problema. Enganam-se. A repartição deles mata a produção. A partilha por igual abole o sentimento de superação. E, por conseqüência, o trabalho. Essa é uma partilha semelhante à que faz o açougueiro, que mata o que reparte. É, portanto, impossível dar-se por contente com essas pretendidas soluções. Matar a riqueza não é reparti-la.

Os dois problemas precisam ser resolvidos em conjunto para serem bem resolvidos. As duas soluções precisam ser combinadas, tornando-se apenas uma.

Resolvendo apenas o primeiro desses problemas, seremos Veneza, seremos a Inglaterra. Teremos, como Veneza, um poderio artificial, ou, como a Inglaterra, um poderio material; seremos o mau rico. Pereceremos pelas vias de fato, como morreu Veneza, ou por uma bancarrota, como cairá a Inglaterra. E o mundo nos deixará cair e morrer, porque o mundo deixa cair e morrer tudo o que não passa de egoísmo, tudo o que não representa para o gênero humano uma virtude ou uma idéia.

Fique aqui bem entendido que, pelas palavras Veneza, Inglaterra, designamos não povos, mas construções sociais, as oligarquias sobrepostas às nações e não as próprias nações. As nações sempre terão nosso respeito e nossa simpatia. Veneza, povo, renascerá. Inglaterra, aristocracia, cairá, mas a Inglaterra, nação, é imortal. Dito isso, continuemos.

Resolvamos os dois problemas; encorajemos o rico e protejamos o pobre; suprimamos a miséria; ponhamos termo à injusta exploração do fraco pelo forte; coloquemos um freio na inveja iníqua daquele que está a caminho contra aquele que já chegou; ajustemos matemática e fraternalmente o salário ao trabalho; juntemos o ensino gratuito e obrigatório ao crescimento infantil, fazendo da ciência a base da virilidade; desenvolvamos as inteligências, dando ao mesmo tempo ocupação aos braços; sejamos a um só tempo um povo poderoso e uma família de homens felizes; democratizemos a propriedade, não abolindo-a, mas universalizando-a, de modo a que todo cidadão, sem exceção, seja proprietário, coisa mais fácil do que se imagina; em uma palavra, saibamos produzir a riqueza e saibamos reparti-la, e teremos juntas a grandeza material e a grandeza moral, e seremos dignos de nos chamarmos França.

Eis o que dizia o socialismo, fora e acima de algumas seitas que se desviavam do caminho; eis o que ele procurava nos fatos e o que esboçava nos espíritos.

Admiráveis esforços! Sagradas tentativas!

Essas doutrinas, essas teorias, essas resistências; a necessidade inesperada para o homem de estado de contar com os filósofos; confusas evidências entrevistas; uma nova política a ser criada, de acordo com o Velho Mundo e sem grande desacordo com o ideal revolucionário; uma situação em que seria preciso empregar Lafayette em defesa de Polignac; a intuição do progresso transparente sob a revolta; as câmaras e a rua; as rivalidades equilibrando em torno de si sua fé na revolução; talvez certa eventual resignação nascida da vaga aceitação de um direito superior definitivo; sua vontade de permanecer da própria raça; seu espírito de família; seu sincero respeito ao povo; sua própria honestidade, tudo isso preocupava Luís Filipe quase dolorosamente, e, por instantes, por mais forte e corajoso que fosse, tudo isso o abatia sob as dificuldades de ser rei.

Sentia sob os pés uma desagregação temerosa, que não era, todavia, uma redução a pó, uma vez que a França era mais França do que nunca.

Tenebrosas nuvens cobriam o horizonte. Uma crescente sombra estranha estendia-se pouco a pouco sobre os homens, sobre as coisas, sobre as idéias; sombras que vinham da ira e dos sistemas. Tudo o que prematuramente havia sido sufocado se revolvia e fermentava. Por vezes, a consciência do homem de bem precisava retomar fôlego, tamanho o mal-estar que havia naquela atmosfera onde os sofismas misturavam-se às verdades. Os espíritos estremeciam na ansiedade social como as folhas das árvores na aproximação das tempestades. Era tal a tensão elétrica que, em certos instantes, o primeiro que aparecia, um desconhecido qualquer, trazia luz. Depois a escuridão crepuscular voltava a cair. De tempos em tempos, profundos e surdos rumores permitiam imaginar a quantidade de carga elétrica contida na nuvem.

Apenas vinte meses haviam se passado desde a Revolução de Julho, e o ano de 1832 abria-se com aspecto de perigo iminente e de ameaça. A miséria do povo; a fome dos trabalhadores; o desaparecimento nas trevas do último príncipe de Condé; a expulsão dos Nassau de Bruxelas, como a dos Bourbons de Paris; a Bélgica oferecendo-se a um príncipe francês e dada a um príncipe inglês; o ódio russo de Nicolau; atrás de nós, dois demônios do sul, Fernando na Espanha e Miguel em Portugal; a terra estremecendo na Itália; Metternich estendendo a mão sobre Bolonha; a França agastando-se com a Áustria em Ancona; ao norte, não se sabe que sinistro martelar fechando a Polônia em seu caixão; por toda a Europa olhares irritados espreitando a França; a Inglaterra, aliada suspeita, pronta a empurrar quem vacilasse e a lançar-se sobre quem caísse; o pariato abrigando-se sob Beccaria para recusar quatro cabeças à lei; as flores-de-lis raspadas da carruagem real; a cruz arrancada de Notre-Dame; Lafayette reduzido, Laffitte arruinado, Benjamin Constant morto indigente, Casimir Perier morto de exaustão no poder; a doença política e a doença social sendo ao mesmo tempo declaradas nas duas capitais do reino, uma, cidade do pensamento, a outra, cidade do trabalho; em Paris, a guerra civil, em Lyon, a guerra servil, nas duas cidades o mesmo clarão de fornalha; uma cratera púrpura na fronte do povo; o sul fanatizado, o oeste perturbado; a Duquesa de Berry na Vendée; os complôs, as conspirações, as revoltas, a ira, acresciam ao sombrio rumor das idéias o sombrio tumulto dos acontecimentos.

V. Fatos que dão origem à história e que a história ignora

Por volta do final de abril, tudo se agravara. A fermentação transformara-se em fervura. Desde 1830, aqui e ali ocorriam pequenas rebeliões parciais, rapidamente sufocadas, mas recorrentes, sinal de uma vasta conflagração subjacente. Algo de terrível incubava. Entreviam-se os lineamentos ainda mal distintos e pouco claros de uma possível revolução. A França estava de olho em Paris; Paris estava de olho no bairro Saint-Antoine.

O bairro Saint-Antoine, surdamente aquecido, entrava em ebulição.

Os botequins da rua Charonne, embora a junção destes dois epítetos pareça singular aplicada a botequins, estavam graves e tempestuosos.

Ali, o governo, pura e simplesmente, era colocado em questão. Ali se discutia publicamente *o negócio, fosse para participar da luta ou para ficar tranqüilo*. Existiam salas de fundo onde faziam os operários jurar que, ao primeiro grito de alarme, estariam nas ruas e "lutariam sem contar o número de inimigos". Uma vez feito o juramento, um homem sentado em um canto do botequim "fazia uma voz sonora" e dizia: "Você ouviu! Você jurou!" Algumas vezes iam ao primeiro andar, para um cômodo fechado, onde se passavam cenas quase maçônicas. Faziam o iniciado jurar *prestar-lhes serviços bem como aos pais de família*. Essa era a fórmula.

Nas salas inferiores liam brochuras "subversivas". *Atiravam pedras no governo*, dizia um relatório secreto daquele tempo.

Ali eram ouvidas palavras como estas: *Não sei o nome dos chefes. Nós, aqui, só vamos saber o dia duas horas antes*. Um operário dizia: *Somos trezentos, se cada um der dez soldos, são cento e cinqüenta francos para pólvora e balas. Outro dizia: Não dou seis meses, não dou nem dois. Antes de quinze dias estaremos a par com o governo. Com vinte e cinco mil homens já podemos enfrentá-los*. Outro ainda dizia: *Nem tenho dormido porque passo a noite fazendo cartuchos*. De tempos em tempos, alguns homens "com jeito de burgueses e bem vestidos" apareciam, "causando embaraço", e, com ares "de comandar", apertavam as mãos dos mais importantes, e iam embora. Nunca ficavam mais que dez minutos. Trocavam em voz baixa frases significativas: *O complô está maduro, a coisa está no auge*. "Era murmurado por todos os que estavam lá", para nos servirmos da expressão de um dos próprios assistentes. Era tal a exaltação que, um dia, em plena taverna, um operário exclamou: *Nós não temos armas!* Um de seus camaradas respondeu: *Os soldados têm!*, parodiando desse modo, sem se dar conta, a proclamação de Bonaparte ao exército da Itália. E um relatório acrescenta: "Quando eles tinham algo de mais secreto, não se comunicavam ali". Não dá para entender o que poderiam ocultar depois de ter dito o que diziam.

Às vezes as reuniões eram periódicas. Em algumas delas, nunca eram mais de oito ou dez, e sempre os mesmos. Em outras, entrava quem quisesse, e a sala ficava tão cheia que era preciso ficar de pé. Uns ali estavam por entusiasmo e paixão; outros porque "era seu caminho para chegar ao trabalho". Como ocorrera durante a Revolução, havia nessas tavernas mulheres patriotas que abraçavam os novos adeptos.

Outros fatos expressivos se mostravam.

Um homem entrava em um botequim, bebia e dizia ao sair: *Patrão, o que eu devo, a revolução pagará.*

Em uma taverna de frente para a rua Charonne agentes revolucionários eram nomeados. O escrutínio era feito dentro de bonés.

Operários reuniam-se na casa de um mestre de esgrima que promovia combates na rua Cotte. Ali havia um troféu de armas formado de espadins de madeira, cajados, bastões e floretes. Um dia desembainharam os floretes. Um operário dizia: *Somos vinte e cinco, mas não contem comigo, porque me consideram uma máquina*. Essa máquina mais tarde foi Quéssinet[7].

Coisas quaisquer que se premeditavam tomavam pouco a pouco não se sabe que estranha notoriedade. Uma mulher que varria sua porta dizia a outra mulher: *Faz tempo que trabalham duro fazendo cartuchos*. No meio da rua liam-se proclamações dirigidas aos guardas nacionais dos departamentos. Uma dessas proclamações estava assinada assim: *Burtot, comerciante de vinhos*.

Um dia, à porta de um licorista do Mercado Lenoir, um homem portando um colar de barba e com pronúncia italiana subia em uma coluna de pedra e lia em voz alta um escrito singular, que parecia emanar de um poder oculto. Alguns grupos formaram-se em volta dele e aplaudiam. As passagens que mais mexiam com a multidão foram recolhidas e anotadas: "...Nossas doutrinas são entravadas, nossas proclamações são rasgadas, e é vigiado e jogado na prisão quem nos ajuda a afixá-las". "O revés que acaba de acontecer no setor de algodão converteu a nosso favor muitos dos neutros." "...O futuro dos povos é elaborado em nossas obscuras fileiras." "...Eis os termos colocados: ação ou reação, revolução ou contra-revolução. Pois, em nossa época, ninguém acredita mais na inércia, nem na imobilidade. A favor ou contra o povo, essa é a questão. Não há outra." "...No dia em que nós não lhes formos mais convenientes, que nos anulem, mas até então ajudem-nos a caminhar." Tudo isso em pleno dia.

---

[7] Em 1841, Quéssinet, operário do bairro Saint-Antoine, tentou assassinar dois príncipes da família real. (N. do E.)

Outros fatos, ainda mais audaciosos, causavam suspeita ao povo justamente por causa de sua audácia. No dia 4 de abril de 1832, um passante postado no marco da esquina da rua Sainte-Marguerite gritava: *Eu sou babovista!*[8] Mas, por baixo de Babeuf, o povo farejava o chefe de polícia Gisquet.

Entre outras coisas, esse passante dizia:

— Abaixo a propriedade! A oposição de esquerda é covarde e traiçoeira. Quando quer ter razão, prega a revolução. É democrata para não ser batida, e realista para não combater. Os republicanos são feras com penas. Desconfiem dos republicanos, cidadãos operários!

— Silêncio, cidadão espião! — gritou um operário.

Esse grito pôs fim ao discurso.

Incidentes misteriosos se produziam.

Ao final do dia, um operário encontrava perto do canal "um homem bem vestido" que lhe dizia:

— Para onde vai, cidadão?

— Senhor, não tenho a honra de conhecê-lo — respondia o operário.

— Mas eu o conheço bem.

E o homem acrescentava:

— Não tenha receio, sou agente do comitê. Há suspeitas de que você não está muito firme. Saiba que, se você revelar alguma coisa, estamos de olho em você.

Depois apertava a mão do operário e ia embora dizendo:

— Logo tornaremos a nos ver.

A polícia, em suas escutas, recolhia diálogos singulares, não mais apenas nas tavernas, mas também nas ruas.

— Faça com que o recebam bem depressa — dizia um tecelão a um marceneiro.

— Por quê?

— Vamos ter que dar uns tiros.

Dois passantes esfarrapados trocavam estas réplicas notáveis, cheias de uma aparente *jacquerie*[9]:

— Quem nos governa?

— É o senhor Filipe.

---

[8] Partidário de doutrina de Babeuf, autor de uma seita socialista que queria a igualdade absoluta entre todos os homens. (N. do E.)

[9] Nome da insurreição camponesa de 1358 contra a nobreza da França; o termo deriva do nome Jacques (que designava, com certo escárnio, o homem do povo) e exprime a revolta das classes pobres perante os abastados. (N. do E.)

— Não, é a burguesia.

Engana-se quem acredita que tomamos a palavra *jacquerie* em sentido pejorativo. Os *jacques* eram os pobres.

Uma outra vez, ao passar, dois homens foram ouvidos dizendo um para o outro: "Temos um belo plano de ataque".

De uma conversa íntima entre quatro homens agachados em uma vala próxima à barreira du Trône, só se pôde compreender o seguinte:

— O que for possível será feito para que ele não torne a pôr os pés em Paris.

Ele quem? Enigma ameaçador.

"Os principais chefes", como se dizia no bairro, mantinham-se afastados. Supunha-se que se reunissem para suas deliberações em uma taverna das imediações da ponte Saint-Eustache. Um fulano chamado Aug.***, chefe da Sociedade de Ajuda para os Alfaiates, rua Mondétour, passava para servir de intermediário central entre os chefes e o bairro Saint-Antoine. Contudo, sempre houve muito segredo a respeito desses chefes, e fato algum pôde enfraquecer o orgulho singular da seguinte resposta dada algum tempo depois por um acusado perante a Corte dos Pares:

— Quem era seu chefe?

— *Eu não o conhecia, nem o reconheceria.*

Eram, talvez, meras palavras, transparentes, mas vagas; às vezes frases apanhadas no ar, ou "dizem", ou "ouvi dizer". Outros indícios apareciam.

Na rua Reuilly, um carpinteiro, ocupado em pregar um tapume em volta de um terreno onde se elevava uma casa em construção, achou no chão um pedaço de uma carta rasgada no qual ainda eram legíveis as seguintes linhas:

> "...É preciso que o comitê tome providências para impedir o recrutamento nas seções para diferentes sociedades".

E como *post-scriptum*:

> "Soubemos que havia fuzis na rua Faubourg-Poissonnière, número 5 (bis), na quantidade de cinco ou seis mil, no quintal da casa de um armeiro. A seção não possui armas".

O que impressionou o carpinteiro e o fez mostrar a coisa a seus vizinhos foi que, alguns passos adiante, ele encontrou outro pedaço também rasgado e ainda mais significativo, cuja configuração reproduzimos por causa do interesse histórico desses estranhos documentos:

Q	C	D	E

Aprenda esta lista de cor. Depois rasgue-a. Os homens admitidos farão o mesmo, depois que você lhes tiver transmitido as ordens.

Saúde e fraternidade.

L.

u og a^{1} *fe*

As pessoas que conheceram o segredo desse achado só mais tarde souberam o que subentendiam as quatro letras maiúsculas: *quinturiões, centuriões, decuriões, esclarecedores*; e o sentido das letras *u og* a^{1} *fe* era uma data e queria dizer 15 de abril de 1832. Por baixo de cada uma das maiúsculas estavam inscritos alguns nomes, seguidos de indicações bem características. Deste modo: Q. *Bannerel*. 8 fuzis. 83 cartuchos. Homem seguro. — C. *Boubière*. 1 pistola. 40 cartuchos. — D. *Rollet*. 1 florete. 1 pistola. 1 libra de pólvora. — E. *Teissier*. 1 sabre. 1 cartucheira. Exato. — *Terreur*. 8 espingardas. Valente, etc.

Finalmente, esse carpinteiro achou, sempre no mesmo local, um terceiro papel no qual estava escrita a lápis, mas bem legível, esta espécie de lista enigmática:

Unidade. Blanchard. Árvore seca. 6.
Barra. Soize. Sala-do-Conde.
Kosciusko. Aubry, o açougueiro?
J. J. R.
Caio Graco.
Direito de revisão. Dufond. Forno.
Queda dos Girondinos. Derbac. Maubuée.
Washington. Pinson. 1 pist. 86 cart.
Marselhesa.
Sober. do povo. Michel. Quincampoix. Sabre.
Hoche.
Marceau. Platão. Árvore seca.
Varsóvia. Tilly, vendedor do *Popular*[10].

[10] Alusão ao jornal do comunista Cabet, feita com ligeira defasagem cronológica, já que só apareceu em 1833. (N. do E.)

O honesto burguês, em cujas mãos esse papel fora parar, conseguiu saber seu significado. Parece que essa lista era a nomenclatura completa das seções do quarto distrito da Sociedade dos Direitos do Homem, com os nomes e endereços dos chefes das seções. Hoje, quando todos esses fatos então ocultos não são nada mais que história, podemos torná-los públicos. Devemos acrescentar que a fundação da Sociedade dos Direitos do Homem parece ter sido posterior à data em que aquele papel foi encontrado. Talvez fosse apenas um esboço.

No entanto, depois das frases e palavras, depois dos indícios escritos, alguns fatos materiais começaram a transparecer.

Na rua Popincourt, em um depósito de ferro-velho, encontraram na gaveta de uma cômoda sete folhas de papel pardo, dobradas todas em quatro e no comprimento; elas encobriam vinte e seis quadrados do mesmo papel dobrados em forma de cartucho, e um cartão no qual se lia o seguinte:

Salitre .... 12 onças
Enxofre .... 2 onças
Carvão .... 2 onças e meia
Água .... 2 onças

A declaração do auto de busca constatava que a gaveta exalava um forte odor de pólvora.

Um pedreiro, ao voltar de sua jornada de trabalho, esqueceu um pequeno pacote sobre um banco próximo à ponte de Austerlitz. Esse pacote foi levado ao posto de guarda. Ali foi aberto e dentro dele encontraram dois diálogos impressos, assinados *Lahautière*, uma canção intitulada *Operários, associai-vos* e uma caixa feita de latão, cheia de cartuchos.

Um operário, bebendo com um camarada, dizia-lhe para sentir como estava quente; o outro, ao apalpar, sentia uma pistola por baixo da jaqueta.

Entre a barreira du Trône e o Père-Lachaise, em um fosso da parte mais deserta do bulevar, algumas crianças que ali brincavam descobriram, por baixo de um monte de aparas e lixo, um saco contendo uma forma para fazer balas, um mandril de madeira para fazer cartuchos, uma gamela com alguns grãos de pólvora de caça e uma pequena panela de ferro fundido, cujo interior mostrava vestígios evidentes de chumbo derretido.

Agentes de polícia entrando de improviso, às cinco horas da manhã, na casa de um tal Pardon, que mais tarde foi guarda nacional da seção Barricade-Merry, e que morreu na insurreição de abril de 1834, o encontraram de pé ao lado de sua cama, segurando cartuchos que estava fabricando.

Aproximadamente na hora em que os operários costumam descansar, dois homens foram vistos encontrando-se entre as barreiras Picpus e Charenton, em um pequeno caminho limitado por dois muros, perto de uma taverna que tem à porta um bilhar chinês. Um deles tirou de sob a blusa uma pistola, que entregou ao outro. No momento de entregá-la, percebeu que sua transpiração passara um pouco de umidade à pólvora. Preparou a pistola juntando-lhe mais pólvora àquela que já estava ali. Em seguida os dois homens se separaram.

Um fulano chamado Gallais, morto mais tarde na rua Beaubourg, por ocasião do movimento de abril, gabava-se de ter em casa setecentos cartuchos e vinte e quatro pedras de fuzil.

Um dia, o governo recebeu um aviso de que acabavam de distribuir armas e duzentos mil cartuchos pelos subúrbios. Na semana seguinte, trinta mil cartuchos foram distribuídos. Coisa incrível, a polícia não conseguiu apreender nenhum deles. Uma carta interceptada dizia:

"Não está longe o dia no qual, em quatro horas do relógio, oitenta mil patriotas estarão sob as armas".

Toda essa fermentação era pública, e, poderíamos quase dizer, tranqüila. A iminente insurreição aprontava serenamente sua tempestade na cara do governo. Nenhuma singularidade faltava a essa crise, ainda subterrânea, mas já perceptível. Os burgueses falavam pacificamente com os operários sobre o que se preparava. Perguntavam: "Como vai a revolta?" no mesmo tom com que perguntariam: "Como vai sua mulher?"

Na rua Moreau, um comerciante de móveis perguntava:

— E então, quando vão atacar?

E outro negociante respondia:

— Vão atacar logo, tenho certeza. Há um mês éramos quinze mil, agora somos vinte e cinco mil.

Ele oferecia seu fuzil, e um vizinho oferecia uma pistola pequena, pela qual pedia sete francos.

Em suma, a febre revolucionária se espalhava. Nenhum ponto de Paris ou da França estava isento. A artéria pulsava por toda parte. Semelhante a essas membranas que nascem de certas inflamações e se formam no corpo humano, a rede de sociedades secretas começava a estender-se pelo país. Da Associação dos Amigos do Povo, simultaneamente pública e secreta, nascia a Sociedade dos Direitos do

Homem, que datava do seguinte modo uma de suas ordens do dia: *Pluvioso, ano 40 da era republicana*, sociedade que sobreviveria às sentenças do Tribunal Criminal que ordenavam sua dissolução, e que não hesitava em dar às suas seções nomes significativos tais como:

Lanças.
Toque a rebate.
Canhão de alarme.
Barrete frígio.
21 de janeiro.
Mendigos.
Vadios.
Marcha adiante.
Robespierre.
Nível.
Avante.

A Sociedade dos Direitos do Homem engendrava a Sociedade de Ação. Eram os impacientes que não esperavam e corriam na frente. Outras associações procuravam recrutar-se nas grandes sociedades-mães. Os guardas nacionais queixavam-se de serem atacados. Assim se formaram a *Sociedade Gaulesa* e o *Comitê Organizador das Municipalidades*; as associações em favor da *liberdade de imprensa*, em favor da *liberdade individual*, em favor da *instrução do povo*, contra os *impostos indiretos*. E também a Sociedade dos Operários Igualitários, que se dividia em três facções: os igualitários, os comunistas e os reformistas. Em seguida, o Exército das Bastilhas, espécie de corte militarmente organizada, com quatro homens comandados por um cabo, dez por um sargento, vinte por um subtenente, quarenta por um tenente; nunca havia mais de cinco homens que se conhecessem. Criação em que a precaução se combinava com a audácia e que parecia impregnada do gênio de Veneza. O Comitê Central, que era a cabeça, tinha dois braços, a Sociedade de Ação e o Exército das Bastilhas. Uma associação legitimista, os Cavaleiros da Fidelidade, agitava-se por entre essas filiações republicanas. Nesse meio era denunciada e repudiada.

As sociedades parisienses ramificavam-se pelas principais cidades. Lyon, Nantes, Lille e Marselha tinham sua Sociedade dos Direitos do Homem, *la Charbonnière*, a dos Homens Livres. Em Aix havia uma sociedade revolucionária chamada Cougourde, cujo nome já foi citado.

Em Paris, o subúrbio Saint-Marceau não era menos efervescente que Saint-Antoine, e as escolas não estavam menos agitadas que os subúrbios. Um café da rua Saint-Hyacinthe e o botequim Sept-Billiards, da rua Mathurins-Saint-Jacques, serviam de pontos de reunião para os estudantes. A sociedade dos Amigos do ABC, afiliada aos mutualistas de Angers e à Cougourde de Aix, se reunia, como já vimos, no café Musain. Esses mesmos jovens, como também já dissemos, reuniam-se em um restaurante das imediações da rua Mondétour chamado Corinthe. Essas reuniões eram secretas. Outras eram tão públicas quanto possível, e pode-se julgar tais ousadias pelo seguinte fragmento de um interrogatório feito em um dos processos ulteriores: — Onde ocorreu essa reunião? — Na rua de la Paix. — Na casa de quem? — No meio da rua. — Que seções estavam presentes? — Uma só. — Qual? — A seção Manuel. — Quem era o chefe? — Eu. — Você é muito jovem para ter tomado sozinho essa grave resolução de atacar o governo. De onde recebia as instruções? — Do comitê central.

O exército era minado ao mesmo tempo que a população, como depois o provaram os movimentos de Belfort, de Lunéville e de Épinal. Contava-se com o regimento 52, com o 5, com o 8, com o 37 e com o 20 de infantaria ligeira. Na Borgonha e nas cidades do sul plantava-se a *Árvore da Liberdade*, ou seja, um mastro com um barrete vermelho no alto.

Essa era a situação.

O bairro Saint-Antoine, mais que qualquer outro grupo de população, como dissemos no início, tornava essa situação sensível e a acentuava. Ali era o ponto nevrálgico.

Esse antigo subúrbio, populoso como um formigueiro, laborioso, corajoso e bravo como um enxame de abelhas, estremecia com a espera e o desejo de uma comoção. Tudo ali se agitava sem que por isso o trabalho fosse interrompido. Nada poderia dar uma idéia dessa viva e sombria fisionomia. Nesse bairro há misérias pungentes escondidas sob os tetos das mansardas; mas ali também há inteligências ardentes e raras. É especialmente em função da indigência e da inteligência que é perigoso quando dois extremos se tocam.

Saint-Antoine tinha ainda outras causas de estremecimento, pois recebia o contragolpe das crises comerciais, das falências, das greves, da falta de trabalho, inerentes aos grandes abalos políticos. Em tempos de revolução, a miséria é ao mesmo tempo causa e efeito. O golpe que desfere volta a ela. Essa população, cheia de uma virtude orgulhosa, capaz no mais alto ponto calórico latente, sempre pronta a pegar em armas, pronta para as explosões, irritada, profunda, minada, parecia apenas esperar a queda de uma faísca. Toda vez que certas faíscas flutuam no horizonte, impelidas pelo vento dos acontecimentos, não é possível impedir que se pense no bairro Saint-Antoine e no temeroso acaso que colocou nas portas de Paris aquele paiol de pólvora cheio de idéias e sofrimentos.

As tavernas do *subúrbio Antoine*, que por mais de uma vez se desenharam no esboço que se lê, gozam de notoriedade histórica. Em tempos de perturbação, nessas casas fica-se mais embriagado de palavras que de vinho. Uma espécie de espírito profético e um eflúvio de futuro por ali circulam, inflando os corações e engrandecendo as almas. As tavernas do subúrbio Antoine assemelham-se às do monte Aventino, construídas sobre o antro da sibila e se comunicando com os profundos sopros sagrados; tavernas cujas mesas eram quase trípodes, e onde se bebia o que Ênio chama de *o vinho sibilino*.

O subúrbio Saint-Antoine é um reservatório de povo. Os tremores revolucionários abrem nele fendas por onde corre a soberania popular. Essa soberania pode agir mal; ela pode se enganar, como outra qualquer; mas, mesmo que desencaminhada, permanece grandiosa. Dela pode-se falar como do ciclope cego: *Ingens*[11].

Em 1793, conforme fosse boa ou má a idéia que pairava, conforme fosse um dia de fanatismo ou de entusiasmo, partiam do bairro Saint-Antoine ou legiões selvagens, ou bandos heróicos.

Selvagens. Devemos explicar essa palavra. Esses homens esfarrapados, barulhentos, de aspecto feroz, cabelos eriçados, cassetetes levantados, espadas em punho, que nos dias genesíacos do caos revolucionário arremessaram-se sobre a velha Paris em desordem, que queriam eles? Queriam o fim das opressões, o fim das tiranias, o fim do jugo, trabalho para o homem, instrução para a criança, ternura social para a mulher, liberdade, igualdade e fraternidade, pão para todos, idéia para todos, edenização do mundo, progresso; e esta coisa santa, suave e boa, o progresso, irritados, fora de si, reclamavam-na de forma terrível, seminus, brandindo maças e rugindo. Eram os selvagens, sim, mas os selvagens da civilização.

Proclamavam o direito com fúria; queriam, mesmo que pelo tremor e pelo espanto, forçar o gênero humano a aceitar o paraíso. Pareciam bárbaros mas eram salvadores. Reclamavam a luz com uma máscara de trevas.

Em face desses homens, ferozes, concordamos, e temerosos, mas ferozes e temerosos para o bem, há outros homens, sorridentes,

---

[11] "Monstro horrível, disforme, colossal, cego" (Virgílio, *Eneida*). (N. do E.)

engalanados, dourados, enfeitados, estrelados, meias de seda, plumas brancas, luvas amarelas, sapatos reluzentes, que, sentados a uma mesa de veludo ao lado de uma lareira de mármore, insistem tranqüilamente na conservação do passado, da Idade Média, do direito divino, do fanatismo, da ignorância, da escravidão, da pena de morte, da guerra, glorificando a meia voz e polidamente a espada, a fogueira e o cadafalso. Quanto a nós, se fôssemos forçados a escolher entre os bárbaros da civilização e os civilizados da barbárie, escolheríamos os bárbaros.

Mas, graças aos céus, uma outra escolha é possível. Nenhuma queda a pique é necessária, seja para avançar ou para retroceder. Nem despotismo, nem terrorismo. Queremos o progresso em suave declive.

Deus o concede. A suavização dos declives, nisso consiste toda a política de Deus.

VI. Enjolras e seus tenentes

Por volta dessa época, Enjolras, em vista do possível acontecimento, fez uma espécie de recenseamento misterioso.

Todos estavam em conciliábulo no café Musain.

Enjolras disse, misturando a suas palavras algumas metáforas semi-enigmáticas, mas significativas:

— Convém saber em que pé estamos e com quem podemos contar. Se quisermos combatentes, precisamos fazê-los. Ter com o que bater. Isso não pode prejudicar. Os que passam sempre têm mais chance de levar chifradas quando há bois na estrada do que quando não há. Portanto, vamos contar um pouco o rebanho. Quantos somos? Não é o caso de se deixar esse trabalho para amanhã. Os revolucionários sempre devem ter pressa; o progresso não tem tempo a perder. Desconfiemos do inesperado. Não nos deixemos pegar desprevenidos. Trata-se de revisar todas as costuras que já fizemos para ver se elas resistem. Isso deve ser aprofundado ainda hoje. Courfeyrac, você vai encontrar os politécnicos. Hoje, quarta-feira, é o dia de saída deles. Você, Feuilly, vai encontrar os da Glacière. Combeferre prometeu ir ao Picpus. Lá está havendo uma excelente agitação. Bahorel vai visitar a Estrapade. Prouvaire, os maçons estão esfriando, traga-nos notícias da loja da rua Grenelle-Saint-Honoré. Joly irá à clínica de Dupuytren tomar o pulso da escola de medicina. Bossuet fará uma pequena volta pelo palácio para conversar com os estagiários. E eu me encarrego da Cougorde.

— Pronto, tudo acertado — disse Courfeyrac.

— Não.

— O que falta ainda?

— Uma coisa muito importante.

— O quê? — perguntou Combeferre.

— A barreira Maine — respondeu Enjolras.

Enjolras permaneceu um momento como que absorvido em suas reflexões, depois retomou:

— Na barreira Maine há o pessoal que trabalha com mármore, pintores, gente que aprende nos ateliês de escultura. É uma família entusiasta, mas sujeita a resfriamentos. Não sei o que há com eles de uns tempos para cá. Estão pensando em outra coisa. Estão ficando apagados. Passam o tempo jogando dominó. É preciso urgentemente falar um pouco, mas firme, com eles. É na casa de Richefeu que eles se reúnem. Podemos encontrá-los ali entre meio-dia e uma hora. Temos de soprar aquelas cinzas. Estava contando para isso com aquele distraído do Marius, que, afinal de contas, é bom, mas ele não aparece mais. Vou precisar de alguém para a barreira Maine. Não tenho mais ninguém.

— E eu? — disse Grantaire. — Estou aqui.

— Você?

— Eu.

— Você, doutrinar republicanos! Você, esquentar, em nome de princípios, corações que esfriaram!

— Por que não?

— Será que você serve para alguma coisa?

— Tenho a vaga ambição de servir — disse Grantaire.

— Você não acredita em nada.

— Acredito em você.

— Grantaire, você quer me fazer um favor?

— Todos. Engraxar suas botas.

— Pois bem, não se meta nos nossos negócios. Vá se embebedar com seu absinto.

— Você é um ingrato.

— Você é homem de ir à barreira Maine! Seria capaz?

— Sou capaz de descer a rua des Grès, de atravessar a praça Saint-Michel, de passar pela rua Monsieur-le-Prince, de pegar a rua de Vaugirard, de passar pelo Carmes, dobrar a rua d'Assas, chegar à rua Cherche-Midi, deixar atrás de mim o Conselho de Guerra, subir a rua des Vieilles-Tuileries, cruzar o bulevar, seguir pela calçada Maine, transpor a barreira e entrar na casa de Richefeu. Sou capaz de fazer isso. Meus sapatos são capazes disso.

— Você conhece ao menos um pouco aqueles camaradas que vão à casa de Richefeu?

— Não muito. Mas nos tratamos por você.

— O que você vai lhes dizer?

— Vou falar de Robespierre, ora. De Danton. De princípios.

— Você!

— Eu. Mas ninguém me faz justiça. Quando me meto nisso, sou terrível. Li Proudhomme, conheço o Contrato Social, sei de cor minha constituição do Ano Dois. "A liberdade de um cidadão termina onde a liberdade de outro cidadão começa." Você me toma por um bruto? Guardo um velho papel-moeda da revolução de 1790 na minha gaveta. Os Direitos do Homem, a soberania do povo, caramba! Sou até mesmo um pouco *hébertista*[12]. Posso repetir, durante seis horas contadas, relógio na mão, coisas incríveis.

— Seja mais sério — disse Enjolras.

— Sou assustador.

Enjolras pensou por alguns segundos, e fez o gesto de um homem que toma sua decisão.

— Grantaire — disse ele seriamente —, concordo em testá-lo. Você vai à barreira Maine.

Grantaire morava em um quarto bem próximo ao café Musain. Ele saiu e retornou cinco minutos depois. Fora até lá para vestir um colete ao estilo Robespierre.

— Vermelho — disse ele ao entrar, enquanto olhava fixamente para Enjolras.

Depois, com um enérgico movimento de mãos, apoiou sobre o peito as duas pontas escarlates do colete. E, aproximando-se de Enjolras, disse-lhe ao ouvido:

— Fique tranqüilo.

Colocou resolutamente seu chapéu, e saiu.

Passado um quarto de hora, a sala de trás do café Musain estava deserta. Todos os amigos do ABC haviam partido, cada qual para um lado, cada qual com sua missão. Enjolras, que se reservara a Cougourde, saiu por último.

Os membros da Cougourde de Aix, que estavam em Paris, reuniam-se então na planície de Issy, em uma das pedreiras abandonadas, tão numerosas naquele lado de Paris.

Enquanto caminhava em direção àquele ponto de encontro, Enjolras passava nele mesmo uma revista da situação. Era visível a gravidade dos acontecimentos. Quando os fatos, prenúncios de uma

---

[12] Nome dado aos partidários de Jacques Hébert, revolucionário francês, fundador de um jornal representativo da extrema esquerda. (N. do E.)

espécie de doença social latente, se movem pesadamente, a menor complicação os interrompe e embaralha. Fenômeno que dá origem aos desabamentos e aos renascimentos. Enjolras entrevia uma efervescência luminosa sob as superfícies tenebrosas do futuro. Quem sabe? Talvez o momento se aproximasse. O povo retomando seu direito, que belo espetáculo! A revolução retomando majestosamente a posse da França, e dizendo ao mundo: "Amanhã continua!" Enjolras estava satisfeito. A fornalha esquentava. Naquele mesmo momento havia um rastilho de *pólvora de amigos* espalhado por Paris. Enjolras compunha em sua cabeça, com a eloqüência filosófica e penetrante de Combeferre, o entusiasmo cosmopolita de Feuilly, a verve de Courfeyrac, o riso de Bahorel, a melancolia de Jean Prouvaire, a ciência de Joly, os sarcasmos de Bossuet, uma espécie de borbulhamento elétrico que pegava fogo ao mesmo tempo por toda parte. Todos ao trabalho. Com toda a certeza o resultado corresponderia aos esforços. Muito bem. Isso o fez pensar em Grantaire.

— Bem — pensou —, a barreira Maine mal vai desviar-me de meu caminho. E se eu fosse até a casa de Richefeu? Vamos ver o que faz Grantaire, e a quantas anda.

Soava uma hora na torre de Vaugirard quando Enjolras chegou à taverna Richefeu. Empurrou a porta, entrou, cruzou os braços, deixou a porta fechar depois de bater em seus ombros, e olhou em torno da sala cheia de mesas, de homens e de fumaça.

Uma voz se sobressaía em meio àquela bruma, vivamente entrecortada por uma outra voz. Era Grantaire dialogando com um adversário.

Grantaire estava sentado, de frente para uma pessoa, a uma mesa de mármore Sant'Ana cheia de migalhas e de pedras de dominó; ele batia no mármore com os punhos, e eis o que Enjolras ouviu:

— Dupla sena.

— Quadra.

— Porco! Não tenho mais.

— Você está morto.

— Sena.

— Três.

— Ás.

— Minha vez.

— Quatro pontos.

— Com muito custo.

— Sua vez.

— Fiz um erro enorme.

— Você está indo bem.

— Quinze.

— Mais sete.

— Isso dá vinte e dois. (*Divagando.*) Vinte e dois!

— Você não esperava a dupla sena. Se eu a tivesse colocado no começo, ia mudar todo o jogo.

— Duque mesmo.

— Ás.

— Ás! Pois então quina!

— Não tenho.

— Foi você que jogou agora, não?

— Sim.

— Branco.

— Que sorte! Ah! Você tem a sorte! (*Longa divagação.*) Duque.

— Ás.

— Nem quina nem ás! Azar o seu.

— Dominó.

— Cachorro.

LIVRO II

Éponine

I. Le Champ de L'Alouette — O Campo da Cotovia

Marius assistira ao inesperado desenlace da cilada em cujo rastro havia colocado Javert; mas assim que Javert deixou o casarão, levando seus presos em três carruagens, Marius, por sua vez, saiu cautelosamente de casa. Ainda não passava das nove da noite. Marius foi à casa de Courfeyrac. Courfeyrac já não era o imperturbável morador do Quartier Latin; havia mudado para a rua de la Verrerie "por razões políticas"; esse local era do tipo onde a insurreição se instalava de boa vontade naqueles tempos. Marius disse a Courfeyrac: "Vou dormir na sua casa". Courfeyrac tirou um colchão de sua cama, que tinha dois, colocou-o no chão e disse: "Aí está".

No dia seguinte, às sete da manhã, Marius voltou ao casarão, pagou o aluguel e o que devia a Mame Bougon, encheu um carrinho de mão com seus livros, sua cama, sua mesa, sua cômoda e suas duas cadeiras, e partiu sem deixar endereço, de modo que, quando Javert retornou naquela manhã para interrogar Marius sobre os acontecimentos da véspera, encontrou apenas Mame Bougon, que lhe disse: "Mudou-se!"

Mame Bougon ficou convencida de que Marius era um tanto cúmplice dos ladrões capturados na noite anterior. "Quem diria!", exclamava ela para as outras porteiras do bairro. "Um rapaz que parecia uma moça!"

Marius teve duas razões para essa mudança repentina. A primeira era que agora tinha horror àquela casa onde vira, tão de perto e em todo o seu desenvolvimento mais repulsivo e mais feroz, uma deformidade social talvez ainda mais medonha do que o mau rico: o mau pobre. A segunda era que não queria figurar em nenhum processo que provavelmente se seguiria, sendo levado a depor contra Thénardier.

Javert imaginou que o jovem, cujo nome não guardara, tivera medo e fugira, ou talvez não tivesse nem mesmo retornado para casa no momento da cilada; fez então alguns esforços para reencontrá-lo, mas não conseguiu.

Um mês se passou, depois mais outro. Marius continuava na casa de Courfeyrac. Soube por um advogado estagiário, freqüentador habitual das antecâmaras dos tribunais, que Thénardier estava incomunicável. Toda segunda-feira Marius enviava à Force cinco francos para Thénardier.

Não tendo mais dinheiro, Marius pedia emprestado a Courfeyrac. Pela primeira vez em sua vida emprestava dinheiro de alguém. Esses cinco francos periódicos eram um duplo enigma, para Courfeyrac, que os emprestava, e para Thénardier, que os recebia. "Para quem será esse dinheiro?", pensava Courfeyrac. "De onde isso me vem?", perguntava-se Thénardier.

Marius, porém, estava aflito. Tudo ficara obscuro novamente. Não via mais nada a sua frente; sua vida voltara a mergulhar naquele mistério onde ele andava tateando. Por um momento tornara a ver, de muito perto, em meio àquela obscuridade, a moça a quem amava, o velho que parecia ser o pai dela, esses entes desconhecidos que eram seu único interesse e sua única esperança neste mundo; e, quando pensou que os tinha seguros, um sopro carregou todas aquelas sombras. Nem sequer uma faísca de certeza e de verdade saltara daquele terrível choque. Nenhuma conjectura era possível. Não sabia nem mesmo o nome que supunha saber. Com toda a certeza, não se chamava Ursule. E Cotovia era um apelido. E o que pensar do velho? Escondia-se de fato da polícia? O operário de cabelos brancos, que Marius uma ocasião encontrara nas imediações de Invalides, voltou a sua memória. Agora se tornava provável que o tal operário e o senhor Leblanc fossem o mesmo homem. Será então que se disfarçava? Esse homem tinha lados heróicos e lados equívocos. Por que não gritara por socorro? Por que fugira? Ele era ou não o pai da jovem? Enfim, era ele, realmente, o homem que Thénardier julgou reconhecer? Thénardier poderia enganar-se? Todos problemas sem saída. Tudo isso, é verdade, em nada diminuía o encanto angelical da jovem do Luxemburgo. Infelicidade pungente; Marius tinha uma paixão no coração, e trevas sobre os olhos. Era puxado, era empurrado, mas não podia se mexer. Tudo se desvanecera, menos o amor. Do amor mesmo perdera os instintos e as súbitas iluminações. Normalmente, essa chama que nos queima também nos ilumina um pouco, e lança alguma claridade útil à nossa volta. Esses surdos conselhos da paixão, Marius nem os ouvia mais. Nunca se dizia: "E se eu fosse ali? E se eu tentasse aquilo?" Aquela a quem já não podia chamar de Ursule estava evidentemente em algum lugar; mas nada indicava a Marius em que lado ele devia procurar. Agora, toda a sua vida se resumia a estas palavras: uma incerteza absoluta em uma bruma impenetrável. Revê-la, desejava isso sempre, mas não tinha mais esperança.

E, ainda por cima, a miséria estava de volta. Ele sentia muito de perto, atrás de si, esse sopro gelado. Em meio a todas essas tormentas, e já havia muito tempo, interrompera seu trabalho, e nada é mais perigoso que o trabalho interrompido; é um hábito que se vai. Hábito fácil de perder, difícil de retomar.

Uma certa quantidade de divagação faz bem, como um narcótico em dose discreta. Adormece as febres, algumas vezes fortes, da inteligência em ação, e faz nascer no espírito um vapor brando e fresco que corrige os contornos demasiado ásperos do pensamento puro, preenche aqui e ali lacunas e intervalos, liga os conjuntos e encobre os ângulos das idéias. Mas divagação em demasia submerge e afoga. Infeliz do operário de espírito que se deixa cair inteiramente do pensamento na abstração. Acredita que facilmente tornará a subir, e pensa que, afinal de contas, é tudo a mesma coisa. Erro!

O pensamento é o labor da inteligência, a abstração é o labor da voluptuosidade. Substituir o pensamento pela divagação é confundir um veneno com um alimento.

Marius, como se recordam, começara assim. A paixão sobreviera e acabara por precipitá-lo em quimeras sem objetivo e sem fundamento. Já não saía de casa senão para sonhar. Criação preguiçosa. Abismo tumultuoso e estagnante. E, à medida que o trabalho diminuía, cresciam as necessidades. É de lei. O homem, em estado sonhador, é naturalmente pródigo e frouxo; o espírito descontraído não pode levar uma vida contida. Nesse modo de viver, há uma mistura de bem e de mal, pois, se a moleza é funesta, a generosidade é sã e boa. Mas o homem pobre, generoso e nobre, que não trabalha, está perdido. Os recursos se esgotam, as necessidades aparecem.

Ladeira fatal, por onde os mais honestos e os mais firmes são levados como os mais fracos e os mais viciosos, indo terminar em um destes dois abismos, o suicídio ou o crime.

À força de sair para sonhar, chega um dia em a pessoa sai para ir jogar-se na água.

O excesso de devaneio produz os Escousse e os Lebras[1].

Marius descia essa ladeira a passos lentos, olhos fixos naquela que já não via. O que acabamos de escrever parece estranho, no entanto é verdadeiro. A lembrança de um ser ausente se acende nas trevas do coração; e, quanto mais está desaparecido, mais resplandece; a alma desesperada e obscura avista essa luz em seu horizonte, estrela de uma noite interior. Ela, esse era o único pensamento de Marius. Não pensava mais em outras coisas; percebia confusamente que suas velhas roupas tornavam-se imprestáveis, e que suas roupas novas ficavam velhas, que suas camisas se estragavam, que seu chapéu se estragava, que suas botas se estragavam, quer dizer, que sua vida se deteriorava, e dizia a si mesmo: "Se pelo menos eu pudesse revê-la antes de morrer!"

Restava-lhe apenas uma idéia agradável, que *ela* o amara, pois seu olhar mostrara isso a ele, que ela não sabia seu nome, mas conhecia sua alma, e que talvez, lá onde estivesse, qualquer que fosse esse lugar misterioso, ela ainda o amasse. Quem sabe ela não pensava nele da mesma forma que ele pensava nela? Às vezes, em horas inexplicáveis, que experimenta todo coração que ama, tendo somente motivos para tristeza, sentia, no entanto, um estranho estremecimento de alegria, e pensava: "São seus pensamentos que chegam a mim!" E então acrescentava: "Meus pensamentos talvez cheguem a ela também".

Essa ilusão, que o fazia sacudir a cabeça no momento seguinte, conseguia, no entanto, lançar-lhe na alma alguns raios que pareciam às vezes ser de esperança. De tempos em tempos, especialmente ao anoitecer, momento que entristece os mais sonhadores, deixava cair nas folhas de um caderno, que não continha outra coisa, o mais puro, o mais impessoal, o mais ideal dos devaneios com que o amor enchia-lhe o cérebro. A isso ele chamava "escrever-lhe".

Não se deve achar que sua razão estivesse em desordem. Pelo contrário. Ele perdera a faculdade de trabalhar e de mover-se com firmeza em direção a um objetivo, mas tinha, mais do que nunca, clarividência e retidão. Marius via com uma clareza calma e real, embora singular, o que se passava diante de seus olhos, mesmo os fatos ou os homens mais indiferentes; falava a respeito de tudo as palavras justas, com uma espécie de abatimento honesto e desinteressadamente cândido. Seu julgamento, quase desprendido da esperança, mantinha-se alto e livre.

---

[1] Escousse e Lebras suicidaram-se, em 1832, após o fracasso de uma peça de teatro que haviam escrito. (N. do E.)

Nessa condição de espírito, nada lhe escapava, nada o enganava, e ele descobria a todo instante o fundamento da vida, da humanidade e do destino. Mesmo em meio às angústias, feliz daquele a quem Deus deu uma alma digna do amor e do infortúnio! Quem não viu as coisas deste mundo e o coração dos homens sob essa dupla claridade, nada viu de verdadeiro e nada sabe.

A alma que ama e que sofre encontra-se em estado sublime.

De resto, os dias se sucediam e nenhuma novidade se apresentava. Apenas parecia-lhe que o espaço sombrio que lhe restava percorrer tornava-se menor a cada instante. Ele julgava já entrever distintamente a borda do abismo sem fundo.

— Meu Deus! — repetia a si mesmo. — Será que não tornarei a vê-la antes disso!

Quando se sobe a rua Saint-Jacques, deixa-se ao lado a barreira e se segue algum tempo à esquerda pelo antigo bulevar interior, atinge-se a rua de la Santé, a Glacière, e, um pouco antes de se chegar ao riacho des Gobelins, encontra-se uma espécie de campo, que é, na extensa e monótona cintura dos bulevares de Paris, o único local onde Ruisdael[2] seria tentado a sentar-se.

Esse não sei que, de onde a graça das coisas se desprende, está ali; um prado verde atravessado por cordas estendidas onde trapos secam ao vento, uma antiga fazenda de horticultores, edificada no tempo de Luís XIII, com seu grande telhado extravagantemente pontilhado de mansardas, sebes arruinadas, um pouco de água entre as árvores, mulheres, risos, vozes; no horizonte, o Panthéon, a árvore dos Surdos-Mudos, o Val-de-Grace, negro, colossal, extravagante, divertido, magnífico, e, ao fundo, o severo topo quadrado das torres de Notre-Dame.

Como o lugar vale a pena ser visto, ninguém vai até lá. Só uma charrete ou algum carreteiro a cada quarto de hora.

Ocorreu, certa vez, que os solitários passeios de Marius o conduziram a esse terreno, perto de onde havia água. Naquele dia, havia uma raridade no tal bulevar, um passante. Marius, vagamente impressionado pelo encanto quase selvagem do lugar, perguntou a esse passante:

— Como se chama este lugar?

— Champ de l'Alouette (Campo da Cotovia) — respondeu o passante.

---

[2] *Jacob van Ruisdael (ou Ruysdael)* – pintor, desenhista e mestre paisagista holandês. (N. do E.)

E acrescentou:

— Foi aqui que Ulbach matou a pastora de Ivry.

Mas depois desta palavra: Cotovia, Marius nada mais ouvira. No estado de divagação ocorrem essas súbitas paralisias que uma única palavra consegue produzir. Todo o pensamento se condensa repentinamente em volta de uma idéia, e torna-se incapaz de qualquer outra percepção. Cotovia era o nome que, nas profundezas da melancolia de Marius, substituíra Ursule.

— Ah! — disse ele com aquela espécie de estupefação irracional peculiar a esses misteriosos apartes. — Este é o campo dela. Aqui ficarei sabendo onde ela mora.

Era absurdo, mas irresistível.

E passou a ir todos os dias ao Champ de l'Alouette.

II. Formação embrionária dos crimes na incubação das prisões

O triunfo de Javert no cortiço Gorbeau parecia ter sido completo, mas não o fora.

Primeiro, e era esta sua principal preocupação, Javert não prendera o prisioneiro. O assassinado que se evade é mais suspeito que o assassino; e era provável que esse personagem, tão valiosa presa para os bandidos, não fosse menos precioso para a autoridade.

Segundo, porque Montparnasse havia escapado de Javert.

Seria preciso esperar outra ocasião para pôr novamente as mãos naquele "imprestável do diabo". De fato, tendo Montparnasse encontrado Éponine, que estava de vigia atrás das árvores do bulevar, levara-a consigo, preferindo ser Némorin em relação à filha do que Schinderhannes em relação ao pai[3]. Foi o que lhe valeu. Ficara livre. Quanto a Éponine, Javert fizera com que a "fisgassem" de volta. Medíocre consolo. Éponine juntou-se novamente a Azelma em Madelonnettes.

Finalmente, no trajeto entre o cortiço Gorbeau e a Force, um dos principais presos, Claquesous, fora perdido. Ninguém sabia como isso acontecera; os agentes e os sargentos "não entendiam nada", Claquesous evaporara, soltara-se das amarras, escorrera pelas

---

[3] Némorin é o amante de Estela no célebre romance de Florian *Némorin e Estela*; Schinderhannes, também conhecido como Jean l'Écorcheur, era chefe de quadrilha e foi guilhotinado em 1803. (N. do E.)

fendas da carruagem, que estava rachada, e fugira; ninguém sabia o que dizer chegando à prisão, a não ser que *nada mais de Claquesous*. Naquilo havia feitiçaria, ou coisa da polícia. Claquesous derretera nas trevas, como um floco de neve na água? Teria havido tácita conivência dos agentes? Aquele homem pertencia ao duplo enigma da desordem e da ordem? Seria ele concêntrico à infração e à repressão? Essa esfinge teria as patas dianteiras metidas no crime e as patas traseiras na autoridade? Javert não aceitava de forma alguma combinações desse tipo, e teria arrepios diante de tais comprometimentos; mas sua equipe compunha-se de outros inspetores além dele, mais iniciados talvez do que ele mesmo nos segredos da delegacia, embora fossem seus subordinados, e Claquesous era tamanho bandido que podia ser muito bom agente. Estar em tão íntimas relações de ocultação com a noite é excelente para a bandidagem e admirável para a polícia. Existem desses velhacos de dois gumes. Fosse como fosse, Claquesous desgarrado não fora mais encontrado. Javert se mostrava em relação a isso mais irritado que admirado.

Quanto a Marius, "esse advogado tolo que provavelmente tivera medo", e cujo nome esquecera, Javert pouco se importava. Aliás, um advogado é sempre encontrável. Mas seria ele apenas um advogado?

A coleta de informações havia começado.

O juiz de instrução achara conveniente não colocar um dos homens da quadrilha Patron-Minette no isolamento, esperando ouvir alguma coisa. Foi escolhido Brujon, o cabeludo da rua Petit-Banquier. Soltaram-no no pavilhão Charlemagne, e os vigilantes não tiravam os olhos dele.

Este nome, Brujon, é um dos mais lembrados da Force. No horrível pavilhão chamado Prédio-Novo, que a administração denominava pátio Saint-Bernard e os ladrões chamavam de cova-dos-leões, na muralha coberta de escamas de pele e lepra que subia à esquerda até a altura do telhado, perto de uma velha porta enferrujada que levava à antiga capela do palácio ducal da Force — que se tornou um dormitório de bandidos —, via-se ainda, doze anos depois, uma espécie de prisão grosseiramente desenhada com uma ponta de prego, e, logo abaixo, esta assinatura:

BRUJON, 1811.

O Brujon de 1811 era o pai do Brujon de 1832.

Este último, que mal foi possível entrever na cilada do cortiço Gorbeau, era um jovem atrevido, muito esperto e muito hábil, com ar tolo e lamurioso. Foi por causa desse seu ar tolo que o juiz de instrução o deixou no pavilhão Charlemagne, acreditando que ele seria mais útil ali do que na solitária.

Os ladrões não param por estarem nas mãos da justiça. Não se incomodam com tão pouco. Estar na prisão por um crime não impede que se comece outro. São artistas que têm um quadro em exposição, sem que por isso deixem de trabalhar em uma nova obra em seu ateliê.

Brujon parecia ter ficado estupefato pela prisão. Às vezes era visto horas seguidas no pátio Charlemagne, de pé, ao lado da pequena janela da cantina, contemplando como um idiota a sórdida lista dos preços que começava por: *alho, 62 cêntimos,* e acabava por: *cigarro, 5 cêntimos*. Ou então passava seu tempo tremendo, batendo os dentes, dizendo que tinha febre, e perguntando se algum dos vinte e oito leitos da sala dos doentes estava livre.

De repente, por volta da segunda quinzena de fevereiro de 1832, soube-se que Brujon, esse indolente, mandara, por intermédio de mensageiros da prisão, não em seu nome, mas em nome de seus camaradas, três recados diferentes, que lhe custaram ao todo cinqüenta soldos, despesa exorbitante que atraiu a atenção do responsável da prisão.

Tomaram-se informações e, consultando-se as tarifas de recados pregada no locutório dos detentos, conseguiu-se saber que os cinqüenta soldos se decompunham do seguinte modo: três recados, um ao Panthéon, dez soldos; outro ao Val-de-Grâce, quinze soldos; e outro à entrada de Grenelle, vinte e cinco soldos. Este era o recado mais caro da tabela. Ora, no Panthéon, no Val-de-Grâce e na entrada de Grenelle encontravam-se justamente os domicílios de três vadios muito temidos, Kruideniers, conhecido por Bizarro, Glorieux, forçado liberado, e Barre-Carrosse, sobre os quais esse incidente atraiu o olhar da polícia. Conjecturava-se que esses homens eram filiados à quadrilha Patron-Minette, dois dos chefes da qual, Babet e Gueulemer, tinham sido encarcerados. Supunha-se que os recados de Brujon, enviados, não a endereços domiciliares, mas a pessoas que esperavam na rua, deviam conter avisos para alguma malfeitoria tramada. Havia ainda outros indícios; os três vadios foram agarrados, e acreditou-se haver descoberto a tal maquinação de Brujon.

Certa noite, aproximadamente uma semana depois de tomadas essas medidas, um dos guardas noturnos, inspecionando a parte inferior do Prédio-Novo, no momento de colocar sua castanha na *caixa de castanhas* — esse era o meio empregado para se assegurar que os vigias realmente faziam o serviço: de hora em hora uma castanha devia cair em todas as caixas pregadas nas portas dos dormitórios —, um guarda, então, viu, através de uma fresta, Brujon sentado na cama, escrevendo alguma coisa à luz do candeeiro. O guarda entrou, Brujon foi colocado na solitária durante um mês, mas não conseguiram pegar o que ele escrevera. A polícia nada mais soube.

O certo é que, no dia seguinte, um "postilhão" foi atirado do pátio Charlemagne à cova-dos-leões por cima do edifício de cinco andares que separava os dois pátios.

Os presos chamam de postilhão uma bolinha de pão engenhosamente endurecida, que se envia *para a Irlanda*, quer dizer, por cima dos telhados de uma prisão, de um pátio a outro. Etimologia: por cima da Inglaterra, de uma terra a outra; *para a Irlanda*. Essa bolinha cai no pátio. Quem a encontra deve abri-la e dentro encontra um bilhete dirigido a algum dos presos. Se o achado é feito por um dos detentos, ele faz o bilhete chegar a seu destino; se é feito por algum vigia ou algum dos presos secretamente vendidos, chamados de *carneiros* nas prisões e de *raposas* nas galés, o bilhete é levado ao carcereiro e entregue à polícia.

Desta feita, o postilhão chegou a seu destino, embora, na ocasião, aquele a quem a mensagem se destinava estivesse "em separado". O destinatário era nada menos que Babet, um dos quatro cabeças de Patron-Minette.

O postilhão continha um papel enrolado, sobre o qual havia apenas estas duas linhas:

— Babet. Há um negócio a fazer na rua Plumet. Uma grade que dá para um jardim.

Era a tal coisa que Brujon escrevera à noite.

Apesar dos revistadores e das revistadoras, Babet achou um meio de fazer o bilhete passar da Force para a Salpêtrière, a uma "boa amiga" que estava ali encarcerada. Essa moça transmitiu o bilhete a uma conhecida sua chamada Magnon, muito vigiada pela polícia, mas ainda fora da prisão. Essa Magnon, cujo nome o leitor já viu, tinha com os Thénardier relações que serão mais tarde detalhadas, e podia, ao visitar Éponine, servir de ponte entre a Salpêtrière e Madelonnettes.

Ocorreu que, justamente naquela ocasião, por falta de provas no processo movido contra Thénardier a respeito de suas filhas, Éponine e Azelma foram soltas.

Quando Éponine saiu, Magnon, que a espreitava às portas de Madelonnettes, entregou-lhe o bilhete de Brujon para Babet, encarregando-a de "esclarecer" o negócio.

Éponine foi à rua Plumet, reconheceu a grade e o jardim,

observou a casa, espiou, espreitou, e, passados poucos dias, levou a Magnon, que morava na rua Clocheperce, um *biscuit* — biscoito —, que Magnon transmitiu à amante de Babet, na Salpêtrière.

No tenebroso simbolismo das prisões, um *biscuit* significa: *nada a fazer*. De modo que, em menos de uma semana, Babet e Brujon, ao se cruzarem no caminho de ronda da Force, um deles indo "à instrução" da qual o outro voltava:

— E então, a rua P? — perguntou Brujon.

— *Biscuit* — respondeu Babet.

Dessa forma foi abortado o feto de crime gerado por Brujon na Force.

Esse aborto, no entanto, teve conseqüências completamente estranhas à programação de Brujon, como veremos.

Com freqüência, acreditando-se atar um certo fio, acaba-se atando um outro.

III. Aparição ao Pai Mabeuf

Marius não ia mais à casa de ninguém, acontecia-lhe apenas de encontrar algumas vezes com Pai Mabeuf.

Enquanto Marius descia lentamente os lúgubres degraus, que poderíamos chamar de escada dos porões, que conduzem a lugares sem luz, onde ouvem-se os felizes caminhando acima de nós, por seu lado, o senhor Mabeuf também descia.

A *Flora de Cauteretz* absolutamente não se vendia mais. As experiências com o anil não obtiveram êxito no pequeno jardim de Austerlitz, pouco exposto ao sol. Ali, o senhor Mabeuf apenas podia cultivar algumas plantas raras que gostam de sombra e de umidade. Contudo, ele não desanimava. Conseguiu um canto de terra no Jardim Botânico, bem localizado, para nele fazer "despesas por sua conta", seus experimentos com o anil.

Para tanto, empenhara as chapas de cobre de sua *Flora* no montepio e reduzira seu almoço a dois ovos, deixando um para sua velha criada, a quem não pagava havia mais de quinze meses. E muitas vezes o almoço era sua única refeição. Não mostrava mais aquele riso infantil, tornara-se melancólico, e não recebia mais visitas. Marius fazia bem de não pensar em visitá-lo. Às vezes, quando o senhor Mabeuf se dirigia ao Jardim Botânico, cruzava com Marius no bulevar de l'Hôpital, mas não se falavam, trocavam tristemente um sinal de cabeça. Coisa pungente, haver um momento em que a miséria desfaz os laços! Eram dois amigos, são dois passantes.

O livreiro Royol morrera. O senhor Mabeuf conhecia apenas seus livros, seu jardim e seu anil; eram as três formas que para ele haviam tomado a felicidade, o prazer e a esperança. Era quanto lhe bastava para viver. Pensava: "Quando fizer minhas bolas de anil, ficarei rico, retirarei minhas chapas do montepio, voltarei a ter minha *Flora* em voga, com charlatanismo, muita propaganda e anúncios nos jornais, e comprarei, bem sei onde, um exemplar de *l'Art de Naviguer* — A Arte de Navegar —, de Pierre de Médine, capa de madeira, edição de 1559".

Enquanto esperava, trabalhava o dia inteiro em seu canteiro de anil, e, à noite, voltava para casa para regar o jardim e ler seus livros. Nessa época, o senhor Mabeuf estava muito perto de seus oitenta anos.

Certa tarde teve uma aparição singular.

Voltara para casa com o dia ainda claro. A senhora Plutarque, cuja saúde se desarranjava, estava doente e acamada. Ele jantou um pouco de carne que restara em um osso e um pedaço de pão que encontrara sobre a mesa da cozinha, indo sentar-se em uma pedra que fazia as vezes de banco em seu jardim.

Perto desse banco, elevava-se, à moda dos velhos jardins com pomar, uma espécie de grande baú feito de travessas e pranchas, bastante estragado, casinha de coelhos na parte inferior e fruteira na parte superior. Não havia coelhos na casinha, mas havia algumas maçãs na fruteira, restos da provisão de inverno.

O senhor Mabeuf pusera-se a folhear e a ler, com ajuda de seus óculos, dois livros que o arrebatavam, e também, coisa mais séria em sua idade, o preocupavam. Sua natural timidez tornava-o propenso a uma certa aceitação das superstições. O primeiro desses livros era o famoso tratado do presidente Delancre, *Sobre a Inconstância dos Demônios*, o outro era o in-quarto de Mutor de la Rubaudière, *Sobre os Diabos de Vauvert e os Duendes de Bièvre*[4]. Este último livro o interessava ainda mais porque seu jardim outrora havia sido um dos terrenos assombrados pelos duendes. O crepúsculo começava a clarear o que ficava no alto e a escurecer o que ficava embaixo. Enquanto lia, por sobre o livro que tinha nas mãos Pai Mabeuf contemplava suas plantas, entre elas um magnífico rododendro, uma de suas consolações; quatro dias de calor, de vento e

---

[4] O castelo de Vauvert era tido como mal-assombrado na Idade Média. O nome da manufatura instalada em Bièvre vem de seu fundador, Jean Gobelin. (N. do E.)

de sol, sem uma gota de chuva, haviam se passado; os caules curvavam-se, os botões pendiam, as folhas caíam, tudo aquilo precisava ser regado; o rododendro, principalmente, estava triste. Pai Mabeuf era daqueles para quem as plantas têm alma. O velho havia trabalhado o dia todo em seu canteiro de anil, estava muito cansado, mas levantou-se, colocou os livros sobre o banco, caminhou todo curvado e com passos cambaleantes até o poço; mas, quando segurou a corrente, não conseguiu puxá-la o suficiente. Então voltou-se e lançou um olhar de angústia para o céu, que se cobria de estrelas.

A noite tinha aquela serenidade que acalma as dores do homem, não se sabe sob qual lúgubre e eterna alegria, e prometia ser tão árida quanto havia sido o dia.

— Estrelas por toda parte! — pensou o homem. — Nem a menor nuvem! Nem uma lágrima de água! — E sua cabeça, que por um instante se levantara, voltou a cair sobre o peito.

Levantou-a novamente e outra vez olhou para o céu murmurando:

— Uma gota de orvalho! Por piedade!

Tentou mais uma vez levantar a corrente do poço, mas não conseguiu.

Naquele momento ouviu uma voz lhe dizendo:

— Pai Mabeuf, quer que eu regue seu jardim?

Ao mesmo tempo, ouviu-se algo como o ruído de um animal feroz que passasse pela sebe, de onde ele viu sair uma espécie de moça alta e magra, que apareceu diante dele fitando-o atrevidamente. Parecia menos um ser humano do que uma forma que acabava de nascer do crepúsculo.

Antes que Pai Mabeuf, que se assustava naturalmente e, como já dissemos, se amendrontava com facilidade, pudesse responder uma única sílaba, aquele ser, que no escuro mostrava nos movimentos uma espécie de rapidez estranha, já havia soltado a corrente, mergulhado e retirado o balde, enchido o regador; e o velho homem via aquela aparição de pés descalços e roupa esfarrapada correndo pelas platibandas, distribuindo vida à sua volta. O ruído do regador sobre as folhas enchia de contentamento a alma de Pai Mabeuf. Agora parecia-lhe que o rododendro estava feliz.

Esvaziado o primeiro balde, a moça tirou um segundo, e depois um terceiro. Regou o jardim todo.

Vê-la caminhar assim entre os canteiros, onde sua silhueta aparecia completamente negra, agitando sobre os longos braços angulosos seu lenço todo rasgado, dava a ela um certo ar de morcego.

Quando ela terminou, Pai Mabeuf aproximou-se com lágrimas nos olhos, passando-lhe a mão pelo rosto.

— Deus a abençoe — disse ele. — Você é um anjo, pois tem cuidado com as flores.

— Não — respondeu ela. — Eu sou o diabo, mas tanto faz.

O velho exclamou, sem esperar e sem entender sua resposta:

— Pena que eu seja tão infeliz e tão pobre, e que eu não possa fazer nada por você!

— O senhor pode alguma coisa — disse ela.

— O quê?

— Dizer-me onde mora o senhor Marius.

O velho homem não compreendeu.

— Que senhor Marius?

Ele lançou um olhar vidrado e pareceu procurar alguma coisa desaparecida.

— Um rapaz que vinha aqui antigamente.

Enquanto isso o senhor Mabeuf havia sondado sua memória.

— Ah! Sim... — exclamou ele. — Entendo o que você quer dizer. Espere um pouco! Senhor Marius... o Barão Marius Pontmercy, ora! Ele mora... ou melhor, ele já não mora... Pois é, não sei.

Enquanto falava, curvou-se para prender um galho do rododendro, e continuava:

— Espere, agora me lembro. Ele passa com muita freqüência pelo bulevar e vai para os lados da Glacière, rua Croulebarbe, Champ de l'Alouette. Vá por ali. Não é difícil encontrá-lo.

Quando o senhor Mabeuf levantou-se, não havia mais ninguém. A jovem desaparecera.

Decididamente, ele teve um certo medo.

— Na verdade — pensou —, se meu jardim não estivesse molhado, eu pensaria que era um espírito.

Uma hora depois, quando se deitava, lembrou-se do que ocorrera, e, ao adormecer, naquele instante confuso em que o pensamento, semelhante à fabulosa ave que se transforma em peixe para atravessar o mar, vai gradualmente tomando a forma de sonho para atravessar o sono, dizia-se confusamente:

— Na verdade, tudo isso se parece muito com o que La Rubaudière conta dos duendes. Será que era um duende?

IV. Aparição a Marius

Certa manhã, alguns dias após essa visita de um "espírito" ao Pai Mabeuf — era uma segunda-feira, dia da moeda de cem soldos que Marius emprestava de Courfeyrac para dar a Thénardier —,

Marius colocara a tal moeda no bolso, e, antes de levá-la à prisão, resolveu "passear um pouco", esperando que, ao voltar, isso o fizesse trabalhar. Aliás, era eternamente assim. Assim que se levantava, sentava-se diante de um livro e de uma folha de papel para concluir rapidamente alguma tradução; naquela época, trabalhava na versão para o francês de uma célebre querela de alemães, a controvérsia de Gans e de Savigny; pegava Savigny, pegava Gans, lia quatro linhas, tentava escrever uma, mas não conseguia; via uma estrela entre ele e o papel, e levantava-se da cadeira dizendo:

— Vou sair. Isso vai me deixar disposto.

E dirigia-se ao Champ de l'Alouette.

Ali, mais que nunca, ele via a estrela, e, menos que nunca, Savigny e Gans.

Ao retornar, tentava retomar seu trabalho, mas não conseguia; não havia meio de atar um só dos fios rompidos dentro de seu cérebro. Então pensava: "Amanhã não sairei. Isso me impede de trabalhar". Mas saía todos os dias.

Habitava mais o Champ de l'Alouette do que a casa de Courfeyrac. Seu verdadeiro endereço era este: bulevar de la Santé, sétima árvore após a rua Croulebarbe.

Naquela manhã, deixara a sétima árvore e fora sentar-se no parapeito do riacho Gobelins. Um alegre sol penetrava nas tenras folhas abertas e bem brilhantes.

Marius sonhava com "Ela". E seu devaneio, transformando-se em censura, recaía sobre ele; dolorosamente, pensava na ociosidade, paralisia da alma, que tomava conta dele, e na noite que se adensava de instante em instante diante de seus olhos, a ponto de não enxergar nem mesmo o sol.

No entanto, por meio desse penoso desenrolar de idéias indistintas, que nem mesmo era um monólogo, tanto a ação se enfraquecia nele que nem sequer tinha forças para querer desolar-se; era por intermédio de uma absorção melancólica que as sensações externas chegavam-lhe. Ouvia atrás de si, abaixo de si, nas duas margens do riacho, as lavadeiras do Gobelins batendo as roupas, e, acima de sua cabeça, os pássaros chilreando e cantando nos olmos. De um lado, o ruído da liberdade, da feliz falta de preocupação, do ócio que possui asas; de outro, o rumor do trabalho. Coisa que o fazia pensar profundamente, quase refletir, esses dois ruídos alegres.

De repente, em meio a seu oprimido êxtase, ouviu uma voz conhecida dizendo:

— Oh! Aí está ele!

Marius levantou os olhos e reconheceu a infeliz menina que

certa manhã fora a sua casa, a filha mais velha de Thénardier, Éponine; agora ele sabia como ela se chamava. Coisa estranha, ela emprobrecera e se embelezara, dois passos que ela não parecia poder dar. Ela alcançara um duplo progresso, em direção à luz e em direção à miséria. Estava descalça e esfarrapada como no dia em que tão resolutamente havia entrado em seu quarto, a única diferença era que os farrapos tinham dois meses a mais; os buracos estavam maiores, os andrajos mais imundos. A mesma voz rouca, a mesma fronte manchada e enrugada pelo calor, o mesmo olhar desprendido, desvairado e vacilante. Tinha na fisionomia, mais do que anteriormente, esse não sei que de assustado e de lamentável que a passagem pela prisão acrescenta à miséria.

Trazia pontas de palha e feno nos cabelos, não como Ofélia, enlouquecida pelo contágio da loucura de Hamlet, mas por ter dormido no sótão de alguma estrebaria.

E apesar de tudo isso era bela. Que grande astro és, ó juventude!

Havia parado diante de Marius, transparecendo um pouco de alegria sobre o rosto lívido e algo que se assemelhava a um sorriso. Por alguns momentos permaneceu como se não pudesse falar.

— Então o reencontrei! — disse ela enfim. — Pai Mabeuf tinha razão, disse que estaria aqui neste bulevar! Como o procurei! Se o senhor soubesse! Sabia disso? Estive presa. Quinze dias! Mas me soltaram, já que não havia provas contra mim e, além disso, por eu não estar ainda na idade do discernimento. Faltavam dois meses para isso. Oh! Quanto o procurei! Seis semanas. O senhor não mora mais lá?

— Não — disse Marius.

— Ah! Entendo. Por causa daquelas coisas. São desagradáveis aqueles fanfarrões. Então o senhor se mudou! Veja só! Por que usa um chapéu velho como esse? Um rapaz como o senhor deve andar bem trajado. Sabe, senhor Marius, Pai Mabeuf chama o senhor de Barão Marius não sei de quê. Não é verdade que o senhor seja barão, não? Barões são uns velhos que vão ao Luxemburgo na frente do castelo onde tem mais sol, e dão um soldo para ler o *Quotidienne*. Uma vez fui levar uma carta à casa de um barão que era assim. Tinha mais de cem anos. Mas então, onde o senhor está morando agora?

Marius não respondeu.

— Olhe, tem um furo em sua camisa. Preciso costurar isso.

E acrescentou, com uma expressão que pouco a pouco se entristecia:

— O senhor não parece estar contente por me ver.

Marius continuava calado; ela mesma ficou um instante em silêncio, depois exclamou:

— Mas se eu quisesse bem poderia forçá-lo a ficar contente!

— O quê? — perguntou Marius. — O que a senhorita quer dizer?

— Ah! Antes o senhor me chamava de você! — retrucou ela.

— Está bem, o que você quer dizer?

Ela mordeu os lábios; parecia hesitar como se fosse presa de uma luta interior. Enfim pareceu tomar uma resolução.

— Tanto faz, dá no mesmo. O senhor está triste, eu quero que fique contente. Prometa-me apenas que vai rir. Quero ver o senhor rir e ver o senhor dizer: "Muito bem! Que bom!" Pobre senhor Marius! O senhor lembra? Havia prometido que me daria tudo que eu quisesse...

— Sim, mas então fale.

Ela olhou no branco dos olhos de Marius e disse:

— Tenho o endereço.

Marius ficou pálido. Todo o seu sangue refluiu ao coração.

— Que endereço?

— O endereço que o senhor havia pedido!

E acrescentou como se fizesse um esforço:

— O endereço... o senhor bem sabe...

— Sei! — balbuciou Marius.

— Daquela senhorita!

Dizendo essas palavras, suspirou profundamente.

Marius saltou do parapeito em que estava sentado e pegou-lhe sofregamente nas mãos.

— Oh! Pois bem, conduza-me! Diga-me! Peça-me tudo o que quiser! Onde é?

— Venha comigo — respondeu ela. — Não sei bem a rua nem o número; é lá do outro lado, mas conheço bem a casa, vou levá-lo.

Retirou sua mão e retomou, com um tom capaz de impressionar qualquer observador, menos Marius, embriagado e extasiado:

— Oh! Como o senhor ficou contente!

Uma nuvem cobriu o rosto de Marius. Ele agarrou Éponine pelo braço.

— Jure uma coisa!

— Jurar? — disse ela. — Que quer dizer isso? Ora! O que quer que eu jure?

E soltou uma risada.

— Seu pai! Prometa-me, Éponine! Jure que não vai dizer esse endereço a seu pai!

Ela virou para ele com um olhar estupefato.

— Éponine! Como sabe que me chamo Éponine?
— Prometa o que estou pedindo!
Mas ela parecia nem ouvi-lo.
— Que gentil! O senhor me chamou de Éponine!
Marius pegou-a pelos dois braços.
— Responda, então, em nome de Deus! Preste atenção ao que lhe digo, jure que não vai contar a seu pai esse endereço!
— Meu pai? — disse ela. — Ah, sim, meu pai! Fique tranqüilo. Ele está na solitária. Além disso, acha que eu me importo com meu pai?
— Mas você ainda não prometeu! — exclamou Marius.
— Mas então me solte! — disse ela gargalhando. — Olhe como está me sacudindo! Sim! Sim! Eu prometo! Juro! Que me custa isso? Não vou dizer nada a meu pai. Está bem assim? Era isso?
— Nem a mais ninguém? — disse Marius.
— Nem a mais ninguém.
— Agora — tornou Marius — leve-me até lá.
— Imediatamente?
— Imediatamente.
— Vamos. Oh! Como ele está contente! — disse ela.
Após alguns passos, ela parou.
— Está me seguindo muito de perto, senhor Marius. Deixe-me ir à frente, e siga-me sem dar na vista. Um rapaz de bem como o senhor não deve ser visto com uma mulher como eu.
Nenhuma língua saberia dizer tudo o que estava contido nesta palavra, mulher, pronunciada daquela forma por aquela menina.
Deu mais uma dezena de passos e tornou a parar; Marius aproximou-se. Ela falou-lhe de lado, sem voltar-se para ele:
— A propósito, lembra-se de que me prometeu alguma coisa?
Marius apalpou seu bolso. Tudo o que possuía no mundo eram os cinco francos destinados a Thénardier. Pegou-os e colocou-os na mão de Éponine.
Ela abriu os dedos e deixou a moeda cair no chão, e olhando para ele com ar sombrio:
— Não quero seu dinheiro — disse ela.

LIVRO III

A casa da rua Plumet

I. A casa secreta

Em meados do século passado, um presidente do Parlamento de Paris querendo ocultar a amante, pois naquela época os grandes senhores mostravam suas amantes e os burgueses as escondiam, mandou construir "uma casinha" no bairro de Saint-Germain, na deserta rua Blomet, hoje chamada rua Plumet, não muito longe do local então denominado *Combat des Animaux*.

Essa casa se compunha de um pavilhão com um só andar; duas salas na parte térrea, dois quartos na parte superior; uma cozinha embaixo, uma sala de toucador em cima; sob o telhado, um sótão; e tudo isso precedido de um jardim com uma vasta grade dando para a rua. Esse jardim tinha aproximadamente um *arpent*[1]. Isso era tudo o que os passantes podiam enxergar; mas por trás do pavilhão havia um quintal estreito, e, ao fundo deste, uma moradia baixa com dois aposentos acima de um porão, uma espécie de lugar reservado a dissimular, se necessário, uma criança e uma ama. Essa segunda casa se comunicava, pela parte posterior e por meio de uma porta cuidadosamente disfarçada, com um longo e estreito corredor calçado, sinuoso, a céu aberto, limitado por dois muros altos, o qual, escondido prodigiosamente e como que perdido entre sebes e plantações, acompanhava todos os ângulos e todas as sinuosidades, chegando a uma outra porta igualmente secreta, que se abria praticamente em outro bairro, a meio quarto de légua, na extremidade solitária da rua Babylone.

O senhor presidente entrava por aí, de modo que aqueles que o

[1] Antiga medida agrária francesa, equivalente a 50 ou 51 ares, conforme as regiões. (N. do E.)

tivessem espreitado e seguido, e observado que todos os dias, misteriosamente, ele se dirigia a algum lugar, não pudessem suspeitar que ir à rua Babylone era o mesmo que ir à rua Blomet. Graças a hábeis compras de terrenos, o engenhoso magistrado pudera fazer secretamente o trabalho de inspeção de ruas em suas propriedades, e, por conseqüência, sem controle. Mais tarde, ele revendeu em pequenas parcelas, para hortas e jardins, os lotes de terra contíguos ao corredor, e os proprietários desses lotes, de ambos os lados, acreditavam ter diante dos olhos um muro divisório, e nem sequer suspeitavam da existência dessa longa "tira" pavimentada serpenteando entre duas muralhas, e entre suas platibandas e seus pomares. Apenas os pássaros viam aquela curiosidade. É provável que as rolinhas e os melharucos do século anterior tivessem muito a tagarelar por conta do senhor presidente.

O pavilhão, construído em pedra no estilo Mansard, revestido e mobiliado no estilo Watteau, com incrustrações na parte interior, fora de moda na parte exterior, murado com tripla cerca de flores, tinha algo de discreto, de elegante e de solene, como convém a um capricho do amor e da magistratura.

Essa casa e esse corredor, atualmente desaparecidos, ainda existiam uns quinze anos atrás. Em 1793, um caldeireiro havia comprado a casa para demolir, mas, não conseguindo pagar seu preço, o Estado decretou sua falência. De modo que foi a casa que demoliu o caldeireiro.

Desde então ela permaneceu inabitada, e lentamente foi-se arruinando, como acontece a qualquer moradia à qual a presença do homem não mais comunica vida. Seus velhos móveis foram mantidos, e continuava para ser vendida ou alugada, sendo que as dez ou doze pessoas que passavam, por ano, na rua Plumet eram advertidas disso por uma tabuleta amarela, meio ilegível, amarrada à grade do jardim desde 1810.

Por volta do fim da Restauração, esses mesmos passantes puderam notar que a tabuleta havia sumido e também que as janelas do primeiro andar estavam abertas. De fato, a casa estava ocupada. Havia "cortininhas" nas janelas, sinal de que ali habitava uma mulher.

Em outubro de 1829, um homem de certa idade apresentara-se para alugar a casa tal como estava, incluindo, bem entendido, a casinha de trás e o corredor que terminava na rua Babylone; ele mandou restabelecer as entradas secretas das duas portas da passagem. A casa, como acabamos de dizer, ainda estava mais ou menos mobiliada com as velhas peças do presidente; o novo inquilino ordenou que se fizessem alguns consertos, acrescentou aqui e ali o que faltava, recolocou ladrilhos no quintal, azulejos nas paredes, degraus na escada, tacos no assoalho, vidros nas vidraças, e, enfim, instalou-se, juntamente com uma jovem e uma criada já idosa, sem muito ruído, mais como alguém que passa furtivamente do que como alguém que entra em sua própria casa.

Os vizinhos não comentaram nada pela simples razão de não haver vizinhos.

O novo inquilino, de pouco ruído, era Jean Valjean, a jovem era Cosette. A criada se chamava Toussaint, fora salva por Jean Valjean do hospital e da miséria, e era velha, provinciana e gaga, três qualidades determinantes para que Jean Valjean ficasse com ela. Ele alugara a casa com o nome de senhor Fauchelevent, como se vivesse de rendas. Com tudo o que já foi contado mais acima, sem dúvida o leitor levou menos tempo ainda que Thénardier para reconhecer Jean Valjean.

Por que Jean Valjean deixara o convento do Petit-Picpus? O que acontecera?

Nada acontecera.

Como se lembram, Jean Valjean vivia feliz no convento, e tão feliz que sua consciência acabou por se preocupar. Via Cosette todos os dias, sentia a paternidade nascer e se desenvolver cada vez mais em seu íntimo, olhava a menina com a ternura da alma, pensava que ela era dele, que nada poderia tirá-la de perto, que seria assim indefinidamente, que certamente ela se tornaria uma religiosa, sendo para isso docemente induzida a cada dia, que assim o convento iria tornar-se o universo para ela e para ele, que ali ele envelheceria e ela cresceria, que ali ela envelheceria e ele morreria, que, enfim, maravilhosa esperança, nenhuma separação seria possível. Refletindo sobre isso, acabou tendo uma sensação de perplexidade. Interrogava-se. Perguntava-se se toda aquela felicidade era realmente dele, se acaso não era feita da felicidade alheia, da felicidade dessa criança, felicidade que ele vinha confiscando e furtando, ele, um velho, e se isso não seria um roubo. Dizia-se que aquela criança tinha direito de conhecer a vida antes de a ela renunciar; que lhe cercear, antecipadamente e de certa forma sem consultá-la, todas as alegrias sob pretexto de preservá-la de todas as provações, aproveitar de sua ignorância e de seu isolamento para nela fazer germinar uma vocação artificial, era desnaturar uma criatura humana e mentir a Deus. E quem poderia saber se, um dia, ao dar-se conta de tudo isso e sendo religiosa a contragosto, Cosette não viria a odiá-lo? Último pensamento, quase egoísta e menos heróico que os outros, mas que lhe era insuportável. Resolveu deixar o convento.

Resolveu assim, reconhecendo com desolação que era necessário. Objeções, ele não as tinha. Cinco anos de desaparecimento entre aquelas quatro paredes deveriam necessariamente ter destruído ou dispersado qualquer motivo de receio. Ele podia estar de volta entre os homens com tranqüilidade. Havia envelhecido, e tudo havia mudado. Quem o reconheceria agora? E depois, vendo o lado pior, só existia perigo para ele mesmo; e ele não tinha o direito de condenar Cosette ao claustro por ter sido condenado à prisão. Além do mais, o que é o perigo diante do dever? Enfim, nada o impedia de ser prudente e de tomar suas precauções.

Quanto à educação de Cosette, estava quase terminada e completa.

Uma vez tomada sua decisão, esperou uma ocasião oportuna, e ela não demorou a aparecer. O velho Fauchelevent morreu.

Jean Valjean solicitou uma audiência com a reverenda prioresa e disse-lhe que, com a morte de seu irmão, tomara posse de uma pequena herança, o que lhe permitiria passar a viver sem trabalhar; e deixava o serviço do convento e levava sua filha; mas que, como não era justo que Cosette, não professando seus votos, tivesse sido educada gratuitamente, humildemente suplicava à reverenda prioresa permissão para oferecer à comunidade, como indenização pelos cinco anos que Cosette passara naquela casa, a quantia de cinco mil francos.

Foi dessa forma que Jean Valjean saiu do Convento da Adoração Perpétua.

Saindo do convento, ele próprio carregou, não querendo confiá-la a ninguém, a pequena mala cuja chave trazia sempre com ele. Essa mala intrigava Cosette, por causa do cheiro de coisa embalsamada que saía dela.

Devemos logo acrescentar que, desde então, essa mala nunca mais o largou. Tinha-a sempre em seu quarto. Era a primeira e, às vezes, única coisa que levava em suas mudanças. Cosette ria disso, e chamava a mala de *a inseparável*, dizendo: "Tenho ciúmes dela".

De resto, Jean Valjean não retornou ao ar livre sem experimentar uma profunda ansiedade.

Descobriu a casa da rua Plumet e ali se refugiou. Agora usava o nome Ultime Fauchelevent.

Ao mesmo tempo, alugou dois outros apartamentos em Paris, a fim de chamar menos atenção do que se residisse permanentemente no mesmo local, a fim de poder ficar, se necessário, ausente à menor preocupação que fosse, e, enfim, para nunca mais achar-se desprevenido, como na noite em que tão miraculosamente escapara de

Javert. Esses dois apartamentos eram habitações muito simples e de aparência pobre, situados em bairros muito distantes, um na rua de l'Ouest, outro na rua de l'Homme-Armé.

De tempos em tempos, ia passar um mês ou seis semanas, ora na rua de l'Homme-Armé, ora na rua de l'Ouest, em companhia de Cosette e sem levar Toussaint. Fazia-se servir pelos porteiros e passava por um proprietário de terras dos arredores que possuía um alojamento na cidade. Essa grande virtude tinha três domicílios em Paris para escapar da polícia.

II. Jean Valjean guarda nacional

A bem dizer, ele vivia na rua Plumet e ajeitara sua existência do modo que segue:

Cosette e a criada ocupavam o edifício principal; a jovem tinha o grande quarto de dormir com paredes pintadas, a sala de toucador com frisos dourados, a sala do presidente com tapeçarias e amplas poltronas; ela tinha o jardim. No quarto de Cosette, Jean Valjean mandara colocar uma cama com cortinado de damasco antigo de três cores, e um velho e belo tapete persa comprado na rua Figuier-Saint-Paul, na loja da senhora Gaucher, e, para corrigir a severidade daquelas magníficas velharias, juntou a esse traste usado todos os pequenos móveis e objetos alegres e graciosos apropriados às jovens, como prateleiras, estantes e livros dourados, estojo, mata-borrão, escrivaninha com incrustações de madrepérola, estojo de costura em prata dourada, objetos de lavatório em porcelana do Japão. Longas cortinas de damasco, de fundo vermelho e três cores, semelhantes ao do cortinado da cama, pendiam das janelas do andar superior. Na parte térrea, cortinas de tapeçaria. O inverno todo a pequena casa de Cosette ficava aquecida de alto a baixo.

Ele habitava aquela espécie de casa de porteiro, no fundo do quintal; tinha um colchão sobre uma cama de vento, uma mesa de pinho, duas cadeiras de palha, um jarro de água de faiança, alguns livros em uma prateleira, sua inseparável valise em um canto, e o fogo jamais era aceso. Jantava com Cosette, e sobre a mesa sempre havia um pão escuro para ele. Quando Toussaint entrou para sua casa, ele lhe disse: "É esta senhorita que é a dona da casa".

— E o se-senhor? — replicara Toussaint admirada.

— Eu sou mais do que o dono, sou o pai.

No convento, Cosette havia aprendido a cuidar de uma casa e controlava as despesas, que eram muito modestas. Todos os dias

Jean Valjean dava o braço a Cosette e a levava a passear. Iam ao Luxemburgo, à alameda menos freqüentada; e todo domingo iam à missa, sempre em Saint-Jacques-du-Haut-Pas, por ser bem distante. Como esse era um bairro muito pobre, dava muitas esmolas, e os infelizes o rodeavam na igreja; foi isso que lhe valeu a carta dos Thénardier: *Ao senhor benfeitor da igreja de Saint-Jacques-du-Haut-Pas*. Gostava de levar Cosette para visitar os indigentes e os enfermos. Nenhum estranho entrava na casa da rua Plumet. Toussaint fazia as compras e o próprio Jean Valjean ia buscar água em uma fonte que ficava bem próxima, no bulevar. Guardava-se a lenha e o vinho em uma espécie de cavidade meio subterrânea, forrada de pedrinhas, vizinha à porta da rua Babylone, e que anteriormente servira de gruta ao senhor presidente, pois naquele tempo não havia amor sem gruta.

Na porta secreta da rua Babylone havia uma dessas caixinhas destinadas às cartas e aos jornais, só que os três moradores do edifício da rua Plumet não recebiam nem cartas nem jornais; toda a utilidade da caixa, outrora intermediária de namoricos e confidente de um togado peralta, limitava-se agora ao recebimento dos avisos do cobrador de impostos e aos bilhetes da guarda. Pois o senhor Fauchelevent, rendeiro, fazia parte da Guarda Nacional; não conseguira escapar às estreitas malhas do recenseamento de 1831. As informações municipais tomadas nessa época remontavam ao convento do Petit-Picpus, espécie de nuvem impenetrável e sagrada de onde Jean Valjean saíra venerável aos olhos da administração de seu bairro, e, por conseguinte, digno de participar da guarda.

Três ou quatro vezes por ano, Jean Valjean envergava seu uniforme e fazia sentinela; de muito bom grado, aliás, pois parecia-lhe o disfarce ideal que o mesclava a todo o mundo deixando-o ao mesmo tempo solitário. Acabava de chegar aos sessenta anos, idade da isenção legal, mas não aparentava mais de cinqüenta; além disso, não tinha vontade alguma de desligar-se de seu sargento-mor e de debater com o Conde de Lobau, chefe da Guarda Nacional de Paris; não tinha registro civil, ocultava seu nome, ocultava sua identidade, ocultava sua idade, ocultava tudo; mas, acabamos de dizer, gostava de ser um guarda nacional. Parecer-se com qualquer cidadão que pague suas contribuições, essa era toda a sua ambição. Esse homem tinha por ideal, interiormente, o anjo, exteriormente, o burguês.

No entanto, notemos um detalhe. Quando Jean Valjean saía com Cosette, vestia-se como descrito agora, e ficava realmente com a aparência de um antigo oficial. Quando saía só, o que ocorria mais habitualmente à noite, trajava sempre uma calça e uma jaqueta de operário, e usava um boné cobrindo-lhe os olhos. Seria por precaução ou humildade? As duas coisas. Cosette estava habituada ao lado enigmático de seu destino, e mal reparava nas singularidades de seu pai. Quanto a Toussaint, venerava Jean Valjean, e achava bem feito tudo o que ele fazia. Certo dia, o açougueiro, que entrevira Jean Valjean, disse a ela: "É um homem esquisito". Ela respondeu: "É um-um santo".

Nem Jean Valjean, nem Cosette, nem Toussaint saíam ou entravam por outra porta que não a da rua Babylone. A menos que fossem avistados por entre as grades do jardim, era difícil adivinhar que moravam na rua Plumet. A grade estava sempre fechada. Jean Valjean deixara o jardim inculto para que não atraísse a atenção.

Nisso talvez se enganasse.

III. *Foliis ac frondibus*[2]

Esse jardim, entregue assim a ele mesmo havia mais de meio século, fora se tornando extraordinário e belo. Os passantes de quarenta anos atrás paravam na rua para contemplá-lo, sem suspeitar dos segredos que escondia atrás de suas espessas folhagens viçosas e verdes. Naquela época, mais de um sonhador deixou que seus olhos e seu pensamento várias vezes penetrassem indiscretamente através das barras da antiga grade trancada, retorcida, pouco firme, presa a dois pilares esverdeados e cobertos de musgo, e estranhamente coroada por um frontão de indecifráveis arabescos.

Havia um banco de pedra em um canto, uma ou duas estátuas emboloradas, algumas treliças de madeira, despregadas pelo tempo, apodrecendo sobre o muro; não havia mais alamedas nem grama, só mato por toda parte. A jardinagem fora embora, a natureza estava de volta. As ervas daninhas abundavam, aventura admirável para um pobre pedaço de terra. A festa dos goivos era esplêndida. Nada naquele jardim contrariava o sagrado esforço das coisas em direção à vida; ali, o crescimento venerável estava em casa. As árvores haviam se abaixado até alcançar os espinheiros, os espinheiros haviam se elevado até alcançar as árvores, as plantas foram trepando, os galhos foram se dobrando, o que rastejava pelo chão fora encontrar o que desabrochava no ar, o que flutuava ao vento pendera em direção ao que se arrastava pelo musgo; troncos, ramos, folhas,

---

[2] "Folhas e ramos." (N. do E.)

fibras, moitas, gavinhas, sarmentos, espinhos haviam-se misturado, atravessado, casado, confundido; a vegetação, em um abraço estreito e profundo, ali havia celebrado e consumado, sob os olhos satisfeitos do Criador, naquele recinto de noventa metros quadrados, o sagrado mistério de sua fraternidade, símbolo da fraternidade humana. Aquele jardim já não era um jardim; era uma mata colossal, quer dizer, alguma coisa impenetrável como uma floresta, populosa como uma cidade, trêmula como um ninho, sombria como uma catedral, perfumada como um buquê, solitária como um túmulo, vivaz como uma multidão.

Na primavera, aquele enorme bosque, livre por trás de sua grade e dentro de seus quatro muros, entrava no cio, obedecendo ao surdo trabalho da germinação universal, estremecia ao sol nascente como um animal que aspira os eflúvios do amor cósmico e que sente a seiva de abril subir e borbulhar em suas veias, e, sacudindo ao vento sua prodigiosa cabeleira verde, semeava sobre a terra úmida, sobre as estátuas desgastadas, sobre a escadaria que desabava do pavilhão, e até sobre o calçamento da rua deserta, as flores, como estrelas, o orvalho, como pérolas, a fecundidade, a beleza, a vida, a alegria, os perfumes. Ao meio-dia, mil borboletas brancas ali se refugiavam, e era um espetáculo divino ver turbilhonar em flocos, na sombra, essa neve viva de verão. Ali, em meio às trevas de verdor, uma multidão de vozes inocentes falava docemente à alma, e aquilo que os gorjeios haviam esquecido de dizer, os zunidos completavam. Ao anoitecer, um vapor de devaneio elevava-se do jardim, envolvendo-o; um véu de neblina, uma tristeza celeste e calma o cobriam; o odor inebriante das damas-da-noite e das madressilvas desprendia-se de toda parte como um veneno delicado e sutil; ouviam-se os últimos cantos dos pássaros acomodando-se na ramagem; sentia-se essa intimidade sagrada entre pássaro e árvore, de dia as asas mesclando-se às folhas, à noite as folhas protegendo as asas.

No inverno, o bosque ficava negro, molhado, eriçado, trêmulo, e deixava a casa um pouco à vista. Viam-se, em vez de flores nos galhos e de orvalho nas flores, longas fitas prateadas deixadas pelos caracóis sobre o frio e espesso tapete de folhas amareladas; mas, de qualquer maneira, sob qualquer aspecto, em qualquer estação, primavera, inverno, verão, outono, esse pequeno espaço respirava melancolia, contemplação, solidão, liberdade, ausência do homem, presença de Deus; e a velha grade enferrujada parecia dizer: este jardim me pertence.

Por mais que as ruas de Paris estivessem em volta, os clássicos e esplêndidos palacetes da rua Varennes a dois passos, a cúpula de

Invalides bem próxima, a câmara dos deputados não muito longe; por mais que as carroças da rua Bourgogne e da rua Saint-Dominique rodassem faustosamente pela vizinhança, por mais que os ônibus amarelos, marrons, brancos, vermelhos se cruzassem na próxima encruzilhada, a rua Plumet era um deserto; e a morte dos antigos proprietários, a passagem de uma revolução, a ruína de antigas fortunas, a ausência, o esquecimento, quarenta anos de abandono e isolamento haviam bastado para fazer voltar àquele privilegiado local as samambaias, o verbasco branco, a cicuta, as aquiléias, as ervas espigadas, as grandes plantas de largas folhas verde-pálido, os lagartos, os escaravelhos, os insetos inquietos e ligeiros, para fazer sair das entranhas da terra e reaparecer entre aqueles quatro muros não sei que grandeza selvagem e feroz, e para que a natureza, que desconcerta os arranjos mesquinhos do homem e se estende sempre completamente onde quer que seja, tanto na formiga quanto na águia, viesse estender-se em um reles jardim parisiense, com tanta rudeza e majestade quanto se fosse em uma floresta virgem do Novo Mundo.

Com efeito, nada é pequeno; quem quer que tenha experimentado as profundas penetrações da natureza sabe disso. Embora nenhuma satisfação absoluta seja dada à filosofia, quer ao circunscrever as causas, quer ao limitar os efeitos, quem contempla cai em êxtases sem fim por causa de todas essas decomposições de forças que levam à unidade. Tudo trabalha para tudo.

A álgebra se aplica às nuvens; a irradiação do astro traz proveito às rosas; nenhum pensador ousaria afirmar que o perfume do pinheiro é inútil para as constelações. Quem pode, então, calcular o trajeto de uma molécula? Que sabemos sobre se a criação de mundos não é determinada pela queda de grãos de areia? Quem é que conhece os fluxos e refluxos recíprocos do infinitamente grande e do infinitamente pequeno, o ecoar das causas nos precipícios do ser, e as avalanches da criação? O menor ser vivo tem importância; o pequeno é grande, o grande é pequeno; tudo está em equilíbrio na necessidade; assustadora visão para o espírito. Entre os seres e as coisas há relações prodigiosas; nesse inesgotável conjunto, desde o sol até o pulgão, nada deve ser desprezado; temos necessidade uns dos outros. A luz não carrega os perfumes terrestres pelo espaço sem saber o que faz deles; a noite distribui essência estelar pelas flores adormecidas. Todos os pássaros voadores trazem nas patas o fio do infinito. A germinação se complica com a eclosão de um meteoro e com a bicada da andorinha quebrando o ovo, e põe de frente o nascimento de um verme e o advento de Sócrates. Onde termina o telescópio começa o microscópio. Qual dos dois tem maior alcance? Escolham. Uma mancha de bolor é uma plêiade de flores; uma nebulosa é um formigueiro de estrelas. A mesma promiscuidade, e mais incrível ainda, ocorre entre as coisas da inteligência e os fatos da substância. Os elementos se misturam, se combinam, se casam, se multiplicam uns pelos outros, a ponto de fazerem com que o mundo material e o mundo moral cheguem à mesma claridade. O fenômeno está em perpétua inclinação sobre si mesmo. Nas vastas trocas cósmicas, a vida universal vai e vem em quantidades desconhecidas, empurrando tudo para o invisível mistério dos eflúvios; empregando tudo; não perdendo um só sonho de nenhum sono; semeando um micróbio aqui, fazendo ali um astro em migalhas; oscilando e serpenteando; fazendo da luz uma força e do pensamento um elemento disseminado e indivisível; dissolvendo tudo, menos este ponto geométrico, o *eu*; reconduzindo tudo à alma-átomo; desabrochando tudo em Deus; encadeando, desde a mais importante até a mais insignificante, todas as atividades na escuridão de um mecanismo vertiginoso; ligando o vôo de um inseto ao movimento da terra; subordinando — quem sabe? —, nem que fosse apenas pela identidade da lei, a evolução do cometa no firmamento ao girar dos fósseis microscópicos na gota de água. Máquina feita de espírito. Enorme engrenagem cujo primeiro motor é o mosquito e a última roda é o zodíaco.

IV. Mudança de grade

Parecia que aquele jardim, outrora criado para esconder os mistérios libertinos, havia-se transformado e tornado próprio para abrigar os mistérios castos. Já não tinha nem caramanchões, nem canteiros de relva, nem grutas; tinha uma magnífica escuridão desgrenhada, caindo como um véu por todos os lados. Era Pafos transformado em Éden. Não se sabe que arrependimento havia saneado aquele retiro. Aquela criadora de buquês agora oferecia suas flores à alma. Esse gracioso jardim, antigamente tão comprometido, voltava à virgindade e ao pudor. Um presidente ajudado por um jardineiro, um homem que julgava dar continuidade a Lamoignon e outro que julgava dar continuidade a Le Nôtre, haviam contornado, talhado, cortado, enfeitado, moldado esse jardim para a galanteria; a natureza tornou a apoderar-se dele, encheu-o de sombra, e arranjou-o para o amor.

Naquela solidão também havia um coração que estava totalmente pronto. O amor só precisava mostrar-se; ali havia um templo composto de verdura, de erva, de musgo, de suspiros de pássaros, de brandas trevas, de ramos agitados, e de uma alma feita de ternura, de fé, de candura, de esperança, de aspiração e de ilusão.

Cosette saíra do convento quase criança ainda; tinha pouco mais de catorze anos, e estava numa "idade ingrata"; já dissemos, com exceção de seus olhos, parecia mais ser feia que bonita. No entanto, não tinha nenhum traço que não fosse gracioso, mas era desajeitada, magra, tímida e ousada ao mesmo tempo; enfim, uma grande jovenzinha.

Sua educação se completara; quer dizer, fora instruída em religião, e até, e sobretudo, em devoção; depois em "história", isto é, aquilo que no convento chamam geografia, gramática, os particípios, os reis da França, um pouco de música, um pouco de desenho, etc., mas, de resto, ela ignorava tudo, o que é um encanto, e um perigo. A alma de uma jovem não deve ser deixada às escuras; mais tarde, podem-se criar miragens muito fortes e muito vivas dentro de um quarto escuro. Ela deve ser doce e discretamente iluminada, mais pelo reflexo da realidade que por sua luz direta e dura. Meia-luz útil e graciosamente austera, que dissipe os medos pueris e impeça as quedas. Só o instinto maternal, intuição admirável que se compõe das lembranças da virgem e da experiência da mulher, sabe como e de que deve ser feita essa meia-luz. Nada substitui tal instinto. Para formar a alma de uma jovem, nem todas as religiosas do mundo valem uma mãe.

Cosette não teve mãe. Teve apenas muitas mães, no plural.

Quanto a Jean Valjean, havia em seu íntimo todas as ternuras e todas as atenções juntas, mas não passava de um velho homem que nada sabia.

Ora, nesta obra da educação, neste sério negócio da preparação de uma mulher para a vida, quanta ciência é necessária para lutar contra a grande ignorância chamada inocência!

Nada prepara melhor uma jovem para as paixões do que o convento. O convento leva o pensamento para o lado do desconhecido. O coração, dobrado sobre ele mesmo, torna-se oco não podendo se expandir, e se aprofunda não podendo se abrir. Daí formam-se visões, suposições, conjecturas, esboços de romances, aventuras desejadas, construções fantasiosas, edifícios inteiros construídos na obscuridade interior do espírito; sombrias e secretas moradas onde as paixões encontram rapidamente acolhida, desde que a grade ultrapassada permita-lhes entrar. O convento é uma compressão que, para triunfar sobre o coração humano, deve durar a vida toda.

Ao deixar o convento, Cosette não podia encontrar nada de

mais agradável e de mais perigoso do que a casa da rua Plumet. Era a continuação da solidão, com um princípio de liberdade; um jardim fechado, mas uma natureza rude, opulenta, voluptuosa e perfumada; os mesmos sonhos do convento, mas entrevendo rapazes; uma grade, mas dando para a rua.

No entanto, repetimos, chegando aí, não era mais que uma criança. Jean Valjean entregou-lhe o jardim inculto. "Faça dele o que quiser", disse-lhe.

Isso divertia Cosette; ela remexia todas as moitas e todas as pedras, procurava "bichinhos", brincava, enquanto esperava a hora de sonhar; ela amava esse jardim pelos insetos que ali encontrava sob seus pés, por entre a relva, enquanto esperava amá-lo pelas estrelas que dali veria através dos ramos acima de sua cabeça.

E também amava seu pai, quer dizer, Jean Valjean, de todo o coração, com uma inocente paixão filial que fazia dele um companheiro desejado e encantador. Como se lembram, o senhor Madeleine lia bastante, e Jean Valjean continuava a fazê-lo; chegou então a falar bem, possuía a riqueza secreta e a eloqüência de uma inteligência humilde e verdadeira que foi cultivada espontaneamente. Restara-lhe apenas a aspereza suficiente para temperar sua bondade; era um espírito rude com um coração terno. No Luxemburgo, em suas conversas, dava longas explicações sobre tudo, recorrendo ao que havia lido, recorrendo também ao que havia sofrido. Enquanto o escutava, os olhos de Cosette erravam vagamente.

Esse homem simples bastava ao pensamento de Cosette, da mesma forma que aquele jardim selvagem bastava a seus olhos. Quando já tinha perseguido bastante as borboletas, ela chegava perto dele arquejante e dizia: "Ah! Como eu corri!" E ele beijava sua fronte.

Cosette adorava o bom homem. Estava sempre perto dele. Onde Jean Valjean estivesse, estava seu bem-estar. Como Jean Valjean não ficava nem na casa principal nem no jardim, agradava-lhe mais o quintal dos fundos do que o jardim cheio de flores; e mais a casinha mobiliada com as cadeiras de palha do que a ampla sala cheia de tapeçarias e de poltronas estofadas. Às vezes Jean Valjean dizia-lhe, sorrindo pela felicidade de ser importunado:

— Vá para sua casa! Deixe-me um pouco sozinho!

Ela passava-lhe encantadoras e ternas reprimendas que tanta graça têm quando dirigidas da filha ao pai.

— Pai, sinto muito frio em seu quarto; por que o senhor não coloca um tapete e um fogareiro aqui?

— Querida, tem tanta gente que vale mais do que eu e que nem sequer tem um teto sobre a cabeça.

— Então por que no meu quarto tem fogo e tudo o que é preciso?

— Porque você é mulher e criança.

— Ora! Os homens devem passar frio e viver mal?

— Alguns homens.

— Pois bem, virei aqui tantas vezes que o senhor será obrigado a acender o fogo.

E também lhe dizia:

— Pai, por que o senhor come um pão horrível como esse?

— Porque sim..., minha filha.

— Pois bem, se o senhor come dele, eu também comerei.

Então, para que Cosette não comesse o pão escuro, Jean Valjean comia pão de trigo.

Cosette lembrava apenas confusamente de sua infância, mas orava pela manhã e à noite por sua mãe, a quem não conhecera. Os Thénardier restaram-lhe como duas figuras medonhas em estado de sonho. Lembrava-se de que, "um dia, de noite", havia ido buscar água em um bosque. Ela o imaginava muito longe de Paris. Parecia-lhe ter começado a viver em um abismo e que fora Jean Valjean quem a tirara dele. Sua infância dava-lhe a impressão de um tempo em que à sua volta só existiam centopéias, aranhas e serpentes. Quando, à noite, antes de adormecer, seu pensamento não fazia uma idéia muito clara de ser a filha de Jean Valjean e de que ele fosse seu pai, imaginava que a alma de sua mãe passara para aquele bom homem e viera ficar a seu lado.

Quando ele estava sentado, ela apoiava o rosto em seus cabelos brancos e pensava, deixando uma lágrima cair silenciosamente: "Talvez este homem seja minha mãe!"

Embora pareça estranho dizer, em sua profunda ignorância de menina educada no convento e sendo, aliás, a maternidade absolutamente ininteligível para a virgindade, Cosette acabara por imaginar que tivera o mínimo possível de mãe. Dessa mãe, não conhecia sequer o nome. Todas as vezes que lhe ocorria perguntar a Jean Valjean, ele se calava. Se ela repetia a pergunta, ele respondia com um sorriso. Uma vez ela insistiu; o sorriso acabou em uma lágrima.

Esse silêncio de Jean Valjean cobria Fantine de obscuridade.

Seria prudência? Seria respeito? Seria temor de entregar aquele nome aos acasos de outra memória que não a dele?

Enquanto Cosette era criança, Jean Valjean gostava de lhe falar de sua mãe; quando se tornou moça, isso ficou-lhe impossível. Parecia-lhe não poder ousar. Seria por causa de Cosette? Seria por causa de Fantine? Ele sentia uma espécie de horror religioso com a idéia de fazer aquela sombra entrar no pensamento de Cosette, e de colocar a morte como uma terceira parte no destino deles. Quanto mais essa sombra lhe era sagrada, mais lhe parecia temerosa. Pensava em Fantine e se sentia pesado de silêncio. Via vagamente nas trevas algo que se assemelhava a um dedo sobre uma boca. Acaso todo o pudor que existira em Fantine e que, em vida, saíra violentamente de seu interior, teria voltado após sua morte pousando sobre ela, velando, indignado, a paz da morta, e, bravio, guardando-a em seu túmulo? Jean Valjean, sem saber, sentia a pressão de tudo isso? Nós, que acreditamos na morte, não rejeitaríamos essa explicação misteriosa. Vinha daí a impossibilidade de pronunciar, mesmo para Cosette, este nome: Fantine.

Um dia Cosette lhe disse:

— Pai, esta noite eu vi minha mãe em sonhos. Ela tinha duas grandes asas. Em vida, minha mãe deve ter chegado perto da santidade.

— Pelo martírio — respondeu Jean Valjean.

De resto, Jean Valjean estava feliz.

Quando Cosette saía com ele, apoiava-se em seu braço, orgulhosa, feliz, na plenitude do coração. Jean Valjean, com todos esses sinais de uma ternura tão exclusiva e tão satisfeita apenas com ele, sentia seu pensamento fundir-se em delícias. O pobre homem estremecia, inundado de uma alegria angelical; afirmava-se com entusiasmo que isso duraria a vida inteira; e pensava que, na verdade, não havia sofrido tanto assim para merecer tão radiante felicidade. E agradecia a Deus, das profundezas de sua alma, por ter permitido que ele fosse amado dessa forma, ele, um miserável, por essa criatura inocente.

V. A rosa descobre que é uma máquina de guerra

Um dia Cosette olhou-se por acaso em seu espelho e disse: "Veja só!" Quase lhe pareceu que era bonita. Isso a lançou em uma perturbação singular. Até aquele momento, nunca havia pensado em sua aparência. Via-se em seu espelho, mas na verdade não se olhava. Além disso, várias vezes lhe haviam dito que era feia; só Jean Valjean dizia-lhe ternamente: "Mas não! Não!" Fosse como fosse, Cosette sempre acreditou ser feia, e crescera com essa idéia, com a fácil resignação da infância. Eis que, subitamente, seu espelho lhe disse o mesmo que Jean Valjean: "Mas não!" Não conseguiu dormir. "E se eu for bonita?", pensava. "Como seria engraçado se eu fosse bonita!" Lembrava de suas companheiras cuja beleza impressionava o convento, e dizia-se: "Quer saber, vou ser como a senhorita tal!"

No dia seguinte, olhou-se novamente, mas não por acaso, e duvidou: "Onde eu estava com a cabeça?", disse. "Não, eu sou feia." Mas simplesmente havia dormido mal, estava com os olhos fundos e pálida. Na véspera, não havia se sentido muito contente por acreditar em sua beleza, mas ficou triste por não acreditar mais nela. Não tornou a se olhar, e durante mais de quinze dias tratou de pentear-se de costas para o espelho.

À noite, após o jantar, habitualmente ia para a sala fazer tapeçaria ou outro trabalho que aprendera no convento, e Jean Valjean lia a seu lado. Certa vez, ela levantou os olhos de seu trabalho e surpreendeu-se com a maneira inquieta com que seu pai olhava para ela.

Uma outra vez, na rua, pareceu-lhe que alguém, que ela não pôde ver, dizia atrás dela: "Bonita mulher! Mas mal arrumada!" "Bah!", pensou ela. "Não é comigo. Sou bem arrumada e feia." Nessa ocasião usava seu chapéu de pelúcia e seu vestido de merino.

Um dia, finalmente, estava no jardim, e ouviu a velha Toussaint dizer: "O senhor reparou como a menina está ficando bonita?" Cosette não ouviu o que seu pai respondeu, mas as palavras de Toussaint causaram-lhe uma espécie de comoção. Saiu do jardim, foi para seu quarto, correu até o espelho, onde havia três meses não se olhava, e soltou um grito. Ela acabava de se deslumbrar consigo mesma.

Estava bela e linda; não podia impedir-se de ter a mesma opinião de Toussaint e de seu espelho. Seu corpo se delineara, sua pele tornara-se mais clara, seus cabelos ganharam brilho, um esplendor desconhecido iluminava seus olhos azuis. A consciência de sua beleza chegou-lhe inteira, em um minuto, como um clarão repentino. Aliás, os outros a notavam; Toussaint o dizia, era dela, evidentemente, que falava aquele passante, não havia mais como duvidar. Ela voltou ao jardim sentindo-se uma rainha, ouvindo os pássaros cantar; em pleno inverno, via o céu dourado, o sol nas árvores, flores nos arbustos, encantada, enlouquecida, com um contentamento inexprimível.

Por seu lado, Jean Valjean sentia um profundo e indefinível aperto no coração.

É que, na verdade, já havia algum tempo, ele contemplava aterrorizado essa beleza que aparecia, cada dia mais fulgurante, no meigo rosto de Cosette. Aurora risonha para todos, lúgubre para ele.

Cosette já era bela muito antes de o perceber. Mas, desde o primeiro dia, a luz inesperada que vagarosamente despontava, e envolvia pouco a pouco toda a pessoa daquela jovem, feriu os sombrios olhos de Jean Valjean. Ele sentiu que ocorria uma mudança em uma vida feliz, tão feliz que não ousava mexer em nada, temendo causar algum transtorno. Esse homem que passara por todo tipo de desgraça, que ainda sangrava por todos os golpes de seu destino, que quase fora mau e que quase se tornara santo, que, depois de ter arrastado as correntes da prisão, arrastava agora a corrente invisível, mas pesada, da infâmia indefinida, esse homem que a lei ainda não liberara e que, a cada instante, podia novamente ser preso e levado da obscuridade de sua virtude à claridade do opróbrio público, esse homem aceitava tudo, desculpava tudo, perdoava tudo, bendizia tudo, queria bem a tudo, só pedia à Providência, aos homens, às leis, à sociedade, à natureza, ao mundo, uma coisa, que Cosette o amasse.

Que Cosette continuasse a amá-lo! Que Deus não impedisse o coração dessa criança de vir até ele, e de ficar com ele! Ser amado por Cosette fazia com que se sentisse curado, descansado, pacificado, satisfeito, recompensado, coroado. Ser amado por Cosette, não pedia mais que isso. Se lhe dissessem: "Quer ficar melhor?", ele responderia: "Não!" Se Deus lhe dissesse: "Quer o céu?", ele responderia: "Eu sairia perdendo".

Tudo o que pudesse alterar essa situação, ainda que superficialmente, fazia-o estremecer como se fosse o começo de outra coisa. Jean Valjean nunca soube muito bem o que era a beleza de uma mulher, mas, por instinto, compreendia que era terrível.

Essa beleza, que desabrochava cada vez mais triunfante e soberba a seu lado, sob seus olhos, no rosto ingênuo e formidável da menina, do fundo de sua feiúra, de sua velhice, de sua miséria, de sua reprovação, de seu desalento, olhava-a assustado.

Pensava: "Como é bonita! O que vai ser de mim?"

Nisso, aliás, estava a diferença entre sua ternura e a ternura de uma mãe. O que ele via com angústia, uma mãe veria com alegria.

Os primeiros sintomas não demoraram a se manifestar.

Desde o dia seguinte àquele em que dissera a si mesma: "Realmente, eu sou bonita!", Cosette passou a cuidar de seu vestuário. Lembrou-se do que dissera o passante: "Bonita, mas mal arrumada", sopro de oráculo que passara por ela e se esvanecera após colocar em seu coração um dos dois germes que devem, com o tempo, ocupar toda a vida da mulher, a graça sedutora. O outro germe é o amor.

Tendo fé em sua beleza, toda a alma feminina expandiu-se nela.

Teve horror do merino e vergonha da pelúcia. Seu pai jamais lhe recusara alguma coisa. Logo ficou conhecendo toda a ciência do chapéu, do vestido, das capinhas, das botinhas, dos punhos, do tecido que combina, da cor que cai melhor, essa ciência que faz da mulher parisiense algo de tão encantador, de tão profundo e de tão perigoso. O termo *mulher estonteante* foi inventado para a mulher parisiense.

Em menos de um mês, a pequena Cosette tornou-se naquela deserta rua Babylone uma das mulheres, não só mais belas, o que já é alguma coisa, mas "mais elegantes" de Paris, o que é muito mais. Ela gostaria de reencontrar "o tal passante" para ver o que ele diria, e para "ensinar a ele!" O fato é que ela estava encantadora de qualquer ângulo, e distinguia perfeitamente um chapéu de Gérard de um chapéu de Herbaut[3].

Jean Valjean via essas transformações com ansiedade. Ele, que se sentia apenas capaz de se arrastar, quando muito caminhar, via asas nascendo em Cosette.

De resto, nada além de uma simples inspeção nos trajes de Cosette, e qualquer mulher perceberia que ela não tinha mãe. Certas pequenas correções, certas convenções especiais, não haviam sido observadas por Cosette. Por exemplo, uma mãe diria que uma jovem não deve se vestir com damasco.

A primeira vez que Cosette saiu com seu vestido e sua capinha de damasco preto, e seu chapéu de crepe branco, veio tomar o braço de Jean Valjean, alegre, radiante, corada, altiva, brilhante. "Pai", disse ela, "o que acha de mim assim?" Jean Valjean respondeu com uma voz semelhante à amarga voz de um invejoso: "Encantadora!" Durante o passeio, ele portou-se como de costume. Ao voltar perguntou a Cosette:

— Então, você não vai mais usar aquele vestido e aquele chapéu, não é?

Isso se passava no quarto de Cosette. Ela se voltou para o porta-casaco do guarda-roupa onde seus trajes de interna estavam pendurados.

— Essa fantasia! Pai, o que quer que eu faça com isso? Não, nunca mais vou usar essa coisa horrorosa — disse. — Com um negócio daqueles na cabeça, fico parecendo *madame Chien-fou*[4].

Jean Valjean suspirou profundamente.

A partir desse momento, ele percebeu que Cosette, que antes

---

[3] Comerciantes de moda em voga na época. (N. do E.)

[4] "Madame Cachorro-louco." (N. do E.)

sempre pedia para ficar, dizendo: "Pai, eu me divirto mais aqui com o senhor", agora sempre pedia para sair. De fato, de que serve ter uma bela aparência e uma linda roupa, se não for para mostrá-las?

Notou também que Cosette já não gostava tanto do pátio dos fundos. Agora, ela permanecia de bom grado no jardim, passeando sem se aborrecer diante da grade. Jean Valjean, arisco, não punha os pés no jardim. Ficava no seu quintal, como os cães.

Cosette, sabendo-se bela, perdeu a graça de o ignorar; graça delicada, pois a beleza realçada pela ingenuidade é inefável, e nada é adorável como uma inocente formosa caminhando, sem saber, com a chave de um paraíso na mão. Mas o que ela perdeu em graça ingênua, ganhou em pensativo e sério encanto. Toda a sua pessoa, impregnada pelas alegrias da juventude, da inocência e da beleza, respirava uma melancolia esplêndida.

Foi por essa ocasião que Marius, depois de passados seis meses, tornou a vê-la no Luxemburgo.

VI. A batalha começa

Cosette ficava em sua sombra, como Marius na dele, completamente disposta a incendiar-se.

O destino, com sua misteriosa e fatal paciência, ia aproximando lentamente uma da outra essas duas criaturas saturadas e abatidas pelas tempestuosas eletricidades da paixão, essas duas almas que carregavam o amor, como duas nuvens que carregam o raio, e que deviam encostar-se e confundir-se em um olhar, como as nuvens em um relâmpago.

Tanto se abusou do olhar nos romances de amor que ele acabou perdendo consideração. Agora, mal se ousa dizer que dois seres se amaram porque trocaram olhares. No entanto, é assim que nasce o amor, e unicamente assim. O resto é resto, e vem depois. Nada é mais real que esses grandes abalos que duas almas provocam mutuamente ao trocar tais faíscas.

Naquele exato momento em que Cosette, sem o saber, lançou o olhar que perturbou Marius, Marius não se deu conta de que ele também lançara um olhar que perturbou Cosette.

Ele lhe fez o mesmo mal e o mesmo bem.

Havia bastante tempo ela o via e o examinava, como as jovens costumam examinar e ver, olhando para outras coisas. Quando Marius ainda achava Cosette feia, Cosette já o achava belo. Mas, como não prestasse atenção a ela, pouco lhe importava o rapaz.

Todavia, ela não podia impedir-se de pensar que ele tinha lindos cabelos, lindos olhos, belos dentes, uma voz agradável, quando o ouvia conversar com seus companheiros, que não tinha um belo modo de andar, é verdade, mas que tinha uma graça particular, que não parecia tolo, que toda a sua pessoa era nobre, afável, simples e altiva, e que parecia ser pobre, mas, enfim, tinha boa aparência.

No dia em que seus olhares se cruzaram, e afinal se disseram repentinamente essas primeiras coisas obscuras e inefáveis que os olhos balbuciam, Cosette em princípio não compreendeu. Voltou pensativa para a casa da rua de l'Ouest, onde Jean Valjean, como de costume, fora passar seis semanas. No dia seguinte, ao despertar, pôs-se a pensar naquele desconhecido, por tanto tempo indiferente e frio, que agora parecia prestar atenção a ela, mas cuja atenção não lhe pareceu de forma alguma agradável. Era mais uma cólera o que sentia em relação àquele belo orgulhoso. Uma manifestação de guerra remexeu-se em seu interior. Parecia-lhe, e ela experimentava com isso uma alegria ainda bem infantil, que ela iria se vingar.

Sabendo-se bela, ela bem sentia, embora de forma indistinta, que tinha uma arma. As mulheres brincam com sua beleza do mesmo modo que as crianças com sua espada. E com ela se machucam.

Vocês devem se lembrar das hesitações de Marius, de suas palpitações, de seus terrores. Permanecia sentado em seu banco, não se aproximava. O que causava despeito em Cosette. Um dia ela disse a Jean Valjean: "Pai, vamos passear um pouco daquele outro lado". Vendo que Marius não vinha até ela, ela foi até ele. Em casos semelhantes, toda mulher parece Maomé. E também, coisa estranha, o primeiro sintoma do amor verdadeiro nos rapazes é a timidez; nas mocinhas, a ousadia. É surpreendente, e, no entanto, não há nada mais simples. São os dois sexos tendendo a aproximar-se e assumindo as qualidades um do outro.

Nesse dia, o olhar de Cosette fez Marius enlouquecer, e o olhar de Marius fez Cosette estremecer. Marius partiu dali confiante, e Cosette inquieta. A partir de então, começaram a se adorar.

A primeira coisa que Cosette sentiu foi uma tristeza confusa e profunda. Parecia-lhe que, de um dia para o outro, sua alma havia se tornado negra. Ela não a reconhecia mais. A brancura da alma das donzelas, que se compõe de frieza e alegria, assemelha-se à neve; e derrete ao contato do amor, que é seu sol.

Cosette não sabia o que era o amor. Nunca ouvira essa palavra ser pronunciada no sentido terreno. Nos livros de música profana que entravam no convento, *amor* era substituída por *tambor* ou *rumor*. Isso dava lugar a enigmas que exercitavam a imaginação das mais velhas, tais como: *Ah! Como o tambor é agradável!* ou *A compaixão não é um rumor!* Cosette saíra do convento ainda muito nova para se preocupar seriamente com o *tambor*. Nem sabia que nome dar ao que estava sentindo agora. Acaso fica menos doente quem não sabe o nome de sua doença?

Ela amava ainda com mais paixão, já que amava com ignorância. Não sabia se aquilo era bom ou ruim, útil ou perigoso, necessário ou mortal, eterno ou transitório, permitido ou proibido; ela amava. Ficaria admirada se alguém lhe dissesse: "Não consegue dormir? Mas é proibido! Não come? Mas isso é muito ruim! Sente opressões e palpitações no coração? Mas isso não se faz! Enrubesce e empalidece quando certa pessoa vestida de preto aparece na extremidade de uma certa alameda verde? Mas isso é abominável!" Ela não teria compreendido e responderia: "Como posso ter feito algo de errado em uma situação sobre a qual não tenho poder algum e da qual nada sei?"

Acontece que o amor que se apresentou era exatamente o que melhor convinha a seu estado de alma. Era uma espécie de adoração à distância, uma contemplação muda, a deificação de um desconhecido. Era a aparição da adolescência à adolescência, o sonho das noites transformado em romance, mas ainda sonho, a desejada fantasia enfim realizada e em carne, mas ainda sem nome, sem erro, sem mancha, sem exigência, sem defeito; em uma palavra, o amante distante e no plano ideal, uma quimera possuindo forma. Qualquer encontro mais palpável e mais próximo teria, naquela ocasião, afugentado Cosette, ainda um tanto envolta na espessa névoa do claustro. Ela tinha todos os medos infantis e todos os medos das religiosas juntos. O espírito do convento, com o qual se impregnara durante cinco anos, ainda se evaporava lentamente de seu ser e fazia tudo tremer a sua volta. Nessa situação, não era um amante que lhe faltava, e nem mesmo alguém apaixonado, mas uma visão. Ela pôs-se a adorar Marius como algo de encantador, de luminoso e de impossível.

Como a extrema ingenuidade toca a extrema vontade de seduzir, ela sorria para ele, com toda a franqueza.

Esperava todos os dias com impaciência a hora do passeio; lá encontrava Marius, sentia-se indizivelmente feliz, e julgava sinceramente exprimir todo o seu pensamento ao dizer a Jean Valjean: "Que delicioso jardim, o Luxemburgo!"

Marius e Cosette viviam, um para o outro, na escuridão. Não se falavam, não se cumprimentavam, não se conheciam; apenas se viam; e, como os astros no céu, separados por milhões de léguas, viviam de se olhar.

Era assim que pouco a pouco Cosette se tornava uma mulher e se desenvolvia, bela e enamorada, consciente de sua beleza e ignorante de seu amor. Sedutora, além de tudo, por inocência.

VII. Para tristeza, tristeza e meia

Todas as situações têm seus instintos. A velha e eterna mãe natureza advertia surdamente Jean Valjean da presença de Marius. Jean Valjean estremecia no mais fundo de seu pensamento. Ele não via nada, não sabia de nada e, no entanto, considerava com uma atenção obstinada as trevas em que se encontrava, como se sentisse de um lado algo se construindo e, de outro, algo desmoronando. Marius, igualmente advertido, e, o que é a profunda lei do bom Deus, pela mesma mãe natureza, fazia todos os esforços para se esconder do "pai". Acontecia, entretanto, que Jean Valjean às vezes o notava. As atitudes de Marius já não eram naturais. Tinha prudências suspeitas e temeridades desastradas. Não se aproximava mais tanto como antes; sentava-se longe e ficava em êxtase; trazia um livro na mão e fingia ler. Por que fingia? Antes vinha com sua roupa mais velha, agora usava todo dia sua roupa nova; não era muito certo que não tivesse mandado frisar os cabelos, tinha um olhar estranho, usava luvas; em resumo, Jean Valjean cordialmente detestava aquele rapaz.

Cosette nada deixava transparecer. Sem saber ao certo o que tinha, tinha a nítida sensação de que era alguma coisa, e que devia ocultá-la.

Entre o gosto de Cosette pelas vestimentas e o hábito de usar roupas novas que acometera aquele desconhecido, havia um paralelismo importuno para Jean Valjean. Talvez fosse um acaso, provavelmente, com certeza, mas um acaso ameaçador.

Jamais abria a boca para Cosette a respeito do tal desconhecido. Mas um dia não pôde se conter, e com o vago desespero de quem lança bruscamente uma sonda na própria infelicidade, disse a ela: "Está aí um rapaz que tem um ar pedante!"

Um ano antes, Cosette, com sua indiferença de criança, teria respondido: "Não, eu o acho simpático". Dez anos mais tarde, com o amor de Marius no coração, teria respondido: "Pedante e insuportável ao olhar! O senhor tem toda a razão!" Mas, no momento da vida e do coração em que se encontrava, limitou-se a responder com extrema serenidade:

— Aquele rapaz ali?

Como se olhasse para ele pela primeira vez em sua vida.

— Como sou estúpido! — pensou Jean Valjean. — Ela ainda não havia reparado nele. Fui eu que o mostrei a ela.

Ó simplicidade dos velhos! Ó profundidade das crianças!

É também uma lei desses viçosos anos de sofrimento e de preocupação dessas vivas lutas do primeiro amor contra os primeiros obstáculos: a jovenzinha não se deixa cair em nenhuma armadilha, o rapaz cai em todas. Jean Valjean principiara contra Marius uma guerra surda que Marius, com a sublime estupidez de sua paixão e de sua idade, nem de leve percebeu. Jean Valjean armou-lhe inúmeras ciladas; alterou os horários, mudou de banco, esqueceu seu lenço, foi sozinho ao Luxemburgo; Marius caiu em todas, e a todos esses pontos de interrogação colocados por Jean Valjean em seu caminho respondeu ingenuamente que sim. Enquanto isso, Cosette permanecia fechada em sua aparente despreocupação e imperturbável tranqüilidade, de modo que Jean Valjean chegou a esta conclusão: "Esse tolo está apaixonado por Cosette, mas Cosette nem sabe que ele existe".

Nem por isso deixava de sentir no coração um doloroso estremecimento. O minuto em que Cosette começaria a amar podia soar de um instante a outro. Não é pela indiferença que tudo começa?

Uma única vez Cosette cometeu uma falta e o assustou. Ele se levantava do banco para ir embora depois de três horas, e Cosette disse: "Já?!"

Jean Valjean não interrompera os passeios ao Luxemburgo, não querendo fazer nada de estranho e principalmente temendo dar o alerta a Cosette; mas durante essas horas tão doces para os dois enamorados, enquanto Cosette enviava seu sorriso a um Marius embriagado, que só percebia aquilo, e já não via mais nada no mundo senão aquele radiante rosto adorado, Jean Valjean fixava em Marius um olhar faiscante e terrível. Ele, que acabara por não mais julgar-se capaz de sentimentos ruins, por alguns instantes, quando Marius ali estava, acreditava voltar a ser selvagem e feroz, e sentia que se reabriam e se reerguiam contra esse jovem as velhas profundezas de sua alma, onde outrora havia tanta cólera. Parecia-lhe mesmo que voltavam a se formar em seu íntimo crateras desconhecidas.

O quê! Aquela criatura estava ali! O que vinha fazer? Vinha rondar, farejar, examinar, testar! Vinha dizer: "Hein? Por que não?" Vinha girar em torno de sua felicidade, para tomá-la e levá-la embora!

Jean Valjean acrescentava: "Sim, é isso! O que ele vem procurar? Uma aventura! O que ele quer? Um namorico! Um namorico! E eu! O quê! Primeiro sou o mais miserável dos homens, e também o mais infeliz; fiz sessenta anos de vida de joelhos, sofri tudo o que se pode sofrer, envelheci sem ter tido mocidade; vivi sem família, sem parentes, sem amigos, sem mulher, sem filhos; deixei meu sangue sobre todas as pedras, sobre todos os espinhos, sobre cada marco de estrada, sobre todos os muros; fui afável, mesmo para com os que foram duros comigo, e bom, mesmo para com os maldosos; voltei a ser homem de bem, apesar de tudo, arrependi-me do mal que fiz e perdoei o mal que me fizeram; e no momento em que sou recompensado, no momento em que tudo aquilo é findo, no momento em que atinjo a meta, no momento em que tenho o que quero, muito bom, muito bem, paguei por isso, e também ganhei, mas então tudo se vai, tudo evapora, e perderei Cosette, e perderei minha vida, minha alegria, minha alma, porque agradou a um grande idiota vir matar o tempo no Luxemburgo!"

Então, seus olhos encheram-se de uma claridade lúgubre e extraordinária. Não era mais um homem olhando para outro homem; não era um inimigo olhando para outro inimigo. Era um cão de guarda olhando para um ladrão.

O resto se sabe. Marius continuou sendo insensato. Um dia seguiu Cosette até a rua de l'Ouest. Em outro falou com o porteiro. O porteiro, por seu lado, falou, mas a Jean Valjean:

— Senhor, quem é então um rapaz curioso que perguntou pelo senhor?

No dia seguinte, Jean Valjean lançou a Marius aquele olhar que Marius, enfim, notou. Oito dias depois, Jean Valjean mudava. Jurou que não colocaria mais os pés nem no Luxemburgo, nem na rua de l'Ouest. E retornou à rua Plumet.

Cosette não se queixou, não disse nada, não fez perguntas, não procurou saber nenhum porquê; ela estava na fase em que receava trair o que sentia. Jean Valjean não tinha experiência nenhuma nessas misérias, as únicas agradáveis e as únicas que ele não conheceu; isso fez com que não compreendesse o grave significado do silêncio de Cosette. Apenas notou que ela ficara triste, e com isso tornou-se sombrio. De lado a lado, era uma luta de inexperiências.

Uma vez fez uma experiência. Perguntou a Cosette:

— Quer ir ao Luxemburgo?

Um raio iluminou o pálido rosto de Cosette.

— Quero — disse ela.

Foram até lá. Três meses haviam se passado. Marius não ia mais ali. Marius não estava ali.

No dia seguinte, Jean Valjean tornou a perguntar a Cosette:

— Quer ir ao Luxemburgo?

Ela respondeu terna e tristemente:

— Não!

Jean Valjean ficou abatido com aquela tristeza e desolado com aquela ternura.

O que se passava naquele espírito tão jovem e já tão impenetrável? O que estaria para acontecer? O que ocorria na alma de Cosette? Às vezes, em vez de se deitar, Jean Valjean ficava sentado perto da cama, cabeça entre as mãos, e passava noites inteiras perguntando-se: "O que haverá no pensamento de Cosette?" e pensando nas coisas em que ela poderia pensar.

Oh! Nesses momentos, que olhares dolorosos lançava ao claustro, esse degrau mais elevado da castidade, esse lugar de anjos, essa inacessível geleira da virtude! Com que encantamento desesperado contemplava aquele jardim do convento, cheio de flores ignoradas e de virgens encerradas, onde todos os perfumes e todas as almas sobem diretamente ao céu! Como adorava aquele éden para sempre fechado, de onde saíra voluntariamente e descera loucamente! Como lamentava sua abnegação e sua demência de ter trazido Cosette para o mundo, pobre herói do sacrifício, preso e aniquilado por sua própria dedicação! Quanto se dizia: "O que eu fui fazer?"

De resto, nada disso era percebido por Cosette. Nem agastamento, nem aspereza. Sempre o mesmo rosto sereno e bondoso. As maneiras de Jean Valjean eram mais ternas e mais paternais do que nunca. Se alguma coisa lhe indicasse menor alegria, maior se tornava sua mansidão.

Por seu lado, Cosette se deprimia. Sofria com a ausência de Marius da mesma forma que se alegrava com sua presença, simplesmente, sem muita consciência. Quando Jean Valjean parou de levá-la aos passeios habituais, um instinto de mulher murmurara-lhe confusamente, no fundo do coração, que não devia mostrar interesse pelo Luxemburgo, e que, se lhe parecesse indiferente, seu pai voltaria a levá-la até lá. Mas os dias, as semanas e os meses se passaram. Jean Valjean havia aceitado tacitamente o tácito consentimento de Cosette. Ela o lamentou, mas era tarde demais. No dia em que voltou ao Luxemburgo, já não encontrou Marius; ele havia desaparecido; estava acabado, que fazer? Algum dia voltaria a encontrá-lo? Ela sentiu no coração um aperto que nada conseguia aliviar e que aumentava a cada dia; não sabia mais se era inverno ou verão, se chovia ou fazia sol, se os pássaros cantavam ou não cantavam, se era tempo de dálias ou de margaridas, se o Luxemburgo era mais bonito que as Tulherias, se a roupa que vinha da lavadeira estava engomada de mais ou de menos, se Toussaint tinha feito mal ou bem suas compras. E ficou abatida, absorta, dominada por uma só idéia, com o olhar vago e fixo, como quando se olha na escuridão um ponto negro e profundo onde alguma aparição é vista.

Do mesmo modo, ela também não deixava nada além de sua palidez transparecer a Jean Valjean. Continuava com seu semblante meigo.

Essa palidez era mais que suficiente para preocupar Jean Valjean. Algumas vezes lhe perguntava:

— O que você tem?

— Não tenho nada — respondia ela.

E após um momento de silêncio, como também o percebia triste, perguntava-lhe:

— E o senhor, pai, tem alguma coisa?

— Eu? Nada — dizia ele.

Esses dois seres que tinham se amado tão exclusivamente, com um amor tão tocante, e que tinham vivido tanto tempo um para o outro, agora sofriam, um ao lado do outro, um por causa do outro, sem nada se dizerem, sem se magoarem, e sorrindo.

VIII. A corrente

O mais infeliz dos dois era Jean Valjean. A juventude, mesmo em meio a suas mágoas, tem sempre um brilho próprio.

Em certos momentos, Jean Valjean sofria tanto que se tornava pueril. É próprio da dor fazer reaparecer o lado infantil do homem. Sentia invencivelmente que Cosette lhe escapava. Quis lutar, retê-la, entusiasmá-la por algo diferente e brilhante. Essas idéias, pueris, como acabamos de dizer, e ao mesmo tempo senis, deram-lhe, exatamente por sua infantilidade, uma noção bastante justa da influência dos ornamentos sobre a imaginação das mocinhas. Certa vez, aconteceu-lhe de ver passar pela rua, a cavalo, um general em uniforme de gala, o Conde Coutard, comandante de Paris. Teve inveja daquele homem engalanado. Pensou em qual seria sua felicidade se pudesse vestir um traje daqueles, algo de incontestável; que se Cosette o visse assim ficaria maravilhada; que, ao dar o braço a Cosette e passar diante da grade das Tulherias, haveriam de apresentar-lhe as armas, e que isso bastaria a Cosette e faria com que esquecesse a idéia de olhar para os rapazes.

Um inesperado acontecimento veio mesclar-se a esses pensamentos tristes.

Na vida isolada que levavam, e desde que se instalaram na rua Plumet, tinham um hábito. Algumas vezes davam-se ao prazer de ver o sol nascer, tipo de alegria amena que convém aos que entram na vida e aos que dela vão saindo.

Passear ao amanhecer, para quem ama a solidão, equivale a passear de noite, tendo a mais a alegria da natureza. As ruas estão desertas e os pássaros cantam. Cosette, ela mesma um pássaro, despertava de bom grado bem cedo. Essas excursões matutinas eram combinadas de véspera. Ele propunha, ela aceitava. Tudo era arranjado como um complô; saíam antes de amanhecer. Isso trazia pequenas alegrias a Cosette. Essas inocentes excentricidades agradam a juventude.

A preferência de Jean Valjean era, como se sabe, ir aos locais pouco freqüentados, aos recantos solitários, aos lugares esquecidos. Havia, então, nos arredores das entradas de Paris, espécies de campos pobres, praticamente embrenhados na cidade, onde crescia, no verão, um trigo franzino; no outono, feita a colheita, esses campos não pareciam ceifados, mas raspados. Jean Valjean tinha predileção por freqüentá-los. Cosette não se aborrecia com isso. Era a solidão para ele e a liberdade para ela. Ali voltava a ser menina, podia correr e até brincar; tirava o chapéu, pousava-o nos joelhos de Jean Valjean, e colhia buquês. Olhava as borboletas pousadas nas flores, mas não as pegava; a mansidão e o enternecimento nascem com o amor, e as mocinhas, que em seu íntimo trazem um ideal trêmulo e frágil, têm pena das asas da borboleta. Ela fazia guirlandas de papoulas que punha na cabeça, e que, atravessadas e penetradas de sol, avermelhadas até parecerem flamejantes, formavam sobre o frescor daquele rosto corado uma coroa de brasas.

Mesmo depois de suas vidas se tornarem entristecidas, eles conservaram o hábito dos passeios matutinos.

Assim, em uma manhã de outubro, tentados pela perfeita serenidade do outono de 1831, saíram, e, ao romper do dia, encontravam-se perto da entrada do Maine. Ainda não era a aurora, mas o momento que a precede, minuto encantador e fugidio. Algumas constelações aqui e ali no azul pálido e profundo, a terra completamente escura, o céu completamente branco, uma agitação na relva, por toda parte a misteriosa impressão de crepúsculo. Uma cotovia, que parecia confundir-se com as estrelas, cantava a uma altura prodigiosa, e era possível dizer que aquele hino da pequenez ao infinito acalmava a imensidão. No oriente, o Val-de-Grâce recortava, no horizonte claro como o aço, sua massa obscura; Vênus, resplandecente, elevava-se por trás dessa cúpula e parecia uma alma que se evade de um edifício tenebroso.

Tudo era paz e silêncio; ninguém nas ruas; entreviam-se apenas uns raros operários a caminho do trabalho.

Jean Valjean estava sentado em uma alameda lateral, sobre peças de madeira colocadas à porta de um canteiro de obras. Seu rosto estava voltado para a rua principal e suas costas voltadas para o nascente; ele esquecia que o sol ia levantar-se, e caíra em uma daquelas profundas divagações nas quais o espírito todo se concentra, que equivalem a quatro paredes, e que aprisionam até o olhar. Há meditações que poderiam ser chamadas de verticais, quando se está lá no fundo, e é preciso de tempo para que se volte à terra. Jean Valjean havia descido a uma dessas reflexões. Pensava em Cosette, na felicidade que seria possível se nada se colocasse entre eles, naquela luz que preenchia sua vida, luz que era a respiração de sua alma. Sentia-se quase feliz em meio a essa divagação. Cosette, de pé perto dele, olhava as nuvens que se tornavam rosadas.

De repente, ela exclamou: "Pai, parece que alguém está vindo". Jean Valjean levantou os olhos. Cosette tinha razão.

A rua que leva à antiga entrada do Maine, como se sabe, é o prolongamento da rua de Sèvres cortada em ângulo reto pelo bulevar interior. Na esquina dessa rua com o bulevar, onde ocorre seu entroncamento, ouvia-se um ruído difícil de se explicar para uma hora daquelas, e uma espécie de amontoado confuso aparecia. Algo disforme, que vinha do bulevar, penetrava na rua.

Aquilo crescia, parecia se mover com ordem, no entanto eriçava-se e vibrava; parecia um carro, mas não era possível distinguir seu carregamento. Havia cavalos, rodas, gritos; chicotes estalavam. Gradativamente as linhas se definiam, embora mergulhadas na penumbra. De fato, era um carro que acabava de entrar na rua vindo pelo bulevar e que se dirigia para a entrada perto da qual estava Jean Valjean; um segundo carro com o mesmo aspecto vinha em seguida, e um terceiro, e um quarto; sete carruagens desembocaram sucessivamente, as cabeças dos cavalos tocando a parte posterior das precedentes. Silhuetas agitavam-se sobre as carruagens, viam-se brilhos na penumbra, como se houvesse sabres desembainhados, ouvia-se um tinido que parecia vir de correntes remexidas; aquilo avançava, as vozes se elevavam, era uma coisa impressionante, como que saída das cavernas dos sonhos.

Ao aproximar-se, aquilo tomou forma, e esboçou-se por trás das árvores com a palidez de uma aparição; aquela massa embranquecia; o dia, que pouco a pouco levantava, lançava uma claridade lívida sobre aquele formigamento ao mesmo tempo sepulcral e vivo, as cabeças dos vultos tornaram-se rostos de cadáveres, e eis do que se tratava:

Sete carros seguiam enfileirados pelo caminho. Os seis primeiros tinham uma estrutura singular. Pareciam carros de transportar tonéis, espécies de longas escadas assentadas sobre duas rodas, formando "macas" na extremidade anterior. Cada um desses carros, melhor dizendo, dessas escadas, era puxado por quatro cavalos amarrados um ao outro. Sobre elas, eram levados estranhos cachos de homens. Com a pouca luz que havia, esses homens não eram vistos, mal eram divisados. Vinte e quatro sobre cada carro, doze de cada lado, encostados uns aos outros, de frente para os passantes, pernas soltas no ar, assim eles avançavam; em suas costas havia alguma coisa que retinia e era uma corrente, e no pescoço, alguma coisa que brilhava e era uma coleira. Cada um tinha sua coleira, mas a corrente era a mesma para todos, de modo que, se precisassem descer do carro e caminhar, esses vinte e quatro homens estavam presos por uma espécie de unidade inexorável, e teriam de serpentear pelo solo com a corrente feito vértebra, quase como uma centopéia. Adiante e atrás de cada carro, dois homens armados com fuzil mantinham-se de pé, tendo, cada um, uma das extremidades da corrente sob os pés. As coleiras eram quadradas. O sétimo carro, vasto furgão com grades laterais, mas sem capota, tinha quatro rodas e seis cavalos, e carregava um amontoado sonoro de caldeiras e panelas de ferro, de fogareiros e correntes, a que se misturavam alguns homens garroteados e deitados em sua extensão, com aspecto de doentes. Esse furgão tinha o gradeado todo em péssimo estado, mostrando indícios de que fora usado em antigos suplícios.

Esses carros ocupavam o centro da rua. Dos dois lados, caminhavam duas alas de guardas, com aspecto infame, usando na cabeça chapéus de três pontas achatadas, como os soldados do Diretório, sujos, rotos, sórdidos, enfiados em horríveis uniformes de inválidos e em calças de coveiros, meio pardas e azuis, quase esfarrapadas; dragonas vermelhas, boldriés amarelos, sabres curtos, fuzis e cassetetes, espécie de grosseiros soldados. Esses esbirros pareciam compostos da abjeção do mendigo e da autoridade do carrasco. Aquele que parecia o chefe brandia na mão um chicote de cocheiro. Todos esses detalhes, sombreados pela penumbra, desenhavam-se cada vez mais nitidamente com o romper do dia. À frente e ao final do comboio, soldados marchavam a cavalo, graves, sabre em punho.

Esse cortejo era tão extenso que, quando o primeiro carro chegava à barreira, o último apenas apontava no bulevar.

Uma multidão, saída não se sabe de onde e formada num piscar de olhos, como acontece freqüentemente em Paris, se espremia dos dois lados da rua e olhava. Ouviam-se nas ruazinhas da vizinhança gritos de pessoas se chamando, e o ruído dos tamancos dos plantadores de hortaliças que acorriam para ver.

Os homens amontoados sobre os carros deixavam-se chacoalhar em silêncio. Estavam lívidos com a friagem do amanhecer. Todos vestiam calças de algodão e tinham os pés descalços dentro dos tamancos. O restante de suas vestimentas estava por conta das fantasias da miséria. Seus trajes ridículos eram horrivelmente disparatados; nada é mais fúnebre que o arlequim em farrapos. Chapéus estragados, bonés encardidos, horrorosos gorros de lã, e, ao lado de roupas campesinas, jaquetas pretas rasgadas nos cotovelos; vários usavam chapéus de mulher, outros, cestos enfiados na cabeça; viam-se, através das roupas rasgadas, peitos cobertos de pelos, e distinguiam-se tatuagens como templos de amor, corações inflamados, cupidos. Viam-se também feridas e manchas vermelhas. Dois ou três tinham cordas de palha fixadas às travessas do carro sustentando-lhes os pés. Um deles tinha na mão, e levava à boca, algo semelhante a uma pedra preta que parecia morder; era um pedaço de pão que comia. Ali só havia olhos secos, sem brilho, ou iluminados por uma luz ruim. A trupe da escolta praguejava, os acorrentados nem respiravam; de tempos em tempos, ouvia-se o som de uma pancada nas costas ou na cabeça de algum deles. Uns bocejavam. Os andrajos eram horríveis; os pés pendiam, os ombros vacilavam, as cabeças se entrechocavam, os ferros tilintavam, os olhos flamejavam ferozmente, os punhos se crispavam ou se abriam inertes como mãos de mortos; atrás do comboio, um bando de crianças gargalhava.

Essa fila de carros, o que quer que fosse, era lúgubre. Era evidente que, amanhã ou em uma hora, uma tromba d'água pudesse cair e fosse seguida de uma outra, e mais outra, e que aquelas roupas estragadas ensopariam, e, uma vez ensopados, aqueles homens não se secariam mais, e, uma vez congelados, não se aqueceriam mais, que suas calças de algodão ficariam coladas a seus ossos pela umidade, que a água encheria seus tamancos, que as chicotadas não poderiam impedir o tiritar de seus queixos, que a corrente continuaria a segurá-los pelo pescoço, que seus pés continuariam a pender; e era impossível não tremer ao ver essas criaturas humanas amarradas assim, passivas sob as frias nuvens do outono e entregues à chuva, ao vento, a todas as fúrias do ar, como se fossem árvores e pedras.

Os golpes de cassetete não poupavam nem mesmo os doentes, amarrados com cordas, sem movimentos e estirados sobre o sétimo carro; pareciam ter sido ali jogados como sacos repletos de miséria.

De repente, o sol apareceu; o imenso raio do oriente jorrou, e era possível dizer que ele punha fogo em todas aquelas cabeças rudes. As línguas se desprenderam; um incêndio de risos sarcásticos, de blasfêmias e de cantorias explodiu. A larga faixa de luz horizontal dividiu em duas toda a fileira, iluminando as cabeças e os troncos, deixando os pés e as rodas na sombra. Os pensamentos apareceram nos rostos; esse momento foi medonho. Demônios visíveis com suas máscaras caídas, almas ferozes a descoberto. Iluminada, essa corja ficou tenebrosa. Alguns, alegres, traziam na boca canudos de penas pelos quais sopravam insetos na multidão, principalmente sobre as mulheres; a aurora acentuava pelo negror das sombras aquelas lamentáveis silhuetas; nem uma só daquelas criaturas deixaria de ficar disforme à força da miséria; e aquilo era tão monstruoso que parecia transformar a claridade do sol em clarão de relâmpago. O carro que abria o cortejo havia entoado, e salmodiava muito alto e com uma jovialidade desregrada, um *pot-pourri* de Désaugiers, então célebre, a *Vestale*; as árvores arrepiavam-se lugubremente; nas alamedas laterais, burgueses escutavam com ar de beatitude aquelas obscenidades cantadas pelos espectros.

Todas as desgraças estavam presentes naquele cortejo, como um caos; nele havia o ângulo facial de toda sorte de animais, velhos, adolescentes, crânios nus, barbas grisalhas, monstruosidades cínicas, resignações intratáveis, rictos selvagens, atitudes insanas, verdadeiros focinhos usando bonés, e espécies de cabeças de moças com caracóis sobre a testa, rostos infantis e por isso mesmo horríveis, magras faces de esqueletos, às quais apenas a morte faltava. No primeiro carro via-se um negro que talvez tivesse sido escravo e pudesse comparar as correntes. O medonho nível mais baixo, a vergonha, passara sobre aquelas frontes; a esse grau de rebaixamento, as últimas transformações foram sofridas por todos da forma mais profunda; e a ignorância transformada em embrutecimento igualava a inteligência transformada em desespero. Não havia escolha possível entre aqueles homens que apareciam aos olhares como a elite da lama. Era claro que o medíocre coordenador daquela imunda procissão não os havia classificado. Aquelas criaturas tinham sido amarradas e emparelhadas confusamente, provavelmente em desordem alfabética, e jogadas ao acaso sobre aqueles carros. Os horrores agrupados, porém, acabam sempre por produzir uma resultante; toda adição de infelizes forma um total; de cada corrente saía uma alma comum, e cada carro tinha sua fisionomia. Ao lado do carro que cantava, havia um que urrava; um terceiro mendigava; um outro rangia os dentes; outro ameaçava os passantes; outro ainda blasfemava Deus; o último se calava como um túmulo. Dante julgaria ver os sete círculos do inferno em marcha.

Marcha das condenações em direção aos suplícios, feita sinistramente, não no terrível carro fulgurante do Apocalipse, mas, coisa ainda mais sombria, na carreta da exposição ao desprezo público.

Um dos guardas, que tinha um gancho na ponta de seu cassetete, de tempos em tempos parecia remexer aquele amontoado de lixo humano. Na multidão, uma velha os apontava a um menino de uns cinco anos, e dizia: *Que lhe sirva de lição, seu danado!*

Como as cantigas e as blasfêmias aumentassem, o que parecia ser o capitão da escolta fez estalar seu chicote, e, a esse sinal, uma terrível pancadaria surda e cega, que fazia o barulho de uma saraivada, recaiu sobre os sete carros; muitos rugiram e se enfureceram, o que redobrou a alegria dos moleques ali chegados, nuvens de moscas sobre aquelas feridas.

Os olhos de Jean Valjean tornaram-se medonhos. Não eram mais pupilas, eram aquele vidrado profundo que substitui o olhar de certos infelizes, que parece inconsciente da realidade, e no qual flameja o reflexo dos pavores e das catástrofes. Ele não presenciava um espetáculo, sofria uma visão. Quis levantar-se, fugir, escapar; não pôde mexer sequer um pé. Às vezes as coisas que vemos nos agarram e nos retêm. Ele permaneceu pregado, petrificado, estúpido, perguntando a si próprio, em uma confusa angústia inexprimível, o que significava aquela perseguição sepulcral, e de onde saía aquele pandemônio que o perseguia. De repente, levou a mão à fronte, gesto habitual daqueles a quem a memória subitamente retorna; lembrou-se que era aquele, de fato, o itinerário, que se costumava dar aquela volta para evitar encontros com comitivas reais sempre possíveis na estrada de Fontainebleau, e que, trinta e cinco anos atrás, ele passara por aquela barreira.

Cosette, embora de outra forma, não estava menos apavorada. Ela não compreendia, a respiração lhe faltava; o que ela via não lhe parecia possível; afinal, exclamou:

— Pai, o que tem nesse carros?

— Forçados — respondeu Jean Valjean.

— E para onde eles vão?

— Para as galés!

Nesse momento, as cassetadas multiplicadas por cem mãos se intensificaram, os golpes com as lâminas dos sabres misturaram-se a elas, e foi como uma rajada de chicotes e bastões; os forçados curvaram-se, uma obediência horrenda se desprendia do suplício, e todos se calaram, com olhares de lobos acorrentados. Cosette tremia inteira; e perguntou:

— Pai, será que ainda são homens?

— Às vezes — disse o miserável.

Na verdade, era a cadeia que, saída antes do amanhecer de

Bicêtre, tomava a estrada de Mans para evitar Fontainebleau, onde então estava o rei. Esse desvio fazia a medonha viagem durar três ou quatro dias a mais; mas, para poupar à figura real a visão de um suplício, bem que ela podia se prolongar.

Jean Valjean voltou para casa deprimido. Encontros assim são choques e a recordação que deixam se assemelha a um grande abalo.

Ao retomar com Cosette a rua Babylone, Jean Valjean não se deu conta de que ela lhe fazia outras perguntas a respeito do que acabavam de presenciar; talvez estivesse absorvido demais em sua própria opressão para ouvir suas palavras e lhe responder. Apenas, à noite, quando Cosette o deixava para ir se deitar, ouviu-a falar a meia voz e como que a ela mesma:

— Acho que se encontrasse em meu caminho um daqueles homens, ai meu Deus, morreria só de o ver de perto!

Felizmente, o acaso fez com que, no dia seguinte ao do trágico espetáculo, a propósito de não sei qual solenidade oficial, houvesse festas em Paris, revista no Champ-de-Mars, torneios no Sena, teatros em Champs-Élysées, fogos de artíficio em l'Étoile, luzes por toda parte. Jean Valjean, violentando seus hábitos, levou Cosette a esses divertimentos para distraí-la das lembranças da véspera e apagar, sob o risonho tumulto de Paris, aquela coisa abominável que passara diante dela. A revista, que dava sabor à festa, tornava bastante natural a circulação de uniformes; Jean Valjean vestiu seu traje de guarda nacional com o vago sentimento interior de um homem que se refugia. De resto, o objetivo do passeio pareceu ser atingido. Cosette, que tinha por lei agradar a seu pai, e para quem qualquer espetáculo era novo, aceitou a distração com a leve e fácil boa vontade da adolescência, sem demonstrar nenhum desdém diante dessa gamela de alegria chamada de festa pública; de modo que Jean Valjean achou que tivera êxito, e que não restara mais nenhum vestígio daquela horrível visão.

Dias depois, pela manhã, fazia um belo sol e os dois estavam no patamar da escadaria do jardim, outra infração às regras que Jean Valjean parecia ter-se imposto, e ao costume de ficar em seu quarto, que a tristeza fizera Cosette adotar; Cosette, de penhoar, mantinha-se de pé naquela simplicidade das primeiras horas que envolve adoravelmente as mocinhas e tem o aspecto da nuvem encobrindo um astro. Com a fronte banhada em luz, corada por ter dormido bem, docemente observada por aquele homem enternecido, Cosette desfolhava uma margarida. Ela ignorava a encantadora lenda do *bem-me-quer, mal-me-quer* — quem poderia ter-lhe ensinado? Mexia naquela flor por instinto, inocentemente, sem suspeitar que desfolhar uma margarida é indagar um coração. Se houvesse uma quarta Graça chamada Melancolia, e que fosse sorridente, seria com essa Graça que ela se pareceria. Jean Valjean era fascinado pela contemplação daqueles pequenos dedos sobre a flor, esquecendo tudo em meio ao brilho que tinha aquela menina. Um pintarroxo cantava no arbusto ao lado. Nuvens brancas atravessavam o céu tão alegremente que pareciam ter acabado de ser postas em liberdade. Cosette continuava a despetalar atentamente sua flor, como se pensasse em alguma coisa, mas que fosse agradável. De repente, voltou a cabeça com a delicada lentidão do cisne e disse a Jean Valjean: "Pai, o que são então as galés?"

LIVRO IV

Socorro da terra pode ser socorro do céu

I. Ferimento por fora, cura por dentro

Assim, gradualmente, suas vidas obscureciam-se.

Não lhes restava mais que uma distração, outrora uma felicidade, que era levar pão aos que tinham fome e roupa aos que tinham frio. Nessas visitas aos pobres, em que Cosette quase sempre acompanhava Jean Valjean, encontravam um pouco de sua antiga efusão; e algumas vezes, quando o dia tinha sido bom, quando muitas misérias tinham sido socorridas e muitas crianças reanimadas e agasalhadas, à noite Cosette se mostrava um pouco alegre. Foi nessa época que visitaram a espelunca Jondrette.

No dia seguinte a essa visita, Jean Valjean apareceu de manhã no pavilhão, calmo como de costume, mas com uma grande ferida no braço esquerdo, muito inflamada, muito feia, semelhante a uma queimadura, que ele explicou de um modo qualquer. Esse ferimento fez com que tivesse febre por mais de um mês e ficasse sem sair. Não quis chamar nenhum médico. Quando Cosette insistia, chame o médico dos cachorros, dizia ele.

Cosette fazia-lhe curativos pela manhã e à noite, com seu jeito tão divino, e tão angelical felicidade de lhe ser útil, que Jean Valjean sentia voltar toda a sua antiga alegria, e dissiparem-se seus temores e suas ansiedades; e contemplava Cosette dizendo:

— Oh! Que bom ferimento! Oh! Que mal abençoado!

Ao ver seu pai doente, Cosette saiu do pavilhão, retomando gosto pela casinha e pelo quintal. Passava os dias quase inteiros perto de Jean Valjean e lia para ele os livros que ele queria, em geral livros de viagens. Jean Valjean renascia; sua felicidade revivia com raios inefáveis; o Luxemburgo, o jovem desconhecido, o distanciamento de Cosette, todas as nuvens de sua alma desapareciam. Chegou a dizer-se a esse respeito: “Eu imaginei tudo isso. Sou um velho tolo”.

Era tal sua satisfação que o medonho e tão inesperado achado dos Thénardier na espelunca Jondrette de algum modo não o impressionara. Ele conseguira escapar; sua pista fora perdida, que lhe importava o resto? Só se lembrava disso para lamentar aqueles miseráveis. Estão presos e impossibilitados de fazerem mal, pensava, mas que lamentável família em desgraça!

Quanto à medonha visão da entrada do Maine, Cosette não tornara a falar sobre aquilo.

No convento, Irmã Sainte-Mechtilde ensinara música a Cosette. Com a voz de um pintassilgo que tivesse uma alma, algumas noites, no humilde quarto do ferido, Cosette cantava tristes canções que alegravam Jean Valjean.

A primavera chegava, o jardim ficava tão admirável nessa estação do ano que Jean Valjean disse a Cosette:

— Você nunca vai ao jardim, gostaria que passeasse por lá.

— Como quiser, pai — respondeu Cosette.

E, para obedecer seu pai, ela voltou aos passeios no jardim, quase sempre só, pois, como já dissemos, Jean Valjean, que provavelmente temia ser visto pela grade, quase nunca ia até lá.

O ferimento de Jean Valjean tinha sido uma diversão.

Ao ver que seu pai sofria menos, que se curava e que parecia feliz, Cosette sentiu um contentamento que praticamente não notou, tão natural e suavemente tomou conta dela. Além disso, era o mês de março, os dias se alongavam, o inverno findava; o inverno sempre leva consigo algo de nossas tristezas. Depois chegou abril, prenúncio do verão, fresco como todo alvorecer, alegre como todas as infâncias; às vezes um pouco chorão como verdadeiro recém-nascido que é. Nesse mês, a natureza exibe encantadores fulgores que passam do céu, das nuvens, das árvores, dos prados e das flores para o coração do homem.

Cosette ainda era jovem demais para que essa alegria de abril, parecida com ela, não a inundasse. Insensivelmente, e sem que percebesse, a escuridão foi-se embora de seu espírito. Na primavera, faz-se claro nas almas tristes, assim como ao meio-dia faz-se claro nos porões. De resto, assim acontecia, mas ela não se dava conta. De manhã, por volta das dez horas, após o dejejum, quando conseguia arrastar seu pai até o jardim por um quarto de hora, passeando com ele pelo sol, perto da escadaria, segurando-o pelo braço enfermo, ela nem percebia que ria a cada instante e que estava feliz.

Jean Valjean, inebriado, constatava que ela retomava seu rubor e frescor.

— Oh! Abençoado ferimento! — repetia-se baixinho.

E era reconhecido aos Thénardier.

Curado do ferimento, retomou seus passeios solitários e crepusculares.

Seria um erro supor que se pode passear sozinho dessa forma pelas regiões inabitadas de Paris, sem encontrar alguma aventura.

II. Mãe Plutarque não fica embaraçada para explicar um fenômeno

Uma noite, Gavroche, que nada havia comido, lembrou-se que também não havia jantado na véspera; aquilo se tornava cansativo. Resolveu que tentaria cear. Foi para lá de Salpêtrière, aos lugares desertos; é neles que está a sorte inesperada; onde não há ninguém, pode-se encontrar alguma coisa. Chegou a um povoado que lhe pareceu ser a aldeia de Austerlitz.

Em um de seus passeios precedentes, notara por ali um velho jardim freqüentado por um velho senhor e uma velha senhora, e, nesse jardim, uma macieira interessante. Ao lado dessa macieira, havia uma espécie de fruteiro mal fechado onde seria possível conseguir uma maçã. Uma maçã é uma ceia; uma maçã é a vida. A perdição de Adão podia salvar Gavroche. O jardim ladeava uma pequena rua solitária, não pavimentada e orlada de plantas silvestres à espera de casas; uma sebe o separava dali.

Gavroche foi em direção ao jardim, encontrou a ruazinha, reconheceu a macieira, certificou-se do fruteiro, examinou a sebe; uma sebe é um salto. O dia declinava, nem um gato pela rua, a hora era boa. Gavroche preparava a escalada, mas de repente parou. Alguém falava no jardim. Espreitou por uma das aberturas da sebe.

A dois passos dele, ao pé da sebe e do outro lado, justamente no ponto onde sairia pela abertura que tencionava passar, havia uma pedra colocada como uma espécie de banco, e sobre esse banco estava sentado o velho senhor, tendo de pé diante dele a velha senhora. Ela resmungava. Gavroche, pouco discreto, ficou escutando.

— Senhor Mabeuf! — dizia a velha.

— Mabeuf! — pensou Gavroche. — Esse nome é engraçado.

O velho interpelado nem se mexia. A velha repetiu:

— Senhor Mabeuf!

Sem tirar os olhos do chão, o velho decidiu-se a responder:

— O que é, Mãe Plutarque?

— Mãe Plutarque — pensou Gavroche. — Outro nome engraçado.

Mãe Plutarque continuou, e o velho foi forçado a aceitar a conversa.

— O proprietário não está nada contente.

— Por quê?

— Porque estamos lhe devendo três trimestres.

— E daqui a três meses estaremos devendo quatro.

— Ele disse que vai mandar o senhor dormir na rua.

— Eu irei.

— A quitandeira quer receber. Ela não deixa mais os feixes de lenha. Com o que o senhor vai se aquecer neste inverno? Não vamos ter lenha nenhuma.

— Temos o sol.

— O açougueiro se recusa a vender fiado, não quer mais nos entregar carne.

— Isso até que é bom. A carne me cai mal. É muito pesada.

— E o que vamos ter para jantar?

— Pão.

— O padeiro exige um pagamento, e diz que, sem dinheiro, nada de pão.

— Está bom.

— O que o senhor vai comer?

— Temos as maçãs da macieira.

— Mas, senhor, não se pode viver assim sem dinheiro.

— Eu não o tenho.

A velha retirou-se, e o velho ficou só. Pôs-se a pensar.

Gavroche, por seu lado, também pensava. Era quase noite. O primeiro resultado das reflexões de Gavroche foi que, em vez de escalar a sebe, agachou-se por baixo dela. Os galhos se separavam um pouco na parte inferior.

— Pronto — exclamou ele interiormente —, uma alcova! — E ali se acomodou. Estava quase encostado no banco do Pai Mabeuf. Podia ouvir o octogenário respirar.

Assim, para jantar, tratou de dormir.

Sono de gato, sono de um olho só. Mesmo dormindo, Gavroche estava alerta.

A claridade do céu crepuscular iluminava a terra, e a ruazinha desenhava uma linha lívida entre duas fileiras de moitas obscuras.

De repente, naquela faixa esbranquiçada, apareceram dois vultos. Um mais à frente, o outro, um tanto atrás.

— Aí vêm dois fulanos — resmungou Gavroche.

O primeiro vulto parecia de algum velho burguês, curvado e pensativo, vestido de forma mais do que simples, caminhando vagarosamente em virtude da idade, flanando à luz das estrelas.

O segundo era ereto, firme e delgado. Regulava seu passo pelo passo do primeiro, mas percebia-se flexibilidade e agilidade na voluntária lentidão com que caminhava. Esse vulto tinha, juntamente com algo de arisco e inquietante, toda a aparência do que então chamavam um elegante; o chapéu era de boa forma, a casaca era preta, bem cortada, provavelmente de um belo tecido e justa na cintura. A cabeça se erguia com uma espécie de graça robusta, e, sob o chapéu, entrevia-se no crepúsculo um pálido perfil de adolescente. Esse perfil tinha uma rosa na boca. Esse segundo vulto era bem conhecido de Gavroche; era Montparnasse.

Quanto ao outro, ele nada podia dizer, senão que era um velho homem.

Gavroche pôs-se imediatamente em observação.

Um desses dois passeantes tinha evidentemente projetos a respeito do outro. Gavroche estava bem situado para ver o que se seguiria. A alcova, muito a propósito, transformou-se em esconderijo.

Montparnasse à caça, em uma hora daquelas, em um lugar daqueles, era algo ameaçador. Gavroche sentiu suas entranhas de moleque comoverem-se de pena do velho.

Que fazer? Intervir? Uma fraqueza em socorro de outra! Era de causar riso a Montparnasse. Gavroche não se iludia; para esse temível bandido de dezoito anos, o velho primeiro e depois o menino seriam apenas duas bocadas.

Enquanto Gavroche deliberava, o ataque ocorreu, repentino e ignóbil. Ataque de tigre ao onagro, ataque de aranha à mosca. Montparnasse, inesperadamente, atirou a rosa, saltou sobre o velho, puxou-o pelo pescoço, agarrou-o e segurou-o com toda a força; Gavroche a muito custo reteve um grito. Um momento depois, um daqueles homens estava sob o outro, vencido, ofegante, se debatendo, com um joelho de mármore apertando-lhe o peito. Apenas não era, de forma alguma, aquilo que Gavroche estava esperando. O que estava no chão era Montparnasse, o que estava por cima era o outro homem.

Tudo isso se passava a alguns passos de Gavroche.

O velho recebera o choque e o devolvera, e tão terrivelmente que, em um piscar de olhos, o assaltante e o assaltado tinham invertido os papéis.

— Eis um inválido notável! — pensou Gavroche.

E não pôde evitar de bater palmas. Mas foram palmas perdidas; não chegaram aos dois combatentes, absorvidos e ensurdecidos um pelo outro, misturando suas respirações em meio à luta.

Então fez-se silêncio. Montparnasse cessou de debater-se. Gavroche falou com seus botões: "Será que está morto?"

O velho não havia pronunciado uma só palavra nem soltado um só grito. Ergueu-se, e Gavroche ouviu-o dizendo a Montparnasse:

— Levante-se.

Montparnasse levantou-se, mas o homem o segurava. Montparnasse tinha a atitude humilhada e furiosa de um lobo que se via abocanhado por um cordeiro.

Gavroche olhava e escutava, esforçava-se para redobrar sua visão por intermédio dos ouvidos. Divertia-se enormemente.

E foi recompensado da sua conscienciosa ansiedade de espectador. Pôde apanhar no ar este diálogo que dava à escuridão um tom trágico. O homem perguntava, Montparnasse respondia.

— Que idade você tem?

— Dezenove anos.

— Você é forte e bem saudável. Por que não trabalha?

— Porque me aborrece.

— O que você faz?

— Sou vadio.

— Fale sério. Pode-se fazer alguma coisa por você? O que você quer ser?

— Ladrão.

Houve um silêncio. O velho parecia profundamente pensativo. Estava imóvel e não largava Montparnasse.

De vez em quando, o jovem bandido, vigoroso e ágil, tinha sobressaltos de animal apanhado em armadilha. Dava um puxão, ensaiava uma rasteira, contorcia desesperadamente seus membros, tentava escapar. O velho nem parecia dar-se conta, e segurava-lhe os dois braços com uma só mão, com a indiferença soberana de uma força absoluta.

A meditação do velho durou algum tempo, depois, olhando fixamente para Montparnasse, elevou docemente a voz, e, na escuridão em que estavam, dirigiu-lhe uma espécie de monólogo solene, do qual Gavroche não perdeu uma única sílaba:

— Filho, você entra por preguiça na mais laboriosa das existências. Ah! Você se declara vadio! Prepare-se para trabalhar. Já viu uma máquina temível chamada laminador? É preciso tomar cuidado com ela, que é uma coisa sorrateira e feroz; se nos agarra pela aba do casaco, nos arrasta por completo. Essa máquina é a ociosidade. Pare, enquanto ainda é tempo, e salve-se! De outro modo, está acabado; em pouco tempo estará nessa engrenagem. Uma vez preso, não espere mais nada. Ao cansaço, preguiçoso! Nada de repouso. A implacável mão de ferro do trabalho o agarrou. Ganhar a vida, ter uma ocupação, cumprir um dever, isso você não quer! Ser como os outros o aborrece! Pois bem, você vai ser diferente. O trabalho é a lei; quem o repele por aborrecimento, há de tê-lo como suplício. Não quer ser operário, será escravo. O trabalho só nos solta de um lado para depois nos prender pelo outro; não quer ser seu amigo, será seu negro. Ah! Você não quis a fadiga honesta dos homens, vai ter o suor dos condenados. Onde os outros cantam, você ofegará. Verá de longe, de baixo, os outros homens trabalhando e vai parecer-lhe que descansam. O lavrador, o ceifeiro, o marinheiro, o ferreiro irão aparecer-lhe iluminados como os bem-aventurados de um paraíso. Que brilho há em uma bigorna! Conduzir a charrua, amarrar os feixes, é uma alegria. A barca em liberdade ao vento, que festa! Enquanto você, preguiçoso, cava, arrasta, rasteja, caminha! Puxem seu cabresto, e você vira besta de carga nas parelhas do inferno! Ah! Não fazer nada, esse era seu objetivo. Pois bem! Não terá uma só semana, um só dia, uma só hora sem abatimento. Não poderá levantar coisa alguma senão com angústia. Cada minuto que passar fará estalar seus músculos. O que para os outros é pluma, para você será rochedo. As coisas mais simples ficarão muito difíceis. A vida será como um monstro à sua volta. Ir, vir, respirar, serão outros tantos trabalhos terríveis. Seu pulmão fará em você o efeito de um peso de cem libras. Andar por aqui ou por ali será um problema a resolver. Qualquer um que queira sair, abre a porta, e pronto, está fora. Você, se quiser sair, terá de perfurar as paredes. Para ir à rua, o que todo o mundo faz? Todos descem a escada; você, terá de rasgar os lençóis da cama, com cada tira fará uma corda, então passará pela janela e ficará suspenso por esse fio sobre um abismo, e poderá ser à noite, no meio da tempestade, na chuva, no furacão e, se a corda for demasiado curta, você terá uma única maneira de descer: cair. Cair ao acaso, em um precipício, da altura que for, sobre o quê? Sobre o que estiver embaixo, sobre o incógnito. Ou então terá de subir por um tubo de chaminé, correndo o risco de queimar-se; ou rastejará pelo encanamento de latrinas, correndo o risco de afogar-se. Nem vou lhe falar dos buracos que é preciso tapar, das pedras que é preciso retirar e recolocar vinte vezes por dia, dos pedaços de reboque que é preciso esconder no colchão. Uma fechadura aparece, o burguês traz no bolso sua chave fabricada por um serralheiro. Você, se quiser ir mais longe, está condenado a fazer uma obra-prima medonha; pegará uma moeda e a dividirá em duas lâminas, e com que ferramentas? As que você inventar. É por sua conta. Depois, cavará o interior dessas duas lâminas, preservando cuidadosamente a parte de fora, e fará uma rosca nas bordas, de modo que elas se ajustem muito bem uma na outra, como um fundo e uma tampa. Com as duas partes assim rosqueadas, ninguém suspeitará de nada. Para os vigias, pois você será vigiado, será uma moeda; para você, será uma caixa. O que irá colocar nela? Um pedacinho de aço, uma mola de relógio na qual fará uns dentes e usará como serra. Com essa serra, longa como um alfinete e escondida em uma moeda, você vai cortar a lingueta da fechadura, a barra do ferrolho, a alça do cadeado, a grades que haverá em sua janela, e a argola que haverá em sua perna. Feita essa obra-prima, completado esse prodígio, todos esses milagres de arte, destreza, habilidade e paciência executados, se vierem a saber que você é seu autor, que recompensa terá? O calabouço. Esse é seu futuro. A preguiça, o prazer, que precipícios! Não fazer nada, é uma lúgubre resolução, sabe? Viver ocioso da substância social! Ser inútil, quer dizer, prejudicial! Isso leva diretamente ao fundo da miséria! Desgraçado do que quiser ser parasita, porque será verme! Ah! Não lhe dá prazer trabalhar? Só tem um pensamento, comer bem, beber bem, dormir bem! Pois beberá água, comerá um pão escuro, dormirá sobre uma tábua, com ferros amarrados a seus membros, sentindo durante a noite o frio deles sobre sua carne! Há de quebrar esses ferros e fugir. Bom. Vai arrastar-se sobre o ventre pelo mato e vai comer capim, como os animais. E daí será preso outra vez. E então passará anos e anos em um subterrâneo, fechado entre quatro paredes, tateando para beber em sua bilha, mordendo um horrível pão bolorento que os cães enjeitariam, comendo favas que os vermes já teriam roído. Você será um verme em um porão. Oh! Tenha piedade de você mesmo, miserável criança, tão jovem, que ainda não faz vinte anos que mamava, e que decerto ainda tem mãe! Eu suplico, ouça o que eu digo. Você quer finos tecidos pretos, calçados de verniz, cabelos frisados e perfumados, quer agradar as pessoas, ser bonito. Pois terá a cabeça rapada, uma roupa vermelha, e tamancos. Quer ter um anel no dedo, mas terá uma argola no pescoço. E, se olhar para alguma mulher, uma pancada é o que receberá. Vai entrar ali aos vinte anos e sair aos cinqüenta! Entrará jovem, corado, sadio, com os olhos brilhantes, todos os dentes brancos, e sua bela cabeleira de adolescente; e sairá alquebrado, curvado, enrugado, desdentado, horrível, de cabelos brancos! Ah! Pobre menino, você está no caminho errado, a vadiagem o aconselha mal; o mais rude dos trabalhos é o roubo. Acredite em mim, não empreenda essa penosa tarefa de ser um preguiçoso. Tornar-se um vadio não é cômodo. Menos custoso é ser homem de bem. Agora vá, mas pense no que lhe disse. A propósito, o que você queria de mim? Minha bolsa? Está aqui.

E o velho, soltando Montparnasse, colocou a bolsa em sua mão; Montparnasse sopesou-a um instante e em seguida, com a mesma precaução maquinal que teria se a houvesse roubado, deixou-a escorregar lentamente no bolso de trás do casaco.

Tudo isso dito e feito, o homem virou-se e retomou tranqüilamente seu passeio.

— Pateta! — murmurou Montparnasse.

Quem era aquele homem? O leitor certamente já adivinhou.

Montparnasse, estupefato, via-o desaparecer no crepúsculo. Essa contemplação foi-lhe fatal.

Enquanto o velho se afastava, Gavroche se aproximava.

Gavroche, dando uma olhadela para o lado, certificou-se de que Pai Mabeuf, talvez adormecido, continuava sentado no banco. Então, o moleque saiu de seu esconderijo e pôs-se a rastejar no escuro por trás do imóvel Montparnasse. Dessa forma aproximou-se sem ser visto nem ouvido por ele, meteu sutilmente sua mão no bolso posterior do casaco de fino tecido preto, segurou a bolsa, retirou a mão, e, tornando a rastejar, evadiu-se como uma cobra por entre as trevas. Montparnasse, que não tinha razão alguma para se precaver, e que, pela primeira vez na vida, pensava em alguma coisa, não percebeu nada. Gavroche, chegando de volta ao ponto onde estava Pai Mabeuf, atirou a bolsa por cima da sebe e fugiu a toda.

A bolsa caiu no pé de Pai Mabeuf. Esse abalo o despertou. Inclinou-se e recolheu a bolsa. Não compreendeu nada daquilo, mas a abriu. Era uma bolsa com duas divisões; em uma delas, havia alguns trocados; na outra, havia seis *napoleões*.

O senhor Mabeuf, muito assustado, levou tudo até sua governanta.

— Isso caiu do céu — disse Mãe Plutarque.

LIVRO V

Cujo fim não se assemelha ao começo

I. A solidão e a caserna combinadas

A dor de Cosette, tão pungente ainda e tão viva quatro ou cinco meses atrás, havia entrado, sem que ela soubesse, em convalescença. A natureza, a primavera, a juventude, o amor por seu pai, a alegria dos pássaros e das flores, tudo fazia filtrar, pouco a pouco, dia a dia, gota a gota, naquela alma tão virgem e tão juvenil, algo muito semelhante ao esquecimento. Acaso o fogo estaria totalmente extinto? Ou apenas se formavam camadas de cinza? O fato é que ela quase não sentia mais pontos doloridos ou ardentes.

Um dia, repentinamente, pensou em Marius: "Ora!", disse a si mesma, "nem penso mais nele".

Nessa mesma semana ela reparou, ao passar diante da grade do jardim, em um oficial dos lanceiros, muito bonito, esguio, rosto delicado, bigodes retorcidos, de uniforme impecável, sabre debaixo do braço e barrete brilhante. Além disso, cabelos louros, olhos azuis à flor do rosto arredondado, com ar insolente, vaidoso e belo; o avesso de Marius em tudo. Tinha um charuto na boca. Cosette pensou que esse oficial provavelmente pertencia ao regimento aquartelado na rua Babylone.

No dia seguinte, tornou a vê-lo passar. Prestou atenção à hora.

Daí por diante — seria por acaso? —, quase todos os dias ela o viu passar.

Os camaradas do oficial notaram que havia naquele jardim "malcuidado", por trás daquela horrível grade rococó, uma jovem muito bela, que quase sempre encontrava-se ali quando o belo tenente passava; este não é desconhecido do leitor e se chama Théodule Gillenormand.

— Veja só! — lhe diziam. — Há uma pequena de olho em você, já reparou?

— E eu lá tenho tempo — respondia o lanceiro — de olhar para todas as moças que olham para mim!

Era exatamente a mesma época em que Marius descia vagarosamente em direção à agonia e pensava: "Se eu pudesse ao menos revê-la antes de morrer!" Se seu desejo se realizasse, se naquele momento ele tivesse visto Cosette olhar para um lanceiro, não conseguiria pronunciar uma só palavra e morreria de dor.

De quem era a culpa? De ninguém.

Marius era desses temperamentos que se afundam na mágoa e aí permanecem; Cosette era dos que nela mergulham e dela logo saem.

Além disso, Cosette atravessava esse momento perigoso, fase fatal do devaneio feminino abandonado a si mesmo, em que o coração de uma jovem que vive isolada se assemelha às gavinhas da videira que se enroscam, ao acaso, ou ao capitel de uma coluna de mármore ou ao mourão de uma taverna. Momento rápido e decisivo, crítico para qualquer órfã, seja pobre ou seja rica, pois a riqueza não defende ninguém de uma má escolha; uniões desiguais acontecem mesmo nas classes altas; a verdadeira desigualdade é a das almas. Assim como mais do que um rapaz desconhecido, sem nome, sem berço, sem fortuna, pode ser um capitel de mármore que sustenta um templo de grandes sentimentos e grandes idéias, determinado homem de sociedade, satisfeito e opulento, com botas polidas e palavras envernizadas, analisado, não pelo exterior, mas por seu interior, isto é, na parte que está reservada à mulher, pode ser nada mais que um estúpido homem sem autoridade e iniciativa, obscuramente assaltado por paixões violentas, imundas e embriagadas: o mourão de taverna.

O que havia na alma de Cosette? Paixão apaziguada ou adormecida; amor no estado flutuante; alguma coisa que era límpida, brilhante, turva a certa profundidade, sombria mais abaixo. A imagem do belo oficial refletia-se na superfície. Havia, no fundo, alguma lembrança? Bem no fundo? Talvez. Cosette não sabia.

Ocorreu então um incidente singular.

II. Medos de Cosette

Na primeira quinzena de abril, Jean Valjean fez uma viagem. Isso, como se sabe, ocorria de tempos em tempos, com longos intervalos. Ficava ausente um ou dois dias, no máximo. Aonde ia? Ninguém sabia, nem mesmo Cosette. Uma vez apenas, em uma de suas partidas, ela o acompanhara na carruagem até a entrada de um beco, em cuja esquina lia-se *Impasse de la Planchette*. Ali ele desceu, e a carruagem levou Cosette de volta à rua Babylone. Em geral, era quando faltava dinheiro em casa que Jean Valjean fazia essas pequenas viagens.

Jean Valjean, então, estava ausente. E dissera: "Voltarei em três dias".

À noite, Cosette estava sozinha na sala. Para se entreter, abriu seu piano-órgão e pôs-se a cantar, acompanhando-se, o coro de Eurianto: *Chasseurs égarés dans les bois!* – Caçadores perdidos nos bosques –, que talvez seja o que há de mais belo em toda a música. Ao terminar, ficou pensativa.

De repente, teve a impressão de ouvir passos no jardim.

Não podia ser seu pai, pois estava ausente; não podia ser Toussaint, que estava deitada. Eram dez horas da noite.

Aproximou-se da janela da sala, que estava fechada, e ali colou seu ouvido.

Pareceu-lhe serem passos de um homem, alguém caminhando muito suavemente.

Subiu rapidamente a seu quarto, no andar superior, abriu um postigo que havia na janela, e olhou para o jardim. Era noite de lua cheia. Enxergava-se como se fosse dia.

Não havia ninguém.

Então abriu a janela. O jardim estava absolutamente calmo, e tudo que se podia avistar na rua estava deserto como de costume.

Cosette pensou ter-se enganado. Julgara ter ouvido aquele ruído. Era uma alucinação produzida pelo sombrio e prodigioso coro de Weber, que abre diante do espírito abismos assustadores, que treme diante do olhar como uma floresta vertiginosa, onde se ouve o estalido dos galhos secos sob os passos inquietos dos caçadores entrevistos à luz do crepúsculo.

Não pensou mais nisso.

Além disso, por natureza, Cosette não era muito assustadiça. Havia em suas veias sangue da boêmia e aventureira que anda descalça. Se bem se recordam, ela era mais cotovia que pomba. Tinha um fundo selvagem e bravio.

No dia seguinte, um pouco mais cedo, ao cair da noite, ela passeava no jardim. Em meio a pensamentos confusos que a ocupavam, por instantes julgou ouvir um ruído parecido com aquele da noite anterior, como se alguém caminhasse na escuridão, sob as árvores, não muito longe dela; mas dizia-se que nada se assemelha tanto a passos sobre a relva quanto o roçar de dois galhos que se movimentam ao vento, e não se preocupou com aquilo. Aliás, não enxergava nada.

Saiu então "do bosque"; faltava-lhe atravessar um pequeno gramado para retornar à entrada da casa. A lua, que acabava de aparecer por trás de Cosette, projetou sua sombra diante dela, sobre o espaço coberto de relva.

Cosette parou, apavorada.

Ao lado de sua sombra, a lua desenhava distintamente sobre a grama uma outra sombra singularmente assustadora e terrível, uma sombra que tinha um chapéu arredondado.

Era como que a sombra de um homem que estivesse de pé na extremidade do jardim, alguns passos atrás de Cosette.

Ela ficou um minuto sem poder falar, nem gritar, nem chamar, nem mexer-se, nem virar a cabeça.

Enfim, juntou toda a sua coragem e voltou-se resolutamente.

Não havia ninguém.

Olhou para o chão. A sombra havia desaparecido.

Voltou para o meio das plantas, procurou corajosamente pelos cantos, foi até a grade, e nada encontrou.

Sentiu-se realmente gelada de medo. Seria novamente uma alucinação? Mas como! Dois dias em seguida! Uma alucinação, vá lá, mas duas! O que mais era inquietante é que a sombra seguramente não era um fantasma. Fantasmas não usam chapéus arredondados.

No dia seguinte, Jean Valjean estava de volta. Cosette contou-lhe o que supusera ter visto e ouvido. Ela esperava que seu pai a tranqüilizasse e lhe dissesse, levantando os ombros: "Você é uma tolinha".

Mas Jean Valjean ficou preocupado.

— Alguma coisa deve ser — disse-lhe ele.

Deixou-a sob um pretexto qualquer e foi ao jardim; e ela percebeu que ele examinava a grade com muita atenção.

No meio da noite ela acordou; desta vez tinha certeza, ouvia distintamente andarem muito perto da escadaria que ficava abaixo de sua janela. Correu ao postigo e o abriu. Com efeito, no jardim havia um homem segurando um forte bastão. No momento em que ia gritar, a lua clareou o perfil do homem. Era seu pai.

Tornou a se deitar pensando: "Ele está bem preocupado!"

Jean Valjean passou no jardim aquela e as duas noites seguintes. Cosette o via através do postigo.

Na terceira noite, a lua minguava e começava a se levantar mais tarde; podia ser uma hora da manhã quando ela ouviu uma gargalhada e a voz de seu pai que a chamava:

— Cosette!

Saltou da cama, enfiou seu roupão e abriu a janela.

Seu pai estava embaixo, no gramado.

— Acordei você para que fique tranqüila — disse-lhe. — Olhe, esta é a sombra do chapéu arredondado.

E mostrava-lhe sobre a grama uma sombra saliente desenhada pela lua, e que efetivamente se assemelhava ao espectro de um homem com um chapéu arredondado. Era uma silhueta formada por um tubo de chaminé com cobertura, que se elevava acima de um telhado vizinho.

Cosette também se pôs a rir, todas as suas lúgubres suposições vieram abaixo, e, no dia seguinte, almoçando com seu pai, ela zombou do sinistro jardim assombrado por vultos de chaminés.

Jean Valjean voltou a ficar totalmente tranqüilo; quanto a Cosette, nem reparou direito se a chaminé ficava exatamente na direção da sombra que ela vira ou julgara ter visto, nem se a lua se encontrava no mesmo ponto do céu. Não se questionou sobre a singularidade de uma chaminé que teme ser apanhada em flagrante delito e se retira quando olham para sua sombra; pois a sombra sumira quando Cosette se voltara, e Cosette bem que acreditava ter certeza do que vira. Cosette tranqüilizou-se plenamente. A demonstração de Jean Valjean pareceu-lhe completa, e que pudesse haver alguém andando à noite pelo jardim, isso saiu de sua cabeça.

No entanto, alguns dias depois um novo incidente ocorreu.

III. Enriquecidos pelos comentários de Toussaint

No jardim, perto da grade que dava para a rua, havia um banco de pedra protegido dos olhares dos curiosos por um caramanchão; no entanto, a rigor, o braço de um passante podia alcançá-lo através da grade e das trepadeiras.

Certa noite desse mesmo mês de abril, Jean Valjean havia saído, e, após o pôr-do-sol, Cosette sentara-se nesse banco. O vento se tornava mais fresco entre as árvores, Cosette divagava; uma tristeza sem fundamento pouco a pouco tomava conta dela, a tristeza invencível que a noite traz consigo e que talvez venha — quem sabe? — do mistério das tumbas entreabertas àquela hora.

Fantine talvez estivesse pairando naquele crepúsculo.

Cosette levantou-se, deu vagarosamente uma volta pelo jardim, pisando na relva inundada de orvalho e dizendo-se em meio a essa espécie de melancólico sonambulismo em que estava mergulhada:

"Realmente, é preciso usar tamancos no jardim a essa hora. Assim pega-se um resfriado".

Voltou ao banco.

No momento em que ia sentar-se, reparou em uma grande pedra colocada no lugar de onde havia saído, e que, evidentemente, não estava ali antes.

Olhou para a pedra, perguntando-se o que aquilo queria dizer. De repente, a idéia de que essa pedra não viera parar naquele banco sozinha, que alguém a havia colocado ali, que um braço havia passado pela grade, essa idéia veio-lhe à mente e causou-lhe medo. Dessa vez, foi um medo verdadeiro; a pedra estava ali, não era possível ter dúvida. Não tocou nela, fugiu sem ousar olhar para trás, refugiou-se dentro de casa e, imediatamente, fechou, com a tranca e os trincos, a veneziana da porta-balcão de entrada. Perguntou a Toussaint:

— Meu pai já voltou?

— Ainda não, senhorita.

(Já indicamos uma vez o fato de Toussaint gaguejar. Que nos permitam não mais acentuá-lo. Repugnamos a notação musical de uma enfermidade.)

Jean Valjean, homem pensativo e andarilho noturno, muitas vezes só retornava bastante tarde.

— Toussaint — replicou Cosette —, durante a noite, está tomando o cuidado de trancar bem pelo menos as janelas que dão para o jardim, com as barras e os ferrolhos que se encaixam nas argolinhas?

— Ora! Fique tranqüila, senhorita.

Toussaint não falhava em relação a isso, Cosette bem o sabia, mas não pôde impedir-se de acrescentar:

— É que é tão deserto por aqui!

— Isso é verdade — disse Toussaint. — Seríamos assassinadas antes de termos tempo de dizer um ai! Ainda mais com essa história de o senhor não dormir na casa. Mas não tenha medo, senhorita, eu fecho as janelas como nas prisões. Mulheres sozinhas! Acho mesmo de estremecer! Já imaginou? Ver entrar, à noite, no quarto, um bando de homens que dizem: "Cale-se!" e que começam a cortar seu pescoço. Não é tanto por morrer, que a gente morre mesmo, vá lá, a gente sabe que tem de morrer, mas é pelo horror de se sentir tocada por essa gente. Além disso, as facas que têm, mal devem cortar! Ai, meu Deus!

— Fique quieta — disse Cosette. — Feche tudo muito bem.

Cosette, apavorada com o melodrama improvisado por Toussaint, e talvez também com a lembrança das aparições da outra semana, nem ousou dizer-lhe: "Vá então ver a pedra que colocaram sobre o banco!", com medo de tornar a abrir a porta do jardim e de que os "homens" entrassem. Mandou fechar cuidadosamente todas as portas e janelas, fez Toussaint visitar a casa inteira, do porão ao sótão; fechou-se em seu quarto, passou os trincos, olhou embaixo da cama, deitou-se, mas dormiu mal. A noite inteira viu a pedra, grande como uma montanha e cheia de cavernas.

Ao nascer do sol — é próprio do sol nascente nos fazer rir de nossos terrores noturnos, e nossa risada é sempre proporcional ao medo que tivemos —, ao nascer do sol, quando despertou, Cosette viu seus temores como um pesadelo, e pensou: "Com o que andei sonhando? É como os passos que eu pensei ter ouvido na outra semana, à noite, no jardim! É como a sombra da chaminé! Será que vou ficar medrosa agora?"

O sol, que brilhava nas fendas de sua veneziana, tornando púrpuras as cortinas de damasco, a tranqüilizou de tal maneira que tudo desapareceu de seu pensamento, até mesmo a pedra.

— Tinha tanta pedra em cima do banco quanto homem de chapéu arredondado no jardim; eu sonhei com a pedra como com o resto.

Vestiu-se, desceu ao jardim, correu até o banco, e sentiu um suor frio. A pedra estava ali. Mas foi só por um momento. O que é medo de noite vira curiosidade de dia.

— Ora! — disse ela. — Então vejamos.

Levantou a pedra, que era bem grande; embaixo dela havia algo que parecia ser uma carta.

Era um envelope de papel branco. Cosette o pegou. Não havia endereço de um lado, nem lacre do outro. No entanto, embora aberto, não estava vazio. Entreviam-se papéis no interior.

Cosette examinou. Não se tratava mais de medo, nem de curiosidade; era um começo de ansiedade.

Cosette retirou o conteúdo, um pequeno caderno de papel com cada uma das páginas numeradas, e algumas linhas escritas com uma caligrafia muito bonita, pensou Cosette, e muito elegante.

Ela procurou um nome, mas não havia nenhum; uma assinatura, não havia nenhuma. A quem se endereçava aquilo? A ela, provavelmente, pois uma mão havia depositado o pacote sobre seu banco. De quem vinha aquilo? Uma fascinação irresistível apoderou-se dela; ela tentou desviar os olhos daquelas folhas que tremiam em suas mãos; olhou para o céu, para a rua, para as acácias inundadas de luz, para os pombos que voavam sobre um telhado vizinho, e então, repentinamente, seu olhar voltou-se para o manuscrito, e ela disse consigo que precisava saber o que havia ali dentro.

Eis o que ela leu:

IV. Um coração sob uma pedra

A redução do universo a uma só criatura, a dilatação de uma só criatura até Deus, isso é o amor.

O amor é a saudação dos anjos aos astros.

Como a alma é triste quando está triste por amor!

Que vazio deixa a ausência do ser que, sozinho, preenche o mundo! Oh! Como é verdade que o ser amado torna-se Deus. Seria compreensível que Deus tivesse inveja disso se o Pai de todas as coisas não tivesse, evidentemente, feito a Criação para a alma, e a alma para o amor.

Basta um sorriso entrevisto de longe, sob um chapéu de crepe branco com fita lilás, para que a alma entre no palácio dos sonhos.

Deus está por trás de tudo, mas tudo oculta Deus. As coisas são negras, as criaturas são opacas. Amar um ser é torná-lo transparente.

Certos pensamentos são verdadeiras orações. Há momentos em que, qualquer que seja a atitude do corpo, a alma está de joelhos.

Os amantes separados iludem a ausência por meio de mil coisas quiméricas que, todavia, têm sua realidade. São impedidos de se ver, não podem se escrever, eles encontram inúmeros meios misteriosos de se corresponder. Enviam-se o canto dos pássaros, o perfume das flores, o riso das crianças, a luz do sol, os suspiros do vento, o brilho das estrelas, toda a Criação. E por que não? Todas as obras de Deus foram feitas para servir ao amor. O amor é poderoso o suficiente para encarregar a natureza inteira de suas mensagens.

Ó primavera! És uma carta que escrevo a ela.

O futuro pertence ainda mais aos corações do que aos espíritos. Amar, eis a única coisa capaz de ocupar e preencher a eternidade. Ao infinito é necessário o inexaurível.

O amor participa da própria alma. Tem a mesma natureza que ela. Como ela, é centelha divina; como ela, é incorruptível, indivisível, imperecível. É um ponto de fogo que está em nós, que é imortal e infinito, que nada pode limitar e que nada pode extinguir. Nós o sentimos queimar até a medula dos ossos e o vemos brilhar até a amplidão do céu.

Ó amor! Adorações! Voluptuosidade de dois espíritos que se compreendem, de dois corações que se confundem, de dois olhares que se penetram! Hei de conhecê-la, não é mesmo, felicidade? Passeios a dois em meio à solidão! Dias abençoados e radiantes!

Algumas vezes tenho sonhado que, de tempos em tempos, as horas se desprendem da vida dos anjos e vêm à terra para atravessar o destino dos homens.

Deus não pode acrescentar nada à felicidade dos que se amam, a não ser dando-lhes duração sem fim. Após uma vida de amor, uma eternidade de amor, é um aumento, sem dúvida; mas aumentar em intensidade a felicidade inefável que o amor proporciona à alma desde esse mundo é impossível, mesmo para Deus. Deus é a plenitude do céu; o amor é a plenitude do homem.

Olhamos uma estrela por dois motivos, por ela ser luminosa e por ela ser impenetrável. Mas há junto de nós um brilho mais terno e um mistério maior, a mulher.

Todos nós, quem quer que sejamos, temos os nossos entes respiráveis. Se eles nos faltam, falta-nos o ar, sufocamos. Então morremos. Morrer por falta de amor é algo medonho. A asfixia da alma.

Quando o amor fundiu e juntou dois seres em uma unidade angelical e sagrada, o segredo da vida foi encontrado para eles; não são nada mais que os dois termos de um mesmo destino; não são nada mais que as duas asas de um mesmo espírito. Amem, flutuem!

No dia em que uma mulher que passa diante de nós desprende luminosidade ao caminhar, estamos perdidos, estamos amando. Não há nada mais a fazer, a não ser pensar tão fixamente nela que ela se veja forçada a pensar em nós.

O que o amor começa não pode ser concluído senão por Deus.

O amor verdadeiro se desola e se encanta por causa de uma luva perdida ou de um lencinho encontrado, e tem necessidade da eternidade para sua dedicação e suas esperanças. Ele se compõe ao mesmo tempo do infinitamente grande e do infinitamente pequeno.

Se és pedra, sê ímã; se és planta, sê sensitiva; se és homem, sê amor.

Nada é bastante para o amor. Temos a felicidade, desejamos o paraíso; temos o paraíso, desejamos o céu.

Ó vós que vos amais, tudo isso está no amor. Sabei encontrar. O amor tem, tanto quanto o céu, a contemplação, e, mais que o céu, a voluptuosidade.

— Ela ainda vai ao Luxemburgo? — Não, senhor. — É nesta igreja que ela assiste a missa, não é? — Ela não vem mais. — Ainda mora naquela casa? — Mudou-se. — Onde foi morar? — Não disse.

Que coisa triste não sabermos o endereço de nossa alma!

O amor tem criancices, as outras paixões têm mesquinhez.

Vergonha às paixões que tornam o homem pequeno! Honra à que o torna criança!

Estranha coisa, sabia? Vivo na noite. Há um ser que, ao partir, levou embora o céu.

Oh! Estar deitados lado a lado em um mesmo túmulo, de mãos dadas, e, de tempos em tempos, na escuridão, acariciarmos ternamente um dedo, isso bastaria à minha eternidade.

Vós que sofreis porque amais, amai ainda mais. Morrer de amor é viver de amor.

Amai. Uma sombria transfiguração estrelada está entremeada a esse suplício. Há êxtase na agonia.

Ó alegria dos pássaros! É porque têm o ninho que têm o canto.

O amor é uma respiração celeste do ar do paraíso.

Corações profundos, espíritos sábios, recebei a vida como Deus a criou; é uma longa provação, uma preparação ininteligível para um destino desconhecido. Esse destino, o verdadeiro, começa para o homem no primeiro degrau do interior do túmulo. Então, aparece-lhe alguma coisa, e ele começa a distinguir o definitivo. O definitivo, pensai nessa palavra. Os vivos vêem o infinito, o definitivo não se deixa ver a não ser pelos mortos. Enquanto isso, amai e sofrei, esperai e contemplai. Infeliz daquele que só tiver amado corpos, formas, aparências! A morte há de tirar-lhe tudo! Tratai de amar as almas, assim as reencontrareis.

Encontrei na rua um jovem muito pobre, mas que amava. Seu chapéu era velho, suas roupas desgastadas; tinha os cotovelos rasgados, a água atravessava seus sapatos, e os astros atravessavam sua alma.

Que coisa grandiosa, ser amado! Coisa mais grandiosa ainda, amar! O coração se torna heróico à força de paixão. Não se compõe senão do que é puro; então não se apóia senão no que é elevado e grande. Um pensamento indigno não pode nele germinar mais do que uma urtiga no gelo. A alma elevada e serena, inacessível às paixões e às emoções vulgares, dominando as nuvens e as sombras deste mundo, as loucuras, as mentiras, os ódios, as vaidades e as misérias, habita o azul do céu, e não sente mais que os abalos profundos e subterrâneos do destino, assim como o alto das montanhas sente os tremores de terra.

Se não houvesse alguém que ama, o sol se apagaria.

V. Cosette depois da carta

Durante essa leitura, Cosette entrava pouco a pouco em devaneio. No momento em que levantava os olhos da última linha do caderno, o belo oficial, era sua hora, passava diante da grade. Cosette achou-o horrível.

Ela voltou a contemplar o caderno; era escrito com uma bela letra, pensou Cosette, pela mesma mão, com tintas diversas, ora muito escuras, ora esbranquiçadas, como quando se coloca tinta no tinteiro, e, por conseqüência, em dias diferentes. Era, portanto, um pensamento desafogado ali, suspiro a suspiro, irregularmente, sem ordem, sem escolha, sem finalidade, ao acaso. Cosette nunca havia lido nada semelhante. Esse manuscrito, em que ela ainda via mais de claridade que de obscuridade, causava-lhe o efeito de um santuário entreaberto. Cada uma dessas linhas misteriosas resplandecia a seus olhos e inundava-lhe o coração de uma estranha luz. A educação que recebera sempre havia lhe falado da alma, mas nunca do amor, mais ou menos como quem falasse do tição e não da chama. Esse manuscrito de quinze páginas revelava-lhe, repentina e suavemente, todo o amor, a dor, o destino, a vida, a eternidade, o princípio e o fim. Era como uma mão que se tivesse aberto lançando-lhe subitamente um punhado de raios. Ela sentia nessas poucas linhas uma natureza apaixonada, ardente, generosa, honesta, uma vontade santa, uma dor imensa e uma imensa esperança, um coração apertado, um êxtase em expansão. O que era esse manuscrito? Uma carta. Carta sem endereço, sem nome, sem data, sem assinatura, urgente e desinteressada, enigma composto de verdades, mensagem de amor feita para ser entregue por um anjo e lida por uma virgem, encontro marcado fora da terra, doce recado de um fantasma a uma sombra. Era um ausente apaziguado e triste que parecia pronto a se refugiar na morte, e que enviava à ausente o segredo do destino, a chave da vida, o amor. Essas linhas haviam sido escritas com os pés no túmulo e os dedos no céu. Essas linhas, caídas uma a uma sobre o papel, eram o que poderíamos chamar de gotas da alma.

Mas de quem poderiam vir essas páginas? Quem poderia tê-las escrito?

Cosette não hesitou um minuto. Um único homem.

Ele!

A luz se refez em seu espírito. Tudo reapareceu. Experimentava uma alegria inaudita e uma angústia profunda. Era Ele! Ele lhe escrevia! Ele estivera ali! Era dele o braço que passara através daquela grade! Enquanto ela o esquecia, ele a havia reencontrado!

Mas será que o esquecera? Não, nunca! Seria louca se tivesse acreditado nisso por um instante. Sempre o amara, sempre o adorara. Por algum tempo, o fogo estivera encoberto e em estado latente, mas, ela bem podia ver, não havia feito senão se intensificar, e agora irrompia outra vez abrasando-a totalmente. Esse caderno era como uma faísca caída daquela outra alma dentro da sua. Ela sentia recomeçar o incêndio. Deixava-se penetrar por cada palavra do manuscrito.

— Oh! Como reconheço tudo isso! — dizia ela. — É tudo o que eu já tinha lido nos olhos dele.

Quando terminava pela terceira vez a leitura do manuscrito, o Tenente Théodule passava novamente pela grade fazendo soar suas esporas no calçamento. Cosette viu-se forçada a levantar os olhos. Achou-o sem graça, tolo, inútil, pretensioso, desagradável, impertinente e muito feio. O oficial achou que devia sorrir para Cosette. Ela voltou-lhe as costas, envergonhada e indignada. Teria, de bom grado, atirado alguma coisa em sua cabeça.

Fugiu, voltou para dentro da casa e fechou-se em seu quarto para reler o manuscrito, para sabê-lo de cor, e para sonhar. Depois de o ler repetidas vezes, beijou-o e colocou-o no espartilho.

Pronto. Cosette caíra novamente no profundo amor seráfico. O abismo do Éden acabava de ser reaberto.

Durante o dia todo, Cosette esteve em meio a uma espécie de atordoamento. Mal conseguia pensar, suas idéias em estado de meada emaranhada no cérebro, não podia fazer nenhuma conjectura; esperava algo, estremecendo, mas o quê? Coisas vagas. Não ousava prometer-se nada, e não queria nada recusar-se. Certa palidez passava por seu semblante e tremores por seu corpo. Por instantes, parecia-lhe que entrava em algo quimérico; ela se perguntava: isso é real? Então apalpava o papel bem-amado sob o vestido, pressionando-o contra o coração, sentindo suas dobras na carne. E, se Jean Valjean a visse naquele momento, estremeceria diante daquela alegria luminosa e desconhecida que transbordava-lhe pelas pálpebras. "Oh, sim!", pensava ela. "É ele mesmo! É dele que me vem isso!"

E ela se dizia que uma intervenção dos anjos, que um acaso celeste o trouxera de volta a ela.

Ó transfigurações do amor! Ó sonhos! Esse acaso celeste, essa intervenção dos anjos, era a bolinha de pão atirada por um ladrão a outro ladrão, do pátio Charlemagne à cova dos leões, por cima dos telhados da Force.

VI. Os velhos são feitos para sair oportunamente

Ao anoitecer, Jean Valjean saiu; Cosette vestiu-se, arrumou os cabelos do modo que melhor lhe ficavam; colocou um vestido cujo corpete, que recebera uma tesourada mais profunda e que, por esse talho, deixava ver uma pequena parte de seu pescoço, era "um pouco indecente", como dizem as mocinhas. Não tinha nada de indecente, mas ficava mais bonito que do outro jeito. Ela fez toda essa toalete sem saber bem por quê.

Desejava sair? Não.

Esperava alguma visita? Não.

À noitinha, desceu ao jardim. Toussaint andava atarefada em sua cozinha, que dava para o quintal.

Foi caminhando sob os galhos, afastando-os de tempos em tempos com as mãos, pois alguns deles estavam muito baixos.

Assim chegou ao banco.

A pedra continuava ali.

Sentou-se e pousou sua delicada e alva mão sobre a pedra como se quisesse acariciá-la e agradecer-lhe.

De repente, teve a impressão indefinível que experimenta, mesmo que nada vejamos, quando alguém está de pé atrás de nós.

Voltou a cabeça e ergueu-se.

Era ele.

Estava sem chapéu. Parecia magro e pálido. Mal se distinguiam seus trajes escuros. O crepúsculo empalidecia seu belo rosto e cobria seus olhos de sombras. Mostrava, sob um véu de incomparável doçura, algo da morte e da escuridão. Seu semblante estava iluminado pela claridade do dia que finda e pelo pensamento de uma alma que parte.

Parecia que ainda não era fantasma, mas que também já não era homem.

Seu chapéu estava caído a alguns passos, entre as folhagens.

Cosette, a ponto de desfalecer, não soltou um único grito. Recuava lentamente, porque se sentia atraída. Ele não se movia. Por algo de inefável e de triste que o envolvia, ela sentia o olhar daqueles olhos que ela não via.

Recuando, Cosette encontrou uma árvore e encostou-se a ela. Sem essa árvore, teria caído.

Então ouviu sua voz, essa voz que na verdade ela nunca ouvira, que com dificuldade se elevava acima do rumor das folhas, e que murmurava:

— Perdoe-me por estar aqui. Tenho vontade de chorar, não

podia viver assim, por isso vim. Leu o que deixei ali, sobre o banco? Reconhece-me? Não tenha medo de mim. Já faz bastante tempo, lembra-se do dia em que olhou para mim? Foi no Luxemburgo, perto do gladiador. E do dia em que passou por mim? Foi em 16 de junho e em 2 de julho. Logo fará um ano. Há muito tempo não a tenho visto. Perguntei à mulher que aluga as cadeiras, ela me disse que não a via mais. Morava na rua de l'Ouest, de frente, no terceiro andar de uma casa nova; veja como eu sei. Eu a seguia. O que eu podia fazer? Depois desapareceu. Pensei tê-la visto passar uma vez quando eu lia os jornais sob as arcadas do Odéon. Corri. Mas não. Era uma pessoa que usava um chapéu como o seu. À noite venho aqui. Não tema, ninguém me vê. Venho olhar suas janelas de perto. Caminho com cuidado para que não ouça, pois poderia ficar com medo. Outra noite estava atrás da senhorita, e quando virou-se eu fugi. Uma vez a ouvi cantar, fiquei feliz. Faz mal se eu a ouvir cantar através da janela? Isso não pode lhe fazer mal algum. Não é mesmo? Sabe, a senhorita é meu anjo, deixe-me vir um pouco. Acho que vou morrer. Se soubesse! Eu a adoro! Perdoe-me por lhe falar, nem sei o que digo, talvez a esteja aborrecendo; eu a aborreço?

— Ó minha mãe! — disse ela.

E curvou-se sobre si mesma como se morresse.

Segurou-a, ela caía; tomou-a nos braços, estreitou-a no peito sem ter consciência do que fazia. Sustentou-a cambaleando. Era como se tivesse a cabeça cheia de fumaça; relâmpagos passavam-lhe por entre os cílios; suas idéias embaralhavam-se; tinha a impressão de praticar um ato religioso e de cometer uma profanação. Mas não tinha o menor desejo por essa mulher encantadora de quem sentia as formas contra o peito. Estava louco de amor.

Ela pegou uma de suas mãos e pousou-a sobre o coração. Ele sentiu os papéis que ali estavam, e balbuciou:

— Então me ama?

Ela respondeu com uma voz tão baixa que não passava de um sopro, e que mal se ouvia:

— Cale-se, você sabe!

E escondeu sua fronte envergonhada no peito do jovem soberbo e inebriado.

Ele caiu sobre o banco, ela perto dele. Não tinham mais palavras. As estrelas começavam a brilhar. Como aconteceu de seus lábios se encontrarem? Como acontece de um pássaro cantar, a neve derreter, a rosa se abrir, maio florescer, a aurora clarear por trás das árvores escuras no topo das colinas?

Um beijo, e tudo aconteceu.

Os dois estremeceram e se entreolharam nas sombras com olhos fulgurantes.

Não sentiam nem a noite fresca, nem a pedra fria, nem a terra úmida, nem a relva molhada; olhavam-se e tinham o coração repleto de pensamentos. Deram-se as mãos sem saber como.

Cosette não lhe perguntava, nem mesmo nisso pensava, por onde havia entrado e como havia penetrado no jardim, tão simples lhe parecia que ele estivesse ali!

Por vezes o joelho de Marius tocava o joelho de Cosette, e os dois estremeciam.

Com alguns intervalos, Cosette balbuciava uma palavra. Sua alma tremia em seus lábios como uma gota de orvalho em uma flor.

Pouco a pouco se falaram. O desabafo sucedeu ao silêncio, que é a plenitude. A noite era serena e esplêndida acima deles. Essas duas criaturas, puras como espíritos, disseram-se tudo, seus sonhos, seus transportes, seus êxtases, suas quimeras, seus delírios; como se adoravam de longe, como se desejavam; seu desespero quando deixaram de se ver. Confiaram-se com uma intimidade ideal, que em nada podia ser acrescida, o que tinham de mais escondido e de mais misterioso. Contaram um ao outro, com cândida fé em suas ilusões, tudo que o amor, a juventude e o resto de sua infância colocava em seus pensamentos. Esses dois corações verteram-se um dentro do outro, de modo que, ao cabo de uma hora, era o rapaz que possuía a alma da jovem e a jovem que possuía a alma do rapaz. Penetraram-se, encantaram-se, deslumbraram-se.

Ao terminarem, após terem tudo dito, ela pousou a cabeça em seu ombro e perguntou-lhe:

— Como se chama?

— Eu me chamo Marius — respondeu ele. — E a senhorita?

— Eu me chamo Cosette.

LIVRO VI

O pequeno Gavroche

I. Maldosa travessura do vento

Desde 1823, enquanto a taverna de Montfermeil afundava e submergia pouco a pouco, não no abismo de uma falência, mas na cloaca das pequenas dívidas, o casal Thénardier teve outros dois filhos, ambos meninos. Eram então cinco; duas meninas e três meninos. Era muito.

A senhora Thénardier desvencilhara-se dos dois últimos, ainda com pouca idade e bem pequenos, com singular felicidade.

Desvencilhar-se é a palavra exata. Aquela mulher possuía apenas um fragmento de natureza. Fenômeno que, de resto, possui mais de um exemplar. Como a Marechal De La Mothe- Houdancourt, Thénardier era mãe somente para suas filhas. Nelas findava sua maternidade. Seu ódio ao gênero humano começava em seus meninos. Em relação a eles, sua maldade ia a pique, e seu coração tinha nesse terreno um lúgubre aclive escarpado. Como já foi visto, ela detestava o mais velho; agora execrava os outros dois. Por quê? Porque sim. O mais terrível dos motivos e a mais indiscutível das respostas: "Porque sim". "Não preciso de um monte de filhos", dizia essa mãe.

Expliquemos como os Thénardier chegaram a livrar-se de seus dois últimos filhos e até a tirar proveito disso.

Magnon, de quem já falamos páginas atrás, era a mesma que conseguira fazer o velho Gillenormand pagar a alimentação das duas crianças que ela tinha. Morava no cais des Célestins, na esquina da antiga rua Petit-Musc, que fez o que pôde para transformar em boa fama sua má reputação[1]. Vocês devem se lembrar da

[1] Anteriormente, essa rua era freqüentada por mulheres de má vida, o que poderia explicar seu nome a partir de certa semelhança fonética com a expressão em francês "la pute y muse", significando o verbo *muser*: flanar, passar o tempo. (N. do E.)

grande epidemia de crupe que há trinta e cinco anos devastou os bairros à beira do Sena, em Paris, epidemia que a ciência aproveitou para experimentar em larga escala a eficácia das insuflações de alume, hoje tão utilmente substituídas pela tintura externa de iodo. Nessa epidemia, Magnon perdeu, no mesmo dia, um pela manhã, outro à noite, seus dois meninos, ainda com muito pouca idade. Foi um golpe. Essas crianças eram preciosas para sua mãe, representavam oitenta francos por mês. Esses oitenta francos eram pagos com a maior pontualidade, em nome do senhor Gillenormand, por seu procurador, senhor Barge, antigo oficial de justiça da rua Roi-de-Sicile. Mortas as crianças, essa renda estaria enterrada. Magnon arrumou um expediente. Nessa tenebrosa maçonaria do mal, da qual ela fazia parte, sabe-se tudo, guardam-se segredos e ajudam-se uns aos outros. Magnon precisava de duas crianças; Thénardier as tinha. Mesmo sexo, mesma idade. Bom arranjo para uma, boa solução para a outra. Os pequenos Thénardier tornaram-se os pequenos Magnon. Magnon saiu do cais des Célestins e foi morar na rua Clocheperce. Em Paris, a identidade que liga um indivíduo a si mesmo rompe-se de uma rua para outra.

O registro civil, não recebendo nenhuma denúncia, não reclamou, e a substituição ocorreu com a maior simplicidade do mundo. A única coisa é que o pai Thénardier exigiu, por esse empréstimo de crianças, dez francos por mês, que Magnon prometeu, e até pagou. Nem é preciso dizer que o senhor Gillenormand continuou mandando o dinheiro. A cada seis meses ia ver os pequenos; nunca percebeu a mudança. "Senhor", dizia-lhe Magnon, "como parecem consigo!"

Thénardier, para quem as metamorfoses eram fáceis, aproveitou o ensejo para se transformar em Jondrette. Suas duas filhas e Gavroche mal tiveram tempo de reparar que tinham mais dois irmãozinhos. A um certo grau de miséria, as pessoas são tomadas por uma espécie de indiferença espectral, e vêem os seres como larvas. Seus entes mais próximos com freqüência não lhes são mais do que vagas formas de sombra, mal distintas no fundo nebuloso da vida e facilmente confundidas com o invisível.

Na noite do dia em que a mãe Thénardier entregara seus dois filhos a Magnon, com expressa vontade de renunciar a eles para sempre, teve ou fez parecer que tinha escrúpulos. Dissera a seu marido: "Mas isso é abandonar as crianças!" Thénardier, magistral e fleumático, cauterizou os escrúpulos de sua mulher com estas palavras: "Jean-Jacques Rousseau fez mais!" Do escrúpulo, a mãe passou à preocupação: "Mas e se a polícia vier nos atormentar? O que nós fizemos, senhor Thénardier, será que é permitido?" Ele respondeu: "Tudo é permitido. Ninguém verá nisso nada de estranho. Além disso, essas crianças que não têm um tostão, ninguém tem interesse de olhar para elas de perto".

Magnon era uma espécie de elegante do crime. Arrumava-se bem. Dividia sua casa, mobiliada de forma afetada e miserável, com uma esperta ladra inglesa afrancesada. Essa inglesa naturalizada parisiense, recomendável por relações muito ricas, intimamente ligada às medalhas da biblioteca e aos diamantes da senhorita Mars, mais tarde ficou célebre nos registros judiciais. Era chamada de *Mamselle*[2] *Miss*.

Os dois pequenos passados a Magnon não tiveram do que se queixar. Recomendados pelos oitenta francos, eram bem cuidados, como tudo o que é explorado; nunca mal vestidos, nunca mal alimentados, tratados quase como "senhorezinhos", melhor com a falsa mãe do que com a verdadeira. Magnon bancava a dama e não falava gíria na frente deles.

Assim se passaram alguns anos. O pai Thénardier tirava disso boas conjecturas. Um dia chegou a dizer a Magnon, quando esta lhe entregava os dez francos mensais:

— Vai ser preciso que "o pai" lhes dê educação.

De repente, as duas pobres crianças, até então bastante protegidas inclusive por sua má sorte, foram bruscamente jogadas na vida, e obrigadas a começá-la.

Uma prisão em massa de malfeitores, como aquela da espelunca Jondrette, necessariamente seguida de averiguações e de prisões posteriores, é um verdadeiro desastre para essa hedionda contra-sociedade oculta que vive por baixo da sociedade pública; um acontecimento desse gênero leva a todo tipo de desabamentos nesse mundo sombrio. A catástrofe dos Thénardier produziu a de Magnon.

Um dia, pouco tempo depois de Magnon ter entregue a Éponine o bilhete relativo à rua Plumet, ocorreu uma inesperada visita da polícia à rua Clocheperce; Magnon foi presa, bem como Mamselle Miss, e toda aquela gente que era suspeita passou pela malha da polícia. Durante esse tempo, os dois meninos brincavam no fundo do quintal e nada viram da correria. Quando tentaram entrar, acharam a porta fechada e a casa vazia. Um sapateiro de uma barraquinha que ficava em frente chamou-os e entregou-lhes um papel que "a mãe" lhes deixara. No papel havia um endereço: Senhor Barge, procurador, rua Roi-de-Sicile, número 8. O homem da barraca lhes

---

[2] Corruptela de *mademoiselle* – senhorita. (N. do E.)

disse: "Vocês não moram mais aqui. Vão a esse lugar, é perto. Primeira rua à esquerda. Perguntem o caminho com esse papel aí".

As crianças partiram, o mais velho conduzindo o mais novo e levando na mão o papel que devia guiá-los. Ele tinha frio, e seus dedinhos dormentes, com pouca firmeza, seguravam o papel com dificuldade. Ao virar a rua Clocheperce, uma rajada de vento o arrancou de sua mão, e, como a noite chegava, o menino não pôde mais encontrá-lo. Puseram-se a errar ao acaso pelas ruas.

II. Em que o pequeno Gavroche tira partido de Napoleão, o Grande

A primavera em Paris é, com muita freqüência, atravessada por ventos do norte impiedosos e rudes, com os quais fica-se, não exatamente enregelado, mas gelado; esses ventos, que entristecem os mais belos dias, causam o exato efeito dos sopros de ar frio que entram em um quarto aquecido pelas frestas de uma janela ou de uma porta mal fechada. É como se a sombria porta do inverno ficasse entreaberta e o vento viesse por ali. Na primavera de 1832, época em que aflorou a primeira grande epidemia deste século na Europa, as ventanias eram mais ásperas e mais pungentes do que nunca. Era uma porta mais glacial ainda do que aquela do inverno que ficara entreaberta. Era a porta do sepulcro. Sentia-se naquelas ventanias o hálito do cólera.

Do ponto de vista meteorológico, esses ventos frios tinham a particularidade de não excluir uma forte tensão elétrica. Freqüentes tempestades, acompanhadas de trovões e relâmpagos, ocorreram naquela época.

Uma tarde em que esses ventos sopravam rudemente, a ponto de parecer que se estava em janeiro e de fazer os burgueses voltarem a usar seus casacos, o pequeno Gavroche, sempre tiritando alegremente sob seus farrapos, mantinha-se de pé, e como que em êxtase, diante da loja de um cabeleireiro dos arredores de l'Orme-Saint-Gervais. Estava enrolado em um xale feminino de lã, achado não se sabe onde, com o qual protegia o nariz. O pequeno Gavroche parecia admirar profundamente uma noiva de cera, decotada e enfeitada com uma grinalda de flores de laranjeira, que girava na vitrine, mostrando a quem passava, entre dois candeeiros, seu sorriso; mas, na realidade, ele observava a loja para ver se poderia "surrupiar" da vitrine uma barra de sabonete que, em seguida, revenderia por um soldo a algum "barbeiro" dos arredores. Não poucas vezes, almoçava graças a um desses sabonetes. Chamava esse gênero de trabalho, para o qual tinha talento, de "fazer a barba dos barbeiros".

Ao mesmo tempo que contemplava a noiva e espreitava a barra de sabonete, resmungava o seguinte entre os dentes: — Terça-feira. — Não, não é terça-feira. — É terça-feira? — Talvez seja terça-feira — É, sim, é terça-feira.

Nunca se soube com o que tinha relação tal monólogo.

Se, por acaso, esse monólogo se referisse à última vez que tinha jantado, fazia três dias, pois era uma sexta-feira.

O cabeleireiro, em sua loja aquecida por um bom fogareiro, barbeava um freguês e, de tempos em tempos, lançava um olhar de través àquele inimigo, àquele moleque gelado e descarado que tinha as mãos nos bolsos, mas o espírito claramente em outro lugar.

Enquanto Gavroche examinava a noiva, as vidraças e os *Windsor-soaps*, dois meninos de estatura desigual, até que bem vestidos e menores ainda do que ele, um deles parecendo ter sete anos e o outro cinco, giraram timidamente a maçaneta e entraram na loja, pedindo não se sabe o que, talvez alguma esmola, com um murmúrio queixoso que mais parecia um gemido do que uma súplica. Os dois falavam ao mesmo tempo, e suas palavras eram ininteligíveis porque os soluços embargavam a voz do mais novo e o frio fazia o mais velho bater os dentes. O barbeiro voltou-se com ar furioso e, sem soltar sua navalha, empurrou o mais velho com a mão esquerda e o mais novo com o joelho; colocou os dois na rua e fechou a porta, dizendo:

— Vir esfriar todo o mundo a troco de nada!

Os dois meninos voltaram a caminhar, chorando.

Enquanto isso, uma nuvem que passava começou a desaguar.

O pequeno Gavroche correu atrás deles e os abordou:

— O que há com vocês, garotos?

— A gente não sabe onde vai dormir — respondeu o mais velho.

— É isso? — disse Gavroche. — Mas que grande coisa! É por isso que estão chorando? Como são tolinhos!

E tomando, com sua superioridade um tanto cheia de gracejo, um acento de autoridade enternecida e de meiga proteção:

— Crianças, venham comigo.

— Sim, senhor — disse o mais velho.

E os dois o seguiram como teriam seguido um arcebispo. Tinham parado de chorar. Gavroche os fez subir a rua Saint-Antoine em direção à Bastilha, e, ao caminhar, lançou um olhar indignado e retrospectivo para a barbearia.

— Não tem coração essa baleia — murmurou ele —, esse inglês cortador de barba.

Uma moça, vendo os três andando em fila, Gavroche à frente, soltou uma risada indiscreta. Essa risada faltava com respeito ao grupo.

— Bom dia, *manselle Ônibus*[3] — disse-lhe Gavroche.

Um instante depois, voltando a lembrar do barbeiro, acrescentou:

— Enganei-me de animal; não é uma baleia, é uma serpente. Ah, seu cabeleireiro, vou arranjar um serralheiro e vou mandar colocar uma campainha em seu rabo.

Esse cabeleireiro o deixara agressivo. Ao saltar uma enxurrada, disse a uma porteira barbuda, digna de encontrar Fausto no Brocken, e que estava com uma vassoura na mão:

— Madame, então a senhora sai com seu cavalo?

E, ao mesmo tempo, respingava de lama as botas de verniz de um sujeito que passava.

— Patife! — gritou o sujeito furioso.

Gavroche, pondo o nariz fora do xale:

— O senhor está se queixando?

— De você! — disse o passante.

— A repartição está fechada — disse Gavroche —; não recebo mais queixas.

Continuando a subir a rua, avistou, toda gelada, debaixo de um portão, uma mendiga de treze ou catorze anos, com uma roupa tão curta que viam-se seus joelhos. A menina começava a ficar grande demais para andar daquele jeito. Crescer tem dessas coisas. A saia se torna curta no momento em que a nudez se torna indecente.

— Pobre menina! — disse Gavroche. — Não tem nem mesmo calças. Tome, fique com isto.

E, desenrolando toda aquela lã que trazia em volta do pescoço, jogou-a sobre os magros e roxos ombros da mendiga; o que protegia seu nariz voltou a ser um xale.

A menina olhou para ele com ar admirado e recebeu o xale em silêncio. Em certo grau de miséria, o pobre, em seu estupor, nem geme com o mal nem agradece o bem.

Feito isso:

— Brr! — disse Gavroche, tiritando mais que São Martinho, que, pelo menos, ficou com metade de seu casaco.

Após aquele brr! o aguaceiro, redobrando em mau humor, recrudesceu. Esses céus malvados punem as boas ações.

---

[3] Palavra do latim que significa *para todos*, usada pelo personagem com sentido ofensivo. (N. do E.)

— Essa agora! — exclamou Gavroche. — O que significa isto? Está *rechovendo!* Meu Deus, se isso continuar, cancelo minha assinatura.

E voltou a caminhar.

— Não importa — tornou ele, dando uma olhada para a mendiga que se embrulhava no xale —; ali está alguém com uma bela casca!

E olhando para as nuvens exclamou:

— Vão andando!

Os dois meninos apertavam o passo atrás dele.

Ao passar por um desses espessos gradeados que indicam uma padaria, pois o pão é colocado atrás de grades de ferro, como o ouro, Gavroche virou-se e disse:

— É mesmo, crianças, já jantamos?

— Senhor — respondeu o mais velho —, nós não comemos desde esta manhã.

— Então vocês não têm pai nem mãe? — tornou Gavroche majestosamente.

— Desculpe, senhor, nós temos pai e mãe, mas não sabemos onde eles estão.

— Às vezes é melhor assim do que saber — disse Gavroche, que era um verdadeiro pensador.

— Já faz duas horas que estamos andando — continuou o mais velho —, procuramos alguma coisa por todo canto, mas não achamos nada.

— Eu sei — disse Gavroche —, são os cachorros que comem tudo.

E após uma pausa continuou:

— Ah! Então perdemos nossos "autores". Não sabemos mais o que foi feito deles. Isso não pode acontecer, meninos. É besteira se perder assim das pessoas de idade. Mas agora precisamos mesmo comer alguma coisa.

De resto, não lhes fez outras perguntas. Não ter domicílio, o que há de mais simples?

O mais velho dos meninos, voltando quase inteiramente à pronta despreocupação da infância, fez esta afirmação:

— Estranho isso; minha mãe falou que ia levar a gente para buscar um galho de buxo bento no domingo de Ramos.

— Puxa — respondeu Gavroche.

— Minha mãe — tornou o mais velho — é uma senhora que mora com Mamselle Miss.

— É mesmo? — replicou Gavroche.

Enquanto isso, ele havia parado e por alguns minutos apalpou e revistou todo tipo de cantinho que tinha em seus farrapos.

Por fim, levantou a cabeça de um modo que queria mostrar apenas satisfação, mas que na realidade mostrava triunfo.

— Vamos nos acalmar, crianças. Aqui está com o que cear, para os três.

E tirou um soldo de um de seus bolsos.

Sem dar aos dois pequenos tempo de se espantarem, empurrou-os para dentro da padaria e colocou o soldo em cima do balcão, gritando:

— Rapaz, cinco cêntimos de pão!

O padeiro, que era o próprio dono da padaria, pegou um pão e uma faca.

— Em três pedaços, rapaz! — tornou Gavroche, e acrescentou com dignidade: — Somos três!

E, vendo que o padeiro, após examinar os três convivas, pegara um pão escuro, meteu profundamente o dedo no nariz, com tão imperiosa aspiração quanto se tivesse na extremidade do polegar a pitada de tabaco do grande Frederico, e atirou em pleno rosto do padeiro esta indigna apóstrofe:

— *Keksekça?*

Nossos leitores que se sentirem tentados a ver nessa interpelação de Gavroche ao padeiro uma palavra russa ou polonesa, ou um daqueles gritos selvagens que os Yoways e os Botocudos se lançam de uma margem a outra do rio, que fiquem prevenidos de que não passa de uma expressão que usam todo dia (eles, os leitores) e tomou o lugar desta frase: *qu'est-ce que c'est que cela?* — o que que é isso?

O padeiro compreendeu perfeitamente e respondeu:

— Mas, ora! É pão, ótimo pão de segunda qualidade.

— O senhor quer dizer *larton brutal*[4] — replicou Gavroche, calma e friamente desdenhoso. — Pão branco, rapaz! *Larton* ensaboado! Estou dando banquete.

O padeiro não pôde impedir-se de sorrir, e, enquanto partia o pão, contemplava-os de um modo compassivo que chocou Gavroche.

— Ora essa, seu padeiro! — disse ele. — Por que está medindo a gente desse jeito?

De ponta a ponta, os três juntos mal chegariam a dois metros.

Partido o pão, o padeiro embolsou a moeda e Gavroche disse para os meninos:

— Avancem.

Os meninos olharam confusos para ele. Gavroche começou a rir:

---

[4] Gíria significando pão negro, de má qualidade. (N. do E.)

— Ah! É verdade, ainda não sabem; são muito pequenos.

E tornou:

— Comam.

Ao mesmo tempo, dava a cada um um pedaço de pão.

E, achando que o mais velho, que lhe parecia mais digno de sua conversa, merecia um encorajamento especial e devia ser desembaraçado de qualquer hesitação em satisfazer seu apetite, acrescentou, dando-lhe o pedaço maior:

— Ponha esta bala no fuzil.

Havia um pedaço menor que os outros, que ele pegou para si.

Os pobres meninos estavam famintos, inclusive Gavroche. Rasgando o pão com belas dentadas, estorvavam a loja do padeiro, que, agora já pago, olhava para eles de cara feia.

— Vamos voltar para a rua — disse Gavroche.

Retomaram seu caminho em direção à Bastilha.

De vez em quando, quando passavam diante das vitrines das lojas iluminadas, o menor parava para ver as horas em um relógio de chumbo que trazia preso ao pescoço por um cordão.

— Esse aí decididamente é muito palerma! — pensava Gavroche.

Depois, pensativo, dizia entre os dentes:

— Se eu tivesse fedelhos, tomaria mais conta deles do que isso.

Quando terminavam de comer o pão e chegavam à esquina da melancólica rua des Ballets, no final da qual se distingue a estreita e hostil entrada da Force:

— Então, é você, Gavroche? — disse alguém.

— Então, é você, Montparnasse? — disse Gavroche.

Era um homem que acabava de abordá-lo, ninguém menos que Montparnasse disfarçado, com uns velhos óculos azuis, mas reconhecível para Gavroche.

— Bravo! — prosseguiu Gavroche. — Você está com a casca cor de cataplasma de linhaça e com uns óculos azuis feito um médico. Você tem estilo, palavra, velho!

— Chut! — fez Montparnasse. — Não fale tão alto.

E levou Gavroche com precipitação para longe da luz das lojas.

Os dois pequenos iam atrás maquinalmente, de mãos dadas.

Quando chegaram sob o arco escuro de um portão, ao abrigo de olhares e da chuva:

— Sabe aonde eu vou? — perguntou Montparnasse.

— À abadia de Monte-à-Regret[5] — disse Gavroche.

---

[5] Forca, cadafalso, em linguagem própria das pessoas desse meio. (N. do E.)

— Engraçadinho!

E Montparnasse prosseguiu:

— Vou encontrar Babet.

— Ah! Ela se chama Babet? — disse Gavroche.

Montparnasse baixou a voz.

— Não é ela, é ele.

— Ah! Babet!

— É, Babet.

— Pensei que estivesse engaiolado.

— Ele desmontou a gaiola — respondeu Montparnasse.

E contou-lhe rapidamente que, na manhã desse mesmo dia em que estavam, quando era transferido para outra prisão, Babet se evadira, virando à esquerda, em vez de virar à direita, no "corredor de instrução".

Gavroche admirou sua habilidade.

— Que dentista! — disse ele.

Montparnasse acrescentou alguns pormenores sobre a evasão de Babet e terminou desta forma:

— Ah! Mas isso não é tudo!

Enquanto escutava, Gavroche pegara uma bengala que Montparnasse trazia na mão e, maquinalmente, tirara sua ponteira superior; a lâmina de um punhal apareceu.

— Oh! — exclamou ele, empurrando rapidamente o punhal. — Trouxe seu soldado disfarçado de burguês?

Montparnasse piscou o olho.

— Diabos! — tornou Gavroche. — Então você vai se atracar com os gambés?

— Sei lá — respondeu Montparnasse com ar indiferente —; sempre é bom ter um alfinete com a gente.

Gavroche insistiu:

— Mas então o que você vai fazer esta noite?

Montparnasse retomou o tom grave e disse mastigando as sílabas:

— Umas coisas.

E mudando subitamente de assunto:

— A propósito!

— O quê?

— Uma história de outro dia. Imagine só. Encontrei um burguês que me fez presente de um sermão e de sua bolsa. Na hora a meti no bolso. Um minuto depois remexo nele. Não tinha mais nada.

— Só o sermão — disse Gavroche.

— Mas, e você — continuou Montparnasse —, aonde está indo agora?

Gavroche mostrou seus dois protegidos e disse:

— Vou pôr esses dois na cama.

— Onde, isso?

— Na minha casa.

— Sua casa, onde?

— Na minha casa.

— Então você tem casa?

— Tenho.

— Onde é sua casa?

— No elefante — disse Gavroche.

Montparnasse, embora de natureza pouco admirada, não pôde conter uma exclamação:

— No elefante!

— É, isso mesmo, no elefante! — replicou Gavroche. — *Kekçaa*?

Essa também é uma palavra da língua que ninguém escreve mas que todo o mundo fala, e significa: *qu'est-ce que cela a?* — o que tem isso?

A profunda observação do moleque devolveu Montparnasse à calma e ao bom senso. Pareceu retomar melhores sentimentos pelo alojamento de Gavroche.

— É mesmo! — disse. — Claro, o elefante. Lá é bom?

— Muito bom — disse Gavroche —, uma beleza mesmo. Não tem vento encanado como embaixo das pontes.

— Como você entra?

— Entrando.

— Mas então tem um buraco? — perguntou Montparnasse.

— Ora bolas! Mas não é pra abrir a boca. Fica entre as pernas da frente. Os gambés não descobriram.

— Você sobe por ali? Já entendi.

— Rapidinho, cric, crac, pronto, não se vê mais ninguém.

Após uma pausa, Gavroche acrescentou:

— Para esses pequenos vou arranjar uma escada.

Montparnasse se pôs a rir.

— Onde diabos você arranjou esses pirralhos aí?

Gavroche respondeu com simplicidade:

— São dois molequinhos que ganhei de presente de um barbeiro.

Montparnasse, no entanto, tornara-se pensativo.

— Você me reconheceu com facilidade — murmurou ele.

Tirou do bolso dois pequenos objetos, que não eram nada mais que dois canudos de pena envoltos em algodão, e introduziu um em cada narina. Isso lhe transformava o nariz.

— Você mudou — disse Gavroche —, ficou menos feio; devia usar isso sempre.

Montparnasse era um belo rapaz, mas Gavroche gostava de brincar.

— Sem brincadeira — disse Montparnasse —, o que você acha?

Falou também com outro tom de voz. Em um piscar de olhos ficara irreconhecível.

— É o próprio Porrichinelle! — exclamou Gavroche.

Os dois pequenos, que até então nada tinham escutado, tão ocupados estavam em enfiar os próprios dedos no nariz, ao ouvirem esse nome se aproximaram e olharam para Montparnasse com um começo de alegria e de admiração.

Infelizmente, Montparnasse estava preocupado.

Pôs a mão no ombro de Gavroche e disse-lhe, acentuando as palavras:

— Escute o que lhe digo, moleque, se eu estivesse na praça com meu dogue, minha dague e minha digue, e se me distribuíssem dez belas moedas, não me recusaria a dar duro, mas não estamos na terça-feira gorda.

Esta frase esquisita produziu em Gavroche um singular efeito. Voltou-se rapidamente, passeou seus pequenos olhos azuis e brilhantes em torno de si com profunda atenção, e percebeu, a poucos passos de distância, um guarda municipal de costas para eles. Deixou escapar um: "Ah, bom!", que imediatamente reprimiu, e apertando a mão de Montparnasse:

— Bem, boa noite — disse —, vou para o meu elefante com meus garotinhos. Se por acaso precisar de mim alguma noite, me procure lá. Moro no sótão. Não tem porteiro. Chame pelo senhor Gavroche.

— Está bem — disse Montparnasse.

Separaram-se, Montparnasse indo em direção à Grève e Gavroche em direção à Bastilha. O pequeno de cinco anos, levado por seu irmão, que era levado por Gavroche, voltou diversas vezes a cabeça para trás, para ver "Porrichinelle" ir embora.

A frase anfigúrica pela qual Montparnasse advertira Gavroche da presença do guarda municipal não continha outro talismã além da assonância *dig* repetida algumas vezes de formas variadas. Essa sílaba, *dig*, não pronunciada isoladamente, mas artisticamente combinada às palavras de uma frase, quer dizer: *Cuidado, não se pode falar livremente*. Além disso, havia na frase de Montparnasse uma beleza literária que escapou a Gavroche: *meu dogue, minha dague e minha digue*, locução da gíria do Temple que significa *meu cão, minha adaga, e minha mulher*, muito usada entre os palhaços do grande século em que Molière escrevia e Callot desenhava.

Há vinte anos, via-se ainda no ângulo sudeste da praça da

Bastilha, perto da estação do canal, cavada no antigo fosso da prisão-cidadela, um monumento esquisito que já se apagou da memória dos parisienses, mas que merecia nela deixar alguma marca, pois era algo idealizado pelo "membro do Instituto, general-chefe do exército do Egito".

Dizemos monumento, embora não fosse mais que uma maquete. Mas essa maquete, esboço prodigioso, cadáver grandioso de uma idéia de Napoleão, que duas ou três sucessivas rajadas de vento haviam carregado e lançado cada vez mais longe de nós, tornara-se histórica e tomara um não sei que de definitivo que contrastava com seu aspecto provisório. Era um elefante de doze metros de altura, construído em madeira e alvenaria, levando nas costas sua torre que se assemelhava a uma casa, outrora pintado de verde por um passa-tintas qualquer e atualmente pintado de preto pelo céu, pela chuva e pelo tempo. Do ângulo deserto e descoberto da praça, a larga fronte do colosso, sua tromba, suas presas, sua torre, seu dorso enorme, suas quatro patas parecendo colunas, à noite, formavam contra o céu estrelado uma silhueta surpreendente e terrível. Não se sabia o que aquilo significava. Era uma espécie de símbolo da força popular. Era uma coisa sombria, enigmática e imensa. Era como um fantasma poderoso, visível, de pé ao lado do espectro invisível da Bastilha.

Poucos estrangeiros visitavam esse edifício, nem um só transeunte olhava para ele. Caiu em ruínas; a cada estação, pedaços de reboque que se soltavam dos flancos abriam-lhe chagas horríveis. Os "edis", como se diz em linguagem elegante, o haviam esquecido desde 1814. Ficara lá, no seu canto, triste, doente, desabando, cercado por um tapume apodrecido, manchado a cada instante por cocheiros bêbados; fendas abrindo-lhe o ventre, uma ripa saindo-lhe da cauda, um mato crescido subindo-lhe pelas pernas; e como o nível da praça, havia trinta anos, se elevava a seu redor por causa do lento e contínuo movimento que insensivelmente levanta o solo das grandes cidades, ele estava em um buraco, era como se a terra afundasse debaixo dele. Estava imundo, desprezado, repelente e soberbo, feio aos olhos do burguês, melancólico aos olhos do pensador. Tinha algo de uma imundície que vão varrer e algo de uma majestade que vão decapitar.

Como já dissemos, à noite, o aspecto mudava. A noite é o verdadeiro meio de tudo aquilo que é sombra. Desde que o crepúsculo chegava, o velho elefante se transfigurava; ficava com aspecto tranqüilo e temível na formidável serenidade da escuridão. Sendo algo do passado, era algo da noite; e aquela obscuridade condizia com sua grandeza.

Esse monumento, rude, atarracado, pesado, áspero, austero, quase disforme, mas certamente majestoso e marcado por uma espécie de gravidade magnífica e selvagem, desapareceu para deixar reinar em paz aquele tipo de fogareiro gigantesco, ornado com sua chaminé, que substituiu a sombria fortaleza de nove torres, mais ou menos como a burguesia substituiu o feudalismo. Nada mais natural que um fogareiro seja o símbolo de uma época em que um dos caldeirões contenha o poder. Essa época passará, já está passando; começa-se a compreender que, se pode haver força em uma caldeira, só pode haver poder em um cérebro; em outras palavras, o que conduz e arrasta o mundo não são as locomotivas, são as idéias. Atrelem as locomotivas às idéias, está bem, mas não tomem o cavalo pelo cavaleiro.

Seja como for, para voltar à praça da Bastilha, o arquiteto do elefante, com argamassa, conseguiu fazer algo de grande; o arquiteto do tubo da chaminé, com o bronze, conseguiu fazer algo de pequeno.

Esse tubo, batizado com o sonoro nome de Coluna de Julho, esse monumento defeituoso de uma revolução abortada, em 1832 ainda estava envolto por uma imensa camisa de madeira, que, de nossa parte, lamentamos, e por um vasto cercado de tábuas, que acabava de isolar o elefante.

Foi para esse recanto da praça, mal iluminado pelo reflexo de um lampião afastado, que Gavroche levou as duas "crianças".

Permitam nos interrompermos aqui para lembrar que estamos tratando da simples realidade, e que, há vinte anos, os tribunais correcionais tiveram de julgar, sob acusação de vagabundagem e arrombamento de um monumento público, um garoto que fora surpreendido deitado no interior do mesmo elefante da Bastilha.

Relatado esse fato, podemos continuar.

Chegando perto do colosso, Gavroche avaliou o efeito que o infinitamente grande pode ter sobre o infinitamente pequeno e disse:

— Meninos, não tenham medo!

Então, entrou por uma fresta do tapume no cercado do elefante e ajudou os meninos a passarem pela brecha. Os dois pequenos, um pouco assustados, seguiam Gavroche sem dizer uma palavra e confiando-se a essa pequena providência em farrapos que lhes havia dado de comer e prometido um abrigo.

Havia ali, deitada ao longo do tapume, uma escada que, de dia, servia aos operários de um canteiro de obras vizinho. Gavroche levantou-a com singular vigor e encostou-a em uma das pernas dianteiras do elefante. Na direção do ponto onde a escada ia se apoiar, distinguia-se um buraco negro no ventre do colosso.

Gavroche mostrou a escada e o buraco a seus hóspedes e lhes disse:

— Subam e entrem.

Os dois meninos entreolharam-se apavorados.

— Vocês estão com medo, crianças! — exclamou Gavroche.

E acrescentou:

— Então vejam.

Agarrou-se ao rugoso pé do elefante e, em um piscar de olhos, sem dignar-se a se servir da escada, chegou ao buraco. Entrou como uma cobra que desliza por uma fenda, meteu-se lá dentro, e, um momento depois, os dois meninos viram vagamente sua cabeça reaparecer, como uma forma esbranquiçada e pálida, na borda do buraco envolto em trevas.

— Pois bem, vamos, subam, fedelhinhos! — gritou ele. — Vocês vão ver como aqui a gente está bem! Suba você, vou lhe dar a mão — disse ao mais velho.

Os dois se empurraram com os ombros, o moleque lhes dava medo e os tranqüilizava ao mesmo tempo, e, além disso, chovia forte. O mais velho se arriscou. O mais novo, vendo seu irmão subir e ele mesmo ficar sozinho entre as patas daquele bicho enorme, bem que tinha vontade de chorar, mas não se atrevia.

O mais velho subia, cambaleando, os degraus da escada; ao longo do caminho, Gavroche o encorajava com exclamações de um mestre-de-armas a seus discípulos ou de um condutor de bestas a suas mulas:

— Não tenha medo!

— Assim!

— Continue!

— Ponha o pé ali!

— A mão aqui.

— Bravo!

E quando estava a seu alcance, segurou-o rápida e vigorosamente pelo braço e puxou-o para cima.

— Está pego! — disse ele.

O menino ultrapassara o buraco.

— Agora — disse Gavroche — me espere. Senhor, tenha a bondade de sentar-se.

E, saindo do buraco como tinha entrado, deixou-se escorregar com a agilidade de um sagüizinho pela perna do elefante, caiu de pé no mato, pegou o pequeno de cinco anos debaixo do braço e o colocou bem no meio da escada e se pôs a subir atrás dele, gritando ao mais velho:

— Eu empurro e você puxa.

Em um instante, o pequeno foi guindado, empurrado, arrastado, puxado e enfiado no buraco sem ter tempo de dar-se conta; e Gavroche, entrando atrás dele, empurrando com um pontapé a escada, que caiu no meio do mato, pôs-se a bater palmas e gritou:

— Eis a gente aqui! Viva o General Lafayette!

E, passada essa explosão, acrescentou:

— Crianças, vocês estão na minha casa.

Gavroche, de fato, estava em sua casa.

Ó inesperada utilidade do inútil! Caridade das coisas grandes! Bondade dos gigantes! Esse monumento descomunal, que era a expressão de um pensamento do imperador, se transformara na casa de um garoto. O menino fora aceito e recebera abrigo do colosso. Os burgueses endomingados que passavam diante do elefante da Bastilha gostavam de dizer, quando o mediam com seus olhos à flor do rosto, e com ar de desprezo: "Para que serve isto?"

Aquilo servia para salvar do frio, da geada, da neve, da chuva, para abrigar do vento de inverno, para preservar do sono na lama, que causa febre, e do sono na neve, que causa a morte, um pequeno ser sem pai nem mãe, sem pão, sem roupa, sem asilo. Aquilo servia para recolher o inocente que a sociedade rejeitava. Aquilo servia para atenuar o delito público. Era uma toca aberta àquele para quem todas as portas estavam fechadas. Parecia que o velho mastodonte miserável, atacado pelos vermes e pelo esquecimento, coberto de verrugas, de bolor e de úlceras, cambaleante, carcomido, abandonando, condenado, espécie de mendigo colossal pedindo em vão a esmola de um olhar benévolo nos cruzamentos, tivera pena, ele, daquele outro mendigo, do pobre pigmeu vagando sem nada nos pés, sem um teto sobre a cabeça, soprando para aquecer os dedos, vestido com trapos, alimentado com o que jogam fora. Eis para o que servia o elefante da Bastilha. Essa idéia de Napoleão, desdenhada pelos homens, fora retomada por Deus. O que teria apenas sido ilustre, tornara-se augusto. Para que o imperador realizasse o que planejara, precisaria de pedra, de bronze, de ferro, de ouro, de mármore; para Deus, o velho conjunto de pranchas, de vigas e de estuque era suficiente. O imperador tivera um sonho de gênio; naquele elefante titânico, armado, prodigioso, de tromba erguida, carregando sua torre, fazendo brotar por toda parte à sua volta águas alegres e vivificantes, queria encarnar o povo; Deus fizera dele coisa maior, ali alojara uma criança.

O buraco por onde Gavroche havia entrado era uma brecha que mal se via de fora, escondida como ficava, já o dissemos, sob o ventre do elefante, e tão estreita que nada além de gatos e crianças poderia por ali passar.

— Vamos começar dizendo ao porteiro — disse Gavroche — que não estamos aqui.

E mergulhando na escuridão com a segurança de alguém que conhece seu apartamento, pegou uma tábua e com ela tapou o buraco.

Tornou a mergulhar na escuridão. Os meninos ouviram o ruído do fósforo colocado na garrafa fosfórica. O fósforo químico ainda não existia; nessa época, o isqueiro Fumade representava o progresso.

Uma claridade súbita fez com que fechassem os olhos; Gavroche acabava de acender um desses pedaços de barbante encharcados de resina que são chamados de ratos de porão. O rato de porão, que mais produzia fumaça do que iluminava, deixava confusamente visível o interior do elefante.

Os dois hóspedes de Gavroche olharam ao redor e experimentaram algo semelhante ao que experimentaria alguém que fosse fechado dentro do grande tonel de Heidelberg, ou, melhor ainda, ao que Jonas deve ter sentido dentro do ventre bíblico da baleia. Todo um gigantesco esqueleto mostrava-se a eles e os envolvia. No alto, uma longa trave escura, de onde partiam, a certos intervalos, maciços conjuntos de membros curvados, dava a impressão de uma coluna vertebral com as costelas; estalactites de estuque pendiam dali como vísceras; e de um lado ao outro vastas teias de aranha formavam diafragmas empoeirados. Viam-se, aqui e ali, pelos cantos, grandes manchas pretas que pareciam estar vivas e que se deslocavam rapidamente com um movimento rápido e assustado.

Os fragmentos caídos do dorso do elefante sobre seu ventre preenchiam a concavidade, de modo que podia-se caminhar por ali como sobre um assoalho.

O menorzinho aconchegou-se no irmão e disse a meia voz:

— É escuro.

Essas palavras fizeram Gavroche estrilar. O ar petrificado dos dois pequenos tornava uma bronca necessária.

— O que estão resmungando? — exclamou ele. — Estamos de brincadeira? Estamos bancando os delicados? Será que não queriam as Tulherias? Será que são umas bestas? Vão dizendo. Vou logo avisando que não sou do regimento dos palermas. Ora essa! Ou vocês são os carneirinhos do pastorzinho do papa?

Um pouco de aspereza faz bem ao medo. Tranqüiliza. Os dois pequenos se reaproximaram de Gavroche, que, paternalmente enternecido com essa confiança, passou "do rude ao terno", e dirigindo-se ao mais novo:

— Bobinho — disse-lhe, acentuando a injúria com um tom carinhoso —, é lá fora que está escuro. Lá fora chove, aqui não chove; lá fora está frio, aqui não entra um pingo de vento; lá fora está cheio de gente, aqui não tem ninguém; lá fora não tem nem lua, aqui tem minha vela, seu tontinho!

Os dois pequenos começaram a olhar o apartamento com menos temor, mas Gavroche não lhes deu muito mais tempo para o lazer da contemplação.

— Rápido — disse ele.

E empurrou-os para aquilo que, muito felizes, podemos chamar de fundo do quarto.

Ali ficava sua alcova.

A cama de Gavroche era completa. Quer dizer que tinha um colchão, uma coberta e um cortinado.

O colchão era uma esteira de palha; a coberta, um vasto pano de lã escura, muito quente e quase nova. Eis no que consistia a alcova: três estacas bem longas enterradas e consolidadas no entulho do chão, isto é, do ventre do elefante, duas na frente e uma atrás, reunidas no topo por meio de uma corda, de modo a formar um feixe piramidal. Esse feixe sustentava uma armação de arame que era simplesmente posta por cima, porém artisticamente aplicada e presa por ganchos de ferro, de forma a envolver inteiramente as três estacas. Uma fileira de pedras volumosas fixava toda a volta dessa armação no chão, não deixando nada passar por baixo. Essa armação nada mais era que um pedaço dessas telas de cobre com que se fecham viveiros de aves. A cama de Gavroche ficava sob essa tela, como dentro de uma gaiola. O conjunto se assemelhava a uma tenda de esquimó.

Era essa tela que fazia o papel de cortinado.

Gavroche empurrou um pouco as pedras que seguravam a tela na parte da frente, e os dois lados da armação que se sobrepunham um ao outro se afastaram.

— Crianças, de quatro! — disse Gavroche.

Com cautela, fez seus hóspedes entrarem na gaiola; entrou depois deles, se arrastando, e recolocou as pedras para fechar hermeticamente a abertura.

Deitaram-se os três sobre a palha.

Por menores que fossem, nenhum deles poderia ficar de pé dentro da alcova. Gavroche trazia sempre o rato de porão na mão.

— Agora — disse ele — durmam! Vou apagar o candelabro.

— Senhor — perguntou o mais velho dos dois irmãos a Gavroche, apontando para a tela —, o que é isto?

— Isso — disse Gavroche gravemente — é por causa dos ratos. Durmam.

No entanto, sentiu-se obrigado a acrescentar algumas palavras para a instrução daqueles dois seres de tão pouca idade, e continuou:

— São coisas do Jardim Botânico. Serve para os animais ferozes. Ali tem um depósito cheio disso. É só saltar um muro, subir por uma janela e passar por baixo de uma porta. A gente pega quanto quiser.

Enquanto falava, cobria com uma ponta da coberta o menorzinho, que murmurou:

— Oh! É bom, está quentinho!

Gavroche lançou um olhar de satisfação para a coberta.

— Também é do Jardim Botânico. Peguei isso dos macacos.

E, apontando ao mais velho a esteira de palha sobre a qual estava deitado, muito espessa e admiravelmente trabalhada, acrescentou:

— Isso era da girafa.

Após uma pausa, prosseguiu:

— Os animais tinham tudo isso. Eu fui pegando deles. Eles não ficaram bravos. Eu disse a eles: "É para o elefante".

Ficou outra vez em silêncio e retomou:

— A gente pula o muro e que se dane o governo. Pronto.

Os dois meninos consideravam com um respeito temeroso e espantado aquele ser intrépido e inventivo, vagabundo como eles, isolado como eles, insignificante como eles, que tinha algo de admirável e de poderoso, que lhes parecia sobrenatural, e cuja fisionomia se compunha de todas as caretas de um velho saltimbanco mescladas ao mais ingênuo e encantador sorriso.

— Senhor — disse timidamente o mais velho —, então não tem medo dos guardas municipais?

Gavroche limitou-se a responder:

— Menino! Não se diz guardas minicipais, se diz gambés.

O mais novo tinha os olhos abertos, mas não dizia nada. Como ele estava na borda da esteira e o mais velho no meio, Gavroche ajeitou-lhe a coberta como teria feito uma mãe, e levantou a esteira sob sua cabeça, com uns trapos velhos, de modo a fazer-lhe um travesseiro. Depois voltou-se para o mais velho.

— E então? Não estamos muito bem aqui?

— Estamos! — respondeu o mais velho, olhando para Gavroche com uma expressão de anjo salvo.

Os dois pobres pequenos, que estavam bem molhados, começavam a se aquecer.

— É verdade — continuou Gavroche —, por que era mesmo que vocês estavam chorando?

E apontando o pequeno ao irmão:

— Um criançola como este, não digo nada, mas um do seu tamanho, chorando, é ridículo; parece um bezerrinho.

— Puxa — disse o menino —, a gente ficou sem casa nenhuma para ir.

— Pimpolho! — replicou Gavroche. — Não se diz casa, se diz barraco.

— E a gente também estava com medo de ficar assim sozinho de noite.

— Não se diz de noite, se diz de *madruga*.

— Obrigado, senhor — disse o menino.

— Escute — continuou Gavroche —, não precisa mais choramingar por nada. Vou tomar conta de vocês. Você vai ver como a gente se diverte. No verão, vamos à Glacière com Navet, um camarada meu, tomar banho na estação, correr sem roupa em cima dos trens na frente da ponte de Austerlitz; as lavadeiras morrem de raiva. Elas gritam, elas se irritam, se você soubesse como elas são gozadas! Vamos ver o homem esqueleto. Ele está vivo, em Champs-Élysées. É magro feito uma tripa, esse sujeito. Depois vou levar vocês ao espetáculo, para ver Frédérick Lemaître. Tenho as entradas, conheço uns atores, até já representei numa peça. A gente era criança assim, correndo por baixo de um pano, fazia de conta que era o mar. Vou fazer vocês entrarem para o meu teatro. Vamos ver os selvagens. Mas esses selvagens não são de verdade. Usam maiôs cor-de-rosa que fazem umas pregas e se vê nos cotovelos umas costuras com linha branca. Depois disso, vamos ao Ópera. A gente entra com a claque. A claque do Ópera é muito bem selecionada. Eu não iria com a claque para as ruas. No Ópera, imagine só, tem quem pague vinte soldos, mas são uns bestas! São chamados de fracotes. E depois vamos ver a guilhotina. Vou mostrar o carrasco para vocês. Ele mora na rua des Marais, o senhor Sanson. Tem uma caixa de correio na porta. Ah! Como a gente se diverte!

Nesse momento, uma gota de cera caiu no dedo de Gavroche fazendo com que lembrasse das realidades da vida.

— Droga! — disse ele. — Lá vai a vela gastando. Atenção! Não posso gastar mais que um soldo por mês com iluminação. Quando a gente se deita, é para dormir. Não temos tempo de ler os romances do senhor Paul de Kock[6]. Além disso, a luz poderia passar pelas frestas do portão e os gambés acabariam vendo.

---

[6] Romancista em voga na época da Restauração. (N. do E.)

— E também — observou timidamente o mais velho, único que ousava conversar com Gavroche e responder-lhe —, a vela acesa poderia cair na palha, é preciso tomar cuidado para não queimar a casa.

— Não se diz queimar a casa — retrucou Gavroche —, se diz tocar fogo no barraco.

A tempestade dobrava de intensidade. Ouvia-se, em meio aos estrondos de trovão, a chuvarada batendo no costado do colosso.

— Desaba, chuva! — disse Gavroche. — Eu me divirto ouvindo a água escorrer pelas pernas da casa. O inverno é uma besta; perde a mercadoria, perde o trabalho, não consegue molhar a gente e por isso ele resmunga, esse velho carregador de água.

Essa alusão ao trovão, da qual Gavroche, em sua qualidade de filósofo do século XIX, aceitava todas as conseqüências, foi seguida de um grande relâmpago, tão resplandecente, que um pouco dele entrou pelo buraco no ventre do elefante. Quase ao mesmo tempo, o raio fez seu estrondo, e furiosamente. Os dois pequenos deram um grito, erguendo-se tão rapidamente que a tela quase se deslocou. Mas Gavroche virou-se para eles com sua cara de atrevido e aproveitou o trovão para cair na risada.

— Calma, crianças. Nada de chacoalhar o edifício. Esse foi um belo trovão, na hora certa! Não foi um relâmpago qualquer. Bravo, nosso bom Deus! Caramba! Foi quase tão bom quanto em Ambigu!

Dito isso, recompôs a tela, empurrou ternamente os meninos para a cabeceira da cama, ajeitou seus joelhos para que ficassem bem estendidos e exclamou:

— Já que o bom Deus acende a vela dele, posso assoprar a minha. Crianças, temos que dormir, meus jovens humanos. É muito ruim não dormir. Faz *schlinguer* a goela, ou, como se diz na alta sociedade, faz a garganta feder. Enrolem-se bem na coberta! Vou apagar. Estão prontos?

— Eu estou — respondeu o mais velho. — Parece que tem um travesseiro de plumas embaixo da minha cabeça!

— Não se diz cabeça — gritou Gavroche —, se diz cachola.

Os dois pequenos ficaram bem juntinhos um do outro. Gavroche terminou de acomodá-los na esteira e puxou o cobertor até cobrir-lhes as orelhas; então repetiu a injunção em língua hierática:

— Apaguem!

E soprou o toco de vela.

Mal a luz se acabara, um estranho tremor começou a chacoalhar a tela sob a qual os três meninos estavam deitados. Era uma multidão de atritos surdos que produziam um som metálico, como se unhas e dentes fizessem ranger os fios de arame. Isso era acompanhado de todo tipo de gritinhos agudos.

O pequeno de cinco anos, ouvindo esse barulho acima de sua cabeça e gelado de medo, acotovelou o irmão mais velho, mas o irmão mais velho já havia "apagado", como Gavroche lhe ordenara. Então o pequeno, não agüentando mais de medo, ousou interpelar Gavroche, mas bem baixinho, contendo a respiração:

— Senhor?

— Hein? — disse Gavroche, que acabava de fechar as pálpebras.

— O que é esse barulho?

— São os ratos — respondeu Gavroche.

E tornou a deitar a cabeça no travesseiro.

Efetivamente, os ratos, que pululavam aos milhares na carcaça do elefante, e que eram aquelas vivas manchas pretas de que já falamos, tinham sido mantidos em respeito pela claridade da vela enquanto esteve acesa; mas desde que essa caverna, que era como a cidade deles, rendera-se à noite, e sentindo ali o que Perrault, bom contador de histórias, chama de "carne fresca", precipitaram-se em multidão sobre a tenda de Gavroche, e treparam até o alto, mordendo o arame como se tentassem perfurar esse novo tipo de mosquiteiro.

Entretanto, o pequeno não conseguia dormir.

— Senhor! — tornou ele.

— Hein? — disse Gavroche.

— O que são os ratos?

— São camundongos.

Essa explicação tranqüilizou um pouco o menino. Uma vez na vida tinha visto camundongos brancos e não sentira medo deles. Apesar disso, tornou a elevar a voz:

— Senhor?

— Hein? — respondeu Gavroche.

— Por que o senhor não tem um gato?

— Eu já tive um, mas ele foi comido pelos ratos — respondeu Gavroche.

Essa segunda explicação desfez a obra da primeira, e o pequeno voltou a tremer. O diálogo entre ele e Gavroche recomeçou pela quarta vez.

— Senhor!

— Hein?

— Quem é que foi comido?

— O gato.

— Quem comeu o gato?

— Os ratos.

— Os camundongos?

— É, os ratos.

O pequeno, chocado com esses camundongos que comem gatos, prosseguiu:

— Senhor, será que eles também comeriam a gente?

— Como não! — respondeu Gavroche.

O terror do menino tinha chegado ao auge. Gavroche, porém, acrescentou:

— Mas não tenha medo! Eles não conseguem entrar. Além disso, estou aqui! Tome, segure minha mão. Fique quieto e trate de dormir!

Gavroche segurou a mão do pequeno por cima de seu irmão. O pequeno apertou essa mão contra si e sentiu-se mais tranqüilo. A coragem e a força têm dessas misteriosas comunicações. O silêncio se refizera em torno deles, o ruído das vozes amendrontara e afastara os ratos; ao cabo de alguns minutos, por mais que insistissem em voltar e fazer tumulto, os três garotos, mergulhados em sono profundo, não ouviam mais nada.

As horas da noite se passaram. A escuridão cobria a imensa praça da Bastilha, um vento de inverno se misturava à chuva e soprava em rajadas; as patrulhas revistavam as portas, as ruas, os becos, os cantos obscuros à cata de vagabundos noturnos, e passavam silenciosamente diante do elefante. O monstro, de pé, imóvel, de olhos abertos na escuridão, parecia sonhar, como que satisfeito com sua boa ação, abrigando do céu e dos homens as três pobres crianças adormecidas.

Para se compreender o que segue, devemos nos lembrar que, naquela época, o corpo de guarda da Bastilha estava situado na outra extremidade da praça, e o que acontecia perto do elefante não podia ser visto nem ser ouvido pelas sentinelas.

Próximo ao final daquela hora que precede imediatamente o despontar do dia, um homem chegou correndo da rua Saint-Antoine, atravessou a praça, deu uma volta em torno do grande cercado da Coluna de Julho, passou por entre as tábuas e foi até embaixo do ventre do elefante. Se alguma claridade iluminasse aquele homem, pelo modo intenso como estava molhado, seria fácil perceber que tinha passado a noite debaixo de chuva. Ao chegar junto do elefante, deu um grito estranho, que não pertence a nenhuma língua humana, e que só algum periquito seria capaz de reproduzir. Repetiu duas vezes esse grito, cuja ortografia que segue pode dar alguma idéia:

— *Kirikikiu!*

Ao segundo grito, uma voz clara, alegre e jovial respondeu de dentro da barriga do elefante:

— Olá.

Quase imediatamente, a tábua que tapava o buraco se deslocou e deu passagem a um menino que desceu pelas pernas do elefante, vindo rapidamente cair perto do homem. Era Gavroche; o homem era Montparnasse.

Quanto ao tal grito, *kirikikiu*, era, sem dúvida, o que o menino quisera dizer com: *Chame pelo senhor Gavroche*.

Ao ouvi-lo, acordara sobressaltado, se arrastara para fora de sua alcova, afastando um pouco a tela, que em seguida voltou a fechar cuidadosamente, e só então destapara o buraco e descera.

O homem e o menino se reconheceram silenciosamente no escuro; Montparnasse limitou-se a dizer:

— Precisamos de você, venha nos dar uma mãozinha.

O moleque não pediu esclarecimentos.

— Pronto, estou aqui!

E os dois se dirigiram à rua Saint-Antoine, de onde saíra Montparnasse, serpenteando rapidamente por entre a longa fileira de charretes dos verdureiros que, àquela hora, iam para o mercado.

Os verdureiros, agachados em suas carroças entre as hortaliças e os legumes, meio adormecidos, enfiados até os olhos em suas blusas por causa da chuva forte, nem sequer olharam para esses estranhos passantes.

III. As peripécias da evasão

Eis o que havia ocorrido naquela mesma noite na Force:

Uma fuga fora combinada entre Babet, Brujon, Gueulemer e Thénardier, embora Thénardier estivesse na solitária. Babet fez o negócio por sua conta, nesse mesmo dia, como foi visto no relato de Montparnasse a Gavroche. Montparnasse devia ajudá-los de fora.

Brujon, que passara um mês em um quarto de punição, tivera tempo de, primeiramente, tecer uma corda e, depois, de amadurecer um plano. Outrora, esses severos lugares em que a disciplina da prisão deixava o condenado entregue a si mesmo compunham-se de quatro paredes de pedra, de um teto de pedra, de um piso de laje, de uma cama de lona, de uma portinhola com grade, de uma porta dupla de ferro, e eram chamados de *masmorras*; mas a masmorra foi julgada por demais horrível. Agora, essas celas se compõem de uma porta de ferro, uma portinhola gradeada, uma cama de lona, um piso de laje, um teto de pedra, quatro muros de pedra, e são chamadas de *quartos de punição*. Por volta de meio-dia, há nessas celas um pouco de claridade. O inconveniente desses quartos, que, como se vê, não são masmorras, é permitir que pessoas que deveriam trabalhar sonhem.

Brujon, então, havia sonhado, e saíra do quarto de punição com uma corda. Como tinha fama de ser muito perigoso no pátio Charlemagne, foi colocado no Pavilhão Novo. A primeira coisa que ele encontrou no Pavilhão Novo foi Gueulemer; a segunda, foi um prego; Gueulemer, ou seja, o crime, um prego, ou seja, a liberdade.

Brujon, de quem é tempo de se fazer uma idéia completa, com uma aparência de compleição delicada e uma languidez profundamente premeditada, era um gentil atrevido, inteligente e ladrão que tinha um olhar meigo e um sorriso atroz. Seu olhar era o resultado de sua vontade, e seu sorriso o resultado de sua natureza. Seus primeiros estudos em sua arte foram dirigidos aos telhados; ele fez com que houvesse grandes progressos na indústria dos larápios do chumbo que despojam telhados e arrancam canos pelo processo conhecido como *dobradinha*.

O que acabava de tornar o momento favorável a uma tentativa de evasão era o fato de os pedreiros remanejarem e consertarem, exatamente nessa época, uma parte do telhado da prisão. O pátio Saint-Bernard não se encontrava mais isolado do pátio Charlemagne nem do pátio Saint-Louis. Ali por cima havia alicerces e escadas, ou, em outros termos, pontes e passagens para o lado da libertação.

O Pavilhão Novo, que era tudo que se podia ver no mundo de mais arruinado e de mais decrépito, era o ponto fraco da prisão. Suas paredes estavam a tal ponto roídas pelo salitre que foram obrigados a revestir com madeira as abóbadas dos dormitórios, porque dali se desprendiam pedras que caíam sobre as camas dos presos. Apesar dessa precariedade, cometia-se o erro de prender no Pavilhão Novo os acusados mais preocupantes; para ali vinham as "fortes causas", como se diz na linguagem das prisões.

Esse pavilhão continha quatro dormitórios sobrepostos e um sótão chamado de *Bel-Air*. Um largo tubo de chaminé, provavelmente de alguma antiga cozinha dos duques de la Force, partia do térreo, atravessava os quatro andares, dividia em dois todos os dormitórios, onde aparecia como um pilar achatado, e ia furar o telhado.

Gueulemer e Brujon estavam no mesmo dormitório. Por precaução, foram colocados no andar de baixo. O acaso fazia com que a cabeceira de suas camas se apoiassem no tubo da chaminé.

Thénardier encontrava-se exatamente acima de suas cabeças, no sótão conhecido por Bel-Air.

Quem pára na rua Culture-Sainte-Catherine, após o quartel dos bombeiros, em frente ao portão da casa de banhos, avista um pátio cheio de flores e de arbustos dentro de caixas, ao fundo do qual se eleva, em duas alas, um pequeno edifício arredondado, branco, alegrado por toldos verdes, o sonho bucólico de Jean-Jacques. Há não mais de dez anos, por trás desse edifício arredondado, existia um muro escuro, enorme, medonho, nu, ao qual o edifício estava encostado. Era o muro do caminho de ronda da Force.

Esse muro, por trás desse edifício, era Milton entrevisto por trás de Berquin.

Por mais alto que fosse, esse muro era ultrapassado por um telhado mais escuro ainda, que se via além dele. Era o telhado do Pavilhão Novo, no qual se observavam quatro mansardas protegidas com barras; eram as janelas do Bel-Air. Uma chaminé atravessava o teto; era a chaminé que dividia os dormitórios.

Bel-Air, o topo do Pavilhão Novo, era uma espécie de grande galpão com janelas, fechado com grades triplas e portas de chapas duplas salpicadas de pregos enormes. Entrando-se ali pela extremidade norte, tinha-se à esquerda as quatro portinholas, e, à direita, de frente para as portinholas, quatro gaiolas quadradas, bem vastas, espaçadas, separadas por corredores estreitos, construídas até certa altura em alvenaria, e o resto, até o telhado, com grades de ferro.

Thénardier estava no isolamento em uma dessas gaiolas desde a noite de 3 de fevereiro. Nunca se pôde descobrir como, nem por conivência de quem, ele conseguiu obter e esconder uma garrafa desse vinho, segundo se diz, inventado por Desrues, ao qual se mistura um narcótico, e que o bando dos *Adormecedores* tornou célebre.

Há em muitas prisões empregados desleais, meio carcereiros, meio ladrões, que auxiliam as evasões, que vendem à polícia uma domesticidade infiel, e que se beneficiam ilicitamente.

Naquela mesma noite, então, em que Gavroche recolhera os dois meninos errantes, Brujon e Gueulemer, sabendo que Babet, fugido naquela manhã, os esperava na rua, bem como Montparnasse, levantaram-se cuidadosamente e puseram-se a furar, com o prego que Brujon havia achado, o tubo da chaminé onde suas camas se encostavam. O cascalho caía sobre a cama de Brujon, de modo que não se ouvia nada. Os aguaceiros, mesclados aos trovões, sacudiam as portas, produzindo dentro da prisão um barulho medonho e útil. Os presos que acordaram fingiram voltar a dormir, e deixaram Gueulemer e Brujon prosseguir. Brujon era hábil, Gueulemer vigoroso. Antes que qualquer ruído chegasse ao vigilante que dormia na cela gradeada, com abertura para o dormitório, a parede já estava furada, a chaminé escalada, a grade de ferro que fechava o orifício superior do tubo forçada, e os temíveis bandidos sobre o telhado. A chuva e o vento se intensificavam, o telhado escorregava.

— Que bela noite para se cair fora! — disse Brujon.

Um abismo de um metro e oitenta de largura e vinte e cinco de profundidade os separava do caminho de ronda. No fundo desse abismo, eles viam reluzir em meio à escuridão o fuzil de um sentinela. Prenderam por uma ponta, aos pedaços das barras de proteção da chaminé que acabavam de torcer, a corda que Brujon fizera na masmorra, atiraram a outra ponta por cima do muro de ronda, transpuseram o abismo com um salto, agarraram-se à aresta do muro, encavalaram-se nele, deixaram-se escorregar, um após o outro, pela corda, até um pequeno telhado encostado à casa de banhos, puxaram a corda, saltaram no terraço dos banhos, atravessaram-no, empurraram a janelinha do porteiro, ao lado da qual pendia o cordão, puxaram o cordão, abriram o portão e viram-se na rua.

Não fazia três quartos de hora que tinham se colocado de pé sobre suas camas, no escuro, seus pregos nas mãos, seu plano em mente.

Alguns instantes depois, já haviam se juntado a Babet e Montparnasse, que rondavam pelos arredores.

Ao puxarem a corda, esta se rompeu, ficando um pedaço dela preso à chaminé, em cima do telhado. De resto, a única avaria sofrida foi esfolarem quase completamente a pele das mãos.

Nessa noite, Thénardier fora prevenido, sem que se pudesse esclarecer de que maneira, e não dormia.

Por volta de uma da manhã, mesmo com a noite muito escura, ele viu passar sobre o telhado, no meio da chuva e do vendaval, diante da portinhola que ficava em frente à sua gaiola, dois vultos. Um deles parou na portinhola o tempo de um olhar. Era Brujon. Thénardier o reconheceu, e entendeu. Isso lhe bastava.

Thénardier, considerado perigoso e detido preventivamente por cilada noturna à mão armada, era constantemente vigiado. Uma sentinela, que se revezava a cada duas horas, passeava diante de sua cela de fuzil carregado. Bel-Air era iluminado por um lampião. O preso tinha nos pés um par de ferros de cinqüenta libras. Todo dia, às quatro horas da tarde, um guarda escoltado por dois mastins — naquela época, isso ainda era feito — entrava em sua gaiola, colocava perto de sua cama um pão escuro de duas libras, uma bilha de água e uma tigela cheia de um caldo bem magro onde boiavam algumas favas, revistava seus ferros e batia nas barras da grade. Esse homem com seus cães retornava duas vezes durante a noite.

Thénardier obtivera permissão de manter uma espécie de cavilha de ferro, que usava para espetar seu pão em uma fenda da parede, a fim, dizia ele, "de preservá-lo dos ratos". Como Thénardier era vigiado de perto, ninguém viu inconveniente nessa cavilha. No entanto, lembrou-se mais tarde que um guarda havia dito: "Seria melhor que lhe deixassem só uma cavilha de madeira". Às duas horas trocaram a sentinela, que era um velho soldado, e a substituíram por um recruta. Instantes depois, o homem dos cães fez sua visita, e foi-se sem ter notado nada, a não ser a extrema juventude e "o ar caipira" do "soldadinho".

Duas horas depois, às quatro da manhã, quando vieram render o recruta, encontraram-no adormecido e caído no chão como um bloco de pedra, perto da gaiola de Thénardier. Quanto a Thénardier, não estava mais ali. Os ferros que o prendiam estavam pelo chão. Havia um buraco no forro de sua cela, e, mais acima, um outro buraco no telhado. Uma prancha de sua cama fora arrancada e, sem dúvida, levada, pois ninguém a encontrou. Também foi achada dentro da cela uma garrafa meio vazia, contendo o resto do vinho entorpecente com o qual o soldado fora adormecido. Sua baioneta havia desaparecido.

Quando tudo isso foi descoberto, supôs-se que Thénardier estaria completamente fora de alcance. A realidade é que ele não estava mais no Pavilhão Novo, mas ainda corria muito perigo.

Chegando ao telhado do Pavilhão Novo, Thénardier encontrou o resto da corda de Brujon, que pendia das barras da proteção superior da chaminé, mas essa parte rasgada era demasiado curta, e ele não pôde fugir por cima do caminho de ronda, como haviam feito Brujon e Gueulemer.

Quem sai da rua des Ballets para a rua Roi-de-Sicile, encontra quase imediatamente, à direita, um sórdido lugar. No século passado, existia ali uma construção, da qual não resta mais que a parede do fundo, verdadeiro muro de casebre que se eleva até a altura de um terceiro andar entre os edifícios vizinhos. Essa ruína é reconhecível por duas grandes janelas quadradas que ainda existem; a do meio, que é a mais próxima da empena da direita, está fechada com uma viga carcomida ajustada como uma escora. Através dessas janelas, outrora divisava-se uma muralha alta e lúgubre que era uma parte do paredão do caminho de ronda da Force.

O vazio que essa construção demolida deixou na rua está parcialmente preenchido por um tapume de tábuas podres, escorado por cinco pilares de pedra. Aí dentro se esconde uma pequena barraca encostada à ruína que permaneceu de pé. O tapume tem uma porta que, há alguns anos, era fechada apenas por um trinco.

Foi ao alto dessa ruína que Thénardier conseguira chegar pouco depois das três horas da manhã.

Como havia chegado ali? Foi o que jamais se pôde explicar ou compreender. Os relâmpagos devem tê-lo ajudado e atrapalhado ao mesmo tempo. Acaso teria usado as escadas e os andaimes dos pedreiros para ir de telhado em telhado, de muro em muro, de compartimento em compartimento, passar pelos prédios do pátio Charlemagne, depois pelos prédios do pátio Saint-Louis, pelo muro de ronda, e daí ao casebre da rua Roi-de-Sicile? Mas havia nesse trajeto soluções de continuidade que pareciam torná-lo impossível. Acaso teria colocado a tábua que arrancara da cama como uma ponte entre o telhado de Bel-Air e o muro de ronda, pondo-se a rastejar sobre a beira desse muro em torno da prisão até chegar à ruína? Mas o muro da Force descrevia uma linha denteada e desigual, subia e descia, abaixava-se perto do quartel dos bombeiros, elevava-se perto da casa de banhos; era cortado por algumas construções, não tinha a mesma altura do lado do palacete Lamoignon e do lado da rua Pavée, por toda parte tinha declives e ângulos retos; e além de tudo as sentinelas teriam visto o vulto escuro do fugitivo; de modo que o caminho feito por Thénardier ainda continua mais ou menos inexplicável. Das duas maneiras, fuga impossível. Thénardier, iluminado pela assustadora sede da liberdade que transforma os precipícios em fossos, as grades de ferro em grades de vime, um estropiado em atleta, um gotoso em pássaro, a estupidez em instinto, o instinto em inteligência, e a inteligência em gênio, Thénardier, então, teria inventado e improvisado uma terceira maneira? Jamais se soube.

Nem sempre podemos nos dar conta das maravilhas da evasão. O homem que se evade, repetimos, é um inspirado; há um pouco de estrela e de relâmpago no misterioso clarão da fuga; o esforço em direção à libertação não é menos surpreendente do que o bater de asas em direção ao sublime. Diz-se de um ladrão que conseguiu evadir-se: "Como ele fez para escalar aquele telhado?" do mesmo modo que se diz de Corneille: "Onde teria encontrado aquele verso *Qu'il mourût?*[7]"

Fosse como fosse, molhado de suor, encharcado de chuva, com as roupas em frangalhos, as mãos esfoladas, os cotovelos sangrando, os joelhos machucados, Thénardier havia chegado ao que as crianças, em sua linguagem figurada, chamam de *gume* do muro da ruína,

---

[7] "*Que vouliez-vous qu'il fît contre trois? Qu'il mourût...?*" Que queríeis que ele fizesse contra três? Que morresse? (Pierre Corneille, *Horace*). (N. do E.)

sobre o qual se deitara, as forças lhe faltando. Um paredão inclinado da altura de um terceiro andar o separava da rua.

A corda que tinha consigo era curta demais.

Esperava ali, pálido, esgotado, desesperado apesar de toda a esperança que tivera, ainda imerso na escuridão da noite, mas pensando que não tardaria a amanhecer, apavorado com a idéia de ouvir em poucos instantes soar quatro horas no vizinho relógio de Saint-Paul, hora em que iriam render a sentinela e encontrá-la adormecida embaixo do teto arrombado, e olhando com estupor, de uma altura medonha, à claridade de alguns lampiões, o chão molhado e escuro, esse chão desejado e assustador que era a morte e que era a liberdade.

Perguntava a si mesmo se seus três cúmplices de fuga teriam conseguido, se o teriam ouvido, e se viriam em seu socorro. Escutava. Exceto uma patrulha, ninguém passara na rua desde que ele ali se encontrava. Quase todos os verdureiros que vinham de Montreuil, de Charonne, de Vincennes e de Bercy em direção ao mercado passavam pela rua Saint-Antoine.

Soaram quatro horas. Thénardier estremeceu. Poucos instantes depois, aquele rumor alarmado e confuso que se segue à descoberta de uma fuga rebentou na prisão. O barulho das portas abrindo-se e fechando-se, o ranger das grades, o tumulto do corpo de guarda, os chamados roucos dos carcereiros, o choque das coronhas de fuzil no chão dos pátios, tudo isso chegava até ele. Luzes subiam e desciam pelas janelas gradeadas dos dormitórios, uma tocha corria no topo do Pavilhão Novo, os bombeiros do quartel ao lado foram chamados. Seus capacetes, que a tocha iluminava na chuva, iam de um lado para o outro ao longo dos telhados. Ao mesmo tempo, Thénardier via, pelos lados da Bastilha, uma nuance pálida clarear lugubremente a parte inferior do céu.

Ele estava no alto de um muro de dez polegadas de largura, estendido sob o temporal, com dois abismos, à direita e à esquerda, sem poder se mexer, atormentado pela vertigem de uma possível queda e pelo horror de uma detenção quase certa; e seu pensamento, como o badalo de um sino, ia de uma dessas idéias à outra: "Morte, se eu cair; prisão, se eu ficar".

Em meio a essa angústia, de repente viu, mesmo a rua estando ainda completamente obscura, um homem que deslizava ao longo das muralhas, que vinha dos lados da rua Pavée, e que parou na ruína acima da qual Thénardier estava como que suspenso. A este homem veio juntar-se um segundo, caminhando com a mesma precaução, e um terceiro e ainda um quarto. Ao se reunirem, um deles abriu o trinco da porta do tapume e os quatro entraram no cercado onde se encontrava a barraca. Achavam-se exatamente abaixo de Thénardier. Esses homens haviam, evidentemente, escolhido essa ruína para poder conversar sem serem vistos pelos passantes, nem pela sentinela que vigiava a entrada da Force a alguns passos dali. É preciso dizer que a chuva mantinha essa sentinela presa em sua guarita.

Thénardier, não conseguindo distinguir seus rostos, aplicava os ouvidos às suas palavras com a atenção desesperada de um miserável que se sente perdido. Viu passar diante de seus olhos algo que se assemelhava à esperança: eles falavam gíria[8].

O primeiro falava baixo, mas distintamente:

— *Décarrons. Qu'est-ce que nous maquillons icigo?* (Vamos embora. O que estamos fazendo aqui?)

O segundo respondeu:

— *Il lansquine à éteindre le riffe du rabouin. Et puis les coqueurs vont passer, il y a là un grivier qui porte gaffe, nous allons nous faire emballer icicaille.* (Chove que dá para apagar o fogo do diabo. Além disso, a polícia vai passar. Ali tem um soldado de vigia. Vão acabar nos prendendo aqui.)

Essas duas palavras, *icigo* e *icicaille*, que significam *aqui*, e pertencem, uma, à gíria dos subúrbios, a outra, à gíria do Temple, foram traços de luz para Thénardier. Ouvindo *icigo* reconheceu Brujon, vagabundo dos arrabaldes, e ouvindo *icicaille* reconheceu Babet, que, entre todos os seus ofícios, tinha sido camelô no Temple.

A antiga gíria do grande século não é mais falada, a não ser no Temple, e Babet era mesmo o único que a falava de forma pura. Sem *icicaille*, Thénardier não o teria reconhecido, pois Babet tinha mudado completamente sua voz.

Então o terceiro homem interveio:

— Nada de pressa ainda, vamos esperar um pouco. Quem garante que ele não precisa de nós?

A essas palavras, que eram apenas francês, Thénardier reconheceu Montparnasse, que usava sua elegância para ouvir todas as gírias e não falar nenhuma.

Quanto ao quarto, permanecia em silêncio, mas seus ombros largos o denunciavam. Thénardier não hesitou. Era Gueulemer.

---

[8] O trecho que vem a seguir é repleto da típica gíria usada por bandidos da época retratada no romance. Tentar transcrevê-lo com a gíria usada na língua portuguesa implicaria perder a riqueza do texto original. Assim, optamos pela fidelidade à edição francesa, que explicita, em notas, o significado dessas frases, sem o que ficariam ininteligíveis mesmo para os leitores franceses, e as transcrevemos junto ao texto para maior fluência da leitura. (N. da T.)

Brujon replicou quase impetuosamente, mas sempre em voz baixa:

— *Qu'est-ce que tu nous bonis là? Le tapissier n'aura pas pu tirer sa crampe. Il ne sait pas le truc, quoi! Bouliner sa limace et faucher ses empaffes pour maquiller une tortouse, caler des boulins aux lourdes, braser des faffes, maquiller des caroubles, faucher les durs, balancer sa tortouse dehors, se planquer, se camouffler, il faut être mariol! Le vieux n'aura pas pu, il ne sait pas goupiner!* (O que você está dizendo? O taverneiro não conseguiu fugir. Ele não conhece o assunto, ora! Rasgar a camisa e cortar os lençóis para fazer uma corda, fazer buracos nas portas, arranjar documentos falsos, fazer chaves falsas, cortar os ferros, prender sua corda do lado de fora, se esconder, se disfarçar, tem que ser esperto. O velho não deve ter conseguido, ele não sabe trabalhar!)

Babet acrescentou, sempre usando a comportada gíria clássica que usavam Poulailler e Cartouche, e que está para a gíria atrevida, nova, colorida e ousada que Brujon utilizava assim como a língua de Racine está para a língua de André Chénier:

— *Ton orgue tapissier aura été fait marron dans l'escalier. Il faut être arcasien. C'est un galifard. Il se sera laissé jouer l'harnache par un roussin, peut-être même par un roussi, qui lui aura battu comtois. Prête l'oche, Montparnasse, entends-tu ces criblements dans le collége? Tu as vu toutes ces camoufles. Il est tombé, va! Il en sera quitte pour tirer ses vingt longes. Je n'ai pas taf, je ne suis pas un taffeur, c'est colombé, mais il n'y a plus qu'à faire les lézards, ou autrement on nous la fera gambiller. Ne renaude pas, viens avec nousiergue. Allons picter une rouillarde encible.* (Seu taverneiro deve ter sido pego no ato. Tem que ser esperto. Ele não passa de um aprendiz. Deve ter-se deixado enganar por um espião, talvez até mesmo por um dedo-duro que se fez de camarada. Escute, Montparnasse, está ouvindo esses gritos na prisão? Você viu todas aquelas luzes. Ele foi recapturado, vai! Saiu dessa para pegar seus vinte anos de xadrez. Eu não tenho medo, não sou um covarde, vocês sabem, mas só nos resta fugir, senão vão fazer a gente dançar. Não se aborreça, venha com a gente. Vamos tomar juntos uma boa garrafa de vinho.)

— Não se deixe os amigos numa enrascada dessas — resmungou Montparnasse.

Brujon retrucou:

— *Je te bonis qu'il est malade! À l'heure qui toque, le tapissier ne vaut pas une broque! Nous n'y pouvons rien. Décarrons. Je crois à tout moment qu'un cogne me cintre en pogne!* (Estou lhe dizendo que ele foi recapturado! Nessas alturas, o taverneiro não vale mais um tostão! A gente não pode fazer nada. Vamos embora. Estou vendo que a qualquer momento um guarda põe as mãos em mim.)

Montparnasse ainda resistia, mas fracamente; o fato é que esses quatro homens, com a fidelidade dos bandidos de jamais abandonarem-se mutuamente, haviam perambulado a noite inteira em volta da Force, por maior que fosse o perigo, na esperança de ver Thénardier surgir no alto de alguma muralha. Era uma noite realmente bela, com um temporal que deixava todas as ruas desertas; mas o frio que se apoderava deles, suas roupas encharcadas, seus calçados furados, o barulho inquietante que acabava de irromper na prisão, as horas que transcorriam, as patrulhas que passavam, a esperança que se ia, o medo que voltava, tudo isso os empurrava à retirada. O próprio Montparnasse, que era um pouco genro de Thénardier, cedia. Mais um momento e eles teriam partido.

Thénardier arquejava em cima daquele muro como os náufragos da *Medusa* sobre a jangada em que boiavam, vendo desaparecer no horizonte o navio que tinham avistado.

Não ousava chamá-los, um grito poderia pôr tudo a perder; teve uma idéia, uma última, um lampejo. Tirou do bolso a ponta da corda de Brujon, que tinha retirado da chaminé do Pavilhão Novo, e atirou-a no terreno cercado.

A corda caiu-lhes aos pés.

— *Une veuve!* — disse Babet. (Uma corda! [gíria do Temple])

— *Ma tortouse!* — disse Brujon. (Minha corda! [gíria do subúrbio])

— O taverneiro está aqui — disse Montparnasse.

Levantaram os olhos. Thénardier avançou um pouco a cabeça.

— Depressa! — exclamou Montparnasse. — Você tem a outra parte da corda, Brujon?

— Tenho.

— Junte os dois pedaços, vamos jogar a corda para ele, e ele a prende ao muro, aí vai poder descer.

Thénardier arriscou-se a levantar a voz.

— Estou gelado.

— Logo você vai se aquecer.

— Não consigo mais me mexer.

— É só escorregar, nós seguramos você.

— Minhas mãos estão dormentes.

— É só prender a corda no muro.

— Não vou conseguir.

— Um de nós vai ter que subir — disse Montparnasse.

— Três andares! — exclamou Brujon.

Um antigo cano de chaminé, que serviu a um fogareiro que outrora acendiam na barraca, subia ao longo do muro até quase o local onde se avistava Thénardier. Esse tubo, então muito estragado e todo fendido, mais tarde caiu, mas ainda vêem-se seus vestígios. Era muito estreito.

— A gente poderia subir por ali — disse Montparnasse.

— Por esse cano? — exclamou Babet. — *Un orgue jamais! Il faudrait un mion.* (Um homem, jamais! Precisamos de um garoto [gíria do Temple].)

— *Il faudrait un môme* — retrucou Brujon. (Precisamos de um garoto [gíria do subúrbio].)

— Onde encontrar um pirralho? — disse Gueulemer.

— Esperem — disse Montparnasse. — Deixem comigo.

Entreabriu cuidadosamente a porta do tapume, certificou-se de que nenhum passante atravessava a rua, saiu com precaução, fechou a porta, e foi correndo em direção à Bastilha.

Sete ou oito minutos se passaram, oito mil séculos para Thénardier; Babet, Brujon e Gueulemer não abriam a boca; enfim a porta se abriu, e Montparnasse apareceu, esbaforido, trazendo Gavroche. A chuva continuava deixando a rua completamente deserta.

O pequeno Gavroche entrou no cercado e olhou com ar tranqüilo para os rostos dos bandidos. A água pingava de seus cabelos. Gueulemer dirigiu-lhe a palavra.

— Moleque, você é homem?

Gavroche levantou os ombros e respondeu:

— *Un môme comme mézig est un orgue, et des orgues comme vousailles sont des mômes.* (Um moleque como eu é um homem, e homens como vocês são moleques.)

Babet exclamou:

— *Comme le mion joue du crachoir!* (Como o moleque tem a língua afiada!)

Brujon acrescentou:

— *Le môme pantinois n'est pas maquillé de fertille lansquinée.* (O moleque de Paris não é feito de palha molhada.)

— Vocês precisam de quê? — disse Gavroche.

Montparnasse respondeu:

— Subir por este tubo.

— *Avec cette veuve* — disse Babet. (Com esta corda.)

— *Et ligoter la tortouse* — continuou Brujon. (E prender a corda.)

— *Au monté du montant* — retrucou Babet. (No alto do muro.)

— *Au pieu de la vanterne* — acrescentou Brujon. (Na travessa da janela.)

— E que mais?

— É isso! — disse Gueulemer.

O menino examinou a corda, o tubo, o muro, as janelas, e fez aquele inexprimível e desdenhoso ruído com os lábios que significa:

— Só isso!

— Tem um homem lá em cima que você vai salvar — retomou Montparnasse.

— Você quer? — perguntou Brujon.

— Palerma! — respondeu o menino, como se a pergunta lhe parecesse estranha; e tirou os sapatos.

Gueulemer segurou Gavroche por um braço, colocou-o sobre o telhado da barraca, cujas tábuas carcomidas se vergavam ao peso do menino, e entregou-lhe a corda que Brujon emendara durante a ausência de Montparnasse. O menino foi até o tubo, onde era fácil entrar graças a uma larga fenda que chegava ao telhado. No momento em que ia subir, Thénardier, vendo a salvação e a vida se aproximar, debruçou-se na borda do muro; o primeiro raio do dia clareou seu rosto inundado de suor, suas faces lívidas, seu nariz afilado e selvagem, sua barba grisalha e eriçada, e Gavroche o reconheceu.

— Ora! — disse ele. — É meu pai!... Mas isso não me impede.

E, segurando a corda com os dentes, começou resolutamente a escalada.

Chegou ao alto da ruína, montou no velho muro como em um cavalo, e prendeu solidamente a corda na travessa superior da janela.

Um momento depois, Thénardier estava na rua.

Assim que tocou no chão, assim que se viu fora de perigo, não se sentia mais cansado, nem gelado, nem trêmulo; as coisas terríveis das quais acabava de sair desapareceram como fumaça; toda aquela estranha e feroz inteligência despertou, encontrando-se de pé e livre, pronta para caminhar à frente. Eis as primeiras palavras desse homem:

— Agora, quem é que vamos comer?

É inútil explicar o sentido dessa palavra horrivelmente transparente que significa, ao mesmo tempo, matar, assassinar e roubar. *Comer*, verdadeiro sentido: *devorar*.

— Melhor a gente se esconder bem neste canto — disse Brujon. — Combinamos em três palavras e nos separamos imediatamente. Tinha um negócio que parecia bom na rua Plumet, uma rua deserta, uma casa isolada, uma grade velha e podre num jardim, mulheres sozinhas.

— E então, por que não? — perguntou Thénardier.

— Sua *fée* (filha) Éponine foi ver a coisa — respondeu Babet.

— E levou um *biscoito* a Magnon — acrescentou Gueulemer. — *Rien a maquiller là*. (Nada a fazer ali.)

— *La fée n'est pas loffe* (ela não é besta), no entanto temos que ver — disse Thénardier.

— Sim, sim — disse Brujon —, temos que ver.

Enquanto isso, nenhum desses homens parecia mais ver Gavroche, que, durante a conversa, fora sentar em um dos pilares do tapume; ele esperou alguns instantes, talvez para ver se seu pai se voltava para ele; depois tornou a calçar seus sapatos e disse:

— Acabou? Não precisam mais de mim, homens? Estão fora da enrascada. Vou embora. Preciso acordar os pivetes.

E se foi.

Os cinco homens saíram, um atrás do outro, de dentro do tapume.

Quando Gavroche desapareceu na esquina da rua des Ballets, Babet chamou Thénardier de lado.

— Você viu esse moleque? — perguntou-lhe.

— Que moleque?

— O moleque que trepou no muro e levou a corda.

— Não reparei muito.

— Então, não sei, mas me parece que era seu filho.

— Ora! — respondeu Thénardier. — Será?

A gíria

I. Origem

Pigritia[1] é uma palavra terrível.

Ela engendra um mundo, *la pègre*, leiam *o roubo*, e um inferno, *la pégrenne*, leiam *a fome*.

Assim, a preguiça é mãe.

Tem um filho, o roubo, e uma filha, a fome.

Onde nós estamos neste momento? Na gíria.

O que é a gíria? É, ao mesmo tempo, a nação e o idioma; é o roubo nestas duas espécies, povo e língua.

Quando, há trinta e quatro anos, o narrador desta grave e sombria história introduziu em uma obra, escrita com o mesmo objetivo desta[2], um ladrão falando gíria, houve espanto e clamor.

— O quê! Como! Gíria!? Mas gíria é horrível! É a língua da ralé, das galés, das prisões, de tudo o que a sociedade tem de mais abominável! Etc., etc., etc.

Nunca compreendemos esse gênero de objeções.

Mais tarde, quando dois grandes romancistas, um, profundo observador do coração humano, outro, intrépido amigo do povo, Balzac e Eugène Sue, fizeram os bandidos falar em sua linguagem natural, como havia feito em 1828 o autor de *O Último Dia de um Condenado*, as mesmas reclamações se ergueram. Repetia-se: "O que estão querendo os escritores com este revoltante patoá? A gíria é odiosa! A gíria dá arrepios!"

Alguém nega? Sem dúvida.

Quando se trata de sondar uma ferida, um abismo ou uma

---

[1] Preguiça, em latim. (N. do E.)

[2] Trata-se de *O Último Dia de um Condenado*. (N. do E.)

sociedade, desde quando é um erro descer mais fundo, ir mais além? Sempre pensamos que, algumas vezes, era um ato de coragem, e, no mínimo, uma ação simples e útil, digna da atenção simpática que merece o dever aceito e cumprido. Não explorar tudo, não estudar tudo, parar no meio do caminho, por quê? Parar diz respeito à sonda e não a quem sonda.

Por certo, ir procurar nas escórias da ordem social, lá onde a terra acaba e onde a lama começa, remexer nessas vagas espessas, perseguir, agarrar e arremessar, palpitante, sobre a calçada, esse idioma abjeto que escorre da imundície, esse vocabulário pustulento, do qual cada palavra se assemelha a um anel imundo de um monstro do lodo e das trevas, não é uma tarefa atraente nem uma tarefa fácil. Nada é mais lúgubre do que contemplar assim, a nu, à luz do pensamento, o horrível formigar da gíria. De fato, parece tratar-se de uma espécie de medonha besta feita pela escuridão, que acabasse de ser arrancada de sua cloaca. Julga-se ver um pavoroso matagal, vivo e eriçado, que estremece, se move, se agita, que pede novamente pela escuridão, ameaça e observa. Tal palavra parece uma garra, aquela outra, um olho atento e sangrento; tal frase parece mover-se como uma pinça de caranguejo. Tudo isso vive daquela vitalidade horrível das coisas que são organizadas dentro da desorganização.

Agora, desde quando o horror exclui o estudo? Desde quando a doença afasta o médico? É possível imaginar um naturalista que se recusasse a estudar as víboras, os morcegos, os escorpiões, as centopéias, as tarântulas e que os enxotasse para suas tocas dizendo: “Oh! Que coisa feia!”? O pensador que se desviasse da gíria seria como um cirurgião que se desviasse de uma úlcera ou de uma verruga. Seria um filólogo hesitando em examinar um fato da língua; um filósofo hesitando em escrutar um fato da humanidade. Pois, é mesmo preciso dizer àqueles que o ignoram, a gíria é, ao mesmo tempo, um fenômeno literário e um resultado social. O que é a gíria propriamente dita? A gíria é a língua da miséria.

Nesse ponto, podemos parar, podemos generalizar o fato, o que, algumas vezes, é uma maneira de atenuá-lo; podemos dizer que todos os ofícios, todas as profissões, poderíamos quase acrescentar que todos os acidentes da hierarquia social e todas as formas da inteligência, têm sua gíria própria. O negociante que diz: *Montpellier disponível, Marseille boa qualidade*; o agente de câmbio que diz: *a transportar, alta, fim do corrente (mês)*; o jogador que diz: *bater, dar as cartas*; o oficial de justiça das ilhas normandas que diz: *o fiador que pára de ceder seus recursos não pode reclamar os frutos desses recursos durante a penhora hereditária dos imóveis daquele que renuncia*; o "vaudevilista" que diz: *fomos vaiados*; o ator que diz: *fui um fracasso*; o filósofo que diz: *triplicidade fenomenal*; o caçador que diz: *estes, quando eu ia, estes, quando fugiam*; o frenólogo que diz: *amatividade, combatividade, secretividade*; o soldado de infantaria que diz: *meu clarinete*; o cavaleiro que diz: *meu alazão*; o mestre-de-armas que diz: *terça, quarta, romper*; o impressor que diz: *baixo- relevo*; todos, impressor, mestre-de-armas, cavaleiro, soldado, frenólogo, caçador, filósofo, ator, vaudevilista, oficial de justiça, jogador, agente, negociante, falam gíria. O pintor que diz: meu *rapin*; o notário que diz: meu *saute-ruisseau*; o cabeleireiro que diz: meu *commis*; o sapateiro que diz: meu *gniaf*, falam gíria[3]. A rigor, e se assim quisermos, todas as diversas maneiras de dizer direita e esquerda, o marinheiro, *bombordo e estibordo*; o maquinista, *lado do pátio e lado do jardim*; o sacristão, *lado da epístola e lado do evangelho*, são gíria. Há a gíria das afetadas assim como já houve a gíria das preciosas. O Palácio de Rambouillet se avizinhava um pouco à Cour des Miracles. Há a gíria das duquesas, como testemunha esta frase, escrita em um doce bilhete por uma grande dama, muito bela mulher da época da Restauração: *Vous trouverez dans ces potins-là une foultitude de raisons pour que je me libertise*[4]. As cifras diplomáticas são gíria; a chancelaria pontifícia dizendo *26* para *Roma*, *grkzintgzyal* para *remessa*, e *abfxustgrtrnogrkzu tu XI* para *Duque de Módena*, fala gíria. Os médicos da Idade Média, que, para dizerem cenoura, rabanete e nabo, diziam: *opoponach, perfroschinum, reptitalmus, dracatholicum angelorum, postmegorum*, falavam gíria. O fabricante de açúcar que diz: *vergoise, tête, clairc é, tape, lumps, mélis, bâtarde, commum, brûlé, plaque*[5], esse honesto manufatureiro fala gíria. Uma certa escola de crítica, de vinte anos atrás, que dizia: *Metade de Shakespeare é jogo de palavras e trocadilhos*, falava gíria. O poeta e o artista que, com um senso profundo, qualificarem o Senhor de Montmo-

[3] Para esses termos, com conotação de aprendiz ou ajudante, poderíamos pensar, em português, respectivamente, no uso de: aluno, moço de cartório, auxiliar, ajudante remendão. (N. do E.)

[4] *Encontrareis naquelas fofocas um grande número de razões para que eu assuma minha liberdade*. Essa frase, aqui transcrita em português, aparece como nota explicativa na edição original francesa. (N. do E.)

[5] Dentre esses termos, alguns figuram nos dicionários: *vergoise* — açúcar ordinário; *claircé* — xarope de açúcar branco; *brûlé* — queimado. N. do E.)

rency como "um burguês", porque não entende de versos e de estátuas, falam gíria. O acadêmico clássico que chama as flores de *Flora*, os frutos de *Pomone*, o mar de *Netuno*; o amor de *fogo*, a beleza de *encantos*, o cavalo de *corcel*, a insígnia branca ou tricolor de *rosa de Bellone*, o chapéu de três pontas de *triângulo de Marte*, o acadêmico clássico fala gíria.

A álgebra, a medicina, a botânica têm sua gíria. A língua empregada a bordo, essa admirável linguagem do mar, tão completa e tão pitoresca, que Jean Bart, Duquesne, Suffren e Duperré falaram, e que se confunde com o assobio dos aparatos de mastreação, com o ruído dos porta-vozes, com as batidas do machado de abordagem, com o balanço da embarcação, com o vento, com a rajada, com o canhão, é toda uma gíria heróica e brilhante, que está para a selvagem gíria dos bandidos como o leão está para o chacal.

Sem dúvida. Mas, o que quer que possamos dizer a esse respeito, essa maneira de compreender a palavra gíria é uma extensão, que nem todo o mundo admitirá. Quanto a nós, conservamos sua velha acepção precisa, circunscrita e determinada, restringimos a gíria à gíria. A gíria verdadeira, a gíria por excelência, se é que essas palavras podem andar juntas, a imemorial gíria que é um império, não é outra coisa, repetimos, senão a feia, inquieta, sorrateira, pérfida, venenosa, cruel, equívoca, vil, profunda, fatal linguagem da miséria. No extremo de todas as humilhações e de todos os infortúnios, existe uma última miséria que se revolta e que se decide a entrar em luta contra o conjunto dos fatos felizes e dos direitos reinantes; luta terrível em que, ora astuciosa, ora violenta, ao mesmo tempo insana e feroz, ataca a ordem social, a alfinetadas, por meio do vício, e a pancadas, por meio do crime. Para as necessidades dessa luta, a miséria inventou uma língua de combate, que é a gíria.

Fazer flutuar e sustentar acima do esquecimento, acima do abismo, um fragmento que seja de uma língua qualquer que o homem tenha falado e que se perderia, isto é, um dos elementos, bons ou maus, com que a civilização se compõe ou se complica, significa estender os dados da observação social, servir de fato à civilização. Esse serviço, Plauto o prestou, querendo ou não, ao fazer dois soldados cartagineses falarem a língua fenícia; esse serviço, Molière o prestou ao fazer tantos de seus personagens falarem o levantino e todo tipo de dialeto. Neste ponto, as objeções se reanimam. O fenício, uma maravilha! O levantino, esplêndido! Até mesmo um dialeto, vá lá! São linguagens que pertenceram a nações ou províncias; mas a gíria? Para que conservar a gíria? Para que "fazer flutuar" a gíria?

A isso respondemos com uma só palavra. Por certo, se a língua que uma nação ou uma província falaram é digna de interesse, há uma coisa ainda muito mais digna de atenção e de estudo, a linguagem que falou uma miséria.

É a língua que tem falado na França, por exemplo, há mais de quatro séculos, não somente uma miséria, mas a miséria, toda a miséria humana possível.

Depois, insistimos, estudar as deformidades e as enfermidades sociais, e as assinalar para curá-las, não é um trabalho que permita escolha. O historiador dos costumes e das idéias não tem uma missão menos austera que a do historiador dos acontecimentos. Este tem a superfície da civilização, as lutas das coroas, os nascimentos de príncipes, os casamentos de reis, as batalhas, as assembléias, os grandes homens públicos, as revoluções às claras, todo o exterior; o outro historiador tem o interior, o fundo, o povo que trabalha, que sofre e que espera, a mulher oprimida, a criança que agoniza, as guerras surdas do homem contra o homem, as ferocidades obscuras, os preconceitos, as iniqüidades acordadas, os contragolpes subterrâneos da lei, as evoluções secretas das almas, os estremecimentos indistintos das multidões, os mortos de fome, os pés descalços, os braços nus, os deserdados, os órfãos, os infelizes e os infames, todas as larvas que erram na escuridão. É preciso que ele desça, tendo o coração cheio tanto de caridade quanto de severidade, como um padre e como um juiz, até essas casamatas impenetráveis onde rastejam, confusamente, aqueles que sangram e aqueles que ferem, aqueles que choram e aqueles que maldizem, aqueles que jejuam e aqueles que devoram, aqueles que sofrem o mal e aqueles que o fazem. Esses historiadores dos corações e das almas têm deveres menores que os historiadores dos fatos exteriores? É possível acreditar que Alighieri tenha menos coisas a dizer que Maquiavel? A parte inferior da civilização, sendo mais profunda e mais sombria, acaso é menos importante que a parte superior? Conhece-se bem a montanha quando não se conhece a caverna?

De resto, diga-se de passagem, de algumas das palavras precedentes seria possível inferir que, entre as duas classes de historiadores, há uma separação nítida que não existe em nosso espírito. Ninguém é bom historiador da vida patente, visível, incontestável e pública dos povos se não for ao mesmo tempo, e em certa medida, historiador de sua vida profunda e oculta; ninguém é bom historiador do interior se não sabe ser, sempre que preciso, historiador do exterior. A história dos costumes e das idéias penetra pela história dos acontecimentos, e vice-versa. São duas ordens de fatos diferentes que se correspondem, que se encadeiam sempre, e freqüentemente se geram. Todas as linhas que a Providência traça na superfície de uma nação têm seus paralelos sombrios, mas, no fundo, distintos; e todas as convulsões do fundo produzem manifestações na superfície. Com a verdadeira história estando ligada a tudo, o verdadeiro historiador deve se envolver em tudo.

O homem não é um círculo com um só centro; é uma elipse com dois focos. Os fatos são um, as idéias são o outro.

A gíria não é outra coisa senão um vestiário onde a linguagem, quando tem uma má ação a praticar, se disfarça. Aí se reveste de palavras-máscaras e de metáforas-farrapos.

E dessa maneira fica horrível.

É custoso reconhecê-la. Será que é mesmo a língua francesa, a grande língua da humanidade? Ei-la pronta a entrar em cena e fazer réplica ao crime, e apropriada a qualquer emprego do repertório do mal. Já não anda, manqueja; manqueja apoiada à muleta da Corte dos Milagres, muleta que se transforma em clava. Chama-se vadiagem. Todos os espectros, seus maquiadores, a caracterizam. Arrasta-se e ergue-se, duplo modo de andar do réptil. Está apta a desempenhar todos os papéis, se faz de vesga pelo falsário, de zinabre pelo envenenador, de chamuscada pela fuligem do incendiário; e o assassino põe nela seu vermelho.

Quando, pelo lado das pessoas honestas, se escuta à porta da sociedade, surpreende-se o diálogo daqueles que estão de fora. Distinguem-se perguntas e respostas. Percebe-se, sem que se compreenda, um murmúrio horrendo, soando quase como o sotaque humano, mas mais parecido com uivos do que com palavras. É a gíria. As palavras são disformes, e marcadas não se sabe com que bestialidade fantástica. Julga-se ouvir o falar das hidras.

É o ininteligível dentro do tenebroso; ranger e cochichar, completando o crepúsculo com o enigma. Há escuridão na desgraça, e mais escuridão ainda no crime; esses dois negrumes amalgamados compõem a gíria. Obscuridade na atmosfera, obscuridade nos atos, obscuridade nas vozes. Pavorosa língua de sapos que vai, vem, salta, rasteja, baba, e se move monstruosamente nessa imensa bruma cinzenta feita de chuva, de escuro, de fome, de vício, de mentira, de injustiça, de nudez, de asfixia e de inverno, pleno meio-dia dos miseráveis.

Tenhamos compaixão dos castigados. Ai! Quem somos nós mesmos? Quem sou eu, eu que falo a vocês? Quem são vocês, vocês que me escutam? De onde viemos? Há mesmo a certeza de que nada fizemos antes de nascermos? A terra não deixa de ter semelhanças com uma prisão. Quem sabe se o homem não é um condenado pela justiça divina?

Olhem a vida de perto. Ela é feita de tal forma que por toda parte se vê punição.

Você é daqueles a quem se chama de feliz? Pois bem, você fica triste todos os dias. Cada dia tem sua grande amargura ou sua pequena preocupação. Ontem você temia pela saúde de alguém querido, hoje receia pela própria saúde; amanhã haverá uma preocupação de dinheiro, depois a crítica de um caluniador, a infelicidade de um amigo, mais tarde o tempo que está fazendo, e depois alguma coisa que se quebrou ou se perdeu; e ainda um prazer que a consciência e a coluna vertebral reprovam; e outra vez a marcha dos negócios públicos. Sem contar as penas do coração. E assim sucessivamente. Uma nuvem se dissipa, outra logo se forma. Apenas um dia em cem, de plena felicidade e pleno sol. E você faz parte desse pequeno número que é feliz! Quanto aos outros homens, a noite estagnante paira sobre eles.

Os espíritos reflexivos servem-se pouco destas palavras: os felizes e os infelizes. Neste mundo, vestíbulo de um outro, evidentemente, não há felizes.

A verdadeira divisão humana é esta: os que vivem na luz e os que vivem nas trevas. Diminuir o número dos que vivem nas trevas, aumentar o número dos que vivem na luz, eis o objetivo. É por isso que gritamos: ensino! ciência! Aprender a ler é iluminar com fogo; cada sílaba soletrada cintila.

De resto, quem diz luz não diz, necessariamente, alegria. Também se sofre com a luz; em demasia, queima. A chama é inimiga da asa. Queimar-se sem parar de voar, é esse o prodígio do gênio.

Mesmo com conhecimento e amor, ainda se sofre. O dia nasce em lágrimas. Os iluminados choram, mesmo que seja apenas sobre os que vivem nas trevas.

II. Raízes

A gíria é a língua dos que vivem nas trevas.

O pensamento comove-se em suas mais sombrias profundezas, a filosofia social é chamada a fazer suas meditações mais pungentes, em presença desse enigmático dialeto, ao mesmo tempo abatido e revoltado. É nele que há um castigo visível. Cada sílaba parece marcada. As palavras da linguagem vulgar aí aparecem como que enrugadas e endurecidas sob o ferro em brasa do carrasco. Algumas parecem ainda fumegar. Tal frase causa-lhes o efeito do ombro, marcado com a flor-de-lis, de um ladrão, repentinamente posto a nu. A idéia quase se recusa a deixar-se exprimir por esses substantivos condenados. A metáfora é às vezes tão atrevida que se nota sua passagem pelo cárcere.

De resto, apesar de tudo isso, e por causa de tudo isso, esse dialeto estranho tem direito a seu compartimento nesta grande estante imparcial onde há lugar tanto para a moeda de cobre oxidada quanto para a medalha de ouro, que é chamada de literatura. A gíria, quer estejamos ou não de acordo, tem sua sintaxe e sua poesia. É uma língua. Se pela deformidade de certos vocábulos se reconhece que foi mastigada por Mandrin, pelo esplendor de certas metonímias sente-se que foi falada por Villon.

Este verso tão delicado e tão célebre:

Mais où sont les neiges d'antan?

Mas onde estão as neves de antanho?

é um verso de gíria. *Antan – ante annum –* é uma palavra da gíria de Thunes que significava *o ano passado* e, por extensão, *outrora*. Há trinta e cinco anos, época da grande leva de condenados de 1827, podia-se ainda ler, em uma das celas de Bicêtre, esta inscrição feita com um prego, na parede, por um rei de Thunes condenado às galés: *Les dabs d'antan trimaient siempre pour la pierre du coësre*. O que quer dizer: *Os reis de outrora sempre faziam-se sagrar*. No pensamento desse rei, sagração significava cadeia.

A palavra *décarade*, que exprime a partida de uma carruagem pesada a galope, é atribuída a Villon, e é digna dele. Essa palavra, que se esforça para ter êxito, resume em uma onomatopéia magistral todo o admirável verso de La Fontaine:

Six forts chevaux tiraient un coche.

Seis fortes cavalos puxavam uma carruagem.

Do ponto de vista puramente literário, poucos estudos seriam mais curiosos e mais fecundos que o da gíria. É toda uma língua dentro da língua, uma espécie de excrescência doentia, um enxerto insalubre que produziu uma vegetação, um parasita que tem suas raízes no velho tronco gaulês e cuja folhagem sinistra rasteja sobre todo um lado da língua. Isso é o que se pode chamar de primeiro aspecto, o aspecto vulgar da gíria. Mas, para aqueles que estudam a língua do modo como deve ser estudada, ou seja, como os geólogos estudam a terra, a gíria aparece como um verdadeiro aluvião. Conforme é cavada, mais ou menos a fundo, encontra-se na gíria, abaixo do velho francês popular, traços do provençal, do espanhol, do italiano, do levantino, da linguagem dos portos do Mediterrâneo, do inglês e do alemão, do românico em suas três variedades, românico francês, românico italiano, românico romano, do latim, e, finalmente, do basco e do celta. Formação profunda e bizarra. Edifício subterrâneo construído em comum por todos os miseráveis. Cada raça maldita depositou sua camada, cada sofrimento deixou cair sua pedra, cada coração deu seu cascalho. Uma multidão de almas maldosas, baixas ou irritadas, que atravessaram a vida e desapareceram na eternidade, encontram-se ali, quase inteiras e, de algum modo, ainda visíveis na forma de uma palavra monstruosa.

Queremos espanhol? A velha gíria gótica está repleta dele. Aqui está *boffette*, bofetada, que vem de *bofeton*; *vantane*, janela (mais tarde *vanterne*), que vem de *vantana*; *gat*, chat[6], que vem de *gato*; *acite*, azeite, que vem de *aceyte*. Queremos italiano? Temos *spade*, espada, que vem de *spada*; *carvel*, barco, que vem de *caravella*. Queremos inglês? Eis *bichot*, bispo, que vem de *bishop*; *raille*, espião, que vem de *rascal*, *rascalion*, velhaco; *pilche*, estojo, que vem de *pilcher*, bainha. Queremos alemão? Eis *caleur*, menino, *kellner*; *hers*, mestre, *herzog* (duque). Queremos latim? Temos *frangir*, quebrar, *frangere*; *affurer*, furtar, *fur*; *cadène*, corrente, *catena*. Há uma palavra que reaparece em todas as línguas do continente com uma espécie de poder e misteriosa autoridade: é a palavra *magnus*; a Escócia fez dela seu *mac*, que designa o chefe da tribo, Mac-Farlane, Mac-Callummore, o grande Farlane, o grande Callummore[7]; a gíria fez dele *meck*, e, mais tarde, *meg*, quer dizer, Deus. Queremos basco? Temos *gahisto*, diabo, que vem de *gaïztoa*, malvado; *sorgabon*, boa noite, que vem de *gabon*, boa noite. Queremos celta? Eis *blavin*, lenço, que vem de *blavet*, água que jorra; *ménesse*, mulher (em sentido pejorativo), que vem de *meinec*, cheio de pedras; *barant*, riacho, de *baranton*, fonte; *gofeur*, serralheiro, de *goff*, ferreiro; *guédouze*, morte, que vem de *guenn-du*, branco-negro. Finalmente, queremos história? A gíria chama os escudos de *maltESES*, lembrança da moeda corrente nas galeras de Malta.

---

[6] Gato, em francês. (N. do E.)

[7] Deve-se, no entanto, observar que *mac*, em celta, significa filho. (N. do A.)

Além das origens filológicas, que acabam de ser apontadas, a gíria tem outras raízes mais naturais ainda, que saem, por assim dizer, do próprio espírito do homem.

Primeiramente, a criação direta das palavras. Aí está o mistério das línguas. Pintar por meio de palavras que têm, não se sabe como nem por que, figuras. Esse é o fundamento primitivo de toda linguagem humana, aquilo a que se pode chamar de seu granito. A gíria está repleta de palavras desse gênero, palavras imediatas, criadas de uma só vez, não se sabe onde nem por quem, sem etimologias, sem analogias, sem derivados, palavras solitárias, bárbaras, algumas vezes horríveis, que têm um singular poder de expressão, e que vivem. O carrasco, *le taule*; a floresta, *le sabri*; o pavor, a fuga, *taf*; o lacaio, *le larbin*; o general, o prefeito, o ministro, *pharos*; o diabo, *le rabouin*. Nada é mais estranho que essas palavras que mascaram e que mostram. Algumas, *le rabouin*, por exemplo, são ao mesmo tempo grotescas e terríveis, e causam o efeito de uma careta ciclópica.

Em segundo lugar, a metáfora. A propriedade de uma língua que quer dizer tudo e esconder tudo é a abundância de figuras. A metáfora é um enigma onde se refugia o ladrão que trama um golpe, o prisioneiro que combina uma fuga. Nenhum idioma é mais metafórico que a gíria. *Dévisser le coco*, torcer o pescoço; *tortiller*, comer; *être gerbé*, ser julgado; *un rat*, um ladrão de pão; *il lansquine*, chove, velha figura admirável que de alguma forma traz consigo a própria data, que assimila as longas linhas oblíquas da chuva às lanças espessas e inclinadas dos lansquenetes, e que reduz a uma só palavra a metonímia popular: *chove canivete*. Algumas vezes, à medida que a gíria vai de uma primeira a uma segunda época, as palavras passam do estado selvagem e primitivo ao sentido metafórico. O diabo deixa de ser *le rabouin* e se torna *le boulanger* — o padeiro —, isto é, aquele que põe no forno. É mais espirituoso, mas menos grandioso; algo como Racine depois de Corneille, como Eurípides depois de Ésquilo. Certas frases da gíria, que participam das duas épocas e têm ao mesmo tempo o caráter bárbaro e o caráter metafórico, assemelham-se a fantasmagorias. *Les sorgueurs vont sollicer des gails à la lune* — os vagabundos vão roubar cavalos de noite. Isso passa diante de nosso espírito como um grupo de espectros. Não se sabe o que se vê.

Em terceiro lugar, o expediente. A gíria vive da língua. Faz uso dela ao sabor de sua fantasia, serve-se dela ao acaso, e limita-se, com freqüência, quando surge a necessidade, a desnaturá-la sumária e grosseiramente. Por vezes, com as palavras usuais assim deformadas e complicadas com palavras de gíria pura, compõe locuções pitorescas onde se reconhece a mistura dos dois elementos precedentes, a criação direta e a metáfora: *Le cab jaspine, je marronne que la roulotte de Pantin trime dans le sabri* — o cão ladra, suspeito que a diligência de Paris passe pelo bosque. *Le dab est sinve, la dabuge est merloussière, la fée est bative* — o burguês é besta, a burguesia é velhaca, a filha é linda.

No mais das vezes, para desconcertar os ouvintes, a gíria restringe-se a juntar indistintamente a todas as palavras da língua uma espécie de cauda ignóbil, terminações em *orgue*, em *aille*, em *iergue* ou em *uche*. Como: *Vousiergue trouvaille bonorgue ce gigotmuche?* — Trouvez-vous ce gigot bon? — Acha esse pernil bom? Frase dirigida por Cartouche a um guarda de prisão, para saber se a soma oferecida para a evasão lhe convinha. A terminação em *mar* é muito recente.

A gíria, sendo o idioma da corrupção, corrompe-se depressa. Além disso, como procura sempre encobrir-se, logo que se sente compreendida, se transforma. Ao contrário de qualquer outra vegetação, qualquer raio de luz mata aquilo que toca. Assim, a gíria vai-se decompondo e recompondo sem cessar; trabalho obscuro e rápido que nunca termina. Caminha mais em dez anos do que uma língua em dez séculos. Assim, *le larton* — pão — torna-se *le lartif*; *le gail* — cavalo — torna-se *le gaye*; *la fertanche* — palha —, *la fertille*; *le momignard* — criança —, *le momacque*; *les siques* — farrapos —, *les frusques*; *la chique* — igreja —, *l'égrugeoir*; *le colabre* — pescoço —, *le colas*. O diabo em princípio foi *gahisto*, depois *le rabouin*, depois *le boulanger*; o padre foi *le ratichon*, depois *le sanglier*; o punhal, *le vingt-deux*, em seguida *le surin*, depois *le lingre*; os policiais *railles*, *roussins*, *russes*, *marchands de lacets*, *coqueurs* e *cognes*; o carrasco *le taule*, mais tarde *Charlot*, e depois *l'atigeur*, e *le becquillard*. No século XVII, bater-se era *se donner du tabac* — dar tabaco —; no século XIX, é *se chiquer la gueule* — bater na cara. Vinte locuções diferentes passaram entre esses dois extremos. Cartouche falaria hebraico para Lacenaire. Todas as palavras dessa linguagem estão perpetuamente em fuga, como os homens que as pronunciam.

Entretanto, de tempos em tempos, e exatamente por causa desse movimento, a antiga gíria reaparece e torna a ser nova. Ela tem seus distritos onde se mantém. O Temple conserva a gíria do século XVII; Bicêtre, quando era prisão, conservava a gíria de Thunes. Ouvia-se ali a terminação em *anche* dos velhos thunenses. *Boyanches-tu?* — Bois-tu? — Bebes? —; *il croyanche* — il croit — ele acredita. Mas o movimento perpétuo não deixa de ser a lei.

Se o filósofo consegue fixar um momento para observar essa língua que se evapora incessantemente, cai em dolorosas e úteis reflexões. Nenhum estudo é mais eficaz e mais fecundo em ensinamentos. Não há metáfora, não há etimologia da gíria que não contenha uma lição. Entre aqueles homens, bater quer dizer fingir; *bate-se* uma doença; a força deles está na astúcia.

Para eles, a idéia do homem não se separa da idéia da sombra. Noite, se diz *la sorgue*; homem, *l'orgue*. O homem é um derivado da noite.

Adquiriram o hábito de considerar a sociedade como uma atmosfera que os mata, como uma força fatal, e falam de sua liberdade como falariam de sua saúde. Um homem preso é um *malade* — doente —; um homem condenado é um *mort* — morto.

O que há de mais terrível para o prisioneiro, dentro das quatro paredes de pedra que o enterram, é uma espécie de castidade glacial; ele chama a cela de *castus*. Nesse lugar fúnebre, é sempre sob o aspecto mais risonho que a vida exterior aparece. O prisioneiro tem correntes nos pés; pensam que ele imagina que é com os pés que se anda? Não, ele imagina que é com os pés que se dança; e, se consegue cortar os ferros que o prendem, sua primeira idéia é que agora pode dançar, por isso chama à serra de *bastringue* — baile. Um *nom* — nome — é um *centre* — centro; profunda assimilação. O bandido tem duas cabeças, uma que raciocina sobre suas ações e o guia durante toda a sua vida, e outra que tem sobre os ombros no dia de sua morte; ele chama à cabeça que o aconselha o crime *sorbonne* — a universidade — e à cabeça que o espia, *tronche* — pedaço de madeira. Quando um homem não tem mais do que farrapos sobre o corpo e vícios no coração, quando chegou a esta dupla degradação material e moral que caracteriza em suas duas acepções a palavra *gueux* — miserável —, está pronto para o crime; é como uma faca bem afiada, tem dois cortes: sua miséria e sua maldade; aí a gíria não usa *gueux*, mas *réguisé* — miserável criminoso. O que é uma prisão? Um braseiro de condenação, um inferno. O forçado é chamado de *fagot* — feixe de lenha. Enfim, que nome dão os malfeitores à prisão? *Le collège* — o colégio. Todo um sistema penitenciário pode sair dessa palavra.

O ladrão tem também sua tropa inimiga, a matéria roubável, você, eu, qualquer pessoa que passe: *le pantre* — de Pan, todo o mundo.

Querem saber onde eclode a maior parte das canções de prisão, esses refrões que no vocabulário especial chamam de *lirlonfa*? Escutem isto:

Havia no Châtelet de Paris um grande subterrâneo. Esse subterrâneo ficava dois metros e meio abaixo do nível do Sena. Não tinha janelas, nem respiradouros, a única abertura era a porta; os homens podiam entrar ali, o ar não. Esse subterrâneo tinha como teto uma abóbada de pedra, e, como piso, dez polegadas de lama. Havia sido lajeado, mas, com a umidade das águas, o ladrilho apodreceu e gretou-se. Dois metros e meio acima do solo, uma longa e sólida viga atravessava o subterrâneo de lado a lado; dessa viga pendiam, em intervalos regulares, correntes com um metro de comprimento, e na extremidade de cada corrente havia argolas de ferro.

Era nesse subterrâneo que colocavam os condenados às galés até o dia de sua partida para Toulon. Eram empurrados para baixo dessa viga, onde cada um tinha à sua espera uma argola oscilando na escuridão. As correntes, aqueles braços pendentes, e as argolas, aquelas mãos abertas, prendiam esses desgraçados pelo pescoço. Eram amarrados e deixados ali. Como a corrente era muito curta, não podiam deitar-se. Ficavam imóveis nesse subterrâneo, nessa escuridão, sob essa viga, quase enforcados, fazendo esforços incríveis para alcançarem o pão ou o cântaro de água; a abóbada sobre a cabeça, a lama até metade das pernas, seus excrementos escorrendo por elas, esquartejados de cansaço, dobrados sobre os quadris e os joelhos, agarrando-se à corrente para repousar, não podendo dormir senão de pé, e despertando a cada instante estrangulados pela argola no pescoço; alguns não acordavam mais. Para comer, empurravam com o calcanhar, ao longo da tíbia, até chegar às mãos, o pão que lhes jogavam na lama. Por quanto tempo permaneciam assim? Um mês, dois meses, seis meses às vezes; um esteve ali por um ano. Era a antecâmara das galés. Eram levados para lá por terem roubado uma lebre ao rei. Nesse sepulcro-inferno, o que eles faziam? O que se pode fazer em um sepulcro, eles agonizavam, e o que se pode fazer em um inferno, eles cantavam. Pois, onde não há mais esperança, resta o cantar. Nas águas de Malta, quando uma galera se aproximava, ouvia-se o canto antes de se ouvir os remos. O pobre caçador furtivo Survincent, que havia passado pela prisão-subterrâneo do Châtelet, dizia: *Foram as rimas que me socorreram*. Inutilidade da poesia. Para que serve a rima? Foi nesse subterrâneo que nasceram quase todas as canções de gíria. Foi da prisão do Grand-Châtelet de Paris que veio o melancólico estribilho da galera de Montgomery: *Timaloumisaine, timoulamison*. A maioria dessas canções é lúgubre; algumas são alegres; uma delas é terna:

Icicaille est le théâtre
Du petit dardant.

Aqui é o teatro
Do pequeno cupido.

Por mais que se faça, nada aniquila esse eterno resto do coração do homem: o amor.

Neste mundo das ações sombrias, guarda-se segredo. O segredo é coisa de todos. O segredo, para esses miseráveis, é a unidade que serve de base à união. Romper o segredo é arrancar a cada membro dessa comunidade feroz alguma coisa dele mesmo. Denunciar, na enérgica língua da gíria, se diz: *manger un morceau* – comer um pedaço. Como se o denunciante tirasse para si um pouco da substância de todos e se nutrisse de um pedaço de carne de cada um.

O que é levar *un soufflet* – uma bofetada? A metáfora banal responde: *C'est voir trente-six chandelles* – É ver trinta e seis velas, ou ver estrelas. Aqui a gíria intervém e retoma: *Chandelle – camoufle* – vela –; e a linguagem usual deu a *soufflet* o sinônimo *camouflet*. Assim, por uma espécie de penetração de baixo para cima, com a ajuda da metáfora, essa trajetória incalculável, a gíria sobe da caverna à Academia, e Poulailler, dizendo: *J'allume ma camoufle* – Acendo minha vela –, fez Voltaire escrever: *Langleviel La Beaumelle*[8] *mérite cent camouflets* – Langleviel La Beaumelle merece cem bofetadas.

Uma escavação na gíria é uma descoberta a cada passo. O estudo e o aprofundamento desse estranho idioma conduzem ao misterioso ponto de intersecção da sociedade regular com a sociedade maldita.

A gíria é o verbo que se tornou condenado.

Que o princípio pensante do homem possa ser empurrado tão para baixo, que ele possa ser arrastado e forçado pelas obscuras tiranias da fatalidade, que possa ser amarrado, não se sabe com que liames, à beira desse precipício, é consternador.

Ó pobre pensamento dos miseráveis!

Ai! Será que ninguém virá em socorro da alma humana nessa escuridão? Será que seu destino é esperar para sempre o espírito, o libertador, o imenso cavaleiro dos pégasos e dos hipogrifos, o combatente cor de aurora que desce do azul entre duas asas, o radiante cavaleiro do futuro? Será que ela sempre pedirá em vão que venha em seu socorro a lança luminosa do ideal? Será que está condenada a escutar a vinda assustadora do Mal saído do

---

[8] Trata-se de um desafeto de Voltaire. (N. do E.)

espesso abismo, e a entrever, cada vez mais perto de si, sob a água imunda, essa cabeça draconiana, essa goela engolindo espuma, e essa ondulação serpenteante de garras, de tumefações e de anéis? É preciso que aí fique, sem um clarão, sem esperança, entregue a essa aproximação terrível, vagamente farejada pelo monstro, trêmula, desgrenhada, torcendo os braços, para sempre encadeada ao rochedo da noite, sombria Andrômeda branca e nua nas trevas!

III. Gíria que chora e gíria que ri

Como se vê, toda gíria, a gíria de quatrocentos anos bem como a gíria de hoje, é penetrada por esse sombrio espírito simbólico que dá a todas as palavras ora uma aparência triste, ora um ar ameaçador. Sente-se nela a velha tristeza feroz dos vadios da Corte dos Milagres que jogavam cartas com baralhos próprios, alguns dos quais foram conservados. O oito de paus, por exemplo, representava uma grande árvore com oito enormes folhas de trevo, espécie de personificação fantástica da floresta. Ao pé dessa árvore via-se uma fogueira, onde três lebres assavam um caçador no espeto, e, mais atrás, sobre outra fogueira, um caldeirão fumegante de onde saía a cabeça de um cão. Nada mais lúgubre do que essas represálias, pintadas sobre cartas de jogar, em presença de fogueiras assando contrabandistas e de caldeirões fervendo moedeiros falsos. As diversas formas que o pensamento toma no reino da gíria, tanto a canção, como a zombaria, como a ameaça, têm, todas, esse caráter impotente e oprimido. Todas as canções, das quais foram recolhidas algumas melodias, eram humildes e lamentosas, de fazer chorar. O ladrão — *pègre* — é chamado de pobre ladrão — *le pauvre pègre* —, e é sempre a lebre que se esconde, o camundongo que se salva, o pássaro que foge. Quase nem reclama, limita-se a suspirar; um de seus gemidos chegou até nós: *Je n'entrave que le dail comment meck, le daron des orgues, peut atiger ses mômes et ses momignards et les locher criblant sans être atigé lui-même* — Não entendo como Deus, o pai dos homens, pode torturar seus filhos e seus netos e ouvi-los gritar sem sentir-se torturado.

O miserável, todas as vezes que tem tempo para pensar, faz-se pequeno diante da lei e mesquinho diante da sociedade; torna-se submisso, suplica, volta-se para o lado da piedade; percebe-se que se reconhece em suas faltas.

Em meados do século passado, ocorreu uma transformação. Os cantos de prisões, os estribilhos de ladrões, tomaram, por assim dizer, um caráter insolente e jovial. O lastimoso *maluré* foi trocado por *larifla*. No século XVIII, encontra-se em quase todas as canções das galés, das prisões e dos forçados, uma alegria diabólica e enigmática. Nelas, ouve-se o refrão estridente e saltitante que parece iluminado por um clarão fosforescente e lançado na floresta por um fogo-fátuo tocando pífaro:

Mirlababi surlababo,
Mirliton ribon ribette,
Surlababi mirlababo,
Mirliton ribon ribo.

Isso era cantado ao se degolar um homem em um subterrâneo ou no canto de um bosque.

Sintoma sério. No século XVIII, a antiga melancolia dessas classes tristes se dissipa. Começam a rir. Zombam do grande *meg* – Deus – e do grande *dab* – rei. Luís XV no trono, chamavam o rei da França de "Marquês de Pantin". Ei-los quase alegres. Uma espécie de luz leviana sai desses miseráveis como se a consciência não lhes pesasse mais. Essas lamentáveis tribos da sombra não têm somente a audácia desesperada das ações, têm a audácia despreocupada do espírito. Indício de que perdem a noção de sua criminalidade e sentem, até entre os pensadores e os sonhadores, não se sabe que tipo de apoio que eles mesmos ignoram. Indício de que o roubo e a pilhagem começam a se infiltrar até nas doutrinas e nos sofismas, de maneira a perderem um pouco de sua fealdade ao dar muito dela aos sofismas e às doutrinas. Indício, enfim, se não surgir nenhum desvio, de alguma eclosão prodigiosa e próxima.

Paremos um momento. Quem acusamos aqui? O século XVIII? Sua filosofia? Não, certamente. A obra do século XVIII é sã e boa. Os enciclopedistas, Diderot à frente, os fisiocratas, Turgot à frente, os filósofos, Voltaire à frente, e os utopistas, Rousseau à frente, são suas quatro legiões sagradas. O imenso avanço da humanidade em direção à luz deve-se a eles. São as quatro vanguardas do gênero humano caminhando para os quatro pontos cardeais do progresso, Diderot em direção ao belo, Turgot em direção ao útil, Voltaire em direção ao verdadeiro, e Rousseau em direção ao justo. Mas, ao lado e abaixo dos filósofos, havia os sofistas, vegetação venenosa misturada ao crescimento salubre, cicuta na floresta virgem. Enquanto o carrasco queimava sobre a escada principal do Palácio de Justiça os grandes livros libertadores do século, escritores hoje esquecidos publicavam, com privilégio do rei, não se sabe que escritos estranhamente desorganizadores, mas avidamente lidos pelos miseráveis. Algumas dessas publicações, detalhe bizarro, patrocinadas por um príncipe, encontram-se na *Biblioteca Secreta*. Esses fatos, profundos mas ignorados, passavam despercebidos à superfície. Às vezes, a própria obscuridade de um fato é seu verdadeiro perigo. É obscuro porque está subterrâneo. De todos os escritores, o que talvez tenha cavado nas massas a galeria mais insalubre foi Restif de la Bretonne[9].

Esse trabalho, adequado a toda a Europa, fez mais estragos na Alemanha do que em qualquer outro lugar. Na Alemanha, durante um certo período, resumido por Schiller em seu famoso drama *Os Bandidos*, o roubo e a pilhagem erguiam-se em protesto contra a propriedade e o trabalho, assimilando certas idéias elementares, especiosas e falsas, justas na aparência, absurdas na realidade; ocultavam-se nessas idéias, nelas desaparecendo de alguma forma, tomavam um nome abstrato e passavam ao estado de teoria; e dessa maneira circulavam pelas multidões laboriosas, sofredoras e honestas, sem mesmo o conhecimento dos químicos imprudentes que haviam preparado a mistura, sem mesmo o conhecimento das massas que as aceitavam. Todas as vezes que um fato desse tipo se produz, é grave. O sofrimento engendra a cólera; e, enquanto as classes prósperas ficam cegas ou adormecem, o que é sempre fechar os olhos, o ódio das classes infelizes acende sua tocha em algum espírito angustiado ou imperfeito que divaga em algum canto, e põe-se a examinar a sociedade. O exame do ódio, que coisa terrível!

Daí, se o infortúnio dos tempos assim quiser, essas pavorosas comoções, que outrora eram chamadas de *jacqueries*, perto das quais as agitações puramente políticas são brincadeiras de crianças, não são mais a luta do oprimido contra o opressor, mas a revolta da penúria contra o bem-estar. Tudo então desmorona.

As *jacqueries* são terremotos do povo.

Foi a esse perigo, iminente talvez na Europa de fins do século XVIII, que veio pôr fim a Revolução Francesa, esse imenso ato de probidade.

A Revolução Francesa, que nada mais é que o ideal armado com gládio, ergueu-se, e, com o mesmo movimento brusco, fechou a porta do mal e abriu a porta do bem.

---

[9] Autor, entre muitos outros livros, de *Paysan Perverti* — Camponês Pervertido — e que tinha o apelido de *"Rousseau du ruisseau"* — Rousseau do córrego. (N. do E.)

Ela desembaraçou a questão, promulgou a verdade, expulsou o miasma, saneou o século, coroou o povo.

Pode-se dizer, a respeito dela, que criou o homem uma segunda vez, dando-lhe uma segunda alma, o direito.

O século XIX herdou e aproveitou sua obra; e hoje a catástrofe social que indicávamos há pouco é simplesmente impossível. É cego quem a denuncia! Tolo quem a teme! A Revolução é a vacina contra a *jacquerie*.

Graças à Revolução, as condições sociais mudaram. As doenças feudais e monárquicas não estão mais no nosso sangue. Não há mais Idade Média em nossa constituição. Não estamos mais no tempo em que terríveis movimentos interiores faziam irrupção; em que ouvíamos sob nossos pés a corrida obscura de um ruído surdo; em que apareciam, à superfície da civilização, não se sabe que violentas agitações em galerias de toupeiras, onde o solo se fendia, onde o topo das cavernas se abria, e onde de repente viam-se sair da terra cabeças monstruosas.

O senso revolucionário é um senso moral. O sentimento do direito, desenvolvido, desenvolve o sentimento do dever. A lei de todos é a liberdade, que acaba aonde começa a liberdade de outrem, segundo a definição admirável de Robespierre. Desde 1789, o povo inteiro se dilata no indivíduo sublimado; não há pobre que, tendo seu direito, não tenha seu raio de luz; o morto de fome sente em si a honestidade da França; a dignidade do cidadão é uma armadura interior; quem é livre é escrupuloso; quem vota reina. Daí a incorruptibilidade; daí o aborto das cobiças doentias; daí os olhos heroicamente abaixados diante das tentações. O saneamento revolucionário é tal que, em um dia de libertação, um 14 de julho ou um 10 de agosto, não há mais populacho. O primeiro grito das multidões iluminadas e engrandecidas é: morte aos ladrões! O progresso é homem honesto; o ideal e o absoluto não são coisa de se pôr no bolso. Por quem foram escoltados, em 1848, os furgões que continham as riquezas das Tulherias? Pelos catadores de trapos do subúrbio Saint-Antoine. O farrapo montou guarda diante do tesouro. A virtude tornou esses esfarrapados resplandecentes. Nesses furgões havia, em caixas apenas fechadas, algumas até mesmo entreabertas, entre centenas de jóias deslumbrantes, a velha coroa da França, toda em diamantes, cravejada com os rubis da realeza, do regente, que valia trinta milhões. Eles guardavam, os pés-descalços, essa coroa.

Então, fim das *jacqueries*. Sinto muito pelos espertos. Esse era o velho medo que produziu seu último efeito e que não poderá, daqui por diante, ser empregado em política. A grande mola do espectro vermelho se quebrou. Todo o mundo sabe disso agora. O espantalho não espanta mais. Os pássaros criam familiaridade com o boneco; os estercorários pousam nele, os burgueses riem.

IV. Os dois deveres: velar e esperar

Sendo assim, todo o perigo social desapareceu? Certamente não. Nada mais de *jacqueries*. A sociedade pode se tranqüilizar por esse lado, o sangue não subirá mais à sua cabeça; mas que se preocupe com a maneira como respira. A apoplexia não precisa mais ser temida, mas a tísica ainda existe. A tísica social chama-se miséria.

Morre-se de fraqueza tanto quanto se morre fulminado.

Não nos cansemos de repetir: antes de tudo, deve-se pensar nas multidões deserdadas e sofredoras; aliviá-las, arejá-las, iluminá-las, amá-las, ampliar magnificamente seu horizonte, prodigalizar-lhes de todas as formas a educação, oferecer-lhes o exemplo do trabalho e nunca o exemplo da ociosidade, diminuir-lhes o peso do fardo individual acrescentando-lhes a noção do objetivo universal, limitar a pobreza sem limitar a riqueza, criar vastos campos de atividade pública e popular, ter, como Briareu[10], cem mãos para estender de todos os lados aos oprimidos e aos fracos, empregar o poder coletivo no grande dever de abrir oficinas para todos os braços, escolas para todas as aptidões e laboratórios para todas as inteligências, aumentar o salário, diminuir o infortúnio, equilibrar o dever e o ter, isto é, proporcionar o gozo ao esforço e a fartura à necessidade; em poucas palavras: fazer liberar do aparelho social, em proveito daqueles que sofrem e daqueles que ignoram, mais claridade e mais bem-estar. Está aí, que as almas simpáticas não esqueçam, a primeira das obrigações fraternais; está aí, que os corações egoístas fiquem sabendo, a primeira das necessidades políticas.

E, diga-se, tudo isso não é mais que um começo. A verdadeira questão é esta: o trabalho não pode ser uma lei sem ser um direito.

Não insistiremos mais, aqui não é o lugar.

Se a natureza se chama providência, a sociedade deve se chamar previdência.

O desenvolvimento intelectual e moral não é menos indispen-

---

[10] Um dos três filhos de Urano (o Céu) e de Gaia (a Terra), cada um deles com cem braços e cinqüenta cabeças, comumente representados como divindades marinhas. (N. do E.)

sável que o melhoramento material. Saber é um viático; pensar é primeira necessidade; a verdade é alimento assim como o trigo. A razão, em jejum de ciência e de sabedoria, definha. Lamentemos, tanto quanto pelos estômagos, pelos espíritos que não se alimentam. Se há alguma coisa mais pungente do que um corpo agonizante pela falta de pão, é uma alma que morre da fome de luz.

O progresso todo pende para o lado da solução. Um dia ficaremos estupefatos. À medida que o gênero humano se elevar, as camadas profundas naturalmente sairão da zona de desgraça. O fim da miséria ocorrerá por meio de uma simples elevação de nível.

Dessa abençoada solução seria um erro duvidar.

O passado, de fato, tem muita força no momento em que estamos. Ele se recupera. Esse rejuvenescimento de um cadáver é espantoso. Ei-lo que anda e se chega. Parece vencedor; esse morto é um conquistador. Chega com sua legião, as superstições, com sua espada, o despotismo, com sua bandeira, a ignorância; há pouco tempo ganhou dez batalhas. Avança, ameaça, ri, está diante de nossas portas. Quanto a nós, não nos desesperemos. Vendamos o campo onde Aníbal se instala.

Nós, que acreditamos, o que poderemos temer?

Não há retrocessos de idéias bem como não há retrocessos de rios.

Mas, que aqueles que não desejam um futuro pensem bem nisso. Dizendo não ao progresso, não é o futuro que eles condenam, mas a si mesmos. Contraem uma doença sombria, inoculamse o passado. Só há uma maneira de recusar o Amanhã, morrer.

Ora, morte nenhuma, a do corpo, o mais tarde possível, a da alma, jamais, é o que queremos.

Sim, o enigma dirá sua palavra, a esfinge falará, o problema será resolvido. Sim, o povo esboçado pelo século XVIII será concluído pelo século XIX. Idiota de quem duvidar! A eclosão futura, a eclosão de bem-estar universal que se aproxima, é um fenômeno divinamente fatal.

Imensos impulsos de conjunto regem os fatos humanos e levamnos, todos, após um certo tempo, ao estado lógico, ou seja, ao equilíbrio, ou seja, à eqüidade. Uma força composta de terra e de céu resulta da humanidade e a governa; essa força é uma realizadora de milagres; soluções maravilhosas não lhe são mais difíceis do que peripécias extraordinárias. Ajudada pela ciência que vem de um homem e por um acontecimento que vem de outro, ela pouco se espanta com as contradições na colocação dos problemas, que ao povo parecem impossibilidades. Não é menos hábil em fazer brotar uma solução pela aproximação de idéias que um ensinamento pela aproximação de fatos, e pode-se esperar tudo por parte desse misterioso poder do progresso que, um belo dia, confronta o Oriente e o Ocidente no fundo de um sepulcro, e faz Bonaparte dialogar com os imames no interior da grande pirâmide.

Nessa espera, que não haja descanso, nem hesitação, nem pausas na grandiosa marcha avante dos espíritos. A filosofia social é essencialmente a ciência e a paz. Tem como meta, e deve ter como resultado, dissolver a cólera por meio do estudo dos antagonismos. Ela examina, perscruta, analisa; depois recompõe. Procede pela via da redução, eliminando totalmente o ódio.

Que uma sociedade se perca ao vento que se enfurece sobre os homens, isso já foi visto mais de uma vez; a história é repleta de naufrágios de povos e de impérios; costumes, leis, religiões, um belo dia, esse desconhecido, o furacão, passa e leva tudo consigo. As civilizações da Índia, da Caldéia, da Pérsia, da Síria, do Egito, desapareceram uma após a outra. Por quê? Nós o ignoramos. Quais são as causas desses desastres? Não as conhecemos. Essas sociedades poderiam ter sido salvas? Tiveram culpa? Ter-se-iam obstinado em algum vício fatal que fez sua perdição? Que quantidade de suicídio existe nessas mortes terríveis de nações e de raças? Perguntas sem resposta. A sombra cobre as civilizações condenadas; elas faziam água, posto que afundaram. Não temos nada mais a dizer; e é com uma espécie de pavor que vemos desaparecer, no fundo desse mar que chamamos de passado, por trás dessas ondas colossais, os séculos, esses imensos navios, Babilônia, Nínive, Tarso, Tebas, Roma, sob o sopro medonho que sai de todas as bocas das trevas. Mas, o que lá eram trevas, aqui é claridade. Ignoramos as doenças das civilizações antigas, mas conhecemos as enfermidades da nossa. Temos, por toda parte sobre ela, o direito à luz; contemplamos suas belezas e colocamos a nu suas deformidades. Onde ela tem um mal, sondamos; e, uma vez constatado o sofrimento, o estudo da causa conduz à descoberta do remédio. Nossa civilização, obra de vinte séculos, é ao mesmo tempo monstro e prodígio dessa obra; vale a pena ser salva. E ela o será. Consolá-la, já é bastante; iluminá-la, é ainda muito mais. Todos os trabalhos da filosofia social moderna devem convergir para essa meta. O pensador de hoje tem um grande dever, auscultar a civilização.

Repetimos, essa auscultação é encorajadora; e é por essa insistência no encorajamento que queremos acabar estas poucas páginas, entreato austero de um drama doloroso. Sob a mortalidade social sente-se a imortalidade humana. Por haver aqui e ali essas chagas, as crateras, e essas impigens, as solfataras, por haver um vulcão que supura e lança seu pus, nem por isso o globo vai morrer. Doenças do povo não matam o homem.

No entanto, quem quer que siga a clínica social meneia a cabeça por instantes. Os mais fortes, os mais ternos, os mais lógicos têm suas horas de desânimo.

O futuro chegará? Parece que quase podemos nos fazer essa pergunta quando vemos tanto dessa sombra terrível. Melancólico, face a face com os egoístas e os miseráveis. Entre os egoístas, os preconceitos, as trevas da educação rica, o crescente apetite para o inebriamento, um atordoamento de prosperidade que ensurdece, o receio de sofrer que, em alguns, vai até a aversão pelos sofredores, uma satisfação implacável, o eu tão empertigado que fecha a alma; entre os miseráveis, a cobiça, a inveja, o ódio de ver os outros felizes, os profundos impulsos da besta humana para a saciedade, os corações cheios de névoa, a tristeza, a necessidade, a fatalidade, a ignorância impura e simples.

Deve-se continuar erguendo os olhos para o céu? O ponto luminoso que ali se vê é daqueles que se apagam? O ideal é medonho ao ver-se assim perdido nas profundezas, pequeno, isolado, imperceptível, brilhante, mas rodeado de todas essas grandes e negras ameaças monstruosamente amontoadas à sua volta; no entanto, não está em maior perigo do que uma estrela nas goelas das nuvens.

LIVRO VIII

Os encantos e as desolações

I. Luz plena

O leitor decerto já compreendeu que Éponine, reconhecendo por entre as grades a habitante da rua Plumet, onde Magnon a enviara, começara por afastar os bandidos, e, em seguida, ali conduzira Marius; este, após vários dias em êxtase diante da grade, arrastado por essa força que impele o ferro para o ímã e o apaixonado para as pedras com que são feitas a casa da amada, acabara por entrar no jardim de Cosette, como Romeu no jardim de Julieta.

O que foi mais fácil para ele do que para Romeu; Romeu foi obrigado a escalar um muro, enquanto Marius precisou apenas forçar uma das barras da decrépita grade que vacilava em seu alvéolo enferrujado, como dentes na boca de gente velha. Marius era magro e passou facilmente.

Como nunca havia ninguém na rua e, além disso, Marius só entrava no jardim à noite, não corria o risco de ser visto.

A partir do momento abençoado e santo em que um beijo uniu essas duas almas, Marius passou a ir até lá todas as noites. Se, naquela fase de sua vida, Cosette tivesse caído de amores por um homem pouco escrupuloso e libertino, estaria perdida; pois existem naturezas generosas que se entregam, e Cosette era uma delas. Uma das magnanimidades da mulher é ceder. O amor, elevado a uma altura em que se torna absoluto, complica-se com não se sabe que celeste cegueira do pudor.

Mas que perigos correis, ó almas nobres! Quantas vezes nos dais o coração, e tomamos o corpo. Vossos corações vos restam, e os olhais no escuro a tremer.

O amor não tem meio-termo; ou perde ou salva. Todo o destino humano está nesse dilema. Tal dilema, perda ou salvação, nenhuma outra fatalidade o coloca mais inexoravelmente que o amor. O amor é a vida, se não for a morte. É berço; também é túmulo. O mesmo sentimento diz sim e não dentro do coração humano. De todas as coisas que Deus criou, o coração humano é a que desprende mais luz, ai! E mais escuridão.

Deus quis que o amor encontrado por Cosette fosse um desses amores que salvam.

Enquanto durou o mês de maio daquele ano de 1832, estiveram ali, todas as noites, naquele pobre jardim selvagem, sob a folhagem cada dia mais perfumada e espessa, dois seres compostos de toda espécie de castidade e inocência, transbordando de todas as felicidades do céu, mais próximos dos arcanjos que dos homens, puros, honestos, inebriados, radiantes, resplandecendo um para o outro nas trevas. Parecia a Cosette que Marius tinha uma coroa, e a Marius que Cosette tinha uma auréola. Tocavam-se, olhavam-se, davam-se as mãos, estreitavam-se um contra o outro, mas havia uma distância que eles não ultrapassavam. Não que a respeitassem; a ignoravam. Marius sentia uma barreira, a pureza de Cosette, e Cosette sentia um apoio, a lealdade de Marius. O primeiro beijo também fora o último. Desde então, Marius não fora além de roçar com os lábios a mão, o lenço ou um cacho dos cabelos de Cosette. Para ele, Cosette era um perfume e não uma mulher. Ele a respirava. Ela nada recusava, ele nada pedia.

Cosette estava feliz, e Marius estava satisfeito. Viviam nesse maravilhoso estado que poderia ser chamado de deslumbramento de uma alma por outra alma. Era esse inefável primeiro abraço de duas virgindades no ideal. Dois cisnes encontrando-se na *Jungfrau*.

Naquela fase do amor, fase em que a voluptuosidade se cala completamente sob o poder soberano do êxtase, Marius, o puro e seráfico Marius, antes teria sido capaz de ir à casa de uma mulher pública do que de erguer o vestido de Cosette até a altura do tornozelo. Certa vez, ao luar, Cosette abaixou-se para apanhar alguma coisa do chão; sua gola entreabriu-se deixando ver o princípio de seu colo. Marius desviou os olhos.

Que se passava entre esses dois seres? Nada. Eles se adoravam.

À noite, quando estavam ali, aquele jardim parecia um lugar vivo e sagrado. Todas as flores se abriam em volta deles enviando-lhes seus perfumes; e eles abriam suas almas expandindo-as nas flores. A vegetação lasciva e vigorosa estremecia cheia de seiva e embriaguez em volta dos dois inocentes, e eles diziam palavras de amor que faziam estremecer as árvores.

O que eram essas palavras? Suspiros. Nada mais. Esses suspiros bastavam para perturbar e emocionar toda aquela natureza. Mágico poder, difícil de compreender se lêssemos em um livro essas conversas feitas para serem levadas e dissipadas como fumaça pelo vento, através da folhagem. Tirem dos murmúrios de dois amantes essa melodia que vem da alma e que os acompanha como uma lira, e o que resta não é mais que uma sombra. Então dirão: "Como! É só isso?" Ah, sim, criancices, repetições, risos sem motivo, bobagens, futilidades, tudo o que há no mundo de mais sublime e de mais profundo! As únicas coisas que valem a pena serem ditas e ouvidas!

Essas futilidades, essas pobrezas, o homem que nunca as ouviu, o homem que nunca as pronunciou, é um imbecil e um mau homem.

Cosette dizia a Marius:

— Sabe?...

(Em meio a tudo isso, nessa celeste virgindade, e sem que soubessem dizer como, começaram a tratar-se com maior intimidade, por você.)

— Sabe? Eu me chamo Euphrasie.

— Euphrasie? Claro que não, seu nome é Cosette.

— Oh! Cosette é um nome muito feio que me deram quando eu era pequena. Mas meu verdadeiro nome é Euphrasie. Você não gosta deste nome, Euphrasie?

— Gosto; mas Cosette não é feio.

— Você gosta mais de Cosette que de Euphrasie?

— É... gosto.

— Então também gosto mais dele. É verdade, Cosette é bonito; me chame de Cosette.

E o sorriso que ela acrescentava fazia desse diálogo um idílio digno de um bosque que estivesse no céu.

Uma outra vez, olhava fixamente para ele e exclamava:

— O senhor é encantador, é bonito, é espirituoso, não é nada bobo, é bem mais esperto do que eu, mas o desafio com estas palavras: eu o amo!

E Marius, em pleno céu, julgava ouvir uma estrofe cantada por uma estrela.

Ou então, ela lhe dava um tapinha quando ele tossia, e lhe dizia:

— Não tussa, senhor. Não quero que tussam em minha casa sem minha permissão. É muito feio tossir e me deixar preocupada. Quero que passe bem, porque, antes de tudo, se você não passar bem, eu ficarei muito infeliz. O que quer que eu faça?

E isso era simplesmente divino.

Uma vez Marius disse a Cosette:

— Imagine só, durante algum tempo eu achei que você se chamasse Ursule.

Isso fez com que rissem a noite inteira.

No meio de uma outra conversa, ocorreu-lhe de exclamar:

— Oh! Um dia, no Luxemburgo, tive vontade de acabar de quebrar um inválido!

Mas logo interrompeu-se e não foi mais adiante, pois teria de falar a Cosette sobre sua liga, coisa que lhe era impossível. Via nisso uma aproximação desconhecida, a carne, diante da qual recuava, com uma espécie de medo sagrado, aquele imenso amor inocente.

Marius imaginava a vida com Cosette daquele jeito, sem qualquer outra coisa; dirigir-se todo fim de tarde à rua Plumet, deslocar a velha barra complacente da grade do jardim, sentar lado a lado com ela naquele banco, observar por entre as árvores o cintilar da noite começando, fazer coabitar a dobra do joelho de suas calças com o amplo vestido de Cosette, acariciar-lhe a unha do polegar, chamá-la de você, respirar, um após o outro, a mesma flor, para sempre, indefinidamente. Enquanto isso, as nuvens passavam acima de suas cabeças.

Cada vez que o vento sopra, leva consigo mais sonhos dos homens do que nuvens do céu.

Não que esse casto e quase arisco amor fosse absolutamente sem galanteria, não. "Fazer elogios" à mulher amada é o primeiro modo de fazer carícias, uma meia audácia que se tenta. O elogio é algo como um beijo dado através de um véu. Uma doce pontinha de volúpia existe aí, embora escondida. Diante da volúpia o coração recua, para melhor amar. As carícias de Marius, completamente saturadas de quimera, eram, por assim dizer, do céu. Os pássaros, quando voam bem alto, perto dos anjos, devem ouvir palavras como essas. A elas, no entanto, se mesclava a vida, a humanidade e tudo de positivo de que Marius era capaz. Era o que se diz na gruta, prelúdio do que será dito na alcova; uma efusão lírica, a estrofe e o soneto entremeados, as gentis hipérboles do arrulho, todos os refinamentos da adoração arrumados em forma de buquê e exalando um sutil perfume celeste, um inefável murmúrio de coração a coração.

— Oh! — murmurava Marius. — Como é bela! Não ouso olhar para você, o que faço é contemplá-la. Você é uma graça. Não sei o que me acontece; quando a ponta de seu pé passa pela barra de seu vestido, fico perturbado. E depois, que brilho encantado quando seu pensamento se entreabre! Fala com admirável razão. Por instantes me parece que você é um sonho. Fale, eu a escuto, a admiro. Ó Cosette! Como é estranho e encantador! Estou realmente enlouquecido. A senhorita é adorável. Estudo seus pés ao microscópio e sua alma ao telescópio.

E Cosette respondia:

— Amo você um pouco mais depois do tempo que se passou desde esta manhã.

Perguntas e respostas entravam como podiam nesses diálogos, sempre chegando a um acordo sobre o amor.

Toda a pessoa de Cosette era singeleza, ingenuidade, transparência, alvura, candura, fulgor. Era possível dizer que ela era luminosa. Causava em quem a via uma sensação de abril e de alvorada. Havia orvalho em seus olhos. Cosette era uma condensação de luz da aurora em forma de mulher.

Era muito simples entender que Marius, por adorá-la, a admirasse. Mas a verdade era que essa pequena interna, saída havia pouco do convento, conversava com uma singular penetração, e às vezes dizia todo tipo de palavras verdadeiras e delicadas. Sua tagarelice era, de fato, uma conversa. Não se enganava a respeito de nada, e tinha uma visão justa. A mulher sente e fala com o suave instinto do coração, essa infalibilidade. Ninguém sabe, como uma mulher, dizer coisas ao mesmo tempo doces e profundas. Doçura e profundidade, eis tudo o que é a mulher; eis tudo o que é o céu.

Nessa felicidade plena, a cada instante lágrimas vinham a seus olhos. Um inseto esmagado, uma pluma caída de um ninho, um galho de árvore quebrado causavam-lhes piedade, e seu êxtase, suavemente inundado de melancolia, parecia não querer nada melhor do que chorar. O mais soberano sintoma do amor é esse enternecimento, às vezes quase insuportável.

E, a par disso — todas essas contradições formam o jogo de brilhos do amor —, eles riam com gosto, com uma liberdade encantadora, e com tanta familiaridade que às vezes quase pareciam dois garotos. Contudo, mesmo sem que os corações inebriados de castidade tenham consciência, a inesquecível natureza está sempre presente. Está presente, com seu propósito brutal e sublime, e, seja qual for a inocência das almas, pode-se sentir, até nas mais pudicas conversas a sós, a adorável e misteriosa nuance que separa um casal de amantes de um par de amigos.

Eles se idolatravam.

O que é permanente e imutável subsiste. Os que se amam sorriem-se, riem-se, fazem pequenos trejeitos com os lábios, entrelaçam os dedos das mãos, tratam-se carinhosamente, e nada disso é obstáculo à eternidade. Dois amantes se escondem na noite, no crepúsculo, no invisível, entre os pássaros, as rosas; fascinam um ao outro, em meio às sombras, colocando seus corações em seus olhos; murmuram, cochicham, e, enquanto isso, imensas oscilações de estrelas enchem o infinito.

II. O assombro da felicidade completa

Vagamente existiam, desvairados de felicidade. Não se deram conta do cólera que dizimava Paris justamente naquele mês.

Fizeram-se o maior número de confidências que puderam, mas isso não havia ido muito além de seus nomes. Marius tinha dito a Cosette que era órfão, que se chamava Marius Pontmercy, que era advogado, que vivia de escrever para livreiros, que seu pai tinha sido coronel, que tinha sido um herói, e que ele, Marius, se indispusera com seu avô, que era rico. Também lhe disse meio por cima que era barão; mas isso não produziu efeito algum em Cosette. Marius barão? Ela não entendeu muito bem. Não sabia o que essa palavra queria dizer. Marius era Marius. Por seu lado, ela confiara-lhe que fora educada no convento do Petit-Picpus, que sua mãe havia morrido, como a dele, que seu pai se chamava Fauchelevent, que era muito bom, que ajudava muito os pobres, embora ele mesmo fosse pobre, e que se privava de tudo para que ela não se privasse de nada.

Coisa estranha, naquela espécie de sinfonia em que Marius vivia desde que passara a encontrar-se com Cosette, o passado, mesmo o mais recente, tornara-se de tal forma confuso e remoto para ele que o que Cosette lhe contou o satisfez plenamente. Ele nem pensou em lhe falar da aventura noturna no casebre dos Thénardier, da queimadura, da estranha atitude e da singular fuga de seu pai. Marius havia momentaneamente esquecido tudo isso; à noite, nem sequer lembrava o que havia feito pela manhã, nem onde havia almoçado, nem com quem havia falado; nos ouvidos tinha uma espécie de cântico que o deixava surdo a qualquer outro pensamento; ele não existia, senão nos momentos em que via Cosette. Então, como estava nas nuvens, nada mais fácil que esquecer a terra. Ambos sustentavam com languidez o indefinível peso das voluptuosidades imateriais. Assim vivem esses sonâmbulos que chamamos de apaixonados.

Ai! Quem já não experimentou todas essas coisas? Por que deve haver uma hora em que saímos desse céu, e por que a vida deve continuar depois?

O amor quase substitui o pensar. O amor é um ardente esquecer de todo o resto. Peçam lógica à paixão. Há no coração humano tanto encadeamento lógico quanto figuras geométricas perfeitas na mecânica celeste. Para Cosette e Marius nada mais existia além de Marius e Cosette. O universo em volta deles caíra em um buraco. Viviam em um minuto de ouro. Como se nada houvesse à frente, nem atrás. Marius mal se lembrava que Cosette tinha um pai. Em seu cérebro, tudo era apagado pelo deslumbramento. De que então falavam esses amantes? Já vimos; das flores, das andorinhas, do pôr- do-sol, do nascer da lua, de todas as coisas importantes. Haviam dito tudo um ao outro, exceto tudo. O tudo dos enamorados é o nada. Mas o pai, a realidade, aquele covil, aqueles bandidos, aquela aventura, falar disso para quê? Era mesmo certo que aquele pesadelo tivesse acontecido? Os dois existiam, adoravam-se, isso era tudo. Nada mais contava. É provável que esse deixar para trás de um inferno seja inerente a chegar ao paraíso. Será que vimos algum demônio? Será que existem? Será que tivemos medo? Será que realmente sofremos? Já não sabemos. Uma nuvem cor-de-rosa paira acima de tudo.

Então, essas duas criaturas viviam assim, muito no alto com toda a inverossimilhança que existe na natureza; nem no nadir, nem no zênite, entre o homem e o serafim, acima da lama, abaixo do éter, nas nuvens, apenas osso e carne, alma e êxtase da cabeça aos pés; já sublimados demais para andarem pela terra, ainda carregados demais de humanidade para desaparecerem no espaço, em suspensão como átomos que esperam a precipitação; aparentemente fora do destino; ignorando esta barreira chamada ontem, hoje, amanhã; maravilhados, pasmados, flutuantes; por momentos, leves o bastante para fugirem pelo infinito; quase prontos para o vôo eterno.

Dormiam acordados nesse ninar. Ó letargia esplêndida do real repleto de ideal!

Algumas vezes, por mais bela que Cosette estivesse, Marius fechava os olhos diante dela. De olhos fechados, essa é a melhor maneira de ver a alma.

Marius e Cosette não se perguntavam onde aquilo os levaria. Olhavam-se como se já tivessem chegado. É uma estranha pretensão dos homens querer que o amor conduza a algum lugar.

III. Princípio de sombra

Jean Valjean não desconfiava de nada.

Cosette, um pouco menos sonhadora que Marius, estava alegre, e isso bastava para que Jean Valjean ficasse feliz. Os pensamentos de Cosette, suas ternas preocupações, a imagem de Marius preenchendo sua alma, em nada diminuíam a pureza incomparável de sua bela fronte casta e risonha. Estava na idade em que a virgem carrega seu amor como o anjo carrega seu lírio. Jean Valjean, então, se sentia tranqüilo. E depois, quando dois amantes se entendem, tudo corre sempre muito bem; qualquer um que possa perturbar seu amor é mantido em perfeita cegueira, por meio de um pequeno número de precauções, sempre as mesmas para todos os enamorados. Dessa forma, nenhuma objeção de Cosette a Jean Valjean. Ele queria passear? Sim, paizinho. Queria ficar em casa? Está bem, papai. Queria passar a noite na companhia de Cosette? Ela ficava contente. Como ele se retirava sempre às dez horas da noite, Marius só vinha ao jardim depois dessa hora, quando ouvia, da rua, Cosette abrir a porta-balcão que dava para a escadaria. Nem é preciso dizer que durante o dia Marius jamais era encontrado. Jean Valjean nem lembrava mais que Marius existia.

Certa vez, pela manhã, ocorreu-lhe de dizer a Cosette: "Olhe, você tem uma marca branca nas costas!" É que, na noite anterior, Marius, num arrebatamento, pressionara Cosette contra o muro.

A velha Toussaint, que se deitava cedo, uma vez terminadas suas tarefas, só pensava em dormir, e, como Jean Valjean, ignorava tudo.

Marius nunca punha os pés dentro da casa. Quando estava com Cosette, escondiam-se em um vão da escada para não serem vistos nem ouvidos da rua, e ali se sentavam, contentando-se muitas vezes, como única forma de conversar, em apertar-se as mãos vinte vezes por minuto, contemplando os galhos das árvores. Nesses momentos, se um raio caísse a trinta passos dali, nem perceberiam, tanto a divagação de um absorvia-se e mergulhava na divagação do outro.

Límpidas purezas. Horas muito brancas, quase todas iguais. Esse gênero de amores é uma coleção de pétalas de lírio e plumas de pombas.

O jardim inteiro estendia-se entre eles e a rua. Toda vez que Marius entrava e saía, ajeitava com todo o cuidado a barra da grade, de modo que nenhuma alteração fosse visível.

Habitualmente, ia embora à meia-noite, retornando à casa de Courfeyrac.

Courfeyrac dizia a Bahorel:

— Acredita? Agora Marius tem voltado lá pela uma da manhã.

Bahorel respondia:

— O que você quer? Sempre se esconde um escândalo em um seminarista.

Às vezes, Courfeyrac cruzava os braços, tomava um ar sério, e dizia a Marius:

— Você está ficando perdido, rapaz!

Courfeyrac, homem prático, não fazia juízo favorável desse reflexo de um paraíso invisível sobre Marius; tinha pouco conhecimento de paixões inéditas, impacientava-se com elas, e às vezes intimava Marius a voltar ao mundo real.

Uma manhã, lançou-lhe esta advertência:

— Meu caro, no momento você me parece estar no mundo da lua, reino do sonho, província da ilusão, capital Bolha de Sabão. Vamos, seja um bom menino, como ela se chama?

Mas nada fazia Marius falar. Mais fácil seria arrancar-lhe as unhas do que uma das três sílabas sagradas que compunham este nome inefável, *Cosette*. O amor verdadeiro é luminoso como a aurora e silencioso como o sepulcro. Para Courfeyrac, somente havia esta mudança em Marius, ele tinha agora uma taciturnidade fulgurante.

Durante aquele doce mês de maio, Marius e Cosette experimentaram estas imensas venturas:

discutirem e se tratarem com toda a formalidade, unicamente para depois melhor se tratarem carinhosamente;

falarem longamente, e com os mais minuciosos detalhes, das pessoas que menos lhes interessavam no mundo, prova, além de tudo, de que nesta encantadora ópera chamada amor o libreto não significa quase nada;

para Marius, ouvir Cosette falar de amenidades;

para Cosette, ouvir Marius falar de política;

ouvirem, joelho contra joelho, as carruagens passarem pela rua Babylone;

contemplarem o mesmo planeta no espaço ou o mesmo luzidio verme na relva;

permanecerem calados, prazer maior ainda do que falar;

etc., etc.

Entretanto, diversas complicações se aproximavam.

Certa noite, Marius se encaminhava para o encontro pelo bulevar des Invalides; habitualmente andava de cabeça baixa; quando ia dobrar a esquina da rua Plumet, ouviu alguém dizer muito perto dele:

— Boa noite, senhor Marius.

Ergueu a cabeça e reconheceu Éponine.

Isso causou-lhe uma impressão singular. Não se lembrara uma só vez dessa moça desde o dia em que ela o levara à rua Plumet, nem tornara a vê-la; ela havia saído completamente de sua memória. Tinha apenas motivos de reconhecimento para com ela, devia-lhe sua felicidade presente; todavia, era-lhe constrangedor encontrá-la.

É um erro supor que a paixão, quando feliz e pura, conduz o homem a um estado de perfeição; ela simplesmente o conduz, já o constatamos, a um estado de esquecimento. Nessa situação, o homem esquece de ser mau, mas também esquece de ser bom. O reconhecimento, o dever, as lembranças essenciais e importunas desaparecem. Em qualquer outro momento, Marius teria sido muito diferente para com Éponine. Absorvido por Cosette, nem se dera muito claramente conta de que aquela Éponine se chamava Éponine Thénardier, e que ela carregava um nome escrito no testamento de seu pai, nome ao qual, alguns meses antes, teria sido ardentemente dedicado. Mostramos Marius tal como estava. Até mesmo seu pai desaparecera um pouco de sua mente sob o esplendor de seu amor.

Respondeu um tanto embaraçado:

— Ah! É a senhorita Éponine.

— Por que me trata por senhorita? Eu lhe fiz alguma coisa?

— Não — respondeu ele.

Claro, ele nada tinha contra ela. Longe disso. Só que reconhecia não poder agir de outra forma, agora que tratava Cosette por você, a não ser tratar Éponine com formalidade.

Como ele se calasse, ela exclamou:

— E então...

Aí parou. Parecia que as palavras faltavam a essa criatura antes tão despreocupada e tão ousada. Tentou sorrir, mas não pôde. Retomou:

— Pois bem!...

Novamente se calou, permanecendo de olhos baixos.

— Boa noite, senhor Marius — disse ela subitamente; e foi-se embora.

IV. *Cab*[1] circula em inglês e ladra em gíria

O dia seguinte, era 3 de junho, 3 de junho de 1823, é uma data que devemos indicar em virtude dos graves acontecimentos que por essa ocasião estavam suspensos sobre o horizonte de Paris, no estado de nuvens carregadas. Ao anoitecer, Marius seguia o mesmo caminho da véspera, com os mesmos pensamentos enlevados no coração, quando, por entre as árvores do bulevar, avistou Éponine vindo em sua direção. Dois dias em seguida era demais. Desviou rapidamente, saiu do bulevar, mudou de caminho e dirigiu-se à rua Plumet pela rua Monsieur.

Isso fez com que Éponine o seguisse até a rua Plumet, coisa que

[1] Espécie de cabriolé inglês introduzido na França por volta de 1852; mas a palavra é aqui usada como gíria, significando cão. (N. do E.)

até então ela ainda não fizera. Até aí, ela se contentara em vê-lo passar pelo bulevar sem nunca ter procurado encontrá-lo. Somente na véspera tentara falar com ele.

Éponine, então, seguiu-o sem que ele percebesse, e viu quando ele deslocou a barra da grade e introduziu-se no jardim.

— Veja só! — disse ela. — Ele entra na casa!

Aproximou-se da grade, apalpou as barras uma por uma e facilmente encontrou a que Marius havia deslocado. Murmurou a meia voz, em tom lúgubre:

— Essa não!

E sentou-se na parte inferior da grade, bem ao lado da barra, como se a vigiasse. Era justamente o ponto em que a grade vinha unir-se ao muro vizinho. Havia ali um canto escuro onde Éponine desaparecia inteiramente. Ela permaneceu assim por mais de uma hora, sem se mexer e sem respirar, dominada por seus pensamentos.

Por volta das dez horas, um dos dois ou três transeuntes da rua Plumet, um velho burguês, que se apressava naquele local deserto e de má fama, beirando a grade do jardim e chegando ao ângulo que a grade fazia com o muro, ouviu uma voz surda e ameaçadora dizer:

— Não me admira que ele venha todas as noites!

O passeante olhou em volta de si, não viu ninguém, não ousou olhar para aquele canto escuro e teve muito medo. Apertou o passo.

Esse homem tinha razão em se apressar, pois, poucos instantes depois, seis homens que andavam ao longo do muro, separados e um tanto distantes uns dos outros, e que poderiam ser tomados por uma patrulha tocada a aguardente, entraram na rua Plumet.

O primeiro que chegou junto da grade parou e esperou os outros; daí a um segundo, estavam todos os seis reunidos. Esses homens puseram-se a falar em voz baixa.

— É *icicaille* (aqui) — disse um deles.

— Tem algum *cab* (cão) no jardim? — perguntou um outro.

— Não sei. Em todo caso, eu trouxe uma bolinha de carne que o faremos *morfiler* (comer).

— Você trouxe a massa para *frangir la venterne* (quebrar a vidraça)?[2]

— Trouxe.

— A grade está velha — retrucou um quinto homem que tinha uma voz de ventríloquo.

---

[2] Trata-se de utilizar massa de vidraceiro apoiada à vidraça, de forma que ela retenha os pedaços de vidro e impeça o barulho. (N. do A.)

— Melhor assim — disse o segundo que falara —; ela não *criblera* (fará barulho) na hora da *bastringue* (serra) e nem será tão dura de *faucher* (cortar).

O sexto homem, que ainda não havia aberto a boca, começou a examinar a grade, como Éponine havia feito uma hora antes, empunhando e balançando cada uma das barras com precaução. Assim também encontrou a barra que Marius havia afastado. Quando ia segurá-la, uma mão, saindo bruscamente do escuro, abateu-se sobre seu braço; ele sentiu-se fortemente empurrado pelo peito, e uma voz rouca lhe disse sem gritar:

— Tem um *cab*!

Ao mesmo tempo, ele viu uma jovem pálida, de pé diante dele. O homem experimentou a comoção que o inesperado sempre causa. Arrepiou-se medonhamente; nada é mais formidável de se ver que as bestas ferozes inquietas; seu ar apavorado é apavorante. Ele recuou e balbuciou:

— Quem será essa daí?

— Sua filha.

De fato, era Éponine que falava com Thénardier.

À aparição de Éponine, os outros cinco, isto é, Claquesous, Gueulemer, Babet, Montparnasse e Brujon, aproximaram-se sem ruído, sem precipitação, sem dizer uma só palavra, com a sinistra lentidão própria desses homens da noite.

Viam-se em suas mãos sabe-se lá que medonhas ferramentas. Gueulemer trazia uma espécie de tenaz curva, que os ladrões chamavam de *fanchon*.

— Ora essa, o que você está fazendo aqui? O que você está querendo? Está doida? — exclamou Thénardier, gritando tanto quanto possível a quem fala em voz baixa. — O que é isso de vir nos impedir de trabalhar?

Éponine desatou a rir e saltou em seu pescoço.

— Estou aqui, paizinho, porque estou aqui. Será que agora não é mais permitido sentar nas pedras? O senhor é que não deveria estar aqui. O que vieram fazer, já que era um *biscoito*? Eu já tinha dito a Magnon, não há nada a fazer aqui. Mas me dê um abraço, meu bom paizinho! Há quanto tempo não vejo o senhor! Então agora está solto?

Thénardier tentou se desvencilhar dos braços de Éponine e resmungou:

— Está bem; já me abraçou. É, estou solto; não estou mais lá dentro. Agora, vá embora.

Mas Éponine não desistia e redobrava suas carícias.

— Paizinho, mas como o senhor fez? É preciso ter muita cabeça para sair de lá. Ora, conte-me como foi isso! E minha mãe? Onde está minha mãe? Dê notícias de mamãe para mim.

Thénardier respondeu:

— Ela está bem, sei lá, me deixe em paz, já disse, vá embora.

— Mas justamente — disse Éponine com jeito de criança mimada — eu não quero ir, o senhor me manda embora e já são quatro meses que eu não o vejo e mal tive tempo de abraçar o senhor. — E tornou a segurá-lo pelo pescoço.

— Ora, mas que coisa boba! — disse Babet.

— Vamos rápido! — disse Gueulemer. — Os meganhas podem passar.

A voz de ventríloquo escandiu este dístico:

Nous ne sommes pas le jour de l'an
À becoter papa maman.

Não estamos no dia de ano-novo
Para beijar papai e mamãe.

Éponine voltou-se para os cinco bandidos:

— Vejamos, é o senhor Brujon. Bom dia, senhor Babet. Bom dia, senhor Claquesous. Não está me reconhecendo, senhor Gueulemer? Como vai, Montparnasse?

— Claro que reconhecemos você! Mas bom dia, boa noite, cai fora! Deixe a gente sossegado — disse Thénardier.

— É hora das raposas e não das galinhas — disse Montparnasse.

— Você está vendo muito bem que nós temos o que *goupiner icigo* (fazer aqui) — acrescentou Babet.

Éponine pegou na mão de Montparnasse.

— Cuidado! — disse ele. — Vai se cortar, estou com um *lingre ouvert* (navalha aberta).

— Meu querido Montparnasse — respondeu Éponine docemente —, é preciso ter confiança nas pessoas. Sou filha de meu pai, talvez. Senhor Babet, senhor Gueulemer, foi a mim que encarregaram de sondar o negócio.

É notável o fato de Éponine não falar gíria. Desde que conhecera Marius, essa linguagem medonha passara a ser-lhe impossível.

Ela apertou em sua pequena mão ossuda e fraca, como a mão de um esqueleto, os grossos e ásperos dedos de Gueulemer, e continuou:

— Bem sabem que não sou nenhuma tonta. Em geral acreditam em mim. Já fiz favores para vocês quando foi preciso. Pois bem, tirei informações, vocês iriam se expor inutilmente, entendem. Juro que não há nada a fazer nesta casa.

— Tem mulheres sozinhas — disse Gueulemer.

— Não. Já se mudaram.

— Mas as velas ainda não! — disse Babet.

E mostrou a Éponine, através da copa das árvores, uma luz que se movia no sótão do pavilhão. Era Toussaint, que ainda estava de pé estendendo roupa para secar.

Éponine tentou um último esforço.

— Mas é só gente muito pobre — disse ela —, e um casebre onde não têm um centavo.

— Vá para os diabos! — exclamou Thénardier. — Quando a gente tiver revirado a casa, e deixado o porão em cima e o sótão embaixo, é a gente que vai dizer o que tinha lá dentro, se eram *balles, ronds* ou *broques* (francos, moedas ou tostões).

E empurrou-a para passar adiante.

— Meu bom amigo Montparnasse — disse Éponine —, eu lhe peço, você que é gente boa, não entre!

— Então tome cuidado, você vai se cortar! — replicou Montparnasse.

Thénardier tornou, com o tom decisivo que lhe era peculiar:

— Ande logo, mocinha, e deixe os homens tratarem de seus negócios.

Éponine largou a mão de Montparnasse, que ela tinha tornado a segurar, e disse:

— Então vocês querem mesmo entrar nesta casa?

— Um pouco! — disse o ventríloquo fazendo chacota.

Então ela encostou-se à grade, encarou os seis bandidos, armados até os dentes e a quem a noite dava ares de demônios, e disse em voz baixa mas firme:

— Sei, mas eu não quero!

Eles pararam, espantados. O ventríloquo, no entanto, rematou sua zombaria. Ela continuou:

— Amigos, ouçam bem! Não é para zombar. Agora, eu falo. Se vocês entrarem no jardim, se tocarem nesta grade, eu começo a gritar, bato nas portas, acordo a rua inteira, mando prender os seis, chamo a guarda municipal.

— Ela é capaz de fazer isso — disse Thénardier em voz baixa a Brujon e ao ventríloquo.

Ela balançou a cabeça e acrescentou:

— A começar pelo meu pai.

Thénardier aproximou-se.

— Não chegue tão perto, meu senhor! — disse ela.

Thénardier recuou resmungando entre os dentes:

— O que será que deu nela?

E acrescentou:

— Cadela!

Ela desatou a rir de um modo terrível.

— Como quiser, mas vocês não vão entrar. E não sou filha de cachorro, já que sou filha de lobo. Vocês são seis, mas e daí? São homens. Muito bem, eu sou uma mulher. Não me metem medo. Estou dizendo que vocês não vão entrar nesta casa porque isso não me agrada. Caso se aproximem, eu ladro. Já disse, o *cab* sou eu. Não dou a mínima para vocês. Tomem seu rumo, estão me aborrecendo! Vão para onde quiserem, mas não aqui, porque eu os proíbo! Vocês a navalhadas, eu a pontapés, pouco importa, vamos, avancem!

Deu um passo em direção aos bandidos, estava assustadora, e pôs-se a rir.

— Caramba! Não tenho medo. Neste verão vou passar fome, neste inverno vou passar frio. São uma comédia, esses homens bestas achando que metem medo em uma mulher como eu! Medo de quê? Vão esperando! Só porque têm umas tontas de umas amantes que se escondem embaixo da cama quando falam grosso, essa não! Eu, não tenho medo de nada!

Lançou sobre Thénardier um olhar penetrante, e disse:

— Nem mesmo do senhor, meu pai!

E depois prosseguiu, correndo sobre os bandidos suas terríveis pupilas de espectro:

— Que me importa que amanhã me encontrem caída na rua Plumet, morta a facadas por meu pai, ou então que me encontrem daqui a um ano nas redes de Saint-Cloud[3], ou na ilha des Cygnes, no meio de velhas rolhas podres e cachorros afogados?

Foi obrigada a interromper-se; uma tosse seca a atacou, sua respiração saía de seu peito estreito e debilitado como um estertor. Continuou, porém:

— Basta gritar, e pronto, alguém aparece. Vocês são seis; eu sou todo o mundo.

Thénardier fez um movimento em direção a ela.

---

[3] Em Saint-Cloud, uma rede era atravessada no Sena para reter cadáveres. (N. do E.)

— Não se aproxime! — ela gritou.

Ele parou e disse-lhe com mansidão:

— Está bem. Não vou me aproximar, mas não fale tão alto. Minha filha, então você quer nos impedir de trabalhar? Mas temos que ganhar a vida. Então você não é mais amiga de seu pai?

— Está me aborrecendo — respondeu Éponine.

— Mas a gente precisa viver, comer...

— Que se dane.

Ao dizer isso, sentou-se na parte inferior da grade cantarolando:

Mon bras si dodu,
Ma jambe bien faite,
Et le temps perdu[4].

Meu braço tão roliço,
Minha perna bem-feita,
E o tempo perdido.

Apoiava o cotovelo no joelho e o queixo nas mãos; balançava a perna com ar de indiferença. Seu vestido rasgado deixava à mostra seus ombros magros. Um lampião próximo iluminava seu perfil e sua atitude. Nada se via de mais resoluto e de mais surpreendente.

Os seis bandidos, paralisados e preocupados por verem seus esforços anulados por uma garota, foram para um local mais escuro e confabularam, erguendo os ombros com humilhação e raiva.

Ela os observava com ar tranqüilo e cruel.

— Ela tem alguma coisa — disse Babet. — Uma razão. Será que está apaixonada pelo *cab*? É uma pena perder esse negócio. Duas mulheres, um velho que mora no fundo do quintal; umas belas cortinas nas janelas. O velho deve ser um *guinal* (judeu). Acho que é um bom trabalho.

— Então vocês entram — exclamou Montparnasse —, façam o serviço. Eu fico aqui com a mocinha, e se ela vacilar...

E fez brilhar, à luz do lampião, a navalha que trazia aberta na manga.

Thénardier não dizia uma palavra, parecendo pronto àquilo que decidissem.

Brujon, que era meio oráculo, e que tinha, como se sabe,

---

[4] O primeiro verso desta cantiga de Béranger (*Ma grand'mère*) é: "Quanto eu lamento..." (N. do E.)

"arranjado o serviço", ainda não falara. Parecia pensativo. Passava por alguém que não recuava diante de nada, e era sabido que, por mera bravata, assaltara um posto da guarda municipal. Além disso, fazia versos e canções, o que lhe dava grande autoridade.

Babet o questionou.

— Você não diz nada, Brujon?

Brujon permaneceu mais um instante silencioso; depois, balançou a cabeça de muitos e variados modos, e decidiu-se, enfim, a elevar a voz.

— É o seguinte: esta manhã encontrei dois pardais se batendo; esta noite, esbarro com uma mulher que quer briga. Tudo isso é ruim. Vamos embora.

Foram-se.

Ao retirar-se, Montparnasse murmurou:

— Não me importaria; se quisessem, eu teria dado o golpe final.

Babet respondeu:

— Eu não. Não ponho as mãos em mulher.

Chegando à esquina, pararam e trocaram em voz baixa este enigmático diálogo:

— Onde vamos passar esta noite?

— Em *Pantin* (Paris).

— Está com você a chave da grade, Thénardier?

— Está.

Éponine, que não tirava os olhos deles, viu quando retomaram o caminho por onde tinham vindo. Levantou-se e pôs-se a segui-los ao longo dos muros e das casas. Seguiu-os desse modo até o bulevar. Ali, os bandidos se separaram; ela viu os seis homens sumirem na escuridão, com a qual pareciam ter-se fundido.

V. Coisas da noite

Depois que os bandidos se foram, a rua Plumet readquiriu seu tranqüilo aspecto noturno.

O que acabava de se passar naquela rua não teria, de modo algum, causado admiração a uma floresta. Os bosques, as matas, as charnecas, os galhos rudemente entrelaçados, o mato crescido vivem de uma maneira sombria; o formigamento selvagem entrevê ali súbitas aparições do invisível; o que está abaixo do homem distingue ali, através da bruma, o que está além do homem; e as coisas que nós, os vivos, ignoramos, confrontam-se ali no meio da noite. A natureza eriçada e feroz se assusta com certas aproximações nas quais julga sentir o sobrenatural. As forças da escuridão se conhecem e têm entre elas misteriosos equilíbrios. Os dentes e as garras temem o que não se pode agarrar. A bestialidade sedenta de sangue, os vorazes apetites esfaimados em busca de presas, os instintos armados de garras e de mandíbulas, que têm por fonte e finalidade o ventre, espreitam e farejam, com inquietude, o impassível delineamento espectral vagando sob uma mortalha, envolto em seu vago manto arrepiante, e que lhes parece viver de uma vida morta e terrível. Essas brutalidades, que não são mais que matéria, receiam confusamente ter de se confrontar com a imensa obscuridade condensada em um ser desconhecido. Uma figura negra, barrando a passagem, estanca de pronto a besta feroz. Aquilo que sai do cemitério intimida e desconcerta o que sai do antro; o feroz tem medo do sinistro; os lobos recuam ao encontro de uma *goule*[5].

VI. Marius volta a se tornar real a ponto de dar seu endereço a Cosette

Enquanto aquela espécie de cadela com figura humana montava guarda na grade, e os seis bandidos recuavam diante de uma mulher, Marius estava ao lado de Cosette.

Nunca o céu estivera mais estrelado e mais encantador, nem as árvores mais trêmulas, nem o perfume das plantas mais penetrante; nunca os pássaros haviam adormecido na folhagem com rumor mais doce; nunca todas as harmonias da serenidade universal haviam mais bem respondido às melodias interiores do amor; Marius nunca estivera mais fascinado, mais feliz, mais extasiado. Mas encontrara Cosette triste. Cosette havia chorado. Tinha os olhos vermelhos.

Era a primeira nuvem naquele sonho admirável.

A primeira frase de Marius fora:

— O que você tem?

E ela respondera:

— Vou dizer.

Então sentou-se no banco próximo à escadaria e, enquanto ele se colocava, estremecendo, ao lado dela, ela prosseguiu:

— Esta manhã, meu pai disse que eu deveria estar pronta, que tinha alguns negócios, que talvez tenhamos de partir!

---

[5] Espécie de vampiro fêmea que, segundo as lendas orientais, devora os mortos durante a noite. (N. do E.)

Marius estremeceu da cabeça aos pés.

Quando se está no fim da vida, morrer significa partir; quando se está no princípio, partir significa morrer.

Havia seis semanas que Marius, pouco a pouco, lenta e gradualmente, a cada dia tomava posse de Cosette. Posse de todo ideal, mas profunda. Como já explicamos, no primeiro amor toma-se a alma muito antes do corpo; mais tarde, toma-se o corpo muito antes da alma; às vezes não se toma absolutamente a alma; os Faublas e os Prudhommes acrescentam: porque não há alma. Mas, felizmente, esse sarcasmo é uma blasfêmia.

Marius, então, possuía Cosette, como os espíritos possuem; mas a envolvia com toda a sua alma e apoderava-se dela ciosamente, com incrível convicção. Possuía seu sorriso, seu hálito, seu perfume, o brilho profundo de seus olhos azuis, a maciez de sua pele quando lhe tocava as mãos, o gracioso sinal que tinha no pescoço, todos os seus pensamentos. Haviam combinado de nunca dormir sem sonhar um com o outro, e mantiveram sua palavra. Ele possuía, então, todos os sonhos de Cosette. Contemplava sem parar, e algumas vezes roçava com sua respiração os cabelinhos que ela tinha na nuca, declarando-se que não havia um só desses fiozinhos que não pertencesse a ele, Marius. Contemplava e adorava tudo o que ela usava, seu laço de fita, suas luvas, seus punhos, suas botinhas, como objetos sagrados dos quais fosse o dono. Pensava que era o senhor daqueles lindos pentes que ela usava nos cabelos, e chegava a dizer-se, surdo e confuso balbuciar da voluptuosidade que começava a se mostrar, que não havia um fio de seu vestido, uma malha de suas meias, uma prega de seu corpete, que não fosse dele. Ao lado de Cosette, ele se sentia perto de seu bem, perto do que era seu, perto de seu déspota e de seu escravo. Parecia que tinham de tal forma confundido suas almas que, se quisessem retomá-las, seria impossível que as reconhecessem.

— Esta é a minha. — Não, é a minha. — Tenho certeza de que está enganado. Este sou eu.

— Quem você toma por você, sou eu.

Marius era algo que fazia parte de Cosette e Cosette era algo que fazia parte de Marius. Marius sentia Cosette viver dentro dele. Ter Cosette, possuir Cosette, para ele não era diferente de respirar. Foi em meio a essa fé, a essa embriaguez, a essa posse virginal, extraordinária e absoluta, a essa soberania, que as palavras: "Nós vamos partir", caíram de repente em seus ouvidos, e que a brusca voz da realidade gritou-lhe: Cosette não lhe pertence!

Marius acordou. Havia seis semanas, Marius vivia, já dissemos, fora da vida; esta palavra, *partir!*, fez com que retornasse duramente a ela.

Não encontrou uma só palavra para dizer. Cosette apenas sentiu que ele tinha as mãos muito frias. Foi sua vez de lhe perguntar:

— O que você tem?

Ele respondeu tão baixo que Cosette mal o ouviu:

— Não compreendo o que você disse.

Ela retomou:

— Esta manhã meu pai disse para eu preparar todas as minhas coisas e ficar pronta; que ia dar a roupa dele para eu colocar em uma mala; que ele precisava fazer uma viagem; que íamos partir; que seriam necessárias uma mala grande para mim e uma pequena para ele; disse para preparar tudo isso em uma semana, e que talvez iremos para a Inglaterra.

— Mas isso é monstruoso! — exclamou Marius.

O certo é que, naquele momento, no espírito de Marius, nenhum abuso de poder, nenhuma violência, nenhuma abominação dos mais abomináveis tiranos, nenhuma ação de Busíris, de Tibério ou de Henrique VIII igualava-se em ferocidade a esta: o senhor Fauchelevent levando sua filha para a Inglaterra por causa de seus negócios.

Ele perguntou com a voz fraca:

— Quando você parte?

— Ele não disse quando.

Marius levantou-se e disse friamente:

— A senhorita irá?

Cosette fixou nele seus belos olhos azuis cheios de angústia, e respondeu de um modo meio delirante:

— Para onde?

— Para a Inglaterra. A senhorita irá?

— Por que está me chamando de senhorita?

— Estou perguntando, a senhorita irá?

— Como quer que eu faça? — disse ela, juntando as mãos.

— Assim, irá?

— Se meu pai vai!

— Então irá?

Cosette pegou a mão de Marius e apertou-a sem responder.

— Está bem — disse Marius —, então irei para outro lugar.

Cosette sentiu ainda mais o significado dessa frase porque não a compreendeu. Empalideceu tanto que seu rosto tornou-se branco na obscuridade. Ela balbuciou:

— O que você quer dizer?

Marius fitou-a, depois ergueu lentamente os olhos para o céu e respondeu:

— Nada!

Quando os abaixou, viu que Cosette lhe sorria. O sorriso da mulher amada é um clarão que se vê na noite.

— Como somos tolos! Marius, tenho uma idéia.

— Qual?

— Parta também se nós partirmos! Eu lhe direi para onde. Vá me encontrar onde eu estiver!

Agora Marius era um homem completamente acordado. Caíra novamente na realidade. Gritou para Cosette:

— Partir com vocês? Está louca! É preciso ter dinheiro, e eu não tenho! Ir para a Inglaterra? Já estou devendo, nem sei direito, mais de dez luíses a Courfeyrac, um de meus amigos que você não conhece! E o que tenho é um chapéu velho que não vale três francos, um casaco sem botões na frente, uma camisa toda rasgada, rota nos cotovelos, botas furadas; há seis semanas não penso mais nisso, e não contei a você. Cosette, eu sou um miserável! Você só me vê à noite, e me dá seu amor; se me visse de dia, me daria uma esmola! Ir para a Inglaterra! Não tenho nem com o que pagar o passaporte!

Jogou-se sobre uma árvore próxima dali, os dois braços acima da cabeça, a fronte contra o tronco, não sentindo nem a madeira que lhe arranhava a pele, nem a febre que martelava suas têmporas, imóvel, prestes a cair, como se fosse a estátua do desespero.

Assim permaneceu por muito tempo. Pode-se passar a eternidade nesses abismos. Mas, enfim, voltou-se. Ouvia por trás dele um pequeno ruído abafado, suave e triste.

Era Cosette que soluçava.

Ela chorava ao lado de Marius havia mais de duas horas, enquanto ele divagava.

Então foi até ela, caiu de joelhos, e, prostrando-se lentamente, segurou a ponta de seu pé que passava pela barra do vestido e a beijou.

Silenciosa, ela não se opôs. Há momentos em que a mulher aceita, como uma deusa triste e resignada, a religião do amor.

— Não chore — disse ele.

Ela murmurou:

— Como não, se talvez eu vá embora, e você não poderá ir!

Ele tornou:

— Você me ama?

Ela respondeu-lhe soluçando, com estas palavras do paraíso que são ainda mais encantadoras através das lágrimas:

— Eu adoro você!

Ele prosseguiu com um tom de voz que era uma inexprimível carícia:

— Não chore! Olhe, faça isso por mim, não chore.

— Você me ama? — disse ela.

— Cosette, nunca dei minha palavra de honra a ninguém, porque minha palavra de honra me dá medo. Eu sinto que meu pai está ao lado. Pois bem, dou-lhe minha palavra de honra mais sagrada que, se você for embora, eu morrerei.

No acento com o qual pronunciou essas palavras havia uma melancolia tão solene e tão tranqüila que Cosette estremeceu. Ela sentiu aquele calafrio que causa a passagem de uma coisa sombria e real. Até parou de chorar com tal emoção.

— Agora escute — disse ele —, não me espere amanhã.

— Por quê?

— Espere por mim apenas depois de amanhã.

— Mas por quê?

— Você vai ver.

— Um dia sem vê-lo! É impossível.

— Sacrifiquemos um dia para termos talvez a vida toda.

E Marius acrescentou a meia voz e a si mesmo:

— É um homem que em nada muda seus hábitos, e nunca recebeu ninguém a não ser à noite.

— De que homem você fala? — perguntou Cosette.

— Eu? Eu não disse nada.

— Que esperança você tem, então?

— Aguarde até depois de amanhã.

— É isso que você quer?

— Sim, Cosette!

Ela segurou-lhe a cabeça entre as mãos, pondo-se na ponta dos pés para chegar à sua altura, e procurando ver a esperança dentro de seus olhos.

Marius continuou:

— Estou pensando, você deve saber meu endereço, se acontecer alguma coisa, nunca se sabe; moro na casa deste amigo que se chama Courfeyrac, na rua de la Verrerie, número 16.

Remexeu no bolso, tirou dali um canivete, e com a lâmina escreveu no reboque do muro:

Rua de la Verrerie, número 16.

Entretanto, Cosette voltara a olhar em seus olhos.

— Diga em que está pensando. Marius, você tem alguma idéia. Oh! Conte pra mim o que é, para que eu passe uma noite tranqüila.

— O que estou pensando é isto: que é impossível que Deus queira nos separar. Espere por mim depois de amanhã.

— E o que eu vou fazer até lá? — disse Cosette. — Você está lá fora, pode ir e voltar. Como os homens são felizes! Mas eu, vou ficar sozinha. Oh! Vou me sentir tão triste! O que você vai fazer, então, amanhã à noite, diga?

— Vou tentar uma coisa.

— Então vou rezar a Deus e pensar em você o tempo todo para que seja bem-sucedido. Não vou mais questioná-lo, já que você não quer. Você é meu senhor! Passarei a noite de amanhã cantando aquela música de Eurianto, da qual você tanto gosta, aquela que certa noite você veio ouvir atrás da minha janela. Mas depois de amanhã venha bem cedo. Estarei esperando à noite, às nove horas em ponto. Meu Deus! Que tristeza os dias serem tão longos! Ouça, quando soarem nove horas eu estarei no jardim.

— E eu também.

E sem nada dizerem um ao outro, movidos pelo mesmo pensamento, arrastados por essas correntes elétricas que colocam dois amantes em comunicação contínua, inebriados de voluptuosidade até mesmo em meio à sua dor, caíram nos braços um do outro, sem perceberem que seus lábios haviam-se juntado enquanto seus olhares elevados, transbordando de lágrimas, contemplavam as estrelas.

Quando Marius saiu, a rua estava deserta. Era o momento em que Éponine seguia os bandidos pelo bulevar.

Enquanto Marius sonhava, tendo a cabeça apoiada à árvore, uma idéia atravessara-lhe a mente; uma idéia — ai! — que ele mesmo julgava insensata e impossível. Tomara uma decisão violenta.

VII. Um velho coração em presença de um jovem coração

Pai Gillenormand tinha nessa época seus bons noventa e um anos. Continuava morando com a senhorita Gillenormand na rua Filles-du-Calvaire, número 6, na velha casa que pertencia a ele. Era, como se lembram, um desses velhos antiquados que esperam a morte empertigados, sem que o peso da idade os consiga dobrar, e nem mesmo as mágoas os possam curvar.

No entanto, havia algum tempo, sua filha dizia: meu pai anda meio acabado. Não batia mais nas criadas; nem batia mais, com tanta verve, sua bengala no patamar da escada quando Basque demorava para abrir-lhe a porta. A Revolução de Julho o havia exasperado apenas durante seis meses. Tinha visto até com tranqüilidade no *Moniteur* este conjunto de palavras: senhor Humblot-Conté, par de França. O fato é que o velho homem estava cheio de desânimo. Não se dobrava, não se rendia, não era de sua natureza física nem tampouco de sua natureza moral; mas ele sentia-se enfraquecer interiormente. Havia quatro anos esperava Marius, de pé firme, esse é o termo exato, com a convicção de que o patifezinho, um dia ou outro, bateria à sua porta. Agora, em certas horas tristes, chegava a dizer-se que, por pouco que Marius se demorasse... Não era a morte que lhe era insuportável, mas a idéia de que talvez não tornasse a ver Marius. Não tornar a ver Marius; até então, isso não havia entrado sequer um instante em seu cérebro, mas agora esse pensamento começava a ocorre-lhe, e o gelava. A ausência, como sempre acontece com os sentimentos naturais e verdadeiros, só tinha feito aumentar seu amor de avô pelo ingrato neto que fora embora daquela forma. É nas noites de dezembro, com um frio de dez graus, que mais se pensa no sol. O senhor Gillenormand era, ou acreditava ser, acima de tudo, incapaz de dar um passo, sendo o avô, em direção a seu neto; "Antes morrer!", dizia ele. Não se atribuía nenhum erro, mas só pensava em Marius com um profundo enternecimento e o mudo desespero de um velho homem que vai indo para as trevas.

Começava a perder seus dentes, o que aumentava sua tristeza.

O senhor Gillenormand, sem, no entanto, confessar a si mesmo, senão ficaria furioso e envergonhado com isso, jamais amara uma mulher como amava Marius.

Mandara colocar em seu quarto, diante da cabeceira de sua cama, como se fosse a primeira coisa que desejasse ver ao despertar, um antigo retrato de sua outra filha, aquela que morrera, a senhora Pontmercy, retrato tirado quando ela contava dezoito anos. Olhava sem cessar para ele. Certo dia, ao contemplá-lo, disse:

— Acho que ele se parece com ela.

— Com minha irmã? — perguntou a senhorita Gillenormand.
— Sem dúvida.

— E com ele também — acrescentara o velho.

Uma vez, estando sentado, com os joelhos unidos e os olhos quase fechados, em uma postura de abatimento, sua filha arriscou-se a dizer-lhe:

— Pai, o senhor continua muito zangado com ele?...

E calou-se, sem ousar ir mais adiante.

— Com quem? — perguntou ele.

— Com o pobre Marius.

Ele endireitou a velha fronte, colocou o punho magro e enrugado sobre a mesa, e exclamou com seu acento mais vibrante e mais irritado:

— Você disse pobre Marius! Esse senhor é um patife, um miserável, vaidoso e ingrato, sem coração, sem alma, um orgulhoso, um homem ruim!

E virou o rosto para que sua filha não visse uma lágrima que tinha nos olhos.

Três dias depois, quebrava um silêncio que durava quatro horas para dizer à sua filha, à queima-roupa:

— Tenho a honra de rogar à senhorita Gillenormand que nunca mais me fale a esse respeito.

Tia Gillenormand renunciou a qualquer tentativa e fez este profundo diagnóstico:

— Depois que minha irmã fez aquela asneira, meu pai nunca mais gostou dela da mesma forma. Está claro que ele detesta Marius.

"Depois que fez aquela asneira" significava: depois que ela tinha se casado com o coronel.

De resto, como já pudemos conjecturar, a senhorita Gillenormand fracassara em sua tentativa de colocar seu favorito, o oficial dos lanceiros, no lugar de Marius. O substituto Théodule não fora bem-sucedido. O senhor Gillenormand não aceitara o qüiproquó. O vazio do coração não se resolve com um tapa-buraco. Por sua parte, Théodule, ao mesmo tempo que farejava a herança, detestava o penoso dever de agradar. O velho aborrecia o lanceiro, e o lanceiro chocava o velho. O Tenente Théodule era alegre, sem dúvida, mas muito falador; frívolo, mas vulgar; *bon vivant*, mas andava em má companhia; tinha amantes, é verdade, e falava muito delas, também é verdade, mas falava mal. Todas as suas qualidades tinham algum defeito. O senhor Gillenormand já estava farto de ouvi-lo contar sobre algumas conquistas que fizera nos arredores do quartel, na rua Babylone. Além disso, o tenente vinha algumas vezes de farda e com a insígnia tricolor. Isso o tornava simplesmente impossível. Pai Gillenormand acabara por dizer a sua filha:

— Estou farto do Théodule. Essa gente de guerra me faz pouco gosto em tempos de paz. Receba-o, se você quiser. Não sei se gosto menos dos espadachins ou dos que carregam uma espada por aí. O tilintar das lâminas em uma batalha é menos miserável, no fim das contas, do que o barulho das bainhas se arrastando no chão. Além disso, se curvar como valentão e se apertar como uma mulherzinha, usando um espartilho por baixo de uma couraça, é ser ridículo duas vezes. Quando se é um homem de verdade, é preciso se manter a igual distância da fanfarronice e da afetação. Nem ferrabrás, nem coração mole. Fique com seu Théodule para você.

Por mais que sua filha lhe dissesse: “Mas é seu sobrinho-neto”, acontece que o senhor Gillenormand, que era avô até o último fio de cabelo, não era de forma alguma tio-avô.

No fundo, como era espirituoso e fazia comparações, Théodule não servira senão para que lamentasse ainda mais a ausência de Marius.

Uma noite, era 4 de junho, o que não impedia o pai Gillenormand de ter um belo fogo em sua lareira, ele pedira a sua filha, que costurava, que se retirasse para o cômodo vizinho. Estava só em seu quarto, os pés apoiados nas travessas da chaminé, meio escondido por seu vasto biombo de nove folhas de Coromandel, sentado à sua mesa, sobre a qual ardiam duas velas sob um quebra-luz verde, afundado em sua poltrona e com um livro, que ele não lia, na mão. Estava vestido, seguindo a moda, como *incroyable*, e se assemelhava a um antigo retrato de Garat. Isso faria com que o seguissem pelas ruas, mas sua filha sempre o cobria, quando ele saía, com uma ampla capa de bispo, que escondia seus trajes. Em casa, exceto na hora de dormir e de se levantar, jamais usava roupão.

— *Isso dá aparência de velho* — dizia ele.

O senhor Gillenormand pensava em Marius amorosa e amargamente, e, como de costume, o amargor predominava. Sua ácida ternura acabava sempre por ferver e converter-se em indignação. Estava naquele ponto em que se procura tomar uma decisão e se aceita o que dilacera. Explicava-se que agora não havia mais razão para que Marius voltasse; que, se ele tivesse de voltar, já o teria feito; que era preciso renunciar a isso. Tentava habituar-se à idéia de que tudo estava acabado, e que morreria sem tornar a ver “aquele senhor”. Mas toda a sua natureza se revoltava; seu velho instinto paternal não permitia que fosse assim. “Ora! Ele não voltará!”, dizia; e esse era seu doloroso estribilho. Sua cabeça envelhecida tombara sobre o peito, e ele fixava vagamente nas cinzas de sua lareira um olhar lastimoso e irritado.

No mais profundo dessa divagação, seu velho criado, Basque, entrou e perguntou:

— O senhor pode receber o senhor Marius?

O velho endireitou-se na cadeira, lívido e semelhante a um cadáver que se levantasse por causa de um abalo galvânico. Todo o seu sangue refluíra para o coração. Ele gaguejou:

— Senhor Marius o quê?

— Não sei — respondeu Basque intimidado e embaraçado pelo

jeito do patrão —, não o vi; foi Nicolette quem acabou de me dizer: "Tem um rapaz aqui, diga que é o senhor Marius".

Pai Gillenormand balbuciou em voz baixa:

— Mande entrar.

E permaneceu na mesma atitude, a cabeça vacilante, olhos fixos na porta. Ela voltou a se abrir. Um jovem entrou. Era Marius.

Marius parou à porta, como se esperasse que lhe dissessem para entrar.

Suas roupas quase miseráveis passavam despercebidas naquela luminosidade obscura. Apenas era possível distinguir seu rosto calmo e sério, mas estranhamente triste.

Pai Gillenormand, paralisado pelo pasmo e pela alegria, ficou alguns instantes sem enxergar outra coisa a não ser um clarão, como se estivesse diante de uma aparição. Estava prestes a desmaiar; via Marius através de um deslumbramento. Era ele mesmo, era mesmo Marius! Finalmente! Depois de quatro anos! Envolveu-o, pode-se dizer, por inteiro, num só olhar. Achou-o belo, nobre, distinto, crescido, homem feito, a atitude conveniente, a aparência encantadora. Teve vontade de abrir-lhe os braços, de chamá-lo, de precipitar-se; suas entranhas se fundiam de contentamento, as palavras afetuosas enchiam e transbordavam de seu peito; enfim, toda essa ternura abriu caminho e chegou a seus lábios, e, pelo contraste que vivia no fundo de sua natureza, deles saíram uma indelicadeza. Disse asperamente:

— O que o senhor veio fazer aqui?

Marius respondeu com embaraço:

— Senhor...

O senhor Gillenormand queria que Marius se jogasse em seus braços. Ficou descontente com o neto e consigo mesmo. Sentiu que tinha sido rude e que Marius estava frio. Para o velho homem, era uma insuportável e irritante ansiedade sentir-se tão terno e tão comovido intimamente e só conseguir externar sua dureza. O amargor apoderou-se novamente dele. Interrompeu Marius em tom ríspido:

— Então, por que veio aqui?

Este "então" significava: *se não veio para me abraçar*. Marius olhou para seu avô, a quem a palidez dava um semblante de mármore.

— Senhor...

O velho tornou com a voz severa:

— Vinha pedir-me perdão? Reconheceu seus erros?

Pensava indicar a Marius o que gostaria que ele fizesse, e que assim o "menino" se dobraria. Marius estremeceu; o que lhe pediam era que renegasse seu pai. Baixou os olhos e respondeu:

— Não, senhor.

— Mas então — exclamou impetuosamente o velho, com uma dor pungente e repleta de cólera — o que o senhor quer?

Marius juntou as mãos, deu um passo e disse com voz fraca e trêmula:

— Senhor, tenha pena de mim.

Essas palavras mexeram com pai Gillenormand; ditas havia mais tempo, teriam conseguido enternecê-lo, mas vinham tarde demais. O avô se levantou; apoiava-se com as duas mãos à bengala, seus lábios estavam brancos, sua fronte vacilava, mas sua elevada estatura dominava Marius.

— Ter pena do senhor! É o adolescente que pede piedade a um velho de noventa e um anos? Está entrando na vida, eu saindo dela; vai aos espetáculos, aos bailes, aos cafés, aos bilhares; é inteligente, agrada as mulheres, é um belo rapaz; a mim, em pleno verão, o que resta é ficar diante da lareira; o senhor é rico das riquezas que contam, eu tenho todas as pobrezas da velhice, as doenças, o isolamento! O senhor tem seus trinta e dois dentes, um bom estômago, olhos vivos, força, apetite, saúde, alegria, uma floresta de cabelos pretos, e eu, nem cabelos brancos tenho mais, perdi meus dentes, estou perdendo minhas pernas, minha memória; há três nomes de rua que confundo sem cessar, rua Charlot, rua Chaume e rua Saint-Claude, cheguei a esse ponto; o senhor tem diante de si um futuro cheio de sol, e eu começo a não enxergar uma gota de futuro, de tanto que avanço na escuridão; o senhor está apaixonado, nem é preciso dizer, eu não sou amado por ninguém no mundo; e vem pedir-me compaixão? Ora! Molière esqueceu-se disso. Se é assim que costumam gracejar no tribunal, senhores advogados, dou-lhes meus sinceros parabéns. Vocês são mesmo engraçados.

E o velho continuou em tom enfurecido e grave:

— Mas então, o que é mesmo que quer?

— Senhor — disse Marius —, sei que minha presença o desagrada, mas venho pedir-lhe apenas uma coisa, depois irei embora imediatamente.

— Mas como é tolo! — disse o velho. — Quem lhe falou para ir embora?

Essa era a tradução das ternas palavras que tinha no fundo do coração: *Mas, então, é só pedir-me perdão! Vamos, dê-me um abraço!*

O senhor Gillenormand sentia que Marius iria embora em alguns instantes, que sua péssima acolhida o repelia, que sua dureza o afastava, pensava em tudo isso, e com isso sua dor aumentava, mas, como sua dor se transformava imediatamente em ira, sua dureza também crescia. Queria que Marius compreendesse, mas Marius não compreendia, o que fazia o velho homem ficar furioso.

E continuou:

— Como! O senhor faltou para comigo, seu avô, saiu de minha casa para ir sabe-se lá onde, encheu sua tia de desgosto, foi levar, é fácil adivinhar, pois é mais cômodo, uma boa vida, se fazendo de elegante, voltando à hora que bem entendesse, divertindo-se; não me deu um sinal de vida, fez dívidas sem ao menos me pedir que as pagasse; tornou-se vociferante e turbulento, e, depois de quatro anos, vem a minha casa, e não tem outra coisa a me dizer além disso!

Esse modo violento de empurrar o neto em direção à ternura só fez produzir o silêncio de Marius. O senhor Gillenormand cruzou os braços, gesto que nele era particularmente imperioso, e interpelou Marius amargamente:

— Vamos acabar com isso. Veio pedir-me alguma coisa, não foi o que disse? Pois bem, o quê? Diga.

— Senhor — disse Marius com o olhar de um homem que se sente a ponto de cair em um precipício —, venho pedir-lhe permissão para me casar.

O senhor Gillenormand tocou a campainha. Basque entreabriu a porta.

— Chame minha filha.

Um segundo depois, a porta tornou a abrir-se; a senhorita Gillenormand não entrou, mas mostrou-se. Marius estava de pé, mudo, os braços pendentes, com aspecto de criminoso; o senhor Gillenormand ia de um lado para o outro dentro do quarto. Voltou-se para sua filha e lhe disse:

— Não é nada. É o senhor Marius. Diga-lhe bom-dia. Ele quer se casar. É isso. Pode ir.

A entonação breve e rouca do velho homem anunciava uma estranha plenitude de exaltação. A tia olhou para Marius com ar assustado, mal pareceu reconhecê-lo, não deixou escapar nem um gesto nem uma sílaba, e desapareceu ao sopro de seu pai, mais depressa que uma palha diante de um furacão.

Enquanto isso, pai Gillenormand voltara a encostar-se à lareira.

— Casar! Aos vinte e um anos! O que foi arranjar! Não tem mais nada a pedir além de uma permissão! Uma formalidade. Sente-se, senhor. Pois bem, houve uma revolução desde que eu não tenho mais a honra de vê-lo. Os jacobinos levaram a melhor. O senhor deve estar contente. Ou não é mais republicano desde que se tornou barão? Isso acomoda as coisas; a república serve de molho ao baronato. Tem a condecoração de Julho? Participou um pouco da tomada do Louvre, senhor? Bem perto daqui, na rua Saint-Antoine, defronte à rua des Nonaindières, há uma bala incrustada no muro do terceiro andar de uma casa, com esta inscrição: *28 de julho de 1830*. Vá ver. Isso causa boa impressão. Ah! Fazem coisas lindas, os seus amigos! A propósito, não estariam colocando um chafariz no lugar do monumento ao senhor Duque de Berry? Então quer se casar? Com quem? Pode-se, sem querer ser indiscreto, perguntar com quem?

Parou, mas antes que Marius tivesse tempo de responder, acrescentou violentamente:

— Ah! E tem uma boa situação? Uma fortuna guardada? Quanto ganha em sua profissão de advogado?

— Nada — respondeu Marius com uma espécie de firmeza e de resolução quase feroz.

— Nada? Para viver não tem, então, nada além das mil e duzentas libras que lhe remeto?

Marius não respondeu. O senhor Gillenormand continuou:

— Ah! Entendo, é porque a moça é rica?

— Como eu.

— O quê? Não tem dote?

— Não.

— Nenhuma esperança?

— Creio que não.

— Completamente sem nada! E quem é o pai?

— Não sei.

— E como ela se chama?

— Senhorita Fauchelevent.

— Fauche o quê?

— Fauchelevent.

— Ich! — fez o velho.

— Senhor! — exclamou Marius.

O senhor Gillenormand o interrompeu com um tom de quem fala a si mesmo.

— É assim, vinte e um anos, sem uma situação, mil e duzentas libras por ano, a senhora Baronesa Pontmercy indo à quitanda comprar dois soldos de salsinha.

— Senhor — tornou Marius na exaltação da última esperança que se desvanece —, eu lhe suplico! Eu lhe rogo, em nome do céu, de mãos postas, senhor, ajoelho-me a seus pés, permita-me esposá-la.

O velho soltou uma estridente e lúgubre gargalhada em meio à qual tossia e falava.

— Ah! Ah! Ah! Deve ter dito com seus botões: "Ora! Vou encontrar aquele velho antiquado, aquele incrível palerma! Que pena eu ainda não ter meus vinte e cinco anos! Bem que eu lhe daria uma intimação respeitosa! E passaria muito bem sem ele! Mas tanto faz, lhe direi: 'Seu velho cretino, você está feliz demais por me ver; quero casar com a senhorita qualquer uma, filha do senhor qualquer um, não tenho sapato, ela não tem vestido, tudo bem; tenho vontade de jogar fora minha carreira, meu futuro, minha juventude, minha vida; quero dar um mergulho na miséria com uma mulher presa ao meu pescoço, essa é minha idéia, é preciso que você consinta!' E o velho fóssil consentirá". Ande, meu filho, como quiser, amarre sua pedra ao pescoço, case-se com sua Pousselevent, sua Coupelevent... Jamais, meu senhor! Jamais!

— Meu pai!

— Jamais!

Ouvindo o tom com que esse "jamais" foi pronunciado, Marius perdeu todas as esperanças. Atravessou o quarto a passos lentos, de cabeça baixa, cambaleando, mais parecendo alguém que vai morrer do que alguém que vai partir. O senhor Gillenormand o seguia com os olhos, e, no momento em que a porta se abria e que Marius saía, deu quatro passos com a vivacidade senil dos velhos impetuosos e mimados, agarrou Marius pela gola, levou-o energicamente de volta ao quarto, jogou-o em uma poltrona e disse-lhe:

— Conte-me essa história!

Era apenas por causa daquelas palavras *meu pai*, que Marius deixara escapar, que se fizera essa revolução.

Marius olhou-o admirado. O semblante mudado do senhor Gillenormand não exprimia nada mais que uma rude mas inefável bonomia. O vovô tomara o lugar do avô.

— Vamos, ande, fale, conte-me seus namoricos, trate de tagarelar e dizer-me tudo! Caramba! Como esses jovens são tolos!

— Meu pai — retomou Marius.

Todo o rosto do velho homem iluminou-se com um brilho inexprimível.

— Sim, isso mesmo! Chame-me de pai que você vai ver!

Agora havia algo de tão bondoso, de tão terno, de tão aberto, de tão paternal naquela grosseria, que Marius, nessa passagem súbita do desalento à esperança, ficou como que aturdido e inebriado. Estava sentado perto da mesa, a luminosidade das velas salientava o mau estado de seu terno, que pai Gillenormand considerava com espanto.

— Pois então, meu pai — disse Marius.

— Ora essa — interrompeu o senhor Gillenormand —, realmente você não tem um tostão? Está vestido como um ladrão.

Remexeu em uma gaveta e tirou dali uma bolsa que colocou sobre a mesa:

— Tome, aqui tem cem luíses; compre um chapéu.

— Meu pai — continuou Marius —, meu bom pai, se o senhor soubesse como eu a amo! O senhor não imagina, a primeira vez que a vi foi no Luxemburgo, onde ela costumava passear; no começo, não prestava muita atenção a ela, mas depois, nem sei como aconteceu, fiquei apaixonado. Oh! Como me tornei infeliz! Agora voltei a vê-la, todos os dias, na casa dela, mas o pai não sabe; imagine que vão partir; é no jardim que nos encontramos, à noite, mas seu pai quer levá-la para a Inglaterra; aí então pensei: vou ver meu avô e vou contar-lhe tudo. Eu ficaria louco, morreria, adoeceria, acabaria jogando-me na água. Preciso casar-me com ela de qualquer jeito, senão enlouqueço. Enfim, é essa a verdade, creio que não esqueci de nada. Ela mora em uma casa que tem um jardim com uma grade, na rua Plumet, nas proximidades de Invalides.

Pai Gillenormand sentara-se radiante junto de Marius. Enquanto o escutava e saboreava o som de sua voz, também saboreava uma boa pitada de rapé. Às palavras *rua Plumet*, interrompeu sua aspiração e deixou cair o resto do rapé sobre os joelhos.

— Rua Plumet! Você disse rua Plumet? Vamos ver... Não tem um quartel por ali? É, é isso. Seu primo Théodule falou-me dessa rua; o oficial lanceiro. Uma garota, meu bom menino, uma garota! Ora essa, rua Plumet, que antigamente era chamada de rua Blomet. Agora me lembro. Já ouvi falar dessa moça da grade da rua Plumet. Em um jardim. Uma Pamela. Você não tem mau gosto, não. Dizem que é arrumadinha. Cá entre nós, acho que aquele lanceiro boboca andou lhe fazendo a corte. Mas não sei até onde chegou. Enfim, isso não é nada. Além do mais, não se deve dar-lhe crédito. Adora se gabar. Marius! Acho muito bom que um jovem como você esteja apaixonado. É normal na sua idade. Prefiro vê-lo apaixonado do que jacobino. Gosto mais que esteja animado por um rabo-de-saia, ora, por vinte rabos-de-saia do que pelo senhor Robespierre. De minha parte, declaro que, em matéria de *sans-culotte*, nunca gostei senão das mulheres. Mulher bonita é mulher bonita, qua diabo! Nenhuma objeção. Quanto à tal pequena, ela recebe você às escondidas de papai. Isso é de regra. Também tive umas histórias como essa. Mais de uma. Sabe o que a gente faz? Não se toma o caso com ferocidade; nada de se precipitar no trágico; não se conclui pelo casamento diante do prefeito com faixa e tudo. Deve-se, simplesmente, agir com presença de espírito, bom senso. Deslizem, mortais, não se casem. Vamos encontrar o avô, que no fundo é boa pessoa, e sempre tem alguns luíses dentro de uma velha gaveta, e lhe dizemos: "Meu avô, é isto que acontece". E o avô responde: "É muito simples. A juventude tem de passar e a velhice chegar. Já fui jovem, e um dia você será velho. Vá, meu filho, você também fará isso por seu neto. Aqui estão duzentas pratas. Divirta-se, nada melhor!" É assim que as coisas devem acontecer. Casar não, mas isso não é problema. Me entende?

Marius, petrificado e sem condições de articular uma só palavra, acenou com a cabeça que não.

O velho desatou a rir, piscando-lhe, deu-lhe um tapinha no joelho, olhou-o nos olhos com ar misterioso mas radiante, e levantando ternamente os ombros disse-lhe:

— Seu tolo! Faça dela sua amante.

Marius empalideceu. Não tinha entendido nada do que seu avô acabava de dizer. Toda aquela história de rua Blomet, de Pamela, de quartel, de lanceiro, passara diante de Marius como uma fantasmagoria. Nada daquilo podia referir-se a Cosette, que era um lírio. O velho divagava. Mas essa divagação terminara em uma frase que Marius havia compreendido e que era uma injúria mortal a Cosette. A frase *faça dela sua amante* penetrou como uma espada no coração do severo jovem.

Levantou-se, pegou o chapéu que estava no chão e caminhou até a porta com passo firme e seguro. Ali, voltou-se, inclinou-se profundamente diante do avô, ergueu novamente a cabeça e disse:

— Há cinco anos, o senhor ultrajou meu pai; hoje o senhor ultraja minha mulher. Não lhe peço mais nada, senhor. Adeus!

Pai Gillenormand, estupefato, abriu a boca, estendeu os braços, tentou levantar-se, mas, antes que conseguisse pronunciar uma palavra, a porta já se havia fechado e Marius já havia desaparecido.

O velho permaneceu alguns instantes imóvel e como que fulminado, sem poder falar nem respirar, como se um punho fechado lhe apertasse a garganta. Enfim, despregou-se de sua poltrona, correu para a porta, tanto quanto se pode correr aos noventa e um anos, abriu-a e gritou:

— Acudam! Acudam!

Sua filha apareceu, em seguida os criados. Ele continuou, ofegando de forma lamentável:

— Corram atrás dele, alcancem-no! O que eu fiz a ele? Está

louco! Foi embora! Ai, meu Deus! Ai, meu Deus! Dessa vez ele não volta mais!

Foi até a janela que dava para a rua, abriu-a com suas velhas mãos trêmulas, debruçando mais de meio corpo, enquanto Basque e Nicolette tentavam retê-lo, e gritou:

— Marius! Marius! Marius!

Mas Marius já não podia ouvir, e naquele mesmo momento dobrava a esquina da rua Saint-Louis.

O velho, com expressão de angústia, levou por duas ou três vezes as duas mãos às têmporas, recuou cambaleando e deixou-se cair sobre uma poltrona, sem pulso, sem voz, sem lágrimas, balançando a cabeça e agitando os lábios com ar estúpido; não tinha mais nada nos olhos e no coração senão algo de triste e profundo que se assemelhava à escuridão.

LIVRO IX

Para onde vão eles?

I. Jean Valjean

Neste mesmo dia, por volta das quatro horas da tarde, Jean Valjean estava sentado sozinho sobre o reverso de um dos taludes mais solitários do Champ-de-Mars. Fosse por prudência, ou pelo desejo de se isolar, ou simplesmente em conseqüência de uma dessas mudanças de hábito que pouco a pouco se introduzem em todas as existências, ele agora saía com Cosette muito raramente. Usava sua jaqueta de operário e uma calça de tecido pardo, e seu boné de pala comprida escondia-lhe o rosto. Estava, presentemente, calmo e feliz em relação a Cosette; aquilo que por algum tempo o assustara e perturbara havia se dissipado; mas, havia uma ou duas semanas, ansiedades de outra natureza o perturbavam. Um dia, passeando pelo bulevar, avistara Thénardier; graças a seu disfarce, Thénardier não o reconhecera; mas, daí em diante, Jean Valjean tornou a vê-lo várias vezes, e agora tinha certeza de que Thénardier vagava pelos arredores. Isso foi suficiente para fazê-lo tomar uma importante resolução. Thénardier por ali era igual a todos os perigos reunidos. Além disso, Paris não era um lugar tranqüilo; as agitações políticas traziam um inconveniente para quem quer que tivesse algo a esconder em sua vida: a polícia tornara-se muito inquieta e muito desconfiada, e, procurando um homem como Pepin ou Morey[1], podia muito bem descobrir um homem como Jean Valjean. Jean Valjean decidira sair de Paris, e até mesmo da França, e ir para a Inglaterra. Prevenira Cosette. Antes de oito dias gostaria de já ter partido. Sentara-se na rampa do Champ-de-Mars deixando passar em

[1] Futuros cúmplices de Fieschi, homem que tentou assassinar o rei em julho de 1835. (N. do E.)

sua mente todo tipo de pensamentos, Thénardier, a polícia, a viagem e a dificuldade de conseguir um passaporte.

Estava preocupado com todos esses aspectos.

Enfim, um fato inexplicável que acabava de chamar sua atenção, e com o qual ainda estava todo impressionado, viera juntar-se a suas preocupações. Na manhã desse mesmo dia, sendo o único na casa que já se levantara, e passeando no jardim antes que as janelas de Cosette se abrissem, de repente avistou esta frase no muro, provavelmente gravada com algum prego:

Rua de la Verrerie, número 16.

Isso era bem recente, os traços eram brancos sobre a velha argamassa escura, e um tufo de urtiga ao pé do muro estava coberto com uma fina poeira de cal. Provavelmente, aquilo tinha sido escrito naquela noite. O que era? Um endereço? Um sinal para alguém? Um aviso para ele? Em todo caso, era evidente que o jardim fora violado, e que desconhecidos ali entravam. Lembrou-se dos estranhos incidentes que já haviam alarmado a casa. Sua mente trabalhava sobre aquelas palavras. Guardou-se de contar a Cosette sobre a linha escrita sobre o muro com medo de assustá-la.

Em meio a essas preocupações, deu-se conta, por uma sombra que o sol projetava, de que alguém acabava de parar no topo do talude imediatamente atrás dele. Ia voltar-se quando um papel dobrado em quatro caiu sobre seus joelhos, como se uma mão o tivesse soltado acima de sua cabeça. Pegou o papel, desdobrou-o, e leu estas palavras escritas a lápis em grandes letras:

MUDE-SE.

Jean Valjean ergueu-se com presteza, mas não havia mais ninguém no talude; procurou à sua volta e avistou uma espécie de criatura, maior que uma criança e menor do que um homem, vestida com uma blusa cinza e uma calça de veludo cor de poeira, saltando o parapeito e escorregando no fosso do Champ-de-Mars.

Jean Valjean, ainda mais pensativo, voltou imediatamente para casa.

II. Marius

Marius partira desconsolado da casa do senhor Gillenormand. Entrara ali com uma pequena esperança; saía com um imenso desespero.

De resto, e os que têm observado as origens do coração humano compreenderão, o lanceiro, o oficial, o palerma do primo Théodule não deixara nenhuma sombra em seu espírito. A menor sombra. O poeta dramático aparentemente poderia esperar algumas complicações por causa dessa revelação feita à queima-roupa pelo avô ao neto. Mas, o que o drama ganharia com isso, a verdade perderia. Marius achava-se na idade em que, em se tratando do mal, em nada se acredita; só mais tarde vem a idade em que se acredita em tudo. As suspeitas não são mais que rugas. A primeira juventude não as tem. O que abala Otelo nem é percebido por Cândido. Suspeitar de Cosette! Há uma infinidade de crimes que Marius teria cometido com mais facilidade.

Pôs-se a caminhar pelas ruas, recurso dos que sofrem. Não pensou em nada de que pudesse se recordar. Voltou para a casa de Courfeyrac às duas horas da manhã e jogou-se vestido sobre o colchão. Era dia claro quando adormeceu, com esse terrível sono pesado que faz as idéias irem e virem dentro do cérebro. Quando acordou, viu, dentro do quarto, de chapéu na cabeça, prontos para sair e muito agitados, Courfeyrac, Enjolras, Feuilly e Combeferre.

Courfeyrac lhe disse:

— Você vai ao enterro do General Lamarque?

Parecia-lhe que o amigo falava chinês.

Ele saiu algum tempo depois dos rapazes. Colocou no bolso as pistolas que Javert lhe confiara por ocasião da aventura de 3 de fevereiro, e que ainda permaneciam em suas mãos. Essas pistolas ainda estavam carregadas. Seria difícil dizer que sombrios pensamentos tinha em mente ao levá-las consigo.

Durante o dia inteiro vagou sem saber bem por onde; por vezes chovia, mas ele nem se dava conta; para jantar, comprou um pequeno pão de um soldo que colocou no bolso e esqueceu. Parecia ter tomado um banho no Sena, mas sem ter consciência disso. Há momentos em que se tem uma verdadeira fornalha no cérebro. Marius estava em um desses momentos. Não esperava mais nada, não temia mais nada. Dera esse passo desde a véspera. Esperava a noite com uma impaciência febril, tinha uma única idéia clara, ver Cosette às nove horas. Essa derradeira felicidade era agora todo o seu futuro; depois, a escuridão. Às vezes, ao caminhar pelas ruas mais desertas, parecia ouvir estranhos ruídos em Paris. Tirava um pouco a cabeça de suas divagações e dizia: "Será que estão combatendo?"

Ao cair da noite, precisamente às nove horas, como prometera a Cosette, achava-se na rua Plumet. Ao aproximar-se da grade, esqueceu de tudo. Havia quarenta e oito horas não via Cosette, e agora ia vê-la; todos os outros pensamentos dissiparam-se, e ele sentiu apenas uma alegria extraordinária e profunda. Esses minutos, durante os quais vivem-se séculos, sempre têm de soberano e de admirável que, enquanto passam, preenchem completamente o coração.

Marius deslocou o varão da grade e entrou no jardim. Cosette não estava no local onde normalmente o esperava. Ele atravessou em meio às árvores e foi até o vão próximo à escadaria. "Ela me espera ali", pensou. Mas Cosette não estava lá. Levantou os olhos e viu que as janelas estavam fechadas. Deu uma volta no jardim, o jardim estava deserto. Então voltou até a casa, e, louco de amor, ébrio, assustado, exasperado de dor e de ansiedade, bateu nas venezianas, como o dono da casa que voltasse fora de hora. Bateu e tornou a bater, arriscando-se a ver a janela se abrir e o rosto sombrio do pai aparecer perguntando-lhe: "O que quer?" Mas isso não era nada perto do que ele entrevia. Depois de bater, elevou a voz e chamou Cosette.

— Cosette! — gritou ele. — Cosette! — repetiu imperiosamente.

Ninguém respondeu. Era o fim. Ninguém no jardim; ninguém na casa.

Marius fixou seus olhos desesperados naquela casa lúgubre, tão escura, tão silenciosa e tão vazia quanto um túmulo. Olhou para o banco de pedra onde passara tantas horas adoráveis perto de Cosette. Então, sentou-se nos degraus da escadaria, o coração cheio de doçura e de resolução, bendizendo seu amor do fundo de seu pensamento e dizendo-se que, já que Cosette havia partido, só lhe restava morrer.

De repente, ouviu uma voz que parecia vir da rua e que gritava por entre as árvores:

— Senhor Marius!

Ele se ergueu.

— O quê? — disse ele.

— Senhor Marius, é o senhor que está aí?

— Sim.

— Senhor Marius, retomou a voz, seus amigos o esperam na barricada da rua de la Chanvrerie.

Essa voz não lhe era inteiramente desconhecida. Assemelhava-se à voz rouca e áspera de Éponine. Marius correu até a grade, empurrou o varão solto, passou a cabeça por ali, e viu alguém, que lhe pareceu ser um rapaz, desaparecer correndo na escuridão.

III. Senhor Mabeuf

A bolsa de Jean Valjean tinha sido inútil para o senhor Mabeuf, que, em sua venerável austeridade infantil, não aceitara o presente dos astros; não admitia que uma estrela pudesse converter-se em moedas de ouro. Não percebera que o que caía do céu vinha de Gavroche. Fora entregar a bolsa ao delegado de polícia do bairro, como objeto perdido, colocado por quem a encontrara à disposição do reclamante. Com efeito, a bolsa ficou perdida. Nem é preciso dizer que ninguém a reclamou, e que ela em nada serviu para socorrer o senhor Mabeuf.

De resto, o senhor Mabeuf continuou decaindo.

As experiências com o anil não haviam sido mais satisfatórias no Jardim Botânico do que em seu jardim de Austerlitz. No ano anterior, devia os vencimentos de sua governanta; atualmente, como se viu, devia o aluguel da casa. A casa de penhores, passados treze meses, vendera as chapas de cobre de sua *Flora*. Algum caldeireiro deve tê-las transformado em panelas. Sem o cobre, não podendo nem mesmo completar os exemplares desemparelhados que ainda possuía, cedera pranchas e textos como *défets*[2], a preço vil, a um negociante de livros usados. Assim, nada mais lhe sobrara da obra de toda a sua vida.

Passou a comer o dinheiro desses exemplares. Quando viu que essa insignificante fonte se esgotava, renunciou a seu jardim e deixou-o sem cuidados. Antes, muito tempo antes, já havia renunciado aos dois ovos e ao pedaço de carne que comia de tempos em tempos. Seu jantar consistia em pão e batatas. Vendeu seus últimos móveis, em seguida tudo o que tinha em dobro em matéria de roupa de cama, cobertores e vestimentas, e, finalmente, seus herbários e suas estampas; mas ainda lhe restavam seus livros mais preciosos, entre os quais vários de grande raridade como os *Quadrains Historiques de la Bible* — Quadros Históricos da Bíblia —, edição de 1560, a *Concordance des Bibles* — Concordância das Bíblias —, de Pierre de Besse, as *Marguerites da la Marguerite* — Margaridas da Margarida —, de Jean de La Haye, com uma dedicatória à rainha de Navarra, o livro *Charge et Dignité de l'Embassadeur* — Cargo e Dignidade do Embaixador —, pelo Senhor de Villiers-Hotman, um *Florilegium rabbinicum* de 1644, um Tibulo de 1567,

[2] Folhas soltas de uma obra, com as quais não se pode formar um exemplar completo, e que servem apenas para completar exemplares defeituosos. (N. do E.)

com esta esplêndida inscrição: *Venetiis, in aedibus Manutianis*; finalmente, um Diógenes Laércio, impresso em Lyon em 1644, no qual se encontravam as célebres variantes do manuscrito 411, século XIII, do Vaticano, bem como as variantes dos dois manuscritos de Veneza, 393 e 394, tão proveitosamente consultados por Henri Estienne, e todas as passagens, em dialeto dórico, que só se encontram no célebre manuscrito do século XII, pertencente à Biblioteca de Nápoles.

O senhor Mabeuf nunca acendia a lareira em seu quarto, e deitava-se ainda de dia para não precisar acender velas. Parecia não mais ter vizinhos, evitavam-no quando ele saía, e ele o percebia. A miséria de uma criança interessa a uma mãe, a miséria de um rapaz interessa a uma jovem, a miséria de um velho não interessa a ninguém. É, de todos os abandonos, o mais cruel. Apesar de tudo, o senhor Mabeuf não tinha perdido inteiramente sua serenidade infantil. Seus olhos ganhavam alguma vivacidade quando se fixavam em seus livros, e até sorria quando considerava o seu Diógenes Laércio, que era um exemplar único. Seu armário envidraçado era o único móvel que conservara além do estritamente indispensável.

Um dia Mãe Plutarque lhe disse:

— Não tenho com o que comprar algo para o jantar.

O que ela chamava de jantar era um pão e quatro ou cinco batatas.

— Nem fiado? — perguntou o senhor Mabeuf.

— O senhor bem sabe que recusam.

Ele abriu seu armário, por bastante tempo contemplou, um após o outro, todos os seus livros, como um pai que, obrigado a dizimar seus filhos, os contemplaria antes de escolher; então rapidamente pegou um deles, colocou-o debaixo do braço, e saiu. Voltou duas horas depois sem nada debaixo do braço, colocou trinta soldos sobre a mesa e disse:

— A senhora fará o jantar.

A partir desse momento, Mãe Plutarque viu estender-se sobre a cândida fronte do velho um sombrio véu que nunca mais se ergueu.

No dia seguinte, e no outro, e todos os dias, foi preciso recomeçar; o senhor Mabeuf saía com um livro e voltava com uma moeda. Como os livreiros de sebo viam que ele necessitava vender, compravam-lhe por vinte soldos o que havia pago vinte francos, algumas vezes aos mesmos livreiros. Volume a volume, toda a sua biblioteca se ia. Em alguns momentos dizia a si mesmo: *Mas já estou com oitenta anos*, como se tivesse não se sabe que oculta esperança de chegar ao fim de seus dias antes que seus livros chegassem ao fim.

Sua tristeza aumentava. Certa vez, no entanto, teve uma alegria.

Saíra de casa com um Robert Estienne, que vendeu por trinta e cinco soldos no cais Malaquais, e voltou com um Aldo, que comprara por quarenta na rua des Grès.

— Estou devendo cinco soldos — disse ele radiante a Mãe Plutarque. Nessa noite não jantou.

Era membro da Sociedade de Horticultura, onde conheciam suas privações. O presidente dessa sociedade o procurou, prometeu interceder por ele junto ao ministro do Comércio e Agricultura, e, de fato, o fez.

— Mas como! — exclamou o ministro. — Não acredito! Um velho sábio! Um botânico! Um homem inofensivo! É preciso que façamos alguma coisa por ele!

No dia seguinte, o senhor Mabeuf recebeu um convite para jantar na casa do ministro. Mostrou a carta a Mãe Plutarque, trêmulo de alegria. "Estamos salvos!", exclamou.

No dia marcado, foi à casa do ministro. Percebeu que sua gravata amarrotada, seu casaco fora de moda e seus sapatos lustrados com clara de ovo causavam espanto aos porteiros. Ninguém lhe falou, nem mesmo o ministro. Por volta das dez horas da noite, sempre à espera de alguma palavra, ouviu a mulher do ministro, bela dama decotada de quem não ousara se aproximar, perguntar: "Quem será aquele velho senhor?"

À meia-noite, voltou para casa a pé, debaixo de uma forte chuva. Teve de vender um Elzevir para pagar a carruagem da ida.

Todas as noites antes de se deitar, habituara-se a ler algumas páginas de seu Diógenes Laércio. Sabia grego o bastante para apreciar as particularidades do texto que possuía. Agora, essa era sua única alegria. Algumas semanas se passaram. De repente, Mãe Plutarque adoeceu. Há uma coisa mais triste do que não ter com o que comprar o pão do padeiro, é não ter com o que comprar os remédios do farmacêutico. Uma noite, o médico receitou um medicamento muito caro; além disso, a doença se agravava, era preciso uma enfermeira. O senhor Mabeuf abriu sua biblioteca, não havia mais nada. O último volume já se fora. A única coisa que lhe restava era o Diógenes Laércio.

Colocou o exemplar único debaixo do braço e saiu; era dia 4 de junho de 1832; dirigiu-se à Porte Saint-Jacques, foi à casa do sucessor de Royol, e voltou para casa com cem francos. Colocou a pilha de moedas de cinco francos sobre o criado-mudo da velha criada e recolheu-se a seu quarto sem dizer uma palavra.

No dia seguinte, logo ao amanhecer, foi sentar-se no banco de pedra de seu jardim, e, por cima da sebe, durante toda a manhã, foi possível vê-lo imóvel, cabeça baixa, os olhos vagamente fixos nas platibandas murchas. Chovia por instantes, mas o velho homem nem parecia dar-se conta. Durante a tarde, ruídos extraordinários irromperam em Paris. Assemelhavam-se a tiros de espingarda e aos clamores de uma multidão.

Pai Mabeuf levantou a cabeça; viu um jardineiro que passava e perguntou:

— O que é isso?

O jardineiro respondeu, com sua enxada às costas, e no tom de voz mais pacífico:

— São motins.

— Como assim, motins?

— É. Estão em combate.

— Por que combatem?

— Ah! Ora essa! — fez o jardineiro.

— Para que lados? — tornou o senhor Mabeuf.

— Para os lados de l'Arsenal.

Pai Mabeuf entrou em casa, pegou seu chapéu, procurou maquinalmente um livro para colocar debaixo do braço, não encontrou nenhum, e disse: "Ah! É verdade!"

E saiu, com ar perturbado.

LIVRO X

5 de junho de 1832

I. A superfície da questão

De que se compõe um motim? De nada e de tudo. De uma eletricidade que lentamente se propaga, de uma chama que subitamente cintila, de uma força que vagueia, de um sopro que passa. Esse sopro encontra cabeças que falam, cérebros que sonham, almas que sofrem, paixões que ardem, misérias que gritam, e leva tudo consigo.

Aonde?

Ao acaso. À revelia do Estado, à revelia das leis, à revelia do bem-estar e da insolência dos outros.

As convicções irritadas, os entusiasmos exasperados, as indignações emocionadas, os instintos de guerra comprimidos, as jovens coragens exaltadas, as cegueiras generosas; a curiosidade, o gosto pelas mudanças, a sede pelo inesperado, o sentimento que nos leva a ler com prazer o cartaz de um novo espetáculo e a gostar de ouvir no teatro o apito do contra-regra; os ódios vagos, os rancores, os desapontamentos, todas as vaidades que acreditam ser vítimas de uma bancarrota do destino; a falta de meios, os sonhos vazios, as ambições rodeadas de dificuldades, os que esperam de um desabamento uma saída; finalmente, no nível mais baixo, a turba, essa lama que se incendeia, tais são os elementos do motim.

O que há de maior e o que há de mais ínfimo; seres que vagam excluídos de tudo, à espera de uma oportunidade, boêmios, gente sem ocupação, vagabundos das ruas, os que à noite dormem em um deserto de casas sem outro teto que as frias nuvens do céu, os que, a cada dia, pedem seu pão ao acaso e não ao trabalho, os desconhecidos da miséria e do nada, os braços nus, os pés descalços, estes pertencem à revolta.

Quem quer que abrigue na alma uma revolta secreta contra um

fato qualquer do Estado, da vida ou da sorte, se encerra na revolta e, assim que ela aparece, começa a agitar-se e a sentir-se impelido pelo turbilhão.

O motim é uma espécie de tufão da atmosfera social que se forma repentinamente em certas condições de temperatura e que, em seu rodopio, sobe, corre, estoura, arranca, arrasa, esmaga, derruba, puxa as raízes, arrastando consigo as grandes naturezas bem como as mesquinhas, o homem forte e o espírito fraco, o tronco de árvore e o fragmento de palha.

Infelizes tanto dos que arrebata quanto dos que atropela! Um é jogado contra o outro.

Comunica aos que a ele aderem não se sabe que poder extraordinário. Preenche os desavisados com a força dos acontecimentos; transforma tudo em projéteis. De um seixo faz uma bala, de um carregador faz um general.

Se dermos crédito a certos oráculos da política hipócrita, do ponto de vista do poder, um pouco de revolta é desejável. Esquema: a revolta reforça os governos que não derruba; põe à prova o exército; concentra a burguesia; distende os músculos da polícia; constata a força da ossatura social. É uma ginástica; é quase uma higiene. O poder se sente melhor depois de um motim, como o homem depois de uma massagem.

Há trinta anos, as revoltas eram consideradas sob outros pontos de vista.

Para todas as coisas, há uma teoria que proclama a si mesma de "bom senso"; Filinto contra Alceste; mediação oferecida entre o verdadeiro e o falso; explicação, advertência, atenuação um tanto altiva que, por ser uma mescla de censura e desculpa, se julga sabedoria, quando, muitas vezes, não passa de pedantismo. Toda uma escola política, chamada com justiça de centro, saiu daí. Entre a água fria e a água quente, é o partido água-morna. Essa escola, com sua falsa profundidade, toda superficial, que disseca os efeitos sem remontar às causas, censura, do alto de uma meia-ciência, as agitações da praça pública.

Se dermos ouvidos a essa escola: "Os motins que complicaram o feito de 1830 tiraram desse grande acontecimento parte de sua pureza. A Revolução de Julho tinha sido um belo vendaval popular, rapidamente seguido por um céu azul. Mas eles fizeram o céu nebuloso reaparecer. Fizeram degenerar em querela essa revolução, em princípio tão notável por sua unanimidade. Na Revolução de Julho, como em todo progresso que vem aos safanões, houve fraturas secretas; mas os motins as tornaram sensíveis. Podia-se dizer: 'Ah!

Isto está quebrado'. Após a Revolução de Julho, sentia-se apenas a redenção; após as revoltas, sentia-se a catástrofe.

Qualquer motim fecha lojas, rebaixa o valor dos fundos, consterna a bolsa, suspende o comércio, entrava os negócios, precipita as falências; o dinheiro acaba, as fortunas privadas se inquietam, o crédito público vacila, a indústria se desconcerta, os capitais recuam, o trabalho é mal pago, há medo por toda parte; há contragolpes em todas as cidades. Daí surgem os abismos. Calcula-se que o primeiro dia de uma revolta custa à França vinte milhões, o segundo quarenta, o terceiro sessenta. Uma revolta de três dias custa cento e vinte milhões, quer dizer, vendo-se apenas o resultado financeiro, equivale a um desastre, naufrágio ou batalha perdida, que aniquilasse uma armada de sessenta naus de linha.

Sem dúvida, historicamente, as revoltas tiveram sua beleza; a guerra das ruas não é menos grandiosa, nem menos patética, que a guerra dos bosques; uma encerra a alma das florestas, a outra, o coração das cidades; uma tem Jean Chouan, a outra, tem Jeanne. As revoltas tingiram de vermelho, mas de forma esplêndida, todas as mais originais saliências do caráter parisiense, a generosidade, a dedicação, a alegria tumultuosa, os estudantes provando que a bravura faz parte da inteligência, a Guarda Nacional inabalável, as trincheiras de comerciantes, as fortalezas de garotos, o desprezo pela morte dos que estão na rua. Escolas e legiões se chocavam. No final das contas, entre os combatentes havia apenas uma diferença de idade; todos da mesma raça; todos os mesmos homens estóicos que morrem aos vinte anos por suas idéias, e aos quarenta por suas famílias. O exército, sempre triste nas guerras civis, opunha a prudência à audácia. Os motins, ao mesmo tempo que manifestaram a intrepidez popular, forjaram a educação da coragem burguesa.

Muito bem. Mas tudo isso vale o sangue derramado? E, ao sangue derramado, acrescentem o futuro nebuloso, o progresso comprometido, a inquietude entre os melhores, o desespero dos liberais honestos, o absolutismo estrangeiro feliz com esses ferimentos feitos à revolução por ela mesma, os vencidos de 1830 triunfando e dizendo: 'Bem que nós dissemos!' Acrescentem uma Paris talvez engrandecida, mas uma França seguramente diminuída. Acrescentem, pois é necessário dizer tudo, os massacres que, com muita freqüência, desonravam a vitória da ordem, que se tornava feroz, sobre a liberdade, que se tornava insensata. Feitas as contas, os motins foram funestos".

Assim fala esse arremedo de sabedoria com que a burguesia, esse arremedo do povo, tão facilmente se contenta.

Quanto a nós, rejeitamos esta palavra, ampla em demasia e, por conseqüência, cômoda em demasia: motins. Fazemos distinção entre um movimento popular e outro movimento popular. Não nos perguntamos se um motim custa tanto quanto uma batalha. E, em primeiro lugar, por que uma batalha? Nesse ponto surge a questão da guerra. Seria a guerra menos flagelo do que são os motins calamidade? E quando o 14 de julho custaria cento e vinte milhões? O estabelecimento de Filipe V na Espanha custou à França dois bilhões. Mesmo que fosse a igual preço, preferiríamos o 14 de julho. Aliás, repelimos essas cifras, que parecem argumentos mas não passam de palavras. Dada uma revolta, devemos examiná-la em si mesma. Em tudo o que diz a objeção doutrinária acima exposta, a questão é de efeito, nós procuramos a causa.

Seremos mais precisos.

II. O fundo da questão

Existe revolta e existe insurreição; são dois tipos de ira; uma é condenável, a outra é legítima. Nos Estados democráticos, os únicos fundados na justiça, acontece que, algumas vezes, a fração usurpa, e então o todo se ergue, e a necessária reivindicação de seus direitos pode chegar a que se pegue em armas. Em todas as questões que são de competência da soberania coletiva, a guerra do todo contra a fração é insurreição; o ataque da fração contra o todo é revolta; conforme as Tulherias contenham o rei ou contenham a Convenção, serão justamente ou injustamente atacadas. O mesmo canhão apontado contra a multidão foi justo no 10 de agosto, e injusto no 14 vindimiário[1]. Aparências semelhantes, fundamentos diferentes; as guardas suíças defendem o falso, Bonaparte, o verdadeiro. O que o sufrágio universal fez no uso de sua liberdade e de sua soberania não pode ser desfeito nas ruas. Do mesmo modo no que tange às coisas de pura civilização; o instinto das massas, ontem clarividente, pode amanhã estar turvado. A mesma fúria é legítima contra Terray e absurda contra Turgot. A destruição de máquinas, os saques de armazéns, a quebra de trilhos, a demolição de docas, os tortos cami-

[1] 10 de agosto de 1792: tomada das Tulherias, defendidas por guardas suíças, decidindo-se pela abolição da realeza; 14 vindimiário (4 de outubro de 1795): fracasso, sob a artilharia de Bonaparte, de um golpe de estado realista, em Paris. (N. do E.)

nhos seguidos pelas multidões, o povo negando justiça ao progresso, Ramus assassinado pelos estudantes, Rousseau expulso da Suíça a pedradas, tudo isso é revolta[2]. Israel contra Moisés, Atenas contra Fócion, Roma contra Cipião, é revolta; Paris contra a Bastilha, é insurreição. Os soldados contra Alexandre, os marinheiros contra Cristóvão Colombo, é a mesma revolta; revolta ímpia. Por quê? Porque Alexandre fez com sua espada pela Ásia o mesmo que Cristóvão Colombo fez pela América com sua bússola; Alexandre, assim como Colombo, descobriu um mundo. Esse doar de mundos à civilização significa tamanho aumento de luz que qualquer resistência é culpável. Às vezes o povo falta com fidelidade a si mesmo. A multidão é traidora do povo. Não há, por exemplo, nada mais estranho do que esse longo e sangrento protesto dos contrabandistas de sal, legítima revolta crônica que, no momento decisivo, no dia da salvação, na hora da vitória popular, esposa o trono, muda de lado e, de insurreição contra, se converte em revolta a favor! Tristes primores da ignorância! O contrabandista de sal escapa às forças reais e, ainda com um resto de corda no pescoço, ostenta a insígnia branca. Morte aos impostos sobre o sal dá à luz os "Viva o rei". Matadores da noite de São Bartolomeu, degoladores de Setembro, carniceiros de Avignon, assassinos de Coligny, assassinos da Senhora de Lamballe, assassinos de Brune, *miquelets*, *verdets*, *cadenettes*, *compagnos de Jehu*, cavaleiros *du brassard*, isso é a revolta[3]. A Vendéia é uma grande revolta católica.

O ruído do direito em movimento é facilmente reconhecível e nem sempre sai do tremor das massas agitadas; há raivas insanas; há sinos quebrados — nem todo toque de alarme soa como o bronze. O impulso das paixões e das ignorâncias é diferente do impulso do progresso. Levantem-se, que seja, mas para crescer. Mostrem-me para que lado vão. Não há insurreição senão para adiante. Qualquer outro levante é mau. Qualquer passo violento para trás é revolta; recuar é uma violência contra o gênero humano. A insurreição é o acesso de fúria da verdade; as ruas que a insurreição

---

[2] Abade Terray, infame ministro das Finanças, foi substituído por Turgot, célebre economista. Ramus, humanista protestante, foi morto na Saint-Barthélemy (Noite de São Bartolomeu). (N. do E.)

[3] *Miquelets* — resistentes espanhóis; *verdets* — realistas responsáveis pelo Terror Branco; *cadenettes* — integrantes da reação ao Thermidor, entre os quais os *compagnons de Jehu*, que militavam na região de Avignon; cavaleiros *du brassard* (braçadeira) — os mais exaltados camaradas do Duque de Angoulème. (N. do E.)

põe em movimento lançam a centelha do direito, e não deixam para a revolta senão sua lama. Danton contra Luís XVI, é insurreição; Hébert contra Danton, é revolta.

Daí vem que, se a insurreição, em certos casos, pode ser, como disse Lafayette, o mais sagrado dos deveres, a revolta pode ser o mais fatal dos atentados.

Há também uma diferença na intensidade calórica; a insurreição com freqüência é vulcão, e a revolta com freqüência é fogo de palha.

A revolta, já dissemos, está algumas vezes no poder. Polignac é um fomentador de revoltas, Camille Desmoulins é um governante.

Outras vezes, insurreição é ressurreição.

Sendo a solução de tudo pelo sufrágio universal um fato inteiramente moderno, e toda a história anterior a esse fato estando, há quatro mil anos, repleta do direito violado e do sofrimento do povo, cada época da história carrega com ela o protesto que lhe é possível.

No tempo dos Césares, não havia insurreição, mas havia Juvenal.

O *facit indignatio*[4] substitui os Gracos.

No tempo dos Césares, havia o exilado de Sena (Juvenal); havia também o autor dos *Anais* (Tácito).

Nem falamos do imenso exilado de Patmos, que, também ele, oprime o mundo real com um protesto em nome do mundo ideal, faz da visão uma sátira enorme, e arremessa sobre Roma-Nínive, Roma-Babilônia, Roma-Sodoma, o fulgurante reflexo do Apocalipse.

João[5], sobre seu rochedo, é a esfinge sobre seu pedestal; podem não compreendê-lo; é um judeu, e se expressa em hebraico; mas o homem que escreve os Anais é um latino; melhor dizendo, é um romano.

Como os Neros reinam de um modo negro, devem ser pintados da mesma forma. O simples trabalho do buril seria por demais pálido; é preciso derramar no entalhe uma concentrada prosa que morda.

Os déspotas têm responsabilidade sobre os pensadores. Palavra acorrentada é palavra terrível.

O escritor duplica e triplica seu estilo quando o silêncio é imposto ao povo por um tirano. Sai desse silêncio certa plenitude misteriosa que se filtra e se condensa em bronze no pensamento. A compressão na história produz a concisão no historiador. A solidez

---

[4] "A indignação faz (o verso)": extraído de um verso em que Juvenal (*Sátiras*) diz que a indignação pode substituir o talento. (N. do E.)

[5] São João, exilado (ou em retiro) em Patmos, ali compôs o Apocalipse, profecia do Julgamento Final. (N. do E.)

granítica de tal prosa célebre não é mais do que um amontoado feito por um tirano.

A tirania obriga o escritor a encolhimentos de diâmetro que são incrementos de força. O período ciceroniano, suficiente em Verrès, ficaria embotado em Calígula. Quanto menor a envargadura na frase, maior a intensidade no golpe. Tácito pensa *à bras raccourci*[6].

A honestidade de um grande coração, condensada em justiça e em verdade, fulmina.

Diga-se de passagem, é preciso observar que Tácito, historicamente, não se sobrepõe a César. Os Tibérios estão-lhe reservados. César e Tácito são dois fenômenos sucessivos cujo encontro parece misteriosamente evitado por aquele que, na direção de cena dos séculos, regula as entradas e saídas. César é grande, Tácito é grande; Deus poupa essas duas grandezas não permitindo que uma se choque com a outra. O justiceiro, ferindo César, poderia ferir demais e ser injusto. Deus não quer isso. As grandes guerras da África e da Espanha, os piratas da Cilícia destruídos, a civilização introduzida na Gália, na Bretanha, na Germânia, toda essa glória cobre o Rubicão. Há nisso uma espécie de delicadeza da justiça divina, hesitando em soltar sobre o usurpador ilustre o historiador formidável, dispensando César de se defrontar com Tácito, e concedendo circunstâncias atenuantes ao gênio.

Claro, o despotismo continua sendo o despotismo, mesmo sob um déspota genial. Existe corrupção sob tiranos ilustres, mas a peste moral é ainda mais hedionda sob tiranos infames. Nesses reinados, nada encobre a vergonha; e os que dão exemplos, Tácito como Juvenal, esbofeteiam com mais utilidade, em presença do gênero humano, essa ignomínia sem réplica.

Roma cheira pior sob Vitélio do que sob Sila. Sob Cláudio e Domiciano, ocorre uma deformidade de baixeza correspondente à vilania do tirano. A vilania dos escravos é um produto direto do déspota; um miasma é exalado dessas consciências corrompidas em que há reflexos do senhor; os poderes públicos são imundos; os corações são pequenos, as consciências achatadas, as almas desprezíveis; é assim sob Caracala, é assim sob Cômodo, é assim sob Heliogábalo, ao passo que, sob César, não sai do senado romano senão aquele odor de excrementos próprio aos ninhos de águia.

---

[6] "Com o braço encolhido"; tem o sentido de bater forte — encolhe-se o braço para melhor golpear. O pensamento de Tácito seria, então, de grande contundência. (N. do E.)

Daí o advento, aparentemente tardio, dos Tácitos e dos Juvenais; na hora da evidência é que o demonstrador aparece.

Mas Juvenal e Tácito, do mesmo modo que Isaías nos tempos bíblicos, que Dante na Idade Média, é o homem; revolta e insurreição, é a multidão, que ora tem razão, ora está errada.

Na maior parte dos casos, a revolta provém de um fato material; a insurreição é sempre um fenômeno moral. A revolta é Masaniello; a insurreição é Espártaco. A insurreição toca os limites do espírito, a revolta, os do estômago. Gaster se irrita, mas Gaster, claro, nem sempre está errado. Nas questões de fome, a revolta em Buzançais[7], por exemplo, tem um ponto de partida verdadeiro, patético e justo. Contudo, continua sendo revolta. Por quê? Porque embora no fundo tivesse razão, estava errada quanto à forma. Feroz, apesar de ter direito, violenta, apesar de forte, ela feriu ao acaso; marchou como o elefante cego, esmagando; deixou atrás de si cadáveres de velhos, de mulheres e de crianças; derramou, sem saber por que, o sangue dos inofensivos e dos inocentes. Alimentar o povo é um bom objetivo, massacrá-lo é um péssimo meio.

Todos os protestos armados, mesmo os mais legítimos, mesmo o 10 de agosto, mesmo o 14 de julho, começam por uma idêntica perturbação. Antes que o direito emane, há tumulto e ódio. No princípio, a insurreição é revolta, do mesmo modo que um rio é torrente. Geralmente, ela chega neste oceano: a revolução. Algumas vezes, porém, vinda destas elevadas montanhas que dominam o horizonte moral, a justiça, a sabedoria, a razão, o direito, feita da mais pura neve do ideal, após prolongada queda de rocha em rocha, após ter refletido o céu em sua transparência e ter-se engrossado com centenas de afluentes em sua majestosa marcha de triunfo, a insurreição se perde repentinamente em algum pântano burguês, como o Reno em um brejo.

Tudo isso é passado, o futuro é diferente. O sufrágio universal tem de admirável o fato de dissolver a revolta em seu princípio, e retirar-lhe as armas ao dar o voto à insurreição. O desaparecimento das guerras, tanto a guerra das ruas como a das fronteiras, tal é o inevitável progresso. Seja o hoje como for, a paz é o Amanhã.

De resto, insurreição ou revolta, naquilo que a primeira difere da

---

[7] Cidade do departamento francês de Indre, situado na região central, palco de uma das últimas revoltas “agrícolas” da França (janeiro de 1847), em que camponeses assassinaram um proprietário que especulava sobre o trigo. Três deles foram condenados à morte e executados. (N. do E.)

segunda, o burguês propriamente dito conhece pouco essas nuances. Para ele tudo é sedição, rebelião pura e simples, revolta do cão contra seu dono, tentativa de mordida que merece ser punida com corrente e prisão, latido, uivo; até o dia em que a cabeça do cão, subitamente crescida, se esboça vagamente na sombra com aspecto de leão.

O burguês então grita: "Viva o povo!"

Dada essa explicação, o que é para a história o movimento de junho de 1832? Uma revolta? Uma insurreição?

Uma insurreição.

Pode acontecer que, nesta nossa apresentação de um evento tão terrível, algumas vezes digamos revolta, mas somente para qualificarmos os fatos superficiais, e sempre mantendo a distinção entre a forma revolta e o fundo insurreição.

O movimento de junho de 1832, em sua rápida explosão e em sua lúgubre extinção, teve tamanha grandeza que mesmo aqueles que o vêem apenas como uma revolta não deixam de tratá-lo com respeito. Para esses, é como um resto de 1830. As imaginações exaltadas, dizem, não se acalmam em um dia. Uma revolução não acaba bruscamente. Ela passa, necessariamente, por algumas ondulações antes de voltar ao estado de paz, como uma montanha em sua descida rumo à planície. Não há Alpes sem Jura, nem Pirineus sem Astúrias.

Esta crise patética da história contemporânea, chamada pelos parisienses de *época das revoltas*, é, seguramente, um momento característico entre os momentos tempestuosos deste século.

Uma última palavra antes de entrarmos na narração.

Os fatos que serão relatados pertencem a uma realidade dramática e viva que o historiador às vezes negligencia por falta de tempo e de espaço. Mas, insistimos, é nisso que está a vida, a palpitação, a animação humana. Os pequenos detalhes, acreditamos já haver dito, são, por assim dizer, a folhagem dos grandes acontecimentos e se perdem na distância da história. A chamada época *das revoltas* está repleta de detalhes desse gênero. As instruções judiciárias, por motivos diferentes dos da história, nem tudo revelaram, e talvez nem tudo tenham aprofundado. Traremos, então, à luz, entre as particularidades conhecidas e publicadas, coisas que ninguém soube, fatos que ficaram sob o esquecimento de uns e a morte de outros. A maior parte dos atores destas cenas gigantescas já não existe; já no dia seguinte estavam emudecidos; mas, sobre o que relataremos, podemos dizer: *Isso nós vimos*.

Mudaremos alguns nomes, pois a história deve contar e não denunciar, mas pintaremos as coisas de forma verdadeira. Nas condições do livro que escrevemos, mostraremos apenas um lado e um episódio, certamente o menos conhecido, das jornadas de 5 e 6 de junho de 1832; mas o faremos de forma que o leitor entreveja, sob o escuro véu que iremos levantar, a real figura dessa terrível aventura pública.

III. Um enterro: ocasião de renascer

Na primavera de 1832, embora durante três meses a ira tivesse congelado os espíritos e lançado sobre sua agitação não se sabe que morno apaziguamento, Paris estava havia muito tempo preparada para uma comoção. Como já dissemos, a cidade grande assemelha-se a uma peça de artilharia; quando está carregada, basta uma faísca e o tiro é disparado. Em junho de 1832, a faísca foi a morte do General Lamarque.

Lamarque era um homem de fama e de ação. Demonstrara sucessivamente, sob o Império e sob a Restauração, as duas bravuras necessárias às duas épocas, a bravura dos campos de batalha e a bravura da tribuna. Era eloqüente, assim como tinha sido valente; sentia-se uma espada em suas palavras. Como Foy, seu antecessor, depois de ter mantido em alta o comando, mantinha em alta a liberdade. Postava-se entre a esquerda e a extrema-esquerda, amado pelo povo porque aceitava os acasos do futuro, amado pela multidão porque havia bem servido ao imperador. Era, juntamente com os condes Gérard e Drouet, um dos marechais *in petto*[8] de Napoleão. Os tratados de 1815 o abalavam como uma ofensa pessoal. Odiava Wellington com um ódio direto que agradava à multidão, e durante dezessete anos, apenas atento aos acontecimentos intermediários, havia majestosamente velado a tristeza de Waterloo. Em sua agonia, em sua derradeira hora, estreitara no peito uma espada que lhe fora oferecida pelos oficiais dos Cem Dias. Napoleão morrera pronunciando a palavra *exército*, Lamarque pronunciando a palavra *pátria*.

Sua morte, prevista, era temida pelo povo como uma perda, e pelo governo como uma oportunidade. Essa morte foi um luto. Como tudo que é amargo, o luto pode se transformar em revolta. Foi o que ocorreu.

Na véspera e na manhã do dia 5 de junho, dia marcado para o enterro de Lamarque, o bairro Saint-Antoine, por onde o séquito

---

[8] Do peito, do coração. (N. do E.)

devia passar, tomou um aspecto temeroso. Essa tumultuada rede de ruas encheu-se de rumores. Cada qual se armava como podia. Os marceneiros levavam ferramentas de suas bancadas "para arrombar as portas". Um deles fez-se um punhal com um gancho de sapateiro, quebrando-o e afiando a parte restante. Um outro, na febre de "atacar", havia três dias dormia vestido. Um carpinteiro chamado Lombier encontrava um companheiro que lhe perguntava: "Aonde você vai?" "Ora, não tenho arma." "E então?" "Vou até minha oficina buscar meu compasso." "Para fazer o quê?" "Não sei", dizia Lombier.

Um tal Jacqueline, homem de expediente, abordava alguns operários que passavam: "Venha cá, você!" Pagava-lhe dez soldos de vinho e dizia: "Tem serviço?" Não. "Vá à casa de Filspierre, entre a barreira Montreuil e a barreira Charonne, e encontrará o que fazer."

Na casa de Filspierre o que se encontrava eram cartuchos e armas. Certos chefes conhecidos *se faziam de correio*, isto é, corriam à casa de um e de outro para reunir sua gente. No bar Barthélemy, perto da barreira du Trône, no bar Capel, em Petit-Chapeau, os beberrões se agrupavam com ar sério. O que se ouvia era dizerem uns aos outros: "Onde está sua pistola?" "Debaixo da blusa." "E a sua?" "Debaixo da camisa." Na rua Traversière, em frente à loja de Roland, e no pátio da Maison-Brûlée, em frente à oficina de ferramentas de Bernier, viam-se grupos cochichando. Ali notava-se, como o mais ardoroso, um tal Mavot, que nunca parava mais de uma semana em uma oficina, os patrões mandavam-no embora "porque todo dia era preciso brigar com ele". Mavot foi morto no dia seguinte, na barricada da rua Ménilmontant. Pretot, que iria igualmente morrer na luta, secundava Mavot, e a esta pergunta: "Qual é seu objetivo?", respondia: *A insurreição*.

Operários reunidos na esquina da rua de Bercy aguardavam um certo Lemarin, agente revolucionário do bairro Saint-Marceau. Palavras de ordem eram praticamente trocadas em público.

Em 5 de junho, então, dia entremeado de chuva e de sol, o cortejo do General Lamarque atravessou Paris com pompa militar oficial, um tanto reforçada pelas precauções. Dois batalhões, tambores cobertos de luto, fuzis arriados, dez mil guardas nacionais com seus sabres de lado, baterias de artilharia da Guarda Nacional escoltavam a urna mortuária. A carruagem do enterro era puxada por jovens e imediatamente seguida pelos oficiais de Invalides, que levavam ramos de louro. Em seguida, vinha uma multidão inumerável, agitada, estranha, os seccionários dos *Amis du Peuple* — Amigos do Povo —, a Faculdade de Direito, a Escola de Medicina, os refugiados de todas as nações, bandeiras espanholas, italianas, alemãs, polonesas, bandeiras tricolores horizontais e todas as bandeiras possíveis, crianças agitando ramos verdes, pedreiros e carpinteiros que faziam greve naquela ocasião, gráficos reconhecíveis por seus bonés de papel, caminhando dois a dois, três a três, gritando, quase todos agitando bastões, alguns agitando sabres, desordenadamente, e no entanto com uma só alma, ora em turba, ora em coluna. Pelotões escolhiam chefes; um homem, armado com um par de pistolas perfeitamente visíveis, parecia passar em revista outros homens, cujas fileiras se afastavam diante dele. Nas calçadas das avenidas, nos galhos das árvores, nas varandas, nas janelas, sobre os telhados, cabeças formigavam; homens, mulheres e crianças, os olhos cheios de ansiedade. Uma multidão armada passava, uma multidão assustada olhava.

Por seu lado, o governo observava. Observava com a mão no punho da espada. Podiam-se ver, praça Luís XV, prontos para marchar, cartucheiras cheias, fuzis e mosquetões carregados, quatro esquadrões de carabineiros, montados e encabeçados por clarins; no bairro latino e no Jardim Botânico, a guarda municipal escalonada de rua em rua; em Halle-aux-vins, um esquadrão de dragões; na Grève, metade do 12º batalhão de linha, a outra metade na Bastilha; o 6º batalhão de dragões em Célestins; e a artilharia lotava o pátio do Louvre. O resto das tropas estava de sentinela nos quartéis, sem contar os regimentos dos arredores de Paris. O poder inquieto mantinha suspensos dentro da cidade, sobre a multidão ameaçadora, vinte e quatro mil soldados, mais trinta mil nos arrabaldes.

Diversos boatos circulavam no cortejo. Falava-se de intrigas legitimistas; falava-se do Duque de Reichstadt, que Deus marcava para a morte naquele mesmo momento em que a multidão o designava para o Império. Um personagem que permaneceu incógnito anunciava que, em determinada hora, dois contramestres subornados abririam ao povo as portas de uma fábrica de armas. A expressão que predominava nas frontes descobertas da maior parte dos assistentes era a de um entusiasmo mesclado de abatimento. Aqui e ali, viam-se também, em meio àquela multidão dominada por tantas emoções violentas, mas nobres, verdadeiros rostos de malfeitores, e bocas ignóbeis, que pareciam dizer: vamos pilhar! Há certas agitações que revolvem o fundo dos pântanos e fazem subir da água nuvens de lama. Fenômeno ao qual as polícias "bem organizadas" não são estranhas.

O cortejo caminhou pelos bulevares, com lentidão febril, da casa mortuária até a Bastilha. De tempos em tempos, chovia; a chuva não causava efeito algum sobre a multidão. Diversos incidentes: o caixão passando em volta da coluna Vendôme; pedras atiradas contra o Duque de Fitz-James, visto em uma varanda de chapéu na cabeça; o galo gaulês[9] arrancado de uma bandeira popular e arrastado pela lama; um guarda municipal ferido por uma espada, na entrada Saint-Martin; um oficial do 12º batalhão de linha dizendo em voz alta: *Eu sou republicano*; a Escola Politécnica aparecendo inesperadamente apesar da ordem para não sair; e gritos como: "Viva a Escola Politécnica! Viva a República!" marcaram o trajeto do cortejo. Na Bastilha, longas filas de terríveis curiosos que desciam do subúrbio Saint-Antoine juntaram-se ao cortejo, e certa ebulição perigosa começou a inflamar a multidão.

Ouviu-se um homem dizer a outro: "Está vendo aquele ali de barbicha ruiva? É ele que vai dizer quando é para atirar". Parece que esse mesmo barbicha ruiva encontrava-se, mais tarde, desempenhando as mesmas funções, em outra revolta, o caso Quéssinet[10]. A carruagem passou pela Bastilha, seguiu o canal, atravessou a pequena ponte e atingiu a esplanada da ponte de Austerlitz. Ali parou. Naquele momento, se fosse vista do alto, a multidão ofereceria o aspecto de um cometa cuja cabeça estaria na esplanada e a cauda, estendida sobre o cais Bourdon, cobriria a Bastilha, prolongando-se pelo bulevar até a entrada Saint-Martin. Um círculo se formou em volta da carruagem fúnebre. A vasta multidão fez silêncio. Lafayette falou, e disse adeus a Lamarque. Foi um instante tocante e augusto, em que todas as cabeças se descobriram e todos os corações palpitaram. De repente, um homem a cavalo, vestido de preto, surgiu no meio do grupo com uma bandeira vermelha, outros dizem que com uma lança coroada por um boné vermelho. Lafayette desviou a cabeça. Excelmans deixou o cortejo.

Essa bandeira vermelha suscitou uma tempestade e nela desapareceu. Do bulevar Bourdon à ponte de Austerlitz, um desses clamores, semelhantes a vagas, agitou a multidão. Dois prodigiosos gritos se elevaram: *Lamarque para o panteão! Lafayette para a câmara municipal!* À aclamação da multidão, alguns jovens se juntaram e começaram a arrastar Lamarque dentro do carro fúnebre pela ponte de Austerlitz, e Lafayette, dentro de uma carruagem, pelo cais Morland.

Em meio à multidão que rodeava e aclamava Lafayette, notavam e apontavam um alemão chamado Ludwig Snyder, que mais tarde

---

[9] Em 1830, o galo substituiu a flor-de-lis como emblema nacional. (N. do E.)

[10] Ver nota anterior, à p. 42. (N. do E.)

morreria centenário, que também havia participado da guerra de 1776 e combatido em Trenton sob as ordens de Washington, e em Brandywine sob o comando de Lafayette.

Enquanto isso, na margem esquerda, a cavalaria municipal punha-se em marcha para barrar a ponte; na margem direita, os dragões saíam de Célestins e se estendiam ao longo do cais Morland. O povo que arrastava Lafayette de repente os avistou na esquina do cais e gritou:

— *Os dragões!*

Os dragões avançavam lentamente, em silêncio, as pistolas nos coldres, os sabres embainhados, os mosquetões no porta-armas, com ar de sombria expectativa.

A duzentos passos da ponte do canal, fizeram uma parada. A carruagem que conduzia Lafayette chegou perto deles, eles abriram fileiras, deixaram-na passar, e fecharam-se novamente sobre ela. Nesse momento, dragões e povo se tocaram. As mulheres fugiam apavoradas.

O que se passou naquele minuto fatal? Ninguém saberia dizer. Foi o momento tenebroso em que duas nuvens se chocaram. Alguns contam que uma fanfarra, dando o sinal de ataque, foi ouvida para os lados do Arsenal; outros, que um soldado dos dragões recebeu uma punhalada dada por uma criança. O fato é que três tiros foram subitamente disparados; o primeiro matou o chefe de esquadrão Cholet, o segundo matou, na rua Contrescarpe, uma velha senhora surda que fechava suas janelas, o terceiro queimou a dragona de um oficial; uma mulher gritou: *Começaram cedo demais!* e, de repente, do lado oposto ao cais Morland, viu-se um esquadrão de dragões, que ficara no quartel, desembocar a galope, sabres nus, na rua Bassompierre e no bulevar Bourdon, varrendo tudo à sua frente.

Então está feito; a tempestade se desencadeia, chovem pedras; a fuzilaria irrompe; muitos se precipitam margem abaixo e passam o pequeno braço do Sena, hoje aterrado; os depósitos da ilha Louviers, essa vasta cidadela desenvolvida, enchem-se de combatentes; estacas são arrancadas, tiros de pistola são disparados, uma barricada se esboça; os jovens rechaçados passam correndo pela ponte de Austerlitz com a carruagem funerária e atacam a guarda municipal; os carabineiros acorrem, os dragões acutilam, a multidão se dispersa em todas as direções, um rumor de guerra se espalha pelos quatro cantos de Paris; grito geral: *Às armas!* Todos correm, debandam, fogem, resistem. A ira ateia a revolta do mesmo modo que o vento ateia o fogo.

IV. As efervescências de outrora

Nada é mais extraordinário que a primeira agitação de uma revolta. Tudo eclode ao mesmo tempo por todos os lados. Era previsível? Sim. Fora preparado? Não. De onde saiu então? Das ruas. De onde caiu? Das nuvens. Aqui, a insurreição tem o caráter de uma conspiração; ali, de uma improvisação. O primeiro que aparece se apodera de uma corrente da multidão e a conduz para onde quiser. Começo repleto de espanto, ao qual se mescla uma espécie de alegria terrível. No princípio, são os clamores; as lojas se fecham, as bancas dos comerciantes desaparecem; depois, tiros isolados, as pessoas fogem; coronhadas são desferidas nos portões, ouvem-se, nos quintais das casas, criadas rirem e dizerem: *Vai haver confusão!*

Nem quinze minutos haviam decorrido, e eis o que se passava ao mesmo tempo em vinte diferentes pontos de Paris.

Na rua Sainte-Croix-de-la-Brettonnerie, uns vinte rapazes, de barbas e cabelos compridos, entravam em um botequim e um momento depois saíam com uma bandeira tricolor horizontal coberta com uma tarja de luto, encabeçados por três homens armados, um deles com um sabre, outro com um fuzil, o terceiro com uma espécie de lança.

Na rua Nonaindières, um burguês bem trajado, ventre proeminente, voz sonora, calvo, fronte alta, barba preta, e um desses bigodes revoltos que não se domam, oferecia publicamente cartuchos aos passantes.

Na rua Saint-Pierre-Montmartre, homens de mangas arregaçadas carregavam uma bandeira preta em que se liam, em letras brancas, estas palavras: *República ou morte*. Nas ruas des Jeûneurs, du Cadran, Montorgueil, Mandar, apareciam grupos agitando bandeiras sobre as quais se dintinguia, em letras douradas, a palavra *seção* seguida de um número. Uma dessas bandeiras era vermelha e azul, com um imperceptível entremeio branco.

Pilhavam uma fábrica de armas no bulevar Saint-Martin e três oficinas de armeiros, a primeira na rua Beaubourg, a segunda na rua Michel-le-Comte, a terceira na rua du Temple. Em alguns minutos, as mil mãos da multidão seguravam e carregavam duzentos e trinta fuzis, quase todos de dois canos, sessenta e quatro sabres, oitenta e três pistolas. Para que mais pessoas se armassem, uns pegavam os fuzis, outros as baionetas.

Defronte ao cais da Grève, jovens armados de mosquetes instalavam-se, para atirar, em casas onde havia mulheres. Um deles trazia um mosquete de roda. Batiam na porta, entravam e punham-se a fazer cartuchos. Uma dessas mulheres contou: *Eu nem sabia o que era um cartucho; foi meu marido quem me explicou.*

Um grupo arrombava uma loja de curiosidades na rua Vieilles-Haudriettes, e se apoderava de iatagãs e de armas turcas.

O cadáver de um pedreiro, morto com um tiro de espingarda, jazia na rua de la Perle.

Além disso, na margem direita, na esquerda, no cais, nos bulevares, no bairro latino, na região dos mercados, homens arquejantes, operários, estudantes, seccionários liam proclamações, gritavam: *às armas!*, quebravam lampiões, desatrelavam carruagens, arrancavam pedras do calçamento, arrombavam as portas das casas, arrancavam árvores, reviravam porões, rolavam tonéis, amontoavam pedras, tábuas, móveis, pranchas, faziam barricadas.

Forçavam os burgueses a ajudá-los. Entravam nas casas, obrigavam as mulheres a dar-lhes os sabres e fuzis dos maridos ausentes, e escreviam em giz sobre as portas: *armas entregues*. Alguns assinavam "com seus nomes" recibos dos fuzis e dos sabres, e diziam: *mande buscá-los amanhã na prefeitura*. Pelas ruas, desarmavam sentinelas isoladas e guardas nacionais a caminho de sua municipalidade. Arrancavam as dragonas dos oficiais. Na rua Cimetière-Saint-Nicolas, um oficial da Guarda Nacional, perseguido por um bando armado com bastões e floretes, com muita dificuldade refugiou-se em uma casa de onde só pôde sair à noite, e disfarçado.

No bairro Saint-Jacques, estudantes saíam aos enxames de seus alojamentos e subiam pela rua Saint-Hyacinthe até o Café du Progrès, ou desciam até o Café Sept-Billards pela rua des Mathurins. Ali, diante das portas, jovens distribuíam armas. Pilhavam o depósito da rua Transnonain para fazer barricadas. Em um único ponto, na esquina das ruas Saint-Avoye e Simon-le-Franc, os habitantes resistiam, e eles próprios destruíam a barricada. Em um único ponto, alguns insurgentes cediam; abandonavam uma barricada, que começava na rua du Temple, após abrirem fogo sobre um destacamento da Guarda Nacional, fugindo pela rua de la Corderie. O destacamento recolheu na barricada uma bandeira vermelha, um pacote de cartuchos e trezentas balas de pistola. Os guardas nacionais rasgaram a bandeira e levaram as tiras nas pontas de suas baionetas.

Tudo isso que contamos aqui, lenta e sucessivamente, ocorria ao mesmo tempo em todos os pontos da cidade, em meio a vasto tumulto, como se inúmeros relâmpagos saíssem de um só trovão.

Em menos de uma hora, vinte e sete barricadas levantaram-se do chão apenas na região dos mercados. No centro ficava a célebre casa número 50, que fora a fortaleza de Joana e de seus cento e seis companheiros, e que, flanqueada de um lado por uma barricada em Saint-Merry, e de outro por uma barricada na rua Maubuée, dominava três ruas, rua des Arcis, rua Saint-Martin e rua Aubry-le-Boucher, onde era sua frente.

Duas barricadas formadas em ângulo reto se erguiam, uma da rua Montorgueil em direção à Grande-Truanderie, a outra da rua Geoffroy-Langevin para a rua Saint-Avoy. Sem contar as inúmeras barricadas em outros vinte bairros de Paris, no Marais, na montanha Sainte-Geneviève; uma, na rua Ménilmontant, onde se via um portão arrancado dos batentes; outra perto da ponte do Hôtel-Dieu, feita com uma carruagem desatrelada e virada, a trezentos passos da delegacia de polícia.

Na barricada da rua des Ménétriers, um homem bem trajado distribuía dinheiro aos trabalhadores. Na barricada da rua Greneta, um cavaleiro apareceu e entregou, ao que parecia ser o chefe da barricada, um embrulho parecendo conter dinheiro. *Aqui está, para pagar as despesas, o vinho, et coetera*, disse ele. Um jovem de cabelos loiros, sem gravata, ia de uma barricada a outra levando palavras de ordem. Outro, de sabre desembainhado, boné azul de polícia na cabeça, postava sentinelas. No interior, para cá das barricadas, os cabarés e guaritas convertiam-se em postos de guarda. De resto, a revolta se comportava segundo a mais sábia tática militar. As ruas, estreitas, sinuosas, desiguais, cheias de ângulos e de voltas, não podiam ser mais bem escolhidas; as imediações dos mercados, especialmente, rede de ruas mais emaranhada que uma floresta. Dizia-se que a sociedade Amis du Peuple passara a dirigir a insurreição no bairro Saint-Avoy. Um homem, morto na rua Ponceau, foi revistado, e trazia consigo um mapa de Paris.

O que, realmente, havia tomado a direção da revolta era uma impetuosidade extraordinária que pairava no ar. A insurreição, rapidamente, construíra as barricadas com uma mão, e, com a outra, tomara os postos da guarnição. Em menos de três horas, como um rastro de pólvora que se acende, os insurgentes tinham invadido e ocupado, na margem direita, o Arsenal, a prefeitura da praça Royal, todo o Marais, a fábrica de armas Popincourt, a Galiote, o Château-d'Eau, todas as ruas das imediações dos mercados; na margem esquerda, o quartel des Vétérans, Sainte-Pélagie, a praça Maubert, a fábrica de pólvora Deux-Moulins, e todas as entradas. Às cinco horas da tarde, eram senhores da Bastilha, da Lingerie, de Blancs-Manteaux; seus postos avançados chegavam à praça des Victoires e ameaçavam o Banco, o quartel Petits-Pères, o palácio dos Correios. Um terço de Paris participava da revolta.

Em todos os pontos a luta era gigantescamente travada; e, dos desarmamentos, visitas domiciliares, oficinas de armeiros invadidas, resultava que o combate, iniciado a pedradas, continuava a tiros de fuzil.

Por volta das seis horas, a passagem Saumon tornava-se um campo de batalha. Em uma extremidade achavam-se os revoltosos, na extremidade oposta, a tropa. Fuzilavam-se, de uma grade à outra. Um observador, um sonhador, o autor deste livro, que fora ver o vulcão de perto, viu-se preso entre dois fogos. Para se proteger das balas, tinha apenas as saliências das meias colunas que separam as lojas; ficou perto de meia hora nessa situação delicada.

Enquanto isso, soava o toque de chamada, os guardas nacionais vestiam-se e armavam-se apressadamente, as legiões saíam das repartições municipais, os regimentos saíam dos quartéis. Em frente à passagem de l'Ancre, um oficial tamborileiro recebia uma punhalada. Outro, na rua du Cygne, era assaltado por uns trinta jovens que destruíram seu tambor e pegaram seu sabre. Outro ainda era morto na rua Grenier-Saint-Lazare. Na rua Michel-le-Comte, três oficiais caíam mortos, um após o outro. Muitos guardas municipais feridos, na rua des Lombards, retrocediam.

Em frente à Cour-Batave, um destacamento de guardas nacionais encontrava uma bandeira vermelha com a seguinte inscrição: *Revolução republicana, número 127*. Aquilo era de fato uma revolução?

A insurreição fizera do centro de Paris uma cidadela inextricável, tortuosa, colossal.

Lá estava o foco, estava lá, evidentemente, a questão. Todo o resto não era senão escaramuças. O que provava que tudo se resolveria ali era que, nesse local, ninguém combatia ainda.

Em alguns regimentos, os soldados estavam indecisos, o que aumentava a medonha obscuridade da crise. Eles se lembravam da ovação popular que havia acolhido, em julho de 1830, a neutralidade do 53º regimento de linha. Dois homens intrépidos e postos à prova por grandes guerras, o Marechal de Lobau e o General Bugeaud, comandavam, Bugeaud sob Lobau. Enormes patrulhas, compostas de batalhões da tropa de linha, cercadas por companhias inteiras da Guarda Nacional, e precedidas por um comissário de polícia a tiracolo, faziam o reconhecimento das ruas insurgentes. Por sua vez, os revoltosos postavam sentinelas pelas esquinas das encruzilhadas, e audaciosamente enviavam patrulhas para fora das barricadas. As duas partes se observavam. O governo, mesmo com um exército à mão, hesitava; a noite ia caindo e começava-se a ouvir o toque de recolher de Saint-Merry. Ministro da Guerra naquela época, o Marechal Soult, que presenciara Austerlitz, olhava para aquilo com ar sombrio.

Esses velhos marinheiros, habituados a manobras corretas, e não tendo como recurso e guia senão a tática, essa bússola das batalhas, ficam completamente desorientados em presença dessa imensa espuma chamada ira pública. O vento das revoluções não é manipulável.

As guardas nacionais dos subúrbios acorriam apressadamente e em desordem. Um batalhão do 12º regimento ligeiro vinha em correria de Saint-Denis; o 14º de linha chegava de Courbevoie; as baterias da Escola Militar haviam tomado posição no Carroussel; canhões desciam de Vincennes.

Nas Tulherias, a solidão grassava; Luís Filipe conservava-se em plena serenidade.

V. Originalidade de Paris

Em dois anos, como já dissemos, Paris tinha visto mais de uma insurreição. Fora dos locais insurgentes, em geral nada é mais estranhamente calmo que a fisionomia de Paris durante uma revolta. Paris se acostuma muito rapidamente a tudo — afinal, não passava de uma revolta — e Paris vive tão ocupada que não se incomoda por tão pouco.

Essas cidades colossais, somente elas podem oferecer tais espetáculos. Somente esses imensos espaços podem conter, ao mesmo tempo, a guerra civil e não se sabe que estranha tranqüilidade. Habitualmente, quando a insurreição começa, quando ouvem-se os tambores, o toque de chamada, o toque de reunir, o comerciante limita-se a dizer:

— Parece que há desordem na rua Saint-Martin.

Ou:

— É no bairro Saint-Antoine.

Com freqüência acrescenta com indiferença:

— Em algum lugar por aí.

Mais tarde, quando se ouve distintamente o barulho rascante e lúgubre da fuzilaria e do entusiasmo dos pelotões, o comerciante diz:

— Então está esquentando? Ora, está esquentando!

Um instante depois, se a revolta se aproxima e se espalha, ele fecha precipitadamente seu comércio e se alista, quer dizer, coloca suas mercadorias em segurança e arrisca a própria pessoa.

Fuzila-se nas esquinas, nas passagens, nos becos; tomam-se,

perdem-se e retomam-se as barricadas; o sangue escorre, o tiroteio criva as fachadas das casas, as balas matam as pessoas em seus quartos, os cadáveres atravancam as calçadas. A alguns quarteirões dali, ouve-se o choque das bolas de bilhar dentro dos cafés.

Os teatros abrem suas portas e levam seus *vaudevilles*; os curiosos conversam e riem a dois passos daquelas ruas plenas de guerra. As carruagens circulam, as pessoas vão jantar na cidade, por vezes nos próprios locais onde se trava combate. Em 1831, um tiroteio foi interrompido para deixar passar um cortejo nupcial.

Por ocasião da insurreição de 12 de maio de 1839, na rua Saint-Martin, um velho homem enfermo, puxando um carrinho de mão enfeitado com um trapo tricolor, contendo garrafas cheias de um líquido qualquer, ia e voltava da barricada à tropa e da tropa à barricada, oferecendo sua bebida, imparcialmente, ora ao governo, ora à anarquia.

Nada é mais estranho; e é essa característica das revoltas de Paris que não se encontra em nenhuma outra capital. Para tanto, seriam necessárias duas coisas, a grandeza de Paris e sua alegria. Seriam necessárias a cidade de Voltaire e a de Napoleão.

Desta feita, porém, quando as armas foram tomadas em 5 de junho de 1832, a grande cidade sentiu algo que talvez fosse mais forte do que ela. Teve medo. Viam-se, por toda parte, mesmo nos bairros mais distantes e mais "desinteressados", portas, janelas e venezianas fechadas em pleno dia. Os corajosos se armaram, os medrosos se esconderam. O passante despreocupado ou atarefado desapareceu. Muitas ruas estavam tão vazias quanto às quatro horas da manhã. Detalhes alarmantes eram espalhados, notícias fatais eram divulgadas. Que *eles* tomaram conta do Banco; que, só no Claustro de Saint-Merry, eram seiscentos, entrincheirados na igreja; que a tropa de linha não estava segura; que Armand Carrel tinha ido falar com o Marechal Clausel e que o marechal dissera: *Arranjem primeiro um regimento*; que Lafayette estava doente, mas que assim mesmo lhes dissera: *Estou às suas ordens. Vou segui-los por toda parte onde houver lugar para uma cadeira*; que era preciso ficar atento, porque à noite haveria gente pilhando casas isoladas nos cantos desertos de Paris (nisto reconhecia-se a imaginação da polícia, essa Anne Radcliffe envolvida com o governo); que uma bateria se estabelecera na rua Aubry-le-Boucher; que Lobeau e Bugeaud entravam em acordo e que, à meia-noite, ou, mais tardar, ao amanhecer, quatro colunas marchariam ao mesmo tempo sobre o centro da revolta, a primeira vindo da Bastilha, a segunda da porta Saint-Martin, a terceira da Grève, a quarta dos mercados;

que, talvez, as tropas evacuassem Paris e se retirassem para o Champ-de-Mars; que não se sabia o que estava para acontecer, mas que, certamente, desta vez o negócio era sério. E havia preocupação quanto às hesitações do Marechal Soult. Por que razão ele não atacava imediatamente?

O certo é que ele estava profundamente preocupado. O velho leão parecia farejar um monstro desconhecido naquela situação sombria.

Chegada a noite, os teatros não abriram; as patrulhas circularam com aspecto irritado; revistavam os passantes; prendiam os suspeitos. Às nove horas, havia mais de oitocentas pessoas presas; a delegacia de polícia estava lotada, a *Conciergerie*[11] lotada, a Force lotada. Na Conciergerie, em particular, o longo subterrâneo denominado rua de Paris estava forrado de fardos de palha sobre os quais amontoavam os prisioneiros, a quem Lagrange, o homem de Lyon[12], arengava com valentia. Toda aquela palha, revolvida por todos aqueles homens, fazia o barulho de uma tromba d'água. Em outros lugares, os presos deitavam ao relento, uns por cima dos outros, nos pátios das cadeias. Havia ansiedade por toda parte, e um certo temor, pouco habitual em Paris.

Nas casas, todos tratavam de se entrincheirar; as mulheres e as mães se preocupavam; só se ouvia dizer: *Oh! Meu Deus, ele ainda não voltou!*

Raras vezes ouviam-se, ao longe, carruagens se deslocando; e, por trás das portas, rumores, gritos, tumultos, ruídos surdos e indistintos dos quais se dizia: *É a cavalaria*, ou: *São as caixas de munição a galope*; clarins, tambores, tiroteios e, sobretudo, o lamentoso toque de chamada de Saint-Merry. Esperava-se o primeiro tiro de canhão. Homens surgiam nas esquinas e desapareciam gritando: *Voltem para suas casas!* E todos corriam para trancar as portas. Todos se perguntavam: *Como isso vai acabar?* A cada instante, à medida que a noite caía, Paris parecia colorir-se cada vez mais lugubremente com o terrível reluzir da revolta.

---

[11] Prisão anexa ao Palácio de Justiça, em Paris. (N. do E.)

[12] Charles Lagrange, revolucionário conhecido como *homem de Lyon* após ter chefiado uma insurreição nessa cidade. (N. do E.)

LIVRO XI

O átomo fraterniza com a tempestade

I. Alguns esclarecimentos sobre as origens da poesia de Gavroche. Influência de um acadêmico sobre essa poesia

No momento em que a insurreição, surgindo do choque entre o povo e a tropa diante de l'Arsenal, determinou um movimento de frente para trás na multidão que seguia o carro fúnebre, e que, por toda a extensão dos bulevares, pesava, por assim dizer, sobre a cabeça do cortejo, houve um medonho refluxo. A turba se agitou, as fileiras se romperam, todos correram, partiram, debandaram, uns soltando gritos de ataque, outros com a palidez da fuga. O grande rio que cobria os bulevares dividiu-se num piscar de olhos, transbordou à direita e à esquerda, espalhando-se em torrentes por duzentas ruas ao mesmo tempo, com o jorro de uma eclusa que se tivesse rompido. Naquele momento, um menino esfarrapado, que descia pela rua Ménilmontant trazendo na mão um galho florido que acabara de colher nos altos de Belleville, viu na vitrine de uma loja de antiguidades uma velha pistola. Jogou no chão o galho florido, e disse à dona da loja:

— Dona "coisa", estou pegando esse *treco* emprestado.

E saiu correndo com a pistola.

Dois minutos depois, uma onda de burgueses assustados, que fugia pelas ruas Amelot e Basse, encontrou o menino brandindo sua pistola e cantando:

La nuit on ne voit rien,
Le jour on voit très bien,
D'un écrit apocryphe
Le bourgeois s'ébouriffe,
Pratiquez la vertu,
Tutu chapeau pointu!

De noite não se vê nada,
De dia se vê muito bem,
Com qualquer escrito apócrifo
O burguês se arrepia,
Pratique a virtude,
Tutu chapéu pontudo!

Era o pequeno Gavroche que ia para a guerra.

Chegando ao bulevar, percebeu que a pistola não tinha cão.

Quem era o autor dessa cantiga, que servia para pontuar sua marcha, e de todas as outras canções que, nos momentos oportunos, ele gostava de cantar? Não sabemos dizer. Quem saberia? Talvez fosse ele mesmo. Aliás, Gavroche estava a par de toda a cantoria popular em voga, à qual misturava seu próprio gorjeio. Danado e traquinas, fazia um *pot-pourri* das vozes da natureza e das vozes de Paris. Combinava o repertório dos pássaros com o repertório das oficinas. Conhecia novatos alunos de pintura, tribo contígua à sua; passara, ao que parece, três meses como aprendiz tipógrafo. Certa vez, levara um recado ao senhor Baour-Lormian, um dos membros da Academia. Gavroche era um moleque letrado.

De resto, Gavroche nem desconfiava que, naquela horrível noite chuvosa em que oferecera aos dois meninos a hospitalidade de seu elefante, era para seus próprios irmãos que fizera ofício da Providência. Seus irmãos à noite, seu pai ao amanhecer; eis como tinha sido sua noite. Ao sair da rua des Ballets quando despontava o dia, retornara apressadamente ao elefante, de onde artisticamente tirara os dois pequenos, e com eles dividira uma comida qualquer que tinha inventado; depois se foi, confiando-os a essa boa mãe, a rua, que praticamente o havia criado. Ao deixá-los, marcou de encontrá-los novamente à noite, no mesmo local, e, como adeus, fez-lhes o seguinte discurso: *Estou dando no pé, dito de outro modo, estou me mandando, ou, como dizem na corte, vou-me. Crianças, se vocês não encontrarem papai e mamãe, voltem para cá à noite. Eu arranjo algo para comerem e ponho vocês na cama*. Os dois meninos, recolhidos por algum guarda municipal e levados a uma detenção provisória, ou roubados por algum saltimbanco, ou simplesmente perdidos no imenso quebra-cabeça chinês de Paris, não voltaram. A escória do atual mundo social está cheia desses rastros perdidos. Gavroche não tornou a vê-los. Dez ou doze semanas se passaram depois daquela noite. Ocorreu-lhe, mais de uma vez, de coçar a cabeça e se perguntar: *Onde diabos estão meus dois meninos?*

Gavroche, então, havia chegado, pistola em punho, à rua Pont-aux-Choux. Notou que nessa rua não havia mais que uma loja aberta, e, coisa digna de reflexão, era uma confeitaria. Era uma oportunidade providencial de comer uma torta de maçã antes de entrar para o desconhecido. Gavroche parou, apalpou-se, revistou os bolsos, não encontrou nada, nem um soldo, e pôs-se a gritar: *Socorro!*

É duro perder um pedaço do doce supremo.

Nem por isso deixou de seguir seu caminho.

Dois minutos depois, achava-se na rua Saint-Louis. Ao atravessar a rua Parc-Royal, sentiu necessidade de desforrar a torta de maçã impossível, e deu-se a imensa volúpia de rasgar, em pleno dia, os cartazes do espetáculo.

Um pouco mais adiante, vendo passar um grupo de sujeitos saudáveis, que lhe pareceram ser proprietários, levantou os ombros e cuspiu ao acaso, à sua frente, este bocado de bílis filosófica:

— Esses ricaços, como são gordos! Se empanturram. Chafurdam em fartos jantares. Perguntem a eles o que fazem de seu dinheiro. Não têm idéia. Eles o comem, ora essa! A barriga que os carregue!

II. Gavroche em marcha

A agitação de uma pistola sem gatilho, que se leva na mão em plena rua, é de tal função pública que Gavroche sentia sua verve crescer a cada passo. Ele gritava, entre os trechos da *Marselhesa* que ia cantando:

— Tudo vai bem. Tenho muita dor na pata esquerda, meu reumatismo me incomoda, mas estou contente, cidadãos. Os burgueses só precisam ficar tranqüilos, vou espirrar em cima deles umas cantigas subversivas. O que são os espiões? São uns cachorros. Caramba! Não se deve faltar com respeito aos cães. Bem que eu gostaria de ter um na minha pistola. Estou vindo do bulevar, meus amigos, o negócio está esquentando, começando a ferver, cozinhando em fogo baixo. É hora de fazer alguma coisa. Avante, homens, *que um sangue impuro inunde os campos!*[1] Dou meus dias pela pátria, não tornarei a ver minha concubina, *n-i-ni, fini, oui, Nini!*, mas tanto faz, viva a alegria! Ao combate, estou por aqui do despotismo!

Nesse instante, o cavalo de um lanceiro da Guarda Nacional que passava caiu; Gavroche colocou sua pistola no chão, ergueu o

[1] Gavroche adapta um verso da *Marselhesa*: "*Qu'un sang impur... Abreuve nos sillons!*" — Que um sangue impuro... Inunde nossos campos! (N. do E.)

homem, depois o ajudou a erguer o cavalo. Em seguida, recolheu a arma e retomou seu caminho.

Na rua de Thorigny, tudo era paz e silêncio. Essa apatia, própria do Marais, contrastava com o vasto rumor dos arredores. Quatro comadres conversavam à soleira de uma porta. A Escócia tem seus trios de feiticeiras, mas Paris tem seus quartetos de comadres, e o "serás rei" seria tão lugubremente dito a Bonaparte na encruzilhada de Baudoyer como a Macbeth na charneca de Armuyr. Seria praticamente o mesmo grasnar.

As comadres da rua de Thorigny ocupavam-se apenas do que lhes dizia respeito. Três eram porteiras e uma, catadora de lixo, com seu cesto e seu gancho. Todas elas pareciam estar de pé nos quatro cantos da velhice, que são a caducidade, a decrepitude, a ruína e a tristeza.

A catadora era humilde. Nessa sociedade ao desabrigo, as catadoras saúdam, as porteiras protegem; atitudes relativas aos resíduos, que as zeladoras amontoam e querem ver no canto da porta, considerados mais ou menos abundantes segundo o olhar de cada uma. Pode haver bondade em uma vassoura.

Essa catadora era agradecida, ela sorria — e que sorriso! — para as três porteiras. Diziam-se coisas como estas:

— E então, seu gato continua bravo?

— Os gatos, meu Deus, a senhora sabe que são naturalmente inimigos dos cães. São estes que se queixam.

— E as pessoas também.

— Mas as pulgas dos gatos não saltam nas pessoas.

— Não é esse o problema; os cães, isso é um perigo. Lembro de um ano em que havia tantos cachorros que precisaram colocar o assunto nos jornais. Era o tempo em que, nas Tulherias, havia uns carneiros muito grandes que puxavam o carrinho do rei de Roma. Lembram-se do rei de Roma?

— Eu preferia o Duque de Bordeaux.

— Eu conheci Luís XVII. Gosto mais de Luís XVII.

— É a carne que está cara, Mame Patagon!

— Ai! Nem me fale, o açougue está um horror. Um horror horrível. Só nos dão *réjouissance*[2].

Nesse ponto, a catadora interferiu:

— Minhas senhoras, o comércio vai mal. Os montes de lixo estão muito ruins. Não jogam mais nada fora. Comem tudo.

---

[2] Contrapeso de osso ou de carne inferior com que se completava a quantia pedida pelo freguês. (N. do E.)

— E tem gente mais pobre que a senhora, dona Vargoulême.

— Ah, isso é verdade — respondeu a catadora com deferência —, eu ainda tenho um meio de vida.

Seguiu-se uma pausa, e, cedendo a essa necessidade de ostentação que está no fundo da natureza humana, ela acrescentou:

— Pela manhã, ao voltar para casa, despejo meu cesto e faço uma triagem. Com isso, há vários montes no meu quarto. Coloco os trapos numa cesta, os talos num balde, as roupas no meu armário, as sobras de lã na cômoda, os papéis velhos no canto da janela, o que ainda está bom para comer na minha tigela, os pedaços de vidro na lareira, os chinelos atrás da porta e os ossos debaixo da cama.

Gavroche, parado ali atrás, escutava.

— Suas velhas — disse ele —, por que vocês têm que falar em política?

Recebeu um ataque composto de uma quádrupla saraivada de injúrias.

— Esse aí é mais um bandido!

— O que então ele tem na mão? Uma pistola?

— Já, já, você vai ver, seu moleque vadio!

— Esse aí não tem sossego se não consegue derrubar a autoridade.

Como represália, Gavroche, desdenhoso, limitou-se a levantar a ponta do nariz com o polegar enquanto abria o resto da mão.

A catadora de lixo gritou:

— Seu sem-vergonha vagabundo!

A que era chamada de Mame Patagon bateu uma mão na outra fazendo escândalo:

— Vai acontecer alguma desgraça, é certeza. O rapazinho aqui do lado, aquele que tem uma barbicha, toda manhã eu o via passar de braços com uma moçoila de chapéu cor-de-rosa; hoje o vi passando de braços com um fuzil. Mame Bacheux disse que, semana passada, houve uma revolução em... em... em... onde mesmo? Em Pontoise. E agora, estão vendo esse aí, com uma pistola, esse horror de moleque endiabrado! Parece que em Célestins está cheio de canhões. O que querem que o governo faça com esses danados que não sabem mais o que inventar para atazanar todo o mundo; quando a gente começava a ter um pouco de sossego, depois de todas as desgraças que já aconteceram, Senhor meu Bom Deus, aquela pobre rainha que eu vi passar na charrete! E tudo isso ainda vai fazer o tabaco encarecer. É uma infâmia! E certamente hei de ver você na guilhotina, seu malfeitor.

— Você está fungando, velhinha — disse Gavroche —, trate de assoar seu promontório.

E seguiu em frente.

Quando chegou à rua Pavée, a catadora de lixo voltou-lhe à mente, e então fez este solilóquio:

— A senhora está errada ao insultar os revolucionários, dona Monte-de-Lixo. Esta pistola é em seu interesse, é para que tenha mais coisas boas para comer em seu cesto.

De repente, ouviu um barulho atrás dele. Era a porteira Patagon que o seguira, e que, de longe, mostrava-lhe o punho cerrado e gritava:

— Você não passa de um enjeitado!

— Estou me lixando profundamente para isso — disse Gavroche.

Pouco depois, passava diante do Palácio Lamoignon. Bem ali soltou este brado:

— Em marcha para a batalha!

E então foi tomado por um acesso de melancolia. Olhou para sua pistola com ar de censura, mas parecendo tentar consolá-la.

— Estou indo — disse-lhe —, mas você não vai.

Um cão pode fazer distrair de outro. Um cãozinho muito magro passou por ali; Gavroche teve pena.

— Pobre Lulu — disse-lhe —, então quer dizer que você engoliu um tonel, dá para ver todos os anéis.

Em seguida, encaminhou-se para Orme-Saint-Gervais.

III. Justa indignação de um cabeleireiro

O digno cabeleireiro, que havia expulsado os dois pequenos a quem Gavroche abrira o paternal intestino do elefante, estava, nesse mesmo momento, em seu estabelecimento, ocupado em barbear um velho soldado legionário que servira na época do Império. Conversavam. O barbeiro havia naturalmente falado ao veterano sobre a revolta, e também sobre o General Lamarque, e, de Lamarque, chegaram ao imperador. Daí, então, um diálogo entre barbeiro e soldado que, se Prudhomme presenciasse, por certo o teria enriquecido com arabescos e intitulado: *Diálogo da navalha e do sabre*.

— Senhor — dizia o barbeiro —, como é que o imperador montava a cavalo?

— Mal. Não sabia cair. Mas também nunca caía.

— E tinha cavalos bonitos? Devia ter, não é!

— No dia em que ele me condecorou, reparei em seu animal. Era uma égua de corrida, toda branca. Tinha as orelhas muito separadas, o dorso profundo, a testa marcada com uma estrela preta, o pescoço bem longo, a cabeça delgada, os joelhos fortemente articulados, as costelas salientes, as espáduas oblíquas, as ancas potentes. Um pouco mais de quinze palmos de altura.

— Belo cavalo — exclamou o cabeleireiro.

— Era o cavalo de Sua Majestade.

O cabeleireiro percebeu que, depois dessa frase, era conveniente ficar um pouco em silêncio; foi o que fez, e depois continuou:

— O imperador só foi ferido uma vez, não é mesmo, senhor?

O velho soldado respondeu com o tom calmo e soberano de quem ali estivera:

— No calcanhar. Em Regensburg. Nunca o vi tão elegante como naquele dia. Estava impecável.

— E o senhor, veterano, deve ter-se ferido muitas vezes?

— Eu? — respondeu o soldado. — Ah! Nem tanto. Em Marengo foram dois golpes de sabre na nuca; em Austerlitz, uma bala no braço direito; uma outra no quadril esquerdo, em Iéna; em Friedland um golpe de baionetada bem aqui; em Moscou sete ou oito golpes de lança, nem sei mais onde; em Lutzen, um estilhaço de granada esmagou-me um dedo... Ah! E também em Waterloo, um tiro de espingarda na coxa. Foi isso.

— Como é belo morrer no campo da batalha! — exclamou o cabeleireiro com acento poético. — Palavra de honra que eu preferiria, muito mais do que morrer em uma cama, de uma doença, lentamente, um pouco por dia, cheio de remédios, cataplasmas, seringas e toda a medicina, levar uma bala de canhão na barriga!

— Não é difícil contentá-lo — respondeu o soldado.

Mal acabou de falar e um terrível estrondo estremeceu a barbearia. Um vidro da frente acabava de romper-se bruscamente.

O cabeleireiro ficou lívido.

— Meu Deus! — exclamou ele. — É uma!

— Uma o quê?

— Uma bala de canhão!

— Ali está ela — disse o soldado.

E apanhou algo que rolava pelo chão. Era uma pedra.

O cabeleireiro foi até a vidraça quebrada e avistou Gavroche, que corria a toda em direção ao mercado Saint-Jean. Ao passar pela barbearia, Gavroche, que tinha os dois pequenos no coração, não conseguira resistir ao desejo de dar-lhe bom- dia, e atirou uma pedra em sua vidraça.

— Está vendo! — gritou o barbeiro, que, de branco, ficara roxo. — Esse aí faz o mal pelo mal. O que foi que eu fiz para esse moleque?

IV. A criança se admira com o velho

No mercado Saint-Jean, porém, cujo posto da guarda já havia sido desarmado, Gavroche acabava de efetuar sua junção a uma turma conduzida por Enjolras, Courfeyrac, Combeferre e Feuilly; estes traziam algumas armas. Bahorel e Jean Prouvaire encontraram-nos e engrossaram o grupo. Enjolras tinha uma espingarda de caça de dois canos; Combeferre, um fuzil de guarda nacional com um número da legião e, na cintura, duas pistolas que seu casaco desabotoado deixava à mostra; Jean Prouvaire, um velho mosquetão de cavalaria; Bahorel, uma carabina; Courfeyrac agitava uma bengala de estoque. Feuilly, um sabre desembainhado em punho, caminhava na frente, gritando:

— Viva a Polônia!

Eles vinham do cais Morland, sem gravatas, sem chapéus, esbaforidos, molhados de chuva, brilho nos olhos. Gavroche abordou-os calmamente.

— Aonde vamos?

— Venha — disse Courfeyrac.

Atrás de Feuilly caminhava, ou melhor, saltava Bahorel, verdadeiro peixe nas águas da revolta. Usava um colete vermelho e dizia dessas palavras que colocam tudo abaixo. Seu colete incomodou um passante, que gritou perturbado:

— Eis os vermelhos!

— O vermelho, os vermelhos! — replicou Bahorel. — Que medo esquisito, burguês. Eu não tremo diante de uma papoula, Chapeuzinho Vermelho não me causa nenhum pânico. Burguês, acredite, vamos deixar o medo do vermelho aos animais de chifre!

Viu um canto de muro onde estava pregada a mais pacífica folha de papel do mundo, uma permissão para comer ovos, pastoral de quaresma dirigida pelo arcebispo de Paris a suas "ovelhas".

Bahorel exclamou:

— Ovelhas; maneira educada de dizer imbecis.

E arrancou a pastoral do muro. Isso conquistou Gavroche, que, a partir desse instante, pôs-se a estudar Bahorel.

— Bahorel — observou Enjolras —, você fez mal; deveria ter deixado essa pastoral em paz, não é com ela que temos a ver, está gastando sua ira inutilmente. Guarde sua provisão. Não se faz fogo fora das fileiras, nem com a alma, nem com a espingarda.

— Cada um do seu jeito, Enjolras — retrucou Bahorel. — Essa conversa de bispo me choca, quero comer ovos sem precisar de permissão. Você faz o gênero frio que queima; e eu, gosto de me divertir. Além disso, não estou gastando nada, estou tomando ânimo; e se rasguei essa pastoral — *Hercle!* — é para dar apetite.

Esta palavra, *Hercle*, impressionou Gavroche. Como aproveitava todas as ocasiões para se instruir, e como aquele destruidor de cartazes tinha sua estima, perguntou-lhe:

— O que quer dizer *Hercle*?

— Quer dizer "santo nome de um cão", em latim.

Nesse momento, Bahorel reconheceu, em uma janela, um jovem pálido, de barba preta, que os olhava passar, provavelmente algum amigo do "ABC". Gritou-lhe:

— Rápido, cartuchos! *Para bellum*[3].

— Belo homem! É isso — disse Gavroche, que agora entendia o latim.

Um cortejo tumultuoso os acompanhava; estudantes, artistas, jovens filiados à Cougourde de Aix, operários, trabalhadores do porto, todos se armavam com bastões e baionetas; alguns, como Combeferre, com pistolas enfiadas nas calças. Um homem, que parecia muito velho, caminhava no meio dessa turma. Não tinha nenhuma arma, e se apressava para não ficar para trás, embora parecesse pensativo. Gavroche o notou.

— *Keksekça?* — perguntou a Courfeyrac.

— É um velho.

Era Mabeuf.

V. O velho

Contemos o que havia ocorrido.

Enjolras e seus amigos estavam no bulevar Bourdon, perto dos celeiros, quando os dragões atacaram. Enjolras, Courfeyrac e Combeferre eram dos que pegaram a rua Bassompierre, gritando: *Às barricadas!* Na rua Lesdiguières, encontraram um velho caminhando.

O que lhes atraiu a atenção foi ver que o pobre homem andava em ziguezague, como se estivesse embriagado. Além disso, trazia o chapéu na mão, apesar de ter chovido a manhã inteira e de ainda chover forte naquele momento. Courfeyrac reconheceu Pai Mabeuf. Ele o conhecia por ter tantas vezes acompanhado Marius até sua

---

[3] Do adágio latino: "*Si vis pacem, para bellum*" — Se queres a paz, prepara a guerra. E, mais acima, *Hercle*, na verdade, significa "por Hércules". (N. do E.)

porta. Sabendo dos hábitos pacíficos e mais do que tímidos do velho tesoureiro, e espantado de vê-lo em meio àquele tumulto, a dois passos das cargas da cavalaria, quase no meio de um tiroteio, sem chapéu, na chuva, passeando entre as balas, abordou-o; o revoltoso de vinte e cinco anos e o octogenário travaram o seguinte diálogo:

— Senhor Mabeuf, volte para casa.

— Por quê?

— Porque vai haver barulho.

— Isso é bom.

— Golpes de sabre, tiros, senhor Mabeuf.

— Isso é bom.

— Tiros de canhão.

— Isso é bom. Aonde vocês vão?

— Vamos colocar o governo abaixo.

— Isso é bom.

E pusera-se a segui-los. Desde aquele momento, não dissera uma só palavra. Seu andar tornara-se subitamente firme; alguns operários ofereceram-lhe o braço, mas ele recusou com um aceno de cabeça. Caminhava quase na primeira fileira da coluna, e tinha, ao mesmo tempo, os movimentos de um homem que anda e o semblante de um homem que dorme.

— Que velho danado! — murmuravam os estudantes. Corria no grupo o boato de que era um antigo convencional, um velho regicida.

O numeroso grupo tomara a rua de la Verrerie. O pequeno Gavroche ia na frente cantando a todo pulmão, o que fazia dele uma espécie de clarim. Cantava assim:

Voici la lune qui paraît,
Quand irons-nous dans la forêt?
Demandait Charlot à Charlotte.

Eis a lua que aparece,
Quando iremos à floresta?
Perguntava Charlot a Charlotte.

Tou tou tou
Pour Chatou.
Je n'ai qu'un Dieu, qu'un roi, qu'un liard et qu'une botte.

Tou tou tou
Para Chatou.
Só tenho um Deus, um rei, um tostão e uma bota.

Pour avoir bu de grand matin
La rosée à même le thym,
Deux moineaux étaient en ribote.

Por terem bebido muito cedo
O orvalho e também o tomilho,
Dois pardais estavam aos gracejos.

Zi zi zi
Pour Passy.
Je n'ai qu'un Dieu, qu'un roi, qu'un liard et qu'une botte.

Zi zi zi
Para Passy.
Só tenho um Deus, um rei, um tostão e uma bota.

Et ces deux pauvres petits loups
Comme deux grives étaient soûls;
Un tigre en riait dans sa grotte.

E aqueles dois pobres lobinhos
Embriagados como dois beberrões;
Ria disso um tigre em sua toca.

Don don don
Pour Meudon
Je n'ai qu'un Dieu, qu'un roi, qu'un liard et qu'une botte.

Don don don
Para Meudon.
Só tenho um Deus, um rei, um tostão e uma bota.

L'un jurait et l'autre sacrait.
Quand irons-nous dans la forêt?
Demandait Charlot à Charlotte.

Um jurava e o outro blasfemava.
Quando iremos à floresta?
Perguntava Charlot a Charlotte.

Tin tin tin
Pour Pantin.

Je n'ai qu'un Dieu, qu'un roi, qu'un liard et qu'une botte.

Tin tin tin
Para Pantin.
Só tenho um Deus, um rei, um tostão e uma bota.

Iam na direção de Saint-Merry.

VI. Recrutas

O grupo engrossava a cada instante. Próximo à rua des Billettes, um homem alto, grisalho, cujo aspecto rude e audacioso fora notado por Courfeyrac, Enjolras e Combeferre, mas que nenhum deles conhecia, juntou-se a eles. Gavroche, ocupado em cantar, assobiar, cantarolar, andar na frente, batendo nas portas dos estabelecimentos com a coronha da sua pistola sem cão, não prestou atenção ao tal homem.

Ocorreu que, na rua de la Verrerie, passaram em frente à casa de Courfeyrac.

— Isso é bom — disse Courfeyrac —, já que esqueci minha bolsa e perdi meu chapéu.

Deixou o grupo e subiu correndo para seu quarto. Pegou um chapéu velho e sua bolsa. Pegou também uma espécie de cofre quadrado, bastante grande, do tamanho de uma boa mala, que estava escondido no meio da roupa suja. Quando descia correndo, a porteira o chamou.

— Senhor de Courfeyrac!

— Dona porteira, como a senhora se chama? — retrucou Courfeyrac.

A porteira ficou abismada.

— Mas o senhor sabe muito bem, sou a zeladora, me chamo dona Veuvain.

— Muito bem, se a senhora continuar me chamando de senhor de Courfeyrac, vou chamá-la de dona de Veuvain. Agora diga, o que há? O que acontece?

— Tem alguém que quer lhe falar.

— Quem é?

— Não sei.

— Onde?

— No meu quarto.

— Aos diabos! — exclamou Courfeyrac.

— Mas faz mais de uma hora que espera sua volta! — replicou a porteira.

Ao mesmo tempo, uma espécie de jovem operário, magro, pálido, baixo, cheio de sardas, usando uma blusa toda furada e uma calça de veludo cheia de remendos, e que tinha mais a aparência de uma garota vestida de rapaz que de um homem, saiu do quarto e perguntou a Courfeyrac, com uma voz que, de forma alguma, era uma voz de mulher:

— O senhor Marius, por favor?

— Não está.

— Ele voltará esta noite?

— Não faço idéia — respondeu Courfeyrac, e acrescentou: — Quanto a mim, não voltarei.

O jovem encarou-o fixamente e perguntou-lhe:

— Por que não?

— Porque não.

— Para onde vai?

— Que importância tem isso para você?

— Quer que eu carregue seu cofre?

— Vou para as barricadas.

— Quer que eu vá com o senhor?

— Se você quiser! — respondeu Courfeyrac. — A rua é livre, os caminhos são de todo o mundo.

E saiu correndo para juntar-se novamente aos companheiros. Assim que os encontrou, deu o cofre para que um deles carregasse. Só após um quarto de hora reparou que o jovem, de fato, os acompanhava.

Um ajuntamento desses não vai precisamente para onde quer. Já explicamos que um pé-de-vento pode carregá-lo. Eles passaram por Saint-Merry e, sem saber muito bem como, foram parar na rua Saint-Denis.

LIVRO XII

Corinthe

I. História da Corinthe desde sua fundação

Os parisienses que, nos dias de hoje, entrando na rua Rambuteau pelo lado dos mercados, avistam à direita, em frente à rua Mondétour, uma loja de artefatos de vime que tem como tabuleta um cesto na forma do imperador Napoleão, o Grande, onde se lê esta inscrição:

NAPOLEÃO, TODO FEITO DE VIME

nem imaginam as cenas terríveis que esse mesmo local presenciou há apenas trinta anos.

Ali se encontravam a rua de la Chanvrerie, que nos documentos antigos se escrevia Chanverrerie, e a célebre taverna chamada Corinthe.

Vocês se lembram de tudo o que já foi dito a respeito da barricada levantada naquele local e eclipsada, aliás, pela barricada de Saint-Merry. É sobre essa famosa barricada da rua de la Chanvrerie, hoje mergulhada em profunda escuridão, que vamos lançar um pouco de luz.

Que nos permitam recorrer, para clareza da narração, ao meio simples que já empregamos em relação a Waterloo. As pessoas que quiserem imaginar de um modo bastante exato os conjuntos de casas que existiam naquela época perto da ponte Saint-Eustache, no ângulo nordeste dos mercados de Paris, onde hoje desemboca a rua Rambuteau, precisam apenas pensar em um N, cujas hastes verticais seriam a rua de la Grande-Truanderie e a rua de la Chanvrerie, e, a haste transversal, a rua de la Petite-Truanderie. A velha rua Mondétour cortava as três hastes formando os ângulos mais tortuosos, tanto que o cruzamento confuso dessas quatro ruas bastava para fazer, em um espaço de cem toesas quadradas, compreendido entre os mercados e a rua Saint-Denis, de um lado, e entre a rua du Cygne e a rua des Prêcheurs do outro, sete ilhotas de casas, estranhamente talhadas, de tamanhos diversos, construídas de través e como ao acaso, mal separadas, assim como blocos de pedra nos canteiros, por fendas estreitas.

Dizemos fendas estreitas, e não poderíamos dar uma idéia mais justa daquelas ruelas obscuras, apertadas, angulosas, ocupadas com casebres de oito andares. Esses casebres estavam tão decrépitos que, nas ruas de la Chanvrerie e de la Petite-Truanderie, as fachadas sustentavam-se em vigas que iam de uma casa a outra. A rua era estreita e o canal largo; os passantes caminhavam sobre um calçamento sempre molhado, beirando lojas que pareciam porões, grandes marcos cercados de ferro, enormes montes de lixo, entradas de alamedas guarnecidas com enormes grades seculares. A rua Rambuteau devastou tudo isso.

O nome Mondétour pinta com perfeição as sinuosidades de todas aquelas vielas. Um pouco mais adiante, elas eram ainda mais bem expressas pela rua *Pirouette*[1], que se lançava na rua Mondétour.

O passante que ia da rua Saint-Denis à rua de la Chanvrerie via que ela se estreitava pouco a pouco à sua frente; era como se tivesse entrado em um funil alongado. Na extremidade da rua, que era bem curta, encontrava a passagem barrada no sentido dos mercados por uma alta fileira de casas, e acreditaria estar em um beco sem saída se não percebesse, tanto à direita como à esquerda, dois vãos negros por onde podia escapar. Era a rua Mondétour, que, de um lado, ia encontrar a rua des Prêcheurs e, do outro, a rua du Cygne e a Petite-Truanderie. No fundo dessa espécie de beco, no ângulo do vão da direita, notava-se uma casa menos elevada que as outras, formando um tipo de cabo sobre a rua.

Era nessa casa, com dois andares apenas, que estava alegremente instalada, havia uns trezentos anos, uma ilustre taverna. Essa taverna produzia um alegre ruído no exato local assinalado pelo velho Théophile[2] nestes dois versos:

Là branle le squelette horrible
D'un pauvre amant qui se pendit.

---

[1] (Mon)*détour* – (meu)desvio, sinuosidade; *pirouette* – pirueta, reviravolta. (N. do E.)

[2] Théophile de Viau, poeta francês (1590-1626). (N. do E.)

Aqui balança o horrível esqueleto
De um pobre amante que se enforcou.

O lugar era bom, os taverneiros ali se sucediam de pai para filho.

No tempo de Mathurin Régnier, essa taverna se chamava *Pot-aux-Roses* – Vaso de Rosas –, e, como a moda eram os *rébus*[3], tinha como insígnia um poste cor-de-rosa[4].

No século passado, o digno Natoire[5], um dos mestres do fantástico, hoje desdenhado, tendo-se embebedado várias vezes nessa taverna, na mesma mesa em que se embebedara Régnier, havia pintado, por gratidão, um cacho de uvas de Corinto no poste cor-de-rosa. O taverneiro, de tão contente, mudou sua insígnia e mandou pintar em dourado, abaixo do cacho de uvas, estas palavras: *au Raisin de Corinthe* – ao Uvas de Corinto. Veio daí esse nome, *Corinthe*. Nada mais natural para os bêbados do que as elipses. A elipse é o ziguezague da frase. Pouco a pouco, Corinthe destronou Pot-aux-Roses. O último proprietário da dinastia, Pai Hucheloup, desconhecendo a tradição, mandara pintar o poste de azul.

Uma sala embaixo, onde ficava o balcão; uma sala no primeiro andar, onde ficava o bilhar; uma escada de madeira em espiral, passando através do teto; vinho em cima das mesas, fumaça cobrindo as paredes, velas acesas em pleno dia; assim era a tal taverna. Uma escada com alçapão, na sala de baixo, levava ao porão. No andar superior ficavam os aposentos dos Hucheloup. Subia-se ali por uma escadinha, e a entrada não passava de uma porta escondida na grande sala do primeiro andar. Abaixo do telhado, dois sótãos serviam de quarto das criadas. A cozinha dividia a parte térrea com a sala do balcão.

Pai Hucheloup talvez tivesse nascido químico, mas o fato é que se tornara cozinheiro; não só se bebia como também se comia em sua taverna. Hucheloup inventara uma coisa excelente, carpas recheadas, que ele chamava *carpes au gras*, que se comiam à luz de uma vela de sebo ou de um candeeiro do tempo de Luís XVI, em mesas cobertas com tecido encerado à guisa de toalha. As pessoas vinham de longe. Uma bela manhã, Houcheloup achou por bem

---

[3] Representação de frases por meio de figuras. (N. do E.)

[4] Poste cor-de-rosa, em francês *poteau rose*, tem a mesma pronúncia de *pot-aux-roses*. (N. do E.)

[5] Charles-Joseph Natoire, pintor francês (1700-1777). (N. do E.)

advertir os passantes sobre sua "especialidade"; molhou um pincel em tinta preta, e como tinha uma ortografia própria, do mesmo modo que tinha uma culinária toda sua, improvisou na parede esta notável inscrição:

CARPES HO GRAS

Certo inverno, os temporais e o granizo tiveram a veleidade de apagar o S que terminava a primeira palavra e o G que começava a terceira, restando isto:

CARPE HO RAS

Com a ajuda da chuva e do tempo, um humilde anúncio gastronômico transformara-se em um conselho profundo[6].

Assim, aconteceu que, não sabendo bem o francês, Pai Hucheloup soube o latim, que fizera sair da cozinha da filosofia, e que, querendo simplesmente suplantar Carême[7], igualara Horácio. E o mais notável era que aquilo também queria dizer: "Entrem em minha taverna".

Hoje, nada disso existe. O labirinto Mondétour foi rasgado e amplamente aberto a partir de 1847, e, provavelmente, a essa altura, já nem exista. A rua de la Chanvrerie e a Corinthe desapareceram sob o calçamento da rua Rambuteau.

Como já dissemos, a Corinthe era um dos locais de encontro, para não dizer de reunião, de Courfeyrac e seus amigos. Foi Grantaire quem descobriu a Corinthe. Entrara ali por causa do *Carpe Ho ras* e retornara por causa do *Carpes au Gras*. Ali bebia-se, comia-se, gritava-se, pagava-se pouco, pagava-se mal, não se pagava, era-se sempre bem-vindo. Pai Hucheloup era boa pessoa.

Hucheloup, homem bom, como acabamos de dizer, era um taverneiro com bigodes; variedade divertida. Tinha sempre ar de mau humor, parecia querer intimidar os fregueses, resmungava com as pessoas que entravam em sua casa, parecendo disposto mais a procurar encrenca do que a servir-lhes a sopa. No entanto, mantemos a palavra, todos eram sempre bem-vindos. Esse jeito estranho

---

[6] Jogo de palavras com o célebre aforismo de Horácio, "*Carpe diem*"; aqui, o "*Carpe ho ras*" vem a calhar como conselho aos insurgentes: que aproveitem as horas que ainda lhes restam. (N. do E.)

[7] Marie-Antoine Carême, autor de livros culinários. (N. do E.)

atraíra fregueses a seu estabelecimento, ali trazendo jovens que diziam entre si: "Vamos ver Pai Hucheloup resmungar".

Havia sido mestre de armas. De repente, desatava a rir. Voz grossa, o bom diabo. Era um fundo cômico com uma aparência trágica; não queria nada mais que botar medo; mais ou menos como essas caixas de rapé que têm a forma de uma pistola. A detonação é um espirro.

Sua mulher, Mãe Hucheloup, era uma criatura barbada, muito feia.

Por volta de 1830, Pai Hucheloup morreu. Com ele desapareceu o segredo das carpas recheadas. Sua viúva, mulher pouco consolável, continuou tocando a taverna. Mas a cozinha degenerou-se e tornou-se execrável; o vinho, que sempre fora ruim, ficou medonho. No entanto, Courfeyrac e seus amigos continuaram freqüentando a Corinthe, por compaixão, dizia Bossuet.

A viúva Hucheloup era disforme, tinha falta de ar e muitas recordações campestres. Tirava delas a insipidez com seu modo de falar. Tinha um jeito próprio de dizer as coisas, o que temperava suas reminiscências campesinas e primaveris. Outrora, sua felicidade, afirmava ela, era ouvir os *"goela-de-passarim cantar nos burganviles"*.

A sala do primeiro andar, onde ficava o "restaurante", era um amplo e extenso cômodo repleto de banquinhos, banquetas, cadeiras, bancos e mesas, juntamente com um velho bilhar manco. Chagava-se ali pela escada em espiral, que dava para um canto da sala, com uma abertura quadrada, semelhante a uma escotilha de navio.

Essa sala, iluminada por uma única janela estreita e por um candeeiro sempre aceso, parecia um lugar miserável. Todos os móveis de quatro pés se comportavam como se tivessem três.

As paredes, brancas de cal, tinham como único ornamento esta quadra em homenagem a Mame Hucheloup:

Elle étonne à dix pas, elle épouvante à deux,
Une verrue habite en son nez hasardeux;
On tremble à chaque instant qu'elle ne vous le mouche,
Et qu'un beau jour son nez ne tombe dans sa bouche.

A dez passos ela impressiona, a dois ela assusta,
Uma verruga habita seu nariz arrojado;
A cada instante dá medo que ela o assoe,
E que um belo dia ele lhe caia dentro da boca.

Isso fora escrito com carvão sobre a parede.

Mame Houcheloup, parecida com essa descrição, ia e vinha diante dessa quadra, da manhã à noite, na maior tranqüilidade. Duas criadas, chamadas Matelote e Gibelotte[8], de quem nunca se conheceram outros nomes, ajudavam Mame Hucheloup a colocar sobre as mesas os canjirões de vinho da casa e os variados angus, que serviam aos famintos em tigelas de barro. Matelote, baixa, gorda, ruiva e tagarela, antiga amante favorita do falecido Hucheloup, era mais feia do que qualquer monstro mitológico; porém, como convém que a criada sempre fique atrás da ama, ela era menos feia que Mame Hucheloup. Gibelotte, alta, delicada, branca de uma brancura linfática, olheiras, pálpebras caídas, sempre cansada e exausta, atacada pelo que poderia ser chamado de fadiga crônica, primeira a levantar, última a deitar, servia todo o mundo, inclusive a outra criada, em silêncio e com amabilidade, sorrindo sob o cansaço com uma espécie de vago sorriso adormecido.

Antes de entrar na sala-restaurante, lia-se na porta este verso escrito com giz por Courfeyrac:

Régale si tu peux et mange si tu l'oses[9].

Regala-te se puderes e come se ousares.

II. Alegrias preliminares

Laigle de Meaux, como sabemos, morava mais na casa de Joly do que em qualquer outro lugar. Ele tinha uma casa do mesmo modo que os pássaros têm um ramo. Os dois amigos viviam juntos, comiam juntos, dormiam juntos. Tudo entre eles era comum, até mesmo, um pouco, Musichetta. Eram o que, entre os frades *chapeaux*, se chamava *bini*[10]. Na manhã de 5 de junho, foram à Corinthe para comer. Joly, resfriado e fanhoso, tinha muita coriza, e Laigle começava a partilhá-la. A roupa de Laigle estava surrada, mas Joly estava bem vestido.

---

[8] Esses nomes significam, respectivamente, *caldeirada* e *guisado*. (N. do E.)

[9] Paródia ao verso de Corneille: "Devine si tu peux et choisis si tu l'oses" – Adivinha se puderes e escolhe se ousares. (N. do E.

[10] Frade *chapeau* – chapéu: religioso não ordenado que usava um chapéu, e não um capucho, ligado ao serviço de um padre dessa ordem (capuchinhos), formando um *bini* – binômio. (N. do E.))

Eram aproximadamente nove horas da manhã quando empurraram a porta da Corinthe. Subiram ao primeiro andar.

Matelote e Gibelotte os receberam.

— Ostras, queijo e presunto — disse Laigle. E sentaram-se.

A taverna estava vazia; só havia os dois ali.

Gibelotte, reconhecendo Joly e Laigle, colocou uma garrafa de vinho na mesa.

Quando estavam nas primeiras ostras, uma cabeça apareceu na escotilha da escada e uma voz disse:

— Eu estava passando. Senti da rua um delicioso odor de queijo de Brie. E entrei.

Era Grantaire.

Grantaire pegou uma banqueta e sentou-se.

Gibelotte, vendo Grantaire, colocou duas garrafas de vinho na mesa.

Já eram três.

— Você vai beber essas duas garrafas? — perguntou Laigle a Grantaire.

— Todos são engenhosos, só você é ingênuo. Duas garrafas nunca assustaram um homem.

Os outros começaram comendo, Grantaire começou bebendo. Meia garrafa foi rapidamente engolida.

— Você tem um buraco no estômago? — tornou Laigle.

— Você é que tem um no cotovelo — respondeu Grantaire.

E depois de esvaziar o copo acrescentou:

— É mesmo, Laigle das orações fúnebres, sua roupa está velha.

— Suponho que sim — replicou Laigle. — Por isso fazemos boa dupla, eu e meu casaco. Ele ficou com todas as minhas rugas, não me constrange em nada, moldou-se às minhas deformidades, é condescendente com todos os meus movimentos; só o sinto porque me mantém aquecido. Roupas velhas são como os velhos amigos.

— Isso é verdade — exclamou Joly entrando no diálogo —, *un viel habit est un viel abi*[11].

— Principalmente na boca de um homem com o nariz entupido — respondeu Grantaire.

— Grantaire, você está chegando do bulevar? — perguntou Laigle.

— Não.

— Eu e Joly acabamos de ver passar a frente do cortejo.

---

[11] Um velho casaco é um velho amigo — a frase original joga com as palavras *habit* e *ami*, esta última trocada por *abi*, para marcar o modo fanhoso de falar do personagem, recurso que voltará a ser usado. (N. do E.)

— É um espetáculo *baravilhoso* — disse Joly.

— Como essa rua está tranqüila! — exclamou Laigle. — Quem diria que Paris está de cabeça para baixo! Agora se vê que antigamente tudo por aqui era convento! Du Breul e Sauval podem dar a lista deles, e o Abade Lebeuf também[12]. Aqui em volta havia muitos, isso formigava de calçados, descalços, tonsurados, barbudos, pardos, negros, brancos, franciscanos, mínimos, capuchinhos, carmelitas, agostinianos menores, agostinianos maiores, velhos agostinianos... Pululavam.

— Não vamos falar de padres — interrompeu Grantaire —, isso dá coceira.

Em seguida exclamou:

— Bah! Acabo de comer uma ostra ruim. Aí está a hipocondria me pegando novamente. As ostras estão estragadas, as criadas são feias. Eu odeio a espécie humana. Passei ainda agora pela enorme livraria pública na rua Richelieu. Aquele monte de conchas de ostras chamado biblioteca, me dá desgosto só de pensar. Quanto papel! Quanta tinta! Quanto rabisco! Escreveram tudo aquilo! Quem foi o patife que disse que o homem era um bípede sem penas? Além disso, encontrei uma moça que conheço, bela como a primavera, digna de se chamar Floréal, encantada, extasiada, feliz, nas alturas, a miserável, porque ontem um medonho banqueiro, todo marcado pela varíola, dignou-se interessar-se por ela! Ai! As mulheres estão de olho em cuidados e galanteios; gatas, que tanto caçam ratos como pássaros. Não faz dois meses, essa donzela vivia discretamente em uma água-furtada, colocando argolinhas de cobre em espartilhos, como é mesmo que isso se chama? Ela costurava, tinha uma cama de lona, morava junto a um vaso de flores, vivia contente. Agora virou banqueira! Essa transformação aconteceu esta noite. Encontrei a vítima de manhã, toda feliz. O que é horrível é que a esperta estava tão bonita hoje quanto ontem. Seu financiador não marcou presença em seu rosto. As rosas têm como vantagem, ou desvantagem, em relação às mulheres, que as marcas nelas deixadas pelas lagartas são visíveis. Oh! Não há moral sobre a terra, como atestam a murta, símbolo do amor, o louro, símbolo da guerra, a oliveira, essa coisa besta, símbolo da paz, a macieira, que quase sufocou Adão com sua semente, e a figueira, avó das saias. Quanto ao direito, querem saber o que é o direito? Os gauleses cobiçam Cluse,

---

[12] Esses três autores foram as principais fontes documentais de Victor Hugo para a obra *O Corcunda de Notre-Dame*. (N. do E.)

Roma protege Cluse, e pergunta aos gauleses que mal lhes fez Cluse. Breno responde: "O mesmo mal que Alba fez a vocês, o mesmo mal que Fidenes fez a vocês, o mesmo mal que os équos, os volscos e os sabinos fizeram a vocês. Eram seus vizinhos. Os clusianos são nossos vizinhos. Entendemos vizinhança da mesma forma que vocês; se roubaram Alba, nós tomamos Cluse". Roma disse: "Não tomarão Cluse". Mas Breno tomou Roma, e depois gritou: *Vae victis*[13]. Eis o que é o direito. Ah! Neste mundo, como há aves de rapina! Quantos gaviões! Isso me dá medo.

Estendeu o copo a Joly, que o encheu, bebeu e prosseguiu, quase sem ser interrompido por esse copo de vinho, do qual ninguém se deu conta, nem ele mesmo:

— Breno, que tomou Roma, é um gavião; o banqueiro, que ficou com a costureira, é um gavião. O pudor não é maior aqui do que lá. Portanto, não acreditemos em nada. Só existe uma realidade: beber. Qualquer que seja sua opinião, a favor do galo magro ou do cantão de Uri, ou a favor do galo gordo ou do cantão de Glaris, pouco importa, bebam! Vocês me perguntaram do bulevar, do cortejo, *et coetera*. Então, quer dizer que ainda vai haver uma revolução? Essa indigência de meios por parte do bom Deus me espanta. A todo instante ele precisa tornar a untar o encaixe dos acontecimentos. Tudo emperra, a coisa não vai para frente. Rápido, uma revolução! O bom Deus está o tempo todo com as mãos pretas desse sebo horrível. No lugar dele, eu simplificaria; não tornaria, cada vez, a montar minha mecânica, tocaria o gênero humano sem hesitação, tricotaria os fatos malha por malha, sem romper os fios, não teria nenhum expediente para imprevistos, nem repertórios extraordinários. O que vocês chamam de progresso funciona com dois motores, os homens e os acontecimentos. Mas, coisa triste, de tempos em tempos, o excepcional se faz necessário. Tanto para os homens como para os acontecimentos, a trupe comum não basta; entre os homens, é preciso haver gênios, e entre os acontecimentos, revoluções. Os grandes acidentes são a lei; a ordem das coisas não pode prescindir deles; e, em vista da aparição de cometas, seríamos tentados a crer que até mesmo o céu precisa de atores para suas representações. Quando menos se espera, Deus prega um meteoro na muralha do firmamento. Uma estrela esquisita surge, sublinhada por uma cauda enorme. Isso faz César morrer. Brutus o ataca com um punhal, e Deus com um cometa. Zás! Eis uma aurora boreal, eis uma revo-

---

[13] "Desgraça aos vencidos" – Tito Lívio, *História Romana*. (N. do E.)

lução, eis um grande homem; 1793 em grandes letras, Napoleão em destaque, o cometa de 1811 no topo do cartaz. Ah! O belo cartaz azul, todo cravejado de fulgores inesperados! Bum! Bum! Espetáculo extraordinário. Levantem os olhos, palermas. Tudo está desgrenhado, tanto o astro como o drama. Bom Deus, é demais, e não é o bastante. Esses recursos, tirados da exceção, parecem magnificência, mas são pobreza. Meus amigos, a Providência está reduzida aos expedientes. Uma revolução prova o quê? Que Deus está na penúria. Dá um golpe de Estado porque há solução de continuidade entre o presente e o futuro, e porque ele, Deus, não conseguiu equilibrar o orçamento. Na verdade, isso confirma minhas conjecturas sobre a situação da fortuna de Jeová; e, em vista de tanto apuro, lá em cima e cá embaixo, de tanta mesquinharia e avareza e sovinice e miséria, no céu como na terra, desde a ave, que não tem um grão de quirera, até mim, que não tenho cem mil libras de renda; em vista do destino humano, bastante deteriorado, e até do destino real, em situação embaraçosa, como testemunha o Príncipe de Condé enforcado; em vista do inverno, que nada mais é do que um rasgo no zênite por onde o vento sopra; em vista de tantos farrapos, mesmo na púrpura novinha em folha da manhã, no alto das colinas; em vista das gotas de orvalho, essas pérolas falsas; em vista da geada, esse diamante fingido; em vista da humanidade esfarrapada e dos acontecimentos remendados; e de tantas manchas no sol, e de tantos buracos na lua; e em vista de tanta miséria por toda parte, suspeito que Deus não seja rico. Aparenta ser, é verdade, mas percebo suas dificuldades. Dá então uma revolução, do mesmo modo que um negociante, cujo caixa está vazio, esbraveja. Não se deve julgar os deuses pela aparência. Sob o dourado do céu, entrevejo um universo pobre. Até na criação há bancarrota. Por isso estou descontente. Vejam vocês, hoje é cinco de junho, já é quase noite; desde esta manhã espero que o dia chegue, e ele não chega, e aposto que não vai chegar. É uma falta de pontualidade de caixeiro mal pago. Sim, está tudo mal organizado, nada se ajusta a nada, esse velho mundo está completamente empenado, vou me encaixar na oposição. Tudo anda torto; o universo está implicante. É como os filhos: os que os desejam, não os têm, os que não os desejam, os terão. Em suma: isso me irrita. Além do mais, me dá aflição ver Laigle de Meaux, esse careca. Fico humilhado de pensar que sou da mesma idade que esse "joelho". De resto, eu critico, mas não insulto. O universo é aquilo que é. Falo aqui sem más intenções e para desencargo da minha consciência. Recebei, Padre Eterno, os protestos de minhas sinceras considerações. Oh! Por todos os santos do Olimpo e por todos os deuses do paraíso, não nasci para ser parisiense, isto é, para ricochetear para sempre, como uma bolinha entre duas raquetes, do grupo dos ociosos para o grupo dos arruaceiros. Fui feito para ser turco, para ficar o dia inteiro vendo sirigaitas orientais executando aquelas exóticas danças do Egito, lúbricas como os sonhos de um homem casto, ou então para ser um camponês da Beócia, ou um fidalgo veneziano, rodeado de damas gentis, ou um principezinho alemão, contribuindo com metade de um soldado para a Confederação Germânica e ocupando as horas de lazer em secar as meias em cima da sebe, isto é, nas próprias fronteiras! Esses são os destinos para os quais nasci! Turco, eu disse, e não me desdigo. Não entendo por que habitualmente levam os turcos a mal; Maomé tem coisas boas; muito respeito ao inventor dos palácios cheios de mulheres e dos paraísos de odaliscas! Não insultemos o maometismo, única religião ornada por um galinheiro! Dito isso, insisto, vamos beber. A terra é uma grande tolice. E parece que vão combater, todos esses imbecis; vão quebrar-se a cara, massacrar-se, em pleno verão, no mês de junho, enquanto poderiam ir, de braços com alguém, respirar nos campos a imensa chávena de chá das ervas ceifadas! Realmente, fazemos tolices demais! Uma velha lanterna quebrada, que há pouco vi em um ferro-velho, me sugere uma reflexão: já é tempo de o gênero humano ser iluminado. Pronto, agora estou triste! Vejam o que causa engolir uma ostra e uma revolução de través! Estou lúgubre outra vez. Oh! O terrível velho mundo! Aqui nos esforçamos, nos privamos, nos prostituímos, nos matamos, nos habituamos!

E, após esse acesso de eloqüência, Grantaire teve um acesso de tosse, bem merecido.

— A propósito de revolução — disse Joly —, parece que, *decididabente, Barius* está *enaborado*.

— Sabem de quem? — perguntou Laigle.

— *Dão*.

— Não?

— *Dão*, estou dizendo.

— Os amores de Marius! — exclamou Grantaire. — Posso ver daqui. Marius é um nevoeiro, e deve ter encontrado algum vapor. Marius é da raça poeta. Quem diz poeta, diz louco. *Timbraeus Apollo*[14]. Marius e sua Marie, ou sua Maria, ou sua Mariette, ou sua Marion, devem formar uma curiosa dupla de amantes. Imagino como pode

---

[14] Referência a Tímbrea, cidade onde o deus da poesia, Apolo, tinha um templo. (N. do E.)

ser isso. Êxtases em que se esquece o beijo. Castos sobre a terra, mas unidos no infinito. Almas dotadas de sensibilidade. Dormem juntos nas estrelas.

Grantaire ia começar sua segunda garrafa, e talvez sua segunda arenga, quando um novo ser emergiu da abertura quadrada da escada. Era um garoto com menos de dez anos, esfarrapado, bem pequeno, amarelado, rosto afilado, olhos vivos, cabeludo, molhado de chuva, mas parecendo contente.

Escolhendo entre os três sem hesitar, embora, evidentemente, não conhecesse nenhum deles, dirigiu-se a Laigle de Meaux.

— Será que o moço é o senhor Bossuet? — perguntou.

— É meu apelido — respondeu Laigle —; o que quer comigo?

— É o seguinte: um loiro alto, lá no bulevar, me disse: "Conhece Mãe Hucheloup?" Eu disse: "Conheço, na rua de la Chanvrerie, a viúva do velho". Aí ele me disse: "Vá até lá; você vai encontrar o senhor Bossuet, e vai lhe dizer de minha parte: A-B-C". É alguma brincadeira com o senhor, não é? Ele me deu dez soldos.

— Joly, empreste-me dez soldos — disse Laigle; e voltando-se para Grantaire: — Grantaire, empreste-me mais dez soldos.

Somaram vinte soldos, que Laigle deu ao garoto.

— Obrigado, senhor — disse o menino.

— Como você se chama? — perguntou Laigle.

— Navet, o amigo de Gavroche.

— Fique conosco — disse Laigle.

— Almoce com a gente — acrescentou Grantaire.

O menino respondeu:

— Não posso, faço parte do cortejo, sou eu que grito: *abaixo Polignac!*

E, estendendo longamente um dos pés para trás, o que é a mais respeitosa possível das saudações, foi-se embora.

Assim que saiu, Grantaire tomou a palavra:

— Esse é o puro moleque. Há muitas variedades no gênero moleque. O moleque tabelião se chama *saute-ruisseau*, o moleque cozinheiro se chama *marmiton*, o moleque padeiro se chama *mitron*, o moleque criado se chama *groom*, o moleque marinheiro se chama *mousse*, o moleque soldado se chama *tapin*, o moleque pintor se chama *rapin*, o moleque negociante se chama *trottin*, o moleque cortesão se chama *menin*, o moleque rei se chama *dauphin*, o moleque deus se chama *bambino*[15].

---

[15] Termos sem correspondência em português. (N. do E.)

Enquanto isso, Laigle meditava. Disse a meia voz:

— A-B-C quer dizer: "Enterro de Lamarque".

— O loiro alto — observou Grantaire — é Enjolras, mandando avisá-lo.

— E nós vamos? — disse Bossuet.

— Está chovendo — disse Joly —, eu jurei ir ao fogo e *dão* à água. *Dão* quero *be* constipar.

— Vou ficar aqui — disse Grantaire —; prefiro um almoço a um carro de defunto.

— Conclusão: nós ficamos — tornou Laigle. — Pois bem, então bebamos. Além disso, podemos faltar ao enterro sem faltar à revolta.

— Ah! Da revolta quero participar — exclamou Joly.

Laigle esfregou as mãos:

— Então quer dizer que a revolução de 1830 vai ser aperfeiçoada. Na verdade ela deixa o povo pouco à vontade.

— Para mim, praticamente tanto faz, essa sua revolução — disse Grantaire. — Não execro este governo. É a coroa temperada pelo boné de algodão. É um cetro que termina como um guarda-chuva. Na verdade, hoje, estou pensando, com o tempo que está fazendo, Luís Filipe poderá utilizar sua realeza para dois fins: estender a ponta cetro contra o povo e abrir a ponta guarda-chuva contra o céu.

A sala estava escura, grandes nuvens acabavam de suprimir a luz do dia. Não havia ninguém na taverna, nem na rua; todos tinham ido "ver os acontecimentos".

— É meio-dia ou meia-noite? — exclamou Bossuet. — Não se vê um palmo diante do nariz. Gibelotte, luz!

Grantaire, triste, bebia.

— Enjolras me despreza — murmurou ele. — Enjolras pensou: Joly está doente, Grantaire está bêbado. Então foi a Bossuet que enviou Navet. Se ele tivesse vindo me procurar, eu o teria acompanhado. Azar dele! E não irei a seu enterro.

Tomada essa resolução, Bossuet, Joly e Grantaire não saíram mais da taverna. Por volta das duas horas da tarde, a mesa que ocupavam estava coberta de garrafas vazias. Duas velas ardiam, uma em um castiçal de cobre inteiramente verde, outra no gargalo de uma garrafa quebrada.

Grantaire arrastara Joly e Bossuet para o vinho; Bossuet e Joly puxaram Grantaire de volta à alegria.

Quanto a Grantaire, desde meio-dia já ia além do vinho, essa medíocre fonte de sonhos. O vinho, entre os bêbados sérios, não alcança mais que um êxito afetivo. Em matéria de embriaguez, existe uma magia preta e uma magia branca; o vinho não passa da magia branca. Grantaire era um ousado bebedor de sonhos. A escuridão de uma temerosa bebedeira entreaberta diante dele, longe de o fazer parar, o atraía. Deixara as garrafas de lado e passara ao caneco. O caneco é o abismo. Não tendo à mão nem ópio nem haxixe, e querendo encher o cérebro de crepúsculo, recorrera à medonha mistura de aguardente, cerveja e absinto, que produz terríveis letargias. É destes três vapores, cerveja, aguardente e absinto, que é feito o chumbo da alma. São três trevas; a borboleta celeste se afoga aí; formam-se aí, em meio a uma fumaça membranosa vagamente condensada em asa de morcego, três fúrias mudas, o pesadelo, a escuridão e a morte, esvoaçando acima da Psique adormecida.

Grantaire ainda não tinha chegado a essa fase lúgubre, longe disso. Estava admiravelmente alegre, e Bossuet e Joly faziam-lhe a réplica. Brindavam. Grantaire juntava à entonação excêntrica das palavras e das idéias a divagação do gesto; apoiava com dignidade o punho esquerdo no joelho, formando com o braço um ângulo reto, e, gravata desatada, a cavalo sobre uma banqueta, copo cheio na mão direita, lançava à gorda criada Matelote estas solenes palavras:

— Que as portas do palácio sejam abertas! Que todo o mundo seja da Academia Francesa e tenha o direito de abraçar madame Hucheloup! Bebamos!

E voltando-se para Mame Hucheloup, acrescentava:

— Mulher antiga e consagrada pelo uso, aproxima-te que te contemplo!

E Joly exclamava:

— *Batelote* e Gibelotte, *dão* dêem *bais* vinho a Grantaire. Está gastando um dinheirão. Desde esta *banhã* ele já devorou em loucas prodigalidades dois francos e noventa e cinco *cêntibos*.

E Grantaire retomava:

— Mas quem foi que despregou as estrelas sem minha permissão, para colocá-las em cima da mesa feito velas?

Bossuet, muito embriagado, conservava sua calma.

Sentara-se no peitoril da janela aberta, deixando-se molhar nas costas pela chuva que caía, e contemplava seus dois amigos.

De repente, ouviu um tumulto atrás de si, passos precipitados, gritos de *às armas!* Virou-se e avistou, na rua Saint-Denis, na extremidade da rua de la Chanvrerie, Enjolras, que passava com uma carabina na mão, e Gavroche com sua pistola, Feuilly com seu sabre, Courfeyrac com sua espada, Jean Prouvaire com seu mosquetão, Combeferre com sua espingarda, Bahorel com seu fuzil, e todo aquele ajuntamento armado e tempestuoso que os seguia.

A rua de la Chanvrerie não era mais longa que o alcance de um tiro de carabina. Bossuet improvisou, com as duas mãos em volta da boca, uma espécie de concha, e gritou:

— Courfeyrac! Courfeyrac! Hei!

Courfeyrac ouviu o chamado, viu Bossuet, deu alguns passos pela rua de la Chanvrerie gritando um: *o que você quer?* que se cruzou com um: *aonde você vai?*

— Fazer uma barricada! — respondeu Courfeyrac.

— Então aqui! O lugar é bom! Faça-a aqui!

— É verdade, Aigle — disse Courfeyrac.

E, a um sinal de Courfeyrac, a multidão se precipitou pela rua de la Chanvrerie.

III. A escuridão começa a se fazer sobre Grantaire

O local, de fato, fora muito bem indicado; a entrada da rua era bem larga, o fundo estreito e praticamente sem saída, a Corinthe formando um estreitamento, a rua Mondétour fácil de barrar, tanto à direita quanto à esquerda, nenhum ataque possível, a não ser pela rua Saint-Denis, ou seja, de frente e a descoberto.

Bossuet, bêbado, tinha tido o golpe de vista de um Aníbal em jejum.

Com a súbita invasão do ajuntamento, o medo tomou conta da rua inteira. Nem um só passante que não tivesse desaparecido. Foi o tempo de um relâmpago e, ao fundo, à direita, à esquerda, lojas, bancas, portas, janelas, persianas, mansardas, portinholas de todas as dimensões se fecharam, de alto a baixo. Uma senhora idosa, apavorada, fixou um colchão diante da janela com duas varas de secar roupa, para amortecer os tiros. A casa da taverna era a única que ficara aberta, e isso pela simples razão de que o bando ali se precipitara.

— Ai meu Deus! Ai meu Deus! — suspirava Mame Hucheloup.

Bossuet tinha descido ao encontro de Courfeyrac.

Joly, que se pusera à janela, gritava:

— Courfeyrac, você devia ter trazido um guarda-chuva. Vai se resfriar.

Enquanto isso, em poucos minutos, vinte barras de ferro tinham sido arrancadas da grade frontal da taverna, dez toesas de rua tinham sido descalçadas; Gavroche e Bahorel, ao passar, tinham tomado e tombado a carroça de um fabricante de cal chamado Anceau; essa carroça continha três barricas cheias de cal, que foram colocadas por baixo das pilhas de pedras arrancadas; Enjolras tinha levantado o alçapão do porão, e todos os tonéis vazios da viúva Hucheloup foram parar ao lado das barricas de cal; Feuilly, com seus dedos afeitos a colorir as delicadas lâminas dos leques, tinha guarnecido as barricas e a carroça com duas maciças pilhas de pedras. Pedras arranjadas como todo o resto, não se sabe onde. Vigas de escora tinham sido arrancadas da fachada de uma casa vizinha e assentadas sobre os tonéis. Quando Bossuet e Courfeyrac se voltaram, metade da rua já se encontrava obstruída por uma trincheira mais alta que um homem. Nada se compara à mão popular para construir tudo aquilo que se ergue demolindo.

Matelote e Gibelotte juntaram-se aos trabalhadores. Gibelotte ia e vinha carregada de entulho. Seu tédio era útil à barricada. Executava essa tarefa como teria servido o vinho, com ar sonolento.

Um ônibus puxado por dois cavalos brancos passou pela extremidade da rua. Bossuet saltou as pedras, correu, parou o cocheiro, fez os passageiros descerem, deu a mão "às damas", despediu o condutor, e voltou, conduzindo carro e cavalos pelas rédeas.

— Os ônibus — disse ele — não vão passar na frente da Corinthe. *Non licet omnibus adire Corinthum*[16].

Um instante depois, os cavalos dasatrelados vagavam à solta pela rua Mondétour, e o ônibus tombado completava a barragem à entrada da rua.

Mame Hucheloup, transtornada, fora se refugiar no primeiro andar.

Tinha o olhar vago; olhava sem ver, e gritava baixinho. Seus gritos assustados sequer ousavam sair de sua garganta.

— É o fim do mundo! — murmurava ela.

Joly dava um beijo no gordo, vermelho e enrugado pescoço de Mame Hucheloup, e dizia a Grantaire:

— Meu caro, eu sempre considerei o pescoço de uma mulher como algo de infinitamente delicado.

Grantaire, porém, atingia as mais altas regiões do delírio poético. Matelote, subindo ao primeiro andar, foi agarrada na cintura por Grantaire, que soltava longas gargalhadas à janela.

— Matelote é feia! — gritava ele. — Matelote é a feiúra dos sonhos! Matelote é uma quimera. Eis o segredo de seu nascimento: um pigmalião gótico, que fazia carrancas nas catedrais, um belo dia apaixonou-se por uma delas, a mais horrível. Suplicou ao amor que a

---

[16] "Não é a todos que se permite ir a Corinto" — o personagem joga com o significado da palavra *omnibus* que, em latim, significa *todo*, *de todos*. (N. do E.)

animasse, e assim surgiu Matelote. Olhem para ela, cidadãos! Tem os cabelos cor de cromato de chumbo, como a amante de Ticiano, e é uma boa moça. Garanto a vocês que combaterá muito bem. Toda boa moça encerra em si um herói! Quanto à Mãe Hucheloup, é uma velha corajosa. Vêem os bigodes que ela tem! Herdou-os do marido. Uma hussarda, ora! Também vai combater. Só as duas já bastam para fazer medo ao subúrbio inteiro. Camaradas! Vamos derrubar o governo, tão certo como é certo que existem quinze ácidos intermediários entre o ácido margárico e o ácido fórmico, coisa que, de resto, para mim, absolutamente tanto faz. Senhores, meu pai sempre me detestou porque eu nunca conseguia entender a matemática. Eu não entendo senão o amor e a liberdade. Sou Grantaire, o bom menino! Como nunca tive dinheiro, nunca me acostumei a ele, o que me fez nunca sentir-lhe a falta; mas, se eu fosse rico, não haveria mais gente pobre! Iam só ver! Oh! Se os bons corações tivessem bolsos cheios! Como tudo seria melhor! Eu imagino Jesus Cristo com a fortuna de Rothschild! Quanto bem ele não faria! Matelote, abraça-me! És voluptuosa e tímida! Tens umas faces que atraem beijos de irmã, e lábios que pedem beijos de amante!

— Cale a boca, barril! — disse Courfeyrac.

Grantaire respondeu:

— Sou *capitoul*[17] e mestre em jogos florais!

Enjolras, que estava de pé no topo da barricada, espingarda na mão, levantou seu belo semblante austero. Enjolras, como se sabe, era espartano e puritano. Teria morrido com Leônidas nas Termópilas, e queimado Drogheda com Cromwell.

— Grantaire! — gritou ele. — Vá curtir seu porre longe daqui. Aqui é lugar de embriaguez, não de bebedeira! Não desonre a barricada!

Essas palavras irritadas produziram um efeito singular sobre Grantaire. Foi como se tivesse recebido um balde de água fria no rosto. Subitamente pareceu refeito. Sentou-se, encostou-se a uma mesa próxima à janela, fitou Enjolras com uma inexprimível ternura, e disse-lhe:

— Deixe-me dormir aqui.

— Vá dormir em outro lugar — gritou Enjolras.

Mas Grantaire, continuando a fixar seu olhar terno e turvo sobre ele, respondeu:

— Deixe-me dormir aqui, até que eu morra.

Enjolras olhou-o desdenhosamente:

---

[17] Nome dado aos antigos magistrados municipais. (N. do E.)

— Grantaire, você é incapaz de crer, de pensar, de querer, de viver e de morrer.

Grantaire replicou com voz grave:

— Você verá.

Balbuciou ainda algumas palavras ininteligíveis, em seguida sua cabeça pendeu pesadamente sobre a mesa, e, o que é um efeito bastante habitual da segunda fase da embriaguez para a qual Enjolras, de forma rude e repentina, o impelira, um instante depois estava adormecido.

IV. Tentativa de consolo da viúva Hucheloup

Bahorel, extasiado com a barricada:

— Pronto, a rua está livre! Como isso faz bem!

Courfeyrac, demolindo um pouco mais a taverna, procurava consolar a viúva taverneira.

— Mãe Hucheloup, outro dia a senhora não havia se queixado de que a tinham feito pagar uma multa por Gibelotte ter sacudido o tapetinho do quarto pela janela?

— É verdade, meu bom senhor Courfeyrac! Ah, meu Deus! Será que o senhor também vai me levar essa mesa para o meio daquele horror? E foi mesmo, por causa do tapete, e também de um vaso de flores, que caiu da mansarda na rua, que o governo me arrancou cem francos de multa. Não é um absurdo?

— Pois bem, Mãe Hucheloup, agora vamos nos vingar!

Mãe Hucheloup, com essa reparação que lhe faziam, não parecia compreender muito bem o que ganhava. Sentia-se satisfeita à maneira da mulher árabe que, tendo recebido uma bofetada de seu marido, fora-se queixar a seu pai, pedindo vingança e dizendo: "Pai, deves a meu marido afronta por afronta". O pai perguntou: "Em qual face recebeste a bofetada?" "Na face esquerda." O pai bateu-lhe na face direita e disse: "Pronto, agora estás vingada; vai dizer a teu marido que ele bateu em minha filha, mas que eu bati na mulher dele".

A chuva cessara. Alguns recrutas haviam chegado. Operários traziam, escondidos sob algumas roupas, um pequeno barril de pólvora, um cesto com algumas garrafas de vitríolo, duas ou três tochas de carnaval e uma canastra cheia de lampiões, "sobras da festa do rei". Festa bem recente, que ocorrera no primeiro de maio. Dizia-se que essas munições vinham da parte de um merceeiro chamado Pépin, do bairro Saint-Antoine. O único lampião da rua de la Chanvrerie foi quebrado, bem como a lanterna correspondente da rua Saint-Denis, e todos as lanternas das ruas circunvizinhas, Mondétour, du Cygne, des Prêcheurs, de la Grande e de la Petite-Truanderie.

Enjolras, Combeferre e Courfeyrac dirigiam tudo. Agora, duas barricadas eram construídas ao mesmo tempo, ambas apoiadas na taverna Corinthe e em ângulo reto; a maior fechava a rua de la Chanvrerie, a outra fechava a rua Mondétour pelo lado da rua du Cygne. Esta última barricada, muito estreita, era constituída apenas de tonéis e de pedras. Ali estavam aproximadamente cinqüenta homens, trinta dos quais armados de espingardas, pois, no caminho, haviam feito um "empréstimo por atacado" na loja de um armeiro.

Nada era mais estranho e mais variado do que esse grupo. Um usava um casaco curto, um sabre de cavalaria e duas pistolas; um outro estava em mangas de camisa, com chapéu de aba redonda e um polvorinho a tiracolo; um terceiro tinha uma couraça feita com nove folhas de papelão e sua arma era uma sovela de seleiro. Um deles gritava: *Exterminemos até o último e morramos na ponta de nossa baioneta!* Mas esse nem tinha baioneta. Outro ostentava, por cima do casaco, umas correias e uma cartucheira de guarda nacional cuja capa era ornada com a seguinte inscrição feita em lã vermelha: *Ordem pública*.

Grande quantidade de espingardas com números das legiões, poucos chapéus, nenhuma gravata, muitos braços nus, algumas lanças. Acrescentem a isso todas as idades, todos as feições, jovenzinhos pálidos, operários do porto morenos de sol. Todos se apressavam, e, enquanto mutuamente se ajudavam, conversavam sobre as possíveis ocorrências — que teriam ajuda por volta das três da manhã, que poderiam contar com um regimento, que Paris se rebelaria. Conjecturas terríveis, entremeadas por uma espécie de cordial jovialidade. Pareciam irmãos, mas sequer sabiam os nomes uns dos outros. Os grandes perigos têm isso de belo, colocam à luz a fraternidade de desconhecidos.

O fogo foi aceso na cozinha da taverna, e ali fundiam, em uma forma de balas com alça, colheres, garfos, todos os objetos de estanho do estabelecimento. E, em meio a tudo isso, bebiam. Cápsulas e balas rolavam sobre as mesas misturadas aos copos de vinho. Na sala do bilhar, Mame Hucheloup, Matelote e Gibelotte, diversamente modificadas pelo terror, uma embrutecida, outra esbaforida, outra desperta, rasgavam tiras de pano velho, preparando ataduras; três revoltosos as ajudavam, três homens com barbas, cabeleiras e bigodes muito grandes, que desfiavam o pano com delicadeza, mas faziam-nas tremer de medo.

O homem alto que Courfeyrac, Combeferre e Enjolras haviam notado, no momento em que se agregara ao bando na esquina da rua des Billettes, trabalhava na barricada pequena, e era muito útil ali. Gavroche trabalhava na barricada maior. Quanto ao rapaz que havia esperado por Courfeyrac em sua casa e lhe perguntara pelo senhor Marius, tinha desaparecido mais ou menos no momento em que o ônibus fora virado.

Gavroche, ligeiro e radiante, encarregara-se de animar os preparativos. Ia, vinha, subia, descia, tornava a subir, berrava, faiscava. Parecia estar ali para encorajar a todos. Tinha alguma motivação, por acaso? Claro que sim, sua miséria; por acaso tinha asas? Claro que sim, sua alegria. Gavroche era um turbilhão. Era visto o tempo todo, era ouvido sem cessar. Enchia o ar, estando ao mesmo tempo por toda parte. Era uma espécie de onipresença quase irritante; com ele, não havia possibilidade de parada.

A enorme barricada o sentia bem no alto. Atrapalhava os ociosos, animava os preguiçosos, reanimava os cansados, impacientava os pensativos, deixava alguns alegres, deixava outros sem fôlego, outros ainda com raiva; punha todos em movimento, picava um estudante, mordia um operário; colocava-se em posição, parava, recomeçava, voava por cima do tumulto e do esforço, saltava destes até aqueles, murmurava, zumbia, e importunava todo o mundo; mosca do imenso Carro revolucionário.

O movimento perpétuo se fazia em seus pequenos braços, e o clamor perpétuo se fazia em seus pequenos pulmões:

— Vamos! Mais pedras! Mais tonéis! Mais coisas! Onde se pode achar? Um cesto de entulho para tapar este buraco! Está muito baixa, essa barricada, tem que ficar mais alta! Ponham tudo aí, encostem tudo aí! Quebrem a casa! Uma barricada é o chá da Mãe Gibou![18] Pronto, ali está uma porta envidraçada.

Isso fez com que os trabalhadores exclamassem:

— Uma porta envidraçada! O que você quer que a gente faça com uma porta dessas, seu tubérculo?

— Érculos são vocês! — retrucou Gavroche. — Uma porta envidraçada é excelente numa barricada. Não impede que seja atacada, mas atrapalha para ser tomada. Então vocês nunca pularam

---

[18] Referência a uma farsa de enorme sucesso encenada em fevereiro de 1832, *Gibou et Madame Pochet*, que girava em torno de um chá feito com vinagre, óleo, pimenta, ovo, farinha, etc. A expressão tornou-se proverbial. (N. do E.)

um muro, cheio de fundos de garrafas, para afanar maçãs? Uma porta envidraçada corta os calos da guarda nacional se ela quiser subir na barricada. Ora essa! O vidro é traidor. Ah! Vocês não têm imaginação, meus camaradas.

De resto, estava furioso com sua pistola sem cão. Ia de um a outro reclamando:

— Uma espingarda! Quero uma espingarda! Por que ninguém me dá uma espingarda?

— Uma espingarda para você? — disse Combeferre.

— É! — retrucou Gavroche. — E por que não? Em 1830, quando brigamos com Carlos X, eu tive uma!

Enjolras encolheu os ombros.

— Quando todos os homens tiverem uma espingarda, também as daremos para as crianças.

Gavroche voltou-se com ar orgulhoso e respondeu-lhe:

— Se o matarem primeiro, ficarei com a sua.

— Seu moleque! — disse Enjolras.

— Seu fedelho! — disse Gavroche.

Um elegante perdido, que passeava na extremidade da rua, os distraiu.

Gavroche gritou-lhe:

— Venha conosco, moço! Então, essa velha pátria, ninguém faz nada por ela?

O elegante fugiu.

V. Os preparativos

Os jornais da época enganaram-se no que se refere a essa parte da nossa história, quando disseram que a barricada da rua de la Chanvrerie, “essa construção quase inexpugnável”, como a denominam, se elevava à altura de um primeiro andar. A verdade é que a citada barricada não ultrapassava a altura média de um metro e oitenta ou dois. Era construída de tal forma que os combatentes podiam, à vontade, ou desaparecer por trás dela, ou dominar a barreira e até subir ao topo por meio de alguns degraus, formados na parte interna por quatro fileiras de pedras sobrepostas colocadas no interior. A frente externa da barricada, formada por pilhas de pedras e de barris, segura com vigas e tábuas metidas por entre as rodas da charrete Anceau e do ônibus virado, apresentava o aspecto de um obstáculo emaranhado e inextricável. Uma brecha, suficiente para dar passagem a um homem, havia sido deixada entre a parede das casas e a extremidade da barricada mais afastada da taverna, permitindo uma saída. A flecha do ônibus era mantida bem reta por meio de cordas, e, amarrada a ela, flutuava uma bandeira vermelha que tremulava sobre a barricada.

A pequena barricada da rua Mondétour, escondida atrás da taverna, não aparecia. As duas barricadas reunidas formavam um verdadeiro reduto. Enjolras e Courfeyrac não haviam julgado necessário montar barricadas na outra parte da rua Mondétour, que abre para a rua des Prêcheurs uma saída sobre os depósitos, provavelmente desejando manter uma possível comunicação com o exterior, e não receando serem atacados pela perigosa e difícil rua des Prêcheurs.

Desse modo, com exceção da saída livre da segunda parte da rua Mondétour, que Folard, em seu estilo estratégico, denominaria um desfiladeiro, e da estreita abertura praticada no entrincheiramento da rua de la Chanvrerie, o interior da barricada, com o ângulo saliente formado pela taverna, apresentava a figura de um quadrilátero irregular fechado por todos os lados. Havia um intervalo de vinte passos entre a barricada grande e os elevados edifícios que formavam o fundo da rua, de modo que se podia dizer que a barricada ficava encostada a essas casas, todas habitadas, porém fechadas de alto a baixo.

Todo esse trabalho foi feito sem obstáculos em menos de uma hora, e sem que aquele punhado de homens audaciosos vissem surgir um gorro de pêlos ou uma baioneta. Os raros burgueses que ainda se aventuravam a passar pela rua Saint-Denis olhavam para a rua de la Chanvrerie e, ao avistarem a barricada, apressavam o passo.

Terminadas as duas barricadas e hasteada a bandeira, foi trazida, de dentro da taverna, uma mesa em cima da qual subiu Courfeyrac. Enjolras trouxe o baú quadrado e Courfeyrac o abriu. O baú estava cheio de cartuchos. Quando viram os cartuchos, houve um estremecimento e um momento de silêncio.

Courfeyrac os distribuiu sorrindo.

Cada um recebeu trinta cartuchos. Muitos tinham pólvora e puseram-se a fazer outros com as balas que eram fundidas. Quanto ao barril de pólvora, tinha sido colocado, como reserva, sobre uma mesa separada e perto da porta.

O toque de chamada que percorria toda Paris não cessava, porém tornara-se apenas um sussurro monótono ao qual não prestavam mais atenção. Esse barulho ora se afastava, ora se aproximava, com lúgubres ondulações.

Os fuzis e as carabinas foram carregados ao mesmo tempo, sem precipitação e com solene gravidade. Enjolras foi postar três sentinelas fora das barricadas, uma na rua de la Chanvrerie, a segunda na rua des Prêcheurs e a terceira na esquina da Petite-Truanderie.

Depois, construídas as barricadas, distribuídos os postos, carregadas as armas, colocadas as sentinelas, sós no meio daquelas temíveis ruas por onde ninguém passava, rodeados daquelas casas mudas e como que mortas, em que não palpitava nenhum movimento humano, envolvidos pelas sombras crescentes do crepúsculo que começava, no meio daquela escuridão e daquele silêncio em que se sentia avançar algo de trágico e aterrador, isolados, armados, resolutos, serenos, eles esperaram.

VI. Esperando

Nessas horas de espera, o que fizeram?

É preciso dizê-lo, pois isso é história.

Enquanto os homens faziam cartuchos e as mulheres ataduras, enquanto uma grande panela cheia de estanho e de chumbo fundido, destinados ao molde de balas, fumegava em cima do fogo, enquanto as sentinelas vigiavam de arma em punho sobre a barricada, enquanto Enjolras, a quem nada conseguia distrair, vigiava as sentinelas, Combeferre, Courfeyrac, Jean Prouvaire, Feuilly, Bossuet, Joly, Bahorel, e outros ainda, se encontraram e se reuniram, como nos mais tranqüilos dias de sua vida de estudante, e a um canto da taverna, transformada em casamata, a dois passos do reduto que haviam levantado, com as armas carregadas e preparadas, apoiadas no encosto das cadeiras, aqueles belos rapazes, tão próximos da hora suprema, puseram-se a recitar versos de amor.

Quais versos? Ei-los:

Vous rappelez-vous notre douce vie
Lorsque nous étions si jeunes toux deux
Et que nous n'avions au coeur d'autre envie
Que d'être bien mis et d'être amoureux!

Lembram-se de nossa doce vida
Quando ambos éramos tão jovens
Quando em nosso coração somente um desejo havia
De estar bem vestidos e enamorados!

Lorsqu'en ajoutant votre age à mon âge,
Nous ne comptions pas à deux quarante ans

Et que, dans notre humble et petit ménage,
Tout, même l'hiver, nous était printemps!

Quando acrescentando sua idade à minha,
Não somávamos, os dois, quarenta anos
E que, em nosso pequeno e humilde lar,
Tudo, mesmo o inverno, para nós era primavera!

Beaux jours! Manuel était fier et sage,
Paris s'asseyait à de saints banquets,
Foy lançait la foudre, et votre corsage
Avait une épingle où je me piquais.

Belos dias! Manuel era orgulhoso e sábio,
Paris sentava-se em santos banquetes,
Foy lançava raios, e em seu corpete.
Havia um alfinete onde eu me espetava.

Tout vous contemplait. Avocats sans causes,
Quand je vous menais au Prado dîner,
Vous étiez jolie au point que les roses
Me faisaient l'effet de se retourner.

Tudo a contemplava. Advogados sem causas,
Quando a levava ao Prado jantar,
Você era tão linda que as rosas
Pareciam-me até que se voltavam.

Je les entendais dire: Est-elle belle!
Comme elle sent bon! quels cheveux à flots!
Sous son mantelet elle cache une aile;
Son bonnet charmant est à peine éclos.

Eu as ouvia dizer: Como é bela!
Que perfume! Que cabelos abundantes!
Sob seu mantel esconde uma asa;
Sua encantadora boina mal desabrocha.

J'errais avec toi, pressant ton bras souple.
Les passants croyaient que l'amour charmé
Avait marié, dans notre heureux couple,
Le doux mois d'avril au beau mois de mai.

Vagava com você, pressionando seu delgado braço.
Os transeuntes pensavam que o amor encantado
Casara, em nosso feliz casal,
O doce mês de abril ao belo mês de maio.

Nous vivions cachés, contents, porte close,
Dévorant l'amour, bon fruit defendu;
Ma bouche n'avait pas dit une chose
Que déjà ton coeur avait répondu.

Vivíamos escondidos, contentes, portas fechadas,
Devorando o amor, belo fruto proibido;
Minha boca mal dizia algo
Seu coração já havia respondido.

La Sorbonne était l'endroit bucolique
Ou je t'adorais du soir au matin.
C'est ainsi qu'une âme amourese applique
La carte du Tendre au pays latin.

A Sorbonne era um lugar bucólico
Onde eu a adorava da noite ao dia.
Assim é que uma alma enamorada utiliza
O mapa da Ternura no país latino.

Ô place Maubert! Ô place Dauphine!
Quand, dans le taudis frais et printanier,
Tu tirais ton bas sur ta jambe fine
Je voyais un astre au fond du grenier.

Ó praça Maubert! Ó praça Dauphine!
Quando, no casebre, fresco e primaveril,
Estirava sua meia sobre sua delicada perna
Eu via um astro no fundo do sótão.

J'ai fort lu Platon, mais rien ne m'en reste;
Mieux que Malebranche et que Lamennais
Tu me démontrais la bonté céleste
Avec une fleur que tu me donnais.

Li muito Platão, mas nada me resta;
Melhor que Malebranche e que Lamennais

Você me demonstrava a bondade celeste
Com uma flor que me dava.

Je t'obéissais, tu m'étais soumise.
Ô grenier doré! te lacer! te voir
Aller et venir dès l'aube en chemise,
Mirant ton front jeune à ton vieux miroir!

Eu a obedecia, você me era submissa.
Ó celeiro dourado! Laçá-la! Vê-la
Ir e vir desde cedo de camisa,
Olhando sua jovem fronte em seu velho espelho!

Et qui donc pourrait perdre la mémoire
De ce temps d'aurore et de firmament,
De rubans, de fleurs, de gaze e de moire,
Où l'amour bégaye un argot charmant?

E quem poderia esquecer
Esse tempo de aurora e de firmamento,
De fitas, de flores, de gaze e de tecido brilhante,
Em que o amor gagueja uma gíria encantadora?

Nos jardins étaient un pot de tulipe;
Tu masquais la vitre avec un jupon;
Je prenais le bol de terre de pipe,
Et je te donnais la tasse en japon.

Nossos jardins eram um vaso de tulipas;
Você tampava o vidro com uma anágua;
Eu pegava a tigela de cerâmica,
E lhe dava uma xícara japonesa.

Et ces grands malheurs qui nous faisaient rire!
Ton manchon brulé, ton boa perdu!
Et ce cher portrait du divin Shakspeare
Qu'un soir pour souper nous avons vendu!

E as grandes desgraças que nos faziam rir!
Seu xale queimado, seu cachecol perdido!
E o querido retrato do divino Shakespeare
Que uma noite para jantar vendemos!

J'étais mendiant, et toi charitable.
Je baisais au vol tes bras frais et ronds.
Dante in-folio nous servait de table
Pour manger gaîment un cent de marrons.

Era eu mendigo e você caridosa.
Beijava rapidamente seus braços frescos e roliços.
Dante in-folio nos servia de mesa
Para comer alegres um pouco de castanhas.

La première fois qu'en mon joyeux bouge
Je pris un baiser à ta lèvre en feu,
Quand tu t'en allas décoiffée et rouge,
Je restai tout pâle et je crus en Dieu!

A primeira vez que em meu alegre casebre
Roubei um beijo de seu lábio em fogo,
Quando partiu despenteada e corada,
Permaneci pálido e acreditei em Deus!

Te rappelles-tu nos bonheurs sans nombre,
Et tous ces fichus changés en chiffons?
Oh! que de soupirs, de nos coeurs pleins d'ombre,
Se sont envolés dans les cieux profonds!

Lembra de nossa felicidade sem igual,
E de todos os lenços transformados em trapos?
Oh! Quantos suspiros de nossos corações cheios de sombra,
Levantaram vôo nos céus profundos!

A hora, o lugar, essas reminiscências dos tempos da juventude, as raras estrelas que principiavam a cintilar no céu, o fúnebre repouso daquelas ruas desertas, a iminência da inexorável aventura que se preparava davam um encanto patético a esses versos murmurados a meia voz, no indeciso clarão do crepúsculo, por Jean Prouvaire, que, como já dissemos, era um doce poeta.

Entretanto, haviam acendido um lampião na pequena barricada, e, na grande, um desses archotes de cera, como encontramos na terça-feira gorda diante dos carros cheios de mascarados que vão a Courtille. Essas tochas, como vimos, provinham do bairro Saint-Antoine.

O archote fora colocado dentro de uma espécie de gaiola de

paralelepípedos, fechada em três lados para abrigá-lo do vento, e disposto de modo que o reflexo da luz caía na bandeira. A rua e a barricada ficavam imersas na escuridão, e não se via nada além da bandeira vermelha, brilhantemente iluminada como que por uma enorme lanterna encoberta.

Aquela luz acrescentava ao escarlate da bandeira não se sabe que terrível reflexo vermelho.

VII. O homem recrutado na rua des Billettes

A noite caíra completamente e nada acontecia. Ouviam-se apenas rumores confusos, e por instantes alguns tiroteios, porém, raros, pouco duradouros e longínquos. Essa espera, que se prolongava, era um sinal de que o governo, sem pressa, reunia suas forças. Aqueles cinqüenta homens esperavam por sessenta mil.

Enjolras sentia-se tomado pela impaciência que se apodera das almas fortes no limiar dos acontecimentos temerosos. Foi em busca de Gavroche, que se pusera a fabricar balas na sala baixa, na incerta claridade de duas velas colocadas sobre o balcão, por precaução, devido à pólvora espalhada pelas mesas. Essas velas não projetavam o menor clarão no exterior. Os rebeldes tinham tomado o cuidado de não acender nenhuma luz nos andares superiores.

Nesse momento, Gavroche estava muito preocupado, mas não devido às suas balas.

O homem da rua des Billettes acabara de entrar na sala baixa e fora sentar-se à mesa menos iluminada. Coubera-lhe um fuzil de munição, modelo grande, que colocara entre os joelhos. Até então, Gavroche, distraído por mil coisas "divertidas", nem percebera o tal homem.

Quando ele entrou, seguiu-o maquinalmente com os olhos, admirando o fuzil; em seguida, assim que o homem se sentou, o menino se levantou. Os que estivessem vigiando aquele homem até aquele instante teriam visto que observava tudo na barricada e todos os revoltosos com uma atenção singular; mas desde que tinha entrado na sala fora tomado por uma espécie de recolhimento e parecia não ver mais nada do que se passava. O garoto aproximou-se do pensativo personagem e pôs-se a andar a seu redor, na ponta dos pés, como quem teme acordar alguém. Ao mesmo tempo, em seu rosto infantil, simultaneamente tão descarado e tão grave, tão volúvel e tão profundo, tão risonho e tão pungente, passavam todas essas caretas de velho que significam: "Ora, bah! Não é possível!

Devo estar enganado! Estou sonhando! Será ele?... Não, não é! Mas é! Mas não!", etc. Gavroche balançava-se sobre os calcanhares, cerrava os punhos dentro dos bolsos, remexia o pescoço como um pássaro, gastava em um beiço desmesurado toda a sagacidade de seu lábio inferior. Estava estupefato, incerto, incrédulo, convencido, deslumbrado. Tinha o aspecto de um chefe de eunucos em um mercado de escravas descobrindo uma Vênus entre um grupo de mulheres feias, e o ar de alguém que ama quadros reconhecendo um Rafael em um amontoado de tintas. Tudo nele estava em ação, o instinto que fareja e a inteligência que combina. Era evidente que algo acontecia a Gavroche.

Foi no auge dessa preocupação que Enjolras o encontrou.

— Você é pequeno — disse-lhe Enjolras —, não o verão. Saia da barricada, encoste-se ao longo dos muros das casas, dê uma volta pelas ruas e volte para me dizer o que se passa.

Gavroche empertigou-se o quanto pôde.

— Então os pequenos servem para alguma coisa! Felizmente! Eu vou. Enquanto isso confie nos pequenos e desconfie dos grandes!...

E Gavroche, erguendo a cabeça e baixando a voz, acrescentou, designando o homem da rua des Billettes:

— Vê bem aquele grande?

— Então?

— É um espião.

— Tem certeza?

— Há quinze dias ele me pegou no parapeito da ponte Royal, onde eu respirava ar fresco.

Enjolras afastou-se rapidamente do menino e murmurou algumas palavras a um operário do porto que lá estava. O operário saiu da sala retornando em seguida acompanhado por outros três. Os quatro homens, carregadores de ombros largos, sem chamar a atenção, colocaram-se atrás da mesa onde estava o homem da rua des Billettes. Estavam visivelmente prontos a se lançarem sobre ele.

Enjolras aproximou-se então do homem e perguntou-lhe:

— Quem é você?

A esta brusca pergunta, o homem se sobressaltou. Olhou no fundo dos cândidos olhos de Enjolras parecendo ler seus pensamentos. Sorriu de forma mais desdenhosa, mais enérgica e resoluta e respondeu com altiva gravidade:

— Entendo... Pois bem, não nego!

— Você é espião?

— Sou agente da autoridade.

— Como se chama?

— Javert.

A um sinal de Enjolras, os quatro homens precipitaram-se sobre Javert e, num abrir e fechar de olhos, antes que tivesse tempo de se voltar, foi agarrado pelo pescoço, deitado ao chão, amarrado e revistado.

Encontraram um pequeno cartão redondo colado entre dois vidros, tendo de um lado as armas da França gravadas com a seguinte legenda: "Precaução e Vigilância", e do outro a menção: "JAVERT, inspetor de Polícia, de cinqüenta e dois anos de idade"; e a assinatura do delegado de polícia, naquela época, senhor Gisquet.

Além disso, encontraram um relógio e uma bolsa com algumas moedas de ouro, que deixaram em seu poder. Por trás do relógio, no fundo do bolso, encontraram um papel dentro de um envelope, que Enjolras abriu e no qual leu estas cinco linhas escritas de próprio punho pelo chefe de polícia:

"Logo depois de cumprida sua missão política, o inspetor Javert irá se certificar, mediante uma vigilância especial, se é verdade que malfeitores se reúnem à margem direita do Sena, perto da ponte d'Iéna".

Terminada a revista, levantaram Javert, ataram-lhe as mãos atrás das costas e o amarraram no meio da sala à célebre coluna que outrora dera seu nome à taverna.

Gavroche, que assistira a toda a cena, aprovando tudo em silêncio, aproximou-se de Javert e lhe disse:

— Foi o rato que prendeu o gato!

Tudo aconteceu tão rapidamente que, quando os outros em volta da taverna perceberam, já estava tudo terminado. Javert não dera um grito. Ao vê-lo amarrado à coluna, Courfeyrac, Bossuet, Joly, Combeferre e os demais homens que estavam dispersos pelas duas barricadas vieram correndo.

Javert, encostado à coluna e de tal forma amarrado com cordas que não podia fazer o menor movimento, erguia a cabeça com a intrépida serenidade do homem que nunca mentiu.

— É um espião! — disse Enjolras.

E voltando-se para Javert:

— Será fuzilado dez minutos antes que a barricada seja tomada.

Javert replicou no tom mais imperioso:

— Por que não agora?

— Precisamos poupar a pólvora!

— Então, me matem com uma facada!

— Espião — disse o belo Enjolras —, nós somos juízes e não assassinos!

Depois chamou Gavroche.

— Você! Faça o que mandei!

— Já vou — gritou Gavroche.

E, parando no momento de sair, disse:

— A propósito, vai me dar a espingarda dele! — E acrescentou: — Deixo-lhe o músico, mas quero o clarinete!

O moleque fez uma continência militar e saiu alegremente pela abertura da grande barricada.

VIII. Vários pontos de interrogação a respeito de um certo Le Cabuc que talvez não se chamasse Le Cabuc

A trágica pintura que empreendemos não seria completa, o leitor não veria em seu real e exato relevo os grandes momentos desse parto social e revolucionário, cujos esforços são entremeados de convulsões, se neste esboço que traçamos omitíssemos um incidente cheio de horror épico e selvagem que aconteceu logo após a saída de Gavroche.

Os agrupamentos populares são, como sabemos, uma espécie de bola de neve que aglomera na queda um amontoado de desordeiros. Esses homens não perguntam uns aos outros de onde vêm. Entre os transeuntes que se haviam reunido ao grupo conduzido por Enjolras, Combeferre e Courfeyrac, encontrava-se um ser usando o traje de um carregador puído nos ombros, gesticulando e vociferando como um bêbado selvagem. Esse homem, de nome ou apelido Le Cabuc, aliás completamente desconhecido por aqueles que diziam conhecê-lo, muito embriagado ou fingindo estar, sentara-se com todos a uma mesa que tinham trazido de dentro da taverna. Esse Cabuc, enquanto fazia beber os que estavam à sua frente, parecia contemplar com ar de reflexão a grande casa situada ao fundo da barricada, cujos cinco andares dominavam a rua em toda a sua extensão, dando de frente para a rua Saint-Denis. De repente, exclamou:

— Sabem, camaradas? Deveríamos atirar daquela casa. Quando estivermos no fogo cruzado, duvido que alguém possa avançar pela rua!

— Sim, mas a casa está fechada — disse um dos que bebiam.

— Bateremos!

— Não abrirão.

— Arrombaremos a porta!

Le Cabuc correu para a porta, que possuía um forte martelo de ferro, e começou a bater. A porta não se abriu. Bateu uma segunda vez. Ninguém respondeu. Uma terceira vez. O mesmo silêncio.

— Há alguém aí? — gritou Le Cabuc.

Nada se mexeu.

Le Cabuc pegou então uma espingarda e começou a bater na porta, às coronhadas. Era uma velha porta de entrada, centralizada, baixa, estreita, sólida, em madeira de carvalho e interiormente forrada por uma chapa e uma armadura de ferro; uma verdadeira porta de castelo. As coronhadas faziam estremecer a casa, mas não abalavam a porta.

Contudo, os moradores sensibilizaram-se, porque, finalmente, viram uma luz que se acendia e uma pequena clarabóia quadrada que se abria no terceiro andar deixando aparecer uma vela e a inofensiva e atemorizada cabeça de um velho de cabelos grisalhos, que era o porteiro.

O homem parou de bater.

— Senhores — perguntou o porteiro —, que desejam?

— Abra! — disse Le Cabuc.

— Senhores, não posso.

— Abra, mesmo assim!

— Impossível, senhores!

Le Cabuc pegou sua espingarda e apontou-a para o porteiro. Porém, como Le Cabuc estava embaixo e estava muito escuro, o porteiro não o viu.

— Vai abrir ou não?

— Não, senhores!

— Disse não?

— Já disse que não, meus caros...

O porteiro não pôde concluir a frase. A espingarda foi disparada; a bala entrou-lhe por baixo do queixo e foi sair pela nuca, depois de ter atravessado a jugular. O velho caiu sobre si mesmo sem soltar um suspiro. A vela caiu e apagou-se, e não se viu mais nada além de uma cabeça imóvel pousada no peitoril da clarabóia e um pequeno rolo de fumaça esbranquiçada subindo para o telhado.

— Pronto! — disse Le Cabuc, deixando cair no chão da calçada a coronha da espingarda.

Acabara de proferir essa palavra quando sentiu que pousavam uma mão em seu ombro, pesada como a garra de uma águia, e ouviu uma voz que lhe dizia:

— De joelhos!

O assassino voltou-se e viu diante dele o rosto frio e branco de Enjolras. Enjolras segurava uma pistola na mão.

Ao ouvir a detonação, viera.

— De joelhos — repetiu.

Com um movimento soberano, o frágil rapaz de vinte anos vergou, como se fosse um junco, o robusto e gordo carregador, ajoelhando-o na lama. Le Cabuc tentou resistir, porém parecia que um pulso sobre-humano o conservava vergado.

Pálido, o pescoço nu, os cabelos em desalinho, Enjolras, com seu rosto de mulher, apresentava naquele momento um não sei que da antiga Thémis. As narinas dilatadas, os olhos baixos, davam a seu implacável perfil grego essa estranha expressão de cólera e castidade que, do ponto de vista do mundo antigo, convém à justiça.

Todos os que estavam na barricada vieram, formando um círculo a pouca distância, sentindo que seria impossível proferir uma palavra diante do que iriam presenciar.

Le Cabuc, vencido, não tentava mais debater-se e tremia. Enjolras largou-o e pegou o relógio.

— Recolha-se — disse ele. — Reze ou pense. Você tem um minuto.

— Perdão! — balbuciou o assassino; depois abaixou a cabeça e murmurou algumas imprecações inarticuladas.

Ao mesmo tempo, Enjolras, que não despregava os olhos do relógio, deixou passar um minuto e guardou o relógio no bolso. Isso feito, agarrou Le Cabuc pelos cabelos e enquanto este lhe agarrava os joelhos gritando, encostou-lhe o cano da pistola junto ao ouvido. Muitos desses homens intrépidos, que tão tranqüilamente haviam entrado na mais assustadora das aventuras, viraram a cabeça.

Ouviu-se a explosão, o assassino caiu de bruços no chão, e Enjolras endireitou-se olhando ao seu redor com olhar convicto e severo.

Depois, empurrou o cadáver com o pé e disse:

— Joguem isto fora!

Três homens ergueram o cadáver do miserável agitado pelas últimas convulsões maquinais da vida extinta e o jogaram, por cima da barricada, para a rua Mondétour.

Enjolras permanecera pensativo. Não se sabe que trevas grandiosas ergueram-se lentamente sobre sua temível serenidade. De repente, elevou a voz. Fez-se silêncio.

— Cidadãos! O que este homem fez é assustador e o que eu acabo de fazer é horrível! Ele matou e por isso eu o matei. Tive de fazê-lo pois a insurreição deve ter sua disciplina. O assassinato aqui é um crime maior ainda que em outro lugar; estamos sob o olhar da revolução, somos os sacerdotes da república, as hóstias do dever, e não devemos deixar que caluniem nosso combate. Portanto julguei e condenei à morte esse homem. Quanto a mim, obrigado a fazer o que fiz, mas odiando fazê-lo, julguei a mim mesmo, e logo verão a que me condenei.

Os que o ouviam estremeceram.

— Partilharemos sua sorte — gritou Combeferre.

— Que seja! — continuou Enjolras. — Mais uma palavra. Executando esse homem, obedeci à necessidade, mas a necessidade é um monstro do velho mundo; a necessidade chama-se Fatalidade. Ora, a lei do progresso ordena que os monstros desapareçam diante dos anjos e que a Fatalidade se desvaneça diante da Fraternidade. Não é um bom momento para dizer a palavra amor. Não importa, eu o digo e o glorifico. Amor, você tem o futuro. Morte, eu me sirvo de você, mas a odeio. Cidadãos, no futuro não haverá nem trevas, nem raios, nem ignorância feroz, nem talião sangrento. Como não haverá mais Satanás, não haverá mais Miguel[19]. No futuro, ninguém matará ninguém, a Terra resplandecerá, a humanidade amará. Cidadãos, chegará o dia em que tudo será amor, concórdia, harmonia, luz, alegria e vida. E é para que chegue esse dia que nós vamos morrer.

Enjolras calou-se. Seus lábios de virgem cerraram-se e ele permaneceu algum tempo de pé, no mesmo lugar onde derramara o sangue, em uma imobilidade de mármore. Seu olhar fixo fazia com que falassem baixo a seu redor.

Jean Prouvaire e Combeferre apertavam-se as mãos silenciosamente, e, apoiados um ao outro em um ângulo da barricada, contemplavam com admiração e compaixão aquele jovem sério, carrasco e sacerdote, de luz, como o cristal, mas também de rocha.

Digamos logo que, mais tarde, após a batalha, quando os cadáveres foram transportados para o necrotério e revistados, foi encontrada com Le Cabuc uma carteira de agente de polícia. Em 1848, o autor deste livro teve em suas mãos o relatório especial feito a esse respeito ao chefe de polícia de 1832.

Acrescentemos que, se devemos dar crédito a uma tradição da polícia, estranha mas provavelmente bem fundada, Le Cabuc era Claquesous. O fato é que, depois da morte de Le Cabuc, não se ouviu mais falar de Claquesous. Claquesous desaparecera sem deixar nenhum indício, parecendo ter-se amalgamado ao invisível. Sua

---

[19] Na mitologia cristã, Miguel é o arcanjo que derruba o demônio, mas é também aquele que expulsa Adão e Eva do paraíso. (N. do E.)

vida fora trevas, seu fim noite. Todo o grupo de revoltosos permanecia comovido por esse processo trágico tão depressa instaurado e tão rapidamente julgado, quando Courfeyrac tornou a avistar na barricada o rapaz maltrapilho que pela manhã tinha ido a sua casa procurar Marius.

O rapaz, de aspecto atrevido e despreocupado, viera à noite juntar-se aos revoltosos.

LIVRO XIII

Marius entra na sombra

I. Da rua Plumet ao bairro Saint-Denis

Essa voz, que ao crepúsculo chamara por Marius na barricada da rua de la Chanvrerie, parecera-lhe a voz do destino. Ele queria morrer, a ocasião ali estava; batia à porta do túmulo, uma mão na sombra dava-lhe a chave. Estas lúgubres portas, que se abrem nas trevas diante do desespero, são tentadoras. Marius afastou a grade que tantas vezes o deixara passar, saiu do jardim e disse: vamos!

Louco de dor, nada mais sentindo de fixo e sólido no cérebro, incapaz de aceitar qualquer coisa da sorte após esses dois meses passados ao redor da juventude e do amor, acabrunhado ao mesmo tempo por todos as divagações do desespero, tinha um único desejo, terminar com tudo rapidamente.

Pôs-se a caminhar depressa. Acontecia exatamente que estava armado, tendo com ele as duas pistolas de Javert.

O rapaz que julgara ter visto desaparecera no meio das ruas.

Marius, que saíra da rua Plumet pela alameda, atravessou a Esplanade e a ponte des Invalides, os Champs Elysées, a praça Luís XV, e entrou na rua de Rivoli. As lojas estavam abertas, lampiões a gás iluminavam as arcadas, as senhoras faziam compras, tomava-se sorvete no café Laiter, comiam-se pequenos doces na doceira inglesa. Somente algumas carruagens do correio partiam a galope do hotel des Princes e do hotel Meurice.

O rapaz, através da passagem Delorme, entrou na rua Saint-Honoré. As lojas estavam fechadas, os comerciantes conversavam em frente a suas portas meio cerradas, os transeuntes circulavam, os lampiões estavam acesos, a partir do primeiro andar tudo estava iluminado como de costume. Na praça do Palais-Royal havia uma parte da cavalaria.

Marius continuou pela rua Saint-Honoré. À medida que se

afastava do Palais-Royal, havia menos janelas iluminadas; as lojas completamente fechadas, ninguém conversava nos portões, a rua escurecia ao mesmo tempo que a multidão crescia. Pois agora os transeuntes eram multidão. Não se via ninguém conversando nessa multidão, porém ouvia-se um burburinho surdo e profundo.

Próximo à fonte de l'Arbre-Sec, havia "agrupamentos", espécies de grupos imóveis e escuros que pareciam, em meio a pessoas que iam e vinham, pedras por entre água corrente.

À entrada da rua des Prouvaires, a multidão não andava mais. Era um bloco resistente, maciço, sólido, compacto, quase impenetrável, de pessoas amontoadas que conversavam em voz baixa. Quase não se viam casacos pretos ou chapéus redondos. Japonas, jaquetas, blusas, bonés, cabeças desgrenhadas e lívidas. Essa multidão ondulava confusamente na neblina noturna. Seu sussurro tinha o tom rouco de um estremecimento.

Embora nenhum deles andasse, ouviam-se passos na lama. Logo depois desse compacto ajuntamento, na rua du Roule, na des Prouvaires e na continuação da rua Saint-Honoré, não havia uma única janela onde brilhasse uma vela. Viam-se, indo ao longo dessas ruas, as decrescentes e solitárias fileiras das lanternas. As lanternas daquele tempo assemelhavam-se a grandes estrelas vermelhas, pendendo de cordas, desenhando nas lajes das ruas sombras que pareciam grandes aranhas. Essas ruas não estavam desertas. Viam-se sarilhos de espingardas, baionetas em movimento e tropas acampadas. Nenhum curioso ultrapassava aquele limite. Ali cessava a circulação. Ali terminava a multidão e principiava o exército.

Marius desejava com a força de vontade do homem que nada mais espera. Tinha sido chamado, era preciso que fosse. Conseguiu atravessar a multidão e atravessar os acampamentos da tropa, escondeu-se das patrulhas e evitou as sentinelas. Fez um desvio, chegou à rua Béthisy, e dirigiu-se aos depósitos. Na esquina da rua des Bourdonnais não havia mais lampiões.

Depois de transpor a zona da multidão, havia ultrapassado a linha das tropas; encontrava-se em algo que era assustador. Nenhum transeunte, nenhum soldado, nenhuma luz; ninguém. A solidão, o silêncio, um frio que penetrava. Entrar em uma rua era entrar em uma caverna.

Continuou avançando.

Andou um pouco. Alguém passou por ele correndo. Era um homem? Uma mulher? Seriam muitos? Não poderia dizer. Aquilo passara e sumira.

De circuito em circuito, chegou a uma ruazinha que supôs ser a rua de la Poterie; no meio dessa ruazinha bateu em um obstáculo. Estendeu as mãos. Era uma carruagem tombada; seu pé reconheceu poças de água, charcos, paralelepípedos espalhados e amontoados. Havia ali uma barricada iniciada e abandonada. Subiu pelas pedras e encontrou-se do outro lado da barricada. Andava muito perto das beiradas e guiava-se através dos muros das casas. Um pouco mais adiante da barricada, pareceu-lhe entrever algo branco. Aproximou-se, aquilo tomou forma. Eram dois cavalos brancos; os mesmos que Bossuet havia desatrelado do ônibus pela manhã e que tinham vagado sem rumo, de rua em rua, durante todo o dia e finalmente haviam parado ali, com a paciência característica dos brutos que entendem tanto as ações do homem como o homem compreende as ações da Providência.

Marius deixou os cavalos para trás. Ao entrar em uma rua que lhe parecia ser a rua du Contrat-Social, um tiro de fuzil, vindo não se sabe de onde, atravessando a escuridão e sem rumo, zuniu bem perto dele, e a bala foi furar uma bacia de cobre pendurada na loja de um barbeiro. Em 1846, via-se ainda na rua du Contrat-Social, na esquina dos pilares dos depósitos, essa bacia furada.

Aquele tiro de espingarda ainda era vida. A partir desse instante, não encontrou mais nada.

Esse itinerário assemelhava-se a uma descida por degraus negros.

Marius seguiu adiante.

II. Paris em vôo de coruja

Alguém que tivesse planado sobre Paris naquele momento, com as asas do morcego ou da coruja, veria um espetáculo sem graça.

Todo esse velho bairro dos depósitos, que é como uma cidade em uma cidade, atravessado pelas ruas Saint-Denis e Saint-Martin, onde mil ruazinhas se cruzam e onde os rebeldes haviam instalado seu reduto e sua praça de armas, apareceria como um grande buraco sombrio cavado no centro de Paris. Ali o olhar caía em um abismo.

Graças aos candeeiros quebrados, graças às janelas fechadas, ali cessava qualquer clarão, qualquer vida, qualquer rumor, qualquer movimento. A invisível polícia da rebelião vigiava todos os lugares e mantinha a ordem, quer dizer, a escuridão. Submergir o pequeno número na maior escuridão possível, multiplicar cada combatente pelas possibilidades que essa escuridão oferece é a tática necessária à rebelião. Ao anoitecer, toda janela onde uma vela estava acesa recebia uma bala. A luz se apagava e o morador, às vezes, era morto. Assim nada se mexia. Nas casas só havia pavor, luto e pasmo; nas ruas, uma espécie de sagrado terror. Nem sequer divisavam-se as extensas fileiras de janelas e andares, as ondulações das chaminés e telhados, os vagos reflexos que tremulam na superfície úmida e lamacenta das ruas. O olho que do alto se dirigisse para todo aquele amálgama de sombras talvez entrevisse, aqui e ali, de tempos em tempos, claridades indistintas que salientavam linhas trincadas e estranhas, perfis de singulares construções, algo semelhante a uma luz fraca indo e vindo nas ruínas; era ali que se encontravam as barricadas. O resto era um lago de escuridão, enevoado, pesado e fúnebre, acima do qual erguiam-se silhuetas imóveis e lúgubres, a torre Saint-Jacques, a igreja Saint-Merry e dois ou três desses grandes edifícios que o homem transforma em gigantes e a noite transforma em fantasmas.

Ao redor desse labirinto deserto e inquietante, nos bairros onde a circulação parisiense não fora aniquilada e onde alguns raros lampiões brilhavam, o observador aéreo poderia distinguir a cintilação metálica dos sabres e das baionetas, o ribombar surdo da artilharia, e o formigamento dos batalhões silenciosos aumentando de minuto em minuto, cinto formidável que se estreitava e fechava em torno da revolta.

O bairro assim cercado parecia apenas uma caverna monstruosa; tudo parecia adormecido ou imóvel e, como acabamos de ver, cada uma das ruas às quais se podia chegar não oferecia nada mais que sombra.

Sombra arredia, cheia de armadilhas, de choques desconhecidos e temíveis, onde era assustador penetrar e apavorante permanecer, onde os que entravam estremeciam na presença dos que os esperavam, onde os que esperavam estremeciam diante dos que viriam. Combatentes invisíveis escondidos em cada esquina das ruas; as ciladas do sepulcro escondidas na espessura da noite. Era o fim. A partir desse momento, nenhuma claridade poderia ser esperada ali além do relampejar das espingardas, nenhum outro encontro além da repentina e inesperada aparição da morte. Onde? Como? Quando? Não se sabia, mas era certo e inevitável. Ali, naquele lugar marcado para a luta, o governo e a rebelião, a guarda nacional e as sociedades populares, a burguesia e o motim se abordariam às apalpadelas. Tanto para uns como para outros, a necessidade era a mesma. Sair dali, ou mortos ou vencedores, única saída possível a partir de então. Situação de tal modo crítica, obscuridade tão poderosa, que os tímidos sentiam-se resolutos e os mais corajosos aterrorizados.

Quanto ao resto, de ambos os lados, fúria, ódio, obstinação, resolução iguais. Para uns, avançar era morrer, mas ninguém pensava em recuar; para outros permanecer era morrer, mas ninguém pensava em fugir.

Era necessário que no dia seguinte tudo estivesse terminado, quer o triunfo fosse aqui ou ali, quer a insurreição fosse uma revolução, quer ela fosse uma escaramuça. O governo compreendia-o tão bem como os partidos; o menor dos burgueses o sentia. Daí a angústia que se mesclava à sombra impenetrável desse bairro onde tudo seria decidido; daí o aumento da ansiedade em torno desse silêncio de onde sairia uma catástrofe. Ouvia-se um único som, som cortante como um estertor, ameaçador como uma maldição: as badaladas de Saint-Merry. Nada mais gélido que o clamor desse sino desvairado e desesperado lamentando-se nas trevas.

Como freqüentemente acontece, a natureza parecia estar de acordo com o que seria feito por aqueles homens. Nada perturbava as funestas harmonias daquele conjunto. As estrelas haviam desaparecido; grossas nuvens cobriam o horizonte com suas dobras melancólicas. O céu estava negro sobre as ruas mortas, como se uma imensa mortalha se estendesse sobre esse imenso túmulo.

Enquanto uma batalha, ainda completamente política, se preparava neste mesmo lugar que tantos movimentos revolucionários já presenciara, enquanto a juventude, as sociedades secretas, as escolas, em nome dos princípios, e a classe média, em nome dos interesses, se aproximavam para o confronto, para estreitar-se e destruir-se, enquanto cada um apressava e chamava a hora derradeira e decisiva da crise, ao longe e fora desse bairro fatal, do mais profundo das insondáveis cavidades dessa miserável e velha Paris, que desaparece sob o esplendor da Paris feliz e opulenta, ouvia-se o clamor surdo da sombria voz do povo.

Voz assustadora e sagrada, composta do rugir da besta e da voz de Deus, que aterroriza os fracos e adverte aos sábios, que provém ao mesmo tempo de baixo, como a voz do leão, e de cima, como a voz do trovão.

III. O limite extremo

Marius chegara aos depósitos.

Ali tudo estava mais calmo, mais escuro e imóvel ainda do que nas ruas vizinhas. Era possível dizer que a paz glacial do sepulcro saíra da terra e se espalhara sob o céu.

Porém, um clarão avermelhado cortava, sob esse fundo negro, os elevados telhados das casas que fechavam a rua de la Chanvrerie pelo lado de Saint-Eustache. Era o reflexo da tocha que ardia na barricada da Corinthe. Marius guiara-se por esse clarão. Este o levara ao Marché-aux-poirées, e ele já entrevia a tenebrosa abertura da rua des Prêcheurs. Entrou. A sentinela dos revoltosos, que vigiava do outro lado, não o viu. Sentia-se muito próximo do que viera buscar e caminhava na ponta dos pés. Chegou assim à esquina do pequeno trecho da ruazinha Mondétour, que, como devemos lembrar, era a única comunicação mantida por Enjolras com o exterior. No ângulo da última casa, à sua esquerda, estendeu o pescoço e olhou com cuidado para o interior da ruazinha Mondétour.

Logo adiante da esquina formada pelas ruas Mondétour e de la Chanvrerie, que projetava uma extensa toalha de sombra em que ele próprio estava envolto, avistou alguns reflexos nos paralelepípedos, parte da taverna e, atrás, um lampião piscando em uma espécie de muralha informe, e homens agachados com espingardas sobre os joelhos. Tudo isso estava a dez toesas de distância dele. Era o interior da barricada.

As casas que orlavam a ruazinha à direita escondiam dele o resto da taverna, a grande barricada e a bandeira. Marius não tinha mais que um passo a dar.

Então o infeliz rapaz sentou-se no limite, cruzou os braços e pensou no pai.

Pensou naquele heróico Coronel Pontmercy, soldado valente, que no tempo da República defendera as fronteiras da França e no tempo do imperador tocara as fronteiras da Ásia, que vira Gênova, Alexandria, Milão, Turim, Madri, Viena, Dresden, Berlim, Moscou; que deixara, em todos os campos de vitória da Europa, gotas desse mesmo sangue que ele, Marius, trazia nas veias; que havia encanecido antes do tempo na disciplina e no comando, que vivera com o cinturão afivelado, as ombreiras caindo sobre o peito, o laço enegrecido pela pólvora, a testa marcada pelo capacete, sob a barraca, no campo, nos acampamentos, nas ambulâncias, e que após vinte anos voltara das grandes guerras com a face marcada, o rosto sorridente, simples, tranqüilo, admirável, puro como uma criança, tendo feito tudo pela França e nada contra ela.

Pensou que sua vez também chegara, que sua hora enfim soara, que, depois do pai, ele também seria bravo, intrépido, corajoso; iria enfrentar balas, exporia seu peito às baionetas, derramaria seu sangue, procuraria o inimigo, procuraria a morte, que ele também iria guerrear e desceria aos campos de batalha, e que este campo de batalha para onde desceria seria a rua, e que essa guerra seria a guerra civil!

Viu a guerra civil aberta como um abismo diante de si, e era nesse abismo que iria cair.

Então estremeceu.

Pensou na espada de seu pai que o avô vendera a um antiquário, e que ele tão dolorosamente lastimara. Disse a si mesmo que essa espada, valente e casta, fizera bem em escapar-lhe e em fugir irritada para as sombras; e que, se ela assim havia fugido, demonstrava inteligência e previa o futuro; pressentia a revolta, a guerra das sarjetas, a guerra das ruas, os tiroteios pelos respiradouros dos porões, os golpes dados e recebidos traiçoeiramente; vinda de Marengo e de Friedland ela não queria ir para a rua de la Chanvrerie; depois do que fizera com o pai, ela não queria fazer isso com o filho! Marius pensou que se aquela espada estivesse ali, se a tivesse recolhido à cabeceira de seu pai morto, se tivesse ousado tomá-la e trazê-la a esse combate noturno entre franceses em um cruzamento, certamente ela queimaria suas mãos e brilharia à sua frente como a espada do anjo! Pensou que estava feliz por ela não estar ali e por ter desaparecido, que isso era bom, que era justo, que seu avô fora o verdadeiro guardião da glória de seu pai, e que era preferível que a espada do coronel tivesse sido apregoada em um leilão, vendida ao antiquário, jogada entre ferros velhos a sangrar, hoje, o solo da pátria.

Depois, chorou amargamente.

Aquilo era horrível! Mas o que fazer? Viver sem Cosette era impossível. Já que ela partira, era preciso que ele morresse. Não lhe dera sua palavra de honra de que morreria? Ela partira sabendo disso, então gostaria que Marius morresse. Além disso, estava claro que ela não o amava mais, de outro modo não teria partido assim, sem o avisar, sem uma palavra, sem uma carta, e ela sabia seu endereço! Para que viver e por que viver agora? Ora! Ter chegado até ali para depois recuar? Ter chegado perto do perigo e fugir! Ver a barricada e esquivar-se! Esquivar-se trêmulo dizendo: realmente estou saturado, eu vi, e isso é suficiente, é a guerra civil, vou embora! Abandonar seus amigos que o esperavam! Que talvez precisassem dele! Que eram um punhado contra um exército! Trair tudo ao mesmo tempo, amor, amizade, sua palavra! Dar à sua covardia o pretexto do patriotismo! Mas isso era impossível, e, se o fantasma de seu pai estivesse ali nas sombras e o visse recuar, chicotearia suas costas com a espada e gritaria: “Avante, covarde!”

Lutando com o vaivém de seus pensamentos, ele curvava a cabeça.

De repente, ergueu-a. Uma espécie de esplêndida retificação acabara de surgir em seu espírito. Há uma espécie de dilatação de pensamento, própria de quando estamos próximos ao túmulo; estar perto da morte, isso destaca a verdade. A visão da ação na qual sentia-se a ponto de entrar pareceu-lhe, não mais lamentável, mas maravilhosa. A guerra da rua transfigurou-se subitamente, mediante não se sabe que trabalho interior da alma, diante do olhar de seu pensamento. Todos os tumultuosos pontos de interrogação do devaneio voltaram em peso, mas sem perturbá-lo. Não deixou nenhum sem resposta.

Vejamos, por que seu pai se indignaria? Não existiriam casos em que a insurreição ascende à dignidade do dever? Que haveria de humilhante para o filho do Coronel Pontmercy no combate que iria começar? Não é mais Montmirail nem Champaubert; é outra coisa. Não se trata mais de um território sagrado, mas de uma idéia sagrada. A pátria lamenta, é verdade; mas a humanidade aplaude. Será mesmo verdade que a pátria lamenta? A França sangra, mas a liberdade sorri; e, diante do sorriso da liberdade, a França esquece sua ferida. Além do mais, olhando as coisas de um ponto de vista mais alto ainda, que diriam da guerra civil?

A guerra civil? Que quer dizer? Haveria alguma guerra estrangeira? Toda guerra entre homens não é uma guerra entre irmãos? A guerra não se qualifica por seu objetivo. Não há nem guerra estrangeira nem guerra civil; há somente a guerra injusta e a guerra justa. Até o dia em que a grande concordata humana tiver sido concluída, a guerra, pelo menos aquela que é o esforço do futuro que se apressa contra o passado que se atrasa, pode ser necessária. O que temos a criticar nessa guerra? A guerra só se torna vergonhosa, e a espada punhal, quando assassina o direito, o progresso, a razão, a civilização, a verdade. Então, guerra civil ou estrangeira, ela é iníqua; chama-se crime. Excetuando-se essa coisa sagrada, a justiça, com que direito uma forma da guerra desprezaria uma outra? Com que direito a espada de Washington renegaria a lança de Camille Desmoulins? Leônidas contra o estrangeiro, Timoléon contra o tirano, qual é o maior? Um é defensor, o outro, libertador.

Difamarão, sem preocupar-se com o objetivo, toda tomada de armas no interior da cidade? Então classifiquem de infame Brutus, Marcel, Arnould de Blankenheim, Coligny. Guerra das moitas? Guerra das ruas? Por que não? Era a guerra de Ambiorix, de Artevelde, de Marnix, de Pélage. Mas Ambriorix lutava contra Roma, Artevelde contra a França, Marnix contra a Espanha, Pélage contra os mouros; todos contra o estrangeiro. Pois bem, a monarquia é o estrangeiro; a opressão é o estrangeiro; o direito divino é o estrangeiro. O despotismo viola a fronteira moral assim como a invasão viola a fronteira geográfica. Expulsar o tirano ou o inglês, nos dois casos, significa reconquistar seu território. Chega um momento em que protestar já não basta; depois da filosofia é necessária a ação; a força viva termina o que a idéia esboçou. *Prométhée enchaîné* — Prometeu acorrentado — começa, Aristogiton termina; a enciclopédia ilumina as almas, o 10 de agosto as eletriza. Depois de Ésquilo, Thrasybule; depois de Diderot, Danton. As multidões tendem a aceitar o mestre. Sua massa forma certa apatia. Uma multidão torna-se facilmente obediente. É necessário sacudi-las, empurrá-las, maltratar os homens para o bem de sua própria libertação, ferir seus olhos com a verdade, lançar-lhes luz em terríveis punhados. É preciso que eles mesmos sejam um pouco fulminados por sua própria salvação; esse deslumbramento os desperta. Daí a necessidade dos toques de alarme e das guerras. É preciso que grandes combatentes se levantem, iluminem as nações pela audácia e sacudam esta triste humanidade que o direito divino, a glória dos césares, a força, o fanatismo, o poder irresponsável e as majestades absolutas cobrem de sombra; turba estupidamente ocupada em contemplar, em seu esplendor crepuscular, os sombrios triunfos da noite. Abaixo o tirano! Mas o quê? De quem falam? Chamam Luís Filipe de tirano? Não, não mais que Luís XVI. Ambos são o que a história costuma denominar bons reis; mas os princípios não se retalham, a lógica da verdade é retilínea, é próprio da verdade a falta de complacência; portanto, nada de concessões; toda usurpação do homem deve ser reprimida; há direito divino em Luís XVI, assim como em Luís Filipe há o *porque é Bourbon*; ambos, de certa forma, representam o confisco do direito, e para exterminar a usurpação universal é necessário combatê-los; é preciso, e a França é sempre a que começa. Quando o amo cai na França, cai em todos os lugares. Em suma, restabelecer a verdade social, restituir o trono à liberdade, restituir o povo ao povo, restituir ao homem a soberania, tornar a colocar a dignidade soberana na cabeça da França, restaurar em toda a sua plenitude a razão e a eqüidade, suprimir todo o germe de antagonismo restituindo cada um a si mesmo, aniquilar o obstáculo que a realeza oferece à imensa concórdia universal, recolocar o gênero humano no mesmo nível que o direito, que causa mais justa e, conseqüentemente, que guerra maior? Essas guerras constroem a paz. Uma fortaleza enorme de preconceitos, privilégios, superstições, mentiras, exações, abusos, violências, iniqüidades e trevas ainda paira sobre o mundo com suas torres de ódio. É preciso derrubá-la. É preciso destruir essa massa monstruosa. Vencer em Austerlitz é grande, tomar a Bastilha é imenso.

Não há ninguém que não o tenha observado em si mesmo: a alma, e nisso está a maravilha de sua unidade, complicada pela ubiqüidade, tem essa estranha aptidão de raciocinar quase que friamente nos extremos mais violentos; e freqüentemente acontece que a paixão desolada e o desespero profundo, na própria agonia de seus monólogos mais tenebrosos, tratem de assuntos e discutam teses. A lógica mistura-se à convulsão, e o fio do silogismo flutua, sem arrebentar, na tempestade lúgubre do pensamento. Esse era o estado de espírito de Marius.

Enquanto assim pensava, acabrunhado mas resoluto, embora hesitando, e, em suma, receoso diante do que iria fazer, seu olhar errava pelo interior da barricada. Os revoltosos conversavam em voz baixa, sem se agitar, e sentia-se esse meio silêncio que caracteriza a última fase da espera. Acima deles, no postigo de um terceiro andar, Marius distinguia uma espécie de espectador ou testemunha que lhe parecia estranhamente atento. Era o porteiro morto por Le Cabuc. Visto de baixo, aos reflexos da tocha escondida no meio dos paralelepípedos, podia-se vagamente ver aquela cabeça. Nada era mais estranho do que, ao sombrio e incerto reflexo daquela luz trêmula, aquela face lívida, imóvel, espantada, com os cabelos eriçados, os olhos abertos e fixos e a boca escancarada, debruçada para a rua em atitude de curiosidade. Parecia que o morto contemplava os que iam morrer. Um longo rastro de sangue, que havia escorrido daquela cabeça, descia em fios avermelhados parede abaixo, até junto das janelas onde o primeiro andar terminava.

LIVRO XIV

As grandezas do desespero

I. A bandeira — Primeiro ato

Nada ainda. Acabavam de soar dez horas em Saint-Merry. Enjolras e Combeferre tinham ido sentar-se, carabina na mão, perto da brecha da grande barricada. Não se falavam; escutavam, procurando captar o menor rumor de passos, bem como o mais longínquo.

De súbito, do meio do profundo e lúgubre silêncio que os rodeava, uma voz clara, forte e alegre, que parecia vir da rua Saint-Denis, elevou-se e começou a cantar distintamente sobre a antiga canção popular *Au clair de la lune* esta poesia terminada por uma espécie de grito semelhante ao canto do galo:

Mon nez est en larmes.
Mon ami Bugeaud,
Prêt'-moi tes gendarmes,
Pour leur dire un mot.
En capote bleue,
La poule au shako,
Voici la banlieue!
Co-cocoricó!

Meu nariz está em lágrimas.
Meu amigo Bugeaud,
Empreste-me seus guardas,
Para dizer-lhes uma palavra.
De capa azul,
A galinha de capacete,
Eis o subúrbio!
Co-cocoricó!

Apertaram-se as mãos.

— É Gavroche — disse Enjolras.

— Vem nos informar — disse Combeferre.

O som de uma corrida perturbou a rua deserta, viram um ser mais ágil que um malabarista pular o ônibus, e Gavroche saltou para dentro da barricada esbaforido, dizendo:

— Minha espingarda! Aí vêm eles!

Um arrepio percorreu toda a barricada, e ouviu-se o movimento das mãos à procura das espingardas.

— Quer a minha carabina? — disse Enjolras ao moleque.

— Quero a espingarda grande — respondeu Gavroche.

E pegou a espingarda de Javert.

Quase ao mesmo tempo que Gavroche, duas sentinelas entraram na barricada, encolhidas. Eram a sentinela do final da rua e o vigia da Petite-Truanderie. A sentinela da rua des Prêcheurs tinha permanecido em seu posto, o que indicava que nada vinha do lado das pontes e dos depósitos.

A rua de la Chanvrerie, na qual apenas alguns paralelepípedos eram um pouco visíveis ao reflexo da luz que se projetava sobre a bandeira, oferecia aos revoltosos o aspecto de um grande pórtico negro, ligeiramente aberto em meio à fumaça.

Cada qual havia ocupado seu posto de combate.

Quarenta e três revoltosos, entre os quais Enjolras, Combeferre, Courfeyrac, Bossuet, Joly, Bahorel e Gavroche estavam de joelhos na grande barricada, atentos, silenciosos, prontos a abrir fogo, com as cabeças ao nível do topo da barreira e os canos dos fuzis e das carabinas apontados para o solo, como que em uma seteira. Seis comandados de Feuilly tinham-se instalado no peitoril das janelas dos dois andares da Corinthe, os fuzis em posição.

Decorreram-se ainda alguns instantes, em seguida um ruído de passos, comedidos, pesados, numerosos, fez-se ouvir distintamente pelos lados de Saint-Leu. Esse ruído, em princípio fraco, depois preciso, depois pesado e sonoro, aproximava-se lentamente, sem parar, sem interrupção, com uma continuidade tranqüila e terrível. Não se ouvia nada além disso. Era, ao mesmo tempo, o silêncio e o ruído da estátua do comendador; mas esse passo de pedra possuía um não sei que de enorme e de múltiplo que despertava a idéia de uma multidão e também a de um espectro. Tinha-se a impressão de ouvir andar a assustadora estátua Légion[1]. Esse passo aproximou-se; aproxi-

---

[1] Comendador da Legião de Honnra — *Légion d'Honneur* —, grau superior nas ordens de cavalaria. (N. do E.)

mou-se mais e parou. Parecia ouvir-se o som da respiração de muitos homens na extremidade da rua. Entretanto, nada se via, apenas distinguia-se bem ao fundo, naquela espessa obscuridade, uma profusão de fios metálicos, finos como agulhas e quase imperceptíveis, que se agitavam, semelhantes a essas indescritíveis redes fosforescentes que no momento de adormecer são vistas sob as pálpebras cerradas, nas primeiras neblinas do sono. Eram as baionetas e os canos dos fuzis confusamente iluminados pelo reflexo longínquo da tocha.

Houve mais uma pausa, como se, dos dois lados, aguardassem. De repente, do fundo dessa sombra, uma voz, ainda mais sinistra pois não se via ninguém, e porque dava a impressão de que era a própria escuridão quem falava, disse:

— Quem está aí?

E ouviu-se, ao mesmo tempo, o tinido dos fuzis apontando.

Enjolras respondeu em tom vibrante e altivo:

— A Revolução Francesa!

— Fogo! — disse a voz.

Um clarão avermelhou todas as fachadas da rua como se a porta de uma fornalha se abrisse e se fechasse bruscamente.

Uma assustadora detonação estourou sobre a barricada. A bandeira vermelha caiu. A descarga fora tão violenta e tão densa que cortara a haste, isto é, a própria ponta do timão do ônibus. Algumas balas, que haviam ricocheteado nas cornijas das casas, penetraram na barricada ferindo vários homens.

A impressão dessa primeira descarga foi enregelante. O ataque era rude e de natureza a fazer meditar os mais ousados. Era evidente que estavam lidando com um batalhão inteiro.

— Camaradas! — gritou Courfeyrac. — Não desperdicemos pólvora. Esperemos que eles entrem na rua para revidar.

— E, antes de tudo — continuou Enjolras —, que seja hasteada novamente a bandeira!

E, ao dizer isso, levantou a bandeira que caíra a seus pés.

Fora, ouvia-se apenas o tinido que os soldados faziam com as varetas, carregando de novo as armas.

Enjolras continuou:

— Quem aqui tem coragem? Quem é que vai repor a bandeira no alto da barricada?

Ninguém respondeu. Subir à barricada naquele momento em que ela, sem dúvida, estava novamente sob a mira de tantas armas, era simplesmente a morte. O mais corajoso hesita em condenar-se. O próprio Enjolras estremeceu.

— Ninguém se apresenta?

II. A bandeira — Segundo ato

Desde que haviam chegado à Corinthe, e que haviam iniciado a construção da barricada, ninguém mais se preocupara com Pai Mabeuf. E no entanto o senhor Mabeuf não deixara o grupo. Ele entrara na parte térrea da taverna e se sentara atrás do balcão. Ali ficara, por assim dizer, inteiramente alheado em si mesmo. Parecia não mais ver e nem mais pensar. Por duas ou três vezes, Courfeyrac e outros chegaram perto dele advertindo-o do perigo, instando-o a se retirar, sem que desse mostras de tê-los ouvido. Quando ninguém lhe dirigia a palavra, seus lábios se moviam como se estivesse respondendo a alguém, e, quando lhe falavam, ficavam imóveis e seus olhos pareciam sem vida. Algumas horas antes que a barricada fosse atacada, tomara uma posição da qual não mais saíra, os punhos apoiados nos joelhos e a cabeça inclinada para a frente como se olhasse para um precipício. Nada conseguiu tirá-lo dessa posição; parecia que seu espírito não estava na barricada. Quando cada um foi ocupar seu posto para o combate, os únicos que ficaram na sala foram Javert, preso ao poste, um dos revoltosos de sabre desembainhado, vigiando Javert, e ele, Mabeuf.

No momento do ataque, o abalo físico da detonação o atingiu e como que o despertou; então levantou-se bruscamente, atravessou a sala e, no momento em que Enjolras repetia seu apelo: “Ninguém se apresenta?”, viram o velho aparecer à porta da taverna.

Sua presença provocou uma espécie de comoção nos grupos. Um grito se ouviu:

— É o votante! É o convencional! É o representante do povo!

É bem provável que ele não escutasse.

Caminhou na direção de Enjolras, os revoltosos afastavam-se diante dele com temor religioso; tirou a bandeira das mãos de Enjolras, que recuou petrificado, e então, sem que ninguém ousasse impedi-lo ou ajudá-lo, esse ancião de oitenta anos, cabeça trêmula, pés firmes, começou a subir vagarosamente a escada de pedra construída na barricada. A cena era tão sombria e grandiosa que todos ao seu redor gritaram: “Tirem os chapéus!” A cada degrau que subia, isso era assustador, seus cabelos brancos, sua face decrépita, sua grande fronte calva e enrugada, seus olhos encovados, sua boca espantada e aberta, seu velho braço levando a bandeira vermelha, saíam das sombras e cresciam na claridade sangrenta do archote; e julgava-se ver o espectro de 93 saindo da terra, com a bandeira do terror nas mãos.

Quando chegou ao último degrau, quando aquele trêmulo e terrível fantasma, de pé sobre aquele monte de escombros, em presença de mil e duzentas espingardas invisíveis, se ergueu diante da morte e como se fosse mais forte que ela, a barricada assumiu um aspecto sobrenatural e colossal.

Seguiu-se um desses silêncios que só se observam em volta dos prodígios.

No meio desse silêncio, o ancião agitou a bandeira vermelha e gritou:

— Viva a Revolução! Viva a República! Fraternidade! Igualdade! E a morte!

Ouviu-se um murmúrio baixo e rápido da barricada, semelhante ao de um padre que deseja terminar depressa uma oração. Provavelmente era o comissário de polícia fazendo as intimações legais na outra extremidade da rua.

Depois, a mesma voz sonora que perguntara *quem está aí?* gritou:

— Retire-se!

O senhor Mabeuf, pálido, espantado, com os olhos iluminados pelas lúgubres chamas do desvario, elevou a bandeira acima da cabeça e repetiu:

— Viva a República!

— Fogo! — disse a voz.

Uma segunda descarga, semelhante a uma metralha, caiu sobre a barricada.

O ancião curvou os joelhos, depois levantou-se, deixou cair a bandeira e caiu de costas sobre a calçada, como uma tábua, estendido, os braços em cruz.

De seu corpo corriam filetes de sangue. A velha cabeça, pálida e triste, parecia olhar o céu.

Uma dessas emoções superiores ao homem, que fazem com que esqueçamos até de nos defender, apoderou-se dos revoltosos, e eles se aproximaram do cadáver tomados de respeitoso pavor.

— Que homens esses regicidas! — disse Enjolras.

Courfeyrac disse ao ouvido de Enjolras:

— Isso é só para você, e eu não quero diminuir o entusiasmo. Mas era somente um regicida. Eu o conheci. Ele se chamava Pai Mabeuf. Não sei o que tinha hoje. Mas era um bravo tolo. Veja sua cabeça.

— Cabeça de tolo, mas coração de Brutus — respondeu Enjolras.

E depois elevou a voz:

— Cidadãos! Eis o exemplo que os velhos dão aos jovens. Nós hesitávamos, ele veio! Nós recuávamos, ele avançou! Eis o que os que tremem de velhice ensinam aos que tremem de medo! Esse avô é um augusto perante a pátria. Teve vida longa e morte magnífica!

Agora recolhamos o cadáver, que cada um de nós defenda esse velho morto como defenderia seu pai vivo, e que sua presença entre nós torne inconquistável a barricada!

Um murmúrio de adesão, morno e enérgico, seguiu-se a essas palavras.

Enjolras curvou-se, ergueu a cabeça do ancião e bravamente beijou-lhe a testa; depois, afastando-lhe os braços e manipulando esse morto com terna precaução, como se temesse machucá-lo, tirou-lhe o casaco, mostrou a todos os buracos ensangüentados e disse:

— É esta agora a nossa bandeira.

III. Gavroche teria feito melhor se aceitasse a carabina de Enjolras

Sobre Pai Mabeuf jogaram um longo xale preto da viúva Hucheloup. Seis homens fizeram com seus fuzis uma maca, ali colocaram o cadáver e o carregaram, cabeças descobertas, com uma solene lentidão, até a mesa grande da sala baixa.

Esses homens, completamente absortos na ação grave e sagrada que executavam, não pensavam mais na situação perigosa em que se encontravam.

Quando o cadáver passou perto de Javert, sempre impassível, Enjolras disse ao espião:

— Você! Logo mais.

Enquanto isso, o pequeno Gavroche, único que não abandonara seu posto e ficara observando, pensou ver homens aproximando-se sorrateiramente da barricada. De repente gritou:

— Cuidado!

Courfeyrac, Enjolras, Jean Prouvaire, Combeferre, Joly, Bahorel, Bossuet, todos saíram em tumulto da taverna. Quase não dava mais tempo. Via-se o brilho de grande número de baionetas ondulando acima da barricada. Guardas municipais de alta estatura já entravam, uns passando por cima do ônibus, outros pela pequena abertura, empurrando o garoto que recuava, mas não fugia.

O momento era crítico. Era como aquele primeiro e temido minuto da inundação, quando o rio se levanta ao nível da barragem e a água começa a infiltrar-se pelas fendas do dique. Mais um segundo e a barricada seria tomada.

Bahorel precipitou-se sobre o primeiro guarda municipal que tentava entrar e o matou à queima-roupa, com um tiro de carabina; o segundo matou Bahorel com um golpe de baioneta. Outro já tinha derrubado Courfeyrac, que gritava: "A mim!" O mais alto de todos, espécie de colosso, marchava sobre Gavroche de baioneta em riste. O garoto pegou com seus pequenos braços o enorme fuzil de Javert, mirou resolutamente o gigante e disparou. Nada aconteceu. Javert não carregara seu fuzil. O guarda municipal deu uma gargalhada e apontou a baioneta para o menino.

Antes que a baioneta tivesse tocado Gavroche, o fuzil escapava das mãos do soldado, uma bala atingia o guarda municipal no meio da testa e ele caía de costas. Uma segunda bala atingia em cheio o peito do outro guarda que havia atacado Courfeyrac, jogando-o no chão.

Era Marius que acabava de entrar na barricada.

IV. O barril de pólvora

Marius, sempre escondido na esquina da rua Mondétour, assistira à primeira fase do combate, indeciso e trêmulo. Entretanto, não pôde resistir por mais tempo à soberana e misteriosa vertigem a que poderíamos chamar de atração do abismo. Diante da iminência do perigo, diante da morte de Mabeuf, aquele fúnebre enigma, diante de Bahorel morto, de Courfeyrac gritando: "A mim!", daquela criança ameaçada, de seus amigos a socorrer ou a vingar, desvaneceu-se toda a sua hesitação e ele precipitou-se na confusão com duas pistolas em punho. Com o primeiro tiro salvara Gavroche, com o segundo livrara Courfeyrac.

Ao estampido dos tiros, aos gritos dos guardas feridos, os assaltantes haviam subido à barricada, em cuja crista viam-se agora erguer-se, até mais de meio corpo e em grande número, guardas municipais, soldados de infantaria, guardas nacionais dos subúrbios, todos, fuzis em punho. Já cobriam mais de dois terços da barricada, mas não ousavam saltar para seu interior, como se hesitassem, temendo uma cilada. Olhavam para a barricada obscura como se olhassem para um antro de leões. O clarão do archote iluminava apenas as baionetas, as barretinas de pêlo e a parte superior dos rostos inquietos e irritados.

Marius não tinha mais armas, havia jogado suas pistolas descarregadas, mas percebera o barril de pólvora perto da porta na sala ao rés-do-chão.

No momento em que se voltava, olhando para aquele lado, um dos soldados apontou-lhe a arma. Nesse instante, uma mão agarrou a extremidade do cano do fuzil e o tapou. Alguém decidira intervir, o jovem operário das calças de veludo. O tiro partiu, atravessou a mão e talvez o operário, porque este caiu, mas a bala não atingiu Marius. Tudo isso em meio à fumaça, mais entrevisto que propriamente visto. Marius, que entrava na sala baixa, mal percebeu. Porém, vira confusamente o cano da espingarda apontado em sua direção, aquela mão que o tampara, e ouvira o tiro. Mas, em instantes como esses, as coisas que vemos vacilam e se precipitam sem dar tempo para considerações. Sentimo-nos misteriosamente impelidos para uma escuridão ainda mais densa, e tudo é nevoeiro.

Os insurgentes, surpreendidos, mas não assustados, haviam-se reunido. Enjolras gritou: "Esperem! Não atirem ao acaso!" Efetivamente, na confusão do primeiro momento poderiam ferir-se uns aos outros. A maioria deles havia subido às janelas do primeiro andar e às águas-furtadas, de onde dominavam os assaltantes. Os mais resolutos, com Enjolras, Courfeyrac, Jean Prouvaire e Combeferre, corajosamente encostaram-se às casas do fundo, sem cobertura, de frente para as fileiras de soldados e guardas que coroavam a barricada.

Tudo isso foi feito sem precipitação, com essa estranha e ameaçadora gravidade que precede o combate. De ambas as partes apontavam-se as armas, de muito perto, tão próximos ficavam que poderiam conversar. Quando chegou o momento em que a faísca parece estar a ponto de saltar, um oficial de gola bordada e grandes dragonas levantou a espada e disse:

— Apontar!

— Fogo! — disse Enjolras.

As duas detonações partiram ao mesmo tempo e tudo desapareceu na fumaça.

Fumaça acre e sufocante, onde se arrastavam, com gemidos fracos e surdos, moribundos e feridos.

Quando a fumaça se dissipou, viram-se os combatentes de ambos os lados, clareados, mas sempre nos mesmos lugares, recarregando suas armas em silêncio.

De repente, ouviu-se uma voz forte que gritava:

— Retirem-se, ou faço saltar a barricada!

Todos se voltaram para o lado de onde vinha a voz.

Marius havia entrado na sala baixa e pegara o barril de pólvora; depois, aproveitou-se da fumaça e da espécie de nevoeiro escuro que enchia o interior da barricada para esgueirar-se até o monte de pedras onde estava fixado o archote. Arrancar a tocha, colocar o barril de pólvora, empurrar a pilha de paralelepípedos sob o barril, que rapidamente se abrira, com uma espécie de terrível obediência, tudo isso fora para Marius o tempo de se abaixar e de se levantar; e agora, todos, guardas nacionais, guardas municipais, oficiais, soldados amontoados na outra extremidade da barricada, contemplavam-no estupefatos, o pé sobre os paralelepípedos, o archote na mão, o orgulhoso rosto iluminado por uma resolução fatal, inclinando a chama da tocha na direção do temeroso amontoado onde se distinguia o barril de pólvora rachado, e soltando este grito aterrador:

— Retirem-se, ou faço saltar a barricada!

Marius, em cima dessa barricada, depois do octogenário, era a visão da revolução jovem depois da aparição da velha.

— Saltar a barricada! — disse um sargento. — E você também!

Marius respondeu:

— E eu também!

E, ao dizer isso, aproximou a tocha do barril de pólvora.

Porém, sobre a barricada já não se via ninguém. Os assaltantes, abandonando seus mortos e feridos, afastavam-se em uma confusa desordem para a extremidade da rua e desapareciam novamente na noite. Foi um salve-se quem puder.

A barricada estava livre.

V. Fim dos versos de Jean Prouvaire

Todos cercaram Marius. Courfeyrac o abraçou impetuosamente.

— Aqui está você!

— Que bom! — disse Combeferre.

— Você chegou na hora certa! — disse Bossuet.

— Sem você, eu estaria morto! — falou novamente Courfeyrac.

— Sem o senhor, eu seria engolido! — acrescentou Gavroche.

Marius perguntou:

— Onde está o chefe?

— É você — disse Enjolras.

Marius sentira, durante todo o dia, uma espécie de fornalha no cérebro; agora sentia um turbilhão. Esse turbilhão parecia arrebatá-lo e fazia com que se sentisse fora de si.

Parecia-lhe já estar a uma imensa distância da vida. Seus dois luminosos meses de alegria e amor terminavam bruscamente nesse medonho precipício, Cosette perdida para ele, esta barricada, o senhor Mabeuf sendo morto em favor da república, ele mesmo chefe dos revoltosos, tudo isso lhe parecia um monstruoso pesadelo. Necessitava fazer um esforço espiritual para lembrar de que tudo que o rodeava era real. Marius vivera muito pouco ainda para saber que não há nada mais iminente do que o impossível e que o que sempre é preciso prever é o imprevisto. Ele assistia a seu próprio drama como uma peça incompreensível.

Nessa névoa onde estava seu pensamento, não reconheceu Javert, que, amarrado a seu poste, não fizera um movimento sequer com a cabeça durante o ataque da barricada, e olhava a revolta agitar-se em torno de si com a resignação de um mártir e a majestade de um juiz. Marius não percebeu sua presença.

Todavia, os assaltantes não se mexiam mais, permaneciam na extremidade da rua, de onde se ouviam seus passos e sua agitação, mas ali não se aventuravam, ou porque esperassem ordens, ou porque aguardassem reforço antes de novamente se precipitarem sobre o invencível reduto. Os revoltosos haviam postado sentinelas, e alguns que eram estudantes de medicina começaram a tratar dos feridos.

Colocaram as mesas fora da taverna e as acrescentaram à barricada, com exceção de duas reservadas para as ataduras e para os cartuchos, e daquela em que jazia o corpo de Pai Mabeuf; essas mesas foram substituídas na sala baixa pelos colchões das camas da viúva Hucheloup e das criadas. Sobre esses colchões estenderam os feridos. Quanto às três pobres criaturas que habitavam a Corinthe, não se sabia o que fora feito delas. Mas acabaram por encontrá-las escondidas no porão.

Uma pungente emoção veio sombrear o prazer da liberação da barricada.

Feita a chamada, verificou-se que faltava um dos revoltosos. Quem? Um dos mais caros, um dos mais valorosos, Jean Prouvaire. Procuraram-no entre os feridos, não estava. Procuraram-no entre os mortos, não estava. Era evidente que fora feito prisioneiro.

Combeferre disse a Enjolras:

— Eles estão com nosso amigo; nós temos o agente deles. Você faz questão da morte desse espião?

— Sim — respondeu Enjolras —, porém menos do que da vida de Jean Prouvaire.

Isso se passava na sala baixa, perto do poste de Javert.

— Então — continuou Combeferre —, atarei um lenço a minha bengala e irei como parlamentar oferecer-lhes a troca de nosso prisioneiro pelo deles.

— Ouça — disse Enjolras, pousando a mão no braço de Combeferre.

Ouvia-se na extremidade da rua um significativo tinido de armas.

Ouviu-se uma voz varonil gritar:

— Viva a França! Viva o futuro!

Reconheceram a voz de Jean Prouvaire.

Houve um clarão e o estrondo de uma detonação.

O silêncio voltou.

— Foi morto — exclamou Combeferre.

Enjolras olhou para Javert e lhe disse:

— Seus amigos acabam de fuzilá-lo!

VI. A agonia da morte depois da agonia da vida

Uma das singularidades desse gênero de guerra é que o ataque às barricadas é feito quase sempre de frente, e que, em geral, os assaltantes se abstêm de inverter as posições, seja com receio de alguma emboscada, seja por temerem embrenhar-se em ruas tortuosas. Por isso, toda a atenção dos insurgentes se dirigia para o lado da barricada grande, que era evidentemente o ponto sempre ameaçado, e onde, infalivelmente, deveria recomeçar a luta. Porém, Marius lembrou da pequena barricada e foi até lá. Ela estava deserta e guardada apenas pelo lampião que tremia entre os paralelepípedos. Quanto à ruazinha Mondétour e às ramificações da Petite-Truanderie e du Cygne, estavam profundamente calmas.

Quando Marius, concluída sua inspeção, se retirava, ouviu seu nome pronunciado de forma bem fraca na escuridão:

— Senhor Marius!

Estremeceu, pois reconheceu a voz que, duas horas antes, o havia chamado através da grade da rua Plumet.

A voz, porém, parecia agora não passar de um sopro.

Ele olhou à sua volta e não viu ninguém.

Marius julgou ter-se enganado, achando que era uma ilusão acrescentada por seu espírito às extraordinárias realidades que se chocavam ao seu redor. Deu um passo para sair do recuo onde estava a barricada.

— Senhor Marius! — repetiu a voz.

Dessa vez não havia dúvidas. Ouvira distintamente; olhou e não viu nada.

— A seus pés — disse a voz.

Abaixou-se e viu na escuridão um vulto arrastando-se em direção a ele. Era aquilo que lhe falava.

O lampião permitia que distinguisse uma blusa, uma calça de grosso veludo rasgado, pés descalços e algo que parecia com uma poça de sangue. Marius entreviu uma cabeça pálida que se erguia para ele e que lhe disse:

— Não me reconhece?

— Não.

— Éponine.

Marius abaixou-se rapidamente. Realmente era essa infeliz criança. Estava vestida como um homem.

— Como veio parar aqui? O que faz aqui?

— Estou morrendo — disse ela.

Há palavras e incidentes que despertam os seres angustiados. Marius exclamou sobressaltado:

— Está ferida! Espere, vou levá-la para a sala. Irão tratá-la. É grave? Como devo carregá-la para não machucá-la? Onde dói? Socorro! Meu Deus! Mas o que veio fazer aqui?

E tentou passar o braço por baixo de seu corpo para erguê-la.

Ao erguê-la, encontrou sua mão.

Ela deu um grito fraco.

— Machuquei-a? — perguntou Marius.

— Um pouco.

— Mas só toquei sua mão.

Ela levantou a mão para o olhar de Marius, e Marius viu um buraco negro no meio dessa mão.

— O que tem sua mão? — disse ele.

— Foi furada.

— Furada!

— Sim.

— Com quê?

— Com uma bala.

— Como?

— Viu um fuzil que lhe apontavam?

— Sim, e uma mão que o tapou.

— Era a minha.

Marius estremeceu.

— Que loucura! Pobre criança! Mas ainda bem, se é só isso, não é nada. Deixe-me carregá-la até uma cama. Vão fazer um curativo, não se morre de uma mão furada.

Ela murmurou:

— A bala atravessou a mão, mas saiu pelas costas. É inútil tirar-me daqui. Vou lhe dizer como pode enfaixar-me melhor que um cirurgião. Sente-se aqui, nesta pedra, perto de mim.

Ele obedeceu; ela encostou a cabeça nos joelhos de Marius e, sem olhar para ele, disse:

— Oh! Como é bom! Como estamos bem! Pronto! Não sofro mais!

Permaneceu um instante em silêncio, depois virou o rosto com esforço e olhou para Marius.

— Sabe de uma coisa, senhor Marius? Eu ficava contrariada

quando o senhor entrava naquele jardim; era tolice, já que fui eu mesma quem lhe mostrou a casa, e, enfim, eu me dizia que um rapaz como o senhor...

Interrompeu-se e, transpondo as sombrias transições que decerto tinha no espírito, continuou com dilacerante sorriso:

— O senhor me achava feia, não é?

E continuou:

— Veja, o senhor está perdido! Agora ninguém mais sairá da barricada. Fui eu quem o trouxe aqui! Vai morrer, conto com isso. E no entanto, quando vi que o visavam, coloquei a mão na frente do cano do fuzil. Que estranho! Mas é porque eu queria morrer antes do senhor! Quando a bala me atingiu, arrastei-me até aqui, não me viram, não me pegaram. Eu o esperava, eu pensava: "Então ele não virá?" Oh! Se soubesse, eu mordia minha blusa, sofria tanto! Agora estou bem. Lembra-se do dia em que entrei em seu quarto e me olhei em seu espelho, e do dia em que o encontrei no bulevar perto de algumas mulheres? Como os pássaros cantavam! Nem faz muito tempo. O senhor me deu cem soldos, e eu lhe disse: "Não quero seu dinheiro". Pelo menos recolheu seu dinheiro? O senhor não é rico. Eu nem pensei em dizer-lhe que o pegasse. Havia um lindo sol, não sentíamos frio. Lembra-se, senhor Marius? Oh! Estou feliz! Todos vão morrer.

Ela tinha um ar insensato, grave e tocante. Sua blusa rasgada mostrava seu pescoço nu. Ela apoiava a mão machucada sobre o peito onde havia outro buraco, do qual, por instantes, saía uma golfada de sangue semelhante a um jato de vinho saindo de um gargalo aberto.

Marius contemplava a infeliz com ar de profunda compaixão.

— Oh! — disse ela de repente. — Está voltando. Estou sufocando!

Agarrou a blusa e a mordeu, e suas pernas esticaram-se sobre o calçamento.

Nesse momento, a voz de galo jovem do pequeno Gavroche ressoou na barricada. O menino subira em cima de uma mesa para carregar sua espingarda e cantava alegremente a canção tão popular:

En voyant Lafayette,
Le gendarme répète:
Sauvons-nous! sauvons-nous! sauvons-nous!

Vendo Lafayette,
O guarda repete:
Fujamos! Fujamos! Fujamos!

Éponine ergueu-se, escutou, depois murmurou:

— É ele!

E voltando-se para Marius:

— Meu irmão está aqui. Não pode me ver. Ele ralharia comigo.

— Seu irmão! — perguntou Marius, que pensava no mais amargo e doloroso de seu coração nos deveres que seu pai lhe havia legado para com os Thénardier. — Quem é seu irmão?

— Esse pequeno.

— O que canta?

— Sim.

Marius fez um movimento.

— Oh! Não vá embora! — disse ela. — Falta pouco agora!

Ela estava meio sentada, mas sua voz era baixa e entrecortada de soluços. De vez em quando era interrompida pelo estertor. Aproximava seu rosto o mais que podia do rosto de Marius. Acrescentou com estranha expressão:

— Escute. Não quero pregar-lhe uma peça. Tenho aqui no bolso uma carta para o senhor. Desde ontem. Pediram-me que a colocasse no correio. Eu a guardei. Não queria que chegasse a suas mãos! Mas talvez o senhor se aborrecesse comigo quando logo mais nos reencontrarmos. Vamos nos ver novamente, não é? Pegue sua carta.

Ela segurou convulsivamente a mão de Marius com sua mão furada, mas não parecia mais sentir dor. Colocou a mão de Marius no bolso de sua blusa. De fato, Marius sentiu ali um papel.

— Pegue — disse ela.

Marius pegou a carta.

Ela fez um gesto de satisfação e de consentimento.

— Agora, pelo meu sofrimento, prometa-me...

E parou.

— O quê? — perguntou Marius.

— Prometa-me!

— Prometo.

— Prometa-me que me dará um beijo na testa quando já estiver morta. Eu o sentirei.

Ela deixou cair outra vez a cabeça sobre os joelhos de Marius e suas pálpebras se fecharam. Ele pensou que essa pobre alma partira. Éponine permanecia imóvel; de súbito, no momento em que Marius a julgava adormecida para sempre, ela abriu lentamente seus olhos, nos quais se divisava a sombria profundidade da morte, e disse-lhe em um tom cuja suavidade já parecia vir de um outro mundo:

— Além do mais, senhor Marius, eu acho que estava um tanto apaixonada pelo senhor.

Ela ainda tentou sorrir e expirou.

VII. Gavroche, profundo calculador de distâncias

Marius cumpriu sua promessa. Deu um beijo naquela fronte lívida, onde escorria em forma de pérolas um suor gelado. Não era uma infidelidade a Cosette; era um adeus pensativo e doce a uma alma infeliz.

Foi com um estremecimento que pegou a carta que Éponine lhe dera. Tinha imediatamente sentido que ali havia algo importante. Estava impaciente por lê-la. O coração do homem é feito dessa maneira, a desafortunada criança mal fechara os olhos e Marius pensava em desdobrar o papel. Pousou-a docemente no chão e se foi. Algo lhe dizia que não podia ler essa carta diante do cadáver.

Entrou na sala baixa e aproximou o papel de uma vela. Era um bilhetinho dobrado e lacrado com o elegante esmero das mulheres. O endereço era de uma caligrafia feminina e dizia:

— Ao Senhor Marius Pontmercy, em casa do Senhor Courfeyrac, rua de la Verrerie, número 16.

Marius rompeu o lacre e leu:

> "Meu bem amado, infelizmente meu pai quer que partamos já. Esta noite estaremos na rua de l'Homme-Armé, número 7. Dentro de oito dias estaremos em Londres. Cosette. 4 de junho".

Esses amores eram a tal ponto inocentes que Marius nem sequer conhecia a letra de Cosette.

O que havia ocorrido pode ser dito em poucas palavras. Éponine fizera tudo. Após a noite de 3 de junho, ela tivera dois pensamentos, frustrar os planos de seu pai e dos bandidos em relação à casa da rua Plumet, e separar Marius de Cosette. Ela trocara suas roupas com o primeiro jovem brincalhão que achara divertido vestir-se de mulher, enquanto Éponine se disfarçava de homem. Fora ela quem, no Champs-de-Mars, dera a Jean Valjean aquele expressivo aviso *Mude-se*. De fato, Jean Valjean entrara em casa e dissera a Cosette: *Partimos esta noite e vamos para a rua de l'Homme-Armé com Toussaint. Semana que vem estaremos em Londres*. Cosette, aterrada por esse golpe inesperado, escrevera às pressas duas linhas a Marius. Mas como fazer para colocá-las no correio? Ela não saía sozinha e Toussaint, surpresa com essa incumbência, certamente mostraria a carta ao senhor Fauchelevent. Nessa ansiedade, Cosette avistara através da grade Éponine em trajes de homem, zanzando sem parar em volta do jardim. Cosette chamara "o jovem operário", entregara-lhe cinco francos e a carta, dizendo: "Leve esta carta imediatamente ao seu destino". Éponine colocou a carta no bolso. No dia seguinte, 5 de junho, foi à casa de Courfeyrac perguntar por Marius, não para entregar-lhe a carta, mas, coisa que todas as almas ciumentas e apaixonadas compreenderão, "para ver". Ali ela esperara por Marius, ou pelo menos por Courfeyrac, sempre para ver. Quando Courfeyrac lhe disse: "Vamos para as barricadas", uma idéia passou por seu espírito. Atirar-se nessa morte como teria se atirado em qualquer outra, e induzir Marius a isso. Seguira Courfeyrac, certificando-se do local em que estavam construindo a barricada; e estando bem segura, uma vez que Marius não recebera nenhum aviso e que ela interceptara a carta, de que ele estaria ao anoitecer no encontro de todas as noites, foi à rua Plumet, ali esperou por Marius e enviou-lhe, em nome de seus amigos, esse chamado que deveria, pensava ela, levá-lo à barricada. Ela contava com o desespero de Marius quando não encontrasse Cosette; e não se enganava. Voltou à rua de la Chanvrerie. Acabamos de ver o que havia feito. Ela morreu com essa alegria trágica dos corações enciumados que arrastam o ser amado para a morte e que dizem: ninguém o terá!

Marius beijou repetidas vezes a carta de Cosette. Então ela o amava! Por um momento pensou que já não deveria morrer. Depois disse consigo: "Ela parte. Seu pai a leva para a Inglaterra e meu avô é contra o casamento. Nada mudou na fatalidade!" Os sonhadores como Marius estão sujeitos a esses desânimos supremos que acabam em resoluções desesperadas. O cansaço da vida é insuportável; a morte é muito mais simples.

Então, lembrou-se que tinha ainda dois deveres a cumprir: informar Cosette de sua morte e enviar-lhe um adeus supremo, e salvar, da catástrofe iminente que se preparava, aquela pobre criança, irmão de Éponine e filho de Thénardier.

Marius trazia consigo uma carteira, a mesma que continha o caderno onde escrevera tantos pensamentos de amor por Cosette. Arrancou-lhe uma folha e escreveu a lápis estas poucas linhas:

> "O nosso casamento era impossível. Pedi o consentimento de meu avô, ele o recusou; não possuo fortuna, você também não. Corri à sua casa, não a encontrei mais; sabe que lhe dei minha palavra, eu a mantenho. Vou morrer. Eu a amo! Quando estiver lendo isto, minha alma estará a seu lado, sorrindo-lhe".

Como não tivesse envelope, limitou-se a dobrar o papel em quatro e anotou este endereço:

À senhorita Cosette Fauchelevent, casa do senhor Fauchelevent, rua de l'Homme-Armé, número 7.

Dobrada a carta, ficou um momento pensativo, tornou a pegar a carteira, abriu-a e escreveu com o mesmo lápis, na primeira página, estas quatro linhas:

"Meu nome é Marius Pontmercy. Levem meu cadáver à casa de meu avô, senhor Gillenormand, rua Filles-du-Calvaire, número 6, Marais".

Colocou novamente a carteira no bolso de seu casaco e depois chamou Gavroche. O menino, ao som da voz de Marius, atendeu rapidamente com expressão feliz e devotada.

— Quer fazer algo por mim?

— Tudo — disse Gavroche. — Deus, meu bom Deus! Se não fosse o senhor, verdade, eu estaria frito.

— Está vendo esta carta?

— Sim.

— Pegue-a. Saia da barricada agora (Gavroche, preocupado, começou a coçar a orelha) e amanhã de manhã leve-a, neste endereço, à senhorita Cosette, casa do senhor Fauchelevent, rua de l'Homme-Armé, número 7.

A heróica criança respondeu:

— Ah! Está bem, mas nesse meio tempo a barricada será tomada e eu não estarei aqui.

— A barricada não será atacada antes do amanhecer, aparentemente, e não será tomada antes do meio-dia de amanhã.

A nova pausa que os assaltantes davam à barricada de fato se prolongava. Era uma dessas intermitências, freqüentes nos combates noturnos, que sempre são seguidas de um redobrado encarniçamento.

— Bem — disse Gavroche —, e se eu fosse entregar a carta amanhã de manhã?

— Seria tarde demais. Provavelmente a barricada será bloqueada, todas as ruas serão vigiadas, e você não poderá sair. Vá agora.

Gavroche não encontrou nada para replicar, permanecia ali, indeciso e coçando a orelha tristemente. De repente, com um desses movimentos de pássaro que eram de seu feitio, pegou a carta.

— Está bem — disse ele.

E saiu correndo pela ruazinha Mondétour.

Gavroche tinha tido uma idéia que o fizera se decidir, mas que não havia contado com medo de que Marius fizesse alguma objeção.

A idéia era esta:

— Ainda é meia-noite, a rua de l'Homme-Armé não é longe, vou levar a carta agora e estarei de volta a tempo.

LIVRO XV

A rua de l'Homme-Armé

I. *Buvard, bavard*[1]

Que são as convulsões de uma cidade ao lado das revoltas da alma? O homem é um abismo ainda maior que o povo. Jean Valjean, naquele mesmo instante, era presa de medonha agitação. Todos os abismos tornavam a abrir-se em seu íntimo. Ele também estremecia, como Paris, no limiar de uma formidável e obscura revolução. Algumas horas haviam bastado. Seu destino e sua consciência foram repentinamente cobertos de sombras. Dele, como de Paris, era possível dizer: os dois princípios estão na presença um do outro. O anjo branco e o anjo negro lutarão corpo a corpo sobre a ponte do abismo. Qual dos dois precipitará o outro? Quem vencerá?

Na véspera daquele mesmo dia, 5 de junho, Jean Valjean, acompanhado de Cosette e de Toussaint, instalara-se na rua de l'Homme-Armé. Uma peripécia o aguardava.

Cosette não deixara a rua Plumet sem tentar resistir. Pela primeira vez, desde que ambos viviam lado a lado, a vontade de Cosette e a vontade de Jean Valjean tinham sido diferentes, e, se não se confrontaram, pelo menos se opuseram. Houvera objeção de um lado e inflexibilidade de outro. O brusco conselho: *Mude-se*, dado por um desconhecido a Jean Valjean, o alarmara a ponto de torná-lo despótico. Julgava-se descoberto e perseguido. Cosette tivera de ceder.

Ambos haviam chegado à rua de l'Homme-Armé sem descerrar os dentes e sem trocar uma palavra, cada um absorto em suas preocupações pessoais; Jean Valjean tão preocupado que não percebia a tristeza de Cosette; Cosette tão triste que não percebia a preocupação de Jean Valjean.

---

[1] *Mata-borrão falador*, em francês, *Buvard, bavard* formam um interessante jogo de palavras impossível de manter na tradução. (N. do E.)

Jean Valjean levara Toussaint consigo, coisa que nunca fizera em suas ausências anteriores.

Ele pressentia que talvez não mais retornasse à rua Plumet, e não podia nem deixá-la para trás, nem contar-lhe seu segredo. Além disso, achava-a devotada e de confiança. Do criado em relação ao patrão, a traição começa pela curiosidade. Mas Toussaint, como se tivesse sido predestinada a ser a criada de Jean Valjean, não era curiosa. Costumava dizer, gaguejando, em seu linguajar de camponesa de Barneville: *Je suis de même de même; je chose mon fait; le demeurant n'est pas mon travail* (Je suis ainsi; je fais ma besogne; le reste n'est pas mon affaire)[2].

Na partida da rua Plumet, que fora quase uma fuga, Jean Valjean não levara nada além da pequena valise perfumada, batizada por Cosette de *a inseparável*. Malas cheias exigiriam carregadores, e carregadores são testemunhas. Mandaram vir uma carruagem à porta da rua de Babylone e partiram.

A muito custo Toussaint obtivera permissão para empacotar algumas roupas de cama, vestimentas e alguns objetos de toucador. Já Cosette só levara seus papéis e seu mata-borrão.

Para tornar ainda maior a solidão e a sombra desse desaparecimento, Jean Valjean arranjara as coisas de modo a não sair da rua Plumet senão ao escurecer, o que deu a Cosette tempo para escrever seu bilhete a Marius. Haviam chegado à rua de l'Homme-Armé noite fechada. Deitaram-se silenciosamente.

A casa da rua de l'Homme-Armé ficava situada em um pátio traseiro, no segundo andar, e era composta de dois quartos, de uma sala de jantar e de uma cozinha contígua à sala de jantar, com uma espécie de sótão onde havia uma cama de vento que coube a Toussaint. A sala de jantar servia, ao mesmo tempo, de antecâmara e de separação entre os dois quartos de dormir. O apartamento era provido de todos os utensílios necessários.

Com a mesma facilidade com que nos inquietamos, nos tranqüilizamos; assim é a natureza humana. Assim que Jean Valjean chegou à rua de l'Homme-Armé, sua ansiedade clareou e gradualmente dissipou-se. Há lugares tranqüilizadores que operam, de certo modo, mecanicamente sobre o espírito. Rua escura, moradores pacatos. Jean Valjean sentiu uma espécie de contágio de tranqüilidade naquela ruazinha da antiga Paris, tão estreita que estava barrada aos

---

[2] "Eu sou assim; cumpro minha obrigação; o resto não é de minha conta." (N. do E.)

veículos por uma prancha transversal apoiada sobre dois postes, muda e surda no meio da cidade barulhenta, crepuscular em pleno dia, e, por assim dizer, incapaz de emoções entre aquelas duas fileiras de altas casas centenárias que se calavam como anciãs que são. Há nessa rua um esquecimento estagnado. Jean Valjean respirou. De que modo poderiam encontrá-lo ali?

Seu primeiro cuidado foi colocar *a inseparável* a seu lado.

Dormiu bem. A noite é conselheira, e podemos acrescentar: a noite tranqüiliza. Na manhã seguinte, Jean Valjean acordou quase alegre. Achou encantadora a sala de jantar, que era horrível, mobiliada com uma velha mesa redonda, um pequeno aparador sobre o qual se via um espelho inclinado, uma poltrona carcomida e algumas cadeiras sobre as quais estavam empilhados os pacotes de Toussaint. Em um desses pacotes entrevia-se, por uma abertura, o uniforme de guarda nacional de Jean Valjean.

Quanto a Cosette, pediu a Toussaint que lhe levasse um caldo no quarto, e não apareceu senão à noite.

Por volta das cinco horas, Toussaint, indo e vindo muito atarefada com essa pequena mudança, pusera na mesa da sala de jantar uma galinha fria para a qual Cosette, em deferência a seu pai, consentira em olhar.

Isso feito, Cosette, pretextando uma dor de cabeça persistente, dissera boa-noite a Jean Valjean e trancara-se no quarto. Jean Valjean comera uma asa de galinha com apetite e, debruçado sobre a mesa, tranqüilizando-se pouco a pouco, retomava posse de sua segurança.

Enquanto fazia essa sóbria refeição, tinha percebido confusamente, por duas ou três vezes, o balbuciar de Toussaint, que lhe dizia: "Senhor, há uma revolta, estão lutando em Paris".

Mas, absorto em uma infinidade de combinações interiores, não havia prestado a menor atenção. Para dizer a verdade, não havia escutado.

Levantou-se e começou a andar da janela à porta e da porta à janela, cada vez mais tranqüilo. Com essa calmaria, Cosette, sua única preocupação, voltou a seu pensamento. Não porque estivesse preocupado com essa dor de cabeça, pequena crise de nervos, cara feia de moça, nuvem momentânea, que desapareceria em um dia ou dois; mas pensava no futuro e, como de costume, pensava com doçura. Além do mais, não via nenhum obstáculo para que a vida feliz não retomasse seu curso. Em certas horas, tudo parece impossível, em outras, tudo parece fácil; Jean Valjean achava-se em uma dessas horas boas. Elas chegam, normalmente, após as más, como o dia após a noite, por meio dessa lei de sucessão e de contraste que é o próprio fundo da natureza e que os espíritos superficiais chamam de antítese. Na pacífica rua em que se havia refugiado, Jean Valjean desembaraçava-se de tudo o que, havia algum tempo, o perturbava. Por ter visto muitas trevas, começava a entrever um fragmento de céu azul. Sair da rua Plumet, sem complicações nem incidentes, já era um bom passo dado. Talvez fosse interessante mudar de país, mesmo que só por alguns meses, e ir para Londres. Pois bem, iriam. Estar na França, estar na Inglaterra, o que isso mudava, desde que tivesse Cosette a seu lado? Cosette era a sua pátria. Cosette bastava-lhe para ser feliz; a idéia de que ele talvez não bastasse à felicidade de Cosette, essa idéia que fora outrora sua febre e sua insônia, não se apresentava a seu espírito. Estava em colapso de todas as suas dores passadas, e em pleno otimismo. Cosette, estando perto dele, parecia lhe pertencer; efeito ótico que todo o mundo já sentiu. Interiormente planejava, com todas as facilidades, a partida com Cosette para a Inglaterra, e via sua felicidade reconstituir-se em qualquer lugar nas perspectivas de seu devaneio.

Enquanto caminhava de um lado para o outro, a passos lentos, seu olhar encontrou de repente algo estranho.

Viu diante dele, no espelho inclinado que estava acima do aparador, e leu distintamente estas quatro linhas:

> "Meu amado, infelizmente meu pai quer que partamos já. Esta noite estaremos na rua de l'Homme-Armé, número 7. Dentro de oito dias estaremos em Londres. Cosette. 4 de junho".

Jean Valjean estacou, perturbado.

Ao chegar, Cosette pusera o mata-borrão sobre o aparador, diante do espelho, e, absorta em sua dolorosa angústia, ali o esquecera sem nem mesmo reparar que o deixava aberto justamente na página em que apoiara, para secá-las, as quatro linhas que havia escrito e encaminhado por intermédio do jovem operário que passava pela rua Plumet.

O espelho refletia o que estava escrito.

Disso resultava o que, em geometria, se denomina imagem simétrica; de tal forma que, o que estava escrito, no espelho reproduzia-se corretamente; e Jean Valjean tinha sob os olhos a carta escrita na véspera por Cosette a Marius.

Era simples e estarrecedor.

Jean Valjean foi até o espelho. Releu as quatro linhas, mas não acreditou. Elas lhe causavam a impressão de sair da luz de um relâmpago. Era uma alucinação. Aquilo era impossível. Não podia ser.

Aos poucos sua percepção tornou-se mais precisa; olhou o mata-borrão de Cosette, e o sentimento do fato real retornou. Pegou o mata-borrão e disse: "Isso vem daqui". Examinou febrilmente as quatro linhas impressas no mata-borrão, as letras invertidas formavam um rabisco bizarro, e não faziam sentido. Então disse a si mesmo: "Mas isso não significa nada, não há nada escrito ali". E respirou profundamente com um imenso alívio. Quem já não teve dessas alegrias bobas nos instantes horríveis? A alma não se rende ao desespero sem haver esgotado todas as ilusões.

Ele segurava o mata-borrão na mão e o contemplava estupidamente feliz, quase disposto a rir da alucinação de que fora objeto. De repente, seus olhos se voltaram novamente para o espelho e reviu a imagem. As quatro linhas desenhavam-se com inexorável nitidez. Dessa vez não era uma miragem. A repetição de uma visão é uma realidade, era palpável, era o que estava escrito refletido no espelho. Ele compreendeu.

Jean Valjean cambaleou, deixou escapar o mata-borrão e deixou-se cair na velha poltrona ao lado do aparador, a cabeça pendente, a íris vidrada, perdido. Disse a si mesmo que era evidente, e que a luz do mundo estava apagada para sempre, e que Cosette escrevera isso a alguém. Então escutou sua alma, que voltava a ser terrível, soltar nas trevas um rugido surdo. Tente, então, tirar do leão o cão que ele tem em sua jaula!

Fato triste e estranho, nesse momento Marius não tinha ainda a carta de Cosette; o acaso a trouxera traidoramente às mãos de Jean Valjean antes de entregá-la a Marius.

Até aquele dia, Jean Valjean não fora vencido pela provação. Vira-se submetido a provas terríveis, não fora poupado por nenhuma má sorte; a ferocidade da sorte, armada de todas as vinganças e de todos os enganos sociais, o tomara por alvo e jogara-se encarnecidamente sobre ele. Ele não recuara nem sucumbira diante de nada. Aceitara, quando tinha sido necessário, todas os extremos; sacrificara sua inviolabilidade de homem reconquistada, entregara sua liberdade, arriscara a cabeça, perdera tudo, tudo sofrera, e permanecera desinteressado e estóico, a ponto de ser possível, em alguns momentos, acreditar que era alheio a si mesmo, como um mártir. Sua consciência, atacada por todos os assaltos possíveis da adversidade, podia julgar-se para sempre invencível. E, todavia, quem tivesse visto seu interior seria forçado a constatar que, nesse momento, ela enfraquecia.

É que, de todas as torturas que ele havia sofrido nessa longa questão que lhe fornecia o destino, essa era a mais temida. Jamais semelhante tenaz o dominara. Sentiu a misteriosa agitação de todas as sensibilidades latentes. Sentiu o aperto da fibra desconhecida. Infelizmente, a suprema provação, melhor dizendo, a provação única, é a perda do ser amado.

O amor que o pobre velho Jean Valjean sentia por Cosette era, claro, puramente paternal; mas, como já mencionamos anteriormente, nessa paternidade a própria solidão de sua vida introduzira todos os tipos de amor; amava Cosette como sua filha, amava-a como sua mãe, e amava-a como sua irmã; e, como nunca tivera nem amante nem esposa, como a natureza é um credor que não aceita nenhum protesto, esse sentimento, de todos o mais difícil de perder, confundira-se com os outros, vago, ignorante, puro da pureza da cegueira, inconsciente, celeste, angélico, divino; menos como sentimento do que como instinto; menos como instinto do que como atrativo; imperceptível e invisível, mas real; e o amor propriamente dito estava na sua enorme ternura por Cosette, como o veio de ouro está na montanha, tenebroso e virgem.

Lembremos desta situação de coração que já mencionamos. Nenhum casamento era possível entre eles, nem mesmo o das almas; e todavia é certo que seus destinos haviam-se desposado. Com exceção de Cosette, isto é, com exceção de uma infância, Jean Valjean, em toda a sua longa vida, nunca conhecera nada do que se pode amar. As paixões e os amores que se sucedem não produziram nele esses verdes sucessivos, verde tenro sobre verde-escuro, que se observa nas folhas que passam o inverno e nos homens que ultrapassam os cinqüenta anos. Em suma, e já o repetimos por mais de uma vez, toda aquela fusão interior, todo aquele conjunto cuja resultante era uma grande virtude, terminava por fazer de Jean Valjean um pai para Cosette. Pai estranho, forjado do avô, do filho, do irmão e do marido que havia em Jean Valjean; pai no qual havia até mesmo uma mãe; pai que amava Cosette e que a adorava, que tinha aquela criança como luz, como morada, como família, como pátria, como paraíso.

Assim, quando viu que tudo estava definitivamente terminado, que ela lhe escapava, que escorregava de suas mãos, que se furtava, que era nuvem, que era água; quando viu diante de si esta avassaladora evidência: um outro é o alvo de seu coração, um outro é a aspiração de sua vida, há um bem amado, eu sou apenas o pai, não existo mais; quando não pôde mais duvidar, quando pensou: "Ela vai embora para longe de mim!", a dor que sentiu ultrapassou o possível. Fazer o que havia feito para chegar a isso! E o que, então! Não ser nada! Então, como acabamos de dizer, estremeceu da cabeça aos pés de revolta. Sentiu até as raízes do cabelo o imenso despertar do egoísmo e o eu uivou no abismo desse homem.

Existem desmoronamentos internos. A penetração de uma certeza lancinante no homem não se produz sem afastar e romper certos elementos profundos que, às vezes, são o próprio homem. A dor, quando chega a esse ponto, é um salve-se quem puder de todas as forças da consciência. Estas são crises fatais. Poucos dentre nós saem delas semelhantes a si mesmos e firmes no seu dever. Quando o limite do sofrimento trasborda, a virtude mais imperturbável se desconcerta. Jean Valjean pegou novamente o mata-borrão e convenceu-se novamente; ficou curvado e como que petrificado sobre as quatro linhas irrecusáveis, o olhar fixo; e formou-se uma tal nuvem em seu íntimo que se podia acreditar que todo o interior dessa alma desabava.

Examinou essa revelação por meio da ampliação da divagação, com uma calma aparente e assustadora, pois é algo assustador quando a calma de um homem alcança a frieza de uma estátua.

Mediu o pavoroso passo que seu destino havia dado sem que ele suspeitasse; lembrou-se dos temores que sentira no verão anterior, tão loucamente dissipados; reconheceu o precipício; ainda era o mesmo; só que Jean Valjean não se encontrava mais no limiar, estava no fundo.

Coisa incrível e pungente, caíra sem perceber. Toda a luz de sua vida se fora, ele continuava acreditando ver o sol.

Seu instinto não hesitou. Confrontou certas circunstâncias, certas datas, certos rubores e certa palidez de Cosette, e disse consigo: "É ele". A intuição do desespero é como um misterioso arco que jamais perde seu golpe. Desde sua primeira conjectura, acertara em Marius. Não sabia o nome, mas descobriu imediatamente o homem. Percebeu distintamente, no fundo de sua implacável lembrança, o desconhecido que passeava no Luxemburgo, aquele miserável namorador, aquele preguiçoso romanesco, aquele imbecil, aquele covarde, pois é covardia olhar docemente as moças que têm a seu lado os pais que as amam.

Depois de constatar que no fundo dessa situação estava aquele rapaz, e que tudo vinha dali, ele, Jean Valjean, o homem regenerado, o homem que tanto trabalhara sua alma, o homem que fizera tantos esforços para resolver toda a vida, toda a miséria e toda a desgraça em amor, olhou em si mesmo e viu um espectro, o Ódio.

As grandes dores contêm o desalento. Elas desencorajam a existência. O homem no qual penetram sente que algo é retirado dele. Na juventude, sua visita é lúgubre; mais tarde, é sinistra.

Oh, quando o sangue é quente, quando os cabelos são pretos, quando a cabeça está ereta sobre o corpo como a chama sobre a tocha, quando o rolo do destino ainda tem toda a sua espessura, quando o coração, cheio de um amor desejável, bate em um ritmo ao qual podemos corresponder, quando temos diante de nós o tempo de corrigir, quando todas as mulheres estão aqui, e todos os sorrisos, e todo o futuro, e todo o horizonte, quando a força da vida é completa, se o desespero é algo assustador, o que é então a velhice, quando os anos precipitam-se, cada vez mais descorados, nessa hora crespuscular em que se começa a divisar as estrelas do túmulo!

Enquanto ele pensava, Toussaint entrou. Jean Valjean se levantou e lhe perguntou:

— De que lado é, sabe?

Toussaint, espantada com a pergunta, só pôde responder:

— Desculpe?

— Não me disse há pouco que lutam na cidade?

— Ah! Sim, senhor — respondeu Toussaint. — É do lado de Saint-Merry.

Há certos movimentos maquinais que, sem nos darmos conta, vêm de nosso pensamento mais profundo. Foi, sem dúvida, sob o impulso de um movimento desse gênero, e do qual mal tinha consciência, que Jean Valjean encontrou-se na rua depois de cinco minutos.

Sem chapéu, sentado na soleira da porta. Parecia escutar.

A noite caíra.

II. O menino inimigo das luzes

Quanto tempo ele permaneceu assim? Quais foram os fluxos e refluxos de sua meditação trágica? Ergueu-se? Permaneceu curvado? Permaneceu curvado até romper-se? Poderia ainda endireitar-se e tomar pé em algum ponto sólido de sua consciência? Provavelmente nem ele mesmo saberia dizer.

A rua estava deserta. Alguns burgueses preocupados, que se recolhiam apressadamente a suas casas, mal o viram. Cada um por si em tempos de perigo. Como de costume, o acendedor noturno apareceu para acender o lampião que ficava justamente em frente ao número 7, e se foi. Jean Valjean, para quem o visse nessa sombra, não pareceria um homem vivo. Estava lá, sentado na soleira de sua porta, imóvel como uma larva de gelo. O desespero congela. Ouviam-se o toque de alarme e alguns vagos e tempestuosos rumores. No meio de todas essas convulsões do sino misturado à revolta, soaram onze horas no relógio de Saint-Paul, grave e compassadamente, porque o toque de alarme é o homem, e a hora é Deus. O passar das horas não teve efeito sobre Jean Valjean. Jean Valjean não se mexeu. Porém, mais ou menos nesse momento, uma brusca detonação estourou para o lado dos depósitos, seguida de uma segunda, ainda mais violenta; provavelmente era aquele ataque à barricada da rua de la Chanvrerie que acabamos de ver repelido por Marius. A essa dupla descarga, cuja fúria parecia maior na estupefata noite, Jean Valjean estremeceu; ergueu-se para o lado de onde viera o barulho, e depois deixou-se cair na soleira da porta, cruzando os braços, e sua cabeça lentamente pendeu sobre seu peito.

Retomou o tenebroso diálogo consigo mesmo.

De repente ergueu os olhos, andavam na rua, ouvia passos perto dele, olhou, e, ao clarão do lampião, pelo lado da rua que termina em Archives, avistou uma figura lívida, jovem e radiante.

Gavroche acabara de chegar à rua de l'Homme-Armé.

Gavroche olhava para cima, e parecia procurar. Via perfeitamente Jean Valjean, mas não percebia.

Depois de ter olhado para cima, Gavroche olhou para baixo; ficava na ponta dos pés e apalpava as portas e janelas ao rés-do-chão; todas estavam fechadas, travadas e aferrolhadas. Após verificar cinco ou seis fachadas protegidas dessa mesma forma, o garoto encolheu os ombros e entrou no assunto com ele mesmo nestes termos:

— Caramba!

Em seguida voltou a olhar para cima.

Jean Valjean, que um momento antes, na situação em que estava sua alma, não teria falado, nem mesmo respondido a ninguém, agora sentiu-se irresistivelmente impelido a dirigir a palavra àquela criança.

— Pequeno — disse ele —, o que você tem?

— O que tenho, é que tenho fome — respondeu Gavroche claramente. E acrescentou: — Pequeno você também.

Jean Valjean meteu a mão ao bolso e tirou uma moeda de cinco francos.

Mas Gavroche, que era da espécie dos *hochequeue*[3], e que passava rapidamente de um gesto a outro, acabava de pegar uma pedra. Reparara no lampião.

---

[3] Nome de um pássaro, literalmente "abana a cauda". (N. do E.)

— Ora — disse —, vocês ainda têm suas lanternas aqui. Não estão seguindo as regras, meus amigos. Isso é desordem. Quebrem isso.

E atirou a pedra no lampião, cujos vidros caíram com tal barulho que alguns burgueses, escondidos atrás das cortinas da casa da frente, exclamaram: "É noventa e três!"

O lampião oscilou violentamente e apagou-se. A rua ficou repentinamente escura.

— É isso — disse Gavroche —; antiga rua, coloque sua touca de dormir.

E voltando-se para Jean Valjean:

— Como chamam aquele monumento enorme que tem lá no fim da rua? Archives, não é verdade? Seria preciso que me demolissem um pouco aqueles grandes animais de colunas, para fazer gentilmente uma barricada com eles.

Jean Valjean aproximou-se de Gavroche.

— Pobre criatura! — disse baixinho falando consigo mesmo. — Está com fome.

E colocou a moeda de cinco francos na mão dele.

Gavroche ergueu o nariz, espantado com o tamanho daquela gorda moeda; olhou-a na escuridão e seu brilho o maravilhou. Conhecia as moedas de cinco francos de ouvir falar; sua reputação lhe era agradável; ficou encantado ao ver uma de perto. Disse: contemplemos o tigre.

Olhou alguns instantes com êxtase; depois, voltando-se para Jean Valjean, estendeu-lhe a moeda e disse-lhe majestosamente:

— Burguês, prefiro quebrar os lampiões. Pegue o seu animal feroz. Eu não me deixo corromper. Isso tem cinco garras, mas não me arranha!

— Você tem mãe? — perguntou Jean Valjean.

Gavroche respondeu:

— Talvez mais do que você.

— Então — recomeçou Jean Valjean — guarde esse dinheiro para sua mãe.

Gavroche sentiu-se vacilar. Além disso acabava de reparar que o homem estava sem chapéu, e isso lhe inspirava confiança.

— De verdade — disse ele —, não é para impedir-me de quebrar os lampiões?

— Quebre tudo que quiser.

— O senhor é um bom homem — disse Gavroche.

E colocou a moeda de cinco francos em um de seus bolsos.

Sua confiança aumentando, acrescentou:

— O senhor é desta rua?

— Sim, por quê?

— Poderia me indicar o número 7?

— O número 7, para quê?

Nesse ponto, o garoto parou, receou ter falado demais, mergulhou energicamente suas unhas nos cabelos, e limitou-se a responder:

— Ah! Aqui está!

Uma idéia passou pelo espírito de Jean Valjean. A angústia tem desses clarões. Disse à criança:

— É você que traz a carta que eu espero?

— O senhor? — disse Gavroche. — O senhor não é uma mulher.

— A carta é para a senhorita Cosette, não é?

— Cosette? — murmurou Gavroche. — Sim, acho que é esse o nome esquisito.

— Então — disse Jean Valjean — sou eu que devo entregar-lhe a carta. Dê.

— Neste caso, deve saber que venho da barricada.

— Sem dúvida — disse Jean Valjean.

Gavroche meteu a mão em um outro dos seus bolsos e tirou um papel dobrado em quatro. Depois fez uma continência militar.

— Respeito ao despacho — disse ele. — Que vem do governo provisório.

— Dê — disse Jean Valjean.

Gavroche mantinha o papel erguido acima de sua cabeça.

— Não imagine que é algum bilhete de amor. É para uma mulher, mas é para o povo. Nós, nós lutamos, e nós respeitamos o sexo. Não somos como no grande mundo onde há leões que enviam frangos aos camelos.

— Dê.

— Na verdade — continuou Gavroche —, o senhor parece ser um bom homem.

— Dê, rápido.

— Pegue.

E entregou o papel a Jean Valjean.

— E apresse-se, senhor Coisa, visto que a senhorita Cosette espera.

Gavroche ficou satisfeito por ter dito essas palavras.

Jean Valjean continuou:

— A resposta deve ser levada à Saint-Merry?

— Com isso o senhor cometeria — respondeu Gavroche — um erro. Essa carta vem da barricada da rua de la Chanvrerie, para onde retorno. Boa noite, cidadão.

Dito isso, Gavroche partiu, ou, melhor dizendo, retornou para o local de onde viera em seu vôo de pássaro fugido. Mergulhou na escuridão como se fizesse um buraco, com a rapidez rígida de um projétil; a ruazinha de l'Homme-Armé voltou a ficar silenciosa e solitária; em um piscar de olhos aquela estranha criança, que possuía sombra e sonho, enfiara-se na bruma dessa fileira de casas escuras, e perdera-se como fumaça nas trevas; e podia-se pensar que se dissipara e se desvanecera se, alguns minutos depois de seu desaparecimento, um estrondoso ruído de vidros quebrando e o esplêndido tombo de um lampião sobre o pavimento não tivesse bruscamente acordado mais uma vez os burgueses indignados. Era Gavroche que passava na rua du Chaume.

III. Enquanto Cosette e Toussaint dormem

Jean Valjean entrou com a carta de Marius.

Subiu a escada tateando, satisfeito com as trevas como o mocho que tem em seu poder uma presa, abriu e fechou devagar a sua porta, escutou se havia algum barulho, constatou que, segundo as aparências, Cosette e Toussaint dormiam; sua mão tremia tanto que mergulhou na garrafa do isqueiro Fumade três ou quatro fósforos antes de conseguir uma chama; era uma espécie de roubo o que acabara de fazer. Enfim, sua vela acendeu-se, sentou-se à mesa, desdobrou o papel e leu.

Ao sentir uma emoção violenta não lemos, esmagamos, por assim dizer, o papel que seguramos, o apertamos como uma vítima, o amarrotamos, cravamos nele as unhas da cólera ou da alegria; corremos ao final, pulamos ao início; a atenção está febril, ela entende o sentido geral, mais ou menos o essencial; focaliza um ponto e todo o resto desaparece. No bilhete de Marius para Cosette, Jean Valjean só viu estas palavras:

"...Morro! Quando estiver lendo isto, minha alma estará a seu lado!"

Em presença dessas duas linhas, sentiu um ofuscamento horrível; ficou um momento como que esmagado pela mudança de emoção que se operava nele, olhava o bilhete de Marius com uma espécie de pasmo ébrio; tinha diante dos olhos esse esplendor, a morte do ser odiado.

Ele soltou um horrível grito de alegria interior: assim, tudo estaria acabado. O desfecho chegava mais rápido do que teria ousado esperar. O ser que entulhava seu destino desaparecia. Partia de espontânea vontade, livremente, de boa vontade. Sem que ele, Jean Valjean, tivesse feito qualquer coisa para isso, sem que fosse por sua culpa, “aquele homem” ia morrer. Talvez já estivesse morto. Nesse ponto, sua febre fez cálculos. “Não. Ainda não morreu. A carta foi visivelmente escrita para ser lida por Cosette na manhã do dia seguinte; e depois daquelas duas descargas que foram ouvidas entre as onze horas e a meia-noite, nada mais aconteceu; a barricada não será atacada seriamente senão de madrugada; mas é a mesma coisa, do momento em que ‘aquele homem’ está envolvido nessa guerra, está perdido; está preso na engrenagem.” Jean Valjean se sentia liberado. Então voltaria a ficar só com Cosette. Cessava a concorrência; o futuro recomeçava. Bastava que ele guardasse esse bilhete no bolso. Cosette jamais ficaria sabendo o que fora feito “daquele homem”. Era só deixar as coisas acontecerem. Aquele homem não pode escapar. Se ainda não morreu, é certo que vai morrer. Que felicidade!

Tendo dito tudo isso consigo mesmo, tornou-se sombrio.

Depois desceu e acordou o porteiro.

Mais ou menos uma hora depois, Jean Valjean saía vestido com a farda completa de guarda nacional e em armas. O porteiro facilmente lhe arranjara na vizinhança o resto de seu equipamento. Tinha um fuzil carregado e uma bolsa cheia de cartuchos. Encaminhou-se para o lado dos depósitos.

IV. Os excessos de zelo de Gavroche

Enquanto isso, Gavroche acabara de passar por uma aventura.

Depois de conscienciosamente ter apedrejado o lampião da rua du Chaume, Gavroche chegou à rua des Vieilles-Haudriettes, e, não vendo sequer “um gato”, achou que era ocasião oportuna para cantar com todas as forças a canção que sabia. Suas passadas, ao invés de serem retardadas pelo canto, aceleravam. Começou a semear ao longo das casas adormecidas ou apavoradas estes versos incendiários:

L’oiseau médit dans les charmilles
Et prétend qu’hier Atala
Avec un Russe s’en alla.

O pássaro fala mal nos jardins arborizados
E afirma que ontem Atala
Com um russo partiu.

Où vont les belles filles,
Lon la.

Aonde vão as belas moças,
Lon la.

Mon ami Pierrot, tu babilles,
Parce que l'autre jour Mila
Cogna sa vitre, et m'appela.

Meu amigo Pierrot, você tagarela,
Porque outro dia Mila
Bateu sua vidraça e me chamou.

Où vont les belles filles,
Lon la.

Aonde vão as belas moças,
Lon la.

Les drôlesses sont fort gentilles:
Leur poison que m'ensorcela
Griserait monsieur Orfila.

As mulheres são muito gentis:
Seu veneno que me enfeitiçou
Embriagaria o senhor Orfila.

Où vont les belles filles,
Lon la.

Aonde vão as belas moças,
Lon la.

J'aime l'amour et ses bisbilles,
J'aime Agnès, j'aime Paméla,
Lise en m'allumant se brûla.

Gosto do amor e de suas pequenas discussões,
Amo Agnès, amo Paméla,
Lise ao acender-me se queimou.

Où vont les belles filles,
Lon la.

Aonde vão as belas moças,
Lon la.

Jadis, quand je vis les mantilles
De Suzette et de Zélia,
Mon âme à leurs plis se mêla.

Outrora, quando vi as rendas
De Suzette e de Zélia,
Minha alma a suas dobras misturou-se.

Où vont les belles filles,
Lon la.

Aonde vão as belas moças,
Lon la.

Amour, quand dans l'ombre où tu brilles,
Tu coiffes de roses Lola,
Je me damnerais pour cela.

Amor, quando na sombra onde brilhas,
Enfeitas Lola com rosas,
Me atormentaria com isso.

Où vont les belles filles,
Lon la.

Aonde vão as belas moças,
Lon la.
Jeanne, à ton miroir tu t'habilles!
Mon coeur un beau jour s'envola;
Je crois que c'est Jeanne qui l'a.

Jeanne, em frente a teu espelho te vestes!
Meu coração um belo dia voou;
Acho que foi Jeanne quem o pegou.

Où vont les belles filles,
Lon la.

Aonde vão as belas moças,
Lon la.

Le soir en sortant des quadrilles
Je montre aux étoiles Stella
Et je leurs dis: regardez-la.

À noite saindo das quadrilhas
Mostro às estrelas Stella
E lhes digo: olhem para ela.

Où vont les belles filles,
Lon la.

Aonde vão as belas moças,
Lon la.

Enquanto cantava, Gavroche fazia a pantomima. O gesto é o ponto de apoio do refrão. Seu rosto, inexaurível repertório de máscaras, fazia caretas mais convulsivas e extravagantes do que um pano roto estendido ao vento. Infelizmente, como estava sozinho e no escuro, isso não era visto, nem visível. Existem riquezas como essa perdidas.

De repente, ele estacou.

— Interrompamos o canto — disse ele.

Seus olhos felinos acabavam de distinguir no vão de um portão o que, em pintura, é chamado de um conjunto, isto é, um ser e uma coisa; a coisa era uma charrete de mão, o ser um camponês que dormia nela.

Os braços da charrete estavam apoiados no chão e a cabeça do camponês apoiava-se no dorso da charrete. Seu corpo estendia-se naquele plano inclinado e seus pés tocavam o chão.

Gavroche, com sua experiência das coisas deste mundo, percebeu que era um bêbado.

Era algum carregador da vizinhança que bebera demais e dormia demais.

— Aí está — pensou Gavroche — para que servem as noites de verão. O camponês dorme em sua charrete. Pegamos a charrete para a república e deixamos o camponês para a monarquia.

Seu espírito acabava de ser iluminado pelo seguinte clarão:

— Esta charrete ficaria muito bem sobre nossa barricada.

O camponês roncava.

Gavroche puxou a charrete devagar pela parte de trás e o camponês pela frente, isto é, pelos pés, e, ao cabo de um minuto, o homem, imperturbável, descansava no chão.

A charrete estava livre.

Gavroche, acostumado a encarar todas as eventualidades possíveis, sempre trazia de tudo consigo. Meteu a mão no bolso, tirou um pedaço de papel e um pedaço de lápis vermelho roubado de algum carpinteiro.

Escreveu:

> "*República Francesa.*
> Recebi sua charrete."

E assinou: "Gavroche".

Feito isso, meteu o papel no bolso do colete de veludo do camponês, que continuava a roncar, pegou nos braços da charrete e partiu em direção aos depósitos, empurrando-a diante dele a galope, com glorioso e triunfal ruído.

Isso era perigoso. Havia um posto de guarda na Gráfica Real. Gavroche não se lembrou. Esse posto era ocupado por guardas nacionais do bairro. Um certo despertar começava a agitar a tropa, e as cabeças se erguiam sobre as camas de campanha. Dois lampiões quebrados, um após o outro, a canção, cantada com toda a força, tudo isso era demais para ruas tão medrosas que, ao pôr-do-sol, já querem dormir e apagam as velas muito cedo. Havia uma hora que o moleque fazia o barulho de um mosquito dentro de uma garrafa naquela região tranqüila. O sargento do bairro escutava. E esperava. Era um homem prudente.

O rodar aloucado da charrete ultrapassou a medida da espera possível e fez com que o sargento tentasse um reconhecimento.

— É todo um bando que está aí! — disse ele. — Vamos devagar.

Era evidente que a hidra da anarquia havia saído de sua caixa e se agitava pelo bairro.

E o sargento aventurou-se fora do posto da guarda com passadas silenciosas.

De repente, Gavroche, empurrando sua charrete, no instante em que ia desembocar na rua des Vieilles-Haudriettes, achou-se frente a frente com uma farda, um capacete, um penacho e uma espingarda.

Pela segunda vez, parou imediatamente.

— Ora, é ele — disse Gavroche. — Bom dia, ordem pública.

Os espantos de Gavroche eram curtos e findavam depressa.

— Aonde você vai, vadio? — gritou o sargento.

— Cidadão — disse Gavroche —, eu ainda não o chamei de burguês. Por que me insulta?

— Para onde você vai, estranho?

— Senhor — continuou Gavroche —, ontem talvez fosse um homem de espírito, mas hoje cedo o senhor foi destituído.

— Estou perguntando para onde você vai, malandro?

Gavroche respondeu:

— O senhor fala gentilmente. Verdade, ninguém daria a idade que tem. Deveria vender todos os seus cabelos por cem francos a peça. Isso lhe renderia quinhentos francos.

— Aonde você vai? Aonde você vai? Aonde você vai, bandido?

Gavroche replicou:

— Que palavras feias. A primeira vez que lhe derem de mamar, devem limpar melhor sua boca.

O sargento cruzou a baioneta.

— Vai me dizer aonde vai, finalmente, miserável?

— Meu general — disse Gavroche —, vou chamar o médico para minha mulher, que está dando à luz!

— Às armas! — gritou o sargento.

Salvar-se por meio daquilo que os perdeu, é essa a obra-prima dos homens fortes; Gavroche, com um olhar, mediu a situação. Fora a charrete que o comprometera, cabia à charrete protegê-lo.

No instante em que o sargento se arremetia contra Gavroche, a charrete, transformada em projétil e lançada com toda a força, rolava sobre ele furiosamente, e o sargento, atingido em cheio na barriga, caía de costas no riacho, enquanto sua arma ia para os ares.

Ao grito do sargento, os homens do posto haviam saído confusamente; o tiro do fuzil determinou uma descarga geral ao acaso, após a qual recarregaram as armas e recomeçaram.

Esse tiroteio ao acaso durou um bom quarto de hora, e quebrou algumas vidraças.

Enquanto isso, Gavroche, que havia dado meia-volta, parava a cinco ou seis quadras dali e sentava-se arquejante no marco que forma a esquina de Enfants-Rouges.

Apurava os ouvidos.

Depois de recuperar o fôlego por alguns instantes, voltou-se para o lado onde continuava o furioso tiroteio, elevou sua mão esquerda à altura do nariz, e lançou-a três vezes para a frente enquanto batia atrás da cabeça com a direita; gesto soberano com o qual os moleques parisienses condensaram a ironia francesa, e que evidentemente é eficaz, já que vem durando meio século.

Essa alegria foi perturbada por uma reflexão amarga.

— Sim — disse ele —, arrebento de tanto rir, me torso, me encho de alegria, mas perco meu caminho, vou ter que fazer um desvio. Tomara que eu consiga chegar a tempo na barricada!

Dito isso, recomeçou sua corrida.

E enquanto corria:

— Oh, é mesmo, em que ponto eu estava? — disse ele.

E recomeçou a cantar sua canção, embrenhando-se rapidamente nas ruas, e ela foi diminuindo nas trevas:

Mais il reste encore des bastilles,
Et je vais me metre le holá
Dans l'ordre public que voilá.

Mas ainda restam prisões,
E vou dar um basta
Na ordem pública que aí está.

Où vont les belles filles,
Lon la.

Aonde vão as belas moças,
Lon la.

Quelqu'un veut-il jouer aux quilles?
Tout l'ancien monde s'écroula
Quand la grosse boule roula.

Alguém deseja jogar palitinho?
Todo o antigo mundo desabou
Quando a grande bola rolou.

Où vont les belles filles,
Lon la.

Aonde vão as belas moças,
Lon la.

Vieux bon peuple, à coups de béquilles.
Cassons ce Louvre où s'étala
La monarchie en falbala.

Velho bom povo, a golpes de bengala.
Quebremos esse Louvre onde se instalou
A monarquia em grande gala.

Où vont les belles filles,
Lon la.

Aonde vão as belas moças,
Lon la.

Nous en avons forcé les grilles;
Le roi Charles Dix ce jour-lá
Tenait mal et se décolla.

Forçamos as grades;
O rei Carlos Dez nesse dia
Estava mal pregado e descolou-se.

Où vont les belles filles,
Lon la.

Aonde vão as belas moças,
Lon la.

A tomada de armas no posto da guarda não deixou de ter resultado. A charrete foi conquistada, o bêbado foi feito prisioneiro. Uma foi colocada no depósito de lenha; o outro, mais tarde, foi ligeiramente perseguido diante do conselho de guerra como cúmplice. O ministério público de então deu provas, nessa circunstância, de seu zelo incansável em defesa da sociedade.

A aventura de Gavroche, que passou a fazer parte das tradições do bairro du Temple, é uma das recordações mais terríveis dos velhos burgueses do Marais, e está intitulada em sua memória como: "Ataque noturno ao posto da Gráfica Real".

Quinta Parte

Jean Valjean

LIVRO I

A guerra entre quatro paredes

I. O Caríbdis do subúrbio Saint-Antoine e a Cila do subúrbio du Temple[1]

As duas barricadas mais memoráveis que o observador das doenças sociais pode mencionar não pertencem ao período em que a ação deste livro se desenrola. Essas duas barricadas, ambas símbolos, embora sob aspectos diferentes, de uma situação temível, saíram da terra por ocasião da fatal insurreição de junho de 1848, a maior guerra de ruas que a história já presenciou.

Ocorre às vezes que, mesmo contra os princípios, mesmo contra a liberdade, a igualdade e a fraternidade, mesmo contra o voto universal, mesmo contra o governo de todos por todos, do fundo de suas angústias, de seu desânimo, de seu desenrolar, de sua febre, de sua tristeza, de seus miasmas, de sua ignorância, de suas trevas, essa grande desesperada, a canalha, protesta, e a plebe oferece luta ao povo.

Os pobres atacam os direitos comuns; a oclocracia[2] se insurge contra o *demos*.

Esses são dias lúgubres, pois há sempre uma certa quantidade de direitos, mesmo nessa demência, há suicídio nesse duelo, e estas palavras, que pretendem ser injúrias, pobres, canalha, oclocracia, plebe, constatam — meu Deus! — mais os erros dos que reinam do que os erros de quem sofre; mais os erros dos privilegiados do que os erros dos deserdados.

Quanto a nós, essas palavras jamais as pronunciamos sem dor e sem respeito, pois, quando a filosofia sonda os fatos aos quais cor-

---

[1] Referência ao dito francês: *Tomber de Charybde en Scylla* — escapar de um perigo para cair em outro maior; perigos personificados pelos dois monstros da mitologia grega, Caríbdis e Cila. (N. do E.)

[2] Do grego *ochlos*: plebe. (N. do E.)

respondem, freqüentemente encontra grandezas ao lado das misérias. Atenas era uma oclocracia; os pobres fizeram a Holanda; a plebe salvou Roma por mais de uma vez; e a canalha seguia Jesus Cristo.

Não há pensador que não tenha contemplado, algumas vezes, de baixo, as magnificências.

Era nessa canalha que, sem dúvida, pensava São Jerônimo, e em todas essas pobres pessoas, e em todos esses vagabundos, em todos esses miseráveis de onde saíram os apóstolos e os mártires, quando dizia esta misteriosa frase: *Fex urbis, lex orbis*[3].

As exasperações dessa multidão que sofre e sangra, suas violências sem sentido sobre os princípios que são sua vida, suas vias de fato contra o direito, são golpes de estado populares, e devem ser reprimidos. O homem probo se dedica a essa multidão, e por amor a ela a combate. Mas como a sente desculpável ao mesmo tempo que a enfrenta! Como a venera ao mesmo tempo que lhe resiste! É um dos raros momentos em que, fazendo o que devemos fazer, sentimos algo desconcertante e que quase desaconselharia ir mais longe; persistimos, é preciso; mas a consciência satisfeita entristece, e o cumprimento do dever complica-se com um aperto no coração.

Junho de 1848 foi, apressemo-nos em dizê-lo, um fato à parte, e quase impossível de classificar na filosofia da história. Todas as palavras que acabamos de pronunciar devem ser afastadas quando se trata dessa revolta extraordinária na qual foi sentida a santa ansiedade do trabalho reclamando seus direitos. Foi preciso combatê-la, e era um dever, porque ela atacava a República. Mas, no fundo, o que foi junho de 1848? Uma revolta do povo contra ele mesmo.

Não há digressão quando não se perde de vista o assunto; portanto, que nos seja permitido chamar a atenção do leitor para as duas barricadas, absolutamente únicas, das quais acabamos de falar e que caracterizaram essa insurreição.

Uma abarrotava a entrada do bairro Saint-Antoine; a outra defendia o acesso ao bairro du Temple; aqueles que viram erguer-se, sob o luminoso azul do céu de junho, essas duas assustadoras obras-primas da guerra civil jamais as esquecerão.

A barricada Saint-Antoine era monstruosa; tinha a altura de três andares e duzentos metros de largura. Obstruía, em toda a sua extensão, a ampla entrada do bairro, isto é, três ruas; desbarrancada, estraçalhada, desigual, moída, dividida por uma imensa rachadura,

---

[3] "Lama da cidade, lei do mundo." (N. do E.)

apoiada em montes, eles mesmos agindo como bastiões, fazendo surgir aqui e ali cabos, firmemente encostados aos dois grandes promontórios de casas do bairro, ela surgia como um dique ciclópico no fundo do temeroso local que presenciou o 14 de julho. Dezenove barricadas se elevavam na profundidade das ruas atrás dessa barricada mãe. Só de vê-la, sentia-se no bairro o imenso sofrimento agonizante, atingindo o extremo minuto em que uma tristeza deseja transformar-se em uma catástrofe. De que era feita essa barricada? Do desabamento de três casas de seis andares, derrubadas de propósito para essa finalidade, diziam uns. Do prodígio de todas as cóleras, diziam outros. Seu aspecto era o de todas as construções do ódio, a ruína. Era possível dizer: quem construiu isto? E também: quem destruiu isto? Era o improviso da efervescência. Vejam! Essa porta! Essa grade! Esse toldo! Esse batente! Esse fogareiro quebrado! Esse caldeirão rachado! Dêem tudo! Joguem tudo! Empurrem, rolem, cavem, desmantelem, revirem, desmontem tudo! Era a colaboração da rua, das pedras, da viga, da barra de ferro, do trapo, do ladrilho quebrado, da cadeira sem palha, do tronco do repolho, do trapo, do farrapo e da maldição. Era grande e era pequeno. Era o abismo parodiado no próprio local pelo tumulto. A massa perto do átomo; o pedaço de parede arrancado e a tigela quebrada; uma confraternização ameaçadora de toda espécie de destroços. Sísifo jogara ali seu rochedo e Jó sua telha. Em suma, terrível. Era a acrópole dos andrajosos. As charretes viradas acidentavam os taludes; uma enorme carroça, colocada de forma atravessada, rodas para cima, parecia uma cicatriz nessa fachada tumultuada; um ônibus, erguido alegremente pela força de braços ao topo da pilha, como se os arquitetos daquela selvajaria quisessem acrescentar a peraltice ao terror, oferecia seu timão atrelado a não se sabe que cavalos aéreos. Esse amontoado gigantesco, aluvião da revolta, se mostrava ao espírito como um Ossa sobre o Pélion de todas as revoluções; 93 sobre 89, o 9 termidor sobre o 10 de agosto, o 18 de brumário sobre o 21 de janeiro, o vindemiário sobre o prairial[4], 1848 sobre 1830. O local valia a pena, e essa barricada era digna de aparecer no próprio local de onde tinha desaparecido a Bastilha. Se o oceano fizesse diques, seria daquele modo que os construiria. A

[4] Meses do calendário republicano francês, termidor — décimo primeiro mês —, de 19 de julho a 17 de agosto; vindemiário — primeiro mês —, de 22 de setembro a 21 de outubro; prairial — nono mês —, de 20 de maio a 18 de junho. (N. do E.)

fúria da onda estava impressa naquela aglomeração informe. Que onda? A multidão.

Tinha-se a impressão de ver o motim petrificado. Tinha-se a impressão de ouvir, por cima daquela barricada, como se estivessem ali em sua colméia, o zumbido de enormes e tenebrosas abelhas do progresso violento. Era uma mata? Era uma bacanal? Era uma fortaleza? A vertigem parecia ter construído aquilo a golpes de asas. Havia algo de cloaca nesse reduto, e algo de olímpico nessa confusão. Viam-se, em desordem desesperada, pedaços de telhados, pedaços de mansardas com seu papel pintado, caixilhos de janelas com todos os seus vidros plantados nos escombros, à espera do canhão, lareiras arrancadas, armários, mesas, bancos, uma bagunça gritante, e essas mil coisas indigentes, lixo até de um mendigo, que contém, ao mesmo tempo, o furor e o nada. Dir-se-ia que eram os andrajos de um povo, andrajo de madeira, de ferro, de bronze, de pedra, que o bairro Saint-Antoine empurrara ali, à sua porta, com uma colossal vassourada, convertendo sua própria miséria em barricada. Blocos semelhantes a bigornas, correntes deslocadas, vigas em formato de forcas, rodas horizontais saindo do entulho, amalgamavam a esse edifício da anarquia o sombrio aspecto dos antigos suplícios sofridos pelo povo. A barricada Saint-Antoine convertia tudo em armas; tudo o que a guerra civil pode atirar à cabeça da sociedade saía dali; não era combate, era paroxismo; as carabinas que defendiam aquele reduto, entre as quais havia alguns bacamartes, enviavam migalhas de louça, ossos, botões e até rodinhas de criados-mudos, projéteis perigosos devido ao cobre. Era uma barricada fora de si, que elevava aos ares um clamor inexprimível; em certos momentos, provocando o exército, cobria-se de multidão e tempestade; uma turba de cabeças chamejantes coroava-a; um formigamento a enchia; tinha uma crista espinhosa de espingardas, de sabres, de paus, de machados, de capacetes e de baionetas, uma vasta bandeira vermelha estalava ao vento; ouviam-se os gritos de comando, as canções de ataque, o rufar do tambor, os soluços das mulheres e as risadas tenebrosas dos famintos. Era uma coisa descomunal e viva, e como que do lombo de um animal elétrico saía um faiscar de raios. O espírito da revolução cobria com sua nuvem aquele cume onde rugia a voz do povo, que parece a voz de Deus; estranha majestade se desprendia daquele titânico cesto de entulho. Era um monte de lixo e era o Sinai.

Como dissemos acima, ela atacava, em nome da Revolução, o quê? A Revolução. Ela, essa barricada, o acaso, a desordem, o desvario, o equívoco, o incógnito, tinha à sua frente a assembléia constituinte, a soberania do povo, o sufrágio universal, a nação, a república; era a Carmagnole desafiando a Marselhesa.

Desafio insensato, mas heróico, pois aquele velho subúrbio é um herói.

O subúrbio e seu reduto auxiliavam-se mutuamente. O subúrbio apoiava-se nos ombros do reduto e este encostava-se nele. A vasta barricada esparramava-se como uma falésia de encontro à qual ia se quebrar a estratégia dos generais da África. Suas cavernas, suas excrescências, suas verrugas, suas corcovas faziam, digamos assim, trejeitos, e escarneciam sob a fumaça. A metralha esvanecia-se no informe; ali, os obus se enterravam, eram tragados, se engolfavam; ali, as balas só conseguiam furar buracos; para que bombardear o caos? E os regimentos, acostumados às mais ferozes visões da guerra, contemplavam com olhar inquieto aquela espécie de reduto-fera, javali pelo eriçamento, montanha pela enormidade.

A um quarto de légua dali, do ângulo da rua du Temple que desemboca no bulevar próximo ao Château-d'Eau, se aventurássemos ousadamente a cabeça para fora da ponta formada pela frente da loja Dallemagne, veríamos, ao longe, além do canal, na rua que sobe as rampas de Belleville, no ponto culminante da subida, uma estranha muralha alcançando o segundo andar das fachadas, espécie de traço de união entre as casas da direita e as da esquerda, como se a rua tivesse por si mesma dobrado a sua parede mais alta para se fechar bruscamente. Esse muro era construído com os paralelepípedos. Era reto, correto, frio, perpendicular, nivelado ao esquadro, puxado pelo cordel, alinhado com fio de chumbo. Certamente faltava o cimento, mas como em certos muros romanos, sem perturbar sua rígida arquitetura. Pela altura adivinhava-se sua profundidade. A cimalha era matematicamente paralela aos alicerces. De espaço em espaço, viam-se, na sua superfície cinzenta, seteiras quase invisíveis, que pareciam fios negros. Essas seteiras eram separadas umas das outras por intervalos do mesmo tamanho. A rua estava deserta a perder de vista. Todas as portas e janelas fechadas. No fundo, elevava-se aquela barragem que a transformava em um beco sem saída; muro imóvel e tranqüilo; não se via ninguém, não se ouvia o menor ruído; nenhum grito, nenhum barulho, nenhum sopro. Um sepulcro.

O deslumbrante sol de junho inundava de luz essa coisa terrível.

Era a barricada do bairro du Temple.

Desde que se chegava ao terreno e que se vislumbrava a barricada, era impossível, mesmo aos mais intrépidos, não ficar pensativo diante daquela misteriosa aparição. Era ajustada, encaixada, retilínea, simétrica e fúnebre. Ali havia ciência e trevas. Sentia-se que o chefe daquela barricada era um geômetra ou um espectro. Olhava-se para aquilo e falava-se em voz baixa.

De vez em quando, se alguém, soldado, oficial ou representante do povo, se aventurava a atravessar a calçada solitária, ouvia-se um assobio agudo e fraco, e o transeunte caía ferido ou morto, ou, se escapava, via-se cravar em alguma janela fechada, no entremeio de duas pedras, no reboque de um muro, uma bala. Algumas vezes uma bala de mosquete. Pois os homens da barricada haviam feito com dois pedaços de cano de gás, tampados em uma das extremidades com estopa e barro, dois pequenos canhões. Nada de gasto inútil de pólvora. Quase nenhum tiro falhava. Aqui e ali, viam-se alguns cadáveres e poças de sangue sobre os paralelepípedos. Lembro-me de uma borboleta branca que ia e vinha pela rua. O verão não abdica.

Nos arredores, o vão dos portões estavam atulhados de feridos.

Todos se sentiam visados por alguém invisível, e parecia que toda a extensão da rua estava sob pontaria.

Agrupados por trás da curva que faz, à entrada do bairro du Temple, a ponte em arco do canal, os soldados da coluna de ataque observavam, graves e recolhidos, aquele lúgubre reduto, essa imobilidade, essa impassibilidade de onde saía a morte. Alguns rastejavam até o alto da curva da ponte, tomando cuidado para que seus capacetes não aparecessem.

O valente Coronel Manteynard admirava essa barricada com um estremecimento. *Como está construída!* — dizia ele a um representante. *Nem uma só pedra desalinhada! Parece porcelana*. Nesse momento, uma bala quebrou a cruz que levava no peito e ele caiu.

— Os covardes! — diziam. — Mas, que apareçam! Que os vejamos! Não se atrevem! Se escondem!

A barricada do bairro du Temple, defendida por oitenta homens, atacada por dez mil, resistiu por três dias. No quarto, fizeram como em Zaatcha e em Constantine[5], invadiram as casas, subiram pelos telhados e a barricada foi tomada. Nem um só dos oitenta covardes pensou em fugir; todos foram mortos, com exceção do chefe, Barthélemy, de quem falaremos mais adiante.

A barricada Saint-Antoine era o tumulto dos trovões; a barricada du Temple era o silêncio. Havia entre esses dois redutos a diferença entre o formidável e o sinistro. Uma parecia uma bocarra; a outra, uma máscara.

---

[5] Cidades tomadas durante as operações na Argélia, onde se observou que o exército havia perdido o respeito à honra militar e às leis da guerra. (N. do E.)

Admitindo-se que a gigantesca e tenebrosa insurreição de junho fora composta de uma cólera e de um enigma, sentia-se na primeira barricada o dragão, e por trás da segunda a esfinge.

Essas duas fortalezas haviam sido edificadas por dois homens chamados, um Cournet, outro Barthélemy. Cournet fizera a construção da barricada Saint-Antoine; Barthélemy a da barricada do Temple. Cada uma delas era a imagem do homem que a construíra.

Cournet era um homem de estatura elevada, ombros largos, rosto corado, punho de ferro, coração audacioso, alma leal, olhar sincero e terrível. Intrépido, enérgico, irascível, tempestuoso; o mais cordial dos homens, o mais temível dos combatentes. A guerra, a luta, a batalha, eram o ar que respirava e o deixavam de bom humor. Fora oficial da marinha, e por seus gestos e voz percebia-se que saía do oceano e que vinha da tempestade; continuava o furacão na batalha. À exceção do gênio, havia em Cournet alguma coisa de Danton, assim como, à exceção da divindade, havia em Danton alguma coisa de Hércules.

Barthélemy, magro, de aspecto doentio, pálido, taciturno, era uma espécie de menino trágico, que, esbofeteado por um guarda, o esperou e matou, e, aos dezessete anos, foi preso. Saiu e fez essa barricada.

Mais tarde, coisa fatal, em Londres, ambos proscritos, Barthélemy matou Cournet. Foi um duelo fúnebre. Algum tempo depois, apanhado na engrenagem de uma dessas misteriosas aventuras onde está envolvida a paixão, catástrofes em que a justiça francesa vê circunstâncias atenuantes e onde a justiça inglesa só vê a morte, Barthélemy foi enforcado. A sombria construção social é feita de tal forma que, graças à miséria material, graças à obscuridade moral, aquele ser infeliz que possuía uma inteligência, firme com certeza, grande talvez, começou pela prisão na França e acabou pela forca na Inglaterra. Barthélemy, quando tinha oportunidade, levantava apenas uma bandeira, a bandeira negra.

II. Que fazer no abismo, senão conversar

Dezesseis anos contam na subterrânea educação da revolta, e junho de 1848 sabia mais que junho de 1832. Também a barricada da rua de la Chanvrerie era somente um esboço e um embrião em comparação com as duas colossais barricadas que acabamos de esquadrinhar; mas, para a época, ela era temível.

Os insurgentes, sob o olhar de Enjolras, pois Marius já não

olhava para nada, aproveitaram-se bem da noite. A barricada não somente fora consertada, mas ampliada. Fora elevada a mais sessenta centímetros. Barras de ferro cravadas nos paralelepípedos pareciam lanças em riste. Todo tipo de escombros acrescentados e trazidos de todas as partes complicavam a confusão exterior. O reduto fora inteligentemente reconstruído em muralha por dentro e espinhos por fora.

Refizeram a escada de pedras, o que permitia a subida como se fosse um muro de cidadela.

Arrumaram a barricada, desobstruíram a sala de baixo, transformaram a cozinha em ambulância, concluíram o curativo dos feridos, recolheram a pólvora espalhada pelo chão e por cima das mesas, fundiram balas, fabricaram cartuchos, fizeram ataduras, distribuíram as armas caídas, limparam o interior do reduto, apanharam os destroços, levaram os cadáveres.

Os mortos foram depositados uns sobre os outros na ruazinha Mondétour, da qual ainda eram senhores. A calçada por muito tempo ficou vermelha nesse local. Entre os mortos havia quatro guardas nacionais do município. Enjolras mandou pôr suas fardas de lado.

Enjolras aconselhara duas horas de sono. Um conselho de Enjolras era uma ordem. Contudo, apenas três ou quatro homens resolveram segui-lo. Feuilly empregou essas duas horas na gravação desta inscrição na parede em frente à taverna:

Que vivam os povos!

Essas palavras, gravadas com um prego, liam-se ainda naquela parede em 1848.

As três mulheres tinham aproveitado a trégua da noite para desaparecer definitivamente, o que fez com que os revoltosos respirassem mais livremente.

Tinham encontrado uma maneira de se refugiar em alguma casa vizinha.

A maior parte dos feridos podia e ainda queria combater. Havia cinco homens gravemente feridos, dentre os quais dois guardas municipais. Os guardas municipais foram medicados em primeiro lugar.

Na sala de baixo só ficaram Mabeuf, sob o lençol preto, e Javert amarrado ao poste.

— Aqui é a sala dos mortos — disse Enjolras.

No interior dessa sala, iluminada apenas por uma vela, tendo ao fundo a mesa mortuária que ficava por trás do poste como uma barra horizontal, parecia haver uma espécie de grande cruz vaga formada por Javert em pé e por Mabeuf deitado.

O timão do ônibus, embora cortado pelas balas, ainda permanecia suficientemente de pé para que se pudesse içar uma bandeira.

Enjolras, que possuía as qualidades de um chefe, executando sempre o que dizia, pendurou no resto da lança o casaco furado e ensangüentado do velho morto.

Era impossível qualquer refeição. Não havia nem pão nem carne. Os cinqüenta homens da barricada achavam-se ali havia dezesseis horas, acabando com as parcas provisões da taverna. Em algum momento, toda a barricada que resiste se transforma inevitavelmente em jangada da Medusa. Foi preciso resignar-se à fome. Eram as primeiras horas desse dia espartano de 6 de junho em que, na barricada de Saint-Merry, Jeanne, rodeado de insurgentes que pediam pão, a todos esse combatentes gritando: "Comida!" respondia: "Por quê? São três horas. Às quatro estaremos mortos".

Como não se podia comer, Enjolras proibiu a bebida. Proibiu o vinho e racionou a aguardente.

Na adega foram encontradas umas quinze garrafas cheias, hermeticamente lacradas. Enjolras e Combeferre as examinaram. Quando Combeferre subiu, disse:

— É um velho sortimento do Pai Hucheloup, que começou como merceeiro.

— Deve ser vinho de verdade — observou Bossuet. — Ainda bem que Grantaire dorme. Se estivesse de pé, teríamos muito trabalho para salvar essas garrafas.

Enjolras, apesar dos murmúrios, pôs seu veto sobre as quinze garrafas, e, para que ninguém as tocasse, como se fossem coisa sagrada, mandou colocá-las sob a mesa em que jazia Pai Mabeuf.

Por volta das duas da manhã contaram-se. Ainda eram trinta e sete.

O dia começava a raiar. Acabavam de apagar a tocha que fora recolocada em seu alvéolo de paralelepípedos. O interior da barricada, essa espécie de pequeno pátio feito na rua, estava mergulhado em trevas e assemelhava-se, através do vago horror crepuscular, ao convés de um navio desamparado. Os combatentes, indo e vindo, pareciam vultos negros. Por cima desse assustador ninho de sombras, os andares das casas mudas esboçavam-se lividamente; mais acima as chaminés empalideciam. O céu apresentava essa encantadora nuance indecisa que pode ser branca ou azul. Pássaros voavam soltando gritos de felicidade. A casa alta que formava o fundo da barricada, como era voltada para o levante, tinha o telhado tingido de rosa. Na clarabóia do terceiro andar, o vento da manhã agitava os cabelos grisalhos da cabeça do homem morto.

— Estou encantado por terem apagado o archote — dizia Courfeyrac a Feuilly. — Esse archote tremendo ao sopro do vento me aborrecia. Ele parecia estar com medo. A luz dos archotes parece a prudência dos covardes; ilumina mal porque treme.

O alvorecer desperta os espíritos assim como as aves; todos conversavam.

Joly, ao ver um gato andando em cima de um telhado, começou a filosofar.

— Que é o gato? — exclamou ele. — É um corretivo. Deus, tendo feito o rato, disse: "Ora! Fiz uma bobagem". E fez o gato. O gato é a errata do rato. O gato e o rato são a prova revisada e corrigida da criação.

Combeferre, rodeado de estudantes e operários, falava dos mortos, de Jean Prouvaire, de Bahorel, de Mabeuf, e até de Cabuc, e da tristeza severa de Enjolras. Dizia:

— Harmodius e Aristogiton, Brutus, Chéréas, Stephanus, Cromwell, Charlotte Corday, Sand, todos tiveram, depois do golpe, seu momento de angústia. O nosso coração é tão agitado, e a vida humana um tal mistério, que, mesmo em um assassinato cívico, mesmo em um assassinato libertador, se é que isso existe, o remorso de ter ferido um homem ultrapassa o prazer de ter sido útil ao gênero humano.

E, assim são os meandros das palavras trocadas, um minuto depois, por uma transição vinda dos versos de Jean Prouvaire, Combeferre fazia o paralelo entre os tradutores dos Geórgicos, Raux e Cournand, Cournand e Delille, indicando alguns trechos traduzidos por Malfilâtre, especialmente os prodígios da morte de César; e com essa palavra, César, a conversa retornava a Brutus.

— César — disse Combeferre — caiu justamente. Cícero foi severo com César, e teve razão. Essa severidade não é a crítica. Quando Zoïle insulta Homero, quando Maevius insulta Virgílio, quando Visé insulta Molière, quando Pope insulta Shakespeare, quando Fréron insulta Voltaire, é uma lei antiga de inveja e ódio que se executa; os gênios atraem a injúria, os grandes homens são sempre mais ou menos hostilizados. Mas Zoïle e Cícero são dois. Cícero é um justiceiro pelo pensamento, do mesmo modo que Brutus é um justiceiro pela espada. Quanto a mim, censuro esta última forma de fazer justiça, pela espada, porém a antiguidade a admitia. César, violador do Rubicon, conferindo, como vindas dele, as dignidades que provinham do povo, não se levantando à entrada do

Senado, fazia, como diz Eutrope, coisas de rei e quase de tirano, *regia ac pene tyrannica*[6]. Era um grande homem, feliz ou infelizmente; a lição é mais elevada. Suas vinte e três feridas me comovem menos que o cuspe na fronte de Jesus Cristo. César é apunhalado pelos senadores; Cristo é esbofeteado pelos lacaios. Pela ofensa maior, sente-se o Deus.

Bossuet, do alto de um monte de pedras, de onde dominava os que conversavam, gritava, carabina na mão:

— Ó Cydatenaeum, ó Myrrhinus, ó Probalinthe, ó graças do Aeantide! Oh! Quem me dera pronunciar os versos de Homero como um grego de Laurium ou de Edaptéon![7]

III. Clarear e ensombrecer

Enjolras saíra para fazer um reconhecimento. Saíra pela ruazinha Mondétour, serpenteando ao longo das casas.

Os insurgentes, devemos dizer, estavam cheios de esperança. O modo como haviam repelido o ataque noturno fazia com que quase desdenhassem antecipadamente o ataque do nascer do dia. Eles o esperavam e sorriam. Não tinham mais dúvidas quanto a seu sucesso como não tinham de sua causa. Além disso, evidentemente, um socorro chegaria a eles. Contavam com isso. Com essa facilidade de profecia triunfal, que é uma das forças do combatente francês, eles dividiam em três frases certas o dia que iria começar: às seis horas da manhã, um regimento, "que já fora trabalhado", voltaria; ao meio-dia, a insurreição de Paris inteira; ao pôr-do-sol, a revolução.

Ouvia-se o sino de Saint-Merry, que desde a véspera não se calara um instante, prova de que a outra barricada, a grande, a de Jeanne, continuava a resistir.

Todas essas esperanças passavam de um grupo a outro em espécie de murmúrio alegre e temível que parecia o zumbir de guerra de uma colméia de abelhas.

Enjolras reapareceu. Voltava de seu sombrio passeio de águia na escuridão exterior. Escutou um instante toda essa alegria com os braços cruzados, uma mão sobre a boca. Depois, com o frescor e o rosado da crescente claridade da manhã, disse:

---

[6] A tradução está nas palavras precedentes. (N. do E.)

[7] Todos nomes de cidades, citados, e colocados nessa ordem, apenas em função de sua sonoridade. (N. do E.)

— Toda a tropa de Paris está em movimento. A terça parte dessa tropa pesa sobre a barricada onde estamos, além da Guarda Nacional. Distingui os capacetes do quinto batalhão de linha e os estandartes da sexta legião. Serão atacados dentro de uma hora. Quanto ao povo, estava em efervescência ontem, mas hoje não se mexe. Nada a esperar, nenhuma esperança. Não há mais bairro, nem regimento. Foram abandonados.

Essas palavras caíram sobre o burburinho dos grupos com o efeito que produz a primeira gota de tempestade sobre um enxame. Todos emudeceram. Seguiu-se um instante de inexprimível silêncio durante o qual seria possível ouvir o esvoaçar da morte.

Esse instante durou pouco.

Uma voz, do fundo mais obscuro dos grupos, gritou a Enjolras:

— Que seja! Elevemos a barricada a seis metros de altura e fiquemos nela. Cidadãos, façamos o protesto dos cadáveres. Mostremos que, se o povo abandona os republicanos, os republicanos não abandonam o povo.

Essas palavras liberavam da penosa nuvem de ansiedades individuais o pensamento de todos. Uma entusiástica aclamação as acolheu.

Nunca se soube o nome do homem que assim falou; foi talvez algum ignorado operário, um desconhecido, um esquecido, um herói passageiro, esse grande anônimo sempre aliado às crises humanas e às gêneses sociais que, na ocasião oportuna, profere de um modo supremo a frase decisiva e desaparece nas trevas, depois de representar por um instante, à luz de um relâmpago, o povo e Deus.

Essa resolução inexorável estava de tal modo espalhada na atmosfera do dia 6 de junho de 1832 que, quase à mesma hora, na barricada de Saint-Merry, os insurgentes soltavam o seguinte brado, que se tornou histórico e inscrito no processo:

— Que venham ou não nos socorrer, não importa! Que nos matem aqui, até o último de nós.

Como se vê, as duas barricadas comunicavam-se, apesar de materialmente isoladas.

IV. Cinco a menos, um a mais

Depois que o desconhecido que decretara "o protesto dos cadáveres" acabou de falar, dando a fórmula da alma comum, de todas as bocas saiu um brado satisfeito e terrível, fúnebre pelo sentido e triunfal pela entonação:

— Viva a morte! Fiquemos todos aqui!

— Por que todos? — disse Enjolras.

— Todos! Todos!

Enjolras prosseguiu:

— A posição é boa, a barricada é bonita. Trinta homens bastam. Por que sacrificar quarenta?

Eles replicaram:

— Porque nenhum de nós vai querer sair.

— Cidadãos — gritou Enjolras, e havia em sua voz uma vibração quase irritada —, a república não é tão rica em homens para efetuar gastos inúteis. A vanglória é um desperdício. Se, para alguns, o dever é retirar-se, esse dever deve ser cumprido como qualquer outro.

Enjolras, o homem-princípio, tinha sobre seus correligionários essa espécie de poder que se desprende do absoluto. Porém, qualquer que fosse essa onipotência, houve murmúrios.

Chefe até o último fio de cabelo, ao ver que murmuravam, Enjolras insistiu. Prosseguiu com altivez:

— Os que receiam ser apenas trinta, que o digam.

Os murmúrios redobraram.

— Aliás — observou uma voz no meio de um grupo —, ir embora é fácil de dizer. A barricada está cercada.

— Não pelos lados dos depósitos — disse Enjolras. — A rua Mondétour está livre, e pela rua des Prêcheurs pode-se alcançar o mercado des Innocents.

— E lá — disse outra voz do grupo — seremos presos. Cairemos em algum piquete de tropa de linha ou do bairro. Verão passar um homem de blusa e boné. "De onde você vem? Por acaso não seria da barricada?" E vão olhar suas mãos. "Cheira a pólvora." Fuzilado.

Enjolras, sem responder, tocou no ombro de Combeferre e ambos entraram na sala baixa.

Um instante depois, tornaram a sair. Enjolras trazia nas mãos os quatro uniformes que mandara guardar. Combeferre o seguia, trazendo as correias e os capacetes.

— Com esses uniformes — disse Enjolras —, nos misturamos com as fileiras e escapamos. Temos para quatro.

E atirou ao chão os quatro uniformes.

O estóico auditório, porém, ficou imóvel. Combeferre tomou a palavra.

— Vamos — disse ele —, é preciso ter alguma piedade. Sabem de que se trata? Trata-se das mulheres. Vejamos. Há mulheres, sim ou não? Há crianças, sim ou não? Há ou não há mães que com o pé embalam o berço de uma criança e estão rodeadas por muitos outros pequenos? Levante o braço aquele que ainda não viu o seio de uma mãe. Ah! Querem deixar-se matar, eu também quero, eu que lhes falo, mas não quero sentir fantasmas de mulheres torcendo os braços à minha volta! Morram, que seja, mas não causem a morte! Suicídios como os que aqui ocorrerão são sublimes, mas o suicídio é estreito e não deseja expansões, e desde que toca seus próximos, o suicídio chama-se assassinato. Pensem nas cabecinhas louras e nos cabelos brancos. Escutem, há pouco Enjolras disse-me que viu, na esquina da rua du Cygne, uma janela no quinto andar iluminada por um vela, e nos vidros a trêmula sombra de uma cabeça de mulher idosa, que parecia ter passado a noite esperando. Talvez seja a mãe de algum de vocês. Pois bem, que esse se retire e se apresse em ir dizer à sua mãe: "Mãe, aqui estou!" Que ele fique tranqüilo, mesmo assim faremos o trabalho aqui. Quando apoiamos nossos próximos com nosso trabalho, não temos mais o direito de nos sacrificar. Isso seria desertar da família. E os que têm filhas, e os que têm irmãs! Pensaram? Deixam-se matar, pronto, estão mortos, e amanhã? Moças que não têm pão, isso é terrível! O homem mendiga, a mulher vende! Ah! Esses seres tão graciosos e tão meigos que possuem gorros de flores, que enchem a casa de castidade, que cantam, que tagarelam, que são como um perfume vivo, que provam a existência dos anjos no céu pela pureza das virgens sobre a terra, essa Jeanne, essa Lise, essa Mimi, essas adoráveis e honestas criaturas que são sua bênção e seu orgulho, ah, meu Deus, elas terão fome! Que querem que lhes diga? Existe um mercado de carne humana; e não será com suas mãos de espectros, trêmulas em volta delas, que as impedirão de ali entrar. Pensem na rua, pensem na calçada cheias de transeuntes, nas lojas em frente às quais passam mulheres decotadas e na lama. Essas mulheres também já foram puras. Pensem em suas irmãs, aqueles que as têm. A miséria, a prostituição, os guardas da cidade, Saint-Lazare, eis onde cairão essas delicadas e lindas filhas, essas frágeis maravilhas de pudor, de gentileza e de beleza, mais frescas que os lilases no mês de maio. Ah! Foram mortos! Ah! Não estão mais aqui! Muito bem; quiseram subtrair o povo à realeza, e entregam suas filhas à polícia. Amigos, cuidado, tenham compaixão. As mulheres, as desventuradas mulheres, não temos o costume de pensar muito nelas. Como as mulheres não recebem a mesma educação que os homens, nos baseamos nisso e não as deixamos ler, não as deixamos pensar, não deixamos que se ocupem da política; também as impedirão de ir ao necrotério reconhecer seus cadáveres? Vamos; é preciso que os que têm família sejam bons meninos e nos dêem um aperto de mão e vão embora, nos deixando sós aqui para fazer o que deve ser feito. Bem sei que é preciso coragem para partir; porém, quanto mais difícil, mais meritório. Dizemos: “Tenho um fuzil, estou na barricada, não faz mal, fico”. Não faz mal é fácil dizer. Meus amigos, há um amanhã; vocês não estarão nesse amanhã, mas suas famílias estarão. E quantos sofrimentos! Vejam, uma criança saudável com bochechas redondas como uma maçã, que balbucia, que murmura, que tagarela, que ri, de quem sentimos o frescor quando a beijamos, vocês sabem no que se transforma quando é abandonada? Eu vi uma bem pequena, deste tamanho. Seu pai morreu. Por caridade foi recolhida por pessoas pobres, mas não tinham pão nem para eles mesmos. A criança estava sempre com fome. Era inverno. A criança não chorava. Viam-na chegar perto da lareira, onde nunca havia fogo, e cujo cano, vocês sabem, era coberto com terra amarela. A criança arrancava com os pequenos dedos alguns pedacinhos dessa terra e os comia. Tinha a respiração rouca, as faces lívidas, as pernas moles, o ventre inchado. Não dizia nada. Se alguém lhe falava, não respondia. Morreu. Levaram-na para morrer no hospital Necker, onde a vi. Eu era interno nesse hospital. Agora, se entre vocês há pais, pais que têm a felicidade de sair para passear no domingo segurando em suas mãos robustas a pequenina mão de seus filhos, que cada um desses pais imagine que este filho é o seu. O pobre menino, eu me lembro, parece que o vejo quando o puseram nu em cima da mesa de anatomia, suas costelas formavam uma saliência por baixo da pele, como as sepulturas por baixo da grama de um cemitério. Encontraram uma espécie de lama no estômago. Tinha cinza nos dentes. Vamos, ponhamos a mão na consciência e aconselhemo-nos com o coração. As estatísticas provam que a mortalidade das crianças abandonadas é de cinqüenta e cinco por cento. Repito, tratam-se das mulheres, das mães, das moças, das crianças. Porventura, falamos de vocês? Sabemos muito bem quem são; sabemos que são todos bravos, por Deus! Sabemos muito bem que todos têm na alma a alegria e a glória de dar a vida pela grande causa; bem sabemos que se sentem eleitos para morrer utilmente e magnificamente, e que cada um de vocês faz questão de sua parte no triunfo! Ainda bem! Porém não estão sós neste mundo. Há outros entes em quem devem pensar. Não se pode ser egoísta!

Todos curvaram a cabeça com ar sombrio.

Estranhas contradições do coração humano nesses momentos mais sublimes! Combeferre, que falava daquele modo, não era órfão. Lembrava-se das mães dos outros e esquecia a sua. Seria morto. Ele era “egoísta”.

Marius, em jejum, febril, perdendo sucessivamente todas as esperanças, caído na dor, o mais sombrio dos naufrágios, saturado de emoções violentas e sentindo o fim aproximar-se, embrenhara-se mais e mais nesse estupor visionário que precede sempre a hora fatal, voluntariamente aceita.

Um fisiologista teria podido estudar nele os crescentes sintomas dessa absorção febril conhecida e classificada pela ciência, e que é para o sofrimento o mesmo que a voluptuosidade é para o prazer. O desespero também tem seu êxtase. Marius estava nesse ponto. Ele assistia a tudo como se estivesse de fora; como dissemos, as coisas que se passavam diante dele pareciam-lhe longínquas; ele distinguia o conjunto mas não percebia os detalhes. Via as pessoas indo e vindo através de um clarão flamejante. Ouvia as vozes falando como se fosse do fundo de um abismo.

Porém isso o comoveu. Havia naquela cena uma ponta que cresceu até ele e o despertou. Tinha somente uma idéia, morrer, e não desejava distrair-se dela; mas pensou, em seu sonambulismo fúnebre, que, embora morrendo, não era proibido salvar alguém.

Elevou a voz:

— Enjolras e Combeferre têm razão — disse ele —; nada de sacrifícios inúteis. Junto-me a eles, e é preciso se apressar. Combeferre lhes disse coisas decisivas. Há entre vocês aqueles que têm família, mães, irmãs, esposas, filhos. Que esses saiam das fileiras.

Ninguém se moveu.

— Os homens casados e os que sustentam a família, fora das fileiras! — repetiu Marius.

Sua autoridade era grande. Enjolras era certamente o chefe da barricada, mas Marius era o salvador.

— É uma ordem! — gritou Enjolras.

— Eu lhes suplico — disse Marius.

Então, agitados pelas palavras de Combeferre, abalados pela ordem de Enjolras, comovidos pela solicitação de Marius, esses homens heróicos começaram a se denunciar mutuamente.

— É verdade — dizia um jovem a um homem já feito. — Você é pai de família. Vá embora.

— Você é quem deveria ir — respondia o homem —; você tem duas irmãs que sustenta.

E uma luta incrível começava. Cada um se esforçava para não ser posto fora do túmulo.

— Apressem-se — disse Courfeyrac —, dentro de um quarto de hora será tarde.

— Cidadãos — prosseguiu Enjolras —, é aqui a república, e o sufrágio universal reina. Designem vocês mesmos aqueles que devem partir.

Obedeceram. Ao cabo de alguns minutos, cinco eram unanimemente designados e saíam das fileiras.

— São cinco! — exclamou Marius.

Havia somente quatro uniformes.

— Bem — disseram os cinco —, é preciso que um fique.

E a discussão recomeçou para ver quem deveria ficar e quem encontraria motivos para que os outros não ficassem. A generosa discussão recomeçou.

— Você tem uma esposa que o ama. — Você tem sua velha mãe. — Você, já não tem nem pai nem mãe, o que será de seus três irmãos pequenos? — Você é pai de cinco filhos. — Você tem o direito de viver, tem dezessete anos, ainda é muito cedo.

Aquelas grandes barricadas revolucionárias eram encontros de heroísmos. O inverossímil era simples. Esses homens não se surpreendiam uns aos outros.

— Andem depressa — repetia Courfeyrac.

Dos grupos gritaram dirigindo-se a Marius:

— Designe o senhor quem deve ficar.

— Sim, escolha o senhor — disseram os cinco. — Nós o obedeceremos.

Marius não acreditava mais que alguma emoção fosse possível. No entanto, a essa idéia de escolher um homem para a morte, todo o seu sangue refluiu ao seu coração. Teria empalidecido, se pudesse empalidecer ainda mais.

Encaminhou-se para os cinco que lhe sorriam, e cada um com os olhos iluminados por essa grande chama que se avista no fundo da história nas Thermopyles gritava-lhe:

— Eu! Eu! Eu!

E Marius, estupidamente, os contou; ainda eram cinco! Em seguida olhou para os quatro uniformes.

Nesse momento caiu sobre os outros quatro, como se fosse do céu, um quinto uniforme.

O quinto homem estava salvo.

Marius ergueu os olhos e reconheceu o senhor Fauchelevent.

Jean Valjean acabava de entrar na barricada.

Fosse por meio de informação, fosse por instinto, fosse por acaso, ele chegava pela ruazinha Mondétour. Graças à sua farda de guarda nacional, passara facilmente.

A sentinela postada pelos insurgentes na rua Mondétour sabia não ser necessário dar o sinal de alarme por causa de um guarda nacional sozinho. Deixara-o entrar na rua pensando: provavelmente é um reforço, ou, no pior dos casos, um prisioneiro. A ocasião era demasiado grave para que a sentinela pudesse distrair-se de seu dever e de seu posto de observação.

No momento em que Jean Valjean entrara no reduto, ninguém o percebera, pois todos os olhares se achavam fixos sobre os cinco escolhidos e sobre os quatro uniformes. Jean Valjean, sim, vira e ouvira, e silenciosamente tirara sua farda e a jogara sobre as outras.

A emoção foi indescritível.

— Quem é esse homem? — perguntou Bossuet.

— É — respondeu Combeferre — um homem que salva os outros.

Marius acrescentou com voz grave:

— Eu o conheço.

Essa afirmação era suficiente para todos.

Enjolras voltou-se para Jean Valjean.

— Cidadão, seja bem-vindo.

E acrescentou:

— Sabe que iremos morrer.

Jean Valjean, sem responder, ajudou o insurgente que salvava a vestir seu uniforme.

V. Que horizonte se avista do alto da barricada

A situação de todos, nessa hora fatal e nesse lugar inexorável, tinha como resultado e como ápice a melancolia suprema de Enjolras.

Enjolras possuía em si a plenitude da revolução; todavia estava incompleto, tanto quanto o absoluto pode sê-lo; tinha muito de Saint-Just, e não o suficiente de Anacharsis Cloots; entretanto, seu espírito, na sociedade dos Amigos do ABC, acabara por sofrer certa magnetização das idéias de Combeferre; havia algum tempo ele saía, devagar, da forma estreita do dogma e deixava-se levar para os horizontes mais amplos do progresso, e acabara por aceitar, como evolução definitiva e magnífica, a transformação da grande república francesa em imensa república humana. Quanto aos meios imediatos, dada uma situação violenta, ele os desejava violentos; nisso não havia mudado; permanecera dessa escola épica e temida resumida nestas palavras: “Noventa e três”.

Enjolras estava de pé nas escadas de paralelepípedos, um de seus cotovelos sobre o cano de sua carabina. Pensava; estremecia, como à passagem de sopros; os lugares onde a morte está provocam desses efeitos. De suas pupilas, cheias de um olhar interior, saía uma espécie de fogo abafado. De repente ergueu a cabeça, seus cabelos loiros caíram para trás como os de um anjo sobre o sombrio quadrilátero feito de estrelas; foi como a juba de um leão sobressaltado em uma auréola flamejante, e Enjolras gritou:

— Cidadãos, já imaginaram o futuro? As ruas das cidades inundadas de luz, galhos verdes sobre as soleiras, as nações irmãs, os homens justos, os idosos abençoando as crianças, o passado amando o presente, os pensadores livres, os crentes em igualdade, o céu como religião. Deus, o padre direto; a consciência humana transformada em altar; nada mais de ódios; fraternidade entre a oficina e a escola; como penalidade e como recompensa, a notoriedade; para todos o trabalho, para todos o direito, sobre todos a paz, nada mais de sangue derramado, nada mais de guerras, as mães felizes! Domar a matéria, é o primeiro passo; realizar o ideal, é o segundo. Reflitam sobre o que o progresso já fez. Outrora, as primeiras raças humanas viam com terror passar diante de seus olhos a hidra que soprava sobre as águas, o dragão que vomitava fogo, o grifo que era um monstro do ar e que voava com asas de águia e garras de tigre; animais assustadores que estavam acima do homem. Entretanto, o homem fez armadilhas, as armadilhas sagradas da inteligência, e acabou pegando os monstros. Nós domamos a hidra e ela se chama vapor; domamos o dragão e ele se chama locomotiva; estamos a ponto de domar o grifo, já o temos, e chama-se balão. No dia em que essa obra promissora for concluída e o homem tiver definitivamente atrelado à sua vontade a tripla Quimera antiga, a hidra, o dragão e o grifo, ele será o senhor das águas, do fogo e do ar, e será para o resto da criação animada o que os antigos deuses eram outrora para ele. Coragem, e avante! Cidadãos, para onde vamos? Para a ciência transformada em governo, para a força das coisas transformada em uma única força pública, para a lei natural possuindo sua sanção e sua penalidade em si própria e promulgando-se pela evidência, para o nascer da verdade correspondendo ao nascer do dia. Estamos indo para uma união dos povos; para a unidade do homem. Sem ficções; sem parasitas. O real governado pelo verdadeiro, esse é o objetivo. A civilização terá seus tribunais nos cimos da Europa, e mais tarde no centro dos continentes, em um grande parlamento de inteligências. Já se viu algo semelhante. Os anfictiões[8] faziam duas sessões por ano, uma em Delphos, sítio dos deuses, a outra em Thermopyles, sítio dos heróis. A Europa

---

[8] Deputados dos doze povos gregos que, reunidos, decidiam sobre as festas religiosas comuns e representavam um papel comparável, segundo Hugo, ao de um tribunal internacional ou de uma "sociedade de nações". (N. do E.)

terá seus anfictiões; o globo terá seus anfictiões. A França carrega esse futuro sublime em seus flancos. É essa a gestação do século XIX, o que foi esboçado pela Grécia é digno de ser concluído pela França. Ouça-me, você, Feuilly, valente operário, homem do povo, homem dos povos. Eu o venero. Sim, você enxerga distintamente os tempos futuros, sim, você tem razão. Você não tinha nem pai nem mãe, Feuilly; você adotou como mãe a humanidade e como pai o direito. Você vai morrer aqui, ou melhor, triunfar. Cidadãos, seja o que for que aconteça hoje, para nossa derrota, bem como para nossa vitória, é uma revolução que faremos. Assim como os incêndios iluminam uma cidade inteira, as revoluções iluminam todo o gênero humano. E que revolução faremos? Acabei de dizer, a revolução da Verdade. Do ponto de vista político, há somente um princípio, a soberania do homem sobre si mesmo. Essa soberania de mim sobre mim chama-se Liberdade. Onde duas ou mais destas soberanias se associam, principia o Estado. Mas, nessa associação não há nenhuma abdicação. Cada soberania concede certa quantidade de si mesma para formar o direito comum. Essa quantidade é igual para todos. Essa identidade de concessão que cada um faz a todos chama-se Igualdade. O direito comum nada mais é que a proteção de todos brilhando sobre o direito de cada um. Essa proteção de todos sobre cada um chama-se Fraternidade. O ponto de interseção de todas essas soberanias que se agregam chama-se Sociedade. Sendo essa interseção uma junção, esse ponto é um nó. Daí vem o que chamamos laço social. Alguns dizem contrato social, o que é a mesma coisa; a palavra contrato é etimologicamente formada com a idéia de laço. Vamos nos entender sobre a igualdade; pois, se a liberdade é o cume, a igualdade é a base. A igualdade, cidadãos, não é o nivelamento de toda a vegetação; uma sociedade de grandes punhados de grama e pequenos carvalhos; uma vizinhança de invejas castrando-se mutuamente; é, civilmente, a oportunidade por igual de todas as aptidões; politicamente, o mesmo peso para todos os votos; religiosamente, todas as consciências possuindo os mesmos direitos. A igualdade tem um órgão; a instrução gratuita e obrigatória. É preciso começar pelo direito ao alfabeto. A escola primária imposta a todos, a escola secundária oferecida a todos, assim deve ser a lei. Da escola idêntica sai a sociedade igual. Sim, ensino! Luz! Luz! Tudo provém da luz e tudo retorna para a luz. Cidadãos, o século XIX é grande, mas o século XX será feliz. Então, nada mais de semelhante à história antiga; não temeremos mais, como hoje, uma conquista, uma invasão, uma usurpação, uma rivalidade de nações à mão armada, uma interrupção de civilização dependente de um casamento de reis, um nascimento nas tiranias hereditárias, uma partilha de povos por meio de um congresso, um desmembramento por queda de dinastia, um combate entre duas religiões encontrando-se de frente, como dois bodes da sombra, sobre a ponte do infinito; não temeremos mais a fome, a exploração, a prostituição em razão da penúria, a miséria em razão da falta de trabalho, a forca, a espada, as batalhas e todas as escaramuças do acaso na floresta dos acontecimentos. Poderíamos quase dizer: não haverá mais acontecimentos. Seremos felizes. O gênero humano cumprirá sua lei, como o globo terrestre cumpre a dele; a harmonia entre a alma e o astro será restabelecida; a alma gravitará em volta da verdade como o astro em volta da luz. Amigos, a hora em que estamos e em que lhes falo é uma hora sombria; mas aí estão aquisições incríveis para o futuro. Uma revolução é um pedágio. Oh! O gênero humano será libertado, reerguido, consolado! Nós o afirmamos nesta barricada. De onde soltaremos o grito de amor, senão do alto do sacrifício? Ó meus irmãos, é este o lugar de junção dos que pensam e dos que padecem; esta barricada não é feita nem de pedras, nem de vigas, nem de ferragem; é feita de dois feixes, um feixe de idéias e um feixe de dores. A miséria se encontra com o ideal. O dia abraça a noite dizendo-lhe: "Eu vou morrer contigo e vais renascer comigo". Do abraço de todas as angústias resulta a fé. Os sofrimentos trazem aqui sua agonia, e as idéias, sua imortalidade. Essa agonia e essa imortalidade vão se misturar para formar nossa morte. Irmãos, quem aqui morre, morre no brilho do futuro, e entramos em um túmulo todo iluminado pela aurora.

Enjolras interrompeu-se mais do que calou-se; seus lábios mexiam-se em silêncio, como se continuasse falando consigo mesmo, o que fez com que os atentos, para tentar ouvi-lo ainda, olhassem para ele. Não houve aplausos; mas murmurou-se por muito tempo. A palavra sendo sopro, os frêmitos de inteligência assemelham-se ao frêmito das folhas.

VI. Marius alheio, Javert lacônico

Vejamos o que se passava na mente de Marius.

Vamos lembrar de seu estado de espírito. Como há pouco recordamos, para ele tudo era mera visão. Sua avaliação estava indistinta. Marius, repetimos, achava-se sob a sombra das grandes e tenebrosas asas que se abrem sobre os agonizantes.

Sentia-se dentro do túmulo, parecia-lhe que já se achava do

outro lado da muralha, e ele já não via a face dos vivos senão com os olhos de um morto.

Como o senhor Fauchelevent se encontrava ali? Por que estava ali? Que fazia ali? Marius não se fez todas essas perguntas. Aliás, nosso desespero tendo a particularidade de envolver os outros como a nós mesmos, parecia-lhe lógico que todos viessem a morrer. Só que lembrou-se de Cosette com um aperto no coração.

E, por outro lado, o senhor Fauchelevent não lhe falou, não olhou para ele e pareceu não ter ouvido quando Marius elevara a voz para dizer: "Eu o conheço".

Quanto a Marius, aquela atitude do senhor Fauchelevent o aliviava, e, se pudéssemos usar esta palavra para tais impressões, diríamos: lhe agradava. Ele sempre sentira uma impossibilidade absoluta de dirigir a palavra a esse homem enigmático, que para ele era, ao mesmo tempo, equívoco e imponente. Por outro lado, fazia muito tempo que não o via; o que, para a índole tímida e reservada de Marius, aumentava ainda mais essa impossibilidade.

Os cinco homens designados saíram da barricada pela ruazinha Mondétour; pareciam realmente guardas nacionais. Um deles foi-se chorando. Antes de partir abraçaram os que ficavam.

Quando os cinco homens restituídos à vida haviam partido, Enjolras lembrou-se do condenado à morte. Entrou na sala baixa. Javert, atado ao poste, meditava.

— Precisa de alguma coisa? — perguntou-lhe Enjolras.

Javert respondeu:

— Quando me matarão?

— Espere. Neste momento precisamos de todos os nossos cartuchos.

— Então, me dê de beber — disse Javert.

O próprio Enjolras levou-lhe um copo de água, e, como Javert estivesse amarrado, ajudou-o a beber.

— É tudo? — continuou Enjolras.

— Estou mal neste poste! — respondeu Javert. — Vocês não foram gentis obrigando-me a passar a noite aqui! Prendam-me como quiserem, mas podem perfeitamente deitar-me sobre uma mesa, como o outro.

E com um aceno de cabeça designava o cadáver de Mabeuf.

Havia, como se lembram, uma grande e longa mesa no fundo da sala, sobre a qual haviam derretido balas e cartuchos. Todos os cartuchos já prontos e toda a pólvora já utilizada, a mesa estava livre.

Sob as ordens de Enjolras, quatro insurgentes desamarraram Javert do poste, enquanto um quinto conservava uma baioneta apoiada em seu peito. Deixaram-lhe as mãos presas atrás das costas, ataram-lhe os pés com uma corda de chicote, fina e sólida, que lhe permitia dar passos de quinze polegadas, como os passos dos que vão ao cadafalso, e assim o fizeram caminhar até a mesa do fundo da sala, onde o deitaram, solidamente amarrado pelo meio do corpo.

Para maior segurança, por meio de uma corda atada ao pescoço, acrescentaram ao sistema de ligaduras, que lhe tornava impossível a menor idéia de evasão, uma espécie de laço, chamado nas prisões de *martingale*, que parte da nuca, se bifurca no estômago e vem prender as mãos, depois de ter passado entre as pernas.

Enquanto amarravam Javert, um homem, na soleira da porta, o olhava com uma atenção singular. A sombra projetada por esse homem fez com que Javert virasse a cabeça. Ergueu os olhos e reconheceu Jean Valjean. Nem mesmo estremeceu, abaixou orgulhosamente as pálpebras e limitou-se a dizer: “É muito simples”.

VII. A situação se agrava

O dia avançava rapidamente. Mas nenhuma janela se abria, nenhuma porta se entreabria; era a aurora, não o despertar. A extremidade da rua de la Chanvrerie, oposta à barricada, fora evacuada pelas tropas, como dissemos; ela parecia livre e abria-se aos passantes com sinistra tranqüilidade. A rua Saint-Denis estava muda como a avenida das Esfinges em Tebas. Nem um único ser vivo nas esquinas clareadas por um reflexo do sol. Nada é mais lúgubre do que essa claridade das ruas desertas.

Não se via nada, mas ouvia-se. Fazia-se, a certa distância, um movimento misterioso. Era evidente que o momento crítico chegava. Como na véspera ao entardecer, as sentinelas recuaram; mas dessa vez todas.

A barricada estava mais forte do que por ocasião do primeiro ataque. Desde a partida dos cinco, elevaram-na ainda mais.

Devido à opinião da sentinela que havia observado a região dos depósitos, Enjolras, com receio de uma surpresa pela retaguarda, tomou uma grave resolução. Mandou obstruir a entrada da ruazinha Mondétour, até então desimpedida. Para isso tiraram os paralelepípedos de mais alguns lances ao longo das casas. Desse modo, a barricada, murada em três ruas, pela frente, na rua de la Chanvrerie, à esquerda, na rua du Cygne e Petite-Truanderie, à direita, na rua Mondétour, ficara verdadeiramente quase inexpugnável; é verdade que ali fatalmente ficavam presos. Ela tinha três frentes, mas nenhuma saída. "Fortaleza e ratoeira", disse Courfeyrac rindo.

À porta da taverna, Enjolras mandou amontoar uns trinta paralelepípedos, "arrancados em demasia", dizia Bossuet.

O silêncio era agora tão profundo na direção de onde deveria vir o ataque, que Enjolras pediu que cada um retomasse seu posto de combate.

Distribuíram a todos uma ração de aguardente.

Nada mais curioso do que uma barricada preparando-se para um ataque. Cada qual escolhe seu lugar, como no teatro; acotovelam-se, empurram-se, encostam-se. Há quem improvise uma poltrona de pedras. Descobrem um ângulo de parede que incomoda, afastam-se; divisam um vão que protege, abrigam-se. Os canhotos são preciosos, porque ocupam os lugares incômodos aos outros. Muitos procuram combater sentados. Querem estar à vontade para matar e confortáveis para morrer. Na funesta guerra de junho de 1848, um insurgente, que possuía uma pontaria temível e que combatia do alto de um terraço em cima de um teto, mandara vir uma poltrona Voltaire; um tiro de metralhadora o encontrou ali.

Logo que o chefe ordena que ocupem seus postos, cessam todos os movimentos desordenados; cessam os empurra-empurra; cessam os acotovelamentos; nada mais de conversas ou grupos à parte; todos os espíritos convergem e transformam-se em espera ao assaltante. Uma barricada, antes do perigo, é um caos; no momento do perigo, disciplina. O perigo produz a ordem.

Logo que Enjolras pegou sua carabina de dois canos e se postou em uma espécie de seteira que havia reservado para si, todos se calaram. Ao longo da murada de paralelepípedos ouvia-se confusamente o estalido seco de pequenos ruídos. Eram os fuzis sendo armados.

De resto, as atitudes eram mais altivas e confiantes do que nunca; o excesso do sacrifício é uma consolidação; não tinham mais esperança, mas tinham o desespero. O desespero, última arma que algumas vezes dá a vitória, como disse Virgílio. Os recursos supremos provêm das resoluções supremas. Embarcar na morte é, às vezes, o meio de escapar ao naufrágio; e a tampa do caixão transforma-se em tábua de salvação.

Como na noite da véspera, todas as atenções estavam voltadas, e quase poderíamos dizer apoiadas, à extremidade da rua, agora iluminada e visível.

A espera não foi longa. O movimento recomeçou distintamente pelos lados de Saint-Leu, mas não se assemelhava ao movimento do primeiro ataque. Um retinir de correntes, o ruído inquietante de uma massa, um tinido de bronze de encontro aos paralelepípedos, uma espécie de barulho solene, anunciaram a aproximação de alguma ferragem sinistra. Houve um estremecimento nas entranhas daquelas velhas ruas pacíficas, construídas e abertas para a fecunda circulação dos interesses e das idéias, e impróprias para o monstruoso rodar das rodas da guerra.

O fixar dos olhares de todos os combatentes em direção à extremidade da rua tornou-se feroz.

Um canhão apareceu.

Os artilheiros o empurravam; estava ajustado para atirar; a parte frontal fora separada; dois sustentavam a carreta, quatro lidavam com as rodas; outros seguiam com a caixa de munições. Via-se fumegar a ponta acesa.

— Fogo! — gritou Enjolras.

Toda a barricada fez fogo, a detonação foi terrível; uma avalanche de fumaça cobriu e escondeu o canhão e os homens; após alguns segundos a nuvem se dissipou e o canhão e os homens reapareceram; os soldados continuavam empurrando a peça até a frente da barricada, lentamente, corretamente, sem pressa. Nenhum deles fora atingido. Depois, o artilheiro-chefe, pesando sobre a culatra para elevar o tiro, apontou o canhão com a gravidade de um astrônomo que ajusta uma luneta.

— Bravo, canhoneiros! — gritou Bossuet.

E toda a barricada bateu palmas.

Um instante depois, bem no meio da rua, a peça estava pronta. Uma bocarra formidável estava aberta sobre a barricada.

— Vamos, alegria! — disse Courfeyrac. — Eis o brutal. Depois da palmadinha, o murro. O exército estende contra nós suas pesadas patas. A barricada será seriamente sacudida. A fuzilaria tateia, o canhão pega.

— É uma peça de oito, modelo novo, de bronze — acrescentou Combeferre. — Essas peças, por pouco que se exceda a proporção de dez partes de estanho por cem de cobre, estão sujeitas a explodir. O excesso de estanho torna-as muito tenras. O resultado é que ficam com cavidades e câmaras. Para eliminar esse perigo e poder forçar a carga, talvez fosse necessário recorrer ao processo do século XIV, a cercadura, e cingir exteriormente a peça com uma série de arcos ou anéis de aço sem soldadura, desde a culatra até o eixo de sustentação. Enquanto isso, remedia-se como se pode a irregularidade; pode-se reconhecer onde estão os buracos e as cavidades do canhão por meio da raspadeira. Porém, existe outro meio ainda melhor, a estrela móvel de Gribeauval.

— No século XVI — observou Bossuet — os canhões eram estriados.

— Sim — respondeu Combeferre —, isso aumenta a potência balística, mas diminui a precisão do tiro. No tiro a pequena distância, a trajetória não tem toda a força desejada, a parábola se exagera, o caminho do projétil não é tão retilíneo para poder atingir os objetos intermediários, necessidade do combate, no entanto, e cuja importância aumenta com a proximidade do inimigo e a precipitação do tiro. Essa falta de tensão na curva do projétil dos canhões estriados do século XVI provinha da fraqueza da carga; as cargas fracas, para essa espécie de peças, são impostas pelas necessidades de balística, como, por exemplo, a conservação das carretas. Em suma, o canhão, esse déspota, não pode tudo quanto quer; a força é uma grande fraqueza. Uma bala de canhão não anda mais que seiscentas léguas por hora; a luz percorre setenta mil léguas por segundo. Tal é a superioridade de Jesus Cristo sobre Napoleão.

— Recarreguem as armas — disse Enjolras.

De que modo se comportaria o revestimento da barricada sob uma bala de canhão? O golpe abriria uma brecha? Essa era a questão. Enquanto os insurgentes recarregavam os fuzis, os artilheiros carregavam o canhão.

A ansiedade era profunda no reduto.

O tiro partiu, a detonação estourou.

— Presente! — exclamou uma voz alegre.

Era Gavroche, caindo na barricada ao mesmo tempo que a bala. Vinha dos lados da rua du Cygne, e havia saltado ligeiramente por cima da barricada acessória, que fazia frente ao dédalo da Petite-Truanderie.

Gavroche produziu mais efeito na barricada do que a bala de canhão.

A bala se perdera no amontoado de escombros.

No máximo, rachara uma roda do ônibus e destruíra a velha charrete Anceau. Vendo isso, a barricada começou a rir.

— Continuem — gritou Bossuet aos artilheiros.

VIII. Os artilheiros fazem-se levar a sério

Rodearam Gavroche.

Mas ele não teve tempo de contar nada. Marius, tremendo, chamou-o de lado.

— O que você está fazendo aqui?

— Ora! — disse o menino. — E o senhor?

E olhou fixamente Marius com seu descaramento épico. Seus

olhos tornavam-se maiores pela orgulhosa claridade que continham.

Foi com um tom severo que Marius continuou:

— Quem lhe disse para voltar? Pelo menos levou minha carta a seu destino?

Gavroche sentia certo remorso a respeito da carta. Na pressa de voltar para a barricada, se desfizera dela mais do que a entregara. Era obrigado a confessar a si mesmo que a confiara, um tanto levianamente, a esse desconhecido do qual mal conseguira distinguir o rosto. Verdade é que o homem estava sem chapéu, mas isso não bastava. Em suma, censurava-se interiormente e temia as críticas de Marius. Para livrar-se do problema, tomou a resolução mais simples; mentiu abominavelmente.

— Cidadão, entreguei a carta ao porteiro. A dama dormia. Ela receberá a carta ao acordar.

Marius, ao enviar essa carta, tinha dois objetivos, dizer adeus a Cosette e salvar Gavroche. Teve de se contentar com a metade do que desejava.

O envio de sua carta e a presença do senhor Fauchelevent na barricada, essa coincidência apresentou-se a seu espírito. Mostrou a Gavroche o senhor Fauchelevent.

— Conhece aquele homem?

— Não — disse Gavroche.

Efetivamente, como acabamos de dizer, Gavroche vira Jean Valjean somente à noite.

As conjecturas confusas e doentias que se tinham esboçado no espírito de Marius se dissiparam.

Conhecia as opiniões do senhor Fauchelevent? O senhor Fauchelevent talvez fosse republicano. Daí, simplesmente, sua presença no combate.

Enquanto isso, Gavroche já estava na outra ponta da barricada gritando: "Meu fuzil!"

Courfeyrac fez com que o devolvessem.

Gavroche preveniu "os camaradas", como os chamava, de que a barricada estava bloqueada. Tivera muitas dificuldades para chegar. Um batalhão de linha, cujos holofotes estavam na Petite-Truanderie, observava o lado da rua du Cygne; do lado oposto, a guarda municipal ocupava a rua des Prêcheurs. Em frente, havia o grosso do exército.

Dada essa informação, Gavroche acrescentou:

— Eu os autorizo a recebê-los como merecem.

Enquanto isso, Enjolras, de seu lugar, ouvidos atentos, espiava.

Os assaltantes, sem dúvida pouco satisfeitos com seu tiro de canhão, não o haviam repetido.

Uma companhia de infantaria de linha viera ocupar a extremidade da rua, atrás do canhão. Os soldados arrancavam o calçamento da rua e construíam com os paralelepípedos uma pequena muralha baixa, uma espécie de parapeito com somente dezoito polegadas de altura que fazia frente à barricada. Do lado esquerdo da improvisada muralha, avistava-se a vanguarda de um batalhão do bairro, formado na rua Saint-Denis.

Enjolras, atento, acreditou distinguir o ruído peculiar que se faz quando são retiradas as balas das caixas de metralhadoras, e viu o chefe dos artilheiros mudar a pontaria e inclinar ligeiramente para a esquerda a boca do canhão. Depois, os canhoneiros puseram-se a carregar o canhão. O próprio chefe de artilharia pegou a chama e aproximou-a da abertura.

— Abaixem-se e encostem-se à parede! — gritou Enjolras. — E todos de joelhos ao longo da barricada!

Os insurgentes, espalhados diante da taverna ao deixarem seus postos de combate com a chegada de Gavroche, precipitaram-se confusamente para a barricada; mas, antes que a ordem de Enjolras fosse executada, a descarga fez-se ouvir com o medonho estertor de uma metralha. Efetivamente era uma.

O tiro fora dirigido contra a abertura do reduto, ricocheteara de encontro à parede, matando dois homens e ferindo três.

Se isso continuasse, a barricada não se manteria por muito tempo. A metralha penetrava.

Houve um murmúrio de consternação.

— Impeçamos o segundo tiro — disse Enjolras.

E, abaixando sua carabina, apontou para o chefe de artilharia que, nesse momento, inclinado sobre a culatra do canhão, retificava e fixava definitivamente a pontaria.

Esse chefe de artilharia era um belo sargento de canhoneiros, muito jovem, loiro, rosto meigo, ar inteligente, próprio a essa arma predestinada e temível que, à força de se aperfeiçoar no horror, acabará por matar a guerra.

Combeferre, de pé ao lado de Enjolras, contemplava-o:

— Que pena! — disse Combeferre. — Que hedionda coisa são essas carnificinas! Vamos, quando não houver mais reis, não haverá mais guerras. Enjolras, você está visando esse sargento, e não olhando para ele. Veja, é um jovem encantador, é intrépido, percebe-se que pensa, são muito cultos esses jovens da artilharia; tem pai, mãe, uma família, provavelmente ama, no máximo tem vinte e cinco anos, poderia ser seu irmão.

— Ele é — disse Enjolras.

— Sim — replicou Combeferre —, e meu também. Então, não o matemos.

— Deixe-me. É preciso o que é preciso.

E uma lágrima deslizou lentamente pelo rosto de mármore de Enjolras.

Ao mesmo tempo, puxou o gatilho de sua carabina. O tiro partiu. O artilheiro deu duas voltas sobre si mesmo, os braços estendidos diante dele e a cabeça erguida como para aspirar o ar, depois caiu de lado sobre o canhão e aí permaneceu sem movimentos. Viam-se suas costas, e do centro delas espirrava um jorro de sangue. A bala atravessara o peito de um lado a outro. Estava morto.

Foi preciso levá-lo e substituí-lo. Na verdade, eram alguns minutos ganhos.

IX. Emprego do velho talento de caçador furtivo e da pontaria infalível que influiu na condenação de 1796

As opiniões se cruzavam na barricada. O tiro de canhão iria recomeçar. Não resistiriam nem um quarto de hora com essa metralha. Era absolutamente necessário amortecer os golpes.

Enjolras deu esta ordem:

— É preciso colocar um colchão ali.

— Não temos — disse Combeferre —; os feridos estão em cima deles.

Jean Valjean, afastado e sentado sobre uma baliza no ângulo da taverna, seu fuzil entre as pernas, até esse momento não tomara parte em nada do que se passava. Parecia não escutar os combatentes dizerem a sua volta: "Aí está um fuzil que não faz nada".

Ao ouvir a ordem dada por Enjolras, levantou-se.

Como vocês devem se lembrar, quando da chegada do grupo na rua de la Chanvrerie, uma mulher idosa, prevendo as balas, colocara seu colchão diante de sua janela. Essa janela, janela do sótão, ficava sobre o teto de uma casa de seis andares, situada um pouco para fora da barricada. O colchão, colocado de través, apoiado na parte inferior por dois paus de secar roupa, era preso no alto por duas cordas que, de longe, pareciam dois barbantes amarrados a pregos cravados nas guarnições da mansarda. Viam-se distintamente no céu essas duas cordas parecendo cabelos.

— Alguém pode me emprestar uma carabina de dois tiros? — disse Jean Valjean.

Enjolras, que acabava de recarregar a sua, estendeu-a a ele.

Jean Valjean mirou a mansarda e atirou.

Uma das duas cordas que segurava o colchão estava cortada.

O colchão pendia somente por um fio.

Jean Valjean disparou o segundo tiro. A outra corda bateu na vidraça da mansarda. O colchão escorregou entre as duas varetas e caiu na rua.

A barricada aplaudiu.

Todas as vozes gritaram:

— Eis um colchão.

— Sim — disse Combeferre —, mas quem irá buscá-lo?

Efetivamente, o colchão tinha caído fora da barricada, entre os sitiados e os sitiantes. Ora, a morte do sargento de artilharia exasperara a tropa; havia alguns instantes, os soldados tinham-se deitado de bruços por trás da linha de paralelepípedos que fora erguida, e, para suprir o silêncio forçado do canhão, que se calava esperando que seu serviço fosse reorganizado, abriram fogo contra a barricada. Os insurgentes não respondiam a esse ataque para poupar as munições. As balas chocavam-se inutilmente na barricada; mas a rua, que se enchia de balas, era terrível.

Jean Valjean saiu pela abertura, entrou na rua, atravessou a tempestade de balas, foi até o colchão, pegou-o, colocou-o nas costas e voltou para a barricada.

Ele mesmo o colocou na abertura. Fixou-o contra a parede de modo que os artilheiros não o vissem.

Feito isso, esperaram o descarregar da metralha.

Não demorou muito.

O canhão vomitou, rugindo, seu pacote de chumbo. Mas não houve ricochetear. A metralha abortou sobre o colchão. O efeito previsto fora obtido. A barricada estava preservada.

— Cidadão — disse Enjolras dirigindo-se a Jean Valjean —, a República lhe agradece.

Bossuet se admirava e ria. Exclamou:

— É imoral que um simples colchão tenha tanto poder. Triunfo do que se dobra sobre o que fulmina. Mas não importa, glória ao colchão que anula um canhão!

X. Aurora

Nesse momento, Cosette acordava.

Seu quarto era estreito, limpo, discreto, com uma grande janela que se abria para o quintal da casa.

Cosette nada sabia do que ocorria em Paris. Ela não estava ali na véspera e já havia entrado em seu quarto quando Toussaint dissera: "Parece que há uma revolta".

Cosette dormira poucas horas, mas bem. Tivera doces sonhos, talvez porque sua pequena cama fosse muito branca. Alguém que era Marius apareceu-lhe como que envolto em luz. Acordou com sol nos olhos, o que, em princípio, causou-lhe a impressão de continuar sonhando.

Seu primeiro pensamento após sair desse sonho foi risonho. Cosette sentiu-se completamente segura. Ela atravessava, como Jean Valjean algumas horas antes, essa reação da alma que absolutamente não deseja a desgraça. Pôs-se a esperar com todas as suas forças sem saber por quê. Depois sentiu um aperto no coração. Havia três dias que não via Marius. Mas disse a si mesma que ele já deveria ter recebido sua carta, que ele sabia onde ela estava e que ele possuía tanta imaginação que encontraria uma maneira de chegar até ela. E isso com certeza seria hoje, e talvez nessa manhã mesmo. O dia já estava bem adiantado, mas como os raios de luz estavam muito na horizontal ela pensou que fosse bem cedo; mas tinha de levantar, para receber Marius.

Ela sentia que não poderia viver sem Marius, e que por conseqüência aquilo era suficiente, e que Marius viria. Nenhuma objeção era cabível. Tudo isso era certo. Já era bastante monstruoso haver sofrido três dias. Marius ausente três dias, era horrível para o bom Deus. Agora, essa cruel brincadeira lá de cima era uma prova superada, Marius chegaria e traria uma boa notícia. Assim é feita a juventude; enxuga rapidamente os olhos; acha a dor inútil e não a aceita. A juventude é o sorriso do futuro diante do desconhecido que é ele mesmo. Parece-lhe natural ser feliz. Parece que sua respiração é feita de esperança.

De resto, Cosette não conseguia lembrar-se do que Marius lhe dissera a respeito dessa ausência que devia durar somente um dia, nem de que explicação lhe dera. Todos repararam com que eficiência uma moeda que deixamos cair no chão corre e se esconde, e que dom possui para tornar-se invisível. Existem pensamentos que agem do mesmo modo; escondem-se em um canto do cérebro e fim; estão perdidos; impossível fazer com que a memória os encontre. Cosette sentia-se um tanto desgostosa com o pequeno esforço inútil que fazia sua memória. Dizia a si mesma que somente ela era culpada por haver esquecido as palavras ditas por Marius.

Desceu da cama e efetuou as duas limpezas da alma e do corpo, sua oração e sua toalete.

A rigor, podemos introduzir o leitor em um quarto nupcial, mas não em um quarto virginal. O verso apenas o ousaria, a prosa não deve fazê-lo.

É o interior de uma flor ainda em botão, é uma brancura na sombra, é a célula íntima de um lírio fechado que não deve ser visto pelo homem enquanto não foi visto pelo sol. A mulher em botão é sagrada. Essa cama inocente que se descobre, essa adorável seminudez que tem medo de si mesma, esse pé branco que se refugia em um chinelo, esse colo que se cobre diante de um espelho como se esse espelho fosse um olho, essa camisola que se apressa em subir e esconder o ombro para um móvel que estala ou para um carro que passa, esses cordões atados, esses colchetes fechados, esses cadarços puxados, esses estremecimentos, esses arrepios de frio e de pudor, esse susto delicioso de todos os movimentos, essa inquietação quase alada, ali onde nada deve ser temido, as fases sucessivas do vestir, tão charmosas quanto as nuvens da aurora, não fica bem contar tudo isso e já é muito indicá-lo.

O olhar do homem deve ser ainda mais religioso diante do despertar de uma moça que diante do despontar de uma estrela. A possibilidade de alcançá-la deve converter-se em respeito. A penugem do pêssego, a cinza da ameixa, o cristal que irradia da neve, a asa da borboleta salpicada de plumas são coisas grosseiras em comparação com essa castidade que sequer sabe que é casta. A moça é somente um vislumbre de sonho e ainda não é uma estátua. Sua alcova fica oculta na parte escura do ideal. O toque indiscreto do olhar brutaliza essa vaga penumbra. Aqui, contemplar é profanar.

Portanto, nada mostraremos desse suave tumulto do despertar de Cosette.

Um conto oriental diz que a rosa foi feita branca por Deus, mas, quando Adão olhou para ela no instante em que se abria, envergonhou-se e ficou rosa. Somos daqueles que se sentem interditados diante das moças e das flores, achando-as vulneráveis.

Cosette vestiu-se rapidamente, penteou-se, arrumou o cabelo, coisa muito simples naquele tempo em que as mulheres não encorpavam os cachos e suas faixas com almofadinhas e rolos, nem usavam rolinhos nos cabelos. Depois abriu a janela e percorreu com o olhar tudo a sua volta, esperando descobrir um pouco da rua, um ângulo da casa, um canto de calçada onde pudesse espreitar Marius. Mas não se via nada do exterior. A parte de trás do quintal estava rodeada por muros bem altos que deixavam à vista somente alguns jardins. Cosette achou esses jardins horríveis; pela primeira vez na sua vida ela achou feias as flores. O menor pedaço de riacho da encruzilhada seria melhor para ela. Ela resolveu olhar o céu, como se pensasse que Marius pudesse vir também dali.

Subitamente, debulhou-se em lágrimas. Não por mobilidade de alma, mas pelas esperanças entrecortadas de desânimo; era esse seu estado. Ela sentiu confusamente algo de horrível. Com efeito, as coisas passam pelo ar. Ela pensou que não tinha certeza de nada, que se perder de vista é o mesmo que se perder; e a idéia de que Marius pudesse retornar-lhe do céu não mais lhe pareceu charmosa, mas lúgubre.

Depois, assim são essas nuvens, voltou-lhe a calma, e a esperança, e uma espécie de sorriso inconsciente, mas confiante em Deus.

Todos na casa ainda dormiam. Reinava um silêncio provinciano. Nenhuma veneziana estava aberta. A guarita do zelador estava fechada. Toussaint ainda não se levantara e Cosette naturalmente pensou que seu pai dormia. Era preciso que tivesse sofrido muito, e que sofresse ainda mais, pois ela pensava que seu pai tinha sido mau; mas ela contava com Marius. O eclipse de uma tal luz decididamente era impossível. Havia momentos em que ela escutava, a certa distância, como que abalos surdos, e dizia: "É estranho que abram e fechem os portões tão cedo".

Eram os tiros de canhão desfechados contra a barricada.

Havia ali, alguns metros abaixo da janela de Cosette, na antiga e enegrecida cornija do muro, um ninho de andorinhas; as bordas do ninho formavam uma saliência para fora da cornija de modo que, de cima, o interior daquele pequeno paraíso podia ser visto. A mãe lá estava, abrindo suas asas como um leque sobre a ninhada; o pai voava em volta; ia, depois vinha, trazendo em seu bico comida e beijos. O dia nascente dourava essa cena feliz, a grande lei *Multiplicai* ali estava sorridente e augusta, e esse doce mistério se expandia na glória da manhã. Cosette, os cabelos ao sol, a alma nas quimeras, iluminada pelo amor interiormente, e exteriormente pela aurora, inclinou-se como que maquinalmente e, quase sem ousar confessar a si mesma que ao mesmo tempo pensava em Marius, pôs-se a olhar esses pássaros, essa família, esse macho e essa fêmea, essa mãe e seus pequenos, com a profunda perturbação que um ninho inspira em uma virgem.

XI. O tiro de espingarda infalível mas que não matou ninguém

O fogo dos assaltantes continuava. A artilharia e a metralha alternavam-se, na verdade sem grandes prejuízos. Somente o alto da fachada da Corinthe sofria; a janela do primeiro andar e as mansardas do teto, crivadas de balas e de chumbo, deformavam-se lentamente. Os combatentes que ali se haviam postado tiveram de se afastar. Além disso, esta é uma tática de ataque à barricadas, atirar por muito tempo para esgotar as munições dos insurgentes caso cometam o erro de revidar. Quando se percebe a diminuição dos tiros, e que já não possuem nem balas nem pólvora, invadem. Enjolras não caíra nessa armadilha; a barricada não respondia.

A cada ataque do pelotão, Gavroche enchia a bochecha com sua língua, sinal de grande desdém.

— Muito bem — dizia —, rasguem pano. Precisamos de ataduras.

Courfeyrac interpelava a fuzilaria sobre seu diminuto efeito e dizia ao canhão:

— Você está se tornando difuso, meu rapaz!

Na batalha nos intrigamos como em um baile. Era provável que o silêncio do reduto começasse a preocupar os assaltantes e que os fizesse temer alguma ação inesperada; e que tivessem sentido a necessidade de ver claro através desse amontoado de paralelepípedos para saber o que se passava atrás da muralha impassível que recebia os golpes sem responder. De repente, os insurgentes avistaram um capacete que brilhava ao sol sobre um teto vizinho. Um bombeiro estava encostado a uma chaminé alta e parecia estar ali de sentinela. Seu olhar caía a pique na barricada.

— Ali está uma sentinela incômoda — disse Enjolras.

Jean Valjean havia restituído a carabina de Enjolras, mas conservava seu fuzil.

Sem proferir uma palavra, mirou o bombeiro e, um instante depois, o capacete atingido por uma bala caía com estrondo na rua. O soldado, assustado, apressou-se em fugir.

Um segundo observador tomou seu lugar. Esse era um oficial. Jean Valjean, que recarregara seu fuzil, mirou o recém-chegado, e enviou seu capacete ao encontro do capacete do soldado. O oficial não insistiu e retirou-se rapidamente. Dessa vez entenderam o aviso. Ninguém reapareceu no teto; e renunciaram a espionar a barricada.

— Por que não matou o homem? — perguntou Bossuet a Jean Valjean.

Jean Valjean não respondeu.

XII. A desordem partidária da ordem

Bossuet murmurou ao ouvido de Combeferre:

— Ele não respondeu à minha pergunta.

— É um homem que pratica o bem a tiros de fuzil — disse Combeferre.

Aqueles que conservam alguma lembrança dessa época já remota sabem que a guarda nacional do subúrbio era valente contra as insurreições. Ela foi particularmente insistente e intrépida nos dias de junho de 1832. Tal como um bom taverneiro de Pantin, de Vertus ou de Cunette, cuja revolta fazia esvaziar o "estabelecimento", tornava-se leonino vendo seu salão de danças deserto, e se deixava matar para salvar a ordem representada pela taverna. Nessa época ao mesmo tempo burguesa e heróica, em presença de idéias que tinham seus cavaleiros, os interesses tinham seus paladinos. O prosaísmo do motivo não diminuía em nada a bravura do movimento. A diminuição de uma pilha de moedas fazia os banqueiros cantarem a *Marselhesa*. Vertiam liricamente seu sangue em prol do caixa, e defendia-se com grande entusiasmo o estabelecimento, esse imenso diminutivo da pátria.

No fundo, devemos dizer, não havia nisso tudo nada de muito sério. Eram os elementos sociais que entravam em conflito, esperando o dia em que entrariam em equilíbrio.

Outra característica daquela época era a anarquia misturada ao governamentalismo (nome bárbaro do partido correto). Era-se a favor da ordem com indisciplina. O tambor rufava inopinadamente sob o comando de um certo coronel da guarda nacional, chamadas caprichosas; certo capitão ia à luta por inspiração; um guarda nacional combatia porque lhe dera "na cabeça" e por sua própria conta. Nos instantes de crise, durante as "jornadas", aconselhavam-se menos com seus chefes do que com seus instintos. Havia no exército da ordem verdadeiros guerrilheiros, alguns de espada, como Fannicot, outros de pluma, como Henri Fonfrède.

A civilização, naquela época infelizmente representada mais por uma agregação de interesses do que por um grupo de princípios, estava ou julgava-se em perigo; ela dava o grito de alarme; cada um, fazendo-se de centro, a defendia, a socorria e a protegia como bem entendia, e o primeiro que chegasse atribuía a si mesmo o encargo de salvar a sociedade.

Às vezes, o zelo ia até o extermínio. Certo pelotão de guardas nacionais se constituía, por sua própria autoridade, em conselho de guerra, julgando e executando em cinco minutos um revolucionário prisioneiro. Fora uma improvisação desse tipo que matara Jean Prouvaire. É a feroz lei de Lynch, que nenhum partido tem o direito de reprovar nos outros, pois ela é aplicada tanto pela república na América como pela monarquia na Europa. Essa lei de Lynch complicava-se com erros. Em um dia de revolta, um jovem poeta chamado Paul-Aimé Garnier foi perseguido na praça Royale, baioneta nas costas, e só escapou refugiando-se sob o portão do número 6. Gritavam: "Eis aí mais um desses *Saint-Simoniens!*" e queriam matá-lo. Ora, ele levava sob o braço um volume das memórias do Duque de Saint-Simon. Um guarda nacional leu sobre o livro a palavra: *Saint-Simon*, e gritou: "À morte!"

Em 6 de junho de 1832, uma companhia de guardas nacionais do subúrbio, comandada pelo Capitão Fannicot, acima mencionado, por simples fantasia e prazer, fez-se dizimar na rua de la Chanvrerie. O fato, por mais singular que pareça, foi constatado na instrução judiciária instaurada logo após a insurreição de 1832. O Capitão Fannicot, burguês impaciente e destemido, espécie de *condottiere* da ordem, como os que acima acabamos de caracterizar, governamentalista fanático e insubmisso, não pôde resistir à tentação de atacar antes da hora, e à ambição de tomar a barricada sozinho, isto é, com sua companhia. Exasperado pela sucessiva aparição da bandeira vermelha e do velho casaco que tomou por uma bandeira negra, ele criticava em voz alta os generais e os chefes de divisão, que se reuniam em conselho, que não julgavam chegado o momento do ataque decisivo e que deixavam, conforme uma célebre expressão de um deles "a insurreição cozinhar em seu próprio caldo". Quanto a ele, achava que a barricada já estava madura e, como o que já está maduro deve cair, tentou.

Ele comandava homens resolutos como ele, "furiosos", como disse uma testemunha. Sua companhia, essa mesma que fuzilara o poeta Jean Prouvaire, era a primeira do batalhão postado na esquina da rua. No momento em que menos se esperava, o capitão lançou seus homens contra a barricada. Esse movimento, executado mais com boa vontade do que com estratégia, custou caro à companhia de Fannicot. Antes que tivesse chegado a dois terços da rua, viu-se acolhido por uma descarga geral da barricada. Quatro, os mais audaciosos, que corriam na frente, foram fulminados à queima-roupa bem aos pés do reduto, e esse corajoso tumulto dos guardas nacionais, pessoas muito heróicas, mas que não possuíam a tenacidade militar, teve de recuar após certa hesitação, deixando quinze cadáveres sobre a calçada. O instante de hesitação deu aos revoltosos o tempo de recarregar suas armas e uma segunda descarga mortífera atingiu a companhia antes que ela pudesse alcançar a esquina da rua, seu abrigo. Por um momento ficou presa entre dois fogos e recebeu a descarga da bateria de canhão, que, não tendo recebido ordens, não interrompera o fogo. O intrépido e imprudente Fannicot foi um dos mortos por essa metralha. Foi morto pelo canhão, isto é, pela ordem.

Esse ataque, mais furioso que sério, irritou Enjolras.

— Imbecis! — disse ele. — Matam seus homens e gastam nossa munição para nada!

Enjolras falava como verdadeiro general de revolta que era. A insurreição e a repressão nunca lutam com armas iguais. A insurreição, com os poucos recursos que possui, tem certo número de tiros para dar e certo número de combatentes para perder. Uma cartucheira vazia, um homem morto não têm substituição. A repressão, possuindo o exército, não conta os homens, e, possuindo Vincennes[9], não conta os tiros. A repressão tem tantos regimentos quanto a barricada tem homens, e tantos arsenais quanto a barricada tem cartucheiras. Assim, essas lutas, que são de um contra cem, sempre terminam pelo total esmagamento das barricadas; a não ser que a revolução, surgindo bruscamente, venha a jogar na balança seu flamejante gládio de arcanjo. Essas coisas acontecem. Então tudo se eleva, as calçadas entram em ebulição, os redutos populares pululam, Paris estremece soberanamente, o *quid divinum* se solta, um 10 de agosto está no ar, um 29 de julho está no ar, uma luz prodigiosa surge, a bocarra aberta da força recua, e o exército, esse leão, vê diante de si, de pé e tranqüilo, esse profeta, a França.

XIII. Clarões que passam

No caos de sentimentos e paixões que defendem uma barricada, há de tudo: há bravura, juventude, honra, entusiasmo, ideal, convicção, obstinação de jogador, e, principalmente, intermitências de esperança.

Uma dessas intermitências, um desses vagos estremecimentos de esperança, atravessou subitamente, e no momento em que menos se esperava, a barricada da rua de la Chanvrerie.

— Escutem — exclamou bruscamente Enjolras, sempre à espreita —, me parece que Paris acorda.

É certo que, na manhã de 6 de junho, a insurreição, durante uma ou duas horas, experimentou uma certa recrudescência. A obstinação do toque de alerta de Saint-Merry reanimou algumas veleidades. Rua du Poirier, rua des Gravilliers, barricadas se esboçaram. Diante

[9] Trata-se do castelo de Vincennes, que serviu como prisão do Estado. (N. do E.)

da entrada Saint-Martin, um jovem, armado de carabina, atacou sozinho um esquadrão da cavalaria. A descoberto, em pleno bulevar, pôs um joelho no chão, empunhou a arma, atirou, matou o chefe do esquadrão, e virou-se dizendo: *Aí está mais um que não mais nos fará mal*. Foi golpeado com um sabre. Na rua Saint-Denis, uma mulher atirava na guarda municipal por trás de uma veneziana abaixada. A cada disparo, viam-se as folhas da veneziana estremecerem. Uma criança de catorze anos foi detida na rua de la Cossonnerie com os bolsos cheios de cartuchos. Vários postos foram atacados. À entrada da rua Bertin-Poirée, uma fuzilaria muito intensa e totalmente imprevista acolheu um regimento de couraçados, à frente do qual marchava o General Cavaignac de Baragne. Na rua Planche-Mibray, jogaram sobre a tropa, de cima dos telhados, velhos cacos de louça e utensílios domésticos; mau sinal. E quando relataram esse fato ao Marechal Soult, o antigo tenente de Napoleão ficou pensativo, lembrando-se das palavras de Suchet em Saragoza: *Estaremos perdidos quando as senhoras idosas despejarem seus penicos sobre nossas cabeças*.

Esses sintomas gerais, que se manifestavam no momento em que se acreditava em uma revolta localizada, essa febre de cólera que retomava alento, essas faíscas que voavam aqui e ali acima das profundas massas de combustível chamadas bairros de Paris, todo esse conjunto preocupou os chefes militares. Apressaram-se em apagar esses princípios de incêndio. Retardaram, até que essas fagulhas fossem apagadas, o ataque às barricadas Maubuée, la Chanvrerie e Saint-Merry, a fim de se ocuparem exclusivamente delas e poderem terminar com tudo de uma só vez. Colunas de soldados foram lançadas às ruas em fermentação, varrendo as grandes, sondando as pequenas, à direita, à esquerda, ora com precaução e lentamente, ora mais depressa. A tropa arrombava as portas de onde haviam partido os tiros; ao mesmo tempo, manobras de cavalaria dispersavam os grupos dos bulevares.

Essa repressão não foi efetuada sem rumor e sem o barulho tumultuoso próprios dos choques entre povo e exército. Era esse o sussurro que Enjolras ouvia nos intervalos da metralha e da artilharia. Além disso, no final da rua, ele vira feridos passar sobre macas, e disse a Courfeyrac: “Esses feridos não são daqui”.

A esperança durou pouco; o clarão rapidamente se eclipsou. Em menos de meia hora, o que estava no ar desvaneceu-se; foi como um relâmpago sem trovão, e os revolucionários sentiram recair sobre eles essa espécie de capa de chumbo que a indiferença do povo atira sobre os obstinados abandonados.

O movimento geral, que vagamente fora esboçado, abortara; e a atenção do ministro da guerra e a estratégia dos generais podiam agora concentrar-se sobre as três ou quatro barricadas que haviam permanecido de pé.

O sol subia no horizonte.

Um dos revoltosos interpelou Enjolras:

— Estamos com fome aqui! Será que realmente morreremos assim, sem comer?

Enjolras, sempre apoiado à sua seteira, sem tirar os olhos da extremidade da rua, fez com a cabeça um aceno afirmativo.

XIV. Onde será lido o nome da amante de Enjolras

Courfeyrac, sentado sobre uma pedra ao lado de Enjolras, continuava a insultar o canhão, e cada vez que passava essa sombria nuvem de projéteis chamada metralha, com seu ruído monstruoso, ele a acolhia com uma baforada de ironia.

— Você grita, meu pobre velho brutal, tenho pena de você, está se esgoelando à toa. Isso não é um trovão, é tosse.

E todos riam ao seu redor.

Courfeyrac e Bossuet, cujo valente bom humor aumentava com o perigo, substituíam, como a senhora Scarron, o alimento pelo gracejo, e, como faltava vinho, serviam alegria a todos.

— Admiro Enjolras — dizia Bossuet. — Sua temeridade impassível me encanta. Vive só, o que o torna, talvez, um pouco triste; Enjolras queixa-se de sua grandeza que o amarra à viuvez. Quanto a nós, temos todos mais ou menos amantes que nos deixam loucos, isto é, corajosos. Quando estamos apaixonados como um tigre, o mínimo que podemos fazer é lutar como um leão. É uma forma de nos vingarmos do tratamento que nos dão nossas namoradinhas. Orlando deixa-se matar para irritar Angélica[10]. Todos os nossos heroísmos provêm de nossas mulheres. Um homem sem mulher é como uma pistola sem gatilho; é a mulher que faz o homem disparar. Pois bem, Enjolras não tem mulher. Não está apaixonado, e encontra um meio de ser intrépido. É algo inédito, que se possa ser frio como gelo e ardente como fogo.

Enjolras parecia nada ouvir; mas se alguém estivesse perto dele o teria ouvido murmurar a meia voz: *Pátria*.

---

[10] Referência aos personagens de *Orlando Furioso*, de Ariosto. (N. do E.)

Bossuet ainda ria quando Courfeyrac exclamou:
— Novidades!
E com voz de bedel anunciando, acrescentou:
— Eu me chamo Peça de Oito!
De fato, um novo personagem acabava de entrar em cena. Era uma segunda boca de fogo.
Os artilheiros fizeram rapidamente uma manobra de força e puseram essa segunda peça em posição perto da primeira.
Isso esboçava o desfecho.
Instantes depois, as duas peças, vivamente servidas, atiravam de frente contra o reduto; os disparos do pelotão de linha e do bairro sustentavam a artilharia.
A alguma distância, ouviam-se outros disparos de canhão. Ao mesmo tempo que as duas peças se encarniçavam sobre o reduto da rua de la Chanvrerie, duas outras bocas de fogo apontadas, uma para a rua Saint-Denis, outra para a rua Aubry-le-Boucher, crivavam a barricada Saint-Merry. Os quatro canhões faziam-se um eco lúgubre.
Os latidos dos sombrios cães da guerra respondiam-se.
Das duas peças que agora batiam a barricada da rua de la Chanvrerie, uma metralhava e a outra atirava balas de canhão.
A peça que atirava balas de canhão estava apontada um pouco para cima, e o tiro era calculado de forma que a bala batesse na borda da extremidade superior da barricada, despedaçando-a e lançando as pedras esmigalhadas sobre os revoltosos como estilhaços de metralha.
Esse tipo de tiro tinha por finalidade afastar os combatentes do alto do reduto e obrigá-los a juntarem-se em seu interior, ou seja, isso anunciava o assalto.
Uma vez os combatentes expulsos do alto da barricada pelos tiros de canhão, e das janelas da taverna pela metralha, as colunas de ataque poderiam aventurar-se na rua sem serem visadas, talvez mesmo sem serem percebidas, poderiam escalar bruscamente o reduto, como na noite da véspera e, quem sabe, tomá-lo de surpresa.
— É absolutamente necessário diminuir o incômodo dessas peças — disse Enjolras. E gritou: — Fogo sobre os artilheiros!
Todos estavam prontos. A barricada, que havia muito tempo estava calada, atirou desesperadamente, sete ou oito descargas se sucederam com uma espécie de raiva e alegria; a rua encheu-se de uma fumaça ofuscante e, após alguns minutos, através dessa névoa toda estriada de chamas, puderam distinguir confusamente dois terços dos artilheiros deitados sobre as rodas do canhão. Os que haviam permanecido de pé continuavam servindo os canhões com tranqüila severidade, mas o fogo diminuíra.

— Isso está indo bem — disse Bossuet a Enjolras. — Sucesso.

Enjolras balançou a cabeça e respondeu:

— Mais um quarto de hora desse sucesso e não haverá nem dez cartuchos na barricada.

Parece que Gavroche ouviu essas palavras.

XV. Gavroche de fora

De repente, Courfeyrac percebeu alguém na base da barricada, do lado de fora, na rua, sob as balas.

Gavroche pegara um cesto para garrafas na taverna, saíra pela brecha e calmamente esvaziava em seu cesto as cartucheiras cheias dos guardas nacionais mortos sobre o talude da barricada.

— O que você está fazendo aí? — disse Courfeyrac.

Gavroche ergueu o nariz.

— Cidadão, estou enchendo meu cesto.

— Não está vendo a metralha?

Gavroche respondeu:

— Bem, está chovendo. E daí?

Courfeyrac gritou:

— Volte!

— Daqui a pouco — disse Gavroche.

E de um salto embrenhou-se pela rua.

Como se lembram, a companhia Fannicot, ao retirar-se, deixara atrás de si um rastro de cadáveres.

Uns vinte mortos jaziam aqui e ali em toda a extensão da rua, sobre a calçada. Umas vinte cartucheiras para Gavroche, uma provisão de cartuchos para a barricada.

A fumaça estava na rua como uma neblina. Quem já viu uma nuvem caída em uma garganta de montanha, entre duas escarpas, pode imaginar essa fumaça apertada e como que aumentada por duas linhas sombrias de casas altas. Ela subia lentamente e se renovava sem cessar; daí um obscurecimento gradual que empalidecia mesmo em pleno dia. Mal os combatentes podiam ver-se uns aos outros de uma ponta a outra da rua, embora fosse muito curta.

Esse obscurecimento, provavelmente desejado e calculado pelos chefes que deviam dirigir o assalto à barricada, foi útil a Gavroche.

Sob as dobras desse véu de fumaça, e graças à sua pequena estatura, ele pôde avançar bastante na rua sem ser visto. Esvaziou as sete ou oito primeiras cartucheiras sem grande perigo.

Arrastava-se de bruços, galopava andando de quatro, segurava seu cesto com dois dentes, retorcia-se, escorregava, ondulava, serpenteava de um morto a outro, e esvaziava as cartucheiras como um macaco abre uma noz.

Da barricada, de onde ainda estava perto, não ousavam gritar para que retornasse com medo de chamar a atenção sobre ele.

Com um cadáver, que era um cabo de infantaria, ele encontrou um polvorinho.

— Para matar a sede — disse ele, colocando-o em seu bolso.

Como avançava sempre, chegou ao ponto onde a neblina do tiroteio se tornava transparente.

Tanto que os atiradores da tropa, alinhados e à espera atrás da pequena muralha que haviam erguido, e os atiradores do bairro, agrupados no canto da rua, apontaram uns aos outros de repente algo que se movia na fumaça.

No momento em que Gavroche esvaziava os cartuchos de um sargento que jazia perto de uma pedra, uma bala bateu no cadáver.

— Caramba! — disse Gavroche. — Eis que matam meus mortos.

Uma segunda bala fez faiscar a calçada a seu lado. Uma terceira derrubou seu cesto.

Gavroche olhou e viu que aquilo vinha da tropa do bairro.

Ergueu-se de repente, os cabelos soltos ao vento, as mãos nos quadris, os olhos fixos nos homens que atiravam, e cantou:

On est laid à Nanterre,
C'est la faute à Voltaire,
Et bête à Palaiseau,
C'est la faute à Rousseau.

São feios em Nanterre,
A culpa é de Voltaire,
E bobos em Palaiseau,
A culpa é de Rousseau.

Depois pegou seu cesto, recolocou, sem perder um só, os cartuchos que haviam caído, e avançando em direção aos tiros foi esvaziar outro bolso. A quarta bala ainda não o acertou. Gavroche cantou:

Je ne suis pas notaire,
C'est la faute à Voltaire,
Je suis petit oiseau,
C'est la faute à Rousseau.

Não sou escrivão,
A culpa é de Voltaire,
Sou um pequeno pássaro,
A culpa é de Rousseau.

Uma quinta bala não conseguiu mais do que arrancar-lhe um terceiro verso:

Joie est mon caractère,
C'est la faute à Voltaire;
Misère est mon trousseau,
C'est la faute à Rousseau.

Alegria é meu caráter,
A culpa é de Voltaire;
Miséria é meu enxoval,
A culpa é de Rousseau.

Isso continuou por mais algum tempo.

O espetáculo era aterrorizante e encantador. Gavroche, fuzilado, arreliava os disparos. Parecia estar se divertindo muito. Era o pardal bicando os caçadores. A cada descarga, respondia com um verso. Visavam-no sem parar, nunca o atingiam. Os guardas nacionais e os soldados riam enquanto o visavam. Ele se deitava, depois se erguia e se escondia no canto de uma porta, depois corria, desaparecia, reaparecia, fugia, voltava, respondia à metralha com gestos de desdém e ao mesmo tempo pegava os cartuchos, esvaziava os bolsos e enchia seu cesto. Os insurgentes, ofegantes de ansiedade, o seguiam com os olhos. A barricada estremecia; mas ele cantava. Não era uma criança, não era um homem; era um estranho moleque encantado. Parecia o anão invulnerável das confusões. As balas corriam atrás dele, ele era mais rápido que elas. Brincava não se sabe de que assustador esconde-esconde com a morte; cada vez que a face camarada do espectro se aproximava, o moleque lhe dava uma palmada.

No entanto, uma bala, mais certeira ou mais traiçoeira do que as outras, acabou alcançando o menino fogo-fátuo. Viram Gavroche oscilar, depois caiu. Toda a barricada gritou; mas havia algo de Anteu[11] nesse pigmeu; para o garoto, tocar o chão é como, para um gigante, tocar a terra; Gavroche caíra somente para voltar a erguer-se; per-

[11] Anteu, gigante mitológico, filho da Terra. (N. do E.)

maneceu sentado, um longo filete de sangue riscava seu rosto, ergueu os dois braços no ar, olhou para o lado de onde partira o golpe, e pôs-se a cantar:

Je suis tombé par terre,
C'est la faute de Voltaire,
Le nez dans le ruisseau,
C'est la faute à...

Caí no chão,
A culpa é de Voltaire,
O nariz na valeta,
A culpa é de...

Não concluiu. Uma segunda bala do mesmo atirador o interrompeu. Dessa vez caiu com a face contra o chão e não se mexeu mais. Essa pequena grande alma acabava de levantar vôo.

XVI. Como de irmão é possível transformar-se em pai

Naquele mesmo instante, nos jardins de Luxemburgo — pois o olhar do drama deve estar presente em toda parte — havia dois meninos de mãos dadas. Um poderia ter sete anos, o outro cinco. Molhados pela chuva, caminhavam nas alamedas do lado do sol; o mais velho conduzia o menor; estavam esfarrapados e pálidos; pareciam dois passarinhos selvagens. O menor dizia: "Estou com fome".

O mais velho, já um pouco protetor, com a mão esquerda conduzia seu irmão, e tinha uma varinha na direita.

Estavam sozinhos no jardim. O jardim estava deserto, as grades estavam fechadas por ordem da polícia devido à insurreição. As tropas que ali estavam acampadas haviam saído pela necessidade de combater.

Como essas crianças estavam ali? Talvez tivessem escapado de um posto de guarda entreaberto; talvez nos arredores da barreira d'Enfer, ou da esplanada de l'Observatoire, ou do cruzamento vizinho, dominado pelo frontão onde se lê: *invenerunt parvulum pannis involutum*[12], houvesse alguma barraca de saltimbancos de onde teriam fugido; talvez na noite anterior tivessem enganado a vigilância

---

[12] Inscrição que aparece no Evangelho da Natividade: "Encontraram um bebê envolto em faixas". (N. do E.)

dos inspetores do jardim na hora do fechamento, passando a noite em algum desses quiosques onde se lêem os jornais. O fato é que estavam vagando e pareciam livres. Estar vagando e parecer livre é estar perdido. Na verdade, esses pobres pequenos estavam perdidos.

Essas duas crianças eram as mesmas pelas quais Gavroche se compadecera e das quais o leitor deve se lembrar. Filhos dos Thénardier, de aluguel na casa de Magnon, atribuídos ao senhor Gillenormand, e agora folhas caídas de todos esses galhos sem raízes, rodopiando no chão, arrastadas pelo vento.

Suas roupas, limpas na época de Magnon, e que lhe serviam de prospecto diante do senhor Gillenormand, haviam-se transformado em farrapos.

Esses seres pertenciam agora à estatística das "Crianças Abandonadas" que a polícia constata, recolhe, perde e reencontra nas calçadas de Paris.

Era necessária toda a perturbação de um dia daqueles para que esses pequenos miseráveis estivessem nesse jardim. Se os vigilantes os tivessem visto, teriam expulsado esses farrapos. Os pequenos pobres não entram nos jardins públicos; contudo deveríamos pensar que, como crianças, eles têm direito às flores.

Esses dois ali estavam graças às grades fechadas. Estavam em contravenção. Haviam-se introduzido no jardim e ali ficaram. As grades fechadas não dão folga aos inspetores, a vigilância deveria continuar, mas ela relaxa e descansa; e os inspetores, comovidos também pela ansiedade pública e ocupados mais do lado de fora que de dentro, não olhavam mais o jardim e não viram os dois delinqüentes.

Na véspera havia chovido, e um pouco também pela manhã. Mas em junho os aguaceiros não contam. Uma hora após uma tempestade, mal se percebe que esse belo e loiro dia chorou. No verão a terra seca tão rápido quanto a face de uma criança.

Nesse momento do solstício, a luz do meio-dia é, por assim dizer, pungente. Apodera-se de tudo. Ela se aplica e se sobrepõe à terra com uma espécie de sucção. Parece que o sol tem sede. Um aguaceiro é um copo de água; uma chuva é imediatamente bebida. De manhã tudo gotejava, à tarde tudo está empoeirado.

Nada é mais admirável que folhas lavadas pela chuva e enxugadas pelo raio de sol; é frescor e calor. Os jardins e os prados, tendo água em suas raízes e sol em suas flores, transformam-se em pequenos recipientes de incenso e espalham todos os seus perfumes de uma só vez. Tudo ri, canta e se oferece. Sentimo-nos docemente embriagados. A primavera é um paraíso provisório; o sol ajuda a dar paciência ao homem.

Há criaturas que não pedem mais do que isso; gente que, possuindo o azul do céu, diz: é o bastante! Sonhadores absorvidos no prodígio, bebendo na idolatria da natureza a indiferença do bem e do mal, contempladores do cosmos radiantemente distraídos do homem, que não compreendem como alguém ocupa-se com a fome destes, com a sede daqueles, com a nudez do pobre no inverno, com a curvatura linfática de uma pequena espinha dorsal, com o catre, com as mansardas, com o cárcere, com os andrajos das jovens trêmulas, quando se pode sonhar sob as árvores; espíritos pacíficos e terríveis, impiedosamente satisfeitos.

Coisa estranha, basta-lhes o infinito. Essa grande necessidade do homem, o finito, que admite o enlaçamento, eles o ignoram. O finito, que admite o progresso, o trabalho sublime, nisso não pensam. O indefinido, que nasce da combinação humana e divina do infinito com o finito, lhes escapa. Contanto que estejam face a face com a imensidão, eles sorriem. Jamais a alegria, sempre o êxtase. Abismar-se, eis a vida deles. Para eles, a história da humanidade é apenas um plano fragmentário; o Tudo não existe; o verdadeiro Tudo fica de fora; para que ocupar-se com esse detalhe, o homem? O homem sofre, é possível; mas olhem então para Aldebarã que se levanta! A mãe não tem mais leite, o recém-nascido está morrendo, não sei de nada, mas contemplem essa rosácea maravilhosa formada por um pequeno disco da casca de um pinheiro examinado ao microscópio! Comparem-na às mais belas rendas! Esses pensadores se esquecem de amar. O zodíaco os influencia a ponto de impedi-los de ver a criança que chora. Deus eclipsa suas almas. Formam uma família de espíritos, ao mesmo tempo pequenos e grandes. Horácio, Goethe, e talvez La Fontaine, eram dessa família; magníficos egoístas do infinito, espectadores tranqüilos da dor, que, se o tempo está bom, não vêem Nero, e para quem o sol esconde as fogueiras, que olhariam guilhotinar procurando um efeito de luz, que não ouviriam nem o grito, nem o soluço, nem o estertor, nem o sino, para quem tudo está bem já que o mês de maio existe; para quem, enquanto houver nuvens de púrpura e de ouro acima de suas cabeças, haverá contentamento, e que se determinam a ser felizes até que se esgote o brilho dos astros e o canto dos pássaros.

São os radiantes tenebrosos. Eles nem suspeitam que sejam dignos de lástima. Certamente o são. Quem não chora não vê. É preciso admirá-los e lastimá-los, como se lastimaria e admiraria um ser ao mesmo tempo noite e dia, que não tivesse olhos sob as sobrancelhas mas um astro no meio da testa.

A indiferença desses pensadores é, segundo dizem alguns, uma filosofia superior. Pode ser, mas nessa superioridade há enfermidade. Pode-se ser imortal e coxo; exemplo, Vulcano. Pode-se ser mais que homem e menos que homem. O incompleto imenso está na natureza. Quem sabe se o sol não é um cego?

Mas e então? Em quem confiar? *Solem quis dicere falsum audeat?*[13] Assim, os próprios gênios, certos Altíssimos humanos, homens-astros, poderiam enganar-se? O que está lá em cima, no alto, no ápice, no zênite, o que envia sobre a terra tanta claridade, enxergaria pouco, enxergaria mal, não enxergaria? Não é desesperador? Não. Mas então, o que há acima do sol? Deus.

No dia 6 de junho de 1832, por volta das onze horas da manhã, o Luxemburgo, solitário e deserto, estava encantador. Os canteiros e as árvores enviavam-se, através da luz, bálsamos e encantamentos. Os ramos, enlouquecidos à claridade do meio-dia, pareciam querer abraçar-se. Nas figueiras havia a algazarra de um bando de pardais, as rolinhas triunfavam, os pica-paus subiam pelos castanheiros dando bicadas nos buracos da casca. Os canteiros aceitavam a realeza legítima dos lírios; o mais augusto dos perfumes é o que se desprende da brancura. Respirava-se o odor picante do cravo. As velhas gralhas de Maria de Médicis estavam enamoradas nas grandes árvores. O sol dourava, avermelhava e iluminava as tulipas, que nada mais são do que todas as variedades de chamas convertidas em flores. Ao redor dos canteiros de tulipas turbilhonavam as abelhas, faíscas dessas flores-chamas. Tudo era graça e alegria, até mesmo a chuva próxima, recidiva da qual as madressilvas e os lírios deveriam se aproveitar, pois nada tinha de inquietante; as andorinhas faziam a encantadora ameaça de voar baixo. Quem ali estava aspirava felicidade; a vida tinha um cheiro bom; toda aquela natureza exalava a candura, o socorro, a assistência, a paternidade, a carícia, a aurora. Os pensamentos que vinham do céu eram doces como uma pequena mão de criança que beijamos.

As estátuas sob as árvores, nuas e brancas, tinham vestidos de sombra com buracos de luz; essas deusas vestiam farrapos de sol; pendiam-lhes raios por todos os lados. Ao redor do grande tanque, a terra já estava seca a ponto de parecer queimada. Ventava suficientemente para provocar aqui e ali pequenas batalhas de pó. Algumas folhas amareladas caídas no último outono perseguiam-se alegremente como moleques de rua.

A abundância da claridade tinha um não sei que de tranqüi-

---

[13] "Quem ousaria dizer que o sol é falso?" – Virgílio, *Geórgicas*. (N. do E.)

lizador. Vida, seiva, calor, eflúvios trasbordavam; sentia-se sob a criação a enormidade da fonte; em todos aqueles sopros cheios de amor, naquele vaivém de brilhos e de reflexos, naquela prodigiosa profusão de raios, no indefinido derramamento de ouro fluido, sentia-se a prodigalidade do inesgotável; e por trás desse esplendor, assim como por trás de uma cortina de chamas, entrevia-se Deus, esse milionário de estrelas.

Graças à areia, não se via uma só mancha de lama; graças à chuva, não havia um único grão de pó. Os buquês acabavam de lavar-se; todos os veludos, todos os cetins, todos os vernizes, todos os ouros que saem da terra em forma de flores estavam impecáveis. Essa magnificência era limpa. O grande silêncio da natureza feliz enchia o jardim. Silêncio celeste compatível com mil músicas, arrulhos de ninhos, zunidos de enxames, palpitações do vento. Toda a harmonia da estação se realizava em um gracioso conjunto; as entradas e as saídas da primavera aconteciam na ordem desejada; os lilases feneciam, desabrochavam os jasmins; algumas flores estavam atrasadas, alguns insetos estavam adiantados; a vanguarda das borboletas vermelhas de junho fraternizava com a retaguarda das borboletas brancas de maio. Os plátanos revestiam-se de pele nova. A brisa cavava ondulações na enormidade magnífica dos castanheiros. Era esplêndido. Um veterano da caserna vizinha, que olhava através da grade, dizia: "Aí está a primavera, de armas em punho e uniforme de gala".

Toda a natureza tomava a primeira refeição; a criação estava à mesa; era a hora; a grande toalha azul estava posta no céu e a grande toalha verde sobre a terra; o sol iluminava *a giorno*. Deus servia a refeição universal. Cada ser possuía seu pasto ou seu alimento. O pombo achava linhaça, o tentilhão, alpiste, o pintassilgo, a erva, o pintarroxo, vermes, a abelha encontrava as flores, a mosca encontrava os infusórios, o verdelhão encontrava moscas. Comiam-se um pouco uns aos outros, o que é o mistério do mal misturado ao bem; mas nem um só animal tinha o estômago vazio.

Os dois pequenos abandonados haviam-se aproximado do grande tanque, e, um pouco confusos com toda aquela luz, procuravam esconder-se, instinto do pobre e do fraco diante da magnificência, mesmo que impessoal; e ficaram atrás da casinha dos cisnes.

Aqui e ali, a intervalos, quando o vento soprava, ouviam-se gritos confusos, um rumor, uma espécie de tumultuosos estertores, que eram a fuzilaria e certas batidas surdas, que eram tiros de canhão. Havia fumaça acima dos tetos na direção dos depósitos. Um sino, que parecia chamar, soava ao longe.

As crianças pareciam não perceber esses ruídos. O menor repetia de vez em quando, baixinho: “Estou com fome”.

Quase no mesmo instante que as duas crianças, outras duas pessoas aproximavam-se do grande tanque. Era um homem de uns cinqüenta anos conduzindo pela mão um pequeno de seis anos. Sem dúvida um pai com seu filho. O pequeno trazia na mão um grande pão doce.

Naquela época, certas casas nos arredores, na rua Madame e na rua d’Enfer, possuíam uma chave do Luxemburgo, de que se serviam os locatários quando as grades estavam fechadas, privilégio suprimido depois. Sem dúvida era de uma dessas casas que esse pai e esse filho haviam saído.

Os dois pequenos pobres viram aproximar-se “esse senhor” e esconderam-se ainda mais.

Era um burguês. O mesmo talvez que um dia Marius escutara, em sua febre de amor, perto daquele mesmo tanque, aconselhando seu filho a “evitar os excessos”. Tinha um ar afável e altivo, e uma boca que, como não se fechava, sorria sempre. Esse sorriso mecânico, produzido por um maxilar muito grande e pouca pele, mostrava mais os dentes que a alma. O pequeno, com seu pão doce mordido que não acabava de comer, parecia saciado. Estava vestido de guarda nacional, por causa da revolta, enquanto o pai permanecia vestido de burguês, por prudência.

O pai e o filho haviam parado perto do tanque onde nadavam os dois cisnes. O homem parecia ter por eles uma admiração especial. Assemelhava-se aos cisnes no modo de andar.

Naquele momento, os cisnes nadavam, o que é sua principal habilidade, e estavam magníficos.

Se os dois pequenos pobres tivessem escutado, e tivessem idade suficiente para entender, poderiam ter ouvido as palavras de um homem sério. O pai dizia ao filho:

— O sábio vive contente com pouco. Olhe para mim, meu filho. Eu não gosto de luxo. Ninguém me vê com roupas cobertas de ouro e pedrarias; deixo esses brilhos falsos às almas mal organizadas.

Nesse ponto, os gritos profundos que vinham do lado dos depósitos irromperam com um redobrar de sinos e rumores.

— O que é isso? — perguntou a criança.

O pai respondeu:

— São saturnais[14].

---

[14] Na Roma antiga, festas licenciosas em honra de Saturno. (N. do E.)

De repente, avistou os pequenos esfarrapados imóveis atrás da casinha verde dos cisnes.

— Aí está o começo — disse ele.

E, após uma pausa, acrescentou:

— A anarquia entra neste jardim.

Ao mesmo tempo, o pequeno deu uma dentada no pão, cuspiu e de repente começou a chorar.

— Por que está chorando? — perguntou-lhe o pai.

— Não tenho mais fome — disse a criança.

O sorriso do pai acentuou-se.

— Não é necessário sentir fome para se comer um pão doce.

— Meu pão me enjoa. Está duro.

— Você não quer mais?

— Não.

O pai mostrou-lhe os cisnes.

— Jogue-o a esses palmípedes.

A criança hesitou. Não querer mais o pão não é uma razão para dá-lo.

O pai prosseguiu:

— Seja humano. Devemos ter compaixão pelos animais.

E, tirando o pão doce do filho, jogou-o no tanque.

O pão caiu bem perto da borda.

Os cisnes estavam longe, no meio do tanque, entretidos com alguma presa. Não haviam visto nem o burguês nem o pão.

O burguês, sentindo que o pão corria o risco de perder-se e emocionado com esse naufrágio inútil, entregou-se a uma agitação telegráfica que acabou atraindo a atenção dos cisnes.

Eles perceberam algo que boiava, mudaram de bordo como navios que são, e foram lentamente em direção ao pão, com uma majestade beata que convém aos animais brancos.

— Os cisnes compreendem os sinais[15] — disse o burguês, feliz por se mostrar espirituoso.

Nesse momento, o tumulto longínquo da cidade aumentou repentinamente. Dessa vez foi sinistro. Há rajadas de vento que falam mais distintamente do que outras. A que soprava naquele momento trouxe claramente o rufar de tambores, clamores, tiros de pelotão e as réplicas lúgubres do sino e do canhão. Isso coincidiu com uma nuvem negra que cobriu bruscamente o sol.

Os cisnes não haviam ainda chegado até o pão.

---

[15] A frase original, *Les cygnes comprennent les signes*, comporta um trocadilho que não é possível manter na tradução, e que justifica o pai julgar-se espirituoso. (N. da T.)

— Vamos voltar — disse o pai —; estão atacando as Tulherias.

Tornou a pegar na mão do filho. Depois continuou:

— Das Tulherias ao Luxemburgo não há senão a distância que separa a realeza do pariato; que não é muito longe. As balas vão chover.

Olhou para a nuvem.

— E talvez a própria chuva chova; o céu está interferindo; o ramo mais novo está condenado. Vamos para casa depressa.

— Eu queria ver os cisnes comerem o pão — disse a criança.

O pai respondeu:

— Seria uma imprudência.

E levou seu pequeno burguês.

O filho, lamentando deixar os cisnes, continuava a olhar para o grande tanque até que um grupo de árvores o escondeu de seu olhar.

No entanto, ao mesmo tempo que os cisnes, os dois pequenos errantes haviam se aproximado do pão. Ele flutuava na água. O menor olhava o pão doce, o maior olhava o burguês que se afastava.

O pai e o filho entraram no labirinto de alamedas que conduz à grande escadaria do bosque pelo lado da rua Madame.

Assim que os perdeu de vista, o mais velho deitou-se rapidamente de barriga para baixo na margem arredondada do tanque e, firmando-se nela com a mão esquerda, debruçado sobre a água, quase caindo, estendeu com a mão direita a sua varinha em direção ao pão. Os cisnes, ao verem o inimigo, se apressaram, e, apressando-se, provocaram nas águas um movimento que beneficiou o pequeno pescador; a água diante dos cisnes refluiu e uma das suaves ondulações concêntricas empurrou devagar o pão em direção à varinha do menino. Quando os cisnes se aproximavam, a varinha tocou o pão. O menino fez um gesto rápido, assustou os cisnes, puxou o pão, pegou-o e ergueu-se. O pão estava molhado; mas estavam com fome e sede. O mais velho cortou o pão em dois pedaços, um maior e outro menor, pegou o menor e deu o maior a seu irmãozinho, e lhe disse:

— Tire a barriga da miséria.

XVII. *Mortuus pater filium moriturum expectat*[16]

Marius correra para fora da barricada. Combeferre o seguira. Mas era tarde demais. Gavroche estava morto. Combeferre trouxe o cesto dos cartuchos; Marius trouxe a criança.

---

[16] "O pai já morto espera seu filho que irá morrer." (N. do E.)

Infelizmente, pensava ele, o que o pai fizera por seu pai, ele fazia ao filho; só que Thénardier trouxera seu pai vivo; ele trazia a criança morta.

Quando Marius entrou no reduto, com Gavroche nos braços, tinha, como a criança, o rosto coberto de sangue.

No instante em que se agachara para pegar Gavroche, uma bala pegara sua cabeça de raspão; ele não percebera.

Courfeyrac desmanchou sua gravata e com ela atou a fronte de Marius.

Colocaram Gavroche na mesma mesa que Mabeuf, e estenderam sobre os dois corpos o xale preto. Era grande o bastante para o velho e a criança.

Combeferre distribuiu os cartuchos contidos no cesto que trouxera. Isso dava a cada homem quinze balas a mais.

Jean Valjean permanecia sempre no mesmo lugar, imóvel sobre a pedra. Quando Combeferre entregou os quinze cartuchos que lhe cabiam, sacudiu a cabeça.

— Eis um raro excêntrico — disse Combeferre baixinho a Enjolras. — Ele encontra um meio de não lutar nessa barricada.

— O que não o impede de defendê-la — respondeu Enjolras.

— O heroísmo tem os seus originais — retrucou Combeferre.

E Courfeyrac, que ouvira, acrescentou:

— Faz um gênero diferente do Pai Mabeuf.

Algo que é preciso notar, o fogo que atacava a barricada mal a perturbava interiormente. Aqueles que nunca atravessaram o turbilhão desse tipo de guerra não têm idéia dos momentos singulares de tranqüilidade misturados a essas convulsões. Vai-se de um lado para o outro, conversa-se, brinca-se, passeia-se. Uma pessoa que conhecemos escutou um combatente dizer-lhe no meio da metralha: *Estamos aqui como em um almoço de rapazes*. O reduto da rua de la Chanvrerie, repetimos, parecia muito calmo em seu interior. Todas as peripécias e todas as fases haviam sido ou seriam esgotadas. A posição, de crítica, tornara-se ameaçadora e de ameaçadora provavelmente se tornaria desesperadora. À medida que a situação tornava-se sombria, o clarão heróico purpurizava cada vez mais a barricada. Enjolras dominava-a gravemente, com atitude de um jovem espartano dedicando a espada desembainhada ao sombrio gênio Epidotas[17].

Combeferre, avental sobre o ventre, cuidava dos feridos, Bossuet e Feuilly faziam cartuchos com a pólvora recolhida por Gavroche,

---

[17] Divindade da mitologia grega. (N. do E.)

e Bossuet dizia a Feuilly: *Logo tomaremos a diligência para um outro planeta*; Courfeyrac colocava e acomodava, em cima do monte de pedras que reservara para si ao lado de Enjolras, todo um arsenal, sua bengala de estocar, a espingarda, duas pistolas de arção e um soco, com o esmero de uma donzela que põe em ordem uma pequena vitrine. Jean Valjean, mudo, contemplava a parede que ficava à sua frente. Com um barbante, um operário atava à cabeça um grande chapéu de palha da Mãe Hucheloup, *com medo do ardor do sol*, dizia ele. Os rapazes da Cougourde de Aix conversavam alegremente entre si, como se tivessem pressa para falar a língua natal uma última vez. Joly, que pegara o espelho da viúva Hucheloup, examinava nele sua língua. Alguns combatentes, tendo encontrado umas crostas de pão meio emboloradas dentro de uma gaveta, comiam-nas avidamente. Marius estava preocupado com o que seu pai lhe diria.

XVIII. O abutre transformado em presa

Insistamos em um fato psicológico próprio das barricadas. Nada do que caracteriza essa surpreendente guerra das ruas deve ser omitido.

Seja qual for essa estranha tranqüilidade interior da qual acabamos de falar, a barricada, para os que se encontram dentro dela, nem por isso deixa de ser uma visão.

Há apocalipse na guerra civil, todas as brumas do desconhecido misturam-se a esses ardores ferozes, as revoluções são esfinges, e quem quer que tenha atravessado uma barricada acredita ter atravessado um sonho.

O que se sente em tais lugares, já o indicamos a respeito de Marius, e logo veremos as conseqüências disso, é mais e é menos do que a vida. Quando se sai de uma barricada, não se sabe mais o que se viu. Fomos terríveis, mas o ignoramos. Estivemos rodeados de idéias combatentes que tinham faces humanas; nossa mente estava na luz do futuro; havia cadáveres deitados e fantasmas de pé. As horas eram colossais e pareciam horas de eternidade. Vivemos na morte. Sombras passaram. Que era aquilo? Vimos mãos manchadas de sangue; era um ensurdecimento assustador, era também um silêncio horrível; havia bocas abertas que se calavam; estávamos na fumaça, dentro da noite talvez. Acreditamos haver tocado a destilação sinistra das profundezas desconhecidas; olhamos algo de vermelho que temos nas unhas. Não nos lembramos mais.

Voltemos à rua de la Chanvrerie.

De repente, entre duas descargas, ouviu-se o soar longínquo das horas.

— É meio-dia — disse Combeferre.

As doze badaladas ainda não haviam soado quando Enjolras se pôs de pé e bradou do alto da barricada este clamor tonante:

— Levem pedras para dentro da casa. Guarneçam com elas o peitoril da janela e das mansardas. Metade dos homens aos fuzis, a outra metade às pedras. Não há um minuto a perder.

Na extremidade da rua, um pelotão de bombeiros, machados ao ombro, acabava de aparecer em ordem de batalha.

Aquilo só podia ser a vanguarda de alguma coluna; e de qual coluna? A coluna de ataque evidentemente; os bombeiros encarregados de demolir a barricada precedem sempre os soldados encarregados de escalá-la.

Evidentemente, aproximava-se o instante que o senhor de Clermont-Tonerre, em 1822, denominava "le coup de collier"[18].

A ordem de Enjolras foi executada com a pressa correta peculiar aos navios e às barricadas, os dois únicos lugares de combate de onde é impossível a evasão. Em menos de um minuto, os dois terços de pedras que Enjolras mandara empilhar à porta da Corinthe foram transportados ao primeiro andar e ao sótão, e antes que passasse outro minuto essas pedras, artisticamente dispostas umas por cima das outras, muravam, até a metade da altura, a janela do primeiro andar e do sótão. Alguns intervalos, cuidadosamente previstos por Feully, principal construtor, permitiam a passagem dos canos de fuzil. Essa fortificação das janelas fora facilitada por uma pausa da metralha. Os dois canhões agora atiravam balas sobre o centro da barragem a fim de fazer um buraco e, se possível, abrir uma brecha para o assalto.

Quando as pedras, destinadas à suprema defesa, já estavam em seu devido lugar, Enjolras mandou levar ao primeiro andar as garrafas que ele pusera sob a mesa onde estava Mabeuf.

— Quem vai beber isto? — perguntou-lhe Bossuet.

— Eles — respondeu Enjolras.

Depois a janela de baixo foi tapada, e deixadas de prontidão as barras de ferro que serviam para trancar a porta da taverna à noite.

A fortaleza estava completa. A barricada era a muralha, a taverna o torreão.

Com as pedras que sobraram tamparam a abertura.

---

[18] A expressão significa *esforço momentâneo e intenso*, sem equivalente em português. (N. da T.)

Como os defensores de uma barricada são sempre obrigados a poupar as munições, e os assaltantes sabem disso, os assaltantes combinam seus preparativos com uma espécie de sossego irritante, expondo-se ao fogo antes da hora, mais em aparência do que em realidade, e ficam à vontade. Os preparativos do ataque sempre são feitos com certa lentidão metódica; depois disso, o raio.

Essa lentidão permitiu a Enjolras rever e aperfeiçoar tudo. Sentia que, já que homens como aqueles iam morrer, essa morte deveria ser uma obra-prima.

Disse a Marius:

— Somos os dois chefes. Darei as últimas ordens lá dentro. Você, fique aqui fora e observe.

Marius pôs-se em observação no alto da barricada.

Enjolras fez com que pregassem a porta da cozinha, que, como se lembram, servia de enfermaria.

— Nenhum estilhaço sobre os feridos — disse ele.

Deu suas últimas instruções na sala de baixo, em tom breve mas profundamente tranqüilo; Feuilly escutava e respondia em nome de todos.

— No primeiro andar, fiquem com os machados prontos para cortar a escada. Estão com eles?

— Sim — disse Feuilly.

— Quantos?

— Dois machados e uma machadinha.

— Certo. Somos vinte e seis combatentes de pé. Quantos fuzis temos?

— Trinta e quatro.

— Oito a mais. Tenham à mão esses oito fuzis, carregados como os outros. Sabres e pistolas na cintura. Vinte homens na barricada. Seis de emboscada nas mansardas e na janela do primeiro andar, para atirar sobre os assaltantes pelas aberturas deixadas entre as pedras. Que nenhum trabalhador permaneça inútil aqui. Logo mais, quando o tambor tocar dando o sinal de ataque, que os vinte que estiverem embaixo corram para a barricada. Os que chegarem primeiro estarão nos melhores lugares.

Feitas essas disposições, voltou-se para Javert e lhe disse:

— Eu não me esqueci de você.

E, pousando sobre a mesa uma pistola, acrescentou:

— O último que sair daqui fará saltar os miolos deste espião.

— Aqui? — perguntou uma voz.

— Não. Não misturemos o cadáver dele com os nossos. Podemos transpor a pequena barricada sobre a ruazinha Mondétour. Ela só tem um metro e meio de altura. O homem está bem amarrado. Nós o levaremos para lá e o executaremos.

Naquele momento, alguém permanecia mais impassível que Enjolras; era Javert.

Jean Valjean então apareceu.

Misturara-se ao grupo dos revoltosos. Saiu e disse a Enjolras:

— O senhor é o comandante?

— Sim.

— Há pouco o senhor me agradeceu.

— Em nome da República. A barricada possui dois salvadores, Marius Pontmercy e o senhor.

— O senhor acha que mereço alguma recompensa?

— Certamente.

— Pois então peço uma.

— Qual?

— Queimar eu mesmo os miolos desse homem.

Javert ergueu a cabeça, avistou Jean Valjean, fez um movimento imperceptível e disse:

— É justo.

Quanto a Enjolras, pusera-se a recarregar sua carabina; olhou em volta e disse:

— Ninguém se opõe?

E voltando-se para Jean Valjean:

— Leve o espião.

Com efeito, Jean Valjean tomou posse de Javert sentando-se na extremidade da mesa. Pegou a pistola e ouviu-se um estalido fraco anunciando que acabara de armá-la.

Quase no mesmo instante, ouviu-se um toque de corneta.

— Alerta! — gritou Marius do alto da barricada.

Javert pôs-se a rir, com esse riso silencioso que lhe era peculiar, e, olhando fixamente para os insurgentes, lhes disse:

— Vocês não estão melhor do que eu.

— Todos para fora! — gritou Enjolras.

Os insurgentes precipitaram-se em tumulto, e, ao sair, receberam pelas costas, perdoem-nos a expressão, estas palavras de Javert:

— Até já!

XIX. Jean Valjean se vinga

Assim que Jean Valjean ficou sozinho com Javert, desatou-lhe a corda que o prendia pela cintura e cujo nó ficava debaixo da mesa. Em seguida fez um sinal para que se levantasse.

Javert obedeceu com o indefinível sorriso em que se condensa a supremacia da autoridade acorrentada.

Jean Valjean pegou Javert pelo martingale, como quem pegaria um animal de carga pelo cabresto, e, puxando-o atrás de si, saiu da taverna lentamente, pois Javert, com as pernas amarradas, só podia dar pequenos passos.

Jean Valjean estava com a pistola na mão.

Transpuseram assim o trapézio interior da barricada. Os insurgentes, atentos ao ataque iminente, estavam de costas.

Somente Marius, postado na extremidade esquerda da barragem, os viu passar. Esse grupo de vítima e carrasco iluminou-se com o clarão sepulcral que tinha na alma.

Jean Valjean, com certo esforço, fez com que Javert escalasse a pequena barreira da rua Mondétour, mas sem o largar um só instante.

Depois de terem transposto essa barragem, acharam-se sozinhos na pequena rua. Ninguém os via. O cotovelo formado pelas casas escondia-os dos insurgentes. Os cadáveres retirados da barricada formavam um monte terrível a alguns passos dali.

Distinguia-se entre os mortos uma face lívida, uma cabeleira desfeita, uma mão furada e um seio de mulher seminu. Era Éponine.

Javert contemplou obliquamente essa morta, e, profundamente calmo, disse baixinho:

— Parece-me que conheço essa moça.

Depois voltou-se para Jean Valjean.

Jean Valjean colocou a pistola debaixo do braço e fixou Javert com um olhar que não necessitava de palavras para dizer:

— Javert, sou eu.

Javert respondeu:

— Tire sua revanche.

Jean Valjean tirou do bolso uma faca e abriu-a.

— Uma navalha! — exclamou Javert. — Tem razão. Isso lhe convém mais.

Jean Valjean cortou a corda que lhe prendia o pescoço, em seguida cortou as cordas que tinha nos pulsos; depois, agachando-se, cortou o cordão que ele tinha nos pés; e erguendo-se disse-lhe:

— Está livre!

Javert não se espantava facilmente. Entretanto, por mais que fosse senhor de si, não pôde evitar certa emoção. Ficou boquiaberto e imóvel.

Jean Valjean prosseguiu:

— Não acredito que sairei daqui. Porém, se por acaso eu sair, estou morando, sob o nome de Fauchelevent, na rua de l'Homme-Armé, número 7.

Javert teve um esgar de tigre que o fez entreabrir um dos cantos da boca, e murmurou entre os dentes:

— Tome cuidado.

— Vá — disse Jean Valjean.

Javert continuou:

— Você disse Fauchelevent, rua de l'Homme-Armé?

— Número 7.

Javert repetiu a meia voz: "Número 7".

Reabotoou seu casaco, restituiu aos ombros a habitual rigidez militar, deu meia-volta, cruzou os braços apoiando o queixo em uma das mãos, e partiu em direção aos depósitos. Jean Valjean o seguiu com os olhos. Depois de alguns passos, Javert voltou-se e gritou para Jean Valjean:

— O senhor me aborrece. É melhor que me mate.

Javert nem percebeu que já não tratava Jean Valjean por você.

— Vá embora — disse Jean Valjean.

Javert afastou-se a passos lentos. Depois de um instante virava a esquina da rua des Prêcheurs.

Quando Javert desapareceu, Jean Valjean deu um tiro para o ar. Depois entrou na barricada e disse:

— Está feito!

Entretanto, eis o que havia ocorrido:

Marius, mais preocupado com o exterior do que com o interior, até então não olhara atentamente para o espião amarrado no fundo obscuro da sala de baixo.

Quando o viu passar em pleno dia, escalando a barricada para ir morrer, o reconheceu. Uma lembrança súbita passou por sua mente. Lembrou-se do inspetor da rua Pontoise, e das duas pistolas que lhe entregara e das quais ele, Marius, se servira, nessa mesma barricada; e não somente se lembrou do rosto como também do nome.

Contudo, essa lembrança era vaga e confusa como todas as suas idéias. Não fez a si mesmo uma afirmação, mas uma pergunta: "Este homem não é o inspetor de polícia que me disse chamar-se Javert?"

Quem sabe ainda daria tempo de intervir em seu favor? Mas primeiro era preciso saber se se tratava desse Javert.

Marius interpelou Enjolras, que acabava de se postar na outra ponta da barricada.

— Enjolras!

— Que foi?

— Como se chama aquele homem?

— Quem?

— O agente de polícia. Sabe o nome dele?

— Claro. Ele nos disse.

— Como se chama?

— Javert.

Marius empertigou-se.

Nesse instante ouviu-se o tiro de pistola. Jean Valjean reapareceu e gritou: "Está feito". Um frio sombrio atravessou o coração de Marius.

XX. Os mortos têm razão e os vivos não estão errados

A agonia da barricada ia começar.

Tudo concorria para a trágica majestade daquele minuto supremo; mil sussurros misteriosos no ar, o sopro das massas armadas agitando-se nas ruas que não eram vistas, o galope intermitente da cavalaria, o pesado rodar da artilharia em andamento, os disparos do pelotão e os tiros de canhão cruzando-se no labirinto de Paris, a fumaça da batalha elevando-se, dourada, acima dos telhados, não se sabe que gritos longínquos vagamente terríveis, clarões ameaçadores por toda parte, o sino de Saint-Merry tocando agora como se fosse um soluço, a doçura da estação, o esplendor do céu cheio de sol e de nuvens, a beleza do dia e o aterrorizador silêncio das casas.

Pois, desde a véspera, as duas fileiras de casas da rua de la Chanvrerie haviam-se tornado duas muralhas corajosas. Portas fechadas, janelas fechadas, venezianas fechadas.

Naquela época, tão diferente da atual, quando era chegada a hora em que o povo resolvia acabar com uma situação que durara demais, com uma carta outorgada ou com um país dentro da lei, quando a cólera universal se difundia pela atmosfera, quando a cidade consentia o descalçamento de suas ruas, quando a insurreição fazia a burguesia sorrir, segredando-lhe ao ouvido a senha de reconhecimento, então, o morador, saturado de revolta, por assim dizer, tornava-se o auxiliar do combatente, e a casa fraternizava com a improvisada fortaleza que nela se apoiava. Quando a situação não se achava madura, quando a insurreição não era decididamente consentida, quando a massa desaprovava o movimento, infelizes então dos combatentes, a cidade transformava-se em um deserto ao redor da revolta, gelavam-se as almas, trancavam-se os asilos e a rua se fazia de desfile de tropas para ajudar o exército a tomar a barricada.

Não se consegue fazer um povo marchar por surpresa mais depressa do que ele quer. Infeliz daquele que tenta obrigá-lo a isso. Um povo não se deixa conduzir. Nesse caso, o povo abandona a insurreição à própria sorte. Os insurgentes tornam-se pestilentos. Uma casa é uma escarpa, uma porta uma recusa, uma fachada é um muro. Esse muro vê, ouve e não quer. Ele poderia entreabrir-se e salvá-lo. Não. Esse muro é um juiz. Ele o fita e o condena. Que coisa sombria essas casas fechadas! Parecem mortas, mas estão vivas. A vida, que nelas está como que suspensa, persiste. Ninguém sai dali há vinte e quatro horas, mas não falta ninguém. No interior dessa rocha, vão e voltam, deitam-se, levantam-se; estão em família; bebem e comem; sentem medo, coisa terrível! O medo desculpa essa temível inospitalidade; mistura a ela o espanto, circunstância atenuante. Algumas vezes até, isso já se viu, o medo transforma-se em paixão; o temor pode converter-se em fúria, do mesmo modo que a prudência em raiva; daí esta expressão tão profunda: *Os furiosos moderados*. Há cintilações de terror supremo de onde sai, como uma lúgubre fumaça, a cólera. "O que querem essas pessoas? Nunca estão satisfeitas. Comprometem os homens pacíficos. Como se já não houvesse suficientes revoluções! O que vieram fazer aqui? Que se retirem. Azar deles. A culpa é deles. Têm o que merecem. Isso não nos diz respeito. Olhem a nossa pobre rua crivada de balas. Não valem nada. Sobretudo, não abram a porta." E a casa passa a ter o aspecto de um túmulo. O insurgente agoniza diante dessa porta; vê a metralha e os sabres nus chegarem; se grita, sabe que o escutam, mas que não virão; ali há muros que poderiam protegê-lo, ali há homens que poderiam salvá-lo, e esses muros têm ouvidos de carne, e esses homens têm entranhas de pedra.

Quem acusar?

Ninguém e todos.

Os tempos incompletos em que vivemos.

É sempre com esses riscos e perigos que a utopia se transforma em insurreição, e de protesto filosófico se transforma em protesto armado, e de Minerva em Palas. A utopia que se impacienta e se torna revolta sabe o que a espera; quase sempre chega cedo demais. Então resigna-se e aceita estoicamente a catástrofe, em vez do triunfo. Ela serve, sem se queixar e até desculpando-os, os que a renegam, e sua magnanimidade está em consentir o abandono. Ela é indomável contra o obstáculo e meiga com a ingratidão.

Mas será realmente ingratidão?

Sim, do ponto de vista do gênero humano.

Não, do ponto de vista do indivíduo.

O progresso é a maneira de ser do homem. A vida geral do gênero humano chama-se Progresso; o passo coletivo da humanidade chama-se Progresso. O progresso marcha; faz a grande viagem humana e terrestre em direção ao celeste e ao divino; faz paradas nas quais reúne o rebanho em atraso; faz pausas durante as quais medita diante de alguma esplêndida Canaã desvendando de súbito seu horizonte; tem suas noites em que dorme; e é uma das pungentes ansiedades do pensador ver a sombra sobre a alma humana, e tatear nas trevas, sem conseguir despertá-lo, o progresso adormecido.

— *Talvez Deus esteja morto* — dizia um dia Gérard de Nerval a quem escreve estas linhas, confundindo o progresso com Deus e tomando a interrupção do movimento pela morte do Ser.

Quem se desespera está errado. O progresso desperta infalivelmente, e, em suma, seria possível dizer que ele marcha, mesmo adormecido, pois cresceu. Quando novamente o vemos de pé, achamos que está mais alto. Estar sempre tranqüilo, isso não depende mais do progresso que do rio; não ergam barragens; não joguem pedras; o obstáculo faz espumar a água e ferver a humanidade. Daí as perturbações; mas após essas perturbações reconhecemos que foi criado um caminho. Até que a ordem, que nada mais é do que a paz universal, esteja estabelecida, até que a harmonia e a unidade reinem, o progresso terá, por etapas, revoluções.

Então, o que é o progresso? Acabamos de dizê-lo. A vida permanente dos povos.

Mas algumas vezes acontece que a vida momentânea dos indivíduos oferece resistência à vida eterna do gênero humano.

Confessemos sem amargura, o indivíduo tem seu interesse próprio e pode, sem delito, estipular normas para esse interesse e defendê-lo; o presente tem sua quantidade desculpável de egoísmo; a vida momentânea tem o seu direito e não é obrigada a sacrificar-se continuamente ao futuro. A geração que tem atualmente seu direito de passagem sobre a terra não é obrigada a abreviá-lo em favor das gerações que, afinal, são suas iguais, e que terão sua vez mais tarde. "Eu existo", murmura esse alguém chamado Todos. "Sou jovem e estou apaixonado, sou velho e quero descansar; sou pai de família, trabalho, prospero, faço bons negócios, tenho casas para alugar, sou credor do estado, sou feliz, tenho mulher e filhos, amo tudo isso, desejo viver, deixem-me tranqüilo." Por isso, em certas horas, o frio profundo sobre os magnânimos vanguardistas do gênero humano.

Aliás, convenhamos, a utopia sai de sua esfera radiante guerreando. Ela, a verdade do amanhã, toma emprestado seu procedimento, a batalha, da mentira de ontem. Ela, o futuro, comporta-se como o passado. Ela, idéia pura, torna-se via de fato. Ela complica seu heroísmo com uma violência pela qual é justo que responda; violência de ocasião e de expediente, contrária aos princípios e pela qual é fatalmente punida. A utopia-insurreição combate com o antigo código militar na mão; fuzila os espiões, executa os traidores, suprime seres vivos e arremessa-os nas trevas desconhecidas. Serve-se da morte, coisa grave. Parece que a utopia já não tem fé na luz, sua força irresistível e incorruptível. Fere com a espada. Porém, nenhuma espada possui um só gume. Toda espada tem dois gumes; quem fere com um fere-se com o outro.

Feita essa ressalva, e feita com toda a severidade, torna-se impossível deixar de admirar, quer vençam ou não, os gloriosos combatentes do futuro, os confessores da utopia. Mesmo quando abortam, são veneráveis, e talvez seja no fracasso que eles tenham mais majestade. A vitória, quando é conforme ao progresso, merece os aplausos dos povos, mas uma derrota heróica merece o seu enternecimento. Uma é magnífica, a outra é sublime. Para nós, que preferimos o martírio ao triunfo, achamos John Brown maior que Washington, e Pisacane maior que Garibaldi[19].

É preciso que alguém seja a favor dos vencidos.

Somos injustos para com esses grandes empreendedores do futuro quando malogram.

Acusamos os revolucionários de espalhar o terror. Toda barricada parece um atentado. Incriminamos suas teorias, suspeitamos de seu objetivo, tememos seu pensamento, denunciamos sua consciência. São censurados por levantar, alicerçar e amontoar contra o fato social reinante um bocado de misérias, de dores, de iniqüidades, de agravos, de desesperos, e por arrancar dos abismos blocos de trevas para neles se entrincheirar e combater. Gritamo-lhes: "Estão arrancando as pedras do inferno!" Eles poderiam responder: "É por isso que nossa barricada é feita de boas intenções".

O melhor, certamente, é a solução pacífica. Em suma, convenhamos, quando vemos uma pedra pensamos no urso, boa vontade com a qual a sociedade se inquieta. Mas a salvação da sociedade depende dela mesma; é para a sua própria boa vontade que nós apelamos. Nenhum remédio violento é necessário. Estudar o mal

---

[19] *John Brown* lutou pelos direitos dos negros e pela abolição dos escravos nos Estados Unidos; *Carlo Pisacane* viveu e morreu ao lado dos patriotas republicanos da Itália. (N. do E.)

amigavelmente, constatá-lo e depois o sanar. É para isso que a convocamos.

Seja como for, mesmo caídos, principalmente caídos, são grandiosos esses homens que, em todos os pontos do universo, e olhos fixos na França, lutam pela grande obra com a lógica inflexível do ideal; eles dão a própria vida, como pura doação, pelo progresso; cumprem a vontade da Providência; praticam um ato religioso. Na hora marcada, com o mesmo desinteresse de um ator no momento de sua réplica, obedecendo ao cenário divino, entram no túmulo. E esse combate sem esperança, e esse desaparecimento estóico, eles o aceitam para levar às esplêndidas e supremas conseqüências universais o magnífico movimento humano irresistivelmente iniciado em 14 de julho de 1789. Esses soldados são sacerdotes. A Revolução Francesa é um gesto de Deus.

De resto, há, e é conveniente acrescentar esta distinção às distinções já mencionadas em outro capítulo, há as insurreições aceitas que se chamam revoluções; há revoluções recusadas que se chamam revoltas. Uma insurreição que irrompe é uma idéia que faz seu exame perante o povo. Se o povo deixa cair sua esfera negra, a idéia é fruto seco, a insurreição é destinada ao fracasso.

A entrada em guerra à menor intimação, e a cada vez que a utopia desejar, não é própria dos povos. Nem sempre e nem a qualquer hora, as nações têm o temperamento dos heróis e dos mártires.

Elas são positivas. A priori, a insurreição lhes causa repugnância; em primeiro lugar porque, freqüentemente, ela tem como resultado alguma catástrofe; em segundo, porque ela sempre tem como ponto de partida uma abstração.

Pois, e isso é belo, é sempre pelo ideal, e unicamente pelo ideal, que se dedicam aqueles que se dedicam. Uma insurreição é um entusiasmo. O entusiasmo pode encolerizar-se; por isso a tomada de armas. Mas toda insurreição que mira um governo ou um regime visa mais alto. Assim, por exemplo, insistimos, o que os chefes da insurreição de 1832 combatiam, e especialmente os jovens entusiastas da rua de la Chanvrerie, não era precisamente Luís Filipe. A maioria, falando francamente, fazia justiça às qualidades desse rei mediano entre a monarquia e a revolução; nenhum deles o odiava. Mas atacavam o ramo caçula do direito divino em Luís Filipe, assim como haviam atacado o ramo mais velho em Carlos X; e o que desejavam derrubar, derrubando a realeza na França, como já explicamos, era a usurpação do homem sobre o homem, e do privilégio sobre o direito no universo inteiro. Paris sem rei tem, em contrapartida, o mundo sem déspotas. Raciocinavam dessa forma.

Sem dúvida seus objetivos eram longínquos, vagos, talvez, e recuando diante do esforço; mas grandes.

Assim são as coisas. Nós nos sacrificamos por essas visões que, para os sacrificados, são quase sempre ilusões, mas ilusões às quais, em suma, toda a certeza humana se confunde. O insurgente poetiza e doura a insurreição. Arremessa-se no meio dessas coisas trágicas embriagando-se com o que vai fazer. Quem sabe? Talvez tenhamos êxito. Somos a minoria; temos contra nós todo um exército; mas defendemos o direito, a lei natural, a soberania de cada um sobre si mesmo, soberania para a qual não há abdicação possível, a justiça, a verdade e, se necessário, morremos como os trezentos espartanos. Não pensamos em Dom Quixote, mas em Leônidas. E vamos sempre adiante, e, uma vez engajados, não recuamos mais e nos precipitamos, cabeça erguida, tendo como esperança uma vitória extraordinária, a revolução completada, o progresso recolocado em liberdade, o engrandecimento do gênero humano, a liberação universal e, na pior das hipóteses, as Termópilas.

Esses movimentos armados em favor do progresso freqüentemente fracassam, e acabamos de dizer o porquê. A multidão é contra o treinamento dos paladinos. As massas pesadas, as multidões, frágeis devido a seu próprio peso, temem as aventuras; e no ideal há aventuras.

Aliás, não esqueçamos, os interesses estão ali, pouco amigos do ideal e do sentimental. Algumas vezes o estômago paralisa o coração.

A grandeza e a beleza da França estão no fato de que ela não tem tanta barriga quanto os outros povos; amarra a cintura com maior facilidade do que eles. É a primeira a acordar, a última a adormecer. Ela segue adiante. Ela é exploradora.

Isso vem do fato de ela ser artista.

O ideal nada mais é do que o ponto culminante da lógica, da mesma forma que o belo nada mais é do que o ápice da verdade. Os povos artistas são também os povos conseqüentes. Amar a beleza é ver a luz. É por isso que o facho da Europa, isto é, da civilização, foi primeiro hasteado pela Grécia, que o passou à Itália, que o passou à França. Divinos povos estes, iluminadores! *Vitae lampada tradunt*[20].

Coisa admirável, a poesia de um povo é o elemento de seu progresso. A quantidade de civilização se mede pela dose de imaginação. Somente um povo civilizador deve conservar-se viril. Corinto, sim; Síbaris, não. Torna-se bastardo quem se efemina. Não se deve ser nem diletante nem virtuoso, mas sim artista. Em

---

[20] "Eles se transmitem as chamas da vida." (N. do E.)

matéria de civilização, convém não aprimorar, mas sublimar. Sob essa condição, dá-se ao gênero humano o molde do ideal.

O ideal moderno tem seu tipo na arte, e seu meio na ciência. É pela ciência que se realizará essa augusta visão dos poetas, o belo social. O Éden será reconstruído por A + B. No ponto em que a civilização chegou, o exato é um elemento necessário do esplêndido, e o sentimento artístico é, não somente servido, mas completado pelo órgão científico; o sonho deve calcular. A arte, que é o conquistador, deve ter como ponto de apoio a ciência, que é quem caminha. A solidez do meio de transporte é importante. O espírito moderno é o gênio da Grécia tendo por veículo o gênio da Índia; Alexandre sobre o elefante.

As raças petrificadas no dogma ou desmoralizadas pelo lucro são impróprias para conduzir a civilização. A genuflexão, diante do ídolo ou diante do escudo, atrofia o músculo que caminha e a vontade que avança. A absorção, seja hierática ou comercial, diminui o brilho de um povo, rebaixa-lhe o horizonte rebaixando-lhe o nível, e lhe retira essa inteligência, simultaneamente humana e divina, do objetivo universal que gera as nações missionárias. Babilônia não tem ideal; Cartago não tem ideal. Atenas e Roma têm e guardam, mesmo através de toda a espessura noturna dos séculos, auréolas de civilização.

A França pertence à mesma qualidade de povo que a Grécia e a Itália. É ateniense pelo belo, e romana pela grandeza. Além disso, é bondosa. Ela se entrega. E, com uma freqüência maior do que os demais povos, seu humor tende a dedicar-se e sacrificar-se. Porém, esse humor a toma e a abandona. E aí está o grande perigo para os que correm quando ela deseja somente andar, ou que andam quando ela deseja parar. A França tem suas recaídas de materialismo, e, em alguns momentos, as idéias que obstruem esse cérebro sublime nada mais têm que possa lembrar a grandeza francesa, são da dimensão de um Missouri e de uma Carolina do Sul. O que fazer? A gigante brinca de anã; a imensa França tem suas fantasias de pequenez. Eis tudo.

Quanto a isso, nada a dizer. Os povos, assim como os astros, têm direito ao eclipse. Está tudo bem, desde que a luz retorne e que o eclipse não degenere em noite. Aurora e ressurreição são sinônimos. O reaparecimento da luz é idêntico à persistência do eu.

Constatemos esses fatos com calma. Para o devotamento, a morte na barricada, ou a sepultura no exílio, é uma suposição aceitável. O verdadeiro nome da dedicação é desinteresse. Que os abandonados se deixam abandonar, que os exilados se deixem exilar, e nos limitemos a suplicar aos grandes povos que não recuem muito quando recuam. Não se deve, a pretexto de retornar à razão, descer demasiadamente.

A matéria existe, o minuto existe, os interesses existem, o ventre existe; porém o ventre não deve ser a única sabedoria. A vida momentânea tem seus direitos, nós o admitimos, mas a vida permanente também tem os seus. Infelizmente, haver subido não impede que se caia. Na história vemos isso com uma freqüência maior do que desejaríamos. Uma nação é ilustre; experimenta o ideal, depois morde o lodo e o acha bom; e, se lhe perguntamos por que ela abandona Sócrates por Falstaff, ela responde: "É porque gosto dos homens de Estado".

Mais uma palavra antes de voltarmos à batalha.

Uma batalha, como a que estamos narrando neste momento, nada mais é do que uma convulsão em direção ao ideal. O progresso entravado é doentio e tem essas trágicas epilepsias. Esta doença do progresso, a guerra civil, tivemos que encontrá-la em nosso caminho. Essa é uma das fases fatais, ao mesmo tempo ato e entreato, deste drama cujo eixo é um condenado social, e cujo verdadeiro título é: *o Progresso*.

O Progresso!

Esse brado que freqüentemente lançamos é todo o nosso pensamento; e no ponto em que estamos deste drama, e a idéia nele contida tendo ainda que passar por mais de uma prova, talvez nos seja permitido, se não levantar o seu véu, pelo menos deixar transparecer nitidamente sua luz.

O livro que o leitor, neste momento, tem diante dos olhos é, do princípio ao fim, em seu conjunto e em seus detalhes, sejam quais forem as intermitências, as exceções ou falhas, a caminhada do mal para o bem, do injusto para o justo, do falso para o verdadeiro, da noite para o dia, do apetite para a consciência, da podridão para a vida, da bestialidade para o dever, do inferno para o céu, do nada para Deus. Ponto de partida: a matéria; ponto de chegada: a alma. Hidra no início; anjo no fim.

XXI. Os heróis

De repente, o tambor anunciou o ataque.

O ataque foi um furacão. Na véspera, na escuridão, silenciosamente, puderam chegar perto da barricada como uma cobra. Presentemente, em pleno dia, no meio daquela rua deserta, a surpresa era decididamente impossível, aliás, a violência tirara a máscara, o canhão começara a rugir, o exército arremeteu-se sobre a barricada. A fúria agora era a habilidade. Uma possante coluna de infantaria de linha, cortada a intervalos regulares por guardas nacionais e por guardas municipais a pé, e apoiados por massas compactas, que eram ouvidas sem serem vistas, desembocou na rua correndo, tambores rufando, clarim tocando, baionetas cruzadas, bombeiros à frente e, imperturbável sob os projéteis, caiu direto sobre a barricada com o peso de um aríete de bronze de encontro a uma muralha.

A muralha resistiu.

Os insurgentes abriram fogo impetuosamente. A barricada, agora escalada, tinha uma juba de clarões. O ataque foi tão enlouquecido que em um momento ela estava inundada de assaltantes; mas ela sacudiu os soldados, como o leão sacode os cães, e apenas cobriu-se de sitiadores como a falésia se cobre de espuma, para reaparecer, um instante depois, escarpada, negra e formidável.

A coluna, obrigada a recuar, permaneceu amontoada na rua, a descoberto, mas terrível, e respondeu ao reduto com uma assustadora metralha. Quem quer que já tenha visto fogos de artifício se lembra do feixe formado por um entrecruzamento de raios que chamamos buquê. Imaginemos esse buquê, não na vertical, mas na horizontal, carregando uma bala, um chumbo grosso ou uma bala de canhão na ponta de cada um de seus jatos de fogo, e debulhando a morte nos seus cachos de trovão. Por baixo estava a barricada.

De ambas as partes, igual resolução. A bravura ali estava, quase bárbara, misturada a uma certa ferocidade heróica que começava pelo sacrifício de si mesmo. Era a época em que um guarda nacional combatia como um *zouave*[21]. A tropa queria pôr um fim àquilo; a insurreição queria lutar. A aceitação da agonia em plena juventude e em plena saúde faz da intrepidez um frenesi. Cada um naquela batalha mostrava a grandiosidade da hora suprema. A rua ficou cheia de cadáveres.

Em uma das extremidades da barricada achava-se Enjolras, na outra Marius. Enjolras, que tinha em mente toda a barricada, poupava-se e abrigava-se; três soldados caíram um após o outro, diante da sua seteira, sem nem mesmo percebê-lo; Marius combatia a descoberto. Transformara-se em ponto de mira. Mais da metade de seu corpo aparecia no topo da barricada. Não há pródigo mais

---

[21] *Zouave*: soldado francês pertencente a um corpo que, em princípio, foi composto exclusivamente por indígenas da Argélia; a palavra tomou o sentido popular de homem intrépido. (N. do E.)

violento do que o avarento que toma o freio nos dentes; não há homem mais assustador na ação que um sonhador. Marius estava formidável e pensativo. Estava na luta como em um sonho. Parecia um fantasma dando tiros de fuzil.

Esgotavam-se os cartuchos dos sitiados mas não os seus sarcasmos. Naquele turbilhão sepulcral em que se achavam, eles riam.

Courfeyrac estava com a cabeça descoberta.

— O que você fez do chapéu? — perguntou-lhe Bossuet.

Courfeyrac respondeu:

— Tiraram-no de minha cabeça a tiros de canhão.

Ou então diziam coisas cheias de altivez.

— Compreendam — gritava amargamente Feuilly — esses homens (e citava os nomes, nomes conhecidos, até mesmo célebres, alguns do antigo exército) que haviam prometido juntar-se a nós e juraram que nos ajudariam empenhando a honra, e que são nossos generais e que nos abandonam.

E Combeferre limitava-se a responder com um grave sorriso:

— Existem pessoas que observam as leis da honra como observam as estrelas, de muito longe.

O interior da barricada achava-se tão coberto de cartuchos rasgados que parecia ter nevado.

Os assaltantes tinham o número; os insurgentes tinham a posição. Estavam no alto de uma muralha e fulminavam à queima-roupa os soldados que tropeçavam nos mortos e feridos, e os presos nas escarpas. Essa barricada, construída como fora e admiravelmente apoiada pelo lado de dentro, era realmente uma dessas posições em que um punhado de homens pode manter uma legião em xeque-mate. Contudo, sempre reforçada e aumentando sob a chuva de balas, a coluna de ataque aproximava-se inexoravelmente, e agora, pouco a pouco, passo a passo, mas com convicção, o exército apertava a barricada, como o parafuso aperta a prensa.

As assaltos sucediam-se. O horror era cada vez maior.

Irrompeu então, sobre aquele amontoado de pedras da rua de la Chanvrerie, uma luta digna de uma muralha de Tróia. Aqueles homens pálidos, esfarrapados, exaustos, que não comiam havia vinte e quatro horas, que não haviam dormido, com apenas alguns tiros para dar, que tateavam seus bolsos vazios sem cartuchos, quase todos feridos, a cabeça ou o braço envoltos em trapos enegrecidos e enferrujados, tendo em suas roupas buracos por onde o sangue escorria, armados apenas com fuzis de má qualidade e velhos sabres lascados, transformaram-se em Titãs. A barricada por dez vezes foi abordada, assaltada, escalada e jamais tomada.

Para se ter uma idéia dessa luta, seria necessário imaginar o fogo ateado a um conjunto de coragens terríveis, e que se visualizasse esse incêndio. Não era um combate, era o interior de uma fornalha; as bocas respiravam chama; os rostos tornavam-se extraordinários. A forma humana parecia impossível, os combatentes flamejavam, e era formidável ver o vaivém daqueles homens naquela fumaça vermelha, aquelas salamandras do combate. Renunciamos à descrição das cenas sucessivas e simultâneas dessa grandiosa matança. Só a epopéia tem o direito de preencher doze mil versos com uma batalha.

Parecia o inferno do bramanismo, o mais terrível dos dezessete abismos, que o Veda chama de Floresta das Espadas.

Lutavam corpo a corpo, pé com pé, com tiros de pistola, golpes de sabre, socos, de longe, de perto, de cima, de baixo, de todos os lados, dos tetos da casa, das janelas da taverna, dos respiradouros dos porões onde alguns haviam se abrigado. Era um contra sessenta. A fachada da Corinthe, meio destruída, estava horrível. A janela, tatuada pelos tiros, havia perdido seus vidros e caixilhos e nada mais era do que um buraco informe, tumultuadamente tapada com pedras. Bossuet foi morto; Feuilly foi morto; Courfeyrac foi morto; Joly foi morto; Combeferre, atravessado por três golpes de baioneta no peito, no instante em que erguia um soldado ferido, só teve tempo de olhar para o céu, e expirou.

Marius, sempre combatendo, estava tão crivado de feridas, principalmente na cabeça, que seu rosto se escondia sob o sangue e parecia ter a face coberta por um lenço vermelho.

Somente Enjolras não fora atingido. Quando não tinha mais armas, estendia a mão para a direita ou para a esquerda e um insurgente lhe metia na mão uma arma qualquer. Só lhe restava o toco de quatro espadas; uma a mais que Francisco I em Marignan.

Homero diz: "Diomedes degola Axiles, filho de Teutranis, que habitava a feliz Arisba; Euríalo, filho de Macistéia, extermina Dresos, e Oféltios, Esepo, e esse Pédasus, que a náiade Abarbaréia concebeu do irrepreensível Bucolião; Ulisses derruba Pidites de Percosa; Antíloquo, Ablero; Polípetes, Astíalo; Polídamas, Oto de Cilene; e Teucro, Arétaon. Megântios morre sob os golpes de lança de Eurípiles. Agamenon, rei dos heróis, derruba Élatos, nascido na cidade escarpada banhada pelo sonoro rio Satnois"[22]. Nos nossos

---

[22] Tradução livre do próprio Victor Hugo para os versos 12-36, canto VI, da *Ilíada*. (N. do E.)

antigos poemas de gesta, Esplandiã ataca com uma machadinha de fogo o marquês gigante Swantibore, que se defende apedrejando o cavaleiro com as torres que arranca do solo. Nossos antigos afrescos murais nos mostram os dois duques, de Bretagne e de Bourbon, armados, com armaduras e timbres de guerra, a cavalo, abordando-se, bastão de armas em punho, máscaras de ferro, botas de ferro, luvas de ferro, um com a carapuça de arminho, o outro vestido de azul; Bretagne com seu leão entre os dois chifres de sua coroa, Bourbon com uma monstruosa flor-de-lis na viseira do capacete. Mas, para parecer soberbo, não é preciso carregar, como Yvon, o morrião ducal, nem empunhar, como Esplandiã, uma chama viva, ou como Filetes, pai de Polidamas, ter trazido de Éfiro uma boa armadura, presente do rei dos homens, Eufetes; basta dar a vida por uma convicção ou lealdade. Esse pequeno soldado ingênuo, ontem camponês da Beauce ou de Limousin, que anda, sabre-baioneta de lado, ao redor das babás no Luxemburgo, esse jovem estudante pálido, debruçado sobre uma peça de anatomia ou sobre um livro, loiro adolescente que faz sua barba com tesoura, peguem os dois, insuflem-lhes um sopro de dever, coloquem-nos um de frente para o outro na esquina Boucherat ou no beco Planche-Mibray, e que um combata por sua bandeira, e o outro combata por seu ideal, e que ambos imaginem que combatem pela pátria; a luta será colossal; e a sombra que projetarão nesse grande campo épico onde se debate a humanidade, esse *pioupiou* e esse *carabin*[23] lutando, será igual à sombra projetada por Megarion, rei da Lícia cheia de tigres, abraçando corpo a corpo o imenso Ajax, igual aos deuses.

XXII. Palmo a palmo

Quando não havia mais chefes vivos, a não ser Enjolras e Marius, nas duas extremidades da barricada, o centro, que durante tanto tempo havia sido defendido por Courfeyrac, Joly, Bossuet e Combeferre, cedeu. O canhão, sem abrir uma brecha praticável, havia amplamente alargado o meio do reduto; ali, o topo da muralha desaparecera sob as balas, desmoronara; os destroços que haviam caído, tanto no interior quanto no exterior, haviam formado, ao amontoar-se dos dois lados da barragem, duas espécies de rampa,

[23] *Pioupiou* – soldado raso de infantaria; *carabin* – estudante de medicina. (N. do E.)

uma do lado de dentro, outra do lado de fora. A rampa externa oferecia à abordagem um plano inclinado.

Um último assalto foi tentado por ali, e este foi bem- sucedido. A massa, eriçada de baionetas, arremessando-se a passos cadenciados, chegou irresistível, e a espessa frente de batalha da coluna de ataque apareceu na fumaça, no alto da escarpa. Dessa vez tudo estava acabado. O grupo de insurgentes que defendia o centro recuou confusamente.

Então, o sombrio amor à vida despertou em alguns. Na mira daquela floresta de fuzis, vários não queriam mais morrer. Este é um momento em que o instinto de conservação solta uivos e a besta reaparece no homem. Estavam encurralados na grande casa de seis andares que constituía o fundo do reduto. Essa casa podia ser a salvação. Essa casa estava fechada e como que murada de alto a baixo. Antes que a tropa de linha penetrasse no interior do reduto, havia tempo para que uma porta se abrisse e se fechasse, bastaria a duração de um relâmpago para isso, e a porta dessa casa, entreaberta bruscamente e fechada em seguida, para esses desesperados era a vida. Atrás dessa casa, havia ruas, a fuga possível, o espaço. Eles se puseram a bater nessa porta com as coronhas das armas e com os pés, gritando, suplicando, juntando as mãos.

Ninguém abriu. Da janela do terceiro andar a cabeça morta os olhava.

Mas Enjolras e Marius, e sete ou oito combatentes, estavam à sua volta e os protegiam. Enjolras havia gritado aos soldados: "Não avancem!" Mas, como um oficial não obedecesse, Enjolras matou o oficial. Ele estava agora no pequeno pátio interior do reduto, apoiado na casa da Corinthe, espada em uma mão, carabina na outra, mantendo aberta a porta da taverna, impedindo a invasão dos assaltantes. Ele gritou aos desesperados: "Só há uma porta aberta. Esta". E, cobrindo-os com seu corpo, enfrentou sozinho um batalhão, os fez passar atrás dele. Todos se precipitaram. Enjolras, executando com a carabina, da qual agora se servia como de uma bengala, o que chamam de "rosa coberta", rebateu as baionetas que o cercavam e entrou por último; foi um instante horrível, os soldados querendo penetrar, os insurgentes desejando fechar. A porta foi fechada com tal violência que, ao novamente se encaixar em sua moldura, deixou ver, cortados e colados em seu batente, os cinco dedos de um soldado que se agarrara a ele.

Marius ficara de fora. Um tiro de espingarda acabava de quebrarlhe a clavícula; sentiu que desmaiava e que caía. Nesse momento, olhos já fechados, teve a emoção de sentir que uma mão vigorosa o agarrava. Ao desmaiar mal teve tempo de ter este pensamento misturado à suprema lembrança de Cosette: "Sou prisioneiro. Serei fuzilado".

Enjolras, não vendo Marius entre os refugiados da taverna, teve a mesma idéia. Mas estavam naquele momento em que cada um só tem tempo para pensar na própria morte. Enjolras colocou a tranca na porta, fechou os trincos e deu duas voltas na fechadura e no cadeado, enquanto do lado de fora batiam na porta furiosamente, os soldados com as coronhas das armas, os bombeiros com os machados. Os assaltantes haviam-se agrupado nessa porta. Começava agora o assédio à taverna.

Os soldados, devemos dizer, estavam furiosos.

A morte do sargento de artilharia os irritara; além disso, coisa mais funesta, durante as poucas horas que haviam precedido o ataque espalhara-se entre eles a notícia de que os revoltosos mutilavam os prisioneiros e que havia na taverna o cadáver de um soldado sem cabeça. Esse tipo de rumor fatal é o acompanhamento ordinário das guerras civis e foi um desses boatos que causou, mais tarde, a catástrofe da rua Transnonain.

Quando a porta foi fortificada, Enjolras disse aos outros:

— Vendamo-nos caro.

Em seguida, aproximou-se da mesa em que jaziam Mabeuf e Gavroche. Via-se sob o lençol negro duas formas retas e rígidas, uma grande, outra pequena, e os dois rostos desenhavam-se vagamente sob as pregas frias do sudário. Uma mão saía de sob a mortalha e pendia para a terra. Era a mão do velho.

Enjolras inclinou-se e beijou aquela veneranda mão, como no dia anterior lhe beijara a fronte.

Foram os únicos beijos que deu em toda a sua vida.

Abreviemos. A barricada lutara como uma porta de Tebas, a taverna lutou como uma casa de Saragoza. Essas resistências são rudes. Sem quartel. Sem possibilidade de negociação. Desejam a morte contanto que matem. Quando Suchet diz: "Capitulem", Palafox responde: "Depois da guerra dos canhões, a guerra dos punhais". Nada faltou à tomada de assalto da taverna Hucheloup; nem as pedras chovendo da janela e do teto sobre os assaltantes e exasperando os soldados com horríveis esmagamentos, nem os tiros de espingarda dos porões e das mansardas, nem o furor do ataque, nem a raiva da defesa, nem, enfim, quando a porta cedeu, as demências frenéticas do extermínio. Os assaltantes, lançando-se dentro da taverna, os pés embaraçados nos fragmentos da porta arrombada e jogada no chão, não encontraram um só combatente.

A escada em espiral, cortada com golpes de machado, jazia no meio da sala, alguns feridos acabavam de expirar, tudo o que não estava morto estava no primeiro andar, e ali, pelo buraco no teto, que fora a entrada da escada, prorrompeu uma terrível fuzilaria. Eram os últimos cartuchos. Quando foram queimados, quando esses agonizantes temíveis não tinham mais nem pólvora nem balas, cada um pegou duas dessas garrafas reservadas por Enjolras, das quais já falamos, e enfrentaram a escalada com esses bastões assustadoramente frágeis. Eram garrafas de aguardente. Relatamos tal como ocorreram esses sombrios feitos da carnificina. O sitiado transforma tudo em arma. O fogo gregário não desonrou Arquimedes, a resina fervente não desonrou Bayard. Toda guerra é horror, e não há nada a escolher. Os disparos dos assaltantes, embora atrapalhados e de baixo para cima, eram mortais. As bordas do buraco no teto logo foram rodeadas por cabeças mortas de onde escorriam longos fios vermelhos e fumegantes. O barulho era inexprimível; uma fumaça densa e ardente escurecia esse combate. Faltam palavras para pintar o horror em tal intensidade. Não havia mais homens nessa luta agora infernal. Não eram mais gigantes contra colossos. Aquilo se assemelhava mais a Milton e Dante do que a Homero. Demônios atacavam, espectros resistiam.

Era o heroísmo monstro.

XXIII. Orestes em jejum e Pílades embriagado[24]

Finalmente, subindo uns sobre os outros, servindo-se do esqueleto da escada, trepando pelas paredes, agarrando-se ao teto, mutilando, à borda do próprio alçapão, os últimos que resistiam, uns vinte assaltantes, soldados, guardas nacionais, guardas municipais em confusão, a maioria desfigurada por ferimentos no rosto nessa ascensão perigosa, cegos pelo sangue, furiosos, transformados em selvagens, irromperam na sala do primeiro andar. Não havia ali mais que um único homem de pé, Enjolras. Sem cartuchos, sem espada, apenas conservava na mão o cano de sua espingarda cuja coronha havia partido na cabeça dos que entravam. Interpusera o bilhar entre ele e os assaltantes; recuara para o canto da sala, e ali, com olhar altivo, de cabeça erguida, com aquele

[24] Esses nomes já foram dados a Enjolras e a Grantaire. (N. do E.)

fragmento de arma na mão, era ainda muito impressionante, de forma que um vazio se fez ao seu redor. Ouviu-se um grito:

— É o chefe. Foi ele quem matou o artilheiro. Já que se postou ali, está bem. Que fique ali. Que seja fuzilado ali mesmo.

— Fuzilem-me — disse Enjolras.

E, jogando o cano de sua carabina, cruzou os braços e apresentou o peito.

A audácia diante da morte sempre comove os homens. Assim que Enjolras cruzou os braços, aceitando o fim, o barulho do combate cessou na sala, e esse caos apaziguou-se subitamente em uma espécie de solenidade sepulcral. Parecia que a ameaçadora majestade de Enjolras, desarmado e imóvel, pesava sobre aquele tumulto, e que somente com a autoridade de seu olhar tranqüilo aquele jovem, o único sem nenhum ferimento, soberbo, ensangüentado, encantador, indiferente como alguém invulnerável, obrigou essa balbúrdia sinistra a matá-lo com respeito. Sua beleza, aumentada naquele momento por sua altivez, era resplandecente, e, como se não pudesse estar mais cansado do que ferido, após as assustadoras vinte e quatro horas que acabavam de se passar, estava corado e bem disposto. Era talvez dele que, mais tarde, diante de um conselho de guerra, falava uma testemunha: "Havia um insurgente a quem ouvi chamarem de Apolo". Um guarda nacional que visava Enjolras abaixou sua arma dizendo: "Parece que vou fuzilar uma flor".

Doze homens formaram um pelotão no ângulo oposto ao de Enjolras e prepararam seus fuzis em silêncio.

Em seguida um sargento gritou:

— Apontar!

Um oficial interveio.

— Esperem.

E dirigindo-se a Enjolras:

— Quer que lhe vendem os olhos?

— Não.

— Foi realmente você quem matou o sargento de artilharia?

— Sim.

Havia alguns instantes que Grantaire tinha acordado.

Grantaire, como devem lembrar, dormia, desde a véspera, na sala alta da taverna, sentado em uma cadeira e caído sobre uma mesa.

Realizava, em toda a sua energia, a velha metáfora: mortalmente embriagado. A hedionda mistura, cerveja, aguardente e absinto, lançara-o na letargia. Como a mesa sobre a qual adormecera era pequena, e por isso não servira à barricada, deixaram-na de lado. Permaneceu sempre na mesma posição, o peito dobrado sobre a mesa, a cabeça apoiada nos braços, rodeado de copos, canecas e garrafas. Ele dormia com esse esmagador sono do urso entorpecido e da sanguessuga saciada. Nada conseguira despertá-lo, nem a fuzilaria, nem o canhão, nem a metralha que penetrava pela janela da sala onde estava, nem a prodigiosa algazarra do assalto. Somente, algumas vezes, respondia ao canhão com um ronco. Parecia esperar ali que uma bala viesse poupar-lhe o trabalho de acordar. Ao seu redor jaziam vários cadáveres, e, à primeira vista, nada o distinguia dos que dormiam o profundo sono da morte.

O barulho não acorda um embriagado; o silêncio o desperta. Essa singularidade mais de uma vez já foi observada. A queda de tudo ao seu redor aumentava o aniquilamento de Grantaire; o desabamento o embalava. A espécie de pausa que fez o tumulto diante de Enjolras foi uma chacoalhada naquele sono pesado. Era como o efeito de uma carruagem a galope que pára de repente. Os que dormem despertam. Grantaire ergueu-se sobressaltado, estendeu os braços, esfregou os olhos, olhou, bocejou e compreendeu.

O fim da embriaguez assemelha-se ao rasgar de uma cortina. Vê-se, de uma só vez e com um só olhar, tudo que ela escondia. Tudo volta subitamente à memória; e o embriagado, que nada sabe do que se passou durante vinte e quatro horas, mal abre os olhos e já está a par de tudo. As idéias lhe retornam com uma lucidez brusca; a embriaguez, espécie de vapor que cega o cérebro, se dissipa e dá lugar à clara e nítida obsessão das realidades.

Relegado, como estava, a um canto, e como que abrigado por trás do bilhar, os soldados, com os olhos fixos em Enjolras, não tinham sequer percebido Grantaire, e o sargento preparava-se para repetir a ordem: "Apontar!" quando, de repente, ouviram uma voz forte gritar perto deles:

— Viva a República! Aqui estou.

Grantaire se levantara.

O clarão imenso de todo aquele combate que ele perdera, e do qual não participara, apareceu no olhar fulgurante do embriagado transfigurado.

Repetiu: "Viva a República!", atravessou a sala com passo firme e foi postar-se, diante dos fuzis, de pé ao lado de Enjolras.

— Matem dois de uma vez — disse ele.

E, voltando-se para Enjolras com amabilidade, lhe disse:

— Permite-me?

Enjolras apertou-lhe a mão, sorrindo.

Ainda sorria quando se ouviu a detonação.

Enjolras, atravessado por oito balas, permaneceu encostado à parede como se as balas o tivessem pregado. Somente inclinou a cabeça.

Grantaire caiu fulminado a seus pés.

Instantes depois, os soldados desalojavam do alto da casa, onde se tinham refugiado, os últimos insurgentes. Atiravam por entre uma pequena grade de madeira que havia no sótão. Lutavam na parte superior da casa. Corpos eram jogados pelas janelas, alguns ainda com vida. Dois atiradores, que tentavam reerguer o ônibus quebrado, foram mortos com dois tiros de carabina disparados do sótão. Um homem de camisa foi atirado dali, um golpe de baioneta no ventre, e agonizava no chão. Um soldado e um insurgente caíam juntos pelas telhas do teto, e não queriam largar-se, e caíam, agarrando-se um ao outro, em um abraço feroz. Luta semelhante no porão. Gritos, tiros, barulho terrível dos pés. Depois o silêncio. A barricada fora tomada.

Os soldados começaram a revistar as casas vizinhas e a perseguir os fugitivos.

XXIV. Prisioneiro

Marius era, realmente, prisioneiro. Prisioneiro de Jean Valjean. A mão que o agarrara por trás, no momento em que ia cair, e cujo contato havia sentido ao desmaiar, era a de Jean Valjean.

Jean Valjean não tomara parte no combate a não ser para expor-se. Sem ele, nessa fase suprema da agonia, ninguém teria pensado nos feridos. Graças a ele, sempre presente na carnificina como uma providência, os que caíam eram erguidos, transportados para a sala da taverna e tratados. Nos intervalos, ele consertava a barricada. Mas nada que pudesse assemelhar-se a um golpe, a um ataque ou mesmo a uma defesa pessoal saiu de suas mãos. Calava-se e socorria. No mais, sofrera só alguns arranhões. As balas não o quiseram. Se o suicídio fazia parte dos sonhos que tivera ao vir àquele sepulcro, fora mal-sucedido. Mas nós duvidamos que ele tivesse pensado em suicídio, ato não religioso.

Jean Valjean, nesse espesso nevoeiro de combate, não parecia ver Marius; o fato é que ele não o perdia de vista. Quando um tiro derrubou Marius, Jean Valjean saltou com uma agilidade de tigre, caiu sobre ele como se fosse uma presa e o levou.

O turbilhão do ataque era naquele momento tão violentamente concentrado sobre Enjolras e sobre a porta da taverna que ninguém viu Jean Valjean, carregando Marius desmaiado, atravessar o pátio da barricada e desaparecer por trás do ângulo da casa da Corinthe.

Como se lembram, esse ângulo fazia uma espécie de cabo na rua; abrigava das balas e da metralha, assim como dos olhares, alguns metros quadrados de terreno. Assim, algumas vezes, há em um incêndio um quarto que não se queima, e nos mares mais furiosos, por trás de um promontório ou no fundo sem saída de escolhos, há sempre um canto tranqüilo. Foi nessa espécie de dobra do trapézio interior da barricada que Éponine agonizara.

Ali Jean Valjean parou, colocou Marius no chão, encostou-se à parede e olhou em volta.

A situação era apavorante.

Naquele momento, durante dois ou três minutos talvez, aquele pedaço de parede era um abrigo, mas como sair daquele massacre? Jean Valjean recordava a angústia em que se encontrara, oito anos antes, na rua Polonceau e o modo pelo qual conseguira escapar; fora difícil então, mas hoje era impossível. Tinha diante de si essa implacável e surda casa de seis andares que parecia habitada somente pelo homem morto debruçado à sua janela; à sua direita, tinha a barricada pouco elevada que fechava a Petite-Truanderie; saltar esse obstáculo parecia fácil, mas acima da crista da barreira avistava-se uma fileira de baionetas. Era a tropa de linha, postada além dessa barricada, em observação. Era evidente que transpor a barricada era expor-se a um fogo de pelotão, e que qualquer cabeça que se arriscasse a ultrapassar o alto da muralha de paralelepípedos serviria de alvo a sessenta tiros de espingarda. À esquerda ficava o campo de combate. A morte estava atrás do ângulo da parede.

Que fazer?

Somente um pássaro conseguiria sair dali.

E era preciso decidir-se imediatamente, encontrar um expediente, tomar uma resolução. Combatiam a alguns passos dele; felizmente, todos se concentravam em um único ponto, a porta da taverna; porém, se um soldado, um só, se lembrasse de dar a volta à casa ou atacá-la pelos lados, tudo estaria perdido.

Jean Valjean olhou para a casa à sua frente, olhou para a barricada ao seu lado, depois olhou para o chão com a violência do supremo desespero, desorientado e como se quisesse cavar um buraco com os olhos.

De tanto olhar, um não sei que, vagamente perceptível em tal agonia, desenhou-se e tomou forma a seus pés, como se, com o olhar, tivesse o poder de fazer aparecer o que desejava. A alguns passos dali, na base da pequena barricada tão impiedosamente guardada e vigiada do lado de fora, sob um desmoronamento de pedras que a escondia em parte, ele viu uma grade de ferro colocada horizontalmente e ao nível do solo. A grade, formada por fortes barras transversais, tinha quase dois metros quadrados. O caixilho de pedras que a sustinha fora arrancado e ela estava como que despregada. Através das barras, entrevia-se uma escura abertura, algo semelhante ao tubo de uma chaminé ou ao cilindro de uma cisterna. Jean Valjean correu. Sua antiga experiência de evasões subiu-lhe ao cérebro como uma luz. Afastar as pedras, levantar a grade, carregar aos ombros o corpo de Marius, inerte como um cadáver, descer com esse fardo às costas, ajudando-se com os joelhos e os cotovelos, nessa espécie de poço, felizmente pouco profundo, deixar cair por cima de si o pesado alçapão de ferro, sobre o qual tornaram a rolar as pedras arrancadas, tomar pé em uma superfície lajeada três metros abaixo do solo, tudo isso foi executado como o que é feito em meio ao delírio, com a força de um gigante e a rapidez de uma águia; durou apenas alguns minutos.

Jean Valjean viu-se com Marius, sempre desmaiado, em uma espécie de comprido corredor subterrâneo.

Ali, paz profunda, silêncio absoluto, noite.

A impressão que ele outrora experimentara, caindo da rua no interior de um convento, retornou-lhe. Mas o que ele hoje carregava não era Cosette, era Marius.

Acima dele, agora mal ouvia, como se fosse um vago murmúrio, o incrível tumulto da taverna tomada de assalto.

LIVRO II

O intestino de Leviatã

I. A terra empobrecida pelo mar

Paris lança anualmente vinte e cinco milhões à água. Não é metáfora. Como e de que modo? Dia e noite. Com que finalidade? Sem finalidade alguma. Com que pensamento? Sem pensar. Para quê? Para nada. Por meio de que órgão? Por meio de seu intestino. Qual é seu intestino? É o seu esgoto.

Vinte e cinco milhões é a mais moderada das cifras aproximativas apresentadas pelas avaliações da ciência especializada.

A ciência, depois de muito tempo testando, sabe atualmente que o adubo mais fecundante e eficaz é o adubo humano. Os chineses, devemos dizê-lo para nossa vergonha, sabiam disso antes de nós. Nenhum camponês chinês, é Eckeberg quem o diz, vai à cidade sem trazer de lá nas duas pontas de seu bambu dois baldes cheios do que chamamos imundícies. Graças ao adubo humano, a terra na China atualmente é tão jovem quanto nos tempos de Abraão. O trigo chinês rende até cento e vinte vezes a semente. Não há esterco comparável em fertilidade aos detritos de uma capital. Uma grande cidade é o mais potente dos estercorários. Empregar a cidade para adubar o campo seria um sucesso certeiro. Se nosso ouro é esterco, em compensação nosso esterco é ouro.

O que é feito desse ouro-esterco? Varrem-no para o abismo.

Gastam-se grandes somas para enviar comboios de navios a fim de recolher no pólo austral os excrementos dos petréis e dos pingüins, enquanto que o incalculável elemento de opulência que temos à mão, o jogamos ao mar. Todo o adubo humano e animal que o mundo perde, devolvido à terra em vez de ser jogado à água, bastaria para alimentar o mundo inteiro.

Esses montes de lixo pelos cantos, essas carroças de lama transportadas à noite pelas ruas, esses horríveis carros de limpeza pública, esses fétidos escoamentos de lama subterrânea escondidos pela calçada, sabem o que são? O prado coberto de flores, a grama verdejante, o serpão, o tomilho, a salva; é a caça, é o gado, o satisfeito mugido dos bois à noite, é o feno perfumado, é o trigo dourado, é o pão em suas mesas, é o sangue quente em suas veias, é saúde, é alegria, é vida. Assim o quer essa misteriosa criação, que é a transformação na terra e a transfiguração no céu.

Joguem isso no grande cadinho; sua abundância virá dali. A nutrição dos campos produz o alimento dos homens.

Cada um é mestre em perder essa riqueza, e ainda por cima podem achar que sou ridículo. Essa seria a obra-prima de sua ignorância.

A estatística calculou que a França, sozinha, joga no Atlântico, pela boca de seus rios, quinhentos milhões. Notem isto: com esses quinhentos milhões pagaríamos a quarta parte das despesas do orçamento. A habilidade do homem é tanta que ele prefere livrar-se desses quinhentos milhões na sarjeta. É a própria substância do povo que é levada, aqui, gota a gota, ali, em ondas, pelo miserável vômito dos nossos esgotos nos rios, e pelo gigantesco vômito dos nossos rios no oceano. Cada golfada das nossas cloacas custa-nos mil francos. O que produz dois resultados: a terra empobrecida e a água contaminada. A fome saindo dos sulcos e a doença saindo do rio.

É notório, por exemplo, como atualmente o Tâmisa está envenenando Londres.

No que diz respeito a Paris, ultimamente foi necessário mudar a maior parte das saídas dos esgotos rio abaixo, abaixo da última ponte.

Um duplo aparelho tubular, guarnecido de válvulas e comportas, aspirando e repelindo, um sistema de drenagem elementar, simples como o pulmão do homem, e que já está em pleno funcionamento em várias comunas da Inglaterra, bastaria para levar às nossas cidades a água pura dos campos, e, para os campos, a rica água das cidades, e esse fácil vaivém, o mais simples do mundo, conservaria em nosso poder os quinhentos milhões jogados fora. Mas todos pensam em outra coisa.

O processo atual faz o mal querendo fazer o bem. A intenção é boa, o resultado é triste. Julga-se purificar a cidade, mas debilita-se a população. Um esgoto é um mal-entendido. Quando a drenagem, com sua dupla função, restituindo o que toma, tiver substituído o esgoto, simples lavagem empobrecedora, então, combinando isso com os dados de uma nova economia social, o produto da terra será decuplicado, e o problema da miséria será singularmente atenuado. Acrescentem a isso a supressão dos parasitismos, e estará resolvido.

Enquanto esperamos, a riqueza pública se vai pelos rios, e as perdas ocorrem. Perda é a palavra. A Europa se arruína, desse modo, por desperdício.

Quanto à França, acabamos de mencionar as cifras. Ora, Paris, contendo a vigésima quinta parte da população total da França, e o esterco parisiense sendo o mais rico de todos, ficamos aquém da verdade avaliando em vinte e cinco milhões a parte da perda de Paris nos quinhentos milhões que a França recusa anualmente. Esses vinte e cinco milhões, empregados em obras de assistência social e de lazer, duplicariam o esplendor de Paris. A cidade gasta-os em cloacas. De modo que se pode dizer que a grande prodigalidade de Paris, sua maravilhosa festa, sua *folie Beaujon*[1], sua orgia, seu escoamento de ouro a mãos abertas, seu fausto, seu luxo, sua magnificência, é seu esgoto.

É dessa forma que, na cegueira de uma péssima economia política, afoga-se, deixa-se ir por água abaixo e deixa-se perder no abismo o bem-estar de todos. Deveria haver redes de Saint-Cloud para a fortuna pública.

Economicamente, o fato pode ser resumido assim: Paris, cesto furado.

Paris, essa cidade modelo, padrão das capitais bem construídas da qual cada povo procura ter uma cópia, essa metrópole do ideal, essa pátria augusta da iniciativa, do impulso e da tentativa, esse centro e lugar dos espíritos, essa cidade-nação, colméia do futuro, composto maravilhoso de Babilônia e Corinto, faria, do ponto de vista que acabamos de assinalar, encolher os ombros a um camponês de Fo-Kian.

Imitem Paris, e estarão arruinados.

Quanto ao resto, particularmente no que toca a esse imemorial e insensato desperdício, a própria Paris imita.

Essas surpreendentes inépcias não são novas; não se trata de uma tolice jovem. Os antigos agiam como os modernos. "As cloacas de Roma", diz Liebig, "absorveram toda a prosperidade do camponês romano". Quando os campos de Roma foram arruinados pelo esgoto romano, Roma esgotou a Itália, e quando colocou a Itália em sua cloaca, ali lançou a Sicília, depois a Sardenha, depois a África. O esgoto de Roma tragou o mundo. Essa cloaca mostrava sua voracidade à cidade e ao universo. *Urbi et orbi*[2]. Cidade eterna, esgoto insondável.

---

[1] Parque de atrações e diversões. (N. do E.)

[2] *À cidade e ao universo*, palavras que iniciam e designam a grande bênção papal. (N. do E.)

Nessas coisas, assim como em outras, Roma dá o exemplo.

Paris segue esse exemplo com toda a estupidez própria das cidades inteligentes.

Para as necessidades da operação sobre a qual acabamos de nos explicar, Paris tem debaixo de si outra Paris: uma Paris de esgotos, que tem suas ruas, encruzilhadas, praças, largos, becos, artérias e circulação, que é de lodo, mas subtraída da forma humana.

Pois nada se deve lisonjear, nem mesmo um grande povo; onde há tudo, há a ignomínia ao lado da sublimidade; e se Paris contém Atenas, a cidade da luz, Tyr, a cidade do poder, Esparta, a cidade da virtude, Nínive, a cidade dos prodígios, também contém Lutécia, a cidade da lama.

Aliás, o cunho de seu poder está ali também, e a titânica latrina de Paris realiza, entre os monumentos, o estranho ideal realizado na humanidade por alguns homens, tais como Machiavel, Bacon e Mirabeau; o grandioso abjeto.

O subsolo de Paris, se o olhar pudesse penetrar sua superfície, teria o aspecto de uma madrepérola colossal. Uma esponja não tem mais buracos e sinuosidades do que o torrão de terra de seis léguas de circunferência sobre a qual repousa a antiga grande cidade. Sem falar nas catacumbas, que são subterrâneos à parte, sem falar na inextricável rede de canos de gás, sem contar o vasto sistema tubular de distribuição de água potável, que vai a todos os chafarizes, só os esgotos formam sob as duas margens uma prodigiosa rede tenebrosa; labirinto qua tem por fio seu declive.

Ali surge, no úmido nevoeiro, o rato, que parece ser o produto do parto de Paris.

II. História antiga do esgoto

Imaginando-se Paris como se uma tampa lhe fosse retirada, a rede subterrânea dos esgotos, vista de cima, desenhará nas duas margens uma espécie de grande ramo enxertado no rio. Na margem direita, o esgoto principal será o tronco desse ramo, os esgotos secundários serão os ramos, e os becos serão os ramúnculos.

Essa figura é apenas sumária e não de todo exata; o ângulo reto, que é o habitual nesse gênero de ramificações subterrâneas, é muito raro na vegetação.

Teremos uma imagem mais aproximada desse estranho plano geométrico supondo que vemos, estendido em um fundo de trevas, algum bizarro alfabeto oriental, emaranhado confusamente, e cujas letras disformes estariam soldadas umas às outras em aparente desordem e como que ao acaso, ora por seus ângulos, ora por suas extremidades.

Na Idade Média, as latrinas e os esgotos representavam um importante papel no Baixo Império e no antigo Oriente. Neles nascia a peste, neles morriam os déspotas. As multidões contemplavam quase com temor religioso esses leitos de podridão, monstruosos berços da morte. A cova dos vermes de Benares não é menos vertiginosa do que a cova dos leões da Babilônia. Teglat-Falasar, no dizer dos livros rabínicos, jurava pelas latrinas de Nínive. É dos esgotos de Munster que Jean de Leyde fazia surgir sua falsa lua, e do poço-cloaca de Kekhscheb que seu sósia oriental, Mokannâ, o profeta velado do Khorassan, fazia surgir seu falso sol.

A história dos homens se reflete na história das cloacas. As gemônias[3] contam a história de Roma. O esgoto de Paris foi uma velha coisa formidável. Foi sepulcro, foi asilo. O crime, a inteligência, o protesto social, a liberdade de consciência, o pensamento, o roubo, tudo quanto as leis humanas perseguem ou perseguiram escondeu-se nesse buraco; no século XIV os *maillotins*, no século XV os *tire-laine*, no século XVI os *huguenotes*, no século XVII os iluminados de Morin, no século XVIII os *chauffeurs*[4]. Há cem anos, dali saía a punhalada noturna e ali se refugiava o assaltante em perigo; o bosque tinha a caverna, Paris tinha o esgoto. A vadiagem, essa *picareria* — astúcia — gaulesa, aceitava o esgoto como sucursal do Pátio dos Milagres[5], e, à noite, astuta e feroz, entrava no vomitório Maubuée como em uma alcova.

Era muito natural que os que tinham como lugar de trabalho cotidiano o beco Vide-Gousset ou a rua Coupe-Gorge[6] tivessem por domicílio noturno a pequena ponte do Chemin-Vert ou a marquise Hurepoix. Muitas lembranças vêm desses lugares. Fantas-

---

[3] Em Roma, local onde eram expostos e executados os criminosos. (N. do E.)

[4] *Maillotins* — revoltosos armados com clavas de ferro; *tire-laine* — ladrões noturnos de agasalhos; *huguenots* — nome injurioso dado aos calvinistas; *chauffeurs* — bandidos que faziam tostar os pés de suas vítimas para que dissessem onde escondiam seu dinheiro. (N. do E.)

[5] Nome do bairro dos malandros, cujas falsas enfermidades, usadas para conseguir caridade pública, desapareciam “por milagre” quando para lá retornavam. (N. do E.)

[6] Beco Esvazia-Bolso; rua Corta-Garganta. (N. do E.)

mas de toda espécie assombram esses longos corredores solitários; por toda parte putrefação e miasma; aqui e ali, um respiradouro onde Villon, do lado de dentro, conversa com Rabelais, do lado de fora.

Na antiga Paris, o esgoto era o ponto de encontro de todos os esgotamentos e de todos os experimentos. A economia política vê nele um simples detrito, a filosofia social vê nele um resíduo.

O esgoto é a consciência da cidade. Tudo para ali converge e ali se confronta. Naquele lugar lívido há trevas, mas não há mais segredos. Cada objeto tem sua forma verdadeira ou, pelo menos, sua forma definitiva. O monte de lixo tem isso a seu favor, ele não mente. A ingenuidade refugiou-se ali. A máscara de Basílio ali se encontra, mas dela se vêem o papelão e os cordões, o interior, bem como o exterior, e ela é acentuada por uma lama honesta. O nariz postiço de Scapin é seu vizinho. Todas as impurezas da civilização, uma vez fora de serviço, caem nessa cova da verdade onde desemboca o imenso declive social. Ali desaparecem, porém dali se espalham. Esse caos é uma confissão. Ali, nada de falsas aparências, nenhuma maquiagem possível, a imundície tirando sua camisa, desnudamento absoluto, fim das ilusões e das miragens, nada mais que o real, fazendo a sinistra figura daquilo que acaba. Realidade e desaparição. Ali, um fundo de garrafa atesta a embriaguez, a alça de um cesto conta a vida doméstica; ali, o pedaço de maçã que teve opiniões literárias volta a ser o pedaço da maçã; a efígie da moeda de cobre reveste-se francamente de mofo; o escarro de Caifás encontra o vômito de Falstaff; a moeda de ouro que sai da casa de jogos bate no prego de onde pende o fragmento de corda do suicida; um feto lívido rola envolto nas lantejoulas que dançaram na última terça-feira gorda no Ópera, o barrete que julgou os homens acha-se ao lado de um objeto podre, que foi a saia de Margoton; é mais do que fraternidade, é intimidade. Tudo o que se maquiava se borra. O ultimo véu é arrancado. Um esgoto é um cínico. Ele diz tudo

Essa sinceridade da imundície nos agrada, e repousa a alma. Quando passamos o tempo a sofrer na terra o espetáculo de grandes ares que tomam a razão de Estado, o juramento, a sabedoria política, a justiça humana, as probidades profissionais, as austeridades circunstanciais, as togas incorruptíveis, traz alívio entrar em um esgoto e ver a lama que lhe é própria.

Ao mesmo tempo, isso ensina. Há pouco dissemos, a história passa pelo esgoto. Os Saint-Barthélemy ali filtram gota a gota entre os paralelepípedos. Os grandes assassinatos públicos, as carnificinas políticas e religiosas atravessam esse subterrâneo da civilização e para lá impelem seus cadáveres. Para o olhar do pensador, todos os assassinos históricos estão ali, na penumbra hedionda, de joelhos, com um pedaço de sua mortalha como avental, limpando lugubremente sua obra. Luís XI está ao lado de Tristan, Francisco I está ao lado de Duprat, Carlos IX ao lado de sua mãe, Richelieu ao lado de Luís XIII, Louvois ali está, Letellier ali está, Hébert e Maillard ali estão, raspando as pedras e tentando fazer desaparecer os vestígios de suas ações. Ouve-se sob essas arcadas a vassoura desses espectros. Respira-se o fétido enorme das catástrofes sociais. Vêem-se em alguns cantos reflexos avermelhados. Corre ali uma água terrível onde mãos ensangüentadas foram lavadas.

O observador social deve entrar nessas trevas. Elas fazem parte de seu laboratório. A filosofia é o microscópio do pensamento. Tudo quer fugir a ela, mas nada lhe escapa. É inútil tergiversar. Que lado nosso mostraremos tergiversando? O lado vergonha. A filosofia persegue o mal com seu olhar probo, não permitindo que se evada no nada. No aniquilamento das coisas que desaparecem, na diminuição das que se esvaem, ela reconhece tudo. Reconstrói a púrpura pelos farrapos e a mulher pelos trapos. Com a cloaca refaz a cidade, com a lama refaz os costumes. Com o caco ela conclui a ânfora ou o jarro. Reconhece, por uma marca de unha em um pergaminho, a diferença que separa o judaísmo de Judengasse do judaísmo do Ghetto. Ela encontra no que resta o que já existiu, o bem, o mal, o falso, o verdadeiro, a mancha de sangue do palácio, o borrão de tinta da caverna, o pingo de sebo do lupanar, as provações, as tentações bem acolhidas, as orgias vomitadas, a dobra que o caráter faz ao se rebaixar, o vestígio da prostituição nas almas cuja grosseria disso as torna capazes, e sobre as vestes dos carregadores de Roma a marca da cotovelada de Messalina[7].

III. Bruneseau

Na Idade Média, o esgoto de Paris era lendário. No século XVI, Henrique II tentou uma sondagem que abortou. Há menos de cem anos, a cloaca, como atesta Mercier, era abandonada a si mesma e fazia o que podia.

Tal era a antiga Paris, entregue às brigas, às indecisões e às tentativas. Por muito tempo ela foi bastante estúpida. Mais tarde,

[7] Insaciável esposa, de costumes deploráveis, do imperador romano Cláudio. (N. do E.)

89 mostrou como a inteligência retorna às cidades. Mas, nos bons velhos tempos, a inteligência da capital não era grande; não sabia negociar nem moralmente nem materialmente, nem melhor varrer seu lixo que os abusos. Tudo era obstáculo, tudo era problema. O esgoto, por exemplo, era refratário a qualquer itinerário. Não conseguiam orientar-se nos depósitos de lixo mais do que entender-se na cidade; no alto, o ininteligível, embaixo, o inextricável; sob a confusão das línguas ficava a confusão dos subterrâneos; Dédalo superava Babel.

Às vezes, o esgoto de Paris transbordava, como se aquele Nilo desconhecido subitamente se encolerizasse. Havia, coisa infame, inundações de esgoto. Em alguns momentos, esse estômago da civilização digeria mal, a cloaca refluía à garganta da cidade e Paris tinha o ressaibo de sua lama. Essas semelhanças entre o esgoto e o remorso tinham seu lado bom; eram avisos, muito mal recebidos, aliás; a cidade indignava-se com a audácia de seu próprio lodo e não admitia que o lixo voltasse. Expulsem-no melhor.

A inundação de 1802 é uma das recordações atuais dos parisienses de oitenta anos. A lama espalhou-se em cruz pela praça des Victoires, onde está a estátua de Luís XIV; entrou na rua Saint-Honoré pelos dois bueiros dos Champs-Elysées, na rua Saint-Florentin pelo esgoto Saint-Florentin, na rua Pierre-à-Poisson pelo esgoto de la Sonnerie, na rua Popincourt pelo esgoto Chemin-Vert, na rua Roquette pelo esgoto da rua Lappe; cobriu a sarjeta da rua Champs-Elysées até uma altura de trinta e cinco centímetros; e ao meio-dia, pela embocadura do Sena, fazendo sua função em sentido inverso, penetrou na rua Mazarine, na rua de l'Échaudé e na rua des Marais, onde parou a uma extensão de cento e nove metros, precisamente a alguns passos da casa onde morara Racine, respeitando, no século XVII, mais o poeta que o rei. A lama atingiu o máximo de profundidade na rua Saint-Pierre, onde elevou-se noventa centímetros acima das lajes do chafariz, e o máximo de extensão na rua Saint-Sabin, onde espalhou-se pelo comprimento de duzentos e trinta e oito metros.

No começo deste século, o esgoto de Paris era ainda um lugar misterioso. A lama jamais pode ter boa fama; mas aqui sua má fama ia até o terror. Paris sabia confusamente que tinha sob si um subterrâneo terrível. Falava-se dele como desse monstruoso charco de Tebas, onde formigavam centopéias de quatro metros de comprimento e que poderia servir de banheira a Beemot[8]. As grossas botas dos limpadores não se aventuravam jamais além de certos

[8] Fera enorme e extraordinária descrita no Livro de Jó. (N. do E.)

pontos conhecidos. Ainda estava-se muito próximo do tempo em que as carroças de lama, do alto das quais Sainte-Foix fraternizava com o Marquês de Créqui, eram despejadas simplesmente dentro dos esgotos. Quanto à limpeza, essa função era confiada às enxurradas, que mais entulhavam do que varriam. Roma ainda deixava alguma poesia à sua cloaca, chamando-a de Gemônias; Paris insultava a sua chamando-a de Buraco Fétido. A ciência e a superstição estavam de acordo em relação ao horror. O Buraco Fétido não repugnava a higiene mais do que a lenda. O bicho-papão aparecia sob a abóbada fétida do esgoto Mouffetard; os cadáveres dos Marmousets haviam sido lançados no esgoto de la Barrillerie; Fagon atribuíra a terrível febre maligna de 1685 ao grande hiato do esgoto du Marais, que permaneceu aberto até 1833 na rua Saint-Louis, quase defronte ao cartaz do *Messager galant*. A boca do esgoto da rua de la Mortellerie era célebre pelas pestes que por ali saíam; com sua grade de ferro pontiaguda que simulava uma fileira de dentes, ela era, nessa rua fatal, como uma boca de dragão soprando o inferno sobre os homens. A imaginação popular condimentava o sombrio ralo parisiense com alguma hedionda mistura de infinito. O esgoto não tinha fundo. O esgoto era o *barathrum*[9]. A idéia de explorar essas regiões leprosas não vinha nem mesmo à polícia. Tentar esse desconhecido, lançar a sonda nessa sombra, descobrir coisas nesse abismo, quem ousaria? Era assustador. Contudo, alguém se apresentou. A cloaca teve seu Cristóvão Colombo.

Um dia, em 1805, em uma das raras aparições do imperador em Paris, o ministro do interior, um Decrès ou Crétet qualquer, chegou ao despertar do amo. Ouvia-se no Carroussel o arrastar dos sabres de todos esses soldados extraordinários da grande república e do grande império; havia um amontoado de heróis à porta de Napoleão; homens do Reno, de Escaut, de Adige e do Nilo; companheiros de Joubert, de Desaix, de Marceau, de Hoche, de Kléber; aeróstatas de Fleurus, granadeiros de Mayence, pontoneiros de Genes, hussardos já vistos pelas Pirâmides, artilheiros atingidos pelas balas de Junot, couraçados que haviam tomado de assalto a frota ancorada no Zuyderzée; alguns haviam seguido Bonaparte na ponte de Lodi; outros haviam acompanhado Murat na trincheira de Mantoue, outros ainda haviam antecedido Lannes na estrada de Montebello. Todo o exército de então ali estava, no pátio das Tulherias, representado por uma

[9] Latinização da palavra grega que designava a profunda fossa natural onde eram jogados os corpos dos condenados à morte de Atenas. (N. do E.)

esquadra ou um pelotão, vigiando o sono de Napoleão; e era a época esplêndida em que o grande exército tinha atrás de si Marengo e diante de si Austerlitz.

— Sire — disse o ministro do interior a Napoleão —, ontem vi o homem mais intrépido de vosso império.

— Quem é esse homem? — disse bruscamente o imperador. — E que fez ele?

— Ele deseja fazer uma coisa, sire.

— Qual?

— Visitar os esgotos de Paris.

Esse homem existia e chamava-se Bruneseau.

IV. Detalhes ignorados

A visita foi realizada. Foi uma campanha temível, uma batalha noturna contra a peste e a asfixia. Ao mesmo tempo, foi uma viagem de descobertas. Um dos sobreviventes dessa exploração, trabalhador inteligente, então muito jovem, contava ainda, há apenas alguns anos, os curiosos detalhes que Bruneseau achou melhor omitir em seu relatório ao delegado de polícia, como indignos do estilo administrativo. Os processos de desinfecção naquela época eram ainda muito rudimentares. Assim que Bruneseau transpôs as primeiras articulações da rede subterrânea, oito dos vinte trabalhadores que o acompanhavam se recusaram a ir mais adiante. A operação era complicada; a visita acarretava a limpeza; portanto, era necessário limpar e ao mesmo tempo andar; anotar as entradas de água, contar as grades e os bueiros, especificar as ramificações, indicar as correntes nos pontos de divisão, reconhecer as circunscrições respectivas das diversas bacias, sondar os pequenos esgotos ligados ao esgoto principal, medir a altura de cada corredor, e a largura, tanto no início das abóbadas quanto na base da plataforma de comportas, enfim, determinar as ordenadas de nível diretamente em cada entrada de água, seja da base do esgoto, seja do solo da rua. Avançava-se com dificuldade. Não era raro que as escadas de acesso mergulhassem em um metro de lodo. As lanternas agonizavam nos miasmas. De vez em quando, era preciso carregar um limpador desmaiado. Em certos lugares, precipício. O solo havia afundado, as lajes haviam desmoronado, o esgoto transformara-se em poço sem fundo, não se encontrava mais firmeza; um homem desapareceu bruscamente; tiveram de fazer um grande esforço para retirá-lo. Seguindo os conselhos de Fourcroy, acendiam, de distância em distância, em lugares suficientemente desinfetados, grandes caixas cheias de estopa embebida em resina. Em alguns lugares, a muralha estava coberta de fungos disformes que pareciam tumores; a própria pedra parecia doente naquele ambiente irrespirável.

Bruneseau efetuou sua exploração de cima para baixo. No ponto de divisão dos dois canos de água de Grand-Hurleur, decifrou, em uma pedra saliente, a data de 1550; essa pedra indicava o limite em que parara Philibert Delorme, encarregado por Henrique II de visitar os canais subterrâneos de Paris. Essa pedra era a marca do século XVI no esgoto; Bruneseau encontrou a mão-de-obra do século XVII no cano de Ponceau e no cano da rua Vieille-du-Temple, instalados entre os anos de 1600 e 1650, e a mão-de-obra do século XVIII na seção oeste do canal coletor, aberto e coberto em 1740. Essas duas obras, especialmente a menos antiga, a de 1740, estavam mais arruinadas e decrépitas que a alvenaria do esgoto central, que datava de 1412, época em que a valeta de água viva de Ménilmontant foi elevada à dignidade de Grande Esgoto de Paris, promoção análoga à de um camponês que se tornasse primeiro camareiro do rei; uma espécie de Gros-Jean transformado em Lebel[10].

Julgou-se reconhecer, aqui e ali, principalmente sob o Palácio de Justiça, alvéolos de antigos cárceres, construídos no próprio esgoto. *In pace* vergonhosos. De uma dessas celas pendia uma argola de ferro. Todas foram muradas. Alguns dos achados eram bizarros; entre outros, o esqueleto de um orangotango, desaparecido do Jardim Botânico em 1800, desaparecimento provavelmente ligado à famosa e incontestável aparição do diabo na rua des Bernardins, no último ano do século XVIII. O pobre diabo acabou por afogar-se no esgoto.

Sob o longo corredor curvo que chega a Arche-Marion, um cesto de trapeiro, perfeitamente conservado, fez a admiração dos entendidos. Por toda parte, o lodo que os limpadores, por fim, manuseavam intrepidamente, encheu-se de objetos preciosos, jóias de ouro e prata, pedrarias, moedas. Um gigante que tivesse peneirado essa cloaca teria em sua peneira a riqueza dos séculos. No ponto de divisão das duas ramificações da rua du Temple e da rua Sainte-Avoye, recolheram uma singular medalha huguenote de cobre, trazendo de um lado um porco coberto com um chapéu de cardeal, e, do outro, um lobo de tiara na cabeça.

A descoberta mais surpreendente foi a que se fez à entrada do

---

[10] *Gros-Jean*, um joão-ninguém; *Lebel*, sobrenome tradicional. (N. do E.)

Grand Égout — Grande Esgoto. Outrora, essa entrada fora fechada por uma grade da qual só restavam as dobradiças. De uma dessas dobradiças pendia uma espécie de farrapo informe e sujo que, provavelmente detido ao passar, flutuava na sombra e acabava de se desfiar. Bruneseau aproximou sua lanterna e examinou o farrapo. Era um pedaço de finíssima cambraia, e em uma das pontas menos dilacerada que o resto distinguia-se uma coroa heráldica bordada por cima destas sete letras: LAVBESP. A coroa era uma coroa de marquês e as sete letras significavam *Laubespine*. Reconheceram que aquele objeto que tinham sob suas vistas era um pedaço da mortalha de Marat. Marat, na sua juventude, tivera os seus amores. Era a época em que ele fazia parte da casa do Conde de Artois, na qualidade de veterinário. Desses amores, historicamente comprovados, com uma senhora de elevada posição, restara-lhe aquele lençol. Destroço ou lembrança. Quando morreu, como aquele era o único lençol fino que tinha em casa, nele o enterraram. Mulheres idosas envolveram para ir ao túmulo, nesse lençol onde houvera voluptuosidade, o trágico Amigo do Povo. Bruneseau passou adiante. Deixaram o farrapo onde estava, não o destruíram. Por desprezo ou respeito? Marat merecia ambos. Além disso, o destino estava claramente impresso ali para que se hesitasse em tocá-lo. Aliás, é preciso deixar às coisas do sepulcro o lugar que elas escolhem. Em suma, a relíquia era estranha. Uma marquesa dormira ali; Marat apodrecera ali; ela atravessara o Panthéon para chegar aos ratos do esgoto. Esse trapo de alcova, do qual Watteau teria outrora alegremente desenhado todas as pregas, acabara por ser digno do olhar fixo de Dante.

A visita completa da canalização das imundícies subterrâneas de Paris durou sete anos, de 1805 a 1812. Enquanto caminhava, Bruneseau designava, dirigia e concluía um trabalho considerável; em 1808 baixava a grade de Ponceau, e, criando por toda parte novas linhas, em 1809 levava o esgoto sob a rua Saint-Denis até a fonte de Innocents; em 1810, sob a rua Froidmanteau e sob a Salpêtrière; em 1811, sob a rua Neuve-des-Petits-Pères, sob a rua du Mail, sob a rua de l'Écharpe, sob a praça Royale; em 1812, sob a rua de la Paix e sob a calçada de Antin. Ao mesmo tempo, mandava desinfetar e limpar toda a rede. A partir do segundo ano, Bruneseau teve o auxílio de seu genro Nargaud.

Foi assim que, no princípio deste século, a velha sociedade lavou o subsolo e fez a limpeza de seu esgoto. Pelo menos alguma coisa foi limpa.

Tortuoso, cheio de fendas, sem calçamento, rachado, cortado

por charcos, dobrado em curvas bizarras, subindo e descendo sem lógica, fétido, selvagem, cruel, submerso na escuridão, com cicatrizes nas lajes e feridas nas paredes, horrível, assim era visto retrospectivamente o antigo esgoto de Paris. Ramificações em todos os sentidos, cruzamentos de canos, encruzilhadas, rugas, bifurcações, estrelas, como nas sapas, becos, abóbadas salitrosas, escoadouros infectos, destilações doentias nas paredes, gotas caindo do teto, trevas; nada igualava o horror dessa velha cripta em chagas, aparelho digestivo da Babilônia, antro, fossa, abismo cortado por ruas, covil titânico onde o espírito julga ver vagar, por entre as sombras, nessa imundície que foi esplendor, essa enorme toupeira cega, o passado.

Esse, porém, repetimos, era o esgoto de outrora.

V. Progresso atual

Hoje o esgoto é limpo, frio, reto, correto. Realiza quase o ideal do que na Inglaterra se entende pela palavra "respectable" — respeitável. É conveniente e acinzentado; tão distinto que se poderia dizer elegante. Parece um fornecedor promovido a conselheiro de estado. Dentro dele, vê-se quase uma claridade. O lodo se comporta decentemente. À primeira vista, poderia facilmente ser tomado por um desses corredores subterrâneos tão comuns outrora, e tão úteis às fugas dos monarcas e dos príncipes, no antigo bom tempo "em que o povo amava seus reis". O esgoto atual é um belo esgoto, em que reina o estilo puro; o clássico alexandrino retilíneo, que, expulso da poesia, parece ter-se refugiado na arquitetura, parece misturado em todas as pedras dessa extensa abóbada, tenebrosa e esbranquiçada; cada escoadouro é uma arcada; a rua de Rivoli faz escola até dentro da cloaca. De resto, se a linha geométrica está de algum modo em seu lugar, é certamente sobre o fosso estercorário de uma grande cidade. Ali, tudo deve ser subordinado ao caminho mais curto. Atualmente o esgoto tomou certo aspecto oficial. Os próprios relatórios da polícia, dos quais às vezes se torna objeto, não lhe faltam mais ao respeito. As palavras que o caracterizam na linguagem administrativa são elevadas e dignas. O que antes era chamado intestino, hoje se chama galeria; o que era chamado buraco, hoje se chama olho. Villon não reconheceria mais sua antiga morada. Essa rede de subterrâneos continua tendo sua imemorável população de roedores, mais pululante do que nunca; de tempos em tempos, um rato, velhos bigodes, arrisca sua cabeça à janela do esgoto e examina os parisienses; mas essa própria bicharada infame se aprisiona, satisfeita com seu palácio subterrâneo. A cloaca já não tem nada de sua primitiva ferocidade. A chuva, que antes sujava os esgotos, agora os lava. Todavia, não sejam tão confiantes. Ainda é habitado por miasmas. É mais hipócrita do que irrepreensível. A delegacia de polícia e a comissão de salubridade fazem de tudo. Mas, apesar de todos os procedimentos de desinfecção, exala ainda um vago cheiro suspeito, como Tartufo depois da confissão.

Convenhamos que, assim como a limpeza é uma homenagem que a cloaca tributa à civilização, e como, deste ponto de vista, a consciência de Tartufo é um progresso sobre a cavalariça de Augias, é certo que o esgoto de Paris melhorou.

É mais que um progresso; é uma transmutação. Entre o esgoto antigo e o esgoto atual, há uma revolução. Quem fez essa revolução?

O homem que todos esquecem, e que chamamos de Bruneseau.

VI. Progresso futuro

Cavar o esgoto de Paris não foi um trabalho pequeno. Os dez últimos séculos nisso trabalharam sem que se conseguisse terminá-lo, do mesmo modo que não se conseguiu terminar Paris. Realmente, o esgoto recebe todos os contragolpes do crescimento de Paris. É uma espécie de pólipo tenebroso de mil antenas que cresce na parte de baixo, ao mesmo tempo que a cidade na parte de cima. Todas as vezes que a cidade abre uma rua, o esgoto estende um braço. A antiga monarquia construíra apenas vinte e três mil e trezentos metros de esgoto; era essa a situação de Paris em 1º de janeiro de 1806. A partir dessa época, da qual logo voltaremos a falar, a obra foi proveitosa e energicamente retomada e continuada; Napoleão construiu, são curiosos estes números, quatro mil oitocentos e quatro metros; Luís XVIII, cinco mil setecentos e nove; Carlos X, dez mil oitocentos e trinta e seis; Luís Filipe, oitenta e nove mil e vinte; a república de 1848, vinte e três mil trezentos e oitenta e um; o regime atual, setenta mil e quinhentos; hoje o total é de duzentos e vinte e seis mil seiscentos e dez; sessenta léguas de esgoto; entranhas enormes de Paris. Ramificação obscura sempre trabalhando; construção ignorada e imensa.

Como vemos, o dédalo subterrâneo de Paris está atualmente mais que decuplicado em relação ao que era no princípio deste século. É impossível imaginar tudo o que foi preciso de esforço e perseverança para levar essa cloaca ao ponto da perfeição relativa em que atualmente se encontra. Só a muito custo a velha jurisdição monárquica, e, nos últimos dez anos do décimo oitavo século, a municipalidade revolucionária conseguiram abrir as cinco léguas de esgotos que existiam antes de 1806. Todos os tipos de obstáculos dificultavam essa operação, alguns próprios da natureza do solo, outros inerentes aos próprios preconceitos da população laboriosa de Paris. Paris acha-se edificada sobre um terreno estranhamente rebelde à picareta, à enxada, à sonda, ao trabalho humano. Nada mais difícil de perfurar e penetrar que essa formação geológica à qual se sobrepõe a maravilhosa formação histórica chamada Paris; assim que, sob uma forma qualquer, o trabalho se inicia e se aventura nessa camada de aluviões, abundam as resistências subterrâneas. São argilas líquidas, fontes vivas, rochas duras, aquele tipo de lodo mole e profundo que a ciência especializada chama de mostarda. A picareta avança trabalhosamente nas lâminas calcáreas alternadas com filetes de greda muito delgados e com camadas xistosas incrustadas de cascas de ostras contemporâneas dos oceanos pré-adamitas. Às vezes, um veio de água rompe bruscamente uma abóbada iniciada e inunda os trabalhadores; ou é uma porção de marga que aparece precipitando-se com a fúria de uma catarata e quebrando, como se fosse vidro, as mais grossas vigas de escoramento. Recentemente, em la Villette, sem interromper a navegação e sem esvaziar o canal, quando foi necessário fazer passar o esgoto coletor por baixo do canal Saint-Martin, uma fenda abriu-se no leito do canal, a água surgiu subitamente no canteiro subterrâneo, e as bombas de esgoto foram insuficientes para dar-lhe vazão; foi necessário enviar um mergulhador para procurar a fenda, que se encontrava à entrada da bacia grande, e tapá-la, o que foi feito com muita dificuldade. Em outros lugares, perto do Sena, e até mesmo longe do rio, como por exemplo em Belleville, Grande-Rue e passagem Lunière, encontramos areias movediças, onde um homem pode desaparecer em um instante. Acrescentem a asfixia pelos miasmas, o soterramento devido aos desmoronamentos, os desabamentos repentinos. Acrescentem o tifo, que lentamente impregna os trabalhadores. Atualmente, após ter cavado a galeria de Clichy, com valeta para receber um coletor principal de água do Ourcq, trabalho executado a dez metros de profundidade, após ter, por entre desabamentos, auxiliado por escavações, muitas vezes pútridas, e por escoramentos, canalizado la Bièvre do bulevar de l'Hopital até o Sena, após ter, para livrar Paris das águas torrenciais de Montmartre e dar vazão a essa água fluvial de nove hectares que estagnava perto da barreira de Martyrs, construído a linha de esgotos que vai da barreira Blanche até a estrada de Aubervilliers, em quatro meses, dia e noite, a uma profundidade de onze metros, após ter, algo que não fora visto ainda, executado subterrâneamente um esgoto na rua Barre-du-Bec, sem abrir fossas, seis metros abaixo do solo, o condutor Monnot morreu. Após ter canalizado três mil metros de esgotos em todos os pontos da cidade, da rua Traversière-Saint-Antoine à rua de l'Ourcine, após ter livrado das inundações pluviais a esquina Censier-Mouffetard através da ramificação do Arbalète, após ter construído o esgoto Saint-Georges com alicerces de cimento em areias movediças, após ter dirigido o difícil rebaixamento de nível da grade do entroncamento Notre-Dame-de-Nazareth, o engenheiro Duleau morreu. Não existem relatórios para esses atos heróicos, todavia mais úteis que a matança estúpida dos campos de batalha.

Em 1832, os esgotos de Paris estavam muito longe de ser o que são hoje. Bruneseau dera o impulso, mas foi preciso que viesse o cólera para determinar a vasta reconstrução que foi feita desde então. É surpreendente, por exemplo, que em 1821 parte do esgoto central chamado Grand Canal, como em Veneza, ainda permanecesse a céu aberto na rua des Gourdes. Foi somente em 1823 que a cidade de Paris encontrou em seus bolsos os duzentos e sessenta e seis mil, oitenta francos e seis cêntimos necessários para cobrir aquela indecência. Os três poços absorventes, Combat, Cunette e Saint-Mandé, com seus desaguadouros, seus aparelhos, suas aberturas e suas ramificações depuratórias, datam apenas de 1836. O depósito de lixo intestinal de Paris foi totalmente refeito, e, como já dissemos, mais que decuplicou há um quarto de século.

Há trinta anos, na época da insurreição de 5 e 6 de junho, em muitos lugares existia ainda praticamente o antigo esgoto. Um grande número de ruas, hoje niveladas, eram então calçadas com fendas. Freqüentemente via-se no ponto em declive onde chegavam as vertentes de uma rua ou de uma encruzilhada grossas grades quadradas, com grossas barras cujo ferro reluzia polido pelos pés da multidão, escorregadias e perigosas para as carruagens, e que provocavam a queda dos cavalos. A língua oficial das pontes e calçadas dava a esses pontos-declives e a essas grades o nome de *cassis*. Em 1832, a antiga cloaca gótica ainda mostrava cinicamente sua bocarra escancarada em diversas ruas: rua de l'Étoile, rua Saint-Louis, rua du Temple, rua Vieille-du-Temple, rua Notre-Dame-de-Nazareth, rua Folie-Méricourt, cais des Fleurs, rua du Petit-Musc, rua de Normandie, rua Pont-aux-Biches, rua des Marais, bairro Saint-Martin, rua Notre-Dame-des-Victoires, bairro Montmartre, rua Grange-Batelière, Champs Elysées, rua Jacob, rua de

Tournon. Eram enormes hiatos de pedras, algumas vezes rodeadas por cercas, uma afronta monumental.

Paris, em 1806, ainda tinha quase a mesma cifra de esgotos constatada em maio de 1663, cinco mil trezentos e vinte e oito metros. Depois de Bruneseau, em 1º de janeiro de 1832, havia quarenta mil e trezentos metros. De 1806 a 1831, foram construídos anualmente, em média, setecentos e cinqüenta metros; desde então, todos os anos foram construídos oito ou até mesmo dez mil metros de galerias, em alvenaria de pequenos tijolos banhados em cal hidráulico e sobre fundações de concreto. A duzentos francos cada metro, as sessenta léguas de esgoto da Paris atual representam quarenta e oito milhões.

Além do progresso econômico que mencionamos no princípio, graves problemas de higiene pública acham-se ligados a essa imensa questão, o esgoto de Paris.

Paris está entre dois lençóis, um lençol de água e um lençol de ar. O lençol de água, situado a uma grande profundidade subterrânea, mas já explorado por duas perfurações, provém da camada de arenito verde, situada entre a greda e o calcário jurássico; essa camada pode ser representada por um disco de vinte e cinco léguas de raio; inúmeros rios e regatos ali deságuam; em um copo de água do poço de Grenelle bebe-se o Sena, o Marne, o Yonne, o Oise, o Aisne, o Cher, o Vienne e o Loire. O lençol de água é salubre; primeiro vem do céu e depois da terra; a camada de ar é insalubre, ela vem do esgoto. Todos os miasmas da cloaca se misturam à respiração da cidade; daí o seu mau hálito. O ar respirado acima de uma estrumeira, isso foi cientificamente constatado, é mais puro do que o ar que se respira em Paris. Virá o tempo em que, com o auxílio do progresso, o aperfeiçoamento dos aparelhos e novas idéias, o lençol de água será usado para purificar a camada de ar. Quer dizer, para lavar os esgotos. Sabe-se que, por lavagem do esgoto entendemos a restituição da lama à terra; reenvio do esterco ao solo e do adubo aos campos. Com esse simples fato, haverá, para toda a comunidade social, a diminuição da miséria e o aumento da saúde. Nesse momento, a irradiação das doenças de Paris estende-se a cinqüenta léguas em volta do Louvre, tomado como centro dessa roda pestilenta.

Poderíamos dizer que, há dez séculos, a cloaca é a doença de Paris. O esgoto é o vício que a cidade tem no sangue. O instinto popular nunca se enganou. O ofício de limpador de esgotos era outrora quase tão perigoso e quase tão repugnante ao povo quanto o ofício de esfolador de animais, por tanto tempo fustigado pelo horror e abandonado aos carrascos. Era necessário um alto salário para que algum pedreiro se decidisse a desaparecer nessa fétida sapa; a escada do poceiro hesitava em mergulhar; dizia-se proverbialmente: *descer ao esgoto é descer à sepultura*; e todo tipo de lendas hediondas, já o dissemos, cobriam de terror essa pia colossal; latrina temida, marcada tanto pelas revoluções do globo como pelas revoluções dos homens, e onde se encontram vestígios de todos os cataclismos, da concha diluviana aos farrapos de Marat.

LIVRO III

A lama, mas a alma

I. A cloaca e suas surpresas

Era no esgoto de Paris que Jean Valjean se encontrava.

Mais uma semelhança de Paris com o mar. Como no oceano, ali o mergulhador pode desaparecer.

A transição era incrível. Em pleno centro da cidade, Jean Valjean saíra da cidade, e num piscar de olhos, o tempo de erguer uma tampa e de voltar a fechá-la, ele passara da luz do dia à escuridão completa, do meio-dia para a meia-noite, do barulho para o silêncio, do turbilhão dos trovões para a estagnação do túmulo, e, por uma peripécia bem mais prodigiosa ainda que a da rua Polonceau, do mais extremo perigo à mais absoluta segurança.

Queda súbita em um subterrâneo; desaparecimento nos alçapões de Paris; deixar aquela rua, onde a morte estava por toda parte, por essa espécie de sepulcro onde havia vida, foi um momento estranho. Ele permaneceu alguns segundos como que atordoado, escutando, estupefato. O alçapão salvador abrira-se subitamente sob ele. A bondade celeste como que o apanhara traiçoeiramente. Adoráveis ciladas da Providência!

Só que o ferido não se mexia e Jean Valjean não sabia se o que ele transportava nessa fossa era um vivo ou um morto.

Sua primeira sensação foi de cegueira. Bruscamente não viu mais nada. Pareceu-lhe também que, em um minuto, ficara surdo. Não ouvia mais nada. A frenética tempestade de mortes que se desencadeava alguns metros acima dele, como já dissemos, chegava até ele diminuída e indistinta como o rumor em uma grande profundeza, graças à espessura de terra que o separava dela. Sentia firmeza sob seus pés; eis tudo, mas isso bastava. Estendeu um braço, depois o outro, tocou a parede dos dois lados, e percebeu que o corredor era estreito; escorregou e percebeu que a laje estava molhada. Avançou um pé com precaução, temendo um buraco, um desaguadouro, um abismo qualquer; constatou que a laje se prolongava. Uma baforada fétida o advertiu sobre o lugar em que estava.

Ao final de alguns instantes, não estava mais cego. Um pouco de luz vinha pelo respiradouro por onde ele havia entrado e seus olhos acostumaram-se àquele porão. Começou a distinguir alguma coisa. O corredor em que se enterrara, nenhuma outra palavra exprime melhor a situação, estava murado atrás dele. Era um desses becos sem saída, que a linguagem especializada chama de ramificações. Diante dele havia outra parede, uma parede de trevas. A claridade da abertura extinguia-se a dez ou doze passos do ponto em que Jean Valjean se encontrava, e mal lançava um pálido clarão sobre alguns metros da parede úmida do esgoto. Mais adiante, a opacidade era maciça; penetrar ali parecia horrível e a entrada tinha aspecto devorador. Contudo, era possível penetrar naquela muralha de bruma, e era necessário. Era, inclusive, preciso apressar-se. Jean Valjean lembrou-se de que aquela grade, percebida por ele debaixo das pedras, podia também ser percebida pelos soldados, e que tudo dependia desse acaso. Eles também podiam descer ao poço e revistá-lo. Não havia, portanto, um minuto a perder. Tinha colocado Marius no chão, recolheu-o, essa também é a verdadeira palavra, tornou a colocá-lo sobre os ombros e começou a andar. Entrou resolutamente naquela escuridão.

A verdade é que eles não estavam tão a salvo quanto Jean Valjean acreditava. Perigos não menores e de um outro gênero talvez os aguardassem. Após o turbilhão fulgurante do combate, a caverna dos miasmas e das armadilhas; após o caos, a cloaca. Jean Valjean caíra de um dos círculos do inferno em outro.

Depois de dar cinqüenta passos, foi preciso parar. Uma pergunta apresentou-se. O corredor dava para outra passagem transversal. Ali se ofereciam dois caminhos. Qual deles seguir? Deveria virar à esquerda ou à direita? Como se orientar naquele labirinto negro? Esse labirinto, como já mencionamos, tem um fio: é seu declive. Seguir o declive é ir para o rio.

Jean Valjean compreendeu isso imediatamente.

Disse consigo que provavelmente se encontrava no esgoto dos depósitos; que, se ele escolhesse a esquerda, seguindo o declive, chegaria em menos de um quarto de hora a algum desaguadouro do Sena entre a ponte au Change e a Ponte Neuf, isto é, apareceria em pleno dia no ponto mais populoso de Paris. Talvez saíssem em algum bueiro de um cruzamento. Estupor dos transeuntes ao verem surgir da terra, sob seus pés, dois homens ensangüentados. Chegada dos guardas da cidade, tomada das armas no posto de guarda mais próximo. Seriam presos antes de sair. Era melhor embrenhar-se naquele dédalo, confiar naquele negrume, e entregar-se nas mãos da Providência quanto à saída.

Subiu o declive e tomou a direita.

Quando ultrapassou o ângulo da galeria, o longínquo clarão do bueiro desapareceu, a cortina de escuridão caiu novamente sobre ele e voltou a ficar cego. Nem por isso deixou de prosseguir, e tão rapidamente quanto pôde. Os dois braços de Marius estavam em volta de seu pescoço e os pés pendiam atrás dele. Segurava os dois braços com uma só mão e com a outra apalpava a parede. A face de Marius tocava a sua e nela grudava pois estava ensangüentada. Ele sentia escorrer sobre ele e penetrar em suas roupas um riacho morno que provinha de Marius. Entretanto, um calor úmido em sua orelha, que tocava a boca do ferido, indicava respiração e, conseqüentemente, vida. O corredor por onde Jean Valjean agora caminhava era menos estreito do que o primeiro. Jean Valjean avançava com grande dificuldade. As chuvas do dia anterior não haviam escoado de todo e formavam uma pequena enxurrada no centro da galeria, e ele era obrigado a encostar-se na parede para não molhar os pés. Assim caminhava tenebrosamente. Ele se assemelhava aos seres noturnos que tateiam o invisível, subterraneamente perdidos nas veias das sombras.

Porém, pouco a pouco, fosse porque alguns respiradouros longínquos derramassem alguma claridade flutuante no meio daquela cerração opaca, fosse porque seus olhos já estivessem acostumados à escuridão, começou a enxergar vagamente, e voltou a distinguir, de forma confusa, ora a parede em que tocava, ora a abóbada por baixo da qual passava. As pupilas dilatam-se na escuridão e por fim acabam encontrando claridade, da mesma forma que a alma se dilata no sofrimento e acaba descobrindo Deus.

Orientar-se era difícil.

O traçado dos esgotos repercute, por assim dizer, o traçado das ruas que lhe ficam sobrepostas. Paris, naquele tempo, possuía duas mil e duzentas ruas. Imagine-se o que era esta floresta de ramos tenebrosos chamada esgoto. O sistema de esgotos existente nessa época, de ponta a ponta, daria uma extensão de onze léguas. Dissemos acima que a rede atual, graças à extrema atividade dos últimos trinta anos, não tinha menos de sessenta léguas.

Jean Valjean começou por se enganar. Acreditou que estava sob a rua Saint-Denis, e era uma pena que não estivesse. Há, sob a rua Saint-Denis, um velho esgoto de pedra, que data de Luís XIII e que vai dar diretamente no esgoto coletor chamado Grand Égout, tendo apenas uma única curva, à direita, na altura do antigo Pátio dos Milagres, e uma única ramificação, o esgoto Saint-Martin, cujos quatro braços se cortam em forma de cruz. Mas o bueiro da Petite-Truanderie, cuja entrada ficava próxima da taverna Corinthe, jamais teve comunicação com o subterrâneo da rua Saint-Denis; ele termina no esgoto de Montmartre, e era ali que Jean Valjean havia entrado. Ali, as chances de se perder abundavam. O esgoto de Montmartre é um dos mais emaranhados da antiga rede. Felizmente, Jean Valjean deixara atrás de si o esgoto dos depósitos, cujo plano geométrico parece um sem-número de mastros emaranhados; mas tinha pela frente mais de um ponto embaraçoso e mais de uma esquina — pois são ruas — oferecendo-se na escuridão como pontos de interrogação; em primeiro lugar, à sua esquerda, o vasto esgoto Plâtrière, espécie de quebra-cabeça chinês, impelindo e embaralhando seu caos de T e Z sob a sede dos Correios e sob a cúpula do mercado de trigo até o Sena, onde termina em Y; em segundo lugar, à sua direita, o corredor curvo da rua du Cadran com seus três dentes, que são outros tantos becos sem saída; em terceiro, à sua esquerda, a ramificação du Mail, complicada, quase já na entrada, por uma espécie de bifurcação, e indo, de ziguezague em ziguezague, terminar na grande cripta aberta do Louvre, cheia de entroncamentos e ramificações em todos os sentidos; finalmente, à direita, o corredor sem saída da rua des Jeûneurs, sem contar os pequenos redutos aqui e ali, antes de chegar ao esgoto central, o único que poderia conduzi-lo a alguma saída suficientemente distante para que fosse segura.

Se Jean Valjean tivesse alguma noção de tudo quanto indicamos aqui, perceberia rapidamente, simplesmente apalpando a parede, que não se encontrava na galeria subterrânea da rua Saint-Denis. Em vez da antiga pedra talhada, em vez da antiga arquitetura, altiva e régia até mesmo dentro do esgoto, com revestimentos e alicerces de granito e argamassa de cal grossa, e que custava oitocentas libras o metro, teria sentido sob sua mão o bom preço contemporâneo, o expediente econômico, a alvenaria cimentada com argamassa hidráulica sobre camadas de betume, que custa duzentos francos o metro, a construção burguesa dita *de pequenos materiais*; mas ele não sabia de nada disso.

Caminhava para frente, com ansiedade, mas com calma, sem nada ver, sem nada saber, mergulhado no acaso, isto é, submerso na Providência.

Gradativamente, temos de dizer, um certo horror apoderava-se dele. A sombra que o envolvia entrava em seu espírito. Caminhava em um enigma. Esse aqueduto da cloaca é temível; entrecruza-se vertiginosamente. É uma coisa lúgubre estar preso nessa Paris de trevas.

Jean Valjean era obrigado a achar e quase a inventar seu caminho sem vê-lo. Nesse desconhecido, cada passo que arriscava podia ser o último. Como sairia dali? Acharia uma saída? Conseguiria achá-la a tempo? Essa colossal esponja subterrânea com alvéolos de pedra se deixaria penetrar e atravessar? Encontraria algum inesperado nó de escuridão? Chegaria ao inextricável e ao inacessível? Marius morreria ali de hemorragia, e ele de fome? Acabariam por se perder ali, os dois, e por se tornarem dois esqueletos em algum canto daquela escuridão? Não sabia. Fazia todas essas perguntas a si mesmo, e não sabia responder. O intestino de Paris é um precipício. Como o profeta, ele estava dentro da barriga do monstro.

De repente, teve uma surpresa. No momento menos esperado, e sem haver cessado de caminhar em linha reta, percebeu que já não subia: a água da valeta batia-lhe nos calcanhares, ao invés de passar pelas pontas dos seus pés. O esgoto agora descia. Por quê? Chegaria de súbito ao Sena? Esse perigo era grande, mas o risco de recuar era ainda maior. Continuou avançando.

Não era em direção ao Sena que ele estava indo. A lombada que o solo de Paris apresenta na margem direita escoa uma de suas vertentes no Sena e a outra no Grand Égout. A crista dessa lombada, que determina a divisão das águas, desenha uma linha muito caprichosa. O ponto culminante, que é o lugar de divisão das águas, fica, no esgoto Sainte-Avoye, além da rua Michelle-Comte, no esgoto do Louvre, perto dos bulevares, e, no esgoto de Montmartre, próximo aos depósitos. Era nesse ponto culminante que Jean Valjean havia chegado. Ele se dirigia ao esgoto central; estava no caminho certo. Mas não sabia disso.

Cada vez que encontrava alguma ramificação, apalpava os ângulos, e se achasse a abertura que se oferecia mais estreita que o corredor em que se encontrava, não entrava e continuava seu caminho, julgando, com razão, que todo caminho mais estreito deveria terminar em um beco sem saída, o que só serviria para afastá-lo de seu objetivo, isto é, da saída. Evitou assim a quádrupla armadilha preparada na escuridão pelos quatro dédalos que enumeramos.

Em certo momento, reconheceu que saía de sob a parte de Paris petrificada pela revolta, onde as barricadas haviam suprimido a circulação, e que entrava embaixo da Paris viva e normal. Subitamente, acima de sua cabeça, ouviu como que um ruído de trovão, longínquo, mas contínuo. Era o rodar das carruagens.

Ele caminhava aproximadamente havia meia hora, pelo menos segundo seus cálculos, e não pensara em descansar; somente trocara a mão com que segurava Marius. A escuridão era mais profunda do que nunca, mas essa profundidade o tranqüilizava.

De repente, viu sua sombra diante de si. Ela se recortava sobre um fraco clarão, quase indistinto, que avermelhava vagamente o pavimento a seus pés e a abóbada sobre sua cabeça, e que escorregava, à sua direita e à sua esquerda, sobre as paredes viscosas do corredor. Estupefato, virou-se.

Atrás dele, na parte do corredor que acabava de ultrapassar, a uma distância que lhe pareceu imensa, refulgia, riscando a espessa escuridão, uma espécie de astro horrível que parecia olhá-lo.

Era a sombria estrela da polícia que surgia no esgoto.

Atrás dessa estrela moviam-se, confusamente, oito ou dez vultos negros, eretos, indistintos, terríveis.

II. Explicação

No dia 6 de junho, uma batida nos esgotos havia sido ordenada. Temiam que fossem tomados como refúgio pelos vencidos, e o prefeito Gisquet teve de vasculhar a Paris oculta enquanto o General Bugeaud varria a Paris pública; dupla operação conexa exigiu uma dupla estratégia da força pública, representada na parte de cima pelo exército e na parte de baixo pela polícia. Três pelotões de agentes e limpadores exploraram a rede subterrânea de Paris, o primeiro, a margem direita, o segundo, a margem esquerda, o terceiro, o centro da cidade.

Os agentes estavam armados com carabinas, cassetetes, espadas e punhais.

Naquele momento, o que estava dirigido a Jean Valjean era a lanterna da ronda da margem direita.

Essa ronda acabava de visitar a galeria curva e os três becos que ficam sob a rua du Cadran. Enquanto passeava seu clarão no fundo desses becos, Jean Valjean encontrara em seu caminho a entrada da galeria, percebera que era mais estreita que o corredor principal e não entrara. Seguira adiante. Os policiais, saindo novamente da galeria du Cadran, pensaram ter ouvido um ruído de passos na direção do esgoto central. De fato, eram os passos de Jean Valjean. O sargento chefe da ronda erguera sua lanterna, e a esquadra pusera-se a olhar, na neblina, na direção de onde viera o barulho.

Para Jean Valjean, esse foi um instante inexprimível.

Felizmente, se ele via bem a lanterna, a lanterna o via mal. Ela era a luz, ele a escuridão. Ele estava muito longe, e mesclado às trevas do lugar. Encostou-se à parede e parou.

Aliás, ele não sabia o que era aquilo que se movia atrás dele. A falta de sono, a falta de alimentação, as emoções, fizeram-no igualmente passar ao estado visionário. Via um clarão, e, ao redor desse clarão, larvas. O que era aquilo? Não compreendia.

Como Jean Valjean parara, o barulho havia cessado.

Os homens da ronda escutavam e nada ouviam, olhavam e nada viam. Consultaram-se.

Nessa época, havia acima desse ponto do esgoto de Montmartre uma espécie de encruzilhada chamada *de serviço*, que depois foi suprimida por causa do pequeno lago interior que ali formava, por ocasião dos grandes temporais, a torrente de águas pluviais. A ronda pôde esconder-se nessa encruzilhada.

Jean Valjean viu aquelas larvas formarem uma espécie de círculo. Aquelas cabeças de cães aproximaram-se umas das outras e cochicharam.

O resultado desse conselho de cães de guarda foi que se haviam enganado, que não houvera esse ruído, que não havia ninguém ali; que era inútil embrenhar-se no esgoto central, porque seria tempo perdido, mas que deviam apressar-se na direção de Saint-Merry, pois se havia algo a fazer ou algum "bousingot"[1] a encontrar, era naquele quarteirão.

De tempos em tempos, os partidos recolocam solas novas nas velhas injúrias. Em 1832, a palavra *bousingot* era intermediária entre a palavra *jacobino*, já fora de uso, e a palavra *demagogo*, quase inusitada, mas que efetuou, desde então, um excelente serviço.

O sargento deu ordem para que virassem à esquerda rumo à vertente do Sena. Se tivessem tido a idéia de dividir-se em duas esquadras e de ir nos dois sentidos, Jean Valjean seria preso. Foi por um fio. É provável que as instruções da delegacia, prevendo algum caso de combate e numerosos insurgentes, proibisse à ronda de fragmentar-se. A ronda retomou sua marcha, deixando para trás Jean Valjean. De todo aquele movimento, Jean Valjean só percebeu o eclipse da lanterna que se virou subitamente.

Antes de se retirar, para desencargo de consciência da polícia, o sargento disparou sua carabina na direção que abandonavam, na

---

[1] Nome que foi dado, por volta de 1830 e 1831, aos jovens que se tornaram notáveis pelas idéias democráticas que manifestaram. (N. do E.)

direção de Jean Valjean. A detonação rolou de eco em eco na cripta como o ruído de um intestino titânico. Um pedaço de entulho, que caiu na valeta e espirrou água a alguns passos de Jean Valjean, o advertiu de que a bala batera na abóbada acima de sua cabeça.

Passos cadenciados e lentos ressoaram por algum tempo nas galerias, cada vez mais amortecidos à medida que se afastavam, o grupo de formas negras desapareceu, um clarão oscilou e flutuou, fazendo na abóbada um arco avermelhado que foi diminuindo até desaparecer, o silêncio voltou a ser profundo, a escuridão tornou a ser completa, a cegueira e a surdez retomaram posse das trevas; e Jean Valjean, não ousando mover-se ainda, permaneceu por muito tempo encostado à parede, ouvidos atentos, pupilas dilatadas, vendo o desaparecimento daquela patrulha de fantasmas.

III. O homem perseguido

Justiça seja feita à polícia daquela época, a qual, mesmo nas mais graves conjecturas públicas, cumpria imperturbável seu dever de inspeção e de vigilância. No seu entender, uma revolta não era um pretexto para dar maior liberdade aos malfeitores, e neglicenciar a sociedade em razão de o governo estar em perigo. O serviço ordinário era feito corretamente por meio do serviço extraordinário, e não era prejudicado. Em meio a um incalculável acontecimento político iniciado, sob a pressão de uma possível revolução, sem deixar-se distrair pela insurreição e pela barricada, um agente "perseguia" um ladrão.

Era precisamente algo semelhante que ocorria na tarde de 6 de junho na beira do Sena, na ribanceira da margem direita, um pouco além da ponte de Invalides.

Hoje a ribanceira já não existe. O aspecto desses locais mudou.

Em cima dessa ribanceira, dois homens separados por uma certa distância pareciam observar-se, um evitando o outro. Aquele que ia à frente procurava afastar-se, aquele que vinha atrás procurava aproximar-se.

Era como uma partida de xadrez, jogada de longe e em silêncio. Nenhum deles parecia ter pressa e ambos caminhavam vagarosamente, como se cada um deles temesse, com a pressa, obrigar o outro a dobrar o passo.

Parecia um apetite seguindo uma presa, sem demonstrar que o fazia de propósito. A presa era matreira e permanecia em alerta.

As proporções requeridas entre a fuinha acuada e o mastim que a persegue estavam sendo observadas. Aquele que procurava escapar era pequeno e de aparência doentia; o que tentava agarrar, rapaz alto e forte, tinha aspecto rude, e devia ser rude encontrá-lo.

O primeiro, sentindo-se o mais fraco, evitava o segundo; mas evitava-o de forma profundamente furiosa; quem o observasse veria em seus olhos a sombria hostilidade da fuga, e toda a ameaça contida no medo.

A margem estava solitária; não passava ninguém; nem mesmo os remadores, nem os carregadores nas barcaças amarradas aqui e ali.

Apenas do cais fronteiro era possível ver distintamente aqueles dois homens; e, para quem os tivesse examinado daquela distância, o homem que ia à frente teria o aspecto de um ser eriçado, oblíquo, inquieto, olhando desconfiado em torno de si e tremendo de frio debaixo da esfarrapada blusa que o cobria; e o outro, o aspecto de uma pessoa clássica e oficial, usando casacão de autoridade, abotoado até o queixo.

O leitor talvez reconhecesse esses dois homens se os visse de perto.

Qual era o objetivo do último?

Provavelmente conseguir agasalhar melhor o primeiro.

Quando um homem vestido pelo Estado persegue um homem esfarrapado, é a fim de torná-lo também um homem vestido pelo Estado. A questão toda está na cor. Estar vestido de azul é glorioso; estar vestido de vermelho é desagradável.

Há uma púrpura de baixo.

Era provavelmente de algum dissabor e de alguma púrpura desse tipo que o primeiro queria esquivar-se.

Se o outro o deixava andar na frente e não o prendia ainda, era, segundo todas as aparências, na esperança de vê-lo chegar a um encontro significativo e a um grupo que constituísse boa presa. Essa delicada operação é chamada de "*filature*"[2].

O que torna essa conjectura provável é que o homem abotoado, ao ver passar pelo cais uma carruagem vazia, fez sinal ao cocheiro; o cocheiro compreendeu, evidentemente reconheceu com quem estava lidando, deu a volta e começou a seguir devagar, de cima do cais, os dois homens. Isso não foi percebido pelo personagem suspeito e esfarrapado que ia à frente.

A carruagem rodava ao longo das árvores de Champs-Elysées.

---

[2] Espécie de gíria, palavra derivada do verbo *filer*, aqui usada no sentido de seguir alguém a distância, sem se mostrar. (N. do E.)

Via-se passar por cima do parapeito o busto do cocheiro, chicote em punho.

Uma das instruções secretas da polícia aos agentes contém o seguinte artigo: "Ter sempre à mão uma carruagem, caso necessário".

Enquanto manobravam, cada um de seu lado, uma estratégia irrepreensível, esses dois homens aproximavam-se de uma rampa do cais que descia até a ribanceira, o que permitia aos cocheiros vindos de Passy irem até o rio para dar de beber a seus cavalos. Essa rampa foi suprimida posteriormente por uma questão de simetria; os cavalos morrem de sede, mas os olhos se regalam.

Parecia provável que o homem de blusa subiria por essa rampa tentando evadir-se pelos Champs-Elysées, local coberto de árvores mas, em compensação, cheio de agentes de polícia, e onde o outro facilmente encontraria reforços.

Esse ponto do cais fica pouco distante da casa trazida de Moret a Paris, em 1824, pelo Coronel Brack, e chamada casa de Francisco I. Bem perto dali há um posto de guarda.

Para grande surpresa de seu observador, o homem acuado não subiu pela rampa do bebedouro. Continuou avançando sobre a ribanceira ao longo do cais.

Sua posição tornava-se visivelmente crítica.

A menos que pretendesse jogar-se no Sena, o que ele iria fazer?

Já não havia nenhum meio de subir ao cais; não havia mais rampa nem escada; e estava muito próximo do local, marcado pela curva do Sena em direção à ponte d'Iéna, onde a margem, cada vez mais estreita, terminava em uma lingüeta e perdia-se debaixo da água. Ali, inevitavelmente, ele ficaria bloqueado entre a parede a pique à sua direita, o rio à esquerda e à frente, e a autoridade atrás.

É verdade que esse fim de ribanceira estava oculto ao olhar por um amontoado de entulhos, de um metro e meio a dois de altura, proveniente não se sabe de qual demolição. Mas porventura esse homem esperava achar um esconderijo seguro ocultando-se atrás daquele monte de entulho, o qual bastaria contornar? O expediente seria por demais pueril. Certamente ele não pensava nisso. A inocência dos ladrões não chega a esse ponto.

O monte de entulho formava, à beira da água, uma espécie de saliência que se prolongava como um promontório até o muro do cais.

O homem perseguido chegou a essa pequena colina e a contornou, de forma que deixou de ser visto pelo outro.

Este, não vendo, não era visto; aproveitou para abandonar qualquer dissimulação e para andar rapidamente. Em alguns instantes chegou ao promontório de entulho e o contornou. Ali parou estupefato. O homem que perseguia havia desaparecido.

Total eclipse do homem de blusa.

A margem, a partir desse lugar, não ia além de trinta passos de comprimento, depois ela mergulhava debaixo da água que vinha bater no muro do cais.

O fugitivo não poderia lançar-se ao Sena nem escalar o cais sem ser visto por aquele que o seguia. Onde estava ele?

O homem do casacão abotoado avançou até a extremidade da margem e permaneceu um momento pensativo, mãos crispadas, olhar perscrutador. De repente bateu na testa. Acabara de perceber, no ponto onde terminava a terra e onde a água começava, uma grade de ferro em arco, larga e baixa, guarnecida por uma espessa fechadura e por três dobradiças maciças. Essa grade, espécie de porta aberta na base do cais, abria-se tanto para o rio quanto para a margem. Um riacho de águas negras passava embaixo. Esse riacho desembocava no Sena.

Além dessas pesadas barras de ferro enferrujadas, distinguia-se uma espécie de corredor abobadado e escuro.

O homem cruzou os braços e contemplou a grade com ar de reprovação.

Como esse olhar não bastasse, tentou empurrá-la; sacudiu-a, ela resistiu solidamente. Era provável que tivesse acabado de ser aberta, apesar de não ter ouvido barulho algum, coisa estranha para uma grade tão enferrujada; mas ele tinha certeza de que ela fora fechada. Isso indicava que aquele na frente da qual a porta se abrira possuía não um simples gancho, mas uma chave.

Essa evidência veio imediatamente ao espírito do homem que se esforçava em arrombar a grade, e arrancou-lhe esta frase de indignação:

— Isso é demais! Uma chave do governo!...

Depois, imediatamente se acalmou, exprimiu um mundo de idéias interiores através desta lufada de monossílabos acentuados quase ironicamente:

— Ai! Ai! Ai! Ai!

Dito isso, esperando não se sabe o que, ou ver o homem sair, ou ver entrar outros, ele postou-se à espreita por trás do monte de entulho, com a raiva paciente de um cão de guarda.

Quanto à carruagem, que se regulava por seus movimentos, parara acima dele, perto do parapeito. O cocheiro, prevendo uma longa espera, meteu o focinho de seus cavalos no saco de aveia úmido embaixo, tão conhecido dos parisienses, aos quais os governos, seja dito entre parênteses, o metem às vezes.

Os raros transeuntes da ponte d'Iéna, antes de se afastarem, voltavam-se para olhar, por um instante, esses dois detalhes imóveis da paisagem, o homem na ribanceira, a carruagem no cais.

IV. Ele também carrega sua cruz

Jean Valjean havia retomado seu caminho e não parara mais.

Essa caminhada ficava cada vez mais laboriosa, pois o nível das abóbadas variava: a altura média era de um metro e setenta centímetros, e fora calculada para a altura de um homem. Jean Valjean era obrigado a se curvar para não deixar que Marius batesse no teto; era preciso, a cada instante, se abaixar, depois se endireitar, apalpar continuamente a parede. A umidade das pedras e a viscosidade do pavimento eram péssimos pontos de apoio, tanto para as mãos quanto para os pés. Ele escorregava na imundície da cidade. Os reflexos intermitentes dos bueiros apareciam apenas em intervalos muito longos, e tão descorados que o sol a pino mais parecia a luz da lua; todo o resto era bruma, miasma, opacidade, escuridão. Jean Valjean sentia fome e sede, sobretudo sede; e ali era, como o mar, um lugar cheio de água que não se pode beber. Sua força, que, como sabemos, era prodigiosa e bem pouco diminuída pela idade, graças à sua vida casta e sóbria, começava, contudo, a ceder. Começava a sentir cansaço, e a força decrescendo fazia o peso do fardo aumentar. Marius, talvez morto, pesava o que pesam os corpos inertes. Jean Valjean o carregava de forma que o peito não fosse pressionado e que assim respirasse o melhor possível. Sentia entre suas pernas o rápido deslizar dos ratos. Um deles se assustou a ponto de mordê-lo. De tempos em tempos, algum respiradouro levava-lhe um sopro de ar fresco que o reanimava.

Podiam ser três horas da tarde quando ele chegou ao esgoto principal.

Inicialmente, ficou admirado com o súbito alargamento. Encontrava-se de repente em uma galeria onde suas mãos estendidas não alcançavam mais as duas paredes, e sob uma abóbada que sua cabeça não mais tocava. De fato, o Grand Égout tem dois metros e meio de largura por dois de altura.

No ponto onde o esgoto de Montmartre encontra o Grand Égout, há uma encruzilhada formada por mais duas galerias subterrâneas, a da rua Provence e a de l'Abattoir. Outra pessoa qualquer teria ficado indecisa entre aqueles quatro caminhos. Jean Valjean tomou o mais largo, isto é, o esgoto central. Mas aqui voltava a dúvida:

descer ou subir? Ele pensou que a situação exigia pressa e que era preciso, a qualquer risco, alcançar o Sena. Em outras palavras, descer. Virou à esquerda.

Escolheu bem; pois seria um erro acreditar que o esgoto principal tivesse duas saídas, uma para Bercy, outra para Passy, e que seria, como o nome indica, o cinturão subterrâneo de Paris da margem direita. O Grand Égout, que, devemos nos lembrar, nada mais é do que o antigo riacho Ménilmontant, chega, se o subirmos, a um beco sem saída, ou seja, a seu antigo ponto inicial, que era a fonte na base da colina de Ménilmontant. Ele não tem comunicação direta com a ramificação que recolhe as águas de Paris a partir do bairro Popincourt, e que se lança no Sena pelo esgoto Amelot, acima da antiga ilha Louviers. Essa ramificação, que completa o esgoto coletor, se separa dele sob a própria rua Ménilmontant por uma grossa parede que marca o ponto de divisão das águas de um lado e do outro. Se Jean Valjean tivesse subido a galeria, teria chegado, depois de muito esforço, exaurido pela fadiga, prestes a expirar, nas trevas, diante de uma muralha. Estaria perdido.

A rigor, voltando um pouco para trás e seguindo pelo corredor Filles-du-Calvaire, com a condição de não hesitar na encruzilhada subterrânea do Boucherat, tomando o corredor Saint-Louis, e depois, à esquerda, seguindo pelo ramal Saint-Gilles, em seguida virando à direita e evitando a galeria Saint-Sébastien, ele poderia chegar ao esgoto Amelot e, de lá, contanto que não se perdesse na espécie de F que fica sob a Bastilha, alcançar a saída para o Sena, próxima a l'Arsenal. Mas, para isso, seria necessário conhecer a fundo, e em todas as suas ramificações e variantes, a enorme madrépora do esgoto. Porém, devemos insistir nesse ponto, ele não sabia nada a respeito dessa rede assustadora onde caminhava; e se lhe tivessem perguntado onde estava, teria respondido: nas trevas.

Seu instinto serviu-lhe bem. Descer era, de fato, a salvação possível.

Deixou à direita os dois corredores que se ramificavam em forma de garras sob a rua Lafitte e a rua Saint-Georges, e o longo corredor bifurcado da calçada d'Antin.

Pouco além de um afluente que, provavelmente, era uma ramificação de la Madeleine, ele parou. Estava exausto. Um respiradouro bastante largo, provavelmente o da rua d'Anjou, iluminava o local de forma suficiente. Jean Valjean, movimentando-se com a delicadeza que um irmão teria pelo irmão ferido, colocou Marius na parte seca ao longo da parede do esgoto. O rosto ensangüentado do rapaz apareceu iluminado pelo luar branco do respiradouro como no fundo de uma sepultura. Seus olhos estavam fechados, os cabelos colados às têmporas como pincéis secos tingidos de vermelho, as mãos pendentes e mortas, os membros frios, sangue coagulado nos cantos dos lábios. Uma pasta de sangue grudara-se no nó da gravata; a camisa penetrava nas feridas, o pano do casaco roçava os cortes abertos da carne-viva. Jean Valjean, afastando as roupas com a ponta dos dedos, colocou a mão sobre seu peito; o coração ainda batia. Jean Valjean rasgou sua camisa, atando as feridas da melhor maneira possível, impedindo o sangue de correr; depois, inclinando-se naquela meia-luz sobre Marius ainda inconsciente e quase expirando, olhou-o com um ódio inexprimível.

Ao desabotoar as roupas de Marius, encontrara nos bolsos duas coisas: o pão que ele havia esquecido desde a véspera, e a caderneta de Marius. Comeu o pão e abriu a caderneta. Sobre a primeira página, encontrou as quatro linhas escritas por Marius que, como lembramos, eram as seguintes:

"Chamo-me Marius Pontmercy. Peço que levem meu cadáver à casa de meu avô, o senhor Gillenormand, rua Filles-du-Calvaire, número 6, no Marais".

Jean Valjean leu essas quatro linhas sob a claridade do bueiro e ficou um momento como que profundamente absorto, repetindo a meia voz: rua Filles-du-Calvaire, número 6, senhor Gillenormand. Recolocou a caderneta no bolso de Marius. Como comera, suas forças retornaram; recolocou Marius sobre suas costas, apoiando cuidadosamente a cabeça do rapaz sobre seu ombro direito, e continuou a descer o esgoto.

O Grand Égout, dirigido segundo a linha sinuosa do vale de Ménilmontant, tem cerca de duas léguas de comprimento. Uma grande parte de seu percurso é pavimentada.

O facho de nomes das ruas de Paris, com o qual esclarecemos ao leitor a marcha subterrânea de Jean Valjean, Jean Valjean não o possuía. Nada lhe dizia qual zona da cidade estava atravessando, nem qual trajeto havia feito. Somente a palidez crescente das poças de luz que encontrava de vez em quando indicava-lhe que o sol se afastava das ruas e que o dia não tardaria a declinar; e como o contínuo rodar dos carros sobre sua cabeça havia se tornado intermitente, para depois quase parar, ele concluiu que não estava mais sob o centro de Paris, e que se aproximava de alguma região solitária, vizinha dos bulevares afastados ou dos últimos cais. Onde há menos casas e menos ruas, o esgoto tem menos respiradouros. A escuridão se espalhava em torno de Jean Valjean. Mas mesmo assim continuou avançando, tateando na sombra.

Essa sombra tornou-se repentinamente terrível.

V. Para a areia, assim como para a mulher, há uma fineza que é pérfida

Jean Valjean sentiu que estava entrando na água, e que não havia mais pavimento sob seus pés, mas sim lodo.

Acontece às vezes, em certas praias da Bretanha ou da Escócia, que um homem, seja viajante ou pescador, caminhando na maré baixa bem longe da água, percebe de repente que há alguns minutos está andando com dificuldade. A praia sob seus pés é como resina; a sola fica colada; não é mais areia, é visco. A praia está perfeitamente seca, mas a cada passo dado, assim que se levanta o pé, a pegada que fica se enche de água. Os olhos não se deram conta de nenhuma mudança; a imensa praia está uniforme e tranqüila, toda a areia tem o mesmo aspecto, nada distingue o solo firme do solo que não mais o é. A pequena nuvem alegre dos pulgões marinhos continua a saltar tumultuosamente sobre os pés do caminhante. O homem segue seu caminho, sempre adiante, apóia-se na terra e tenta reaproximar-se da costa. Não está inquieto. Inquieto por quê? No entanto, sente como se o peso de seus pés aumentasse a cada passo que dá. Bruscamente ele afunda. Afunda duas ou três polegadas. Decididamente, não está no bom caminho; ele pára a fim de orientar-se. De repente, olha para seus pés. Seus pés desapareceram, a areia os cobre. Ele retira seus pés da areia, tenta retroceder, volta para trás, afunda ainda mais. A areia chega até seu tornozelo, ele se esforça para sair e se atira para a esquerda; a areia chega-lhe ao meio da perna, ele se atira para a direita, a areia alcança seus joelhos. Então percebe com indizível terror que está preso em areia movediça, lugar terrível onde o homem pode andar tanto quanto o peixe pode nadar. Se está carregando algum peso, atira-o longe, aliviando-se como um navio em perigo; já não há mais tempo, a areia chega-lhe às coxas.

Ele grita, agita seu chapéu ou seu lenço, a areia vence-o mais e mais; se a praia está deserta, se a terra está muito longe, se o banco de areia tem má fama, se não há heróis nos arredores, é o fim, está condenado ao sepultamento. Está condenado a esse terrível e longo sepultamento, infalível, implacável, impossível de retardar ou parar, que dura horas, que não termina, que o pega de pé, livre e em plena saúde, que o puxa pelos pés, que, a cada esforço tentado, a cada grito ecoado, o leva cada vez mais para baixo, como se o estivesse punindo pela resistência com o dobro da força, que faz o homem entrar lentamente na terra, deixando-lhe muito tempo para olhar o horizonte, as árvores, as campinas verdes, a fumaça das aldeias na planície, as velas dos barcos sobre o mar, os passarinhos que voam e cantam, o sol, o céu. O naufrágio é o sepulcro que se faz maré, e que se eleva do fundo da terra em direção a um ser vivo. Cada minuto é um coveiro inexorável. O miserável tenta se sentar, deitar, escapar; todos os movimentos que faz o enterram ainda mais; ele se ergue, afunda ainda mais; sente que é engolido; ele berra, implora, grita para as nuvens, torce as mãos desesperado. Eis que a areia alcança-lhe a cintura; a areia chega-lhe ao peito, ele nada mais é do que um busto. Ele ergue as mãos, lança gemidos furiosos, crispa as unhas na praia, quer firmar-se nas cinzas, apóia-se nos cotovelos para arrancar-se daquela cinta mole, soluça freneticamente; a areia sobe. A areia chega aos ombros, a areia chega ao pescoço; agora somente a face permanece visível. A boca grita, a areia a preenche; silêncio. Os olhos ainda olham, a areia os fecha; noite. Depois a fronte desaparece, um punhado de cabelo estremece acima da areia; uma mão surge ainda, rompe a superfície de areia, se move e se agita, e desaparece. Sinistro desaparecimento de um homem.

Às vezes, o cavaleiro afunda com o cavalo; às vezes o carroceiro afunda com a carroça; tudo escurece na areia. É o naufrágio em outro lugar que não a água. É a terra afogando o homem. A terra, penetrada pelo oceano, transforma-se em armadilha. Mostra-se como planície, mas abre-se como onda. O abismo tem dessas traições.

Essa fúnebre aventura, ainda hoje possível nesta ou naquela praia do mar, era possível também, há trinta anos, no esgoto de Paris.

Antes dos importantes trabalhos iniciados em 1833, os encanamentos subterrâneos de Paris estavam sujeitos a repentinos desmoronamentos.

A água se infiltrava em certos terrenos subjacentes, particularmente inconsistentes; o pavimento, de pedra, como nos antigos esgotos, ou de cal hidráulica sobre betume, como nas novas galerias, não tendo mais ponto de apoio, cedia. Uma dobra em um piso desse tipo é uma fenda; uma fenda é o desabamento. O pavimento afundava em um trecho. Essa brecha, hiato em um abismo de lama, chamava-se na linguagem especializada *fontis*. O que é um *fontis*? É a areia movediça da beira do mar encontrada de repente sob a terra; é a praia do monte Saint-Michel em um esgoto. O solo, encharcado, está como que em fusão; todas as suas moléculas estão em suspensão em um meio mole; não é terra e não é água. A profundidade é às vezes muito grande. Nada mais temível do que semelhante encontro. Se a água predomina, a morte é rápida, ocorre a submersão instantânea; se a terra predomina, a morte é lenta, há o sepultamento.

Pode-se imaginar semelhante morte? Se o sepultamento é

aterrador em uma praia marítima, como será em uma cloaca? Em vez do ar livre, da luz, do dia, do horizonte claro, do ruído das ondas, das nuvens livres de onde chove a vida, dos barcos vistos de longe, dessa esperança sob todas as formas, dos prováveis transeuntes, da possibilidade de ser socorrido até o último segundo, em lugar de tudo isso, a surdez, a cegueira, uma galeria escura, um interior de túmulo já pronto, a morte na lama sob uma tampa! A lenta sufocação pela imundície, um caixão de pedra onde a asfixia abre suas garras no lodo e prende pela garganta; o fétido misturado à agonia; o lodo em vez da areia; o hidrogênio sulfurado em vez do furacão; a sujeira no lugar do oceano! E chamar, e ranger os dentes, e retorcer-se, e debater-se, e agonizar, com esta cidade enorme, que não sabe de nada, sobre sua cabeça!

Inexprimível horror morrer assim! A morte às vezes compensa sua atrocidade com uma certa dignidade terrível. Na fogueira e no naufrágio, podemos ser grandes; na chama como na espuma é possível uma atitude soberba; em um abismo, nos transfiguramos. Mas não neste caso. A morte é indecente. É humilhante expirar. As últimas visões que flutuam diante de nós são abjetas. Lama é sinônimo de vergonha. É mesquinho, feio, infame. Morrer em um tonel de malvasia, como Clarence, que seja; morrer na fossa do esgoto, como d'Escoubleau, é horrível. Debater-se ali dentro é medonho; ao mesmo tempo em que agonizamos, chafurdamos. Há trevas suficientes para que seja o inferno, e lodo suficiente para que seja mais do que um atoleiro; e o moribundo não sabe se vai se tornar um espectro ou se vai se tornar um sapo.

Em qualquer parte o sepulcro é sinistro, aqui é disforme.

A profundidade do *fontis* variava, bem como sua extensão e densidade, devido à melhor ou pior qualidade do subsolo. Às vezes, um *fontis* tinha um metro ou um metro e meio de profundidade; às vezes, três ou quatro; algumas vezes não se encontrava o fundo. Aqui o lodo era quase sólido; ali, quase líquido. No *fontis* Lunière, um homem levaria um dia para desaparecer, enquanto teria sido devorado em cinco minutos pelo atoleiro Phélippeaux. A lama engole mais ou menos, conforme sua maior ou menor densidade. Uma criança se salva onde um homem se perde. A primeira lei de salvação consiste em despojar-se de toda espécie de peso. Jogar o saco de ferramentas, o cesto ou o balde era o que fazia qualquer operário dos esgotos ao sentir o chão ceder sob seus pés.

Os *fontis* tinham causas diversas: inconsistência do solo; algum desmoronamento em uma profundidade fora do alcance do homem; os violentos aguaceiros do verão; as torrentes incessantes do inverno;

as longas chuvas finas. Às vezes, o peso das construções mais próximas sobre um terreno pantanoso ou arenoso fendia os arcos das galerias subterrâneas, dobrando-os, ou então o pavimento se quebrava sob essa enorme pressão. Foi assim que os alicerces do Panthéon destruíram, há um século, uma parte dos subterrâneos da montanha Saint-Geneviève. Quando um esgoto desmoronava sob a pressão das casas, a desordem, em certas ocasiões, traduzia-se no calçamento das ruas, por uma espécie de separação das pedras, como se fossem os dentes de uma serra; essa fenda se estendia em linha serpenteante ao longo de toda a galeria rachada, e assim, sendo visível o mal, o remédio podia ser imediato. Acontecia também que muitas vezes o estrago interior não se revelava por nenhuma rachadura na parte exterior. E, nesse caso, pobres operários. Entrando sem precaução no esgoto afundado, corriam o risco de se perder. Os antigos registros fazem menção a alguns poceiros sepultados desse modo nos lodaçais. Vários nomes são mencionados; entre outros, aquele do operário que desapareceu no desmoronamento sob a rua Carême-Prenant, chamado Blaise Poutrain; este Blaise Poutrain era irmão de Nicolas Poutrain, que foi o último coveiro do cemitério conhecido como dobradiça de Innocents, em 1785, época em que esse cemitério morreu.

Houve também o jovem e charmoso Visconde d'Escoubleau, de quem acabamos de falar, um dos heróis do cerco de Lérida, onde atacaram em meias de seda, encabeçados por violões. D'Escoubleau, surpreendido certa noite na casa de sua prima, a Duquesa de Sourdis, afogou-se em um lamaçal do esgoto Beautreillis, onde se havia refugiado para escapar ao duque. Madame de Sourdis, quando lhe contaram a respeito dessa morte, pediu seu frasco e se esqueceu de chorar de tanto respirar os sais. Em um caso assim, não há amor que resista; a cloaca o extingue. Hero recusa-se a lavar o cadáver de Leandro. Tisbe tapa o nariz diante de Príamo[3] e diz: puff!

VI. O *fontis*

Jean Valjean estava na presença de um *fontis*.

Esse tipo de desabamento era então freqüente no subsolo de Champs-Elysées, dificilmente manipulável nos trabalhos hidráulicos e pouco conservador das construções subterrâneas em razão de sua

---

[3] Personagens de antigas histórias de amor. (N. do E.)

excessiva fluidez. Essa fluidez ultrapassa a inconsistência das areias, mesmo as do bairro Saint-Georges, que só puderam ser vencidas por um alicerce de pedras sobre argamassa, e das camadas argilosas cheias de gás do bairro des Martyrs, tão líquidas que a passagem sob a galeria des Martyrs só pôde ser construída por meio de um tubo metálico. Quando, em 1836, sob o bairro Saint-Honoré, demoliram, para depois reconstruir, o velho esgoto de pedra onde vemos Jean Valjean neste momento, a areia movediça, que é o subsolo de Champs-Elysées até o Sena, constituiu tal obstáculo que a operação durou cerca de seis meses, causando grandes reclamações por parte dos moradores vizinhos, especialmente dos que tinham palácios e carruagens. Os trabalhos foram mais do que difíceis; foram perigosos. É verdade que houve quatro meses e meio de chuva e três enchentes do Sena.

O *fontis* que Jean Valjean encontrara fora causado pela chuva da véspera. Uma dobra do pavimento, mal sustentado pela areia subjacente, havia produzido o acúmulo de água pluvial. Ocorrida a infiltração, seguiu-se o afundamento. As lajes, deslocadas, afundaram-se na lama. Em que extensão? Impossível dizer. A escuridão era ali mais densa do que em qualquer outro lugar. Era um buraco de lama em uma caverna escura.

Jean Valjean sentiu o chão fugir-lhe sob os pés. Entrou nessa lama. Era água na superfície e lodo no fundo. Era preciso passar. Voltar atrás era impossível. Marius estava agonizante, e Jean Valjean extenuado. Para onde mais poderia ir? Jean Valjean avançou. O lodaçal pareceu ser pouco profundo nos primeiros passos. Porém, à medida que avançava, seus pés afundavam cada vez mais. O lodo chegou na metade da perna e a água acima dos joelhos. Caminhava, levantando Marius com seus dois braços o máximo possível acima da água. O lodo agora passara seus joelhos e a água estava na cintura. Afundava cada vez mais. Esse lodo, bastante denso para o peso de um homem, evidentemente não podia sustentar o peso de dois. Marius e Jean Valjean teriam tido chance de se salvar isoladamente. Jean Valjean continuou a avançar, carregando um moribundo que talvez já fosse um cadáver.

A água lhe chegava às axilas; sentia-se enfraquecer; mal podia se mover na profundidade de lodo em que estava. A densidade que o sustinha era também um obstáculo. Continuava a erguer Marius, e usando de força sobre-humana conseguia avançar, mas afundava. Só restava a cabeça fora da água e seus dois braços levantando Marius. Há, nos antigos quadros do dilúvio, uma mãe que faz o mesmo com seu filho.

Ele afundou ainda mais, inclinou a cabeça para trás para escapar da água e poder respirar; quem o tivesse visto naquela escuridão acreditaria estar enxergando uma máscara flutuante sobre a sombra; ele percebia vagamente acima de sua cabeça o rosto lívido e a cabeça pendente de Marius; fez um esforço desesperado e lançou seu pé adiante; seu pé atingiu algo sólido. Um ponto de apoio. Já era tempo.

Ele se ergueu, e se contorceu, e se enraizou com uma espécie de fúria sobre esse ponto de apoio. Isso lhe pareceu o mesmo que o primeiro degrau em uma escada que subia para a vida.

Esse ponto de apoio encontrado na lama, no momento supremo, era o começo de outra vertente do solo, que se havia dobrado sem se quebrar, e se curvara sob a água como uma tábua de um só pedaço. Os pavimentos bem construídos dobram-se, mas continuam firmes. Esse fragmento do solo, em parte submerso, porém sólido, era uma verdadeira rampa e, uma vez sobre essa rampa, estariam salvos. Jean Valjean subiu por esse plano inclinado e chegou ao outro lado do lodaçal.

Ao sair da água, bateu em uma pedra e caiu de joelhos. Achou isso muito justo, e assim continuou por algum tempo, com a alma absorta em alguma oração a Deus.

Tornou a ficar de pé, trêmulo, gelado, infecto, curvado sobre esse moribundo que arrastava, escorrendo lama, e a alma cheia de um estranho clarão.

VII. Às vezes naufragamos onde acreditamos desembarcar

Colocou-se novamente a caminho.

Aliás, se não deixara a própria vida no *fontis*, parecia ter deixado as forças ali. Aquele esforço supremo o esgotara. Seu cansaço agora era tal que, a cada três ou quatro passos, era obrigado a retomar o fôlego e a apoiar-se nas paredes. Uma vez, precisou sentar-se sobre uma banqueta para trocar a posição de Marius, e pensou que não conseguiria sair dali. Mas, se seu vigor estava morto, o mesmo não acontecera com sua energia. Tornou a se levantar.

Caminhou desesperadamente, quase que depressa, deu uma centena de passos sem levantar a cabeça, quase sem respirar, e de repente esbarrou em uma parede. Havia chegado a uma curva do esgoto, e, como estava com a cabeça abaixada, chocou-se contra a parede. Ergueu os olhos e, na extremidade do subterrâneo, ali, à sua frente, longe, muito longe, viu uma luz. Dessa vez, não era a luz terrível; era a luz boa e branca. Era o dia.

Jean Valjean via a saída.

Uma alma condenada, que do meio da fogueira avistasse, de repente, a saída do inferno, sentiria o que Jean Valjean sentiu. Ela voaria desesperadamente com os cotos de suas asas queimadas em direção à porta radiante. Jean Valjean não sentiu mais o cansaço, não sentiu mais o peso de Marius; reencontrou suas pernas de aço. Correu mais do que andou. À medida que se aproximava, a saída se desenhava cada vez mais distintamente. Era um arco central, mais baixo que a abóbada, que diminuía de altura e de largura gradativamente. O túnel terminava como o interior de um funil; estreitamento vicioso, imitado das portas das cadeias, lógico em uma prisão e ilógico em um esgoto, e que depois foi corrigido.

Jean Valjean chegou à saída.

Ali, parou.

Era de fato a saída, mas não era possível sair.

O arco estava fechado por uma grade forte, e essa grade, que, segundo todas as aparências, raramente girava sobre as dobradiças enferrujadas, mantinha-se presa à ombreira de pedra por meio de uma grande fechadura, que, vermelha de ferrugem, parecia um enorme tijolo. Via-se o buraco da chave e a grossa lingüeta profundamente embutida em seu encaixe de ferro. A fechadura estava visivelmente fechada com dupla volta. Era uma daquelas fechaduras de bastilhas que a velha Paris prodigalizava com gosto.

Para lá da grade, o ar livre, o rio, o dia, a margem estreita, mas suficiente para passar, os cais longínquos, Paris, esse abismo onde é fácil se ocultar, o amplo horizonte, a liberdade. Distinguia-se, à direita, a ponte d'Iéna, e à esquerda, subindo, a ponte de Invalides; o local teria sido propício para aguardar a noite e fugir. Era um dos pontos mais solitários de Paris, a margem que fica em frente a Gros-Caillou. As moscas entravam e saíam através das barras de ferro.

Poderiam ser oito horas e meia da noite. O dia declinava.

Jean Valjean colocou Marius ao longo do muro, sobre a parte seca do pavimento; depois, foi em direção à grade e agarrou-a, sacudindo-a freneticamente, porém em vão. A grade não se mexeu. Jean Valjean experimentou as barras, uma por uma, esperando poder arrancar a menos sólida e usá-la como alavanca para forçar a grade ou quebrar a fechadura. Nenhuma barra se moveu. Nem os dentes de um tigre, em seus alvéolos, são mais seguros do que aquilo. Sem a alavanca, não havia nenhum recurso. O obstáculo era invencível. Não havia nenhum meio de abrir a porta.

Deveria então terminar ali? Que fazer? Retroceder, recomeçar o trajeto pavoroso que ele já havia percorrido, não tinha forças para tanto. Além disso, como atravessar de novo aquele lodaçal do qual escapara apenas por milagre? E, após o lodaçal, não havia a ronda policial, da qual certamente não escaparia uma segunda vez? E depois, para onde ir? Que direção tomar? Seguir o declive não era alcançar o objetivo. Mesmo que che-gasse a outra saída, ela também estaria obstruída por uma tampa ou uma grade. Todas as saídas estavam, sem dúvida, fechadas dessa maneira. O acaso havia arrancado a grade por onde entrara, mas evidentemente todas as outras bocas de esgoto estavam fechadas. Conseguira evadir-se para uma prisão.

Era o fim. Tudo o que Jean Valjean fizera havia sido inútil. A exaustão resultava no fracasso.

Ambos estavam na sombria e imensa teia da morte, e Jean Valjean sentia correr, sobre aqueles fios negros que tremiam em meio às trevas, a apavorante aranha.

Deu as costas para a grade, e caiu no chão, mais prostrado do que sentado, ao lado de Marius ainda imóvel, e curvou a cabeça entre os joelhos. Não havia saída. Era a última gota da angústia.

Em quem ele estava pensando nesse profundo abatimento? Não pensava em si mesmo, nem em Marius. Pensava em Cosette.

VIII. A aba do casaco rasgada

Em meio a essa prostração, uma mão pousou em seu ombro e uma voz, que falava baixinho, lhe disse:

— Meio a meio.

Alguém no meio daquelas trevas? Nada se assemelha tanto ao sonho como o desespero. Jean Valjean pensou que estivesse sonhando. Não ouvira passos. Seria possível? Levantou os olhos.

Um homem estava diante dele.

Esse homem vestia uma camisa; estava descalço e segurava os sapatos na mão esquerda; certamente os tirara para chegar perto de Jean Valjean sem ser ouvido.

Jean Valjean não hesitou um instante. Apesar do imprevisto daquele encontro, conhecia esse homem. Esse homem era Thénardier.

Embora acordado, por assim dizer, em sobressalto, Jean Valjean, acostumado aos alertas e aos golpes inesperados, que é preciso desviar rapidamente, readquiriu imediatamente toda a sua presença de espírito. Aliás, a situação não podia piorar; porque a angústia, quando atinge um certo grau, não pode aumentar mais, e nem Thénardier podia aumentar o negrume daquela noite.

Seguiu-se um instante de espera.

Thénardier levou a mão direita à testa para proteger os olhos, depois franziu as sobrancelhas, piscando os olhos, o que, com uma leve contração de lábios, caracteriza a atenção sagaz de um homem que procura reconhecer outro. Porém não conseguiu. Jean Valjean, como já dissemos, dava as costas para a luz e, além disso, achava-se tão desfigurado, tão enlameado e ensangüentado, que seria impossível reconhecê-lo, mesmo à luz do meio-dia. Ao contrário, iluminado de frente pela luz da grade, claridade de subterrâneo, é verdade, lívida, mas precisa em sua lividez, Thénardier, como o diz a enérgica e banal metáfora, saltou imediatamente aos olhos de Jean Valjean. Essa desigualdade de condições era suficiente para assegurar a Jean Valjean certa vantagem no misterioso duelo que se travaria entre as duas situações e os dois homens. O encontro acontecia entre Jean Valjean velado e Thénardier desmascarado.

Jean Valjean logo percebeu que Thénardier não o reconhecera.

Ambos contemplaram-se um momento no meio daquela penumbra como se se medissem. Thénardier foi o primeiro a romper o silêncio.

— Como você fará para sair?

Jean Valjean não respondeu.

Thénardier continuou:

— Forçar a grade é impossível. Porém é necessário que você saia daqui.

— É verdade — disse Jean Valjean.

— Nesse caso, parceria.

— Que quer dizer com isso?

— Você matou o homem; muito bem. Eu tenho a chave.

Thénardier apontava para Marius. Ele prosseguiu:

— Não o conheço, mas quero ajudá-lo. Você deve ser um amigo.

Jean Valjean começou a entender. Thénardier tomava-o por um assassino.

Thénardier recomeçou:

— Escute, camarada. Você não matou esse homem sem ver primeiro o que ele trazia nos bolsos. Dê-me a metade. Eu lhe abro a porta.

E, tirando uma parte da chave de dentro da camisa toda esburacada, acrescentou:

— Quer ver como é feita a chave da liberdade? Veja.

Jean Valjean "permaneceu como bobo", a frase é do velho Corneille, a ponto de duvidar que o que estava vendo fosse real.

Era a Providência aparecendo horrorosa e o anjo bom saindo da terra sob a forma de Thénardier.

Thénardier enfiou a mão em um bolso largo escondido embaixo de sua blusa, tirou dali uma corda e a estendeu a Jean Valjean.

— Tome — disse ele —; ainda por cima lhe dou a corda.

— Uma corda para quê?

— Precisará também de uma pedra, mas você encontrará uma lá fora. Ali há um monte de entulho.

— Uma pedra para fazer o quê?

— Imbecil, já que você vai jogar o homem no rio, precisa de uma pedra e de uma corda, senão ele boiará sobre a água.

Jean Valjean pegou a corda. Não há ninguém que não faça dessas anuências maquinais.

Thénardier estalou os dedos, como se de súbito tivesse tido uma idéia.

— Oh, camarada, como você fez para sair do atoleiro? Eu não me atrevi a arriscar. Nossa! Você não cheira nada bem.

Após uma pausa, acrescentou:

— Faço perguntas, mas você tem razão em não responder. É um aprendizado para o malfadado quarto de hora com o juiz de instrução. E também, não falando, não se corre o risco de falar alto demais. Dá no mesmo; porque não vejo seu rosto e porque não sei seu nome, você estaria errado em acreditar que não sei quem você é e o que quer. Está claro. Você quebrou um pouco esse senhor; agora deseja colocá-lo em algum lugar. Precisa do rio, o grande esconde-besteira. Vou tirar você do aperto. Ajudar um bom rapaz em apuros me faz bem.

Ao mesmo tempo em que fingia aprovar o silêncio de Jean Valjean, visivelmente empenhava-se em fazê-lo falar. Empurrou-lhe o ombro de forma a poder vê-lo de perfil, e exclamou, sem sair do meio-tom em que mantinha a voz:

— A propósito do lodaçal, você é mesmo um animal. Por que não jogou o homem ali?

Jean Valjean permaneceu em silêncio.

Thénardier continuou erguendo até seu pomo de adão o trapo que lhe servia de gravata, gesto que complementa o ar capaz de um homem sério:

— Na verdade, você talvez tenha agido com prudência. Os trabalhadores que amanhã virão para tapar o buraco com certeza encontrariam o cidadão esquecido ali e poderiam, fio a fio, pouco a pouco, encontrar a pista e chegar até você. Alguém passou pelo esgoto. Quem? Por onde saiu? Alguém o viu sair? A polícia é muito esperta! O esgoto é traiçoeiro e o denuncia. Um achado assim é uma raridade, isso chama a atenção, poucas pessoas se servem do esgoto para seus negócios, enquanto que o rio é de todos. O rio é a verdadeira fossa. Depois de um mês pescam o homem nas redes de Saint-Cloud. E que importa? São restos! Quem matou esse homem? Paris. E a justiça nem sequer informa. Você fez bem.

Quanto mais Thénardier falava, mais calado ficava Jean Valjean. Novamente Thénardier sacudiu-lhe o ombro.

— Agora, vamos concluir o negócio. Vamos repartir. Você viu minha chave, mostre-me seu dinheiro.

Thénardier estava desvairado, feroz, obscuro, um tanto ameaçador, porém amigável.

Havia algo estranho; os modos de Thénardier não pareciam naturais; não parecia estar totalmente à vontade; embora não querendo mostrar-se misterioso, falava em voz baixa; de tempos em tempos, punha o dedo na boca e murmurava: psiu! Era difícil adivinhar por quê. Não havia ninguém ali além deles. Jean Valjean pensou que talvez outros bandidos estivessem escondidos em algum canto, não muito longe, e que Thénardier se preocupava em ter de dividir com eles.

Thénardier continuou:

— Vamos acabar com isso. Quanto o homem tinha nos bolsos?

Jean Valjean revistou os próprios bolsos.

Era, como lembramos, seu costume sempre levar dinheiro consigo. A triste vida de expedientes à qual estava condenado obrigava-o a isso. Mas, dessa vez, estava desprevenido. Na véspera, ao vestir seu uniforme de guarda nacional, lugubremente absorvido como estava, esquecera de levar sua carteira. Não tinha senão algumas moedas no bolso de seu colete. Virou seu bolso, todo molhado de lama, e espalhou sobre o chão uma moeda de ouro, duas moedas de cinco francos e cinco ou seis soldos.

Thénardier estendeu o beiço com uma torção de pescoço significativa.

— Você o matou por muito pouco — disse ele.

Começou a apalpar com toda a familiaridade os bolsos de Jean Valjean e os de Marius. Jean Valjean, preocupado acima de tudo com a idéia de dar as costas ao dia, não o impediu. Enquanto apalpava o casaco de Marius, Thénardier, com uma destreza de escamoteador, sem que Jean Valjean percebesse, conseguiu arrancar um pedaço da roupa, que escondeu sob a camisa, provavelmente pensando que esse pedaço de tecido poderia mais tarde lhe servir para reconhecer o homem assassinado e o assassino. De resto, não encontrou nada além dos trinta francos.

— É verdade — disse ele —; um carregando o outro, vocês não têm nada mais que isso.

E, esquecendo sua expressão: *meio a meio*, pegou tudo.

Hesitou um pouco diante dos soldos. Reflexão feita, pegou-os também, murmurando:

— Não importa! Isso é suprimir as pessoas muito barato.

Depois, tirou novamente a chave de sob a blusa.

— Agora, amigo, é preciso que você saia. Isso aqui é como no mercado, paga-se na saída. Você pagou, saia.

E se pôs a rir.

Teria ele, ao ajudar um desconhecido com o auxílio daquela chave e fazendo sair por aquela porta outra pessoa, que não ele mesmo, a intenção pura e desinteressada de salvar um assassino? Isso é algo de que se pode duvidar.

Thénardier ajudou Jean Valjean a recolocar Marius sobre seus ombros, depois dirigiu-se para a grade, na ponta de seus pés descalços, fazendo sinal para que Jean Valjean o seguisse, olhou para fora, pôs um dedo na boca e permaneceu alguns segundos como que em suspenso; feita a inspeção, colocou a chave na fechadura. A lingüeta escorregou e a porta girou. Sem estalido nem rangido. Isso foi feito muito gentilmente. Era visível que aquela grade e aquelas dobradiças, cuidadosamente engraxadas, abriam-se com mais freqüência do que se poderia imaginar. Aquela gentileza era sinistra; sentiam-se as idas e vindas furtivas, as entradas e saídas silenciosas dos homens noturnos, e os passos cautelosos do crime. Evidentemente, o esgoto era cúmplice de alguma misteriosa quadrilha. Aquela grade taciturna era uma receptadora.

Thénardier entreabriu a porta apenas o necessário para dar passagem a Jean Valjean, tornou a fechar a grade, girou duas vezes a chave na fechadura e mergulhou novamente na escuridão, sem fazer um ruído maior que um sopro. Parecia caminhar com as patas de veludo próprias do tigre. Um instante depois, aquela hedionda providência tornara a entrar no invisível.

Jean Valjean viu-se do lado de fora.

IX. Marius aparenta estar morto para alguém entendido no assunto

Deixou Marius escorregar para a margem.

Estavam do lado de fora!

Os miasmas, a escuridão, o horror, ficaram atrás dele. O ar

salubre, puro, vivaz, alegre, livremente respirável, o inundava. Tudo em torno dele estava silencioso, mas era o silêncio charmoso do sol que se pôs em pleno azul. Era o crepúsculo; a noite aproximava-se, a grande libertadora, a amiga de todos os que precisam de um manto de trevas para sair de uma angústia. O céu se oferecia por toda parte como uma grande calma. O rio chegava a seus pés com o sussurro de um beijo. Ouvia-se o diálogo aéreo dos ninhos dando-se boa-noite nos olmos dos Champs-Elysées. Algumas estrelas, piscando fracamente no azul pálido do zênite, e visíveis apenas aos olhos do sonhador, cintilavam trêmulas e quase imperceptíveis. A noite desenrolava por cima da cabeça de Jean Valjean todas as doçuras do infinito.

Era a hora indecisa e aprazível que não diz sim nem não. A escuridão já era suficiente para que a distância o escondesse, e a claridade suficiente para que o reconhecessem de perto.

Por alguns segundos, Jean Valjean sentiu-se dominado por essa serenidade augusta e acariciante; acontecem esses minutos de esquecimento; o sofrimento renuncia a torturar o infeliz; tudo se eclipsa no pensamento; a paz cobre o pensador como uma noite; e, sob o crepúsculo que resplandece, e à imitação do céu que se ilumina, a alma fica estrelada. Jean Valjean não pôde deixar de contemplar a vasta sombra clara que existia acima dele; pensativo, tomava, no majestoso silêncio do céu eterno, um banho de êxtase e oração. Depois, rapidamente, como se lhe voltasse a consciência do dever, curvou-se para Marius, e, pegando um pouco de água na concha da mão, jogou-lhe, devagar, algumas gotas no rosto. As pálpebras de Marius não se abriram; mas sua boca entreaberta respirava.

Jean Valjean ia mergulhar novamente a mão na água do rio quando, de repente, sentiu uma espécie de constrangimento, como quando temos, sem que vejamos, alguém atrás de nós.

Já mencionamos em outro momento essa impressão que todos conhecem.

Virou-se.

De fato, como havia pouco, alguém se achava atrás dele.

Era um homem de elevada estatura, vestindo um comprido casacão e que, de braços cruzados, segurando na mão direita um cassetete do qual se via o castão de chumbo, permanecia a alguns passos atrás de Jean Valjean inclinado para Marius.

Era, a sombra ajudando, uma espécie de aparição. Um homem simples teria sentido medo por causa do crepúsculo; um homem inteligente, por causa do cassetete.

Jean Valjean reconheceu Javert.

Certamente o leitor adivinhou que o perseguidor de Thénardier não era outro senão Javert.

Logo após sua inesperada saída da barricada, Javert se dirigira à delegacia de polícia, fizera um relatório verbal ao delegado em pessoa, durante uma curta audiência, em seguida, retomara imediatamente seu serviço, que consistia, lembram-se da nota encontrada em seu poder, em vigiar a ribanceira da margem direita até Champs-Elysées, que, havia algum tempo, despertava a atenção da polícia. Ali, percebera Thénardier e o seguira. O resto já sabemos.

Compreendemos também que essa grade, tão obsequiosamente aberta diante de Jean Valjean, era uma habilidade de Thénardier. Thénardier sentia que Javert estava sempre ali; o homem vigiado possui um faro que nunca se engana; era preciso jogar um osso a esse cão farejador. Um assassino, que sorte! Era o quinhão do fogo que nunca se deve recusar. Thénardier, ao deixar Jean Valjean sair em seu lugar, dava uma presa à polícia, obrigava-a a abandonar sua pista, fazia com que o esquecessem por uma aventura maior, recompensava Javert pela espera, o que sempre lisonjeia um espião, ganhava trinta francos e, quanto a ele, esperava escapar, graças a essa distração.

Jean Valjean passara de um escolho a outro.

Esses dois encontros, um após o outro, cair de Thénardier em Javert, era cruel.

Javert não reconheceu Jean Valjean, porque, como já dissemos, não parecia o mesmo. Sem descruzar os braços, segurou melhor o cassetete na mão com um movimento imperceptível, e disse calmamente:

— Quem é você?

— Sou eu.

— Você quem?

— Jean Valjean.

Javert colocou o cassetete entre os dentes, curvou o corpo, pousou as robustas mãos nos ombros de Jean Valjean, apertando-os como se fossem duas tenazes, o examinou e reconheceu. Seus rostos quase se tocavam. O olhar de Javert era terrível.

Jean Valjean permaneceu inerte sob o aperto de Javert, como um leão que se deixasse agarrar por um lince.

— Inspetor Javert — disse ele —, estou em seu poder! Aliás, desde hoje cedo eu me considero como seu prisioneiro. Não lhe deixei meu endereço para tentar escapar. Prenda-me. Só lhe peço uma coisa.

Javert parecia não escutar. Continuava a olhar fixamente Jean Valjean. Seu queixo franzido levantava seus lábios até junto do nariz, sinal de feroz divagação. Finalmente, largou Jean Valjean, endireitou-se de uma só vez, voltou a segurar o cassetete na mão, como em um sonho, e murmurou, mais do que pronunciou, a seguinte pergunta:

— O que o senhor está fazendo aqui? Quem é esse homem?

Não tratava mais Jean Valjean por você.

Jean Valjean respondeu, e o som de sua voz pareceu despertar Javert:

— Justamente é a respeito dele que eu queria lhe falar. Disponha de mim como lhe aprouver, mas primeiro ajude-me a levá-lo até sua casa. Não lhe peço outra coisa.

O rosto de Javert se contraiu, como sucedia todas as vezes que alguém o julgava capaz de uma concessão. Contudo, não disse não.

Abaixou-se outra vez, tirou do bolso um lenço que mergulhou na água e limpou a fronte ensangüentada de Marius.

— Este homem estava na barricada — disse ele a meia voz e como que falando consigo mesmo. — Chamavam-no de Marius.

Espião de primeira qualidade, que tudo observara, que tudo escutara e que tudo guardara, acreditando que morreria; que mesmo na agonia espiava, e que, mesmo debruçado no primeiro degrau do sepulcro, tudo anotara.

Pegou a mão de Marius e tomou-lhe o pulso.

— É um ferido — disse Jean Valjean.

— É um morto — disse Javert.

— Não. Ainda não.

— Então você o carregou da barricada até aqui? — disse Javert.

Sua preocupação devia ser muito grande para que não insistisse naquele inquietante salvamento através do esgoto e para que não reparasse no silêncio de Jean Valjean após sua pergunta.

Quanto a Jean Valjean, parecia dominado por um único pensamento. Continuou:

— Ele mora no Marais, rua Filles-du-Calvaire, na casa do avô... Já não lembro do nome.

Jean Valjean revistou o casaco de Marius, tirou a carteira, abriu-a na página em que Marius escrevera e estendeu-a a Javert.

Havia ainda no ar bastante claridade flutuante para que se pudesse ler. Além disso, os olhos de Javert possuíam a fosforescência felina das aves noturnas. Decifrou as poucas linhas escritas por Marius, e murmurou:

— Gillenormand, rua Filles-du-Calvaire, número 6.

Depois gritou: "Cocheiro!"

Vocês se lembram da carruagem que esperava, caso fosse necessário.

Javert guardou a carteira de Marius.

Instantes depois, o carro que descera pela rampa do bebedouro estava na margem; Marius foi colocado sobre o banco de trás, e Javert sentou-se perto de Jean Valjean no banco da frente.

Fechada a portinhola, a carruagem afastou-se rapidamente subindo pelos cais em direção à Bastilha.

Saíram dos cais e entraram nas ruas. O cocheiro, silhueta escura sobre seu assento, fustigava seus magros cavalos. Dentro da carruagem o silêncio era glacial. Marius, imóvel, o dorso encostado no canto do fundo, a cabeça inclinada sobre o peito, os braços caídos, as pernas hirtas, parecia esperar apenas um caixão; Jean Valjean parecia feito de sombra e Javert de pedra; e naquele carro cheio de noite, cujo interior, cada vez que passava por algum lampião, aparecia lividamente iluminado como por um clarão intermitente, o acaso reunia, e parecia confrontar lugubremente, as três imobilidades trágicas, o cadáver, o espectro e a estátua.

X. Volta do filho pródigo, nunca mais

A cada solavanco do caminho, uma gota de sangue caía dos cabelos de Marius.

Era noite fechada quando a carruagem chegou ao número 6 da rua Filles-du-Calvaire.

Javert desceu primeiro, conferiu com um olhar o número acima da porta e, erguendo o pesado martelo de ferro fundido, decorado à moda antiga com um bode e um sátiro que se afrontavam, bateu-o violentamente. O batente entreabriu-se e Javert o empurrou. O porteiro surgiu bocejando, vagamente acordado, uma vela na mão.

Tudo dormia na casa. Deita-se cedo no Marais, principalmente em dias de tumulto. Esse bom e antigo bairro, assustado com a revolução, refugia-se no sono, tal como as crianças, quando ouvem Croquemitaine[4] chegar, rapidamente escondem a cabeça debaixo dos cobertores.

Enquanto isso, Jean Valjean e o cocheiro tiravam Marius da carruagem, Jean Valjean segurando-o pelas axilas e o cocheiro pelas pernas.

Enquanto carregava Marius assim, Jean Valjean colocou sua mão sob as roupas, que estavam muito rasgadas, e apalpou-lhe o

---

[4] Outro nome que se dá ao bicho-papão. (N. do E.)

peito assegurando-se de que o coração ainda batia. Batia até com mais força, como se os balanços do carro tivessem determinado uma volta à vida.

Javert dirigiu-se ao porteiro, no tom que convém a uma autoridade do governo que fala com o porteiro de um faccioso.

— Alguém que se chama Gillenormand?

— É aqui. O que deseja com ele?

— Trazemos seu filho.

— Seu filho? — disse o porteiro espantado.

— Ele morreu.

Jean Valjean, que vinha, esfarrapado e sujo, atrás de Javert, e para quem o porteiro olhava com certo horror, fez-lhe um sinal negativo com a cabeça.

O porteiro pareceu não haver compreendido nem as palavras de Javert, nem o sinal de Jean Valjean.

Javert continuou:

— Foi para a barricada, e aí está.

— Para a barricada! — exclamou o porteiro.

— Deixou-se matar. Vá acordar o pai.

O porteiro não se mexia.

— Vá! — disse novamente Javert.

E acrescentou:

— Amanhã haverá um enterro aqui.

Para Javert, os incidentes habituais da via pública eram classificados por categoria, o que é o princípio da previdência e da vigilância, e cada eventualidade possuía seu compartimento; os fatos possíveis achavam-se, de algum modo, em gavetas, de onde saíam, em quantidades variáveis, no momento apropriado; na rua havia barulho, tumulto, carnaval e enterro.

O porteiro limitou-se a acordar Basque. Basque acordou Nicolette; Nicollete acordou a tia Gillenormand. Quanto ao avô, deixaram-no dormir, pensando que logo saberia do fato.

Transportaram Marius para o primeiro andar, sem que ninguém nas outras partes da casa percebesse, e deitaram-no em um velho canapé na ante-sala do senhor Gillenormand; e, enquanto Basque saía para procurar um médico e Nicolette abria os armários de roupa, Jean Valjean sentiu que Javert lhe tocava o ombro. Compreendeu e desceu, tendo atrás de si os passos de Javert que o seguia.

O porteiro os viu partir, como os vira chegar, em meio a uma sonolência assustada.

Subiram na carruagem e o cocheiro tomou seu lugar.

— Inspetor Javert — disse Jean Valjean —, conceda-me outro favor.

— Qual? — perguntou Javert com aspereza.

— Deixe-me entrar em minha casa só por um instante. Depois faça de mim o que quiser.

Javert permaneceu em silêncio alguns instantes, com a cabeça encostada ao peito; depois abaixou o vidro da frente.

— Cocheiro — disse ele —, rua de l'Homme-Armé, número 7.

XI. Abalo no absoluto

Não abriram a boca pelo resto do caminho.

O que desejava Jean Valjean? Acabar o que havia começado; avisar Cosette, dizer-lhe onde estava Marius, dar-lhe talvez outra indicação útil e, caso pudesse, tomar algumas medidas supremas. Quanto a ele, quanto ao que pessoalmente lhe dizia respeito, estava acabado; fora pego por Javert e não resistia; em tal situação, outra pessoa talvez tivesse vagamente pensado na corda que Thénardier lhe dera e nas grades da primeira prisão onde entraria; mas desde seu encontro com o bispo, diante de qualquer tipo de atentado, mesmo contra si mesmo, havia em Jean Valjean, insistimos nisso, uma profunda hesitação religiosa.

O suicídio, esse misterioso caminho aberto para o desconhecido, que em certa medida pode conter a morte da alma, era impossível para Jean Valjean.

Na entrada da rua de l'Homme-Armé, a carruagem parou, pois essa rua era muito estreita para que os carros pudessem entrar. Javert e Jean Valjean desceram.

O cocheiro declarou humildemente ao "senhor inspetor" que o veludo de Utrecht de seu carro estava todo manchado pelo sangue do homem assassinado e pela lama do assassino. Era isso que ele havia compreendido. Acrescentou que uma indenização lhe era devida. Ao mesmo tempo, tirando do bolso um pequeno caderno, rogou ao senhor inspetor que tivesse a bondade de escrever ali "algo como um pequeno atestado".

Javert repeliu o caderno que o cocheiro lhe estendia, e disse:

— Quanto lhe devo pela espera e pela corrida?

— São sete horas e um quarto — respondeu o cocheiro —, e meu veludo era totalmente novo. Oitenta francos, senhor inspetor.

Javert tirou do bolso quatro moedas e despediu a carruagem.

Jean Valjean supôs que a intenção de Javert era conduzi-lo a pé ao posto des Blancs-Manteaux ou ao posto de Archives, que são bem próximos.

Entraram na rua; como de costume estava deserta. Javert seguia Jean Valjean. Chegaram ao número 7. Jean Valjean bateu. A porta se abriu.

— Está bem — disse Javert. — Suba.

E acrescentou com estranha expressão, e como se fizesse um esforço para falar assim:

— Eu o espero aqui.

Jean Valjean fitou Javert. Esse modo de proceder era pouco habitual em Javert. Mesmo que Javert tivesse agora uma espécie de confiança altiva, a confiança do gato, que dá ao rato uma liberdade do tamanho de suas garras, resolvido como Jean Valjean estava a entregar-se e a acabar com aquilo de uma vez por todas, não se surpreendia muito com isso. Empurrou a porta, entrou na casa, gritou ao porteiro, que já estava deitado e que puxara o cordão de sua cama: "Sou eu!" e subiu a escada.

Chegando ao primeiro andar, fez uma pausa. Todas as vias dolorosas têm paradas. A janela do patamar, que era uma janela-guilhotina, estava aberta. Como em muitas casas antigas, a escada recebia luz e dava para a rua. O lampião da rua, situado exatamente em frente, derramava alguma claridade sobre os degraus, o que representava uma economia de iluminação.

Jean Valjean, seja para respirar, seja maquinalmente, colocou a cabeça nessa janela. Inclinou-se e olhou para a rua. Ela é curta e o lampião a iluminava de uma extremidade à outra. Jean Valjean ficou espantado; não havia mais ninguém ali.

Javert partira.

XII. O avô

Basque e o porteiro haviam transportado Marius para o salão, onde continuava imóvel no canapé em que o haviam deitado ao chegar. O médico que fora chamado chegara. Tia Gillenormand se levantara.

Tia Gillenormand andava de um lado para o outro, apavorada, juntando as mãos, incapaz de fazer outra coisa além de dizer: "Será possível, Deus!" Em alguns momentos, acrescentava: "Tudo vai ficar manchado de sangue!" Passados os primeiros momentos de horror, uma certa filosofia iluminou seu espírito e traduziu-se por esta exclamação: "Isso só podia acabar assim!" Porém não chegou a dizer: *Bem que eu dizia!* como se costuma dizer em ocasiões desse tipo.

Por ordem do médico, uma cama de lona foi colocada junto ao canapé. O médico examinou Marius, e, depois de ter-se certificado de que o pulso persistia, de que o ferido não tinha no peito nenhuma ferida muito profunda e de que o sangue dos cantos da boca provinha das fossas nasais, pediu que o deitassem na cama, sem travesseiro, com a cabeça no mesmo plano que o corpo, e até um pouco mais baixa, sem roupa até a cintura para facilitar a respiração. Ao ver que despiam Marius, a senhorita Gillenormand retirou-se. Começou a recitar o rosário em seu quarto.

O peito não tinha lesões internas; uma bala, amortecida pela carteira, se desviara e dera a volta às costas, fazendo um medonho rasgão, mas pouco profundo, e conseqüentemente sem perigo. A extensa caminhada subterrânea acabara de deslocar a clavícula quebrada, havendo ali sérios problemas. Os braços tinham golpes de sabre. Nenhum golpe desfigurara seu rosto, embora a cabeça tivesse muitos cortes. De que tipo eram esses ferimentos na cabeça? Teriam apenas atingido o couro cabeludo? Teriam penetrado o crânio? Ainda não era possível dizer. Um sintoma grave é que haviam causado o desmaio, e nem sempre se desperta de desmaios desse tipo. Além disso, a hemorragia havia extenuado o ferido. Da cintura para baixo, o corpo ficara protegido pela barricada.

Basque e Nicolette rasgavam lençóis e preparavam ataduras; Nicolette as costurava, Basque as enrolava. Na falta de panos apropriados, o médico estancara o sangue provisoriamente com chumaços de algodão. Ao lado da cama ardiam três velas sobre uma mesa, na qual se via aberto o estojo cirúrgico. O médico lavou o rosto e os cabelos de Marius com água fria. Um balde cheio logo ficou vermelho. O porteiro, sua vela na mão, iluminava.

O médico parecia pensar com tristeza. Por vezes fazia com a cabeça um aceno negativo, como se respondesse a alguma pergunta que tivesse feito a si mesmo. Mau sinal para o doente esses diálogos misteriosos de um médico com ele mesmo.

No instante em que o médico enxugava o rosto do ferido e tocava levemente com o dedo suas pálpebras, que continuavam fechadas, abriu-se uma porta no fundo da sala e um vulto esguio e pálido apareceu.

Era o avô.

Havia dois dias que os tumultos agitavam, indignavam e preocupavam o senhor Gillenormand. Não pudera dormir na noite anterior, e o dia todo tivera febre. À noite, deitara muito cedo, recomendando que fechassem bem todas as portas, e, de cansaço, adormecera.

Os velhos têm o sono leve. O quarto do senhor Gillenormand ficava contíguo à sala, de modo que, apesar das precauções tomadas, acordara com o barulho. Admirado por ver luz por entre as frestas da porta, saíra da cama e viera até ali tateando.

Estava parado na soleira, com uma mão no trinco da porta entreaberta, a cabeça um pouco inclinada à frente e trêmula, o corpo envolto em um roupão branco, reto e sem pregas, como uma mortalha, espantado; e parecia um fantasma olhando para um túmulo.

Viu a cama, e sobre o colchão esse jovem ensangüentado, branco como cera, os olhos fechados, a boca aberta, os lábios sem cor, nu até a cintura, crivado de feridas avermelhadas, imóvel, iluminado por uma luz forte.

O avô sentiu, da cabeça aos pés, o estremecimento que é possível aos membros ossificados; os olhos, cuja córnea se tornara amarelada devido à idade avançada, velaram-se com uma espécie de espelhamento vítreo; seu rosto tomou em um instante os ângulos cadavéricos de uma cabeça de esqueleto; os braços penderam como se a mola que os sustentava tivesse quebrado, e seu estupor traduziu-se pelo afastamento dos dedos de suas duas velhas mãos trêmulas; os joelhos se curvaram, deixando ver pela abertura do roupão as pobres pernas nuas, eriçadas de pêlos brancos, e ele murmurou:

— Marius!

— Senhor — disse Basque —, acabam de trazê-lo. Ele foi para a barricada e...

— Morreu! — exclamou o velho com voz terrível. — Ah! O bandido!

Então, uma espécie de transfiguração sepulcral endireitou aquele centenário como se fosse um jovem.

— O senhor é o médico? — perguntou ele. — Antes de mais nada, diga-me uma coisa. Ele está morto, não está?

O médico, profundamente ansioso, permaneceu em silêncio.

O senhor Gillenormand torceu as mãos soltando uma gargalhada assustadora:

— Está morto! Está morto! Deixou-se matar na barricada! Por me odiar! Foi contra mim que ele fez isso! Ah! Sanguinário! É assim que ele retorna! Miséria de minha vida, ele está morto!

Foi até uma janela, abriu-a completamente como se estivesse sufocando e, de pé diante da escuridão, começou a falar na rua para a noite:

— Trespassado, acutilado, degolado, exterminado, retalhado,

cortado em pedaços! Vejam só, o maldito! Ele sabia que eu o esperava, que havia mandado prepararem seu quarto e que eu colocara na cabeceira de minha cama seu retrato de quando era pequeno! Ele sabia que bastava voltar, e que havia anos eu pedia que voltasse, e que eu passava as noites diante do fogo com as mãos sobre os joelhos, sem saber o que fazer, e que eu era um imbecil! Você sabia disso, bastaria voltar e dizer: "Sou eu", e seria o dono da casa, e eu obedeceria, e você faria o que bem entendesse de seu velho avô palerma! Você sabia, e disse: "Não, é um monarquista, não irei!" E foi para as barricadas, e foi morto por maldade! Para vingar-se do que eu lhe havia dito a respeito do senhor Duque de Berry! Isso é que é infame! Deitem-se e durmam tranqüilamente! Ele está morto. É esse meu despertar.

O médico, que começava a preocupar-se com os dois lados, deixou Marius por um instante, dirigiu-se ao senhor Gillenormand e pegou em seu braço. O avô voltou-se, fitou-o com olhos que pareciam maiores e ensangüentados e lhe disse calmamente:

— Obrigado, senhor! Estou tranqüilo, sou um homem, vi a morte de Luís XVI, sei agüentar os acontecimentos. Só uma coisa é terrível, é pensar que são seus jornais que fazem todo o mal. Vocês têm escrevinhadores, faladores, advogados, oradores, tribunas, discussões, progressos, luzes, direitos do homem, liberdade de imprensa e vejam só como trarão seus filhos de volta para suas casas. Ah! Marius! É abominável! Morto! Morrer antes que eu! Uma barricada! Ah! Bandido! Doutor, o senhor mora no bairro, creio? Oh! Eu o conheço bem. Vejo de minha janela passar seu cabriolé. Vou lhe dizer. Engana-se se pensa que estou furioso. Não se fica furioso contra um morto. Seria estupidez! É uma criança que eu criei. Eu já era velho e ele era ainda muito pequeno. Brincava nas Tulherias com sua pazinha e sua cadeirinha, e, para que os guardas não ralhassem, eu ia tapando com minha bengala os buracos que ele fazia na terra com sua pá. Um dia ele gritou: "Abaixo Luís XVIII!" e se foi. Não é minha culpa. Ele era corado e loiro. Sua mãe morreu. Notou como todas as crianças são loiras? Por que será? É filho de um desses bandidos do Loire, mas os filhos não têm culpa dos crimes dos pais. Ainda me lembro de quando era pequenino! Não conseguia pronunciar os *d*. Tinha um modo de falar tão doce e tão pouco claro que parecia um pássaro. Lembro-me que uma vez, diante do Hércules Farnese, foi rodeado, o admiraram e se maravilhavam, tão linda era essa criança! Tinha uma cabeça como as que se vêem nos quadros. Eu engrossava a voz e o assustava com minha bengala, mas ele sabia que era brincadeira.

De manhã, quando ele entrava no meu quarto, eu resmungava, mas aquilo fazia em mim o efeito do sol. A gente não pode resistir a esses pequerruchos! Eles nos prendem, nos seguram, não nos largam mais. A verdade é que não havia amor como por essa criança. Agora, que me diz dos Lafayette, dos Benjamin Constant, dos Tirecuir de Corcelles, que o mataram? Isso não pode ficar assim.

Aproximou-se de Marius, que continuava lívido e imóvel, e para junto de quem o médico voltara, e recomeçou a torcer os braços. Os lábios pálidos do velho mexiam-se como que maquinalmente e deixavam passar, como sopros no estertor, palavras quase indistintas que mal se ouviam: "Ah! Desalmado. Ah! Clubista! Ah! Perverso! Ah! Setembrista!" Censuras em voz baixa de um agonizante a um cadáver.

Pouco a pouco, como é necessário que as erupções interiores sejam exteriorizadas, voltou-lhe o encadeamento das palavras, mas o avô parecia já não ter forças para pronunciá-las; sua voz estava tão baixa e apagada que parecia vir do outro lado de um abismo:

— Isso me é indiferente, vou morrer também. E dizer que não há em Paris uma única mulher que não ficasse feliz em fazer a felicidade desse miserável! Um patife, que em vez de se divertir e desfrutar a vida, foi lutar e deixou-se metralhar como um bruto! E por quem? Para quê? Pela república! Em vez de ir dançar na Chaumière, como devem fazer todos os rapazes! Vale a pena ter vinte anos. A república, bela asneira! Pobres mães, façam meninos bonitos! Vamos, ele está morto. Serão dois enterros a sair pelo portão. Você ficou nesse estado pelos belos olhos do General Lamarque! Que lhe fez esse General Lamarque? Um esfaqueador, um falador! Deixar-se matar por um morto! Não é de endoidecer? Entendam isso! Aos vinte anos! E sem ao menos olhar para trás e ver se não deixava algo! Agora, esses pobres velhos que se vejam forçados a morrer sozinhos! Morra no seu canto, urubu! Enfim, na verdade, melhor assim, era o que eu esperava, isso logo me matará. Sou muito velho, tenho cem anos, tenho cem mil anos, faz tempo que tenho o direito de estar morto. Com esse golpe, está feito. Acabou, que felicidade! De que adianta fazê-lo respirar amoníaco e todas essas drogas? O senhor perde seu tempo, imbecil de médico! Ande, ele está morto e bem morto. Disso eu entendo, eu que também estou morto. Ele não fez a coisa pela metade. Sim, o tempo de agora é infame, infame, infame, e é isso que eu penso de vocês, de suas idéias, de seus sistemas, de seus mestres, de seus oráculos, de seus médicos, de seus escritores patifes, de seus filósofos miseráveis, e de todas as revoluções que há sessenta anos sobressaltam os bandos de corvos das Tulherias! E já que não teve pena deixando-se matar assim, não terei desgosto por sua morte, ouviu, assassino!

Nesse momento, Marius abriu lentamente as pálpebras, e seu olhar, ainda embaçado pelo pasmo letárgico, parou sobre o senhor Gillenormand.

— Marius! — gritou o ancião. — Marius! Meu pequeno Marius! Meu menino! Meu filho bem-amado! Você abre os olhos, você me olha, você está vivo, obrigado!

E caiu desmaiado.

LIVRO IV

Javert sem rumo

Javert se afastara lentamente da rua de l'Homme-Armé.

Caminhava de cabeça baixa pela primeira vez em sua vida, e, igualmente pela primeira vez em sua vida, com as mãos atrás das costas.

Até aquele dia, Javert apenas imitara Napoleão na atitude que exprime resolução, os braços cruzados sobre o peito; a que exprime incerteza, as mãos atrás das costas, era-lhe desconhecida. Agora, uma mudança fora operada: toda a sua pessoa, lenta e sombria, estava impregnada de ansiedade.

Embrenhou-se nas ruas silenciosas.

Contudo, seguia uma direção.

Tomou o caminho mais curto para o Sena, chegou ao cais des Ormes, percorreu o cais, ultrapassou a Grève, e parou, a pouca distância do posto da praça du Châtelet, na esquina da ponte Notre-Dame. Ali, o Sena forma, entre a ponte Notre-Dame e a ponte au Change de um lado, e entre o cais de la Messagerie e o cais aux Fleurs, do outro lado, uma espécie de lago quadrado, atravessado por uma torrente.

Esse ponto do Sena é temido pelos marinheiros. Nada é mais perigoso do que aquela torrente, encorpada nessa época e irritada pelos pilares do moinho da ponte, hoje demolido. As duas pontes, tão próximas uma da outra, aumentam o perigo; a água corre com formidável velocidade sob os arcos. Ela forma largas pregas terríveis; ali se acumula e se amontoa; o fluxo força os pilares das pontes como se tentasse arrancá-los com grossas cordas líquidas. Os homens que caem ali não reaparecem; os melhores nadadores se afogam.

Javert apoiou os dois cotovelos no parapeito, seu queixo nas duas mãos, e, enquanto suas unhas se crispavam maquinalmente na espessura de suas suíças, refletia.

Uma novidade, uma revolução, uma catástrofe acabava de se operar em seu interior; por isso era necessário examinar-se.

Javert sofria terrivelmente.

Havia algumas horas Javert deixara de ser simples. Estava perturbado; aquele cérebro, tão límpido em sua cegueira, perdera sua transparência; havia uma nuvem naquele cristal. Javert sentia em sua consciência o dever desdobrar-se e não podia esconder isso de si mesmo. Quando tão inopinadamente encontrara Jean Valjean na margem do Sena, houvera nele algo do lobo que torna a se apoderar de sua presa e do cão que reencontra seu mestre.

Via diante de si dois caminhos, ambos retos, mas via dois; e isso o apavorava, a ele, que nunca em sua vida conhecera senão uma única linha reta. E, angústia pungente, esses dois caminhos eram opostos. Qualquer uma dessas linhas retas excluía a outra. Qual delas era a verdadeira?

Sua situação era inexprimível.

Dever a vida a um malfeitor; aceitar essa dívida e reembolsá-la; achar-se, contra a própria vontade, no mesmo nível de um foragido da justiça, e pagar-lhe um favor com outro favor; deixar que lhe dissessem: *Vá embora*, e por sua vez dizer: *Está livre*; sacrificar por motivos pessoais o dever, essa obrigação geral, e sentir nesses motivos pessoais algo de geral também, e talvez de superior; trair a sociedade para permanecer fiel à sua consciência; que todos esses absurdos se realizassem e se acumulassem sobre ele mesmo, eis com o que estava aterrado.

Uma coisa o deixara admirado, que Jean Valjean o tivesse poupado; e uma outra coisa o havia petrificado, que ele, Javert, tivesse poupado Jean Valjean.

Onde estava? Procurava-se e não mais se encontrava.

Que fazer agora? Entregar Jean Valjean era errado; deixar Jean Valjean livre era errado. No primeiro caso, o homem da autoridade descia abaixo do homem preso; no segundo, um miserável ia mais alto que a lei e metia-lhe o pé por cima. Nos dois casos, desonra para ele, Javert. Qualquer que fosse a resolução que tomasse, haveria uma queda. O destino tem certas extremidades que vêm a pique sobre o impossível e para além das quais a vida nada mais é que um precipício. Javert achava-se em uma dessas extremidades.

Uma de suas ansiedades era ser obrigado a pensar. A própria violência de todas aquelas emoções contraditórias obrigava-o a isso. Pensar, coisa inusitada e singularmente dolorosa para ele.

No pensamento há sempre uma certa quantidade de rebelião íntima; ele se irritava por ter isso em si.

O pensamento, sobre qualquer assunto além do estrito círculo de suas funções, teria sido para ele, em todos os casos, algo inútil e cansativo; mas pensar sobre o dia que acabara de passar era uma tortura. Entretanto, após tais abalos, era necessário olhar sua consciência e dar conta de si mesmo a si mesmo.

O que acabava de fazer lhe dava arrepios. Ele, Javert, houvera por bem decidir, contra todos os regulamentos da polícia, contra toda a organização social e judiciária, contra o código inteiro, pela libertação de alguém; isso lhe conviera; ele sobrepusera seus negócios aos negócios públicos; isso não era inqualificável? Cada vez que pensava nesse ato sem nome que cometera, estremecia da cabeça aos pés. Que resolução deveria tomar? Restava-lhe apenas um recurso; voltar rapidamente à rua de l'Homme-Armé, e prender Jean Valjean. Era evidente que era isso o que tinha de fazer. Mas não podia.

Algo lhe obstruía o caminho por esse lado.

Algo? O quê? Existe no mundo outra coisa além de tribunais, de sentenças executórias, de polícia e de autoridade? Javert estava transtornado.

Um bendito forçado! Um miserável inacessível à justiça! E isso por causa de Javert!

Que Javert e Jean Valjean, o homem feito para castigar e o homem feito para ser catigado, que esses dois homens, que eram, um e outro, coisas da lei, tivessem chegado a ponto de se colocarem, os dois, acima da lei, não era assustador?

E então! Tais barbaridades aconteceriam e ninguém seria punido! Jean Valjean, mais forte que toda a ordem social, estaria livre, e ele, Javert, continuaria comendo o pão do governo!

Suas reflexões gradualmente tornavam-se terríveis.

Por meio dessas reflexões ele ainda poderia se repreender um pouco mais a respeito do insurgente que fora levado à rua Filles-du-Calvaire; mas não pensava nisso. O erro menor perdia-se no maior. Aliás, esse insurgente era evidentemente um homem morto e, legalmente, a morte faz a perseguição terminar.

Jean Valjean, era esse o peso que tinha sobre seu espírito.

Jean Valjean o desconcertava. Todos os axiomas que haviam sido o ponto de apoio de toda a sua vida desmoronavam diante desse homem. A generosidade de Jean Valjean para com ele, Javert, o oprimia. Outros fatos, dos quais se lembrava, e que antes tratara como mentiras e loucuras, retornavam agora como realidades. O senhor Madeleine surgia por trás de Jean Valjean, e as duas figuras se sobrepunham de modo a formarem uma só, que era venerável. Javert sentia que algo horrível penetrava em sua alma, a admiração por um bandido. Respeitar um bandido, seria possível? Estremecia e não conseguia esquivar-se. Por mais que se debatesse, em seu íntimo reconhecia a sublimidade desse miserável. Isso era odioso.

Um malfeitor benfazejo, um miserável compassivo, meigo, prestativo, clemente, pagando com o bem o mal, perdoando a quem o odiava, preferindo a compaixão à vingança, preferindo até perder-se a perder seu inimigo, salvando quem nele batera, ajoelhado no alto da virtude, mais vizinho do anjo que do homem! Javert era obrigado a confessar a si mesmo que esse monstro existia!

Isso não podia continuar assim.

É claro, e insistimos nesse ponto, que ele não se rendera sem resistência àquele monstro, àquele anjo infame, àquele herói medonho, pelo qual sentia indignação tanto quanto admiração. Vinte vezes, quando estivera cara a cara com Jean Valjean dentro da carruagem, o tigre da lei rugira em seu íntimo. Vinte vezes sentira-se tentado a se arremessar sobre Jean Valjean e devorá-lo, isto é, prendê-lo. Na verdade, nada mais simples. Bastaria gritar diante do primeiro posto pelo qual passassem: "Aqui está um condenado que escapou!", chamar os guardas e dizer: "Este homem é para vocês!", e em seguida ir embora, deixar ali aquele réprobo, ignorar o resto, e não imiscuir-se em nada mais. Esse homem é um prisioneiro da lei para sempre; a lei fará dele o que lhe aprouver. Que haveria de mais justo? Javert pensara em tudo isso; quisera ir adiante, agir, prender o homem, mas então, como agora, não conseguira; e cada vez que sua mão se levantara convulsivamente para agarrar Jean Valjean pelo pescoço, sua mão, como se estivesse sob um peso enorme, voltara a cair; e ele ouvira, no fundo do seu pensamento, uma estranha voz que lhe gritava: "Está bem. Entregue seu salvador. Depois mande trazer a bacia de Pôncio Pilatos, e lave suas garras".

Em seguida suas reflexões recaíam sobre si mesmo, e, ao lado de Jean Valjean engrandecido, ele, Javert, se via degradado.

Seu benfeitor era um criminoso!

Mas por que permitira a esse homem que o deixasse viver? Naquela barricada, tinha o direito de ser morto. Deveria ter usado esse direito. Chamar os outros insurgentes em seu auxílio contra Jean Valjean, fazer-se fuzilar à força, teria sido melhor.

Sua suprema angústia era o desaparecimento da certeza. Sentia-se desenraizado. O código já não era mais que uma coisa inútil em suas mãos. Tinha de se haver com escrúpulos de natureza desconhecida. Operava-se nele uma revelação sentimental, inteiramente distinta da afirmativa legal, sua única norma até então. Permanecer na antiga honestidade já não era mais o bastante. Surgia toda uma ordem de fatos inesperados que o subjugava. Surgia em sua alma um mundo inteiramente novo; o benefício aceito e retribuído, a dedicação, a misericórdia, a indulgência, as violências feitas por piedade à austeridade, a acepção de pessoas, não mais a condenação definitiva, não mais as penas, a possibilidade de uma lágrima nos olhos da lei, certa justiça segundo Deus indo em sentido inverso à justiça segundo os homens. Ele percebia nas trevas o assustador despontar de um sol moral desconhecido, que o horrorizava e deslumbrava. Um mocho forçado a ter olhares de águia.

Dizia a si mesmo que então era verdade, que havia exceções, que a autoridade podia ser confundida, que a regra podia ser insuficiente perante um fato, que nem tudo se enquadrava ao texto do código, que era preciso obedecer ao imprevisto, que a virtude de um criminoso podia preparar uma armadilha à virtude de um funcionário, que o monstruoso podia ser divino, que o destino tinha dessas ciladas, e pensava com desespero que ele mesmo não estivera ao abrigo de uma surpresa.

Era forçado a reconhecer que a bondade existia. Esse criminoso fora bom. E ele mesmo, coisa incrível, acabara de ser bondoso. Portanto, depravava-se.

Achava-se covarde. Tinha horror dele mesmo.

Para Javert, o ideal não era ser humano, ser grande, ser sublime; era ser irrepreensível.

Mas acabara de falhar.

Como chegara a tanto? Como tudo isso havia ocorrido? Nem ele próprio poderia dizer-se. Tomava a cabeça entre as mãos, e, por mais que tentasse, não conseguia encontrar uma explicação.

Certamente sempre tivera a intenção de devolver Jean Valjean à lei da qual Jean Valjean era o cativo, e de quem ele, Javert, era o escravo. Nem por um momento, enquanto o mantinha em seu poder, pensou em soltá-lo. De certa forma, fora quase à revelia que sua mão se abrira e o libertara.

Todo tipo de novidades enigmáticas abriam-se diante de seus olhos. Interrogava-se e respondia a si mesmo, e suas respostas o assustavam. Perguntava-se: "Esse criminoso, esse desesperado que segui e persegui, que me teve sob os pés, que podia então vingar-se, que devia vingar-se, tanto por seu rancor quanto por sua segurança, deixando-me vivo, concedendo-me o perdão, o que ele fez? Seu dever. Não. Mais que isso. E eu, ao perdoá-lo, o que fiz? Meu dever? Não. Mais que isso. Existe, então, algo mais que o dever?" Nesse ponto se espantava; sua balança se deslocava, um dos pratos caía no abismo, o outro ia até o céu, e Javert não sentia menos espanto pelo prato que estava em cima do que pelo que estava embaixo. Sem ser de modo algum o que chamamos de voltairiano, ou filósofo, ou incrédulo, respeitoso ao contrário, por instinto, para com a Igreja estabelecida, não a conhecia senão como um fragmento augusto do conjunto social; a ordem era seu dogma e bastava-lhe; desde que tinha idade de homem e de funcionário, colocara na polícia toda a sua religião, sendo espião, e empregamos aqui a palavra sem a menor ironia e em sua mais séria acepção, sendo, como já dissemos, espião como se é padre. Tinha um superior, o senhor Gisquet; e até aquele dia nunca havia pensado no outro superior, Deus.

Esse novo chefe, Deus, ele o sentia inopinadamente, e isso o perturbava.

Estava desorientado diante dessa presença inesperada; não sabia o que fazer com esse superior, ele que não ignorava que o subordinado é obrigado a curvar-se sempre, que não deve nem desobedecer, nem censurar, nem discutir, e que, perante um superior que lhe cause demasiado espanto, o único recurso do inferior é demitir-se.

Mas como fazer para pedir demissão a Deus?

Fosse como fosse, e ele sempre retornava ao mesmo ponto, para ele um fato dominava tudo. Acabara de cometer uma infração terrível. Acabara de fechar os olhos sobre um criminoso reincidente que fugira da prisão. Deixara um condenado em liberdade. Acabava de roubar às leis um homem que lhes pertencia. Fizera isso. Não se compreendia mais. Não estava mais seguro de ser ele mesmo. As próprias razões de seu ato lhe escapavam e isso causava-lhe apenas vertigem. Vivera, até esse momento, dessa fé cega que produz a probidade tenebrosa. Essa fé o abandonava, essa probidade lhe faltava. Tudo em que havia acreditado se dissipava. Verdades que ele não desejava o obcecavam inexoravelmente. A partir de agora era preciso ser um outro homem. Sofria as estranhas dores de uma consciência bruscamente operada de catarata. Via o que lhe causava repugnância ver. Sentia-se vazio, inútil, deslocado de sua vida passada, destituído, dissolvido. A autoridade morrera nele. Já não tinha razão de ser.

Terrível situação! Estar comovido.

Ser o granito e duvidar! Ser a estátua do castigo fundida no molde da lei e, de repente, perceber que se tem sob o peito de bronze uma coisa absurda e desobediente que quase parece um coração! Chegar a retribuir o bem com o bem, embora até então se dissesse que aquele bem era o mal! Ser um cão de guarda e lamber! Ser gelo e derreter! Ser uma tenaz e tornar-se uma mão! Sentir de repente dedos se abrindo! Soltar a presa, coisa assustadora!

O homem projétil que não sabe mais seu caminho e recua!

Ser obrigado a confessar-se o seguinte: que a infalibilidade não é infalível, que pode existir erro no dogma, que um código não prevê tudo, que a sociedade não é perfeita, que a autoridade se complica por vacilações, que um abalo no imutável é possível, que os juízes são homens, que a lei pode enganar-se, que os tribunais podem errar! Que se pode ver uma fenda na imensa vidraça azul do firmamento!

O que se passava em Javert era o Fampoux[1] de uma consciência retilínea, o extravio de uma alma, o esmagamento de uma probidade irresistivelmente lançada em linha reta e despedaçando-se em Deus. Sem dúvida, isto era estranho: que o motorista da ordem, que o mecânico da autoridade, montado no cego cavalo de ferro de via rígida, pudesse ser derrubado por um golpe de luz! Que o incomutável, o direto, o correto, o geométrico, o passivo, o perfeito, pudesse dobrar-se! Que houvesse para a locomotiva um caminho de Damasco!

Deus, sempre interior ao homem, Ele, a verdadeira consciência, refratário à falsa, proíbe à faísca de apagar-se, ordena ao raio que se recorde do sol, intima à alma que reconheça o verdadeiro absoluto quando confrontado ao silêncio fictício, a humanidade imperdível, o coração humano inadmissível — acaso Javert compreendia esse esplêndido fenômeno, o mais belo talvez de nossos prodígios íntimos? Javert o penetrava? Javert o percebia? Evidentemente não. Mas, sob a pressão desse incompreensível incontestável, sentia seu crânio entreabrir-se.

Ele era mais a vítima que o transfigurado desse prodígio. Suportava-o, exasperado. Em tudo isso, nada mais via que uma imensa dificuldade de ser. Parecia-lhe que desde então sua respiração estava dificultada para sempre.

Ter o desconhecido sobre a cabeça era algo a que não estava acostumado.

Até então, tudo o que tivera acima de si fora, a seu modo de ver, uma superfície clara, simples, límpida; ali nada havia de ignorado, nem de obscuro; nada que não fosse definido, coordenado, ligado, preciso, exato, circunscrito, limitado, fechado; totalmente previsto; a autoridade era uma coisa plana; nenhuma queda, nenhuma vertigem diante dela. Javert nunca vira o desconhecido senão embaixo. O irregular, o inesperado, a abertura desordenada do caos, a possibilidade de uma queda em um precipício, todos esses eram fatos das

---

[1] Uma das primeiras grandes catástrofes ferroviárias, ocorrida em 1846 na linha Norte, um mês após sua inauguração. (N. do E.)

regiões inferiores, dos rebeldes, dos maus, dos miseráveis. Agora, Javert caía de costas, e estava bruscamente espantado com essa aparição inédita: um abismo nas alturas.

Como! Estava completamente desmantelado! Absolutamente desconcertado! Em que se fiar? Aquilo de que estava convencido desmoronava!

Como! A falha da couraça da sociedade podia ser encontrada por um miserável magnânimo! Como! Um honesto servidor da lei podia ver-se, de repente, preso entre dois crimes, o crime de deixar escapar um homem e o crime de prendê-lo! Nem tudo era certo nas instruções dadas pelo Estado ao funcionário! Poderiam existir impasses no dever! Que, então! Tudo isso era real! Era verdade que um antigo bandido, curvado sob as condenações, pudesse erguer-se e acabar tendo razão? Isso era possível? Então, havia casos em que a lei deveria retirar-se diante do crime transfigurado balbuciando desculpas?

Sim, isso existia! E Javert o constatava! E Javert o tocava! E não só não podia negar, como tomava parte nisso. Eram realidades. Era abominável que os fatos reais pudessem chegar a tal deformidade.

Se os fatos cumprissem seu dever, deveriam limitar-se a ser as provas da lei; os fatos, Deus é quem os envia. Será então que a anarquia desceria agora lá de cima?

Assim — no crescimento da angústia e na ilusão de óptica da consternação, tudo o que poderia ter restringido e corrigido sua impressão se apagava, e a sociedade, e o gênero humano, e o universo a partir daquele momento resumiam-se, a seus olhos, a um esboço simples e terrível —, assim a penalidade, a coisa julgada, a força devida à legislação, as sentenças das cortes soberanas, a magistratura, o governo, a prevenção e a repressão, a sabedoria oficial, a infalibilidade legal, o princípio da autoridade, todos os dogmas em que se baseiam a segurança política e civil, a soberania, a justiça, a lógica que deriva do código, o absoluto social, a verdade pública, tudo isso não passava de destroços, amontoados, caos; o próprio Javert, o vigia da ordem, a incorruptibilidade a serviço da polícia, a providência-mastim da sociedade, vencido e jogado ao chão; e sobre toda essa ruína um homem de pé, boné verde na cabeça e auréola na fronte; eis a que ponto seu transtorno chegara; eis a visão assustadora que tinha na alma.

Isso era suportável? Não.

Estado violento, ao que tudo indicava. Só havia duas maneiras de sair dele. Uma, ir resolutamente até Jean Valjean e restituir ao cárcere o homem da prisão. A outra...

Javert deixou o parapeito e, agora de cabeça erguida, dirigiu-se a passos firmes a um posto indicado por uma lanterna em um dos cantos da praça du Châtelet.

Ali chegando, viu pela janela um guarda municipal, e entrou. Simplesmente pelo modo como empurram a porta de uma delegacia, os homens da polícia se reconhecem. Javert disse seu nome, mostrou sua carteira ao sargento e sentou-se à mesa do posto, sobre a qual ardia uma vela. Sobre a mesa havia uma caneta, um tinteiro de chumbo e papel para eventuais processos-verbais e as consignações das rondas noturnas.

Essa mesa, sempre completada por sua cadeira de palha, é uma instituição; ela existe em todas as delegacias de polícia; é invariavelmente ornamentada por um pires de madeira cheio de serragem e por um recipiente cheio de lacres vermelhos; é o estágio inferior do estilo oficial. É nela que começa a literatura de Estado.

Javert pegou a pena e uma folha de papel e começou a escrever. Eis o que ele escreveu:

Algumas observações para o bem do serviço

"Primeiro: peço ao senhor delegado passar os olhos.

Segundo: os presos, voltando do interrogatório, tiram os sapatos e ficam com os pés descalços sobre os ladrilhos enquanto são revistados. Muitos tossem ao entrar na prisão. Isso acarreta despesas de enfermaria.

Terceiro: a 'filature' é uma coisa boa, com a substituição dos agentes de distância em distância, mas seria preciso que, nas ocasiões importantes, pelo menos dois agentes nunca se perdessem de vista, para que, se por qualquer motivo, um deles vier a falhar, o outro o vigie e substitua.

Quarto: não é explicado por que o regulamento especial da prisão das Madelonnettes proíbe ao prisioneiro possuir uma cadeira, mesmo pagando por ela.

Quinto: em Madelonnettes só existem duas barras de ferro na cantina, o que permite à cozinheira deixar que os presos toquem sua mão.

Sexto: os presos chamados gritadores, que chamam os outros presos ao locutório, cobram dois soldos do prisioneiro para gritar seu nome claramente. É um roubo.

Sétimo: por um fio puxado, cobram dez soldos do prisioneiro na oficina dos tecelões; é um abuso do empreiteiro, já que o tecido nem por isso é pior.

Oitavo: é inconveniente que os visitantes da Force tenham de atravessar o pátio das crianças para entrar no locutório Sainte-Marie-l'Egyptienne.

Nono: é certo que todos os dias ouvem-se alguns guardas contando, no pátio da delegacia, os interrogatórios feitos pelos magistrados aos acusados. Um guarda, que deveria manter segredo, repetindo o que ouviu no gabinete de instrução, eis um delito grave.

Décimo: a senhora Henry é uma mulher honesta; sua cantina é muito limpa; mas não é conveniente que uma mulher possua a chave da solitária. Isso não é digno da Conciergerie de uma grande civilização."

Javert escreveu essas linhas com a mais serena e a mais correta caligrafia, não omitindo uma vírgula, e fazendo o papel ranger sob a pena. Abaixo da última linha assinou:

"Javert.
Inspetor de 1ª classe.
Ao posto da praça du Châtelet.
7 de junho de 1832, por volta de uma hora da manhã".

Javert secou a tinta fresca sobre o papel, dobrou-o como uma carta, lacrou-o, escreveu no verso: *Nota para a administração*, deixou-o sobre a mesa e saiu do posto. A porta de vidro gradeada fechou-se atrás dele.

Atravessou outra vez, diagonalmente, a praça du Châtelet, chegou ao cais, e voltou com uma precisão automática ao mesmo lugar que deixara um quarto de hora antes, apoiou-se, e voltou a ficar na mesma atitude sobre a mesma pedra do parapeito. Parecia não haver-se movido.

A escuridão era completa. Era o momento sepulcral que vem após a meia-noite. Um teto de nuvens escondia as estrelas. O céu apresentava uma espessura sinistra. Nas casas da cidade não se via uma única luz; ninguém passava; tudo o que se via das ruas e dos cais estava deserto; Notre-Dame e as torres do Palácio de Justiça pareciam feições da noite. Um lampião avermelhava a orla do cais. As silhuetas das pontes deformavam-se na bruma, umas após as outras. As chuvas haviam engrossado o rio.

O lugar em que Javert se encontrava ficava, como se lembram, exatamente acima da corrente do Sena, a prumo sobre a medonha espiral de turbilhões que se enrosca e desenrosca como um parafuso sem fim.

Javert estendeu a cabeça e olhou. Tudo estava escuro. Não se distinguia nada. Ouvia-se apenas o barulho da espuma; mas não se via o rio. Por instantes, nessa profundidade vertiginosa, um clarão aparecia e serpenteava vagamente, poder que a água tem, mesmo na noite mais completa, de tirar luz não se sabe de onde e transformá-la em serpente. Essa luz desaparecia e tudo voltava a ficar indistinto. A imensidão parecia aberta ali. O que estava ali embaixo não era água, era abismo. O muro do cais, abrupto, confuso, misturado ao vapor, subitamente escondido, fazia o efeito de uma escarpa do infinito.

Não se via nada, mas sentia-se a frieza hostil da água e o cheiro das pedras molhadas. Um hálito feroz elevava-se daquele abismo. A cheia do rio, mais adivinhada do que avistada, o trágico murmúrio do fluxo, a lúgubre enormidade dos arcos da ponte, a queda imaginada nesse vazio sombrio, toda essa sombra estava cheia de horror.

Javert permaneceu alguns minutos imóvel, olhando para aquela abertura de trevas, contemplando o invisível com uma fixidez que se assemelhava à atenção. A água rumorejava. De repente, tirou o chapéu e colocou-o em cima do muro do cais. Um momento depois, um vulto alto e negro, que, de longe, algum passante tardio tomaria por um fantasma, apareceu de pé em cima do parapeito, curvou-se em direção ao Sena, ergueu-se e caiu direto nas trevas; houve um movimento rápido e surdo das águas; e somente a escuridão presenciou o segredo das convulsões daquela forma obscura que desapareceu sob a água.

LIVRO V

O neto e o avô

I. Em que se volta a ver a árvore da chapa de zinco

Pouco tempo depois dos acontecimentos que acabamos de narrar, Boulatruelle teve uma forte emoção.

Boulatruelle era aquele senhor que trabalhava na manutenção das estradas de Montfermeil, a quem já entrevimos nas partes tenebrosas deste livro. Ele era, talvez se lembrem, um homem ocupado com coisas obscuras e diversas, empregando seu tempo a britar pedras e a assaltar os viajantes nas estradas.

Encarregado das estradas e ladrão, tinha um sonho, acreditava existirem tesouros enterrados na floresta de Montfermeil.

Esperava algum dia encontrar dinheiro escondido ao pé de alguma árvore; e, enquanto esperava, ia procurando com gosto nos bolsos dos viajantes.

No entanto, estava em um momento de cautela.

Ele acabara de escapar de uma boa. Tinha sido apanhado na espelunca Jondrette, como se sabe, juntamente com os outros malfeitores. Utilidade de um vício: sua embriaguez o salvara. Nunca foi possível esclarecer se ele se encontrava ali como ladrão ou como roubado. Um parecer do tribunal, fundado em seu estado de embriaguez bem comprovado na noite da cilada, colocou-o em liberdade. Assim, retomou a chave dos bosques. Voltou à estrada de Gagny a Lagny, sob vigilância administrativa, continuando a fazer o calçamento por conta do Estado, cabisbaixo, pensativo, um tanto desanimado com o roubo, que quase o pôs a perder, porém cada vez mais afeiçoado ao vinho, que acabava de salvá-lo.

Quanto à forte emoção que experimentou logo depois que se recolheu a sua choupana, aqui vai:

Uma madrugada, dirigindo-se como de costume a seu trabalho,

e talvez a sua espreita, Boulatruelle avistou, por entre os galhos, um homem a quem só viu de costas, mas cuja figura, apesar da distância e da pouca luminosidade, não lhe era inteiramente desconhecida.

Ainda que embriagado, Boulatruelle possuía uma memória correta e lúcida, arma defensiva indispensável a qualquer um que esteja meio em luta com a ordem legal.

— Onde diabos eu já vi alguém como aquele homem? — perguntou a si mesmo.

Porém, a única resposta que encontrou foi que aquele homem se parecia com alguém cuja imagem tinha confusamente gravada na mente.

Contudo, na impossibilidade de reconhecer a identidade do indivíduo, fez uma série de cálculos e confrontações; o homem não era da região, estava chegando de fora. A pé, evidentemente. Nenhuma condução passa a essas horas em Montfermeil. Havia caminhado a noite inteira. De onde vinha? Não de muito longe, pois não trazia nem uma mochila, nem um embrulho. De Paris, provavelmente. Por que se acharia naquele bosque, em uma hora daquelas? O que viera fazer?

Boulatruelle pensou no tesouro.

À força de investigar em sua memória, lembrou-se vagamente de ter tido, vários anos atrás, um alerta parecido a respeito de um homem que bem lhe parecia ser o mesmo que ali estava.

Levado pelo peso de suas meditações, Boulatruelle baixou a cabeça, coisa natural mas pouco hábil, pois, quando tornou a erguê-la, não havia mais ninguém. O homem havia sumido na floresta, e naquele crepúsculo.

— Pelo diabo! — disse Boulatruelle. — Vou encontrá-lo. Vou descobrir de que paróquia é esse aí. Esse visitante da madrugada tem um porquê, e eu vou saber qual é. Ninguém vai ter um segredo em meu bosque sem que eu tome parte.

Pegou sua enxada, que estava bem afiada.

— É com isto — resmungou — que a gente revista a terra e um homem.

E como quem ata um fio no outro, caminhando o mais depressa que podia na direção que o homem devia ter tomado, partiu através da mata. Quando já tinha dado uma centena de passos, o dia, que começava a romper, ajudou-o. Algumas pegadas impressas aqui e ali na areia, o mato pisado, plantas esmagadas, ramos novos vergados, que se endireitavam com graciosa lentidão, como os braços de uma bela mulher que se espreguiça ao acordar, indicavam-lhe uma espécie de pista. Ele a seguiu, depois a perdeu. O tempo ia passando.

Mais adiante, entrou no bosque e chegou a uma espécie de proeminência.

Um caçador matinal que passava ao longe, em uma vereda, assobiando a ária de Guillery, deu-lhe a idéia de subir em uma árvore. Apesar da idade, ele era ágil. Subiu em uma corpulenta faia que havia ali, digna de Títiro e de Boulatruelle. Boulatruelle subiu o mais alto que pôde.

A idéia não podia ser melhor.

Espreitando a quietude do lado em que o bosque é mais fechado e selvagem, de repente avistou o homem. Mal o avistou e logo já o perdeu de vista.

O homem entrou, ou melhor, deslizou por uma clareira bastante afastada, encoberta por grandes árvores, mas Boulatruelle a conhecia muito bem, por já haver reparado ali, junto a um amontoado de pedras, em um castanheiro doente, atado com uma chapa de zinco que cobria seu tronco. Essa clareira era a que, antigamente, chamavam campo Blaru. O monte de pedras, destinado não se sabe a que fim, que ali se via havia trinta anos, provavelmente ainda está lá. Nada se iguala à longevidade de um monte de pedras, a não ser a de um tapume de madeira. Estão ali provisoriamente. Melhor razão para durar!

Boulatruelle, com a velocidade do prazer, mais do que descer, deixou-se cair da árvore.

Estava descoberto o covil, restava apanhar a presa. O tão sonhado tesouro provavelmente estava ali.

Mas não era pouca coisa chegar à clareira. Pelos caminhos abertos, que faziam mil ziguezagues impertinentes, levaria um bom quarto de hora. Em linha reta, pelo meio do arvoredo que, naquele trecho, era particularmente cerrado, espinhoso e muito agressivo, levaria mais de meia hora.

Foi isso que Boulatruelle errou em não entender. Seguiu a linha reta; ilusão de ótica respeitável, mas que perde muitos homens. O bosque, por mais cerrado que fosse, lhe pareceu o melhor caminho.

— Vamos pela rua de Rivoli dos lobos — pensou.

Acostumado a ir de través, cometeu dessa vez o erro de ir em linha reta. Embrenhou-se resolutamente no emaranhado do bosque. Viu-se às voltas com urtigas, silvas, carrascos, cardos, espinheiros afiadíssimos; ficou muito arranhado.

Na parte inferior do barranco, encontrou um charco que teve de atravessar.

Afinal chegou à clareira Blaru, depois de quarenta minutos, suado, molhado, esbaforido, arranhado e furioso.

Não encontrou ninguém.

Correu ao monte de pedras. Estava no lugar. Ninguém o havia levado.

Quanto ao homem, sumira na floresta. Evadira-se. Por onde? Para que lado? Por qual bosque? Impossível adivinhar.

E, coisa incrível, entre a árvore que tinha a chapa de zinco e o monte de pedras, a terra estava remexida de fresco, uma pá fora esquecida ou abandonada, e uma cova aberta.

A cova estava vazia.

— Ladrão! — bradou Boulatruelle, levantando os punhos cerrados.

II. Marius, saindo da guerra civil, prepara-se para a guerra doméstica

Por muito tempo, Marius não estava nem morto nem vivo. Durante várias semanas teve uma febre acompanhada de delírios e de gravíssimos sintomas cerebrais, causados mais pelas comoções das feridas na cabeça do que pelas próprias feridas.

Durante noites inteiras, repetiu o nome de Cosette na lúgubre loquacidade da febre e com a sombria obstinação da agonia. A extensão de algumas lesões era de grande perigo; a supuração das feridas maiores correndo o risco de reabsorção poderia, por conseqüência, matar o doente, sob certas influências atmosféricas; a cada mudança de tempo, à menor tempestade, o médico se preocupava. "Acima de tudo, que o doente não tenha nenhuma emoção", repetia ele.

Os curativos eram complicados e difíceis; naquela época, ainda não se sonhava com a fixação de aparelhos e ataduras pelo esparadrapo. Nicolette desfez em faixas um lençol "grande como o teto de uma casa", dizia ela. Não foi sem dificuldade que as loções cloretadas e o nitrato de prata chegaram a vencer a gangrena. Enquanto houve perigo, o senhor Gillenormand, desesperado na cabeceira de seu neto, esteve como Marius, nem morto nem vivo.

Todos os dias, e, em algumas ocasiões, duas vezes ao dia, um senhor de cabelos brancos, muito bem trajado, como assinalava o porteiro, vinha saber notícias do enfermo, deixando um grande pacote de faixas para os curativos.

Finalmente, no dia 7 de setembro, exatamente quatro meses depois da dolorosa noite em que o trouxeram, à beira da morte, para a casa de seu avô, o médico declarou que estava salvo. Começava a convalescença.

Marius, porém, ainda teve de passar mais de dois meses estendido em um sofá, em virtude dos estragos causados pela fratura da clavícula. Sempre fica, nesses casos, uma última ferida que não quer se fechar, eternizando os curativos para grande tédio do enfermo.

Essa longa doença, porém, e a demorada convalescença, salvaram-no das perseguições. Na França, não há cólera, mesmo pública, que não se apague depois de seis meses. As revoltas, no estado em que se encontra a sociedade, são de tal forma culpa de todos, que são seguidas por uma certa necessidade de fechar os olhos.

Acrescentemos que o inqualificável édito Gisquet, que ordenava aos médicos que denunciassem os feridos, indignou tanto a opinião pública, e não só a opinião pública, mas antes de tudo o próprio rei, que os feridos foram encobertos e protegidos por essa indignação; e com exceção dos que tinham sido apanhados em flagrante combate, os conselhos de guerra não ousaram inquietar mais ninguém. Deixaram, então, Marius tranqüilo.

O senhor Gillenormand primeiro passou por todas as angústias, e depois por todos os êxtases. Foi bastante difícil impedi-lo de passar todas as noites ao lado do ferido; ele mandou que trouxessem sua poltrona para junto da cama de Marius; exigiu que sua filha empregasse o mais belo tecido que houvesse em casa para fazer as compressas e ataduras.

A senhorita Gillenormand, como pessoa esperta e experiente, deu um jeito de poupar o tecido fino, fazendo-o crer que fora obedecido.

O senhor Gillenormand não permitiu que lhe explicassem que, para fazer as faixas, a cambraia não é melhor que um tecido mais grosso, nem o linho novo melhor que o linho já usado. Ele assistia a todos os curativos a que a senhorita Gillenormand pudicamente se ausentava. Quando o médico cortava a carne morta com uma tesoura, ele dizia: “Ai! Ai!”

Nada era mais tocante do que vê-lo estender ao ferido uma xícara de chá, com seu brando tremor senil. Enchia o médico de perguntas; não percebia que perguntava sempre as mesmas coisas.

No dia em que o médico anunciou-lhe que Marius estava fora de perigo, o pobre delirou. Deu três moedas de ouro de gratificação ao porteiro. À noite, ao recolher-se em seu quarto, até dançou, fazendo castanholas com o polegar e o indicador, e cantou esta canção:

Jeanne est née à Fougère,
Vrai nid d'une bergère;
J'adore son jupon
Fripon.

Jeanne nasceu em Fougère,
Verdadeiro ninho de uma pastora;
Adoro seu saiote
Brejeiro.

Amour, tu vis en elle;
Car c'est dans sa prunelle
Que tu mets ton carquois
Narquois!

Amor, vives nela;
Pois é em suas pupilas
Que colocas teu olhar
Malicioso!

Moi, je la chante, et j'aime
Plus que Diane même,
Jeanne et ses durs tetons
Bretons.

Eu, eu a canto, e amo
Mais que a própria Diane,
Jeanne e seus firmes seios
Bretões.

Depois, pôs-se de joelhos sobre uma cadeira, e Basque, que o observava pela porta entreaberta, tinha certeza de que ele rezava.

Até então, o senhor Gillenormand nunca acreditara em Deus.

A cada nova fase de melhora, que se desenhava cada vez mais, o avô delirava. Fazia inúmeras ações maquinais cheias de alegria, como subir e descer as escadas sem saber por quê. Uma vizinha, bela, aliás, certa manhã ficou atônita ao receber um lindo buquê enviado pelo senhor Gillenormand; o marido fez uma cena de ciúme.

Ele tentava colocar Nicolette sobre seus joelhos. Chamava Marius de senhor barão. Gritava: "Viva a República!"

A cada instante perguntava ao médico: "Não é verdade que não há mais perigo?" Olhava para Marius com a ternura de uma avó. Contemplava-o enquanto comia. Não se importava mais com ele mesmo, não se levava mais em conta; Marius era o senhor da casa, havia abdicação em sua alegria, ele era o neto de seu neto.

Na alegria em que estava, era a mais veneranda das crianças. Com medo de cansar ou importunar o convalescente, colocava-se atrás dele para lhe sorrir. Estava contente, alegre, encantado, jovial. Seus cabelos brancos acrescentavam uma serena majestade à luz alegre que mostrava no rosto. Quando a graça se junta às rugas, ela é adorável. Há um não sei que de alvorecer na velhice desabrochada.

Quanto a Marius, enquanto se deixava cuidar e tratar, tinha uma idéia fixa, Cosette.

Desde que a febre e o delírio o abandonaram, não tornara a pronunciar esse nome, podia-se até acreditar que não lembrava mais dele. Calava-se, justamente porque sua mente estava ali.

Ele não sabia o que era feito de Cosette; as cenas da rua de la Chanvrerie eram como uma névoa em suas lembranças, sombras quase indistintas flutuavam em seu espírito, Éponine, Gavroche, Mabeuf, os Thénardier, todos os seus amigos lugubremente misturados à fumaça da barricada; a estranha passagem do senhor Fauchelevent por aquela sanguinolenta aventura parecia-lhe um enigma no meio de uma tempestade; não compreendia nada de sua própria vida, não sabia como, nem por quem tinha sido salvo, e nenhum dos que o rodeavam sabia; tudo o que puderam dizer-lhe é que havia sido transportado à noite, em uma carruagem, para a rua Filles-du-Calvaire; passado, presente, futuro, tudo isso, em seu íntimo, não era mais que a névoa de uma vaga idéia, mas havia nessa névoa um ponto imóvel, um lineamento claro e preciso, algo que era de granito, uma resolução, uma vontade: reencontrar Cosette.

Para ele a idéia da vida não se distinguia da idéia de Cosette; havia decretado em seu coração que não aceitaria uma sem a outra, e estava inabalavelmente resolvido a exigir, de quem quer que quisesse forçá-lo a viver, de seu avô, da sorte, do inferno, a restituição de seu éden perdido.

Os obstáculos, não tentava dissimulá-los.

Um detalhe deve ser sublinhado: não estava seduzido, mas pouco enternecido por todas as solicitudes e todas as amabilidades de seu avô. Primeiro, porque não estava a par de todas; depois, porque, em meio a seus devaneios de doente, talvez ainda febris, desconfiava dessas delicadezas como algo de estranho e novo que tinha por finalidade subjugá-lo. Ficava frio em relação a isso. Seu avô gastava sem proveito seu pobre velho sorriso.

Marius achava que tudo estaria bem enquanto ele não falasse nem opusesse resistência ao que faziam; mas que, quando se tratasse de Cosette, encontraria outro semblante, que a verdadeira atitude de seu avô iria se desmascarar. Então recomeçaria a luta; recrudescência das questões de família, confronto de posições, toda espécie de sarcasmos e objeções de uma vez; Fauchelevent, Coupelevent, a fortuna, a pobreza, a miséria, a pedra no pescoço, o futuro. Resistência violenta, conclusão: recusa. Marius era inflexível por antecipação.

Além disso, à medida que se restabelecia, suas antigas queixas reapareciam, as velhas feridas de sua memória se reabriam, voltava a pensar no passado, o Coronel Pontmercy se recolocava entre ele e o senhor Gillenormand. Ele acreditava não haver nenhuma bondade sincera a esperar de quem tinha sido tão injusto e tão duro para com seu pai. E, com a saúde, voltava-lhe uma espécie de rispidez contra seu avô; e o velho sofria mansamente com isso.

O senhor Gillenormand, sem dizer nada, notava que Marius, desde que fora trazido para casa e desde que havia voltado a si, não o chamara uma única vez de meu pai. Também não dizia senhor, é verdade, achava meio de não dizer nem uma coisa nem outra, usando uma certa maneira de construir as frases.

Era evidente que uma crise se aproximava.

Como quase sempre acontece em casos semelhantes, para se exercitar, Marius se engajava em pequenas lutas antes de começar a batalha. O que é chamado de reconhecer o terreno.

Certa manhã ocorreu de o senhor Gillenormand, a propósito de um jornal que caíra em suas mãos, fazer menção à Convenção, soltando uma exclamação realista contra Danton, Saint-Just e Robespierre. "Os homens de 1793 eram gigantes", disse Marius severamente.

O velho calou-se e não disse mais uma palavra pelo resto do dia.

Marius, que tinha sempre presente no espírito o inflexível avô de seus primeiros anos, viu nesse silêncio uma profunda concentração de raiva, vislumbrando uma luta ferrenha, e aumentou, nos recônditos de seu pensamento, os preparativos para o combate.

Determinou que, em caso de recusa, arrancaria seus aparelhos, deslocaria sua clavícula, colocaria a nu as chagas que ainda lhe restavam e recusaria qualquer alimento.

Suas feridas eram suas munições. Ter Cosette ou morrer.

Aguardou o momento favorável com a dissimulada paciência dos doentes.

Esse momento chegou.

III. Marius ataca

Um dia, enquanto sua filha punha em ordem os frascos e taças sobre o mármore da cômoda, o senhor Gillenormand inclinou-se para Marius e disse-lhe com seu jeito mais terno:

— Você vê, meu querido Marius, em seu lugar, agora comeria

carne em vez de peixe. Um linguado frito é excelente para começar uma convalescença, mas para pôr um doente de pé não há como uma boa costeleta.

Marius, a quem quase todas as forças já haviam voltado, juntou-as, sentou-se na cama, apoiou os punhos trêmulos no lençol, encarou seu avô, fez uma cara terrível e disse:

— Isso me leva a lhe dizer uma coisa.

— O quê?

— Que eu quero me casar.

— Estava previsto — disse o avô, e se pôs a rir.

— Como, estava previsto?

— Isso mesmo, previsto. Você vai ter a sua pequena.

Marius, estupefato e cheio de admiração, tremeu inteiro.

O senhor Gillenormand continuou:

— É isso, você a terá, sua bela pequena. Ela vem todos os dias, sob a forma de um velho senhor, saber notícias suas. Desde que foi ferido, ela passa seu tempo chorando e fazendo ataduras. Fui informar-me. Ela mora na rua de l'Homme-Armé, número 7. Chegamos ao ponto! Você a quer? Muito bem, você a terá! Pronto. Você tinha feito um pequeno complô e dito com seus botões: "Vou mostrar isso sem cerimônia ao vovô, aquela múmia da Regência e do Diretório, àquele velhote que já foi sedutor e também teve suas inconstâncias, suas namoradinhas, suas amiguinhas, suas Cosettes; ele já ostentou bastante, já bateu suas asinhas, aproveitou a mocidade, é bom que ele se lembre. Vamos ver. Batalha". Ah! Você não deixa escapar uma oportunidade. Muito bem. Ofereço-lhe uma costeleta e você me responde: "A propósito, quero me casar". Não pode haver transição mais natural! Ora! Estava contando com uma briguinha, não é! Você não sabia que eu era um velho covarde. O que diz disso? Fica irritado. Achar seu avô ainda mais tolo do que você, não esperava por essa, não é? Vai perder o discurso que tinha a me fazer, senhor advogado, que coisa implicante. Azar seu; fique com raiva. Faço o que você quer e isso acaba com ela, seu tolo! Escute, tirei informações; também sou sorrateiro. Ela é encantadora, bem-comportada; o lanceiro não existe, ela fez montes de ataduras, é uma jóia, e adora você. Se você tivesse morrido, nós três teríamos morrido; o caixão dela acompanharia o meu. Quando você começou a melhorar, pensei em colocá-la, de boa vontade, em sua cabeceira, mas só nos romances é que se põem, sem cerimônia, jovens junto à cama de belos feridos por quem se interessam. Isso não se faz. Que diria sua tia? A maior parte do tempo você esteve nu, mocinho. Pergunte a Nicolette, que não descuidou de você um instante, se era possível uma mulher ficar ali. E também, o que o médico diria? Uma bela moça não cura a febre! Enfim, está tudo certo; não falemos mais disso, está dito, está feito e resolvido, fique com ela. É assim que estou feroz. Está vendo, como eu via que você não gostava de mim, pensei: "O que eu poderia fazer para esse animal gostar de mim? Ah! Tenho a pequena Cosette na mão, vou dá-la a ele, e aí ele vai ter de gostar um pouco de mim, ou então vai ter de se explicar". Pensou que o velhote fosse esbravejar, vociferar, gritar um não, ameaçar com a bengala? Nada disso. Cosette? Que seja. Amor? Que seja. Não peço nada melhor. Senhor, tenha a bondade de se casar. Seja feliz, meu querido filho!

Dito isso, o velho desatou a soluçar.

E tomou a cabeça de Marius entre as mãos, estreitou-a contra o peito entre seus braços e os dois puseram-se a chorar. Essa é uma das formas da suprema felicidade.

— Meu pai! — exclamou Marius.

— Ah! Então você gosta de mim? — disse o velho.

Seguiu-se um momento inefável. Os dois quase sufocavam e não conseguiam falar.

Enfim, o velho balbuciou:

— Vamos! Pronto, desembuchou; me chamou de meu pai.

Marius soltou-se dos braços do avô e disse ternamente:

— Mas, pai, agora que já estou melhor, acho que já poderia vê-la.

— Também já era previsto, vai vê-la amanhã.

— Meu pai!

— Que é?

— Por que não hoje?

— Está bem, hoje. Que seja hoje. Já me chamou três vezes de "meu pai", isso vale a sua vontade. Eu vou tratar disso. Vão trazê-la até você. Previsto, já lhe disse. Isso já foi posto em versos. É o desenlace da elegia do Jovem Doente, de André Chénier, que foi estrangulado pelos facín... pelos gigantes de 1793!

O senhor Gillenormand supôs perceber um leve franzir de sobrancelhas de Marius, que, na verdade, devemos dizer, já não o escutava, enlevado como estava em uma espécie de êxtase, e pensando mais em Cosette do que em 1793.

O avô, amedrontado por ter introduzido de forma tão desastrada o nome de André Chénier, retomou precipitadamente:

— Estrangulado não é bem a palavra. O fato é que os grandes gênios revolucionários, que não eram maldosos, isso é incontestável, que eram heróis, ora, achavam que André Chénier os incomodava um pouco, então o mandaram para a guilhot... quer dizer, aqueles grandes homens, no dia sete do termidor, no interesse da salvação pública, rogaram a André Chénier haver por bem ir...

O senhor Gillenormand, engasgado com sua própria frase, não pôde continuar; não pôde nem terminá-la, nem recompô-la, enquanto sua filha arrumava o travesseiro nas costas de Marius; abalado por tanta emoção, o velho saiu, tão rapidamente quanto sua idade o permitia, quarto afora, fechou a porta atrás de si e, vermelho, esbaforido, espumando, os olhos fora das órbitas, deu de cara com o honrado Basque, que engraxava botas na antecâmara. Segurou Basque pelo colarinho e gritou-lhe com furor:

— Por cem mil diabos! Aqueles bandidos o assassinaram!

— Quem, senhor?

— André Chénier!

— Sim, senhor — disse Basque, assustado.

IV. A senhorita Gillenormand acabou por não mais achar ruim que o senhor Fauchelevent entrasse com alguma coisa embaixo do braço

Cosette e Marius tornaram a encontrar-se.

Renunciamos a dizer como foi esse encontro. Há coisas que não se deve tentar pintar; o sol faz parte delas.

A família toda, inclusive Basque e Nicolette, estava reunida no quarto de Marius no momento em que Cosette entrou.

Ela apareceu na soleira; parecia envolta em uma auréola.

Justamente nesse instante, o avô ia assoar o nariz, mas estacou, olhando Cosette por sobre o nariz metido no lenço.

— Adorável! — exclamou ele.

Então assoou o nariz ruidosamente.

Cosette estava embriagada, encantada, amedrontada, no céu. Estava tão espantada quanto se pode ficar pela felicidade. Apenas balbuciava, ora muito pálida, ora muito corada, desejando lançar-se nos braços de Marius, mas não ousando fazê-lo. Envergonhada de amar diante de tanta gente. Não temos dó dos amantes felizes; ficamos ali quando o que mais querem é estar a sós; não têm nenhuma necessidade de outras pessoas.

Logo atrás de Cosette, entrou também um homem de cabelos brancos, sério mas risonho, de um sorriso vago e doloroso. Era o "senhor Fauchelevent"; era Jean Valjean.

Estava muito bem vestido, como dissera o porteiro, com uma roupa toda preta e nova, e de gravata branca.

O porteiro estava muito longe de reconhecer nesse burguês de boa aparência, nesse provável tabelião, o medonho condutor de cadáveres que surgira em sua porta na noite de 7 de junho, roto, enlameado, horrível, espantado, com o rosto coberto de sangue e lama, amparando Marius desfalecido; contudo, seu faro de porteiro despertou.

Quando o senhor Fauchelevent entrou com Cosette, ele não pôde deixar de dizer para sua mulher em tom confidencial: "Não sei por que sempre acho que já vi esse rosto".

No quarto de Marius, o senhor Fauchelevent ficou meio afastado, junto à porta. Trazia debaixo do braço um pacote bastante semelhante a um volume no formato in-oitavo, embrulhado em papel de cor esverdeada, parecendo manchado de bolor.

— Será que esse senhor anda sempre assim, com livros debaixo do braço? — perguntou em voz baixa para Nicolette a senhorita Gillenormand, que não gostava de livros.

— O que tem isso? É um sábio — respondeu no mesmo tom o senhor Gillenormand, que a havia escutado. — E daí? É culpa dele? O senhor Boulard, que eu conheci, também nunca saía sem um livro, e sempre tinha um encostado no peito.

E, cumprimentando, disse em voz alta:

— Senhor Tranchelevent...

Ele não fez de propósito; mas a falta de atenção para com os nomes próprios era nele uma maneira aristocrática.

— Senhor Tranchelevent, tenho a honra de pedir-lhe, em nome de meu neto, o senhor Barão Marius Pontmercy, a mão da senhorita.

O "senhor Tranchelevent" inclinou-se.

— Está dito! — falou o avô.

E, voltando-se para Marius e Cosette, com os braços estendidos como quem abençoa, exclamou:

— Permissão para se adorarem.

Não esperaram que lhes dissessem duas vezes. Ótimo! O murmúrio começou. Falavam-se bem baixinho, Marius apoiado no sofá, Cosette de pé, junto dele.

— Ó meu Deus! — murmurava Cosette. — Tornar a vê-lo! É você, você! Ter ido lutar daquele jeito! Mas por quê? É horrível! Durante quatro meses me senti morta. Oh! Como foi ruim ter estado nessa batalha! O que eu fiz para você? Eu o perdôo, mas você não fará mais isso. Há pouco, quando nos disseram para virmos, ainda achei que fosse morrer, mas de alegria! Eu andava tão triste! Devo estar horrenda, nem quis perder tempo para vestir-me. O que vão dizer seus parentes, vendo-me com esta gola toda amarrotada! Mas fale também! Está me deixando falar sozinha. Continuamos na rua de l'Homme-Armé. Parece que seu ombro estava muito mal. Disseram-me que dava para colocar uma mão dentro. E parece que cortavam a carne com tesoura. Isso é medonho. Chorei tanto, nem tenho mais olhos. É incrível que se possa sofrer dessa forma. Seu avô está com uma aparência muito boa! Não se mexa muito, não se apóie nos cotovelos, tome cuidado, vai se machucar. Como estou feliz! Acabaram-se as desgraças! Estou completamente boba. Queria lhe dizer algumas coisas, mas já nem sei mais o quê. Ainda me ama? Moramos na rua de l'Homme-Armé. Não tem jardim. Fiz faixas o tempo todo; olhe, meu senhor, está vendo, é sua culpa, tenho calos nos dedos.

— Anjo! — dizia Marius.

Anjo é a única palavra da língua que não pode se desgastar. Nenhuma outra resistiria ao emprego impiedoso que dela fazem os amantes.

Em seguida, como havia gente em volta, interromperam a conversa, não trocaram mais nenhuma palavra e limitaram-se a tocar-se docemente as mãos.

O senhor Gillenormand voltou-se para os que estavam no quarto e exclamou:

— Falem alto, todos! Façam barulho nos bastidores! Vamos, um pouco de tumulto, que diabo! Que essas crianças possam tagarelar à vontade!

E, aproximando-se de Marius e de Cosette, disse-lhes em voz baixa:

— Não fiquem constrangidos, tratem-se sem formalidades.

A tia Gillenormand assistia pasmada a essa manifestação de luz em seu interior envelhecido. Seu assombro nada tinha de agressivo; não era de modo algum o olhar escandalizado e invejoso de uma coruja para dois pombos; era o olhar idiota de uma pobre inocente de cinqüenta e sete anos; era uma vida perdida contemplando esse triunfo, o amor.

— Senhorita Gillenormand primogênita — dizia-lhe seu pai —, bem que eu lhe disse que isso lhe aconteceria.

Ficou um momento em silêncio e acrescentou:

— Olhar a felicidade dos outros.

Depois voltou-se para Cosette:

— Como é bonita! Como é bonita! Parece um quadro de Greuze. Então vai ter isso só para você, garoto! Ah! Meu querido, está escapando de boa comigo, sorte sua, se eu não tivesse uns quinze anos a mais da conta, com a espada em punho decidiríamos quem a teria. Veja só, estou encantado com a senhorita. É bem simples. É seu direito. Oh! As lindas, encantadoras bodas que serão realizadas! Nossa paróquia é Saint-Denis du Saint-Sacrement, mas obterei uma licença para que se casem em Saint-Paul. A igreja é melhor, mais bonita; foi construída pelos jesuítas. Fica defronte ao chafariz do Cardeal Birague. A obra-prima da arquitetura jesuíta está em Namur e se chama Saint-Loup. Precisam ir lá depois de casados, vale a viagem. Senhorita, eu sou completamente da sua opinião, quero que as moças se casem; foram feitas para isso. Há uma certa Santa Catherine que eu gostaria de ver sempre despenteada. Ficar solteira é bonito, mas é frio. A Bíblia diz: "Multiplicai-vos". Para salvar o povo é preciso uma Joana d'Arc; mas, para fazer um povo, é preciso uma mãe Gigogne[1]. Então, casem-se, meninas. Não sei para que serve ficar solteira. Bem sei que essas tais têm uma capela separada na igreja, e se escondem na confraria da Virgem; mas, caramba, um belo marido, bravo rapaz e, ao cabo de um ano, um belo garoto louro, mamando sofregamente, com belas dobrinhas de gordura nas coxas, que toca no seio da mãe com pancadinhas de suas mãozinhas rosadas, rindo como a aurora, isso vale muito mais que segurar um círio nos ofícios litúrgicos e cantar *Turris eburnea*![2]

O avô fez uma pirueta sobre seus calcanhares de noventa anos e continuou falando, como uma mola que dá outro impulso:

Ainsi, bornant le cours de tes rêvasseries,
Alcippe, il est donc vrai, dans peu tu te maries.

Assim, limitando o curso de tuas quimeras,
Alcippe, então é verdade, em breve te casas.

— A propósito!
— Que é, meu pai?
— Você não tinha um amigo íntimo?
— Sim, Courfeyrac.
— Que é feito dele?
— Morreu.
— Está bem.

---

[1] Madame Gigogne ou Mère (mãe) Gigogne, nome de personagem do teatro infantil que tem muitos filhos. (N. do E.)

[2] *Turris eburnea* — Torre de mármore: uma das invocações das Ladainhas da Virgem. (N. do E.)

Então sentou-se perto deles, fez Cosette sentar-se, e tomou suas quatro mãos entre suas velhas mãos enrugadas.

— Ela é delicada, esta pequena. Uma obra-prima, esta Cosette! É uma menina e também uma grande dama! Vai ser apenas baronesa, que falta; ela nasceu marquesa. Que cílios! Meus queridos, ponham na cabeça que vocês estão no verdadeiro caminho. Amem-se. Fiquem tolos de amor. O amor é a tolice dos homens e o espírito de Deus. Adorem-se! Uma única coisa — acrescentou ele, de súbito entristecido —, que pena! É nisto que estou pensando, mais da metade dos meus haveres são em rendas vitalícias; enquanto eu for vivo, será assim, mas após minha morte, daqui a uns vinte anos, ah, pobres crianças, vocês não terão nem um tostão. Suas belas mãozinhas brancas, senhora baronesa, darão ao diabo a honra de puxá-lo pelo rabo.

Nesse instante ouviu-se uma voz grave e serena dizer:

— A senhorita Euphrasie Fauchelevent possui seiscentos mil francos.

Era a voz de Jean Valjean.

Ele ainda não havia proferido uma só palavra, ninguém sequer parecia notar sua presença; ele se mantinha de pé e imóvel por trás de todas aquelas pessoas felizes.

— Quem é senhorita Euphrasie? — perguntou o avô espantado.

— Sou eu! — respondeu Cosette.

— Seiscentos mil francos! — repetiu o senhor Gillenormand.

— Menos uns catorze ou quinze mil francos, talvez — disse Jean Valjean.

E colocou sobre a mesa o embrulho que tia Gillenormand havia tomado por um livro.

O próprio Jean Valjean abriu o pacote; era um maço de notas do banco, que folhearam e contaram. Havia quinhentas notas de mil francos e cento e sessenta e oito de quinhentos. Ao todo, quinhentos e oitenta e quatro mil francos.

— Ora, isso é que é um bom livro! — disse o senhor Gillenormand.

— Quinhentos e oitenta e quatro mil francos! — murmurou a tia.

— Isso ajeita bem as coisas, não é, senhorita Gillenormand primogênita? — retomou o avô. — Esse danado do Marius tirou do ninho da árvore dos sonhos uma pequena milionária! Agora pode-se esperar isso dos namoricos dos jovens! Estudantes encontram garotas de seiscentos mil francos. Querubim está trabalhando melhor que Rothschild!

— Quinhentos e oitenta e quatro mil francos! — repetia a meia voz a senhorita Gillenormand. — Quinhentos e oitenta e quatro! É o mesmo que dizer seiscentos mil, ora!

Quanto a Marius e a Cosette, eles se entreolhavam durante esse tempo; mal prestaram atenção àquele detalhe.

V. De preferência, deposite seu dinheiro em uma floresta e não com um tabelião

Sem dúvida já se compreendeu, sem que fosse necessária uma longa explicação, que Jean Valjean, depois do processo Champmathieu, conseguiu, graças à sua primeira evasão de alguns dias, vir a Paris e retirar a tempo, da casa Laffitte, a soma que havia ganho em Montreuil-sur-Mer com o nome de senhor Madeleine; e que, temendo ser preso novamente, o que efetivamente ocorreu-lhe pouco tempo depois, enterrara e escondera aquela quantia na floresta de Montfermeil, no local denominado campo Blaru. O dinheiro, seiscentos e trinta mil francos, todo em notas do banco, fazia pouco volume e cabia em uma caixa; e, para preservar a caixa da umidade, colocou-a dentro de um pequeno cofre de carvalho, cheio de aparas de castanheiro.

Dentro desse mesmo cofre, colocou também seu outro tesouro, os castiçais do bispo. Vocês se lembram que ele levara esses castiçais ao evadir-se de Montreuil-sur-Mer.

O homem que Boulatruelle avistara da primeira vez era Jean Valjean. Mais tarde, cada vez que Jean Valjean precisava de dinheiro, vinha pegá-lo na clareira Blaru; daí as ausências das quais falamos. Deixava uma enxada em algum lugar do bosque, em um esconderijo que só ele conhecia.

Ao ver Marius em convalescença, e sentindo que se aproximava a hora em que aquele dinheiro seria útil, fora buscá-lo; e era ele novamente o homem que Boulatruelle vira no bosque, dessa vez pela manhã e não ao anoitecer. Boulatruelle herdou a enxada.

A quantia real era de quinhentos e oitenta e quatro mil e quinhentos francos. Jean Valjean guardou para si os quinhentos francos. "Depois veremos", pensou.

A diferença entre essa quantia e a de seiscentos e trinta mil francos retirada da casa Laffitte representava a despesa de dez anos, de 1823 a 1833. Os cinco anos passados no convento não custaram mais que cinco mil francos.

Jean Valjean colocou os dois castiçais de prata sobre a lareira, onde resplandeciam para grande admiração de Toussaint.

De resto, Jean Valjean sabia que estava livre de Javert. Ouvira dizer, e depois verificara o fato no *Moniteur*, que o publicara, que um inspetor de polícia chamado Javert havia sido encontrado afogado sob um barco de lavadeiras entre a ponte au Change e a Pont-Neuf, e que um escrito deixado por esse homem, aliás irrepreensível e muito estimado por seus superiores, fazia acreditar em um acesso de alienação mental e em suicídio.

— De fato — pensou Jean Valjean —, pois, se, tendo-me prendido, deixou-me em liberdade, é porque já devia mesmo estar louco.

VI. Os dois velhos fazem de tudo, cada um a seu modo, para que Cosette seja feliz

Tudo foi preparado para o casamento. O médico, consultado, afirmou que poderia ser realizado em fevereiro. Era em dezembro. Algumas semanas de perfeita felicidade se passaram.

O menos feliz não era o avô. Passava longos momentos em contemplação diante de Cosette.

— Que bela e admirável jovem! — exclamava ele. — Tem uma aparência tão doce e tão bondosa! Não há o que discutir, é a jovem mais encantadora que já vi na vida. Mais tarde, terá virtudes com odor de violeta! É uma graça! Só se pode viver nobremente ao lado de uma criatura como essa. Marius, você é um barão, é rico, deixe de advogar, lhe suplico.

Cosette e Marius tinham passado repentinamente do sepulcro ao paraíso. A transição havia sido pouco preparada, e teriam ficado atordoados se ela não os tivesse deixado extasiados.

— Compreende alguma coisa de tudo isso? — Marius perguntava a Cosette.

— Não — ela respondia —, mas me parece que Deus olha por nós.

Jean Valjean fez tudo, aplainou tudo, conciliou tudo, tornou tudo fácil. Apressava-se em direção à felicidade de Cosette com tanto afã e, na aparência, com tanta alegria, quanto a própria Cosette.

Como havia sido prefeito, soube resolver um problema difícil, cujo segredo só ele sabia: a origem de Cosette. Dizer francamente qual era, quem sabe se isso talvez não pudesse impedir o casamento? Livrou Cosette de todas as dificuldades arranjando-lhe uma família de mortos, meio seguro de não ver surgir reclamação alguma. Cosette era o que havia restado de uma família extinta; não era sua filha, mas filha de um outro Fauchelevent. Dois irmãos Fauchelevent haviam sido jardineiros no convento do Petit-Picpus. Foram a esse convento; as melhores informações e os mais respeitáveis testemunhos abundaram; as boas religiosas, pouco aptas e pouco propensas a sondar questões de paternidade, e não percebendo nenhuma malícia, nunca souberam ao certo de qual dos dois Fauchelevent a pequena Cosette era filha. Disseram o que se queria e disseram-no com zelo.

Lavrou-se um auto de reconhecimento; Cosette tornou-se perante a lei a senhorita Euphrasie Fauchelevent, e foi declarada órfã de pai e mãe. Jean Valjean conseguiu ainda, sob o nome de Fauchelevent, ser nomeado tutor de Cosette, tendo o senhor Gillenormand como tutor sub-rogado.

Quanto aos quinhentos e oitenta e quatro mil francos, eram um legado deixado a Cosette por uma pessoa já falecida, que declarara sua vontade de permanecer incógnita.

A doação primitiva era de quinhentos e noventa e quatro mil francos, porém dez mil tinham sido aplicados na educação da senhorita Euphrasie, cinco mil dos quais pagos ao próprio convento. Essa doação, depositada nas mãos de um terceiro, deveria ser entregue a Cosette quando atingisse a maioridade, ou por ocasião de seu casamento. Todo esse arranjo era muito aceitável, como se vê, sobretudo com um aporte de mais de meio milhão. Bem que existiam, aqui e ali, algumas singularidades, mas não foram notadas; um dos interessados tinha os olhos vendados pelo amor, os outros, pelos seiscentos mil francos.

Cosette soube que não era filha do velho homem a quem, havia tanto tempo, chamava de pai. Ele era apenas um parente; o seu verdadeiro pai era outro Fauchelevent.

Em qualquer outro momento, isso a teria magoado profundamente. Mas na situação inefável em que se encontrava, foi apenas um pouco triste, uma nebulosidade; era tamanha sua alegria que aquela nuvem logo se dissipou. Ela tinha Marius. O jovem entrava em sua vida, o homem mais velho se apagava; a vida é assim.

Além disso, havia muitos anos Cosette estava habituada a ver em torno dela vários enigmas; qualquer pessoa que teve uma infância misteriosa está sempre pronta a certos desapegos. No entanto, continuou a chamar Jean Valjean de pai.

Cosette, nas nuvens, andava entusiasmada com o velho Gillenormand. É verdade que ele a cobria de madrigais e presentes. Enquanto Jean Valjean lhe construía uma situação normal na sociedade e uma situação familiar inatacável, o senhor Gillenormand cuidava do enxoval de núpcias. Nada o divertia mais do que ser pomposo. Deu a Cosette um vestido de rendas de guipura que pertencera a sua avó.

— Essas modas renascem — dizia ele —, coisas antigas fazem furor, e as jovens de minha velhice se vestem como as velhas de minha infância!

Ele esvaziava suas respeitáveis e abauladas cômodas de laca de Coromandel, que não eram abertas havia anos. "Vamos expor essas matronas", dizia ele, "vejamos o que elas têm na pança!" Ele violava ruidosamente as gavetas barrigudas, cheias de roupas de todas as suas mulheres, de todas as suas amantes e de todas as suas avós. Tecidos de Pequim, damascos, sedas, forros pintados, vestidos de Tours, lenços da Índia bordados com um ouro que se pode lavar, tecidos sem avesso, em peças, luvas de Gênova e Alençon, adereços em antiga ourivesaria, caixinhas de marfim adornadas com desenhos microscópicos, fitas, todo tipo de objetos, ele dava tudo a Cosette.

Cosette, maravilhada, perdida de amor por Marius e cheia de gratidão para com o senhor Gillenormand, sonhava com uma felicidade sem limites, vestida de cetim e de veludo. Sua grinalda de casamento, a imaginava sustentada por serafins. Sua alma esvoaçava pelo azul com asas de renda de Malines.

A embriaguez dos apaixonados, como já dissemos, só se igualava ao êxtase do avô Gillenormand. Era como se houvesse uma fanfarra na rua Filles-du-Calvaire.

Toda manhã uma nova oferenda de coisas antigas do avô a Cosette. Todos os enfeites possíveis desabrochavam esplendidamente em torno dela.

Um dia, Marius, que, de bom grado, conversava seriamente através de sua felicidade, disse a respeito de não sei qual incidente:

— Os homens da revolução são de tal forma grandiosos que já têm o prestígio dos séculos, como Catão e Fócio, cada um deles parecendo uma *mémoire* — memória — antiga.

— É isso — exclamou o avô. — Obrigado, Marius. Era exatamente essa a idéia que eu procurava.

E, no dia seguinte, um magnífico vestido de *moire*, fino tecido antigo, cor de chá, juntava-se ao enxoval de Cosette.

O avô extraía desses enfeites uma lição.

— O amor é ótimo, mas é preciso estar acompanhado dessas coisas. A felicidade precisa do inútil. A felicidade é apenas o necessário. Tempere-a com muitos supérfluos. Um palácio e seu coração. Seu coração e o Louvre. Seu coração e os lagos de Versalhes. Dê-me minha pastora, mas trate de fazê-la duquesa. Dê-me Fílis coroada de flores, mas com cem mil libras de renda. Abra-me ao bucólico, a perder de vista, mas sob uma colunata de mármore. Aceito o bucólico e também a arte em mármore e ouro. A felicidade sozinha é como o pão seco. Come-se, mas não é um jantar. Quero o supérfluo, o inútil, o extravagante, o demasiado, o que não serve para nada. Lembro-me de ter visto na catedral de Strasbourg um relógio da altura de uma casa de três andares, que marcava as horas, que fazia o favor de marcar as horas, mas que parecia não ter sido feito para isso, e que, após soar meio-dia, ou meia-noite, meio-dia, hora do sol, meia-noite, hora do amor, ou qualquer outra hora que lhe agradasse, mostrava a lua e as estrelas, a terra e o mar, os pássaros e os peixes, Febo e Febe, e uma porção de coisas que saíam de um nicho, os doze apóstolos, o imperador Carlos V, Éponine e Sabino, e muitos homenzinhos dourados tocando trombeta, além de tudo. Sem contar os encantadores sons que espalhava pelo ar a qualquer propósito, e sem que se soubesse por quê. Um mostrador sem graça, completamente liso, que só marca as horas, vale tanto quanto esse? Eu prefiro o enorme relógio de Strasbourg aos cucos da Floresta Negra.

O senhor Gillenormand disparatava principalmente a respeito das bodas, e todas as festanças do século XVIII se misturavam em seus comentários exagerados.

— Vocês ignoram a arte das festas. Hoje, já não sabem produzir um dia de alegria — exclamava. — Seu século XIX é sem brilho. Falta excesso. Ele ignora o que é rico, ele ignora o que é nobre. Em todas as coisas, é raso. Seu terceiro estado é insípido, incolor, inodoro e informe. O sonho de suas burguesas que se estabelecem, como elas dizem: um lindo gabinete recém-decorado, madeira e algodão grosseiro. Um lugar! Um lugar! O senhor Grigou desposa a senhorita Grippesou. Suntuosidade e esplendor! Uma moeda de ouro foi atada a uma vela. Assim era aquela época. Ah! Desde 1787 eu predisse que tudo estava perdido no dia em que vi o Duque de Rohan, Príncipe de Léon, Duque de Chabot, Duque de Montbazon, Marquês de Soubise, Visconde de Thouars, par da França, ir a Longchamp em uma carrocinha! Aquilo deu seus frutos. Neste século, todos fazem negócios, todos jogam na Bolsa, todos ganham dinheiro, e todos são avarentos. Envernizam e cuidam da superfície, andam na estica, lavados, ensaboados, depilados, barbeados, penteados, encerados, alisados, espanados, escovados, limpos por fora, irrepreensíveis, polidos como um seixo, discretos e asseadinhos, e, ao mesmo tempo — essa é muito boa! — têm, no fundo da consciência, uma camada de esterco e cloacas que fariam recuar qualquer grosseirão que assoa o nariz nos dedos! Outorgo aos tempos de agora a divisa: "Limpeza suja". Marius, não se aborreça; dê-me permissão para falar; não falo mal do povo, está vendo, não paro de falar dele, mas você devia gostar que eu dê umas pancadas na burguesia. Eu sou burguês. Quem ama de verdade castiga de verdade. Dito isso, digo claramente que, hoje em dia, todo o mundo se casa, mas ninguém sabe mais se casar. Ah! É verdade! Tenho saudade da delicadeza dos antigos costumes. Tenho saudade de tudo! Daquela elegância, daquele cavalheirismo, daquelas maneiras corteses e gentis, daquele luxo festivo que todos ostentavam, música fazendo parte das bodas, sinfonia em cima, tamborilada embaixo, danças, rostos alegres em volta da mesa, madrigais apurados, canções, fogos de artifício, francas risadas, fitas, laços, o diabo a quatro. Tenho saudade da liga da noiva. A liga da noiva é prima do cinto de Vênus. Qual foi a causa da guerra de Tróia? Ora essa, a liga de Helena. Por que se luta; por que Diomedes, o divino, despedaça na cabeça de Merioneu aquele grande capacete de bronze de dez pontas? Por que Aquiles e Heitor se espetam a golpes de lança? Porque Helena deixou que Páris pegasse sua liga. Com a liga de Cosette, Homero criaria a *Ilíada*. Ele colocaria em seu poema um velho tagarela como eu, a quem daria o nome de Nestor. Caros amigos, antigamente, naquele adorável antigamente, casava-se sabiamente; fazia-se um bom contrato e, em seguida, um belo banquete. Mal Cujas saía, entrava Gamache[3]. Mas, caramba! É que o estômago é um animal agradável que pede o que lhe é devido, e também quer ter suas bodas. Ceava-se muito bem e tinha-se, à mesa, uma bela vizinha que escondia apenas de forma moderada o colo. Ah! Belas bocas sorrindo; como se era alegre naqueles tempos! A mocidade era um ramalhete. Todo jovem terminava por um ramo de lilases ou por um buquê de rosas. Até os guerreiros eram pastores. E se, por acaso, havia algum capitão de dragões, dava-se um jeito de chamar-se Florian[4]. Fazia-se questão de estar bonito. Usavam-se bordados e brilhos. Um burguês parecia uma flor, um marquês parecia uma pedraria. Não tínhamos presilhas nem botas. Éramos elegantes, polidos, com reflexos de furta-cor e castanho, éramos esvoaçantes, delicados, vaidosos, o que não nos impedia de ter a espada à mão. O beija-flor tem bico e unhas. Era o tempo das *Indes Galantes*[5]. Uma das características do século era a delicadeza, a outra, a magnificência, e — minha nossa! — a gente se divertia. Hoje somos sérios. O burguês é avarento, a burguesa beata. O século de vocês é desafortunado. Expulsaríamos as Graças por andarem demasiado decotadas. Que pena! Esconde-se a beleza como se

---

[3] Cujas: grande jurista da Renascença; Gamache: personagem camponês, em *Dom Quixote*, cujas bodas são ocasião de um banquete memorável. (N. do E.)

[4] Fabulista que fora, efetivamente, capitão dos dragões. (N. do E.)

[5] *Indes Galantes*, ópera-balé, um dos grandes espetáculos que se levavam em Versalhes. (N. do E.)

esconde o que é feio. Desde a Revolução, todo o mundo usa calças, até as dançarinas; uma bailarina deve ser séria e as danças doutrinárias. É preciso ser majestoso. Ficaríamos muito entediados por não ter o queixo escondido na gravata. O ideal de um rapazola de vinte anos que se casa é parecer-se com o senhor Royer-Collard. E sabem o que conseguem com essa majestade? Tornar-se pequenos. Aprendam isto: a alegria não é apenas prazerosa, tem de ser grandiosa. Mas então apaixonem-se alegremente, que diabos! Quando forem casar, então, casem com a febre e o atordoamento, a algazarra e o alarido da felicidade! Seriedade na igreja, vá lá. Mas assim que a missa terminar — caramba! — é preciso fazer um sonho rodopiar em torno da noiva. Um casamento deve ser real e quimérico. Deve fazer a cerimônia ir da catedral de Reims ao templo de Chanteloup. Tenho horror de casamentos sem graça. Vamos! Subam ao Olimpo, pelo menos nesse dia. Sejam deuses! Ah! Poderiam ser sílfides, Jeux e Ris, argiráspides[6]! Mas não passam de pessoas comuns. Meus amigos, todo recém-casado deve ser o Príncipe Aldobrandini. Aproveitem esse instante único na vida para elevarem-se ao empíreo, com os cisnes e as águias, apesar do risco de tornar a cair, no dia seguinte, na burguesia das rãs. Não economizem as bodas, não limitem seus esplendores; não sejam mesquinhos com o dia em que brilharão. O casamento não é a vida doméstica. Oh! Se fosse de acordo com minhas fantasias, seria lindo. Ouviríamos violinos nas árvores. Olhem meus planos: azul cor de céu e prata. Eu mesclaria à festa as divindades agrestes; convocaria as dríades e as nereidas. As núpcias de Anfitrite, uma nuvem cor-de-rosa, ninfas com belos penteados e nuas, um acadêmico oferecendo quadras à deusa, um carro puxado por monstros marinhos.

Triton trottait devant, et tirait de sa conque
Des sons si ravissants qu'il ravissait quiconque!

Tritão trotava adiante e tirava de sua concha
Sons tão encantadores, que encantava todo o mundo!

— Esse é um projeto de festa, isso sim, ou eu, ora bolas, não entendo nada disso.

---

[6] Jeux e Ris — divindades; argiráspides — soldados de elite do antigo exército macedônio. (N. do E.)

Enquanto o avô, em plena efusão lírica, escutava a si mesmo, Cosette e Marius embriagavam-se só de olhar-se livremente.

Tia Gillenormand contemplava tudo aquilo com sua imperturbável placidez. Havia cinco ou seis meses que ela passava por uma certa quantidade de emoções; a volta de Marius, o estado em que Marius chegara, Marius trazido de uma barricada, Marius morto, depois vivo, Marius reconciliado, Marius noivo, Marius se casando com uma moça pobre, Marius se casando com uma milionária. Sua última surpresa foram os seiscentos mil francos. Depois, voltara à sua primitiva indiferença. Ia regularmente à missa, rezava seu terço, lia seu livro de preces, murmurava ave-marias em um canto da casa, enquanto, no outro, cochichavam *I love you*, e, vagamente, ela entrevia Marius e Cosette como duas sombras. Mas sombra era ela.

Há um certo estado de ascetismo inerte em que a alma, neutralizada pelo torpor, estranha a tudo o que diz respeito à vida, não sente, com exceção dos tremores de terra e das catástrofes, nenhuma das impressões humanas, nem impressões aprazíveis, nem impressões sofríveis.

— Essa devoção — dizia o senhor Gillenormand a sua filha — corresponde a uma coriza. Você não sente nada da vida. Nenhum cheiro ruim, mas também nenhum cheiro agradável.

De resto, os seiscentos mil francos tinham posto termo às indecisões da filha. Seu pai já se havia habituado a levá-la tão pouco em conta que não a consultara sobre seu consentimento ao casamento de Marius. Agiu por ímpeto, como seu costume, não tendo, déspota transformado em escravo, outro pensamento que não fosse a satisfação de Marius.

Quanto à tia, nem sequer lembrara que ela existia e que devia ter uma opinião; e, por mais condescendente que ela fosse, isso a melindrara. Um tanto revoltada em seu foro íntimo, mas exteriormente impassível, pensou: “Meu pai resolve a questão do casamento sem mim; eu resolverei a questão da herança sem ele”. Ela era rica, efetivamente, e seu pai não o era. Ela, então, tomou sua decisão a esse respeito. É provável que, se fosse um casamento pobre, o teria deixado pobre. “Azar do senhor meu sobrinho! Vai casar com uma pobretona, que seja pobretão!” Mas o meio milhão de Cosette agradou à tia e mudou sua predisposição interior com relação a esse par de apaixonados.

Deve-se consideração a seiscentos mil francos, e era evidente que ela não poderia fazer de outra forma, a não ser deixar sua fortuna àqueles jovens, já que não necessitavam mais dela. Ficou combinado que o casal moraria na casa do avô. O senhor Gillenormand fez questão de dar-lhes seu quarto, o mais bonito da casa.

— Remoçarei com isso! — declarava ele. — É um antigo projeto! Sempre tive vontade de fazer o casamento em meu quarto.

Então, enfeitou o quarto com inúmeros velhos bibelôs delicados. Mandou forrá-lo com um tecido maravilhoso que tinha em peça, e que acreditava ser veludo de Utrecht; fundo acetinado, botões de ouro com flores de veludo.

— Era desse tecido — dizia ele — o cortinado da cama da Duquesa de Anville, em La Roche-Guyon.

Sobre a lareira, colocou uma pequena figura de Saxo, com uma pele cobrindo seu ventre nu. A biblioteca do senhor Gillenormand transformou-se no escritório de advogado de que Marius precisava; como se lembram, um escritório era exigido pelo Conselho da Ordem.

VII. Os efeitos de sonho entremeados à felicidade

Os apaixonados viam-se todos os dias. Cosette vinha acompanhada do senhor Fauchelevant.

— As coisas estão de pernas para o ar — dizia a senhorita Gillenormand —; a noiva é que vem à casa do noivo fazer-se cortejar dessa forma!

Mas a convalescença de Marius é que criara esse hábito, e as poltronas da rua Filles-du-Calvaire, melhores para as conversas do que as cadeiras de palha da rua de l'Homme-Armé, o arraigaram. Marius e o senhor Fauchelevent viam-se, mas não se falavam. Parecia que aquilo era combinado. Toda moça precisa de um acompanhante. Cosette não podia vir sem o senhor Fauchelevent. Para Marius, Fauchelevent era a condição de Cosette; ele aceitava. Tratando vagamente e sem detalhes assuntos de política, sob o ponto de vista do melhoramento geral da condição de todos, eles conseguiam dizer algo mais que sim e não. Certa vez, a respeito do ensino, que Marius queria gratuito e obrigatório, multiplicado sob todas as formas, prodigalizado a todos, como o sol e o ar, em uma palavra, respirável ao povo todo, estavam de acordo, e quase conversaram. Nessa ocasião, Marius notou que o senhor Fauchelevent falava bem e até com certa linguagem elevada. Contudo, faltava-lhe alguma coisa. O senhor Fauchelevent tinha algo a menos que um homem de sociedade, e também algo a mais.

Interiormente e no fundo do seu pensamento, Marius cercava de todo tipo de perguntas mudas aquele senhor Fauchelevent que, para ele, era simplesmente benévolo e frio. Às vezes, como que duvidava de suas próprias lembranças. Tinha um buraco em sua memória, um lugar negro, um abismo cavado por quatro meses de agonia; muitas coisas haviam-se perdido ali. Perguntava-se se era verdade que tinha visto o senhor Fauchelevent, um homem tão calmo e sério, na barricada.

Não era essa, aliás, a única admiração que as aparições e as desaparições do passado lhe haviam deixado no espírito. Não se deve pensar que ele estivesse livre de todas essas obsessões da memória que nos forçam, mesmo felizes, mesmo satisfeitos, a olhar melancolicamente para trás. A mente que não se volta para os horizontes apagados não contém pensamento nem amor. Em alguns momentos, Marius apoiava o rosto nas mãos, e o passado, tumultuado e vago, atravessava o crepúsculo que tinha no cérebro. Tornava a ver cair Mabeuf, ouvia Gavroche cantar sob a metralha, sentia nos lábios o frio da fronte de Éponine; Enjolras, Courfeyrac, Jean Prouvaire, Combeferre, Bossuet, Grantaire, todos os seus amigos apareciam diante dele, depois se dissipavam. Todos esses entes queridos, dolorosos, valentes, encantadores ou trágicos, seriam sonhos ou teriam, de fato, existido?

A revolta envolvera tudo em sua fumaça. Essas grandes febres ensejam grandes sonhos.

Interrogava-se, apalpava-se; sentia a vertigem de todas essas realidades desvanecidas. Mas, então, onde estavam todos eles? Era verdade que haviam morrido? Uma queda nas trevas levara tudo embora, menos ele. Tudo aquilo lhe parecia ter sumido como por detrás de uma cortina de teatro. A vida tem dessas cortinas que descem. Deus passa ao ato seguinte.

E ele, seria realmente o mesmo homem? Ele, o pobre, estava rico; ele, o abandonado, tinha uma família; ele, o desesperado, ia desposar Cosette.

Parecia-lhe que tinha atravessado um túmulo, no qual entrara negro e saíra branco. E, dentro desse túmulo, os outros tinham ficado. Às vezes, todos esses entes do passado, de volta e presentes, cercavam-no e assombravam-no; então, seu pensamento voltava-se para Cosette e tornava a ficar sereno; mas só essa felicidade era capaz de afugentar tal catástrofe.

O senhor Fauchelevent quase fazia parte desses seres desaparecidos. Marius hesitava em acreditar que o Fauchelevent da barricada fosse esse Fauchelevent em carne e osso, tão seriamente sentado ao lado de Cosette. O primeiro era, provavelmente, um dos muitos pesadelos que iam e vinham em suas horas de delírio.

De resto, suas duas naturezas sendo opostas, nenhuma pergunta de Marius ao senhor Fauchelevent era possível. Nem sequer teve essa idéia. Já indicamos esse detalhe característico.

Dois homens que têm um segredo comum e que, por uma espécie de acordo tácito, não trocam uma palavra a tal respeito, é menos raro do que se pensa.

Uma única vez Marius fez uma tentativa. Trouxe à conversa a rua de la Chanvrerie e, voltando-se para o senhor Fauchelevent, disse-lhe:

— O senhor conhece bem essa rua?

— Que rua?

— A rua de la Chanvrerie?

— Não tenho idéia nenhuma sobre o nome dessa rua — respondeu o senhor Fauchelevent, no tom mais natural do mundo.

A resposta, que se referia ao nome da rua e não à própria rua, pareceu a Marius mais concludente do que na realidade era.

— Decididamente — pensou —, eu sonhei. Tive uma alucinação! Era alguém que se parecia com ele. O senhor Fauchelevent não estava lá.

VIII. Dois homens impossíveis de encontrar

O encantamento, por maior que fosse, não apagou outras preocupações do espírito de Marius. Enquanto se preparava o casamento, e aguardando a data marcada, ele mandou fazer difíceis e escrupulosas averiguações retrospectivas. Devia gratidão por vários motivos; devia-a a seu pai, devia-a a si mesmo.

Havia Thénardier, havia o desconhecido que o transportara, ele, Marius, à casa do senhor Gillenormand.

Marius fazia questão de encontrar esses dois homens, não querendo casar-se, ser feliz e esquecê-los; receava que essas dívidas não pagas viessem a turvar sua vida, tão luminosa agora. Era-lhe impossível deixar todo esse passado de sofrimento atrás de si, e queria, antes de entrar no futuro, estar quite com esse passado.

Embora Thénardier fosse um bandido, isso não tirava nada ao fato de ter salvo o Coronel Pontmercy. Para todos era um facínora, menos para Marius.

E Marius, ignorando a verdadeira cena do campo de batalha de Waterloo, não sabia de uma particularidade, que seu pai se achava, em relação a Thénardier, na estranha situação de dever-lhe a vida, mas sem dever-lhe reconhecimento.

Nenhum dos diversos agentes que Marius empregou conseguiu encontrar pistas de Thénardier. Por esse lado, o sumiço parecia completo. A senhora Thénardier morrera na prisão durante a instrução do processo. Os únicos que restaram desse grupo lamentável, Thénardier e sua filha Azelma, haviam mergulhado novamente nas trevas. Sobre eles se fechara silenciosamente o abismo do incógnito social. Não mais se viam na superfície o tremor, nem os sombrios círculos concêntricos que denunciam ter caído algo naquele ponto, onde se pode jogar uma sonda.

A senhora Thénardier morta, Boulatruelle estando fora de questão, Claquesous tendo desaparecido e os principais acusados estando foragidos da prisão, o processo da cilada do casebre Gorbeau havia praticamente abortado. O negócio ficara demasiadamente obscuro. O banco dos réus teve de se contentar com dois subalternos, Panchaud, conhecido como Printanier ou Brigrenaille, e Demi-Liard, conhecido como Deux-Millards, que haviam sido contraditoriamente condenados a dez anos de galés. Aos seus cúmplices evadidos e contumazes foi imposta a pena perpétua de trabalhos forçados. Thénardier, como chefe da quadrilha, foi também julgado à revelia e condenado à morte.

A única coisa que se sabia a respeito de Thénardier era essa condenação, jogando sobre esse nome enterrado seu sinistro clarão, como uma vela junto de um esquife.

De resto, empurrando Thénardier para as maiores profundezas por receio de ser agarrado, essa condenação aumentava as espessas trevas que já cobriam esse homem.

Quanto ao outro, quanto ao homem desconhecido que salvara Marius, as averiguações, em princípio, deram algum resultado, depois foram interrompidas. Conseguiu-se descobrir a carruagem em que Marius fora transportado à rua Filles-du-Calvaire na noite de 6 de junho. O cocheiro declarou que, naquele dia, por ordem de um agente de polícia, estivera "estacionado", das três horas da tarde até a noite, no cais de Champs-Elysées, acima do desaguadouro do Grand Égout; que, por volta das nove horas da noite, a grade que dá para a ribanceira abrira-se; que um homem saiu dali carregando às costas um outro homem, aparentemente morto; que o agente, que estava de observação naquele ponto, prendera o homem vivo e retivera o morto; que, por ordem do mesmo agente, ele, cocheiro, recebera em sua carruagem "toda aquela gente"; que se dirigiram primeiro para a rua Filles-du-Calvaire, onde deixaram o homem morto; que o homem morto era o senhor Marius, e que ele, cocheiro, o reconhecia muito bem, embora "dessa vez" estivesse vivo; que, em seguida, tornaram a subir na carruagem, e ele chicoteara os cavalos e, a alguns passos da entrada de Archives, gritaram para que parasse; que aí, na rua, pagaram-lhe e mandaram-no embora;

que o agente levara o outro homem; e que não sabia mais nada, pois a noite estava muito escura.

Marius, como já dissemos, não se lembrava de nada. Recordava-se apenas de ter sido agarrado por trás, por uma mão muito forte, no momento em que ia cair de costas no meio da barricada; depois disso, tudo se apagara em sua mente. Só recobrara os sentidos na casa do senhor Gillenormand.

Ele se perdia em conjecturas.

Não podia duvidar de sua própria identidade. Porém, como se explicava que, tendo caído na rua de la Chanvrerie, tivesse sido recolhido pelo agente de polícia na ribanceira do Sena, próximo à ponte de Invalides? Alguém o transportara daquele local até Champs Elysées. Mas como? Pelo esgoto. Dedicação nunca vista.

E quem seria esse alguém?

Era esse o homem que Marius procurava.

A respeito desse homem, que fora seu salvador, nada; nenhuma pista; nem o menor indício.

Ainda que obrigado a uma grande reserva, Marius levou suas investigações até a delegacia de polícia. Lá, não mais que em outros lugares, as informações não levaram a nenhum esclarecimento. A polícia sabia menos do que o cocheiro da carruagem. Não tinham conhecimento de nenhuma prisão efetuada no dia 6 de junho junto ao Grand Égout; não haviam recebido nenhum relatório dos agentes sobre esse fato, que, na delegacia, era considerado uma fábula, cuja invenção era atribuída ao cocheiro. Um cocheiro é capaz de tudo, mesmo de imaginação, quando quer uma gorjeta. O fato, contudo, era certo, Marius não podia duvidar dele, a menos que duvidasse de sua própria identidade, como acabamos de dizer.

Tudo, nesse estranho enigma, era inexplicável.

Esse homem, o misterioso homem que o cocheiro vira sair da grade do Grand Égout carregando nas costas Marius desfalecido, e que o agente de polícia, de vigia, prendera em flagrante delito salvando um insurgente, que fora feito dele? E do próprio agente? Por que esse agente teria guardado silêncio? O homem teria conseguido evadir-se? Teria subornado o agente? Por que esse homem não dava sinal de vida a Marius, que lhe devia tudo? O desinteresse não era menos prodigioso do que sua dedicação. Por que esse homem não reaparecia? Talvez estivesse acima da recompensa, mas ninguém está acima do reconhecimento. Acaso estaria morto? Que homem era aquele? Como seriam as suas feições? Ninguém podia dizer. O cocheiro respondia: "Aquela noite estava muito escura".

Basque e Nicolette, assustados, olharam apenas para seu jovem patrão ensangüentado. O porteiro, que iluminara com sua vela a trágica entrada de Marius, foi o único a reparar no homem em questão, e eis os sinais que dava dele: "Aquele homem era assustador".

Na esperança de tirar proveito delas para suas investigações, Marius mandou conservar as roupas ensangüentadas que vestia quando o conduziram à casa de seu avô. Examinando o casaco, reparou que uma barra se achava estranhamente rasgada. Faltava-lhe um pedaço.

Uma noite, Marius falava em presença de Cosette e de Jean Valjean de toda essa singular aventura, das inúmeras informações que havia conseguido e da inutilidade de seus esforços. O semblante frio do "senhor Fauchelevent" o impacientava, a ponto de exclamar com uma vivacidade que tinha quase uma vibração de cólera:

— De fato, aquele homem, quem quer que seja, foi sublime! Sabe o que ele fez, senhor? Interveio como o arcanjo! Teve de arremessar-se no meio do combate, tirar-me de lá, abrir o esgoto, arrastar-me nele e carregar-me! Teve de andar mais de légua e meia por essas medonhas galerias subterrâneas, curvado, vergado, na escuridão, em plena cloaca, mais de légua e meia, senhor, com um cadáver às costas! E com que finalidade? Com a única finalidade de salvar esse cadáver! E esse cadáver era eu! Esse homem pensou: "Talvez ainda exista aí uma centelha de vida; vou arriscar minha existência por essa miserável centelha!" E arriscou-a, não uma vez, mas vinte, porque cada passo era um perigo. A prova é que, ao sair do esgoto, foi preso. Sabe, senhor, que esse homem fez tudo isso sem esperar recompensa alguma? O que eu era? Um insurgente. O que eu era? Um vencido! Oh! Se os seiscentos mil francos de Cosette fossem meus...

— Eles são seus — atalhou Jean Valjean.

— Pois bem — retrucou Marius —, daria todo esse dinheiro para encontrar esse homem!

Jean Valjean ficou em silêncio.

LIVRO VI

A noite em claro

I. 16 de fevereiro de 1833

A noite de 16 para 17 de fevereiro de 1833 foi uma noite abençoada. Acima de sua escuridão, ela teve o céu aberto.

Foi a noite de núpcias de Marius e Cosette. O dia havia sido delicioso.

Não fora a festa azul sonhada pelo avô, um encantamento feito de querubins e cupidos pairando sobre a cabeça dos noivos, um casamento digno de ser pintado como decoração, mas fora suave e risonho.

A moda do casamento em 1833 não era como a de hoje. A França ainda não havia copiado da Inglaterra a suprema delicadeza de arrebatar a noiva e fugir com ela ao sair da igreja, de esconder-se com vergonha da própria felicidade e combinar os modos de um falido com os arroubos do cântico dos cânticos. Ainda não se compreendia o que há de casto, de delicado e de decente em sacudir seu paraíso dentro de uma carruagem, em entrecortar seu mistério com estalos de chicote, em tomar por leito nupcial uma cama de estalagem, em deixar atrás de si, na alcova banal paga a tanto por noite, a mais sagrada das recordações da vida, em meio aos comentários trocados entre o cocheiro da diligência e a criada da estalagem.

Nesta segunda metade do século XIX em que nos encontramos, o prefeito com sua faixa, o padre com sua estola, a lei e Deus já não são suficientes; é preciso completá-los com o *postillon de Longjumeau*[1]; jaqueta azul com forro vermelho e botões de guizo, conde-

---

[1] Postillon — homem que conduz os viajantes no serviço de diligência; *Postillon de Longjumeau*, ópera cômica enfocando esse personagem, que, tendo uma bela voz de tenor, é convencido, na noite de suas núpcias, a trocar Longjumeau por Paris. (N. do E.)

coração em torno do braço, calças de pelica verde, pragas contra os cavalos normandos de cauda atada, falsos galões, chapéu de oleado, cabeleira empoada, grande chicote e botas pesadas.

A França não leva ainda a elegância a ponto de, como a nobreza inglesa, fazer chover, sobre a carruagem dos noivos, uma saraivada de sapatos e chinelos velhos, em memória de Churchill, desde que Marlborough ou Malbrouk foi atacado no dia de seu casamento pela cólera de uma tia, o que lhe trouxe felicidade. Os sapatos e os chinelos velhos ainda não fazem parte das nossas celebrações nupciais, mas, uma vez que o bom gosto continue a difundir-se, chegaremos lá.

Em 1833, há cem anos, os casamentos não eram feitos a grande trote.

Nessa época ainda se pensava, coisa estranha, que o casamento era uma festa íntima e social, que um banquete patriarcal não prejudicava uma solenidade doméstica, que a alegria, ainda que excessiva, uma vez honesta, nenhum mal faria à felicidade, e que, finalmente, era venerável e conveniente que a fusão dos dois destinos, de onde sairia uma família, tivesse princípio em casa, e o casal tivesse por testemunha, desde aquele momento, o quarto nupcial.

E tinham a falta de pudor de se casarem em casa!

O casamento foi então realizado segundo essa moda caduca, na casa do senhor Gillenormand.

Por mais natural e comum que seja esse negócio de casamento, a publicação das proclamas, o registro dos atos, a prefeitura, a igreja, tudo isso sempre tem alguma complicação. Não foi possível estar com tudo pronto antes de 16 de fevereiro.

Bem, apontamos esse detalhe pela pura satisfação de sermos exatos, ocorreu que 16 de fevereiro era terça-feira de carnaval.

Hesitações, escrúpulos, principalmente da tia Gillenormand.

— Terça-feira gorda! — exclamou o avô. — Melhor ainda. Como diz o provérbio:

Mariage un mardi gras
N'aura pas d'enfants ingrats.

Casamento na terça de carnaval
Não dará filhos ingratos.

— Vamos em frente. Que seja no dia 16. Ou você quer adiar, Marius?

— Não, claro! — respondeu o apaixonado.

— Então, vamos casar — exclamou o avô.

O casamento realizou-se, então, no dia 16, apesar da alegria pública. Nesse dia, chovia; porém, no céu sempre há um cantinho azul à disposição da felicidade, que os amantes são capazes de ver, mesmo quando o resto da criação se encontra debaixo de um guarda-chuva.

Na véspera, Jean Valjean entregara a Marius, em presença do senhor Gillenormand, os quinhentos e oitenta e quatro mil francos. O casamento se fazia em comunhão de bens; assim, os papéis eram simples.

Como Toussaint agora se tornava inútil a Jean Valjean, Cosette a "herdou", promovendo-a ao posto de sua criada de quarto.

Quanto a Jean Valjean, havia na casa de Gillenormand um belo quarto mobiliado especialmente para ele, e Cosette tão irresistivelmente disse-lhe: "Pai, estou lhe pedindo por favor", que praticamente o fez prometer que iria morar ali.

Poucos dias antes da data fixada para o casamento, aconteceu-lhe um acidente, quase esmagou o polegar da mão direita. Não era nada grave; e não consentiu que ninguém tratasse dele ou visse o ferimento, nem mesmo Cosette. Contudo, isso o forçara a enrolar a mão em uma atadura e a manter o braço na tipóia, ficando impossibilitado de assinar o que quer que fosse. O senhor Gillenormand, como tutor sub-rogado de Cosette, o substituiu.

Não conduziremos o leitor nem à prefeitura nem à igreja. Não se deve seguir dois amantes a esse ponto. O costume é voltar as costas ao drama assim que o noivo coloca uma flor na lapela. Vamos nos limitar a apontar um incidente que, embora tenha passado despercebido pela cerimônia, marcou o trajeto da rua Filles-du-Calvaire à igreja Saint-Paul.

Naquela ocasião, renovavam o calçamento da extremidade norte da rua Saint-Louis. Ela estava interditada a partir da rua Parc-Royal. Era impossível às carruagens que acompanhavam as bodas irem diretamente a Saint-Paul; tinham de mudar de itinerário, e o mais simples era contornar o bulevar.

Um dos convidados observou que se tratava da terça-feira gorda, e que ali deveria haver um atulhamento de carruagens.

— Por quê? — perguntou o senhor Gillenormand.

— Por causa das máscaras.

— Maravilha! — disse o avô. — Vamos por lá. Estes jovens estão se casando; vão entrar no lado sério da vida. Isso vai prepará-los para ver um pouco de mascarada!

Tomaram o bulevar. A primeira carruagem levava Cosette, tia Gillenormand, o senhor Gillenormand e Jean Valjean. Marius, ainda separado da noiva, segundo o costume, vinha na segunda. O cortejo nupcial, ao sair da rua Filles-du Calvaire, emaranhou-se na longa procissão de carruagens que formava uma corrente sem fim, de la Madeleine até a Bastilha e da Bastilha até la Madeleine.

As máscaras abundavam no bulevar. Apesar dos aguaceiros que caíam a cada intervalo, Paillasse, Pantalon e Gille[2] não desistiam. No bom humor desse inverno de 1833, Paris se fantasiava de Veneza. Não se vêem mais essas terças gordas hoje em dia. Como tudo o que existe é carnaval, já não há carnaval.

As calçadas regurgitavam gente, e as janelas, curiosos. Os terraços acima das galerias dos teatros estavam repletos de espectadores. Além das máscaras, olhava-se esse desfile, típico da terça de carnaval e de Longchamp, de veículos de todo tipo, seguindo ordenadamente, rigorosamente alinhados uns aos outros por regulamentos policiais, e como que encaixados em trilhos. Quem se acha dentro de um desses veículos é, ao mesmo tempo, espectador e espetáculo. Agentes municipais mantinham, ao longo das margens do bulevar, as duas intermináveis fileiras paralelas movendo-se em sentidos contrários, atentos a que nada entravasse a dupla corrente dos dois rios de carros, uma descendo em direção à Chaussée-d'Antin, a outra subindo em direção ao bairro Saint-Antoine. Os veículos com brasões dos pares de França e dos embaixadores seguiam pelo meio da rua, indo e vindo livremente. Certos cortejos, mais ostensivos e alegres, especialmente o Boeuf Gras — Boi Gordo —, tinham o mesmo privilégio. No meio dessa alegria de Paris, a Inglaterra fazia estalar seu chicote; a carruagem de Lorde Seymour, importunada por um apelido popular, passava com muito barulho.

Na dupla fileira, ao longo da qual os guardas municipais galopavam como cães pastores, honestas carruagens de família, cheias de tias e avós, mostravam, pelas portinholas, alegres grupos de crianças fantasiadas, pierrôs de sete anos, colombinas de seis anos, encantadoras criaturinhas sentindo que faziam oficialmente parte do regozijo público, cheias da dignidade de sua brincadeira e de certa gravidade de funcionários do Estado.

De quando em quando, sobrevinha algum embaraço no meio daquela procissão de veículos; uma ou outra das duas fileiras laterais parava até que se desatasse o nó; um só veículo que parasse era o suficiente para paralisar toda a linha. Em seguida, voltavam a se mover.

---

[2] Personagens carnavalescos. (N. do E.)

As carruagens do cortejo nupcial estavam na fileira que se dirigia à Bastilha, rodando pelo lado direito do bulevar. Na altura da rua Pont-aux-Choux, houve um momento de pausa. Quase ao mesmo tempo, do outro lado, a fila que ia em direção a la Madeleine também parou. Naquele ponto da segunda fila, havia uma carruagem de mascarados.

Essas carruagens, ou melhor, esses montes de mascarados, são bem conhecidos dos parisienses. Se faltassem na terça gorda ou na mi-carême[3], causariam estranheza, e se comentaria: *Está acontecendo alguma coisa. Provavelmente o ministério vai cair*. Um amontoado de Cassandras, Arlequins e Colombinas, aos solavancos por cima dos passantes; toda espécie de grotescos, desde o turco até o selvagem; Hércules carregando marquesas; regateiras que fariam Rabelais tapar os ouvidos, assim como as bacantes faziam Aristófanes baixar os olhos; perucas de estopa, maiôs cor-de-rosa, chapéus de gala, óculos de palhaço, tricórnios de Janot atormentados por uma borboleta; gritos lançados aos pedestres, mãos nos quadris, atitudes despojadas, ombros nus, rostos mascarados, impudores escancarados; um caos de atrevimentos guiado por um cocheiro coroado de flores; eis o que é essa instituição.

A Grécia precisava da carruagem de Téspis, a França precisa da carruagem de Vadé[4]. Tudo é suscetível de paródia, até a própria paródia. A saturnal, careta da beleza antiga, chegou, de exagero em exagero, à terça-feira gorda; e a bacanal, outrora coroada de folhas de parreira, inundada de sol, mostrando seios de mármore em uma seminudez divina, hoje deformada sob os trapos molhados do norte, acabou por se chamar mascarada.

A tradição dos carros de máscaras remonta aos mais antigos tempos da monarquia. Nas contas de Luís XI, abonam ao magistrado do palácio "vinte soldos por três carros de máscaras nas praças". Atualmente, esses grupos barulhentos de criaturas fazem-se transportar por qualquer carroça velha, que eles atulham; ou enchem com seus tumultuosos componentes uma carruagem da administração com capota rebaixada. São vinte onde cabem seis; metem-se na traseira, no estribo, na capota, montam até nas lanternas.

Ficam de pé, sentados, deitados, com as pernas encolhidas, com

---

[3] Mi-carême: dia comemorativo na França — quinta-feira da terceira semana da Quaresma. (N. do E.)

[4] Téspis — criador da tragédia grega. Vadé — considerado criador da literatura de cunho chulo. (N. do E.)

elas penduradas. As mulheres vão nos joelhos dos homens. Vêem-se de longe, por cima dessa multidão de cabeças, suas pirâmides enfurecidas. Esses carros formam montanhas de alegria no meio do tumulto. Collé, Panard e Piron[5] provêm daí, enriquecidos de gíria. Cospe-se lá de cima, sobre o povo, o catecismo da vulgaridade. Esse carro, que se tornou desmesuradamente grande por sua carga, tem um ar de conquista. Barulheira vem à frente, Tumulto vem atrás. Ali vociferam, gritam, cantam, rugem, contorcem-se de felicidade; a alegria se inflama, o sarcasmo resplandece, a jovialidade brilha como purpurina; é a farsa levada em apoteose por dois rocins; é a carruagem triunfal do Riso.

Riso demasiado cínico para ser franco. E, de fato, esse riso é suspeito. Esse riso tem uma missão. Está encarregado de provar o carnaval aos parisienses.

Esses carros vulgares, onde se sente algo de tenebroso, fazem meditar o filósofo. Há um quê de governo ali dentro. Dá para sentir na ponta dos dedos uma misteriosa afinidade entre os homens públicos e as mulheres públicas.

Que um amontoado de torpezas produza uma alegria total; que sobrepondo a ignomínia ao opróbrio se seduza um povo; que a espionagem, servindo de máscara à prostituição, divirta as turbas, afrontando-as; que a multidão goste de ver passar sobre as quatro rodas de uma carruagem esse monstruoso monturo vivo, lantejoula-farrapo, meio brilho, meio lixo, que ladra e canta; que se aplauda essa glória formada de todas as vergonhas; que não haja verdadeira festa para as multidões se a polícia não fizer passear em meio a elas essas espécies de hidras de alegria com vinte cabeças, claro, isso tudo é triste. Mas, que fazer?

Essas carroças de lama enfeitadas com fitas e flores são insultadas e anistiadas pelo riso público. O riso de todos é cúmplice da degradação universal. Certas festas impuras desagregam o povo e fazem dele ralé. E as ralés, bem como os tiranos, precisam de histriões. O rei tem Roquelaure, o povo tem Paillasse[6]. Paris é a grande cidade louca todas as vezes que não é a grande cidade sublime. Em Paris, o carnaval faz parte da política. Paris, vamos confessar, assiste, de bom grado, à comédia levada pela infâmia. Não pede a seus se-

---

[5] Collé, Panard e Piron — autores do gênero *vaudeville*: canções, poemas e comédias populares e satíricas. (N. do E.)

[6] Roquelaure fazia parte da corte de Luís XIV; Paillasse, personagem bufão dos espetáculos saltimbancos. (N. do E.)

nhores — quando os tem — senão uma coisa: que mascarem a lama. Roma tinha a mesma propensão. Gostava de Nero. Nero era um gigantesco personagem de carnaval.

Como acabamos de dizer, o acaso fez com que um desses disformes cachos de mulheres e homens mascarados, levados por uma enorme carruagem, parasse à esquerda do bulevar, ao mesmo tempo que o cortejo nupcial parava do lado direito. A carruagem dos mascarados avistou, de longe mas bem em frente à sua, a carruagem onde estava a noiva.

— Vejam! — disse um mascarado. — Um casamento.

— É um casamento falso — retrucou um outro. — Nós é que somos o verdadeiro.

Muito longe para poder interpelar o cortejo dos noivos, e temendo a intervenção dos agentes municipais, os dois mascarados olharam para outros lugares.

Em um instante, a carruagem dos mascarados teve trabalho; a multidão se pôs a vaiar, o que é seu modo de acariciar os mascarados; e os dois que haviam acabado de falar precisaram enfrentar todo o mundo juntamente com seus camaradas, mas nem com todos aqueles projéteis do repertório dos mercados puderam responder à grande gritaria do povo. Fez-se, entre os mascarados e a multidão, uma medonha troca de metáforas.

Ao mesmo tempo, outros dois mascarados da mesma carruagem, um espanhol com um nariz descomunal, aparência envelhecida e enormes bigodes pretos, e uma moça magra e bem jovem, mascarada de lobo, tinham reparado no cortejo e, enquanto seus companheiros e os passantes se insultavam, mantinham um diálogo em voz baixa.

Sua conversa era encoberta e se perdia no tumulto. As pancadas de chuva haviam molhado completamente a carruagem toda descoberta; o vento de fevereiro não é quente. Ao mesmo tempo que respondia ao espanhol, a moça, de ombros à mostra, ria, tiritava e tossia.

Eis o diálogo:

— Veja só.

— O que, *daron*?

— Está vendo aquele velhote?

— Que velhote?

— Aquele, na primeira *roulotte*[7] do casamento, ao nosso lado.

— O que está com o braço preso em um lenço preto?

— Sim.

---

[7] *Roulotte* — carruagem, e, acima, *daron* — pai. (N. do E.

— O que tem?
— Tenho certeza de que eu o conheço.
— Ah!
— *Je veux qu'on me fauche le colabre et n'avoir de ma vioc dit vousaille, tonorgue ni mézig, si je ne colombe pas ce pantinois-là*[8].
— É hoje que Paris é Pantin.
— Abaixando, você consegue ver a noiva?
— Não.
— E o noivo?
— Naquela *roulotte* não tem noivo nenhum.
— Bah!
— Só se o noivo é o outro velhote.
— Então abaixe bem e trate de ver a noiva.
— Não consigo.
— Não importa; aquele velho com alguma coisa na pata, tenho certeza que eu o conheço.
— E para que lhe serve conhecê-lo?
— Quem sabe? Às vezes...
— Estou pouco me lixando para os velhos!
— Eu o conheço.
— Conheça à vontade!
— Como diabos ele está no casamento?
— Nós também estamos, nós dois!
— De onde saiu esse casamento?
— Como eu vou saber?
— Escute.
— O quê?
— Você devia fazer uma coisa.
— O quê?
— Descer da nossa *roulotte* e *filer* aquele casamento.
— Para quê?
— Para saber que casamento é esse e para onde ele vai. Desça depressa e corra, minha *fée*, você que é jovem.
— Não posso sair da carruagem.
— Por quê?
— Fui contratada.
— Ai, diabos!
— Devo meu dia à prefeitura.

---

[8] "Quero que cortem meu pescoço, e nunca na vida eu disse senhor, você, nem eu, se não conheço aquele parisiense ali." (N. do E.)

— É verdade.

— Se eu sair daqui, o primeiro inspetor que me vir me prende.

— É, eu sei.

— Hoje fui comprada por *Pharos*[9].

— Não importa. Esse velho me incomoda.

— Os velhos o incomodam. No entanto, você não é uma mocinha.

— Ele está na primeira carruagem...

— E daí?

— Na *roulotte* da noiva...

— E então?

— Então ele é o pai!

— E eu com isso?

— Só estou dizendo que ele é o pai.

— Não tem só esse pai.

— Escute.

— O quê?

— Eu só posso sair mascarado. Assim, estou escondido, ninguém sabe que estou aqui. Mas, amanhã, não tem mais máscaras. É quarta-feira de cinzas, me arrisco a ser preso. Preciso voltar para a minha toca. Você é livre.

— Nem tanto.

— Sempre mais que eu.

— Certo, e depois?

— Você tem que descobrir para onde foi esse casamento.

— Para onde ele está indo?

— É.

— Eu sei.

— Então, para onde?

— Para Cadran Bleu.

— Pra começar, não é desses lados.

— Então, vai para Rapée.

— Ou para outro lugar.

— Eles são livres; o casamento é livre.

— Não é nada disso. Estou dizendo que você trate de saber que casamento é esse, quem é esse velho, e onde essa gente mora.

— Mas nunca! Muito engraçado! Vai ser fácil saber, oito dias depois, de um casamento que passou por Paris na terça-feira gorda. Uma agulha num palheiro! Será possível?

---

[9] *Pharos* – governo; acima: *fée* — filha, *filer* – seguir, espreitar. (N. do E.)

— E daí, trate de saber. Está ouvindo, Azelma?

Os dois cordões retomaram, de ambos os lados do bulevar, seu movimento em sentido inverso, e o carro dos mascarados perdeu de vista a carruagem da noiva.

II. Jean Valjean continua com o braço na tipóia

Realizar seus sonhos. A quem isso é concedido? Para isso deve haver eleições no céu; mesmo sem saber, somos todos candidatos; os anjos votam. Cosette e Marius tinham sido eleitos.

Cosette, tanto na prefeitura quanto na igreja, esteve deslumbrante e comovente. Fora Toussaint, ajudada por Nicolette, quem a vestira.

Por cima de uma saia de tafetá branco, Cosette usava seu vestido de renda de Binche, um véu de renda da Inglaterra, uma grinalda de flores de laranjeira, um colar de pérolas finas; tudo isso era branco, e ela brilhava em meio a essa brancura. Era uma candura delicada dilatando-se e transfigurando-se naquela claridade. Parecia uma virgem prestes a converter-se em deusa.

Os belos cabelos de Marius estavam brilhantes e perfumados; entreviam-se aqui e ali, sob os espessos cachos, umas linhas esbranquiçadas, que eram as cicatrizes da barricada.

O avô, soberbo, de cabeça erguida, amalgamando como nunca, em seus trajes e em suas maneiras, todas as elegâncias do tempo de Barras, conduzia Cosette. Substituía Jean Valjean, que, em virtude de ter o braço na tipóia, não podia dar a mão à noiva.

Jean Valjean, vestido de preto, os seguia, todo risonho.

— Senhor Fauchelevent — dizia-lhe o avô —, este é um belo dia. Eu voto pelo fim das aflições e das mágoas. De agora em diante, não deve haver tristeza em parte alguma. Oras bolas! Eu decreto a alegria! O mal não tem o direito de existir. Realmente, é uma vergonha para o azul do céu que haja homens infelizes! O mal não vem do homem, que, no fundo, é bom. Todas as misérias humanas têm como capital e sede governamental o inferno, as Tulherias do diabo. Mas, bem, agora estou proferindo palavras demagógicas! Quanto a mim, não tenho mais opiniões políticas. Meu único desejo é que todos os homem sejam ricos, quer dizer, felizes!

Quando, concluídas todas as cerimônias, após terem pronunciado todos os sim possíveis perante o prefeito e perante o padre, após terem assinado todos os registros da municipalidade e da sacristia, após terem trocado alianças, após terem ajoelhado lado a lado sob o véu de tecido branco, envoltos pela fumaça do incensório, eles chegaram de mãos dadas, admirados e invejados por todos, Marius de preto, Cosette de branco, precedidos por um guarda suíço com dragonas de coronel, batendo nas lajotas com sua alabarda entre duas alas de maravilhados espectadores, sob o portal da igreja aberto de um batente ao outro, prontos a subirem novamente na carruagem, tendo tudo chegado ao fim, Cosette ainda não podia acreditar naquilo. Ela olhava para Marius, olhava para a multidão, olhava para o céu; parecia temer despertar. Seu ar admirado e inquieto acrescentava-lhe algo de encantador. Na volta, ficaram juntos na mesma carruagem, Marius ao lado de Cosette; o senhor Gillenormand e Jean Valjean de frente para eles. Tia Gillenormand recuara, ficando na segunda carruagem.

— Meus filhos — dizia o avô —, eis o senhor barão e a senhora baronesa, com trinta mil francos de renda.

E Cosette, inclinando-se para Marius, acariciava-lhe os ouvidos com este sussurro angelical:

— Então é verdade, me chamo Marius, sou a senhora Você.

As duas criaturas resplandeciam. Estavam no irrevogável e único instante, no deslumbrante ponto de intersecção de toda a juventude e de toda a alegria. Eram a realização dos versos de Jean Prouvaire; juntos não tinham quarenta anos[10]. Era o casamento sublimado; essas duas crianças eram dois lírios. Não se olhavam, contemplavam-se. Cosette via Marius envolto em glória; Marius via Cosette sobre um altar. E nesse altar e nessa glória, nas duas apoteoses que se misturavam, no fundo, não se sabe como, por trás de uma nuvem para Cosette, em uma irradiação para Marius, havia a coisa ideal, a coisa real, o encontro do beijo e do sonho, o travesseiro nupcial.

Todo o tormento que haviam suportado voltava-lhes em forma de embriaguez. Parecia-lhes que as mágoas, as insônias, as lágrimas, as angústias, os temores, as aflições, transformados em carícias e brilho, tornavam ainda mais encantador o momento encantador que se aproximava; e que as tristezas eram como servas que haviam preparado a alegria. Ter sofrido, que coisa boa! Sua infelicidade criava uma auréola sobre sua felicidade. A longa agonia de seu amor terminava em uma ascensão!

---

[10] Referência aos versos: *Lorsqu'en ajoutant votre age à mon age, / Nous ne comptons pas à deux quarante ans* – Ainda que juntando sua idade à minha idade, / Não contamos os dois quarenta anos. (N. do E.)

Era o mesmo encantamento naquelas duas almas, com nuances de volúpia em Marius e de pudor em Cosette. Diziam bem baixinho um ao outro: "Vamos rever nosso pequeno jardim da rua Plumet". E as dobras do vestido de Cosette cobriam Marius.

Um dia como esse é uma inefável mistura de sonho e certeza. Há posse e suposição. Ainda há tempo à frente para se adivinhar. Nesse dia, há uma indizível emoção de, estando-se ao meio-dia, sonhar com a meia-noite. As delícias daqueles dois corações transbordavam sobre a multidão e alegravam quem passava.

Na rua Saint-Antoine, diante de Saint-Paul, paravam para ver, através dos vidros da carruagem, as flores de laranjeira tremulando sobre a cabeça de Cosette.

Depois, retornaram à rua Filles-du-Calvaire, para casa. Marius, lado a lado com Cosette, subiu, triunfante e radiante, aquela mesma escada por onde tinha sido conduzido moribundo. Os pobres, aglomerados à porta, e repartindo seus donativos, os abençoavam. Havia flores por toda parte. A casa não estava menos perfumada do que a igreja; após o incenso, as rosas. Acreditavam ouvir vozes cantando no infinito; tinham Deus no coração; o destino lhes aparecia como um firmamento cheio de estrelas; viam acima de suas cabeças um clarão de aurora. De repente, o relógio soou. Marius olhou para o lindo braço nu de Cosette e para as rosadas partes que entrevia pelas rendas de seu vestido, e Cosette, vendo o olhar de Marius, corou até o branco dos olhos.

Muitos antigos amigos da família Gillenormand haviam sido convidados; todos solícitos em volta de Cosette, a quem chamariam de senhora baronesa.

O oficial Théodule Gillenormand, agora capitão, viera de Chartres, onde tinha sua guarnição, para assistir ao casamento de seu primo Pontmercy. Cosette não o reconheceu.

De sua parte, costumado a ser considerado belo pelas mulheres, não se lembrou de Cosette mais do que de qualquer outra.

— Como fiz bem em não acreditar naquela história de lanceiro! — dizia o velho Gillenormand com os seus botões.

Cosette jamais fora tão terna para com Jean Valjean. Ela estava em uníssono com o pai Gillenormand; enquanto ele erigia sua alegria com máximas e aforismos, ela exalava amor e bondade como um perfume. A felicidade quer que todos estejam felizes.

Ela voltava a usar, ao falar com Jean Valjean, as inflexões de voz do tempo em que era pequenina. Ela o acariciava com seu sorriso.

Um banquete fora organizado na sala de jantar.

Uma iluminação *a giorno* é condimento necessário a um grande júbilo. As brumas e as trevas não são aceitas pelos felizes. Eles não consentem em ficar no escuro. A noite, sim, a escuridão, não. Se não há sol, é preciso arranjar um.

A sala de jantar era uma fornalha de coisas alegres. No centro, acima da branca e cintilante mesa, um lustre de Veneza, com lâminas planas, com todo tipo de pássaros coloridos, verdes, roxos, azuis, vermelhos, empoleirados entre as velas; em volta do lustre de muitos braços, espelhos de três a cinco ramos aplicados às paredes; cristais, vidros, copos, porcelana, louça, faianças, objetos de ouro e prata, tudo brilhava prazenteiramente. Os espaços vazios entre os candelabros estavam preenchidos por buquês, de modo que, onde não havia luz, havia uma flor. Na antecâmara, três violinos e uma flauta tocavam, em surdina, quartetos de Haydn.

Jean Valjean sentara-se no salão, junto da porta, de modo que o batente praticamente o encobria. Momentos antes de se colocarem à mesa, Cosette, como por capricho, veio fazer-lhe uma grande reverência, levantando com as mãos seu vestido de noiva, e perguntou-lhe, com um olhar graciosamente travesso:

— Pai, o senhor está contente?

— Estou — respondeu Jean Valjean —, estou contente, sim.

— Então, sorria.

Jean Valjean sorriu.

Instantes depois, Basque anunciou que o jantar estava servido. Os convidados, precedidos pelo senhor Gillenormand, que dava o braço a Cosette, entraram na sala de jantar, distribuindo-se, segundo a ordem desejada, em torno da mesa.

Duas grandes poltronas ali estavam, à direita e à esquerda da noiva, a primeira destinada ao senhor Gillenormand, a segunda a Jean Valjean. O senhor Gillenormand sentou-se. A outra poltrona ficou vazia.

Procuraram "o senhor Fauchelevent". Não estava mais lá.

O senhor Gillenormand interpelou Basque.

— Sabe onde está o senhor Fauchelevent?

— Senhor — respondeu Basque —, justamente, o senhor Fauchelevent recomendou-me dizer-lhe que sua mão machucada o incomodava, e que não poderia jantar com o senhor barão e a senhora baronesa. Pediu que o desculpassem. Acaba de sair, dizendo que amanhã pela manhã voltará.

Aquela poltrona vazia arrefeceu por um momento a efusão do banquete nupcial. Mas, com o senhor Fauchelevent ausente, lá estava o senhor Gillenormand, brilhando por dois. Ele afirmou que o senhor Fauchelevent fizera bem em recolher-se cedo, se sentia dor, mas que aquilo não passava de um dodói. Essa declaração foi o suficiente. Além disso, o que era um cantinho escuro em meio a tal submersão de alegria? Cosette e Marius achavam-se em um desses egoístas e abençoados momentos em que não se tem outra faculdade senão a de perceber a felicidade. E, também, o senhor Gillenormand teve uma idéia.

— Ora, essa poltrona está vazia, venha para cá, Marius. Embora sua tia tenha direito a você, ela o permitirá. Essa poltrona é para você. É legal, e é gentil. Fortunatus ao lado de Fortunata!

Aplausos de toda a mesa.

Marius ocupou, ao lado de Cosette, o lugar de Jean Valjean; e as coisas se arranjaram de modo que Cosette, em princípio triste com a ausência de Jean Valjean, acabou por se alegrar com ela. Desde que Marius fosse o substituto, Cosette não lamentaria nem a falta de Deus.

Cosette apoiou seu pezinho, calçado de cetim branco, sobre o pé de Marius.

Ocupada a poltrona, o senhor Fauchelevent estava esquecido; e nada faltou. Cinco minutos depois, a mesa ria, de uma ponta à outra, com toda a verve do esquecimento.

À sobremesa, o senhor Gillenormand levantou-se, na mão uma taça de champanhe pelo meio, para que o tremor dos seus noventa e dois anos não a deixasse transbordar, e brindou à saúde dos noivos.

— Não escaparão de dois sermões — exclamou ele. — Pela manhã foi o do abade, agora será o do avô! Escutem-me, vou dar-lhes um conselho: adorem-se. Não vou fazer rodeios, vou direto ao ponto, sejam felizes! Não há na criação outros sábios além das rolinhas. Os filósofos dizem: "Moderem seus prazeres". E eu digo: "Soltem as rédeas de suas alegrias. Apaixonem-se como dois diabinhos. Sejam impetuosos". Os filósofos dizem disparates. Eu gostaria de fazer sua filosofia voltar-lhes goela abaixo. Será que pode haver excesso de perfumes, de botões de rosa abertos, de rouxinóis cantando, de folhas verdes, de aurora na vida? Será que se pode amar em excesso? Será que se pode agradar, em excesso, um ao outro? Cuidado, Estela, você é bela demais! Cuidado, Nemorino[11], você é belo demais! Bela estupidez! Será que podemos nos encantar demais, sermos carinhosos demais, nos agradarmos demais, estarmos vivos demais? Moderem seus prazeres... que nada! Abaixo os filósofos! A sabedoria é o júbilo. Rejubilem-se, rejubilemo-nos.

---

[11] Estela e Nemorino, personagens de uma pastoral. (N. do E.)

Somos felizes porque somos bons, ou somos bons porque somos felizes? Sancy chama-se Sancy por ter pertencido a Harlay de Sancy, ou porque pesa cento e seis quilates?[12] Não sei. A vida é cheia desses problemas; o importante é possuir o Sancy e a felicidade. Sejamos felizes sem trapacear! Obedeçamos cegamente ao sol. O que é o sol? É o amor. Quem diz amor, diz mulher. Ah! Ah! Aí está uma onipotência, a mulher! Perguntem a esse demagogo do Marius se ele não é escravo dessa pequena tirana Cosette! E com que prazer, covarde! A mulher! Não há Robespierre que resista, a mulher reina! Sou o mais realista desse tipo de realeza. Que é Adão? O reino de Eva. Nada de 1789 para Eva. Já houve cetro real com flor-de-lis na ponta, cetro imperial com um globo na ponta, houve o cetro de ferro de Carlos Magno, houve o cetro de ouro de Luís, o Grande; a revolução os torceu, todos, entre o polegar e o indicador, como algo sem importância; e acabou, quebrou, caiu por terra, não existe mais cetro; mas façam revoluções contra um lencinho bordado e perfumado de patchuli! Queria ver isso. Tentem! Por que é sólido? Por ser um pedaço de pano. Ah! Vocês são o século XIX? E daí? Nós éramos o século XVIII, e tão bobos como vocês! Não pensem que vocês mudaram grande coisa no universo, só porque trocaram o nome de algumas coisas. No fundo, sempre teremos de amar as mulheres. Eu os desafio a sair dessa. Esses pequenos diabinhos são nossos anjos. Sim, o amor, a mulher, o beijo formam um círculo do qual os desafio a sair. E quanto a mim, bem que eu gostaria de nele tornar a entrar. Quem de vocês já viu elevar-se no infinito, apaziguando tudo o que há abaixo dela, olhando as ondas como uma mulher, a estrela Vênus, a grande charmosa do abismo, a Celimene do oceano? O oceano, eis aí um rude Alceste[13]. Pois bem, por mais que resmungue, quando Vênus aparece, ele acaba sorrindo. A besta bruta se submete. Somos todos assim. Ira, tempestade, raios, espuma até o teto. Uma mulher entra em cena, desponta uma estrela, todos de joelhos. Há seis meses Marius estava em luta; hoje se casa. Fez bem. Sim, Marius, sim, Cosette, vocês

---

[12] *Le Sancy s'appelle-t-il le Sancy parce qu'il a appartenu à Harley de Sancy, ou parce qu'il pèse cent six carats?* Trata-se de célebre diamante, assim chamado por ter pertencido a Nicolas de Sancy, e pronuncia-se, em francês, do mesmo modo que cento e seis. (N. do E.)

[13] Celimene e Alceste — personagens de Molière; ela, charmosa e vaidosa, usa seus atributos para conquistar os homens. Ele, de costumes rigorosos e franqueza quase brutal. (N. do E.)

têm razão. Vivam ousadamente um para o outro, façam-se muito carinho, façam-nos morrer de inveja por não podermos fazer o mesmo; idolatrem-se. Peguem em seus bicos todos os pequenos fragmentos de felicidade que há sobre a terra e formem com eles um ninho para viver. Por Deus, amar, ser amado, o belo milagre de quando se é jovem! Não imaginem que vocês inventaram isso. Eu também já sonhei, já cismei, já suspirei; eu também já tive uma alma clara como o luar. O amor é uma criança de seis mil anos. O amor tem direito a uma longa barba branca. Matusalém é um moleque ao lado de Cupido. Há sessenta séculos, homem e mulher vencem todos os obstáculos amando-se. O Diabo, que é esperto, pôs-se a odiar o homem; o homem, que é mais esperto ainda, pôs-se a amar a mulher. Desse modo, fez-se mais bem do que o Diabo fez-lhe de mal. Essa sutileza tem sido encontrada desde os tempos do paraíso terrestre. Meus amigos, a invenção é velha, mas está sempre nova. Aproveitem-na. Sejam Dafnis e Cloé enquanto esperam ser Filemon e Baucis[14]. Façam de tal forma que, quando estiverem juntos, nada lhes falte, e que Cosette seja o sol para Marius, e que Marius seja o universo para Cosette. Cosette, que o bom tempo seja o sorriso de seu marido; Marius, que a chuva sejam as lágrimas de sua mulher. E que nunca chova em seu lar! Vocês tiraram o bom número da loteria, o amor no sacramento; tiraram a sorte grande, guardem-na bem, fechem-na a sete chaves, não a desperdicem; adorem-se e não se importem com o resto. Acreditem no que estou dizendo. É o bom senso. E o bom senso não mente. Sejam um para o outro uma religião. Cada um tem seu modo de adorar a Deus, mas, oras, a melhor maneira de adorar a Deus é amar a própria mulher! Eu a amo! Esse é meu catecismo. Quem ama é ortodoxo. A blasfêmia de Henrique IV coloca a santidade entre a comilança e a bebedeira. *Ventre-saint-gris!*[15] Eu não sou da religião dessa blasfêmia em que a mulher foi esquecida. Isso me espanta por parte de Henrique IV. Meus amigos, viva a mulher! Estou velho, segundo dizem, mas é incrível, sinto-me como se estivesse ficando jovem! Gostaria de ir escutar as gaitas de fole pelos bosques. Essas crianças que conseguem ser belas e contentes me deixam encantado. Eu me casaria tranqüilamente se alguém me

---

[14] Dafnis e Cloé — protagonistas jovens de romance pastoral; Filemon e Baucis — casal já idoso, personagens de Ovídio. (N. do E.)

[15] *Ventre-saint-gris* — ao pé da letra, santo ventre bêbado; antiga blasfêmia que exprime cólera ou surpresa. (N. do E.)

quisesse! É impossível acreditar que Deus nos tenha criado para outra coisa além disto: idolatrar, arrulhar, embelezar, ser pombo, ser galo, paparicar nosso amor da manhã até a noite; nos mirarmos em nossa esposa, nos orgulharmos, nos sentirmos triunfantes, importantes; essa é a finalidade da vida. Era isso, não nos levem a mal, o que pensávamos no tempo em que éramos jovens! Ah! Como havia, naquela época, mulheres encantadoras, e carinhas bonitas e belas mocinhas! Fiz com elas meus estragos. Portanto, amem-se. Se não fosse o amor, não sei para que realmente serviria existir a primavera; de minha parte, pediria a Deus que escondesse todas as coisas belas que Ele nos mostra, e as tirasse de nós; que recolocasse em sua caixa as flores, os pássaros, as belas jovens. Meus filhos, recebam a bênção de seu velho avô.

A noite foi divertida, alegre e animada.

O bom humor soberano do avô deu o tom à festa toda, e cada um se afinou a essa cordialidade quase centenária. Dançou-se um pouco, riu-se muito; foi um belo casamento, ao qual o bom e velho Passado podia ser convidado, aliás, ele ali estava, na pessoa do avô Gillenormand.

Houve tumulto, e depois silêncio.

Os noivos desapareceram.

Pouco depois da meia-noite, a casa Gillenormand transformou-se em um templo.

Vamos parar por aqui. No limiar das noites de núpcias há um anjo de pé, risonho e com um dedo nos lábios.

A alma entra em contemplação diante do santuário onde ocorre a celebração do amor.

Deve haver uma luz especial brilhando acima dessas casas. A alegria que elas contêm deve escapar por entre as pedras dos muros, como uma claridade raiando vagamente pelas trevas. É impossível que essa festa sagrada e fatal não envie um brilho celeste ao infinito. O amor é o cadinho sublime onde se faz a fusão do homem e da mulher, da qual resulta o ser único, o ser tríplice, o ser final, a trindade humana. O nascimento de duas almas em uma só deve ser de grande emoção para as sombras. O amante é sacerdote; a virgem extasiada se assusta. Algo dessa alegria chega a Deus. Onde há um verdadeiro casamento, isto é, onde há amor, há ideal. Um leito nupcial cria nas trevas um cantinho de aurora. Se fosse dado aos olhos carnais perceber as temerosas e encantadoras visões da vida superior, é provável que se descobrissem as formas da noite, os desconhecidos alados, os azuis caminhantes do invisível, inclinando-se, multidão de cabeças sombrias, em volta da casa luminosa, satisfeitos, abençoando, apontando uns aos outros a virgem esposa docemente sobressaltada, recebendo reflexos da felicidade humana em seus rostos divinos. Se, nessa hora suprema, os esposos deslumbrados de volúpia, acreditando-se sós, aplicassem o ouvido, ouviriam em seu quarto um confuso sussurro de asas. A felicidade perfeita implica a solidariedade dos anjos. A pequena alcova escura tem como teto o céu inteiro.

Quando duas bocas, feitas sagradas pelo amor, se juntam para criar, é impossível que por sobre esse beijo inefável não haja um estremecimento no imenso mistério das estrelas. São essas as verdadeiras felicidades. Não há alegrias além dessas alegrias. O amor, está nele o único êxtase. Todo o resto chora.

Amar ou ter amado é o bastante. Não peçam mais nada depois. Não há outra pérola que se possa encontrar nas dobras obscuras da vida. O amor é uma realização.

III. A inseparável

Que fora feito de Jean Valjean?

Imediatamente após ter sorrido com a gentil intimação de Cosette, vendo que ninguém reparava nele, Jean Valjean levantou-se e, despercebido, penetrou na ante-sala. Era a mesma sala onde, seis meses antes, entrara coberto de lama, de sangue e de pólvora, trazendo o neto ao avô. As velhas paredes revestidas de madeira estavam enfeitadas com flores e folhagens; os músicos ocupavam o mesmo canapé onde Marius havia sido colocado.

Basque, vestido de preto, calções curtos, meias e luvas brancas, dispunha coroas de rosas em volta de cada um dos pratos que seriam servidos. Jean Valjean apontou-lhe o braço na tipóia, encarregou-o de explicar sua ausência e retirou-se.

As janelas da sala de jantar davam para a rua. Jean Valjean ali permaneceu durante alguns instantes, de pé e imóvel, no meio da escuridão, sob as janelas radiantes. E escutava. O confuso ruído do banquete chegava até ele. Ouvia a voz alta e magistral do avô, os violinos, o tinido da louça e dos copos, as risadas; e em meio a todo aquele alegre rumor, distinguia a doce e alegre voz de Cosette.

Deixou a rua Filles-du-Calvaire e retornou à rua de l'Homme-Armé.

Para isso, seguiu pela rua Saint-Louis, pela rua Culture-Sainte-Catherine e pela Blancs-Manteaux; era um pouco mais longo, mas era o caminho que havia três meses tinha o costume de pegar, evitando a confusão e a lama da rua Vieille-du-Temple, para vir todos os dias, da rua de l'Homme-Armé à rua Filles-du-Calvaire com Cosette.

Esse caminho, por onde Cosette havia passado, excluía para ele qualquer outro itinerário.

Jean Valjean chegou a casa, acendeu sua vela e subiu. O apartamento estava vazio. Nem mesmo Toussaint encontrava-se mais ali. Os passos de Jean Valjean faziam pelos aposentos mais ruído que de costume. Todos os armários estavam abertos. Entrou no quarto de Cosette. A cama estava sem lençóis. O travesseiro, sem fronha e sem rendas, pousava sobre as cobertas dobradas aos pé do colchão, do qual se via o forro, e onde mais ninguém iria se deitar. Todos os pequenos objetos femininos a que Cosette tinha apreço haviam sido levados; só restaram os pesados móveis e as paredes.

A cama de Toussaint também estava desguarnecida. Uma única cama estava feita, parecendo esperar por alguém, era a cama de Jean Valjean. Ele olhou para as paredes, fechou algumas das portas dos armários e se pôs a andar de um quarto para o outro.

Depois voltou a seu quarto e colocou a vela sobre uma mesa. Tirou o braço da tipóia e servia-se da mão direita, como se nada tivesse.

Aproximou-se de sua cama, e seus olhos, seja por acaso ou intencionalmente, fixaram-se sobre a *inseparável*, da qual Cosette tivera ciúmes, a pequena valise que ele nunca largava. No dia 4 de junho, chegando à rua de l'Homme-Armé, pusera-a sobre uma mesinha ao lado da cabeceira da cama. Dirigiu-se a essa mesinha com vivacidade, tirou uma chave do bolso, abriu a valise.

Foi retirando lentamente as roupas com as quais, dez anos antes, Cosette saíra de Montfermeil; primeiro tirou o vestidinho preto, depois o lenço preto, depois os pesados sapatos de criança, que Cosette talvez ainda pudesse usar, tão pequenos eram seus pés, depois o casaquinho de fustão grosso, depois a saia de tricô, depois o aventalzinho com bolso, depois as meias de lã. Essas meias, ainda marcadas com a forma de uma pequena perna, não eram maiores que a mão de Jean Valjean. Tudo era de cor preta. Fora ele quem levara para ela essas roupas até Montfermeil. À medida que as tirava da valise, colocava-as sobre a cama. Pensava. Relembrava. Era inverno, um mês de dezembro muito frio, ela tremia, meio nua, vestida com uns trapos, os pobres pezinhos roxos de frio dentro de tamancos. Ele a fizera tirar aqueles andrajos para vestir a roupa de luto. A mãe deve ter ficado contente, em seu túmulo, vendo a filha usar luto por ela, e mais ainda por vê-la vestida e aquecida. Lembrava da floresta de Montfermeil que atravessaram juntos, Cosette e ele; lembrava do tempo que fazia, das árvores sem folhas, dos bosques sem pássaros, do céu sem sol; não importava, era encantador. Arrumou a roupa sobre a cama, o lenço perto da saia, as meias junto aos sapatos, o casaco ao lado do vestido, e olhou cada uma das peças. Ela não era maior que aquilo, trazia sua grande boneca nos braços, tinha colocado a moeda de ouro no bolso do avental, e ria; caminhavam os dois de mãos dadas, ela só tinha a ele no mundo.

Então sua venerável cabeça branca tombou sobre a cama, aquele velho coração estóico se partiu, seu rosto, por assim dizer, enterrou-se nas roupas de Cosette, e, se alguém passasse pela escada naquele momento, teria ouvido terríveis soluços.

IV. *Immortale jecur*[16]

A velha luta formidável, da qual já vimos várias fases, recomeçou.

Jacó lutou com o anjo apenas uma noite. Oh! Mas quantas vezes já vimos Jean Valjean em corpo a corpo com sua consciência, nas trevas, lutando desesperadamente contra ela!

Luta espantosa! Em certos momentos é o pé que escorrega, em outros é o solo que desmorona. Quantas vezes essa consciência, inspirada pelo bem, não o havia enlaçado e deixado sem forças! Quantas vezes a verdade, inexorável, não lhe encostara o joelho ao peito! Quantas vezes, abatido pela luz, não lhe tinha dado graças! Quantas vezes essa luz implacável, acesa dentro dele e sobre ele pelo bispo, o não havia iluminado à força, quando ele desejaria estar cego! Quantas vezes não se reerguera do combate agarrado ao rochedo, apoiado ao sofisma, arrastado na poeira, ora derrubando sua consciência, ora sendo por ela derrubado! Quantas vezes, após um equívoco, após um raciocínio falso e especioso do egoísmo, não ouvira sua consciência irritada gritar-lhe ao ouvido: "Trapaça! Miserável!" Quantas vezes seu pensamento refratário não agonizara convulsivamente sob a evidência do dever! Resistência a Deus. Suores fúnebres. Quantas feridas secretas que só ele sentia sangrar! Quantas arranhões em sua lamentável existência! Quantas vezes não se erguera ensangüentado, mortificado, despedaçado, esclarecido, o desespero no coração, a serenidade na alma! E, vencido,

---

[16] "O indestrutível fígado": para os antigos, sede dos sentimentos vitais, tal como o coração para nós. (N. do E.)

sentindo-se vencedor! E depois de tê-lo desconjuntado, atormentado e aniquilado, sua consciência, de pé por cima dele, temível, luminosa, tranqüila, lhe dizia: "Agora vá em paz!"

Mas, ao sair de tão sombria luta, que paz mais lúgubre!

Naquela noite, porém, Jean Valjean sentiu que iria travar seu último combate.

Uma pungente questão se apresentava.

As predestinações não são todas direitas. Não se estendem como uma avenida retilínea ante o predestinado; têm becos, recantos escuros, encruzilhadas inquietantes oferecendo vários caminhos. Jean Valjean naquele momento se defrontava com a mais perigosa dessas encruzilhadas.

Ele havia chegado ao supremo cruzamento entre o bem e o mal. Tinha essa tenebrosa intersecção sob os olhos. Uma vez ainda, como já lhe havia ocorrido em outras dolorosas peripécias, dois caminhos se abriam diante dele, um tentador, o outro medonho. Qual deles seguir?

O que amedrontava era apontado pelo misterioso dedo indicador que avistamos cada vez que fixamos os olhos na escuridão.

Jean Valjean tinha, ainda desta vez, a escolha entre o porto terrível e a emboscada sorridente.

Isso então é verdade? A alma pode curar-se, a sorte não. Coisa terrível! Um destino incurável!

A questão que se apresentava era a seguinte:

De que modo Jean Valjean iria se comportar em relação à felicidade de Cosette e de Marius? Essa felicidade, era ele quem a havia desejado, era ele quem a havia construído; ele mesmo a cravara nas entranhas; e, considerando-a naquele momento, podia sentir a mesma satisfação que experimentaria um armeiro ao reconhecer sua marca de fabricação em um punhal que acabasse de arrancar, ainda fumegante, do peito.

Cosette tinha Marius, Marius tinha Cosette. Eles tinham tudo, inclusive a riqueza. E tudo isso era obra sua.

Mas essa felicidade, agora que existia, agora que estava lá, o que faria com ela, ele, Jean Valjean? Deveria impor-se a essa felicidade? Deveria tratá-la como se lhe pertencesse? Por certo Cosette era de um outro; mas deveria ele reter de Cosette tudo quanto pudesse? Continuaria sendo, como até então, uma espécie de pai apenas entrevisto, mas respeitado? Deveria introduzir-se tranqüilamente na casa de Cosette? Traria, sem dizer uma palavra, seu passado a esse futuro? Ali se apresentaria como quem tivesse direito, e viria sentar-se, como que encoberto por um véu, dentro daquele luminoso lar? Apertaria risonho, em suas mãos trágicas, as mãos daqueles dois inocentes? Colocaria, na agradável lareira da sala Gillenormand, seus pés, que arrastavam com eles a sombra infamante da lei? Tomaria parte nas oportunidades de Marius e de Cosette? Engrossaria a obscuridade sobre a própria fronte, e a nuvem que pairava sobre a deles? Intrometeria sua catástrofe na dupla felicidade deles? Continuaria a calar-se? Em uma palavra, seria, ao lado dessas duas felizes criaturas, o sinistro mudo do destino?

É preciso estarmos habituados à fatalidade e aos seus encontros para ousarmos erguer os olhos quando certas questões nos aparecem em toda a sua horrível nudez. O bem e o mal estão por trás deste severo ponto de interrogação.

— O que vai fazer? — pergunta a esfinge.

O hábito das provações, Jean Valjean o tinha. Encarou a esfinge fixamente.

Examinou o impiedoso problema sob todos os ângulos.

Cosette, essa existência encantadora, era a tábua de salvação daquele náufrago. O que fazer? Agarrar-se a ela ou largá-la?

Agarrando-se a ela, saía do desastre, voltava ao sol, deixava escorrer de suas vestimentas e de seus cabelos a água amarga, estaria salvo, viveria.

Se a largasse?

Aí, era o abismo.

Dessa forma dolorosa aconselhava-se com seu pensamento. Ou, melhor dizendo, combatia, investindo furioso, em seu íntimo, ora contra a sua vontade, ora contra a sua convicção.

Foi uma fortuna para Jean Valjean conseguir chorar; isso talvez o tivesse esclarecido. Todavia, o começo foi feroz. Uma tempestade, mais furiosa do que aquela que outrora o levara a Arras, desencadeou-se nele. O passado voltava-lhe em confronto com o presente; ele comparava e soluçava. Uma vez abertas as comportas das lágrimas, o desesperado contorceu-se.

Sentia-se paralisado.

Ah! Nesse combate sem tréguas entre nosso egoísmo e nosso dever, quando assim recuamos, passo a passo, ante nosso incomutável ideal, perturbados, encarniçados, exasperados por ter de ceder, disputando terreno, esperando a possibilidade de uma fuga, procurando uma saída, que brusca e sinistra resistência faz o muro às nossas costas!

Sentir a sombra sagrada que faz obstáculo!

O invisível inexorável, que obsessão!

Então, com a consciência, a luta nunca termina. Tome sua

resolução, Brutus; tome sua resolução, Catão. Ela é sem fim, já que é Deus. Lançamos nesse poço o trabalho de toda uma vida, ali lançamos nossa sorte, ali lançamos nossa riqueza, ali lançamos nosso sucesso, ali lançamos nossa liberdade ou nossa pátria, ali lançamos nosso bem-estar, nosso descanso, nossa alegria. Mais! Mais! Despejem o vaso! Esvaziem a urna! É preciso acabar ali lançando também o coração.

Em algum lugar, em meio às brumas de velhos infernos, há um tonel como esse.

Não será a recusa, enfim, perdoável? Acaso o inesgotável pode ter direitos? Será que as correntes intermináveis não estão acima da força humana? Quem, então, censuraria Sísifo e Jean Valjean por dizerem: "Basta!"?

A obediência da matéria é limitada pelo atrito; não haveria então um limite para a obediência da alma? Se o movimento eterno é impossível, a eterna dedicação poderia ser exigida?

O primeiro passo não é nada; o último é que é difícil. O que era o processo Champmathieu em comparação ao casamento de Cosette e a tudo o que este ensejava? O que pode ser isto: voltar para as galés, em comparação com isto: voltar ao nada?

Como é sombrio o primeiro degrau a descer! E como é negro o segundo degrau!

Como não voltar a cabeça desta vez?

O martírio é uma sublimação, sublimação corrosiva. É uma tortura que consagra e à qual pode-se consentir em um primeiro instante; senta-se no trono de ferro em brasa, coloca-se na fronte a coroa de ferro em brasa, aceita-se o globo de ferro em brasa, empunha-se o cetro de ferro em brasa, mas resta ainda revestir o manto de chamas, e então não há um momento em que a carne miserável se rebele, e em que se abdique do suplício?

Jean Valjean entrou, enfim, na calma do esgotamento.

Pesou, meditou, considerou as alternativas da misteriosa balança de luz e trevas.

Impor sua prisão àquelas crianças deslumbradas, ou consumar ele mesmo sua irremediável perdição. De um lado, o sacrifício de Cosette, de outro, o seu próprio.

Em qual solução se deteve? Que determinação tomou? Qual foi, em seu íntimo, sua resposta definitiva ao incorruptível interrogatório da fatalidade? Qual porta decidiu-se a abrir? Que lado de sua vida resolveu fechar e condenar? Entre todos os caminhos insondáveis que o rodeavam, qual foi sua escolha? Que extremidade aceitou? Para qual desses abismos acenou com a cabeça?

Seu devaneio vertiginoso durou a noite toda.

Continuou ali até amanhecer, na mesma atitude, dobrado em dois sobre a cama, prosternado sob a enormidade do destino, talvez esmagado — ai! —, os punhos cerrados, os braços estendidos em ângulo reto, como um crucificado despregado que tivessem jogado com o rosto no chão. Assim permaneceu doze horas, as doze horas de uma longa noite de inverno, gelado, sem levantar a cabeça e sem pronunciar uma palavra. Estava imóvel como um cadáver, enquanto seu pensamento rolava pelo chão ou voava, ora como uma hidra, ora como uma águia. Ao vê-lo assim sem movimento, poderiam julgá-lo morto; de repente, estremecia convulsivamente, e sua boca, colada às roupas de Cosette, as beijava; então alguém percebia que ele vivia.

Mas quem? Se Jean Valjean se encontrava completamente só? Se ninguém mais estava lá?

O Alguém que está nas trevas.

LIVRO VII

O último gole do cálice

I. O sétimo círculo e o oitavo céu

São solitários os dias que se seguem aos casamentos. Respeita-se o recolhimento dos felizes, e um pouco também seu sono atrasado. O tumulto das visitas e das felicitações só recomeça mais tarde.

Na manhã do dia 17 de fevereiro, passava um pouco de meio-dia quando Basque, toalha e espanador debaixo do braço, ocupado em "arrumar a ante-sala", ouviu baterem de leve na porta. Não haviam tocado a campainha, procedimento discreto em um dia como aquele. Basque abriu e viu o senhor Fauchelevent. Introduziu-o na sala, ainda cheia de coisas e de pernas para o ar, parecendo o campo de batalha das alegrias da véspera.

— Ai, meu senhor — observou Basque —, hoje acordamos tarde.

— Seu patrão já se levantou? — perguntou Jean Valjean.

— Como está seu braço? — respondeu Basque.

— Melhor. Seu patrão já se levantou?

— Qual deles? O novo ou o velho?

— O senhor Pontmercy.

— O senhor barão? — disse Basque, aprumando-se.

Ser barão é importante sobretudo para os criados; algo disso recai sobre eles, que têm o que um filósofo chamaria de respingos do título; isso os envaidece. Marius, diga-se de passagem, republicano militante como já provara ser, agora era barão contra a sua vontade. Uma pequena revolução ocorrera na família a propósito desse título. No momento, era o senhor Gillenormand quem o valorizava e Marius quem se despreendia dele. Porém, o Coronel Pontmercy escrevera: "Meu filho usará meu título". Marius obedecia. Além disso, Cosette, em quem a mulher começava a despontar, estava encantada em ser baronesa.

— O senhor barão? — repetiu Basque. — Vou ver. Vou dizer a ele que o senhor Fauchelevent está aqui.

— Não. Não lhe diga que sou eu. Diga-lhe que alguém quer falar com ele em particular, mas não diga o nome.

— Ah! — disse Basque.

— Quero fazer-lhe uma surpresa.

— Ah! — repetiu Basque, dando a si mesmo este segundo "Ah!" como explicação para o primeiro.

E saiu.

Jean Valjean ficou só.

A sala, acabamos de dizer, estava em completa desordem. Parecia que, apurando-se os ouvidos, ainda fosse possível ouvir o vago rumor das bodas. Pelo chão, havia todo tipo de flores, caídas das guirlandas e dos penteados. As velas, queimadas até o fim, acrescentavam aos cristais dos lustres estalactites de cera. Nem um único móvel estava em seu devido lugar. Nos cantos, três ou quatro poltronas, próximas umas das outras e dispostas em círculo, pareciam continuar uma conversa. O conjunto era alegre. Existe ainda alguma graça em uma festa morta. Ela fora feliz. Sobre essas cadeiras desarrumadas, por entre essas flores murchando, sob essas luzes apagadas, haviam pensado com alegria. O sol sucedia ao lustre, e entrava alegremente na sala.

Decorreram alguns minutos. Jean Valjean estava imóvel no mesmo lugar em que Basque o deixara. E estava muito pálido. Os olhos encovados e de tal forma fundos sob as órbitas, por causa da insônia, quase desapareciam. Seu traje preto tinha as dobras cansadas de uma roupa com a qual se passou a noite. Os cotovelos estavam cobertos daquela penugem branca que o lençol deixa quando em atrito com a roupa.

Jean Valjean olhava a seus pés a janela desenhada pelo sol no assoalho.

Um ruído foi feito na porta e ele levantou o olhar.

Marius entrou, cabeça erguida, sorriso nos lábios, não se sabe que luz tinha seu semblante, fronte radiante, o olhar triunfante. Também ele não havia dormido. Ao avistar Jean Valjean exclamou:

— É o senhor, pai! E o bobo do Basque com um ar todo misterioso! O senhor veio cedo demais. Não passa de meio-dia e meia. Cosette ainda está dormindo.

As palavras "meu pai", ditas por Marius ao senhor Fauchelevent significavam: "felicidade suprema". Como se sabe, entre eles sempre houve distanciamento, frieza e constrangimento; gelo a ser rompido ou a derreter. Marius estava a tal ponto inebriado que o distanciamento diminuía, o gelo se dissolvia, e o senhor Fauchelevent era para ele, como era para Cosette, um pai.

Ele continuou; as palavras transbordavam de sua boca, como é próprio aos divinos paroxismos da alegria:

— Como estou contente em vê-lo! Se soubesse a falta que nos fez ontem!... Bom dia, pai. Como está sua mão? Melhor, não é?

E, satisfeito com a boa resposta que dava a si mesmo, prosseguiu:

— Nós dois falamos bastante do senhor. Cosette o ama muito! Não se esqueça de que tem um quarto aqui. Não queremos mais saber da rua de l'Homme-Armé. De jeito nenhum. Como o senhor pôde ter ido morar em uma rua como aquela, doentia, triste, feia, com uma barreira na extremidade, onde faz frio, onde não se pode entrar? Venha instalar-se aqui. Hoje mesmo! Ou terá de entender-se com Cosette. Ela pretende mandar em todos nós, já vou lhe prevenindo. O senhor já viu seu quarto, fica ao lado do nosso, e dá para o jardim; já mandamos consertar a fechadura; a cama está arrumada, está tudo pronto; só falta o senhor chegar. Cosette colocou perto de sua cama uma poltrona de veludo de Utrecht, à qual disse: estenda-lhe os braços. Na primavera, sempre há um rouxinol na moita de acácias que fica em frente a suas janelas. Estará aqui em dois meses. O senhor terá o ninho do rouxinol à sua esquerda e o nosso à sua direita. À noite, ele cantará, e de dia Cosette falará. Seu quarto é privilegiado. Cosette arrumará seus livros, a viagem do capitão Cook e o outro, aquele de Vancouver, e todas as suas coisas. Se não me engano, há uma pequena valise à qual o senhor é muito apegado; já reservei um canto de honra para ela. O senhor conquistou meu avô, ele simpatizou com o senhor. Viveremos juntos. Sabe jogar o *whist*? Se souber, vai dar muita satisfação a meu avô. É o senhor que vai levar Cosette para passear nos dias em que eu estiver no tribunal, vai dar o braço a ela, sabe, como antigamente no Luxemburgo. Estamos absolutamente decididos a sermos muito felizes. E o senhor vai participar da nossa felicidade, ouviu? Ah, e o senhor almoça conosco hoje?

— Senhor — disse Jean Valjean —, tenho uma coisa para lhe dizer. Sou um antigo forçado.

O limite dos sons agudos perceptíveis tanto pode ser ultrapassado em relação à alma como em relação aos ouvidos. As palavras: "Sou um antigo forçado", saindo da boca do senhor Fauchelevent e entrando nos ouvidos de Marius, iam além _Ô‾possível. Marius não ouviu. Teve a impressão de que alguma coisa acabava de ser-lhe dita, mas não sabia o quê. Ficou boquiaberto.

Reparou então que o homem que lhe falava estava medonho.

Entregue a seu deslumbramento, até aquele momento não notara sua terrível palidez.

Jean Valjean desatou a tira preta que sustentava seu braço direito, desenrolou a atadura que tinha em torno da mão, deixou o polegar de fora e o mostrou a Marius:

— Não tenho nada na mão — disse.

Marius olhou para o polegar.

— Nunca tive nada na mão — acrescentou Jean Valjean.

De fato, não havia vestígio algum de ferida.

Jean Valjean prosseguiu:

— Convinha que eu estivesse ausente de seu casamento, e me ausentei o mais que pude. Inventei esse ferimento para não fazer uma falsificação, para não introduzir nada que pudesse anular os registros de casamento, e para ser dispensado de assinar.

Marius gaguejou.

— O que isso quer dizer?

— Isso quer dizer — respondeu Jean Valjean — que eu estive nas galés.

— O senhor está me deixando louco! — exclamou Marius assustado.

— Senhor Pontmercy — continuou Jean Valjean —, eu estive dezenove anos nas galés, por roubo. Depois fui condenado a prisão perpétua, por reincidência. Presentemente, sou um forçado evadido.

Por mais que Marius tentasse recuar ante a realidade, recusar o fato, resistir à evidência, teve de se render a ela. Começou a compreender, e, como sempre sucede em tais casos, foi mais além. Sentiu o tremor de um medonho raio interior; uma idéia, que o fez estremecer, atravessou seu espírito. Entreviu no futuro, para ele mesmo, um destino abjeto.

— Diga tudo, diga tudo! — gritou. — O senhor é o pai de Cosette!

Deu dois passos para trás com um gesto de indizível horror.

Jean Valjean ergueu a cabeça com tal majestade de atitude que parecia ter crescido até o teto.

— É necessário que o senhor acredite em mim, e embora o juramento entre nós não seja recebido em justiça...

Neste ponto, ficou em silêncio; depois, com uma espécie de autoridade soberana e sepulcral, acrescentou, articulando e acentuando lentamente as sílabas:

— ...o senhor acreditará em mim. Pai de Cosette, eu! Perante Deus, não! Senhor Barão de Pontmercy, eu sou um aldeão de Faverolles, que ganhava a vida podando árvores. Meu nome não é Fauchelevent, é Jean Valjean. Não sou nada de Cosette. Fique tranqüilo.

Marius balbuciou:

— Quem me prova?

— Eu. Pois estou lhe dizendo.

Marius olhou bem para aquele homem. Ele estava lúgubre e tranqüilo. Nenhuma mentira poderia sair de tal serenidade. O que é glacial é sincero. Sentia-se a verdade naquela frieza sepulcral.

— Acredito no senhor — disse Marius.

Jean Valjean inclinou a cabeça, em sinal de ter ouvido, e prosseguiu:

— O que sou para Cosette? Alguém de passagem. Há dez anos sequer sabia que ela existia. Eu a amo, é verdade! Uma criança que se conhece de pequena, quando já se está velho, será amada. Quando estamos velhos, nos sentimos o vovô de todas as criancinhas. O senhor pode supor, assim me parece, que tenho alguma coisa parecida com um coração. Ela era órfã; não tinha pai nem mãe. Precisava de mim. Foi por isso que me afeiçoei a ela. As crianças são tão frágeis que, o primeiro que aparece, mesmo um homem como eu, pode se tornar seu protetor. Cumpri esse dever para com Cosette. Não creio que se possa realmente chamar tão pouca coisa de uma boa ação; mas se for uma boa ação, pois bem, eu a pratiquei. Registre essa circunstância atenuante. Hoje Cosette sai da minha vida; nossos dois caminhos se separam. De agora em diante, não posso fazer mais nada por ela. É a senhora Pontmercy. Sua Providência mudou. E Cosette ganha com a mudança. Está tudo bem. Quanto aos seiscentos mil francos, o senhor não me fala deles, mas eu me adianto a seu pensamento, trata-se de um depósito. Como esse depósito encontrava-se em minhas mãos? Pouco importa; estou entregando-o. Não há nada mais a me perguntar. Completo a restituição declarando meu verdadeiro nome. Isso ainda me diz respeito. Faço questão que o senhor saiba quem eu sou.

E Jean Valjean olhou fixamente para Marius.

Tudo o que Marius sentia era tumultuado e incoerente. Certos vendavais do destino produzem essas ondas em nossa alma.

Todos já tivemos desses momentos de perturbação em que tudo dentro de nós se dispersa; dizemos o que primeiro nos vem à cabeça, o que nem sempre é exatamente o que deveria ser dito. Há revelações súbitas que não se podem suportar, e que embriagam como um vinho funesto.

Marius estava estupafato com a nova situação que se apresentava, a ponto de quase falar àquele homem como alguém que estivesse muito aborrecido com aquela confissão.

— Mas, enfim — exclamou —, para que me diz tudo isso? O que o força a isso? O senhor bem podia guardar seu segredo para si.

Não está sendo nem denunciado, nem perseguido, nem acuado. Algum motivo tem para fazer tão espontaneamente uma revelação dessas. Então termine. Há alguma outra coisa. Com que propósito está fazendo essa confissão? Por que motivo?

— Por que motivo? — respondeu Jean Valjean em voz tão baixa e surda que mais parecia falar consigo mesmo do que com Marius. — Por que motivo, na verdade, esse forçado vem dizer: "Eu sou um forçado?" Na verdade, o motivo é estranho. É por honestidade. Olhe, minha desgraça é um fio que aqui tenho no coração e que me mantém preso. Principalmente quando estamos velhos é que esses fios ficam mais sólidos. Toda a vida se desfaz em torno de nós, mas eles resistem. Se eu tivesse conseguido arrancar esse fio, quebrá-lo, desatar seu nó ou cortá-lo, ir para bem longe, estaria salvo, era só partir; não faltam diligências na rua Bouloy; vocês estão felizes, e eu vou-me embora. Tentei romper esse fio, arrancá-lo, mas ele resistiu, não quebrou; eu arrancava meu coração com ele. Então pensei: "Não posso viver senão aqui; preciso ficar". Pois bem, certo, o senhor tem razão, sou um imbecil, por que simplesmente não ficar? O senhor me oferece um quarto em sua casa, a senhora Pontmercy gosta de mim, até diz à poltrona: estenda-lhe os braços; seu avô não exige nada, simpatiza comigo; viveremos todos juntos, as refeições em comum, darei o braço a Cosette... à senhora Pontmercy, perdão, é o hábito; teremos um só teto, uma só mesa, o mesmo fogo e o mesmo canto de lareira no inverno; o mesmo passeio no verão; isso é a alegria, é a felicidade, é tudo! Viveremos em família. Em família!

A essa palavra, o semblante de Jean Valjean tornou-se esquivo. Cruzou os braços, olhou o chão a seus pés como se ali quisesse cavar um abismo, e de repente sua voz soou vibrante:

— Em família! Não! Eu não pertenço a família nenhuma. Não pertenço nem à sua, nem à dos homens. Nas casas onde se vive em família, eu estou sobrando. Há muitas famílias, mas não para mim. Sou um infeliz, estou de fora. Será que tive um pai e uma mãe? Quase chego a duvidar. No dia em que casei essa menina, acabou; vi que estava feliz, que estava com o homem a quem ama, que aqui havia um bom avô, um casal de dois anjos, todas as alegrias dentro desta casa, que tudo estava bem, e então disse a mim mesmo: "Você, não entre!" Eu podia mentir, é verdade, enganá-los, todos, continuar sendo o senhor Fauchelevent. Enquanto foi por ela, eu pude mentir, mas agora seria por mim, e não devo fazê-lo. Bastava calar-me, é verdade, e tudo continuaria como até agora. O senhor me pergunta o que me força a falar? Uma bobagem, minha consciência! No entanto, calar-me seria muito fácil. Passei a noite tentando persuadir-me disso. O senhor quer que eu fale, e o que acabo de dizer-lhe é tão extraordinário que lhe dá direito a isso; é o que lhe digo, passei a noite inteira mostrando-me razões, dei-me ótimas razões, fiz o que pude para isso, acredite. Mas há duas coisas que não consegui: nem romper o fio que me mantém pelo coração preso, ligado, fixado aqui; nem fazer calar alguém que me fala baixinho quando estou só. Foi por isso que vim confessar-lhe tudo esta manhã. Tudo ou quase tudo. Há coisas inúteis que só dizem respeito a mim, e por isso as guardo comigo. O essencial o senhor ficou sabendo. Peguei meu mistério e o trouxe ao senhor. Desvendei meu segredo a seus olhos. Não foi uma resolução fácil de ser tomada. Passei a noite me debatendo. Ah! O senhor pensa que eu não me disse que esse não era o caso Champmathieu, que escondendo meu nome não faria mal a ninguém; que o nome Fauchelevent me fora dado pelo próprio Fauchelevent em reconhecimento a um favor que eu lhe prestara, e, sendo assim, eu bem podia mantê-lo, e viveria feliz neste quarto que me oferecem, que eu não atrapalharia nada, que eu ficaria no meu cantinho; e, enquanto o senhor teria Cosette, eu teria o consolo de estar na mesma casa que ela. Cada um teria sua felicidade proporcionada. Continuar sendo o senhor Fauchelevent arranjaria tudo. Tudo, menos minha alma. Tudo em torno de mim seria alegria, mas o fundo de minha alma continuaria escuro. Não basta estar feliz, é preciso ficar contente. Assim, permanecendo como senhor Fauchelevent, meu verdadeiro rosto, eu o teria escondido; assim, em presença de sua satisfação, eu seria um enigma; assim, em meio à plena luz de seu dia, eu seria as trevas; assim, sem prevenir, simplesmente, eu introduziria as galés em seu lar; sentaria à sua mesa pensando que, se soubesse quem eu era, me expulsaria, e seria servido por criados que, se soubessem, diriam: "Que horror!" Eu o tocaria com meu cotovelo, contato que o senhor teria o direito de não querer, iria roubar-lhe apertos de mão! Em sua casa, haveria uma partilha de respeito entre veneráveis cabelos brancos e cabelos brancos desonrados; em suas horas mais íntimas, quando todos os corações se julgassem plenamente abertos uns para os outros, quando nós quatro estivéssemos juntos, seu avô, vocês dois e eu, ali haveria um desconhecido! Eu teria ficado lado a lado com vocês, em sua existência, tendo o único cuidado de não derrubar a tampa de meu terrível poço. Desse modo, eu, um morto, estaria impondo-me a vocês, que estão vivos. Cosette, eu a estaria condenando a mim para toda a vida. O senhor, ela e eu seríamos três cabeças cobertas pelo boné verde! O senhor não se arrepia?

Sou agora o mais atormentado dos homens, ou então seria o mais monstruoso. E esse crime, estaria cometendo-o todos os dias! E essa mentira, estaria repetindo-a todos os dias! E esse semblante obscuro, estaria estampado em meu rosto todos os dias! E minha desonra, todos os dias teriam dela sua parte, todos os dias! Meus queridos, minhas inocentes crianças! Calar-se não é nada? Ficar em silêncio é simples? Não, não é simples! Há um silêncio que mente. E minha mentira, minha fraude, minha indignidade, minha covardia, minha traição, meu crime, teria de bebê-los gota a gota, teria de cuspi-los e tornar a bebê-los; acabaria à meia-noite e recomeçaria ao meio-dia; e meu bom-dia mentiria, e meu boa-noite mentiria, e eu dormiria sobre a mentira, e a comeria com meu pão; olharia Cosette de frente, e responderia ao sorriso do anjo com um sorriso de condenado, e seria um velhaco abominável! Por que falar? Para ser feliz! Para ser feliz, eu! Acaso tenho o direito de ser feliz? Estou fora da vida, senhor.

Jean Valjean parou. Marius escutava. Tais encadeamentos de idéias e de angústias não podem ser interrompidos.

Jean Valjean baixou a voz outra vez, mas não era mais a voz surda e sim a sinistra.

— O senhor me pergunta por que eu falo? Já que não estou sendo denunciado, nem perseguido, nem acuado, como disse. Mas, sim, estou sendo perseguido, sim, estou sendo acuado. Por quem? Por mim! Sou eu quem barro a mim mesmo a passagem, e me arrasto e me empurro, e me prendo, e me executo, e, quando se está preso por si mesmo, se está bem seguro.

E agarrando na lapela do próprio casaco e puxando-a em direção a Marius:

— Vê este punho — continuou —, não acha que ele segura esta gola de modo a não soltá-la? Pois bem, a consciência é um outro punho! É preciso, se quisermos ser felizes, senhor, jamais compreendermos o dever, pois, uma vez compreendido, ele é implacável. Parece que nos pune porque o compreendemos, mas não, nos recompensa por isso; porque nos coloca em um inferno onde sentimos Deus ao nosso lado! Tão logo tenhamos rasgado as entranhas, ficamos em paz.

E acrescentou em tom pungente:

— Senhor Pontmercy, pode parecer absurdo, mas sou um homem de bem! Só degradando-me a seus olhos é que elevo-me aos meus. Isso já me aconteceu uma vez, mas foi menos doloroso, não foi nada. Sim, um homem de bem! Não o seria se o senhor, por culpa minha, continuasse a estimar-me; mas agora que me despreza, o sou. Trago esta fatalidade comigo, como não posso jamais ter senão uma consideração roubada, tal consideração deve humilhar-me e oprimir-me interiormente, e, para que eu me respeite, é preciso que me desprezem. Só então me elevo. Sou um forçado que obedece à consciência. Bem sei que isso não é verossímil. Mas que quer que eu faça? É assim. Tenho compromissos comigo mesmo; faço questão de mantê-los. Há encontros que nos unem, há acasos que nos arrastam ao cumprimento do dever! Veja, senhor Pontmercy, aconteceram muitas coisas em minha vida!

Jean Valjean fez nova pausa, engolindo a saliva com esforço, como se suas palavras tivessem um gosto amargo; e prosseguiu:

— Quando se tem algo horrível sobre os ombros, não se tem o direito de partilhá-lo com os outros sem que saibam, não se tem o direito de lhes comunicar sua peste, não se tem o direito de fazê-los escorregar em seu precipício sem que percebam, não se tem o direito de deixar que sua vestimenta vermelha paire sobre eles, não se tem o direito de atulhar com sua miséria a felicidade alheia! Aproximar-se dos sãos e tocá-los nas sombras com sua úlcera invisível é horrendo. Por mais que Fauchelevent quisesse ceder-me seu nome, eu não tinha o direito de servir-me dele; ele podia oferecê-lo a mim, mas eu não podia aceitá-lo. Um nome é um "eu". Sabe, senhor, eu tenho pensado, tenho lido um pouco, embora seja um camponês, me dou conta das coisas. O senhor vê que me exprimo convenientemente. Construí uma educação para mim mesmo. E, bem, subtrair um nome e colocar-se debaixo dele é desonesto. As letras do alfabeto podem ser roubadas, como uma bolsa ou como um relógio. Ser uma assinatura falsa em carne e osso, uma viva chave falsa, entrar na casa de gente de bem forçando a fechadura, jamais olhar diretamente, sempre de través, ser infame em meu íntimo, não, não, não! Antes sofrer, sangrar, chorar, dilacerar a própria pele com as unhas, passar as noites contorcendo-me em angústias, roer as entranhas e a alma! É por isso que venho contar-lhe tudo. Espontaneamente, como o senhor diz.

Respirou com dificuldade e disse estas últimas palavras:

— Há muito tempo, roubei um pão para viver; hoje, para viver, não quero roubar um nome.

— Para viver! — interrompeu Marius. — O senhor não precisa desse nome para viver!

— Ah! Eu sei o que digo — respondeu Jean Valjean, levantando e abaixando a cabeça vagarosamente várias vezes em seguida.

Fez-se silêncio. Os dois se calaram, cada um em um abismo de pensamentos. Marius sentara-se junto a uma mesa, e apoiava o canto da boca em um dedo dobrado. Jean Valjean andava de um lado para o outro. Parou diante de um espelho e permaneceu imóvel. Depois, como se respondesse a uma reflexão interior, disse, olhando para o espelho onde não se enxergava:

— Ao passo que agora sinto-me aliviado!

Recomeçou a andar e foi até o outro lado da sala. Ao voltar-se, reparou que Marius observava o modo como ele andava; então disse-lhe com inexprimível inflexão de voz:

— Arrasto um pouco a perna. Agora o senhor já sabe por quê!

Depois voltou-se completamente para Marius:

— Agora, senhor, imagine o seguinte: eu não disse nada, continuei sendo o senhor Fauchelevent, ocupei meu lugar em sua casa, entre os seus, tenho meu quarto, venho para o café da manhã de chinelos, à noite vamos os três ao teatro, acompanho a senhora Pontmercy às Tulherias e à praça Royal, vivemos juntos, o senhor me supõe seu igual; um belo dia, eu e o senhor estamos conversando, rindo, e de repente, o senhor ouve uma voz gritar este nome: "Jean Valjean!", e eis que a temerosa mão da polícia surge das trevas e arranca bruscamente minha máscara!

Calou-se novamente. Marius levantou-se com um tremor. Jean Valjean continuou:

— O que o senhor diz?

O silêncio de Marius respondia.

Jean Valjean retomou:

— Como bem vê, tenho razão em não me calar. Olhe, seja feliz, esteja nos céus, seja o anjo de um anjo, que o sol o ilumine e que viva contente com tudo isso; não se preocupe com o modo pelo qual um pobre condenado procedeu para abrir seu coração e cumprir seu dever; o senhor tem um miserável diante de si.

Marius atravessou a sala lentamente, e quando estava perto de Jean Valjean estendeu-lhe a mão. Mas Marius teve de buscar essa mão que não lhe foi estendida; Jean Valjean não se opôs, mas pareceu a Marius que apertava uma mão de mármore.

— Meu avô tem amigos — disse Marius —; posso conseguir seu perdão.

— É inútil — respondeu Jean Valjean. — Acreditam-me morto, isso já basta. Os mortos não estão sujeitos à vigilância. Consideram que possam apodrecer tranqüilamente! A morte equivale ao perdão!

E, soltando a mão que Marius segurava, acrescentou com uma espécie de dignidade inexorável:

— Aliás, cumprir meu dever é o amigo a que recorro; só necessito de um perdão, o da minha consciência.

Nesse instante, na outra extremidade da sala, a porta entreabriu-se de mansinho, e o rosto de Cosette apareceu na abertura. Só se divisava seu suave rosto, e ela tinha os cabelos em gracioso desalinho, as pálpebras ainda inchadas de dormir. Ela fez o movimento de um pássaro que coloca a cabeça fora do ninho, olhou primeiro seu marido, depois Jean Valjean, e gritou-lhes sorrindo; dava-se a impressão de se ver um sorriso no fundo de uma rosa:

— Aposto que estão falando de política! Que bobagem, em vez de ficarem comigo!

Jean Valjean estremeceu.

— Cosette!... — balbuciou Marius. E calou-se. Pareciam dois culpados.

Cosette, radiante, continuava a olhar para ambos seguidamente. Havia em seus olhos como que reflexos de paraíso.

— Apanhei-os em flagrante delito — disse Cosette. — Acabo de ouvir através da porta, meu pai Fauchelevent dizendo: "A consciência... Cumprir meu dever..." Isso é política. Não quero. Não se deve falar de política já no dia seguinte. Não é justo.

— Está enganada, Cosette — respondeu Marius. — Estávamos falando de negócios. Falávamos sobre o melhor modo de empregar seus seiscentos mil francos...

— Não é nada disso — interrompeu Cosette. — Estou indo. Querem minha presença?

E, passando resolutamente pela porta, entrou na sala. Estava vestida com um largo roupão branco, com muitas pregas e grandes mangas, que ia do pescoço aos pés. Nos céus dourados dos antigos quadros góticos, encontram-se esses graciosos sacos para colocar anjos.

Ela olhou-se da cabeça aos pés no grande espelho, em seguida exclamou com uma explosão de inefável êxtase:

— Era uma vez um rei e uma rainha. Oh! Como estou contente!

Disse isso e fez reverência a Marius e a Jean Valjean.

— Pronto — disse ela —, vou instalar-me em uma poltrona perto dos senhores; vamos almoçar em meia hora. Podem dizer o que quiserem, eu bem sei que os homens precisam conversar; ficarei bem comportada.

Marius pegou em seu braço e disse-lhe amorosamente:

— Estamos falando de negócios.

— A propósito — respondeu Cosette —, abri minha janela e um bando de *pierrots*[1] acabava de chegar ao jardim. Os pássaros, não os

---

[1] *Pierrots* — essa palavra designa também um tipo de pássaro, os pardais. (N. do E.)

mascarados. Hoje é quarta-feira de cinzas, mas não para os passarinhos.

— Já lhe disse que falamos de negócios, vá, minha querida Cosette, deixe-nos por um momento. Estamos falando de números; isso vai aborrecê-la.

— Esta manhã você colocou uma bela gravata, Marius. Você está muito elegante, meu senhor. Não, isso não vai me aborrecer.

— Tenho certeza que vai.

— Não. Pois são vocês. Não vou entender o que dizem, mas escutarei. Quando se ouve a voz de quem se ama, não é preciso entender as palavras que dizem. Tudo o que quero é estar com vocês. Vou ficar aqui.

— Você é minha querida Cosette! Mas é impossível.

— Impossível!

— Sim!

— Está bem! — replicou Cosette. — Ia contar-lhes as novidades. Ia dizer que o avô ainda está dormindo, que sua tia foi à missa, que a lareira do quarto de meu pai Fauchelevent está fazendo fumaça e Nicolette mandou chamar o limpador, que Toussaint e Nicolette já começaram a discutir, que Nicolette zomba quando Toussaint gagueja. Pois bem, não saberão de nada. Ah! Impossível? Eu também, na minha vez, vou dizer ao senhor: é impossível. E quem é que vai perder? Eu lhe peço, querido Marius, deixe-me ficar com vocês.

— Juro que precisamos ficar sozinhos.

— E então, será que sou alguém?

Jean Valjean não dizia uma palavra. Cosette voltou-se para ele:

— Antes de mais nada, meu pai, quero que me dê um abraço. Que está fazendo aí sem dizer nada, em vez de tomar meu partido? Quem me deu um pai como este? Está vendo que sou infeliz no casamento. Meu marido bate em mim. Vamos, me abrace imediatamente.

Jean Valjean aproximou-se. Cosette voltou-se para Marius.

— Para você, faço uma careta.

E deu o rosto a Jean Valjean.

Jean Valjean deu um passo em direção a ela. Cosette recuou.

— Pai, o senhor está pálido. Seu braço está doendo?

— Já sarou — respondeu Jean Valjean.

— O senhor dormiu mal?

— Não.

— Está triste?

— Não.

— Então me abrace. Se o senhor está bem, se dormiu bem, se está contente, não vou ralhar com o senhor.

E tornou a dar-lhe o rosto.

Jean Valjean deu um beijo naquela fronte que tinha um reflexo celeste.

— Sorria.

Jean Valjean obedeceu. Parecia o sorriso de um espectro.

— Agora defenda-me de meu marido.

— Cosette!... — disse Marius.

— Fique bravo, pai! Diga-lhe que eu devo ficar! Podem muito bem conversar na minha frente. Pensam então que sou tola. É mesmo muito espantoso o que dizem! Negócios, aplicar dinheiro em um banco, grande coisa. Os homens se fazem de misteriosos por qualquer coisa. Quero ficar. Estou muito bonita esta manhã. Olhe para mim, Marius.

E, com um adorável levantar de ombros e um delicado ar amuado, ela encarou Marius.

Houve como uma faísca entre os dois. Pouco importava que alguém estivesse ali.

— Eu a amo! — disse Marius.

— Eu o adoro! — disse Cosette.

E caíram irresistivelmente um nos braços do outro.

— Agora — retomou Cosette ajeitando uma prega do roupão com carinha de triunfo — eu fico.

— Isso não! — respondeu Marius em tom suplicante. — Ainda temos algo a terminar.

— Outra vez não?

Marius assumiu uma grave inflexão de voz:

— Cosette, asseguro-lhe que é impossível.

— Ah! Está fazendo sua voz de homem, senhor. Está bem! Vou embora. O senhor, pai, não me deu apoio. Senhor meu marido, senhor meu pai, vocês são uns tiranos. Vou dizer isso ao avô! Se pensam que vou voltar e fazer alguma grosseria, estão enganados. Sou orgulhosa. Estou à espera de vocês. Vão ver que são vocês que se aborrecerão sem mim. Vou embora, bem feito.

E saiu.

Dois segundos depois, a porta se abriu, seu rosto rosado passou outra vez entre os dois batentes e ela gritou-lhes:

— Estou com muita raiva.

A porta voltou a fechar-se e a escuridão se refez.

Era como um raio de sol perdido que, sem suspeitar, tivesse atravessado bruscamente a noite.

Marius certificou-se de que a porta estava bem fechada.

— Pobre Cosette! — murmurou ele. — Quando ela vier a saber...

A essas palavras, Jean Valjean estremeceu inteiro. Fixou Marius com um olhar perturbado.

— Cosette! Oh! Sim! É verdade, o senhor vai contar tudo isso a Cosette. É justo. Eu não havia pensado nisso. A gente tem força para uma coisa, e não tem para outra. Senhor, peço-lhe, suplico-lhe, dê-me sua palavra mais sagrada, não lhe diga nada. Já não basta que o senhor saiba? Eu pude falar sem ser obrigado; teria dito ao universo, a todo o mundo, pouco me importaria. Mas a ela, ela não sabe o que é isso, ficaria assustada. Um forçado! Seriam obrigados a explicar-lhe, dizer-lhe: "É um homem que esteve na prisão". Um dia ela viu passar uma leva de forçados. Ai meu Deus!

E prostrou-se em uma poltrona, escondendo o rosto entre as mãos. Não dava para ouvi-lo, mas, pelos movimentos de seus ombros, via-se que chorava. Um choro silencioso, um choro terrível. Há algo de sufocante nos soluços.

Jean Valjean foi tomado por uma espécie de convulsão, virou-se para o encosto da poltrona como para tomar fôlego, deixando cair os braços e mostrando a Marius seu rosto inundado de lágrimas; e Marius ouviu-o murmurar tão baixo que sua voz parecia vir de uma profundidade sem fim:

— Oh! Quem me dera morrer!

— Fique tranqüilo — disse Marius —, guardarei seu segredo para mim.

E, menos enternecido, talvez, do que deveria estar, mas obrigado, havia uma hora, a familiarizar-se com um inesperado tão terrível, vendo um forçado sobrepor-se gradualmente a Fauchelevent, ali mesmo à sua vista, dominado, pouco a pouco, por essa lúgubre realidade e levado pela inclinação natural da situação a reconhecer a distância que acabava de se interpor entre aquele homem e ele, acrescentou:

— Não posso deixar de dizer-lhe uma palavra a respeito do depósito que o senhor, tão fiel e honestamente, fez. Foi um ato de probidade. É justo que uma recompensa lhe seja dada. Fixe o senhor mesmo a soma, ela lhe será entregue. Não receie em fixar um valor bem alto.

— Eu lhe agradeço, senhor — respondeu Jean Valjean de modo afável.

E ficou um momento pensativo, passando maquinalmente a ponta do indicador sobre a unha do polegar; depois elevou a voz:

— Tudo está praticamente concluído. Só me falta uma coisa...

— Qual?

Jean Valjean teve um momento de suprema hesitação e, sem voz, quase sem fôlego, mais balbuciou do que disse:

— Agora que o senhor sabe, o senhor, que é o dono da casa, acha que não devo mais ver Cosette?

— Acho que seria melhor — respondeu Marius friamente.

— Não tornarei a vê-la — disse Jean Valjean.

E dirigiu-se à porta.

Pôs a mão na maçaneta, a lingüeta cedeu, a porta entreabriu-se; Jean Valjean abriu-a apenas o suficiente para poder passar, permaneceu imóvel por um segundo, tornou a fechar a porta e voltou-se para Marius. Não estava mais pálido, estava lívido. Não havia mais lágrimas em seus olhos, mas uma espécie de trágica chama. Sua voz voltara a ficar estranhamente calma.

— Olhe, se o senhor quiser, virei vê-la. Asseguro-lhe que desejo muito fazê-lo. Se eu não fizesse questão de ver Cosette, não lhe teria feito a confissão que lhe fiz, teria partido. Foi por querer ficar no mesmo lugar em que Cosette está, para continuar a vê-la, que precisei honestamente dizer-lhe tudo. O senhor entende meu raciocínio, não é? É algo compreensível. O senhor sabe, há nove anos a tenho perto de mim. Primeiro moramos no casarão do bulevar, depois no convento, depois nas proximidades do Luxemburgo. Foi lá que o senhor a viu pela primeira vez. Deve lembrar do chapéu de pelúcia azul que ela usava. Depois fomos para o bairro de Invalides, para uma casa da rua Plumet, com grade e jardim. Eu ocupava um pequeno quarto de fundo de onde ouvia seu piano. Essa é minha vida. Nunca nos separamos. Isso durou nove anos e alguns meses. Era como se eu fosse o pai dela e ela minha filha. Não sei se me compreende, senhor Pontmercy, mas ir embora agora, nunca mais tornar a vê-la, nem falar com ela, não ter mais nada, seria muito difícil. Se não achar ruim, virei de tempos em tempos ver Cosette. Não virei com freqüência, nem ficarei muito tempo. Diga para me receberem na salinha de baixo. Posso entrar pela porta de trás, que é para os criados, mas talvez isso chame a atenção. É melhor, me parece, que eu entre por onde entram todos. Senhor, é verdade, eu gostaria muito de ainda poder ver Cosette. Tão raramente quanto lhe agrade. Ponha-se em meu lugar, não tenho mais nada. Além disso, é preciso ter cuidado. Se eu parasse completamente de vir, causaria má impressão, achariam estranho. O que posso fazer, por exemplo, é vir à noite, quando começar a anoitecer.

— Venha todas as noites — disse Marius —; Cosette o esperará.

— O senhor é bondoso — disse Valjean.

Marius despediu-se de Jean Valjean, a felicidade reconduziu o desespero até a porta; e os dois homens se afastaram.

II. As obscuridades que uma revelação pode conter

Marius estava transtornado.

A impressão de distanciamento que sempre tivera em relação ao homem que via ao lado de Cosette estava-lhe agora explicada. Existia naquele personagem qualquer coisa de enigmático, para a qual seu instinto o advertia. Esse enigma era a mais horrível das vergonhas, a prisão. O tal senhor Fauchelevent era o forçado Jean Valjean.

Encontrar inesperadamente um segredo como esse no meio de sua felicidade é semelhante a descobrir um escorpião em um ninho de rolinhas.

A felicidade de Marius e de Cosette estaria de agora em diante condenada a esse contato? Esse seria um fato consumado? A aceitação desse homem fazia parte integrante do casamento? Não havia mais nada a fazer?

Marius também desposara aquele forçado?

Por mais que se esteja coroado de luz e de alegria, por mais que se saboreie a grande hora púrpura da vida, o amor feliz, tais abalos forçariam a estremecer até um arcanjo em seu êxtase, até um semideus em sua glória.

Como sempre acontece nesse tipo de mudança evidente, Marius se perguntava se não tinha algo a recriminar-se. Faltara-lhe instinto? Faltara-lhe prudência? Aturdira-se involuntariamente? Um pouco, talvez. Engajara-se, sem suficiente precaução para avaliar as circunstâncias, nessa aventura de amor que havia terminado em seu casamento com Cosette?

Ele constatava — é assim, por uma série de constatações sucessivas, de nós mesmos sobre nós mesmos, que a vida nos corrige pouco a pouco —, ele constatava o lado quimérico e visionário de sua natureza, espécie de nuvem interior peculiar a muitas organizações, e que, nos paroxismos da paixão e da dor, se dilata com a mudança de temperatura da alma e invade inteiramente o homem, a ponto de fazer dele não mais que uma consciência envolta em brumas. Mais de uma vez apontamos esse elemento característico da individualidade de Marius. Lembrava-se que, na embriaguês de seu amor, durante aquelas seis ou sete semanas extasiantes na rua Plumet, nem pensara em falar com Cosette sobre o drama do casebre Gorbeau, em que a vítima tomara a estranha decisão de ficar em silêncio durante a luta, e de se evadir depois. Como acontecera, ele não ter falado a respeito disso com Cosette? E no entanto era tão recente e tão horrível! Como acontecera, ele não ter tocado no nome dos Thénardier, e, particularmente, não ter falado do dia em que encontrara Éponine? Tinha dificuldade em explicar-se agora sobre seu silêncio de então. Contudo, o compreendia. Lembrava-se de seu atordoamento, de sua embriaguez por Cosette, o amor absorvendo tudo, daquele enlevo de um pelo outro em um ideal, e talvez também de uma quantidade imperceptível de razão em meio a esse violento e aprazível estado da alma, um vago e surdo instinto de esconder e abolir de sua memória aquela temerosa aventura cujo contato receava, e na qual não queria representar papel algum, à qual se esquivava, não podendo ser narrador nem testemunha sem ser acusador. Além disso, aquelas poucas semanas tinham passado como um relâmpago, não tinham tido tempo para mais nada além de se amarem. Enfim, tudo pesado, tudo revirado, tudo examinado, se tivesse contado a Cosette a cilada do casebre Gorbeau, se tivesse falado dos Thénardier, quaisquer que tivessem sido as conseqüências, mesmo que tivesse descoberto que Jean Valjean era um forçado, isso o teria transformado, a ele, Marius? Ou a ela, Cosette? Ele teria recuado, ou a adorado menos? Teria deixado de esposá-la? Não. Isso teria mudado algo do que estava feito? Não. Então, nada a lamentar, nada a se recriminar. Estava tudo bem.

Há um Deus para esses bêbados que chamamos de apaixonados.

Cego, Marius seguira o caminho que teria escolhido se visse. O amor vendou-lhe os olhos para conduzi-lo aonde? Ao paraíso.

Mas esse paraíso estava agora complicado por uma aproximação infernal.

O antigo distanciamento de Marius em relação àquele homem, àquele Fauchelevent que se convertera em Jean Valjean, estava agora entremeado de horror. Nesse horror, devemos dizer, havia um pouco de piedade e até uma certa surpresa.

Esse ladrão, esse ladrão reincidente, restituíra um depósito. E que depósito! Seiscentos mil francos. Sendo o único a saber desse segredo, poderia ter ficado com tudo, mas restituiu tudo. Além disso, havia revelado espontaneamente sua situação. Nada o obrigava. Se agora se sabia quem era, devia-se a ele mesmo. Nessa confissão havia mais que a aceitação da humilhação, havia a aceitação do perigo. Para um condenado, uma máscara não é só uma máscara, é um abrigo. E ele renunciara a esse abrigo. Um nome falso é a segurança, e ele rejeitara esse nome falso. Podia, se quisesse, esconder-se para sempre em uma família honesta, mas resistira a essa tentação. E por qual motivo? Por escrúpulo de consciência. Ele próprio o explicara com o irresistível acento da realidade. Em suma, fosse quem fosse esse Jean Valjean, era incontestavelmente uma consciência que despertava. Ali havia não se sabe que misteriosa reabilitação iniciada; e, segundo todas as aparências, havia muito tempo o escrúpulo era mestre daquele homem. Tais acessos do justo e do bem não são próprios de naturezas vulgares. Despertar de consciência é grandeza de alma.

Jean Valjean fora sincero. Essa sinceridade, visível, palpável, irrefutável, evidente pela própria dor que lhe infligia, tornava as informações inúteis e dava autoridade a tudo o que aquele homem havia dito.

Neste ponto, Marius via uma singular confusão de situações.

O que inspirava o senhor Fauchelevent? A desconfiança. O que inspirava Jean Valjean? A confiança.

No misterioso balanço de Jean Valjean que Marius, pensativo, fazia, examinava o ativo e o passivo, e tentava chegar a um equilíbrio. Mas tudo isso parecia ocorrer dentro de uma tempestade.

Marius, esforçando-se para fazer uma idéia clara desse homem, e seguindo Jean Valjean, por assim dizer, ao fundo de seu pensamento, perdia-o e reencontrava-o em meio a uma névoa fatal.

A honesta restituição do depósito, a probidade da revelação, muito bem, isso tinha o efeito de um clarão através da nuvem; mas logo a nuvem voltava a escurecer.

Por mais confusas que fossem as lembranças de Marius, elas tinham alguma sombra.

Que significava aquela aventura passada na espelunca Jondrette? Por que, com a chegada da polícia, aquele homem evadiu-se em vez de queixar-se? Agora Marius encontrava a resposta. Porque aquele homem era procurado pela justiça, um forçado fugido das galés.

Outra pergunta: "Por que aquele homem fora à barricada?" Pois nesse momento essa lembrança voltava distintamente à memória de Marius, reaparecendo-lhe no meio das emoções como tinta simpática ao fogo. Esse homem estivera na barricada, embora não combatesse. Que fora fazer? Diante dessa questão, um espectro se erguia e fornecia a resposta. Javert. Marius lembrava agora perfeitamente da fúnebre visão de Jean Valjean arrastando Javert amarrado para fora da barricada, e ouvia ainda, por trás da esquina da viela Mondétour, o medonho tiro de pistola. Havia, verdadeiramente, ódio entre o espião e o forçado. Um incomodava o outro. Jean Valjean tinha ido à barricada para vingar-se. Chegou tarde. Provavelmente sabia que Javert se achava ali prisioneiro. A *vendetta* corsa havia penetrado certas classes inferiores da sociedade, onde faz a lei; ela é tão simples que não surpreende as almas um pouco voltadas para o bem; e de tal modo tais corações se portam, que um criminoso, em vias de se arrepender, pode ter escrúpulos em relação ao roubo e não em relação à vingança. Jean Valjean matara Javert. Ao menos isso parecia evidente.

Última pergunta, enfim, mas à qual não tinha resposta. Essa pergunta, Marius a sentia como uma tenaz. Como se explicava que a existência de Jean Valjean tivesse acompanhado por tanto tempo a de Cosette? Que sombrio jogo da Providência havia colocado aquela criança em contato com aquele homem? Então também existem correntes duplas lá em cima, e Deus se compraz em acorrentar o anjo ao demônio? Um crime e uma inocência podem então ser camaradas de quarto nas misteriosas galés da miséria? Nesse desfile de condenados chamado destino humano, duas frontes podem passar, uma ao lado da outra, uma ingênua, a outra terrível, uma inundada pela divina brancura da alvorada, outra para sempre empalecida pela lívida luz de um relâmpago eterno? Quem pode ter determinado tão inexplicável associação? De que modo, em virtude de que prodígio, fora possível estabelecer-se uma existência comum entre aquela celeste menina e aquele homem condenado? Quem conseguira ligar o cordeiro ao lobo e, coisa mais extraordinária ainda, ligar o lobo ao cordeiro? Pois o lobo amava o cordeiro, o ser feroz adorava o ser frágil; pois, durante nove anos, o anjo tivera o monstro como ponto de apoio. A infância e a adolescência de Cosette, seus primeiros passos no mundo, seu virginal crescimento para a vida e para a luz tiveram abrigo naquela dedicação disforme. Nesse ponto, as perguntas ramificavam-se, por assim dizer, em inumeráveis enigmas; abismos abriam-se no fundo de outros abismos, e Marius não podia debruçar-se sobre Jean Valjean sem vertigem. Que era então aquele homem-precipício?

Os velhos símbolos genesíacos são eternos; na sociedade humana, tal qual existe, até o dia em que uma claridade maior possa mudá-la, sempre haverá dois homens, um superior, outro subterrâneo; o que existe segundo o bem é Abel, o que existe segundo o mal é Caim.

Quem era esse terno Caim? Quem era esse bandido religiosamente absorvido na adoração de uma virgem, velando por ela, criando-a, preservando-a, dignificando-a, envolvendo-a, ele, tão impuro, em pureza? Quem era esse monstro que venerara aquela inocência a ponto de não lhe deixar uma mancha? Quem era esse Jean Valjean que cuidara da educação de Cosette? Quem era essa figura das trevas cujo único cuidado era preservar da menor sombra, da menor nuvem, o despontar de um astro?

Esse era o segredo de Jean Valjean; e esse era também o segredo de Deus.

Diante desse duplo segredo, Marius recuava. De certa forma, um o tranqüilizava a respeito do outro. Naquela aventura, Deus era tão visível quanto Jean Valjean. Deus tem seus instrumentos; e serve-se da ferramenta que lhe aprouver. Ele não tem de prestar contas ao homem. Sabemos lá como Deus faz as coisas? Jean Valjean ocupara-se de Cosette. De certo modo, havia formado aquela alma. Era incontestável. Muito bem, e então? O artista era horrível, mas a obra era admirável. Deus produz seus milagres como melhor lhe parece. Ele construíra a encantadora Cosette, e para isso empregara Jean Valjean. Agradou-lhe escolher esse estranho colaborador. Que contas temos a pedir-lhe? Seria essa a primeira vez que o esterco ajuda a primavera a produzir uma rosa?

Marius dava-se essas respostas e afirmava a si mesmo que eram boas. Sobre todos os pontos que acabamos de indicar, não ousara pressionar Jean Valjean, não admitia a si mesmo que não ousava fazê-lo. Adorava Cosette, possuía Cosette, Cosette era esplendidamente pura. Isso lhe bastava. Que esclarecimento lhe faltava? Tinha tudo, que mais poderia desejar? Tudo, será que já não é o bastante? Os negócios pessoais de Jean Valjean não lhe diziam respeito. Inclinando-se sobre a sombra fatal desse homem, agarrava-se à declaração solene do miserável: "Não sou nada para Cosette. Há dez anos sequer sabia que ela existia".

Jean Valjean era alguém de passagem. Ele próprio o dissera. Pois bem, ele passava. Fosse ele quem fosse, seu papel havia terminado. De agora em diante, havia Marius para desempenhar as funções da Providência junto a Cosette. Cosette viera encontrar no azul seu igual, seu amante, seu esposo, seu homem celeste. Ao voar, Cosette, alada e transfigurada, deixava atrás dela, na terra, vazia e medonha, sua crisálida, Jean Valjean.

Em qualquer círculo de idéias que Marius girasse, sempre voltava-lhe um certo horror a Jean Valjean. Horror sagrado, talvez, pois, acabamos de apontar, ele sentia um *quid divinum* naquele homem. Mas, por mais que fizesse, por mais que procurasse atenuantes, acabava sempre voltando ao mesmo ponto: era um forçado, quer dizer, uma criatura que, na escala social, não tem sequer lugar, ficando abaixo do último degrau. Após o último dos homens, vem o forçado. O forçado já não é, por assim dizer, um semelhante dos vivos. A lei o destituiu de toda quantia de humanidade que ela pode tirar de um homem.

Apesar de democrata, com relação a questões penais, Marius

seguia ainda o sistema inexorável, e tinha, sobre aqueles a quem a lei toca, todas as idéias da lei. Devemos dizer, ele ainda não havia alcançado todos os progressos. Ainda não estava pronto para distinguir entre o que é escrito pelo homem e o que é escrito por Deus, entre a lei e o direito. Ainda não havia examinado e ponderado o direito que o homem se arroga de dispor do irrevogável e do irreparável. Não se revoltava com a palavra *vindicta*. Achava simples que certas infrações à lei escrita fossem seguidas de penas eternas, e aceitava, como procedimento de civilização, a danação social. Era nesse estágio que ainda se encontrava, mais tarde sujeito, infalivelmente, a avançar, tendo uma índole boa e, no fundo, feita de progresso latente.

Em meio a essas idéias, Jean Valjean aparecia-lhe disforme e repulsivo. Era o réprobo, o forçado. Essa palavra era para ele como o som da trombeta do juízo final; e seu último gesto, após haver considerado Jean Valjean por bastante tempo, era desviar a cabeça. *Vade retro*.

Marius, é preciso reconhecer e mesmo insistir, apesar de haver interrogado Jean Valjean a ponto de este lhe dizer: *o senhor quer que eu fale*, não lhe fizera, contudo, duas ou três perguntas decisivas. Não porque elas não lhe tivessem vindo à mente, mas porque tivera medo de fazê-las.

A espelunca Jondrette? A barricada? Javert? Quem sabe onde iriam parar essas revelações? Jean Valjean não parecia homem de recuar, e quem sabe se Marius, após tê-lo instigado, não teria desejado detê-lo? Em determinadas circunstâncias supremas, já não aconteceu a todos nós de, após fazer uma pergunta, tapar os ouvidos para não ouvir a resposta?

É principalmente quando amamos que temos dessas covardias. Não é sábio interrogar mais que o devido as situações sinistras, principalmente quando o lado indissolúvel de nossa própria vida está fatalmente ligado a elas.

Das explicações desesperadas de Jean Valjean, alguma assustadora luz poderia emergir, e quem sabe se essa claridade vergonhosa não atingiria Cosette? Quem sabe se uma espécie de clarão infernal não ficaria sobre a fronte daquele anjo?

Os reflexos de um relâmpago ainda são parte do raio.

A fatalidade tem dessas solidariedades, em que a própria inocência fica impressa pelo crime por meio da sombria lei dos reflexos colorantes. As mais puras frontes podem guardar para sempre a reverberação de um contato nocivo.

Com ou sem razão, Marius tivera medo. Já sabia demasiado a tal respeito. Terminava mais por atordoar-se do que por esclarecer-se.

Comovido, levava Cosette nos braços, fechando os olhos para Jean Valjean.

Aquele homem era da escuridão, mas uma animada e terrível escuridão. Como ousar sondar-lhe o fundo? É uma temeridade questionar as sombras. Quem sabe o que elas irão responder?

A luz da aurora poderia enegrecer-se para sempre.

Nesse estado de espírito, era para Marius uma perplexidade pungente pensar que aquele homem ainda manteria qualquer contato com Cosette. Essas perguntas terríveis, diante das quais recuara, e de onde poderia resultar uma decisão implacável e definitiva, agora praticamente se reprovava por não tê-las feito. Achava-se bom demais, dócil demais, e, digamos a palavra, fraco demais. Essa fraqueza levara-o a uma concessão imprudente. Deixara-se comover. Errara. Devia, pura e simplesmente, ter repelido Jean Valjean. Jean Valjean era a parte a ser sacrificada para conservar o resto. Era o que devia ter feito, desvencilhar sua casa daquele homem. Tinha raiva de si mesmo, tinha raiva daquele turbilhão de emoções que o ensurdecera, cegara, arrastara. Estava descontente com ele mesmo.

Que fazer agora?

As visitas de Jean Valjean o repugnavam profundamente. Que vinha fazer um homem daqueles em sua casa? Nesse ponto, ficava atordoado, não queria cavar, não queria aprofundar, não queria sondar mais dentro de si mesmo. Prometera, deixara-se levar a prometer; Jean Valjean tinha sua promessa. E mesmo a um forçado, principalmente a um forçado, deve-se manter a palavra. No entanto, seu primeiro dever era para com Cosette.

Em suma, uma repulsa, que dominava tudo, tomava conta dele.

Marius revolvia confusamente todo esse complexo de idéias em sua mente, passando de uma a outra, e abalando-se com todas. Daí provinha-lhe uma profunda perturbação. Não lhe custou pouco esconder essa perturbação de Cosette. Mas o amor é um talento, e Marius o conseguiu. De resto, sem um objetivo aparente, fez algumas perguntas a Cosette, que, com a candura de uma pomba, de nada desconfiou; perguntou-lhe sobre sua infância e juventude, e convenceu-se cada vez mais de que tudo o que um homem pode ser de bom, paternal e respeitável, aquele forçado havia sido para Cosette. Tudo o que Marius entrevira e imaginara era real. A sinistra urtiga amara e protegera o lírio.

LIVRO VIII

A diminuição crepuscular

I. A sala de baixo

No dia seguinte, ao anoitecer, Jean Valjean batia à porta da casa Gillenormand. Foi Basque quem o recebeu. Basque achava-se no portal, naquele exato momento, como se tivesse recebido ordens. Ocorre algumas vezes dizer-se a um criado: "Fique atento para a chegada do senhor fulano".

Sem esperar que Jean Valjean viesse até ele, Basque dirigiu-lhe a palavra:

— O senhor barão recomendou-me que lhe perguntasse se prefere subir ou ficar aqui embaixo.

— Fico aqui embaixo — respondeu Jean Valjean.

Basque, por sinal absolutamente respeitoso, abriu a porta da sala de baixo e disse: "Vou avisar a senhora".

A sala onde Jean Valjean entrou era abobadada e úmida, servindo às vezes de despensa, tinha ladrilhos vermelhos, era mal iluminada por uma janela com grades de ferro, e dava para a rua.

Esse cômodo não era daqueles que importunam o espanador, a escova e a vassoura.

O pó ali ficava em sossego. A perseguição das aranhas não fora organizada. Uma bela teia, amplamente estendida, bem escura, enfeitada com moscas mortas, era ostentada sobre um dos vidros da janela.

A sala, pequena e baixa, estava mobiliada com inúmeras garrafas amontoadas em um canto. As paredes, pintadas de ocre amarelo, descascavam-se em grandes placas. Ao fundo, havia uma lareira com acabamento de madeira, estreito e pintado de preto. O fogo estava aceso, o que indicava que já contavam com a escolha de Jean Valjean: ficar embaixo.

Duas poltronas estavam colocadas dos dois lados da lareira;

entre elas fora estendido, à guisa de tapete, um velho tecido que mostrava mais corda do que lã.

O cômodo tinha como iluminação o fogo da lareira e a claridade que entrava pela janela.

Jean Valjean estava cansado. Havia vários dias não comia nem dormia. Deixou-se cair sobre uma das poltronas.

Basque retornou, colocou uma vela sobre a lareira e retirou-se. Jean Valjean, cabeça inclinada e queixo apoiado sobre o peito, não se deu conta nem de Basque, nem da vela.

De repente, ele se recompôs como que sobressaltado. Cosette estava atrás dele.

Não a vira entrar, mas sentiu que ela entrava.

Voltou-se e contemplou-a. Ela estava adoravelmente bela. Mas o que ele via com esse profundo olhar não era sua beleza, era sua alma.

— Muito bem, pai — exclamou Cosette —, eu sabia que o senhor era estranho, mas nunca poderia esperar por isso. Que idéia! Marius me disse que foi o senhor quem quis que eu o recebesse aqui.

— Sim, fui eu.

— Eu esperava essa resposta. Bem, previno-o de que vou fazer-lhe uma cena. Vamos começar pelo começo. Pai, me dê um beijo.

Ela estendeu-lhe o rosto.

Jean Valjean permaneceu imóvel.

— Constato que o senhor não se mexe. Atitude de culpa. Não faz mal, eu o perdôo. Jesus Cristo disse: "Apresente a outra face". Aí está ela.

E estendeu a outra face.

Jean Valjean não se moveu. Parecia que seus pés estavam pregados ao chão.

— Isso está ficando sério — disse Cosette. — O que foi que eu lhe fiz? Declaro-me zangada. Me deve a reconciliação. Jante conosco.

— Já jantei.

— Não é verdade. Vou pedir ao senhor Gillenormand que lhe dê uma bronca. Os avôs são feitos para repreender os pais. Vamos. Suba comigo para a sala. Agora mesmo.

— Impossível.

Cosette perdia um pouco de terreno. Parou de dar ordens e passou a fazer perguntas.

— Mas por quê? E ainda escolhe o quarto mais feio da casa para me ver. É horrível aqui.

— Você sabe...

Jean Valjean corrigiu-se.

— A senhora sabe, sou esquisito, tenho minhas manias.

Cosette bateu as pequenas mãos uma contra a outra.

— Senhora!... A senhora sabe!... Mais novidades! O que quer dizer isso?

Jean Valjean lançou-lhe aquele sorriso de cortar o coração, ao qual às vezes recorria.

— Você quis ser senhora. E agora é.

— Não para o senhor, pai.

— Não me chame mais de pai.

— Como assim?

— Me chame de senhor Jean, ou Jean, se quiser.

— O senhor não é mais pai? Eu não sou mais Cosette? Senhor Jean? O que tudo isso significa? É alguma revolução? O que está se passando? Olhe bem para mim. O senhor não quer vir morar conosco, não quer o quarto que arrumei! O que eu lhe fiz? O que eu lhe fiz? Aconteceu então alguma coisa?

— Nada!

— Mas e então?

— Tudo fica como antes.

— Por que mudou de nome?

— A senhora também mudou!

Tornou a sorrir com o mesmo sorriso de antes e acrescentou:

— Como agora é a senhora Pontmercy, também posso ser o senhor Jean.

— Não estou entendendo nada. Tudo isso é uma besteira. Vou pedir a meu marido permissão para que seja então o senhor Jean, mas espero que ele não consinta. O senhor está me dando aflição. Tem suas esquisitices, mas não pode magoar sua pequena Cosette. Não tem o direito de ser malvado, o senhor que é tão bom.

Ele não respondeu.

Ela pegou com entusiasmo suas duas mãos e, com um movimento irresistível, elevando-as à altura do rosto, pressionou-as contra seu pescoço e seu queixo, o que é um profundo gesto de ternura.

— Oh! — disse ela. — Seja bom!

E prosseguiu:

— Sabe o que eu chamo ser bom? É ser gentil, vir morar aqui, aqui também tem passarinhos como na rua Plumet, viver conosco, sair daquele buraco da rua de l'Homme-Armé, não nos dar charadas para adivinhar, portar-se como todo o mundo, jantar conosco, almoçar conosco, ser meu pai.

Ele soltou suas mãos.

— A senhora não necessita mais de um pai, agora tem um marido.

Cosette ficou furiosa.

— Não necessito mais de pai! Coisas assim, sem nenhum sentido, realmente não se sabe o que dizer delas!

— Se Toussaint estivesse aqui — tornou Jean Valjean, como quem procura testemunhas e se agarra a todos os galhos —, ela seria a primeira a convir que eu sempre tive as minhas esquisitices. Não é nenhuma novidade. Sempre gostei do meu canto escuro.

— Mas faz frio aqui. Não se enxerga direito. É abominável essa história de querer ser senhor Jean. Não quero que me trate por senhora!

— Há pouco, vindo para cá — respondeu Jean Valjean —, eu vi um móvel em uma marcenaria da rua Saint-Louis. Se eu fosse uma bela mulher, daria esse móvel a mim mesmo. Um belo toucador no estilo do momento, de madeira que chamam pau-rosa, creio eu, todo entalhado. Com um grande espelho e gavetas. Bonito.

— Oh! O urso malvado! — replicou Cosette.

E com extrema delicadeza, serrando os dentes e entreabrindo os lábios, soprou contra Jean Valjean. Era uma Graça imitando uma gata.

— Estou furiosa — prosseguiu ela. — Desde ontem todos vocês me dão raiva. Estou muito irritada. Não estou entendendo nada. O senhor não me defende contra Marius, Marius não me dá apoio contra o senhor. Estou sozinha. Arrumei um quarto com todo o capricho. Se pudesse colocar Deus dentro dele, teria colocado. Mas deixaram meu quarto de lado. Meu inquilino não veio. Digo a Nicolette para fazer um jantarzinho bem feito. "Não queremos seu jantar, senhora." E meu pai Fauchelevent quer que o chame de senhor Jean; e que eu o receba em um horrível, velho e feio porão embolorado, onde as paredes têm barba, e onde há, no lugar de cristais, garrafas vazias, e, no lugar de cortinas, teias de aranha! O senhor é esquisito, concordo, é o seu jeito, mas dê uma trégua para quem se casou. O senhor não devia ter voltado a ser esquisito logo em seguida. O senhor, então, vai ficar bem contente na sua abominável rua de l'Homme-Armé. Ali eu vivia bem desesperada! O que o senhor tem contra mim? O senhor me deixa muito triste. Ora!

E, repentinamente séria, olhou fixamente para Jean Valjean, acrescentando:

— Está chateado comigo porque estou feliz?

A ingenuidade, sem que perceba, algumas vezes penetra fundo. Essa pergunta, simples para Cosette, era profunda para Jean Valjean. Cosette queria apenas arranhar, mas dilacerou. Jean Valjean empalideceu. Permaneceu um momento sem resposta; depois, com um tom inexprimível e falando a si próprio, murmurou:

— Sua felicidade é o objetivo da minha vida. Agora Deus pode assinar minha saída! Cosette, você é feliz; meu tempo findou.

— Ah! Chamou-me de você! — exclamou Cosette. E lançou-se em um abraço.

Jean Valjean, enternecido, estreitou-a contra o peito com exaltação. Pareceu-lhe, por um instante, que a teria de volta.

— Obrigada, meu pai! — disse-lhe Cosette.

Essa impressão tornou-se pungente para Jean Valjean. Desvencilhou-se suavemente dos braços de Cosette e pegou o chapéu.

— E então? — disse Cosette.

Jean Valjean respondeu:

— Vou deixá-la, senhora, estão à sua espera.

E, já no limiar da porta, acrescentou:

— Chamei-a de você; perdoe-me e diga a seu marido que isso não tornará a acontecer.

E saiu, deixando Cosette assombrada com essa enigmática despedida.

II. Outros passos para trás

No dia seguinte, à mesma hora, Jean Valjean voltou.

Cosette não lhe fez perguntas, não se mostrou admirada, não se queixou de frio, não o convidou a subir, evitou chamá-lo de pai e de senhor Jean e deixou-se chamar de senhora. Apenas dava mostras de uma diminuição de alegria. Teria ficado triste se a tristeza lhe fosse possível.

É provável que ela tivesse tido com Marius uma dessas conversas em que o homem amado diz o que quer, não explicando nada e satisfazendo a mulher amada. A curiosidade dos amantes não vai muito além de seu amor.

A sala de baixo passara por uma arrumação. Basque fizera desaparecer as garrafas, e Nicolette as aranhas.

Os dias que se seguiram trouxeram Jean Valjean de volta à mesma hora. Veio todos os dias, não tendo forças para tomar as palavras de Marius a não ser ao pé da letra. Marius fazia sempre por não estar em casa à hora em que Jean Valjean chegava.

A família acostumou-se às novas singularidades do senhor Fauchelevent. Toussaint contribuiu para isso: "Ele sempre foi assim", repetia ela. O avô decretou: "É um extravagante!" E não se falou mais nisso. Aliás, aos noventa anos já não há mais ligação que seja possível; tudo é justaposição; um recém-chegado é um incômodo. Não há mais lugar, todos os hábitos já se instalaram.

Senhor Fauchelevent, ou Tranchelevent, o avô Gillenormand

não queria outra coisa a não ser estar dispensado "daquele senhor". E acrescentou: "Nada é mais comum que esses extravagantes. Fazem todo tipo de esquisitices sem nenhum motivo. O Marquês de Canaples, esse era ainda pior. Comprou um palácio e foi instalar-se no sótão. São aparências fantasiosas que as pessoas têm".

Ninguém entrevê a sinistra parte de baixo. Além disso, quem poderia adivinhar uma coisa desse tipo? Na Índia, há pântanos assim; a água parece extraordinária, inexplicável, trêmula, sem que haja vento; agitada onde deveria estar calma. Vê-se na superfície uma agitação sem causa, pois não se percebe a hidra arrastando-se no fundo.

Muitos homens têm também um monstro secreto, um mal que alimentam, um dragão que os dilacera, um desespero que habita suas noites. Esses homens se parecem com todos os outros, vão e vêm. Não se sabe que dentro desses miseráveis há uma medonha dor parasita, com mil dentes, da qual chegam a morrer. Não se sabe que esses homens são abismos. Estagnados, mas profundos. De tempos em tempos, uma agitação incompreensível se faz à sua superfície. Forma-se uma misteriosa dobra, que desaparece e torna a aparecer; uma bolha de ar sobe e arrebenta. É pouca coisa, mas é terrível. É a respiração da besta desconhecida.

Certos hábitos estranhos, chegar quando os outros se retiram, esconder-se quando os outros se mostram, manter em todas as ocasiões o que se poderia chamar de capa cor de parede, procurar os lugares solitários, preferir a rua deserta, não tomar parte nas conversas, evitar as multidões e as festas, parecer abastado e viver pobremente, trazer, por mais rico que se seja, sua chave no bolso e sua própria vela para a portaria, entrar pela porta dos fundos, subir pela escada oculta, todas essas singularidades insignificantes, rugas, bolhas de ar, dobras fugazes na superfície, provêm muitas vezes de um fundo formidável.

Assim decorreram várias semanas. Uma nova vida pouco a pouco tomou conta de Cosette; relações originadas pelo casamento, visitas, cuidados com a casa, divertimentos, enfim, esses negócios importantes. Os divertimentos de Cosette eram pouco dispendiosos. Consistiam em um único: estar com Marius. Sair com ele, ficar com ele em casa, essas eram as grandes ocupações de sua vida.

Era para eles um prazer sempre novo saírem de braços dados, sob o sol, em plena rua, sem se esconderem, diante de todo o mundo, os dois sozinhos.

Cosette teve uma contrariedade. Toussaint, não conseguindo entender-se com Nicolette, sendo impossível a união das duas mulheres, foi embora.

O avô passava bem; Marius defendia uma ou outra causa; tia Gillenormand levava tranqüilamente, ao lado do novo casal, uma vida lateral que lhe bastava. Jean Valjean vinha todos os dias.

O tratamento você desapareceu, o senhora, o senhor Jean, tudo isso fez com que ele parecesse outra pessoa aos olhos de Cosette. O cuidado que ele próprio tomara para afastá-la dele dera resultado. Ela estava cada vez mais alegre e cada vez menos terna. Mas continuava gostando muito dele, e ele o sentia.

Certo dia, ela lhe disse abruptamente: "O senhor era meu pai, mas não é mais; o senhor era meu tio, mas não é mais; era o senhor Fauchelevent, agora é Jean. Afinal de contas, quem é o senhor? Não gosto nada disso. Se não soubesse o quanto é bom, teria medo do senhor".

Ele continuava morando na rua de l'Homme-Armé, porque não conseguia afastar-se do local habitado por Cosette.

Nos primeiros tempos, demorava-se apenas alguns minutos junto de Cosette, e logo ia embora.

Pouco a pouco foi-se acostumando a prolongar suas visitas. Parecia aproveitar-se da autorização dos dias que se tornavam mais longos; chegava mais cedo e retirava-se mais tarde.

Um dia, sem querer, Cosette o chamou de pai. Um raio de alegria iluminou o velho semblante sombrio de Jean Valjean. Ele a corrigiu: "Diga Jean".

— Ah! É verdade, senhor Jean — respondeu ela soltando uma risada.

— Muito bem — disse ele.

E voltou o rosto para que ela não o visse enxugar as lágrimas.

III. Eles se recordam do jardim da rua Plumet

Foi a última vez. Após esse derradeiro clarão, a extinção tornou-se completa. Não houve mais familiaridade, não houve mais bom-dia acompanhado de um beijo, nunca mais foram ditas as palavras tão profundamente doces: "Meu pai!" Jean Valjean vinha sendo, a seu pedido e com sua própria cumplicidade, sucessivamente apartado de todas as suas felicidades; e teve a desgraça de, após perder Cosette completamente em um só dia, precisar, em seguida, tornar a perdê-la aos poucos.

Os olhos acabam por habituar-se à claridade dos porões. Em suma, ter todos os dias uma aparição de Cosette, isso lhe bastava. Toda a sua vida se concentrava naqueles momentos. Sentava-se perto dela, a olhava em silêncio, ou lhe falava dos anos passados, de sua infância, do convento, de suas amiguinhas de então.

Uma tarde — era um dos primeiros dias de abril, já quente, ainda fresco, no momento da grande alegria do sol; os jardins que cercavam as janelas de Marius e Cosette tinham a emoção do despertar, as roseiras começavam a desabrochar, os goivos cobriam os velhos muros, as bocas-de-leão cor-de-rosa bocejavam por entre as fendas das pedras, a relva começava a matizar-se graciosamente de margaridas e botões-de-ouro, as primeiras borboletas brancas do ano apareciam, o vento, esse menestrel de eternas núpcias, ensaiava nas árvores as primeiras notas da grande sinfonia da aurora, que os velhos poetas chamavam de primavera —, naquela tarde, Marius disse a Cosette:

— Nós dissemos que iríamos rever nosso jardim da rua Plumet. Vamos. Não devemos ser ingratos.

E voaram, como duas andorinhas, em direção à primavera.

Aquele jardim da rua Plumet tinha para eles o efeito da aurora. Já tinham atrás de suas vidas algo que era como a primavera de seu amor. A casa da rua Plumet, embora já arrendada, ainda pertencia a Cosette. Foram então ao jardim e à casa; ali se reencontraram e ali se esqueceram.

Ao anoitecer, na hora de costume, Jean Valjean foi à rua Filles-du-Calvaire.

— A senhora Cosette saiu com o senhor Marius, e ainda não voltaram — disse-lhe Basque.

Jean Valjean sentou-se em silêncio e esperou uma hora. Cosette não chegou. Ele baixou a cabeça e foi-se embora.

Cosette ficara tão encantada com o passeio ao "seu jardim", e tão contente por ter "vivido todo um dia em seu passado", que não falou de outra coisa no dia seguinte, e nem deu-se conta de não ter visto Jean Valjean.

— Como foram para lá? — perguntou-lhe Jean Valjean.

— A pé.

— E como voltaram?

— De carruagem.

Havia algum tempo que Jean Valjean notava a vida comedida que o jovem casal levava. Isso o incomodava. A economia de Marius era severa, e para Jean Valjean essa palavra tinha um sentido absoluto. Ele arriscou uma pergunta:

— Por que vocês não têm uma carruagem própria? Um belo cupê não lhes custaria mais do que quinhentos francos por mês. Vocês são ricos.

— Não sei — respondeu Cosette.

— É como com Toussaint — prosseguiu Jean Valjean. — Ela partiu e não foi substituída. Por quê?

— Nicolette já é suficiente.

— Mas a senhora necessita de uma criada de quarto.

— Mas já não tenho Marius?

— Deviam ter uma casa para vocês, criados para vocês, um carro, um camarote no teatro. Não há nada que seja demais para vocês. Por que não aproveitam a riqueza que têm? A riqueza só acrescenta à felicidade.

Cosette não respondeu nada.

As visitas de Jean Valjean não se abreviaram; longe disso. Quando é o coração que escorrega, não é possível deter-se na ladeira.

Quando Jean Valjean queria prolongar sua visita e fazer esquecer a hora, elogiava Marius; achava-o bonito, nobre, corajoso, espirituoso, eloqüente, bom. Cosette ia ainda mais longe. Jean Valjean recomeçava. Eles não paravam. Marius era uma palavra inesgotável; havia volume naquelas seis letras. Dessa forma Jean Valjean conseguia demorar-se bastante tempo.

Ver Cosette, esquecer-se perto dela, isso lhe era tão caro! Era o bálsamo de sua ferida.

Ocorreu várias vezes de Basque precisar repetir:

— O senhor Gillenormand me pede para lembrar à senhora baronesa que o jantar está servido.

Em tais dias, Jean Valjean voltava para casa muito pensativo. Será que tinha algo de verdadeiro na comparação da crisálida imaginada por Marius? Será que Jean Valjean era efetivamente uma crisálida obstinada que vinha visitar sua borboleta?

Certa vez ele demorou-se ainda mais que de costume. No dia seguinte, reparou que não havia fogo na lareira.

— Oh! O fogo não foi aceso — pensou.

E deu a ele mesmo a seguinte explicação: “É simples. Estamos em abril. O frio já passou”.

— Santo Deus, que frio está aqui! — exclamou Cosette ao entrar.

— Não — respondeu Jean Valjean.

— Então foi o senhor quem disse a Basque para não acender o fogo?

— Sim. Logo estaremos em maio.

— Mas o fogo é aceso até o mês de junho. Nesse porão, então, precisa ser aceso o ano todo.

— Achei que o fogo fosse inútil.

— Essa é uma de suas idéias! — replicou Cosette.

No outro dia havia fogo, mas as duas poltronas achavam-se do outro lado da sala, junto à porta. "O que isso quer dizer?", pensou Jean Valjean.

Foi buscar as cadeiras e tornou a colocá-las no lugar de sempre, perto da lareira.

Aquele fogo novamente aceso o encorajou; prolongou a conversa ainda por mais tempo que de costume. Quando se levantava para ir embora, Cosette lhe disse:

— Ontem meu marido me disse uma coisa estranha.

— O quê?

— Disse-me: "Cosette, nós temos trinta mil francos de renda. Vinte e sete que são seus e três que meu avô me deu". Eu respondi: "Isso, trinta mil". Ele replicou: "Você teria coragem de viver com os três mil?" Eu respondi: "Teria, até sem nada, desde que fosse com você". E depois eu perguntei: "Por que está me dizendo isso?" Ele respondeu: "Só para saber".

Jean Valjean não achou nada para dizer. Cosette decerto esperava alguma explicação dele, mas Jean Valjean escutou-a em profundo silêncio.

Voltou para a rua de l'Homme-Armé tão profundamente absorto que enganou-se de porta, e, em vez de entrar em sua casa, entrou na casa vizinha. Só depois de já ter subido quase dois andares é que percebeu seu engano e desceu.

Seu espírito estava atormentado por conjecturas. Era evidente que Marius tinha dúvidas a respeito da origem dos seiscentos mil francos, que temia procederem de alguma fonte não confiável, quem sabe? Que talvez tivesse até descoberto que o dinheiro provinha dele, Jean Valjean, que hesitava diante daquela fortuna suspeita e se opunha a tomá-la como sua, preferindo que ele e Cosette ficassem pobres a terem uma riqueza duvidosa.

Além disso, Jean Valjean começava, vagamente, a sentir-se repelido.

No dia seguinte, ao entrar na sala de baixo, sentiu uma espécie de abalo. As poltronas tinham desaparecido. Não havia sequer uma cadeira.

— Ora essa — exclamou Cosette ao entrar —, as poltronas sumiram! Onde é que estão as poltronas?

— Não estão mais aqui — respondeu Jean Valjean.

— Essa é boa!

— Fui eu quem disse a Basque para retirá-las — balbuciou Jean Valjean.

— E por quê?

— Só vou ficar alguns minutos hoje.

— Ficar só um pouco, isso não é motivo para ficar de pé.

— Creio que Basque precisava das poltronas na sala.

— Para quê?

— Certamente terão visitas hoje.

— Não esperamos ninguém.

Jean Valjean não sabia mais o que dizer. Cosette deu de ombros.

— Mandar tirar as poltronas! Outro dia mandou apagar o fogo. Como o senhor é estranho!

— Adeus — murmurou Jean Valjean.

Ele não disse: "Adeus, Cosette", mas também não teve forças para dizer: "Adeus, senhora".

Saiu abatido.

Dessa vez compreendeu. No dia seguinte não apareceu. Cosette só reparou nisso à noite.

— Oh! — disse ela. — O senhor Jean não veio hoje!

Sentiu um leve aperto no coração, porém mal se deu conta dele, porque logo foi distraída por um beijo de Marius.

No outro dia, ele também não apareceu.

Cosette nem prestou atenção; passou sua noite e dormiu como de costume. Só pensou nisso ao acordar. Estava tão feliz!

Mandou Nicolette imediatamente à casa do senhor Jean para saber se ele estava doente e por que não tinha vindo na véspera. Nicolette voltou com a resposta do senhor Jean. Ele não estava doente; estava ocupado, mas brevemente viria. O mais rápido que pudesse. Além disso, faria uma pequena viagem. Que a senhora devia lembrar-se de como ele costumava fazer algumas viagens de tempos em tempos. Que não se preocupassem com ele.

Nicolette, ao entrar na casa do senhor Jean, repetira-lhe exatamente as palavras de sua patroa. Que a senhora mandava perguntar "por que razão o senhor Jean não fora lá na véspera".

— Há dois dias não vou lá — respondeu Jean Valjean de modo afável.

Mas a observação passou despercebida por Nicolette, que não disse nada a Cosette.

IV. A atração e a extinção

Durante os últimos meses da primavera e os primeiros meses do verão de 1833, os raros transeuntes do Marais, os lojistas, os ociosos encostados aos batentes das portas notavam um velho decentemente vestido de preto que, todos os dias, mais ou menos à mesma hora, ao anoitecer, saía da rua de l'Homme-Armé pelo lado da rua Sainte-Croix-de-la-Bretonnerie, passava diante de Blancs-Manteaux, ganhava a rua Culture-Sainte-Catherine e, chegando à rua de l'Écharpe, dobrava à esquerda e entrava na rua Saint-Louis.

Lá, caminhava a passos lentos, cabeça estendida para diante, sem ver nem ouvir nada, os olhos imutavelmente fixos sempre no mesmo ponto, como se nele visse uma estrela, e que era nada mais que a esquina da rua Filles-du-Calvaire.

Quanto mais se aproximava dessa esquina, mais seus olhos brilhavam; uma espécie de alegria iluminava suas pupilas como uma aurora interior, tomava um ar fascinado e enternecido, seus lábios faziam estranhos movimentos, como se falasse com alguém que não via, sorria vagamente, e avançava o mais vagarosamente que podia. Parecia que, ao mesmo tempo que desejava chegar, temia o momento em que já estivesse muito perto.

Quando não havia mais que algumas casas entre ele e aquela rua que parecia atraí-lo, seus passos tornavam-se lentos a ponto de, por instantes, poder-se pensar que ele não caminhava mais. O movimento trêmulo da cabeça e o olhar fixo faziam lembrar a agulha da bússola procurando o pólo. Mas, por mais que prolongasse o instante da chegada, uma hora tinha de chegar; atingindo a rua Filles-du-Calvaire, parava, estremecia, passava a cabeça com uma espécie de melancólica timidez pela canto da última casa e olhava para essa rua. Nesse trágico olhar havia algo que se assemelhava ao deslumbramento do impossível, ao brilho de um paraíso fechado. Em seguida, uma lágrima, que pouco a pouco se formara no canto dos olhos, tornando-se bastante pesada para cair, deslizava pelo seu rosto e, algumas vezes, parava em sua boca. O velho sentia-lhe o sabor amargo. Assim permanecia alguns minutos, como se fosse de pedra; depois voltava pelo mesmo caminho e no mesmo ritmo, e, à medida que se afastava, seus olhos perdiam o brilho.

Pouco a pouco, ele deixou de ir até a esquina da rua Filles-du-Calvaire; parava a meio caminho, na rua Saint-Louis, ora mais próximo, ora mais afastado. Um dia, parou na esquina da rua Culture-Sainte-Catherine e ficou olhando de longe para a rua Filles-du-Calvaire. Depois balançou silenciosamente a cabeça da direita para a esquerda, como se recusasse algo a si mesmo, e deu meia-volta.

Em pouco tempo já não ia nem até a rua Saint-Louis. Caminhava até a rua Pavée, balançava a cabeça e retrocedia; em seguida, não passava da rua Trois-Pavillons; por último, já não passava mais por Blancs-Manteaux. Era como um pêndulo ao qual não se desse mais corda e cujas oscilações fossem diminuindo até parar.

Todos os dias ele saía de casa à mesma hora, fazia o mesmo trajeto, mas não o terminava; e, talvez, sem ter consciência disso, o encurtava constantemente. Todo o seu rosto exprimia esta única idéia: "Para quê?"

Seus olhos estavam apagados, não tinham mais brilho; aquela lágrima também estancara, já não se formava no canto dos olhos; aquele olhar pensativo secara. A cabeça daquele homem continuava estendida para diante, e seu queixo às vezes se remexia; as rugas de seu magro pescoço davam pena. Algumas vezes, quando o tempo estava ruim, levava debaixo do braço um guarda-chuva que nunca abria. As boas senhoras do bairro diziam: "É um coitado".

As crianças o seguiam rindo.

LIVRO IX

Suprema sombra, suprema aurora

I. Compaixão para os desgraçados, mas indulgência para os felizes

É algo incrível, ser feliz! Que contentamento! Como parece que isso é o bastante! Como, estando de posse do falso objetivo da vida, a felicidade, se esquece o verdadeiro objetivo, o dever!

Vamos no entanto dizer, estaríamos errados em acusar Marius.

Marius, como já explicamos, antes de seu casamento não questionara o senhor Fauchelevent, e, depois, teve medo de questionar Jean Valjean. Arrependera-se de ter feito a promessa à qual se deixara levar. Repetiu-se muitas vezes que errara ao fazer semelhante concessão ao desespero. Limitara-se a afastar Jean Valjean, pouco a pouco, de sua casa e a apagá-lo o máximo possível da mente de Cosette. De certa forma, sempre interpusera-se entre Cosette e Jean Valjean, certo que dessa maneira ela nada perceberia e em nada pensaria.

Seria mais do que esquecimento, seria um eclipse.

Marius fazia o que julgava necessário e justo. Acreditava ter, para afastar Jean Valjean, sem dureza, mas também sem fraqueza, sérias razões, que já vimos, e outras mais que veremos adiante. O acaso fizera com que encontrasse, em um processo que conduzira, um antigo empregado do banco Laffitte, vindo a obter, sem procurar, misteriosos esclarecimentos que, na verdade, não pudera aprofundar em respeito ao segredo que prometera guardar, e por cuidado em relação à arriscada situação de Jean Valjean. Acreditava, naquele momento, ter um grande dever a cumprir: a restituição dos seiscentos mil francos a alguém que procurava o mais discretamente possível.

Quanto a Cosette, ela não conhecia nenhum desses segredos; mas também seria injusto condená-la.

De Marius para ela havia um magnetismo todo-poderoso, que a forçava a fazer, instintiva e quase maquinalmente, o que ele desejava.

Ela sentia, a respeito do "senhor Jean", uma vontade de Marius, e a ela resignava-se. Seu marido não precisou dizer-lhe nada; ela sofria uma vaga, mas clara, pressão de suas intenções tácitas, e obedecia cegamente. Sua obediência, no caso, consistia em não se lembrar daquilo que Marius esquecia. E não precisava fazer nenhum esforço para isso. Sem que ela mesma soubesse por que, e sem que se pudesse acusá-la por isso, sua alma havia de tal forma se tornado a alma de seu marido, que aquilo que se cobria de sombras no pensamento de Marius obscurecia-se no pensamento dela.

No entanto, não devemos ir longe demais; no que diz respeito a Jean Valjean, aquele esquecimento e aquele afastamento eram meramente superficiais. Ela estava mais aturdida do que esquecida. No fundo, gostava muito daquele a quem, por tanto tempo, chamara de pai. Porém, gostava ainda mais de seu marido. Foi o que desequilibrou um pouco a balança daquele coração, que pendia de um só lado.

Ocorria, às vezes, de Cosette falar de Jean Valjean e admirar-se. Então, Marius a acalmava:

— Creio que está ausente. Ele não disse que saía para uma viagem?

— É verdade — pensava Cosette. — Ele costumava desaparecer assim, mas não por tanto tempo.

Duas ou três vezes mandou Nicolette à rua de l'Homme-Armé perguntar se o senhor Jean já havia voltado de sua viagem. Jean Valjean mandava responder que não.

Cosette não perguntou mais nada; sua única necessidade na terra era Marius.

Devemos ainda acrescentar que, de sua parte, Marius e Cosette também estiveram ausentes. Foram a Vernon. Marius levou Cosette ao túmulo de seu pai.

Pouco a pouco, Marius havia tirado Cosette de Jean Valjean. E ela deixou-se levar.

De resto, aquilo que, em certos casos e de forma dura demais, chamamos de ingratidão dos filhos, nem sempre é uma coisa tão digna de censura como se acredita. É a ingratidão da natureza. A natureza, como já dissemos de outra feita, "olha para frente"; divide os seres vivos em criaturas que chegam e em criaturas que partem. As que partem viram-se para a sombra, as que chegam voltam-se para a luz. Vem daí um afastamento que, por parte dos velhos, é fatal, e, por parte dos jovens, é involuntário. Esse afastamento, em princípio insensível, aumenta lentamente, como toda separação de ramos. Os ramos, sem se desprenderem do tronco, afastam-se dele.

Mas não é sua culpa. A juventude vai para onde há alegria, para as festas, para os amores, para a viva luminosidade. A velhice caminha para o fim. Não se perdem de vista, mas não há mais união. Os jovens sentem o resfriamento da vida, os velhos, o resfriamento do túmulo. Não devemos acusar essas pobres crianças.

II. Últimas palpitações da lâmpada sem óleo[1]

Um dia, Jean Valjean desceu a escada, deu três passos na rua, sentou-se no mesmo local onde Gavroche, na noite de 5 para 6 de junho, o encontrara pensativo, ali ficou por alguns minutos, e tornou a subir. Foi a última oscilação do pêndulo. No dia seguinte, não saiu de casa. No outro, não saiu da cama.

A zeladora, que lhe preparava sua magra refeição, um pouco de couve ou algumas batatas com toucinho, olhou para o prato de cerâmica e exclamou:

— Mas o senhor não comeu nada ontem, pobre homem!

— Comi! — respondeu Jean Valjean.

— O prato está cheio.

— Olhe o jarro de água. Está vazio.

— Isso prova que o senhor bebeu, mas não prova que comeu.

— O que fazer — respondeu Jean Valjean —, se eu só tive fome de água?

— Isso é chamado de sede, e, quando não se come ao mesmo tempo, isso é chamado de febre.

— Amanhã eu como!

— Ou sabe-se lá quando! Por que não hoje? Será que mais alguém diz: "Amanhã eu como!"? Deixar toda a minha comida, sem nem a tocar! Minhas batatas, que estavam tão boas!

Jean Valjean pegou na mão da velha senhora:

— Prometo-lhe que vou comê-las — disse ele com voz amável.

— Não estou contente com o senhor — respondeu a zeladora.

Jean Valjean não via outra criatura humana a não ser essa boa senhora. Em Paris, há ruas por onde ninguém passa e casas aonde ninguém vai. Ele morava em uma dessas ruas e em uma dessas casas.

No tempo em que ainda saía, comprara de um caldeireiro, por

---

[1] Da expressão *"Il n'y a plus d'huile dans la lampe"* — Não há mais óleo na lâmpada —, que se diz a respeito de alguém cujas forças declinam, cuja energia vital está em seu ponto mais fraco. (N. do E.)

alguns tostões, um pequeno crucifixo de cobre que pendurara em um prego em frente a sua cama. Sempre é bom olhar para esses objetos.

Uma semana se passou sem que Jean Valjean desse um só passo em seu quarto. Permaneceu o tempo todo deitado. A zeladora dizia para o marido:

— O pobre senhor lá de cima já não se levanta, já não come, assim não vai muito longe. Deve ser de desgosto, isso. Ninguém me tira da cabeça que a filha está mal casada.

O marido replicou em tom de soberania marital:

— Se é rico, que mande chamar um médico. Se não é rico, que fique sem médico. Mas, sem médico, é capaz de morrer.

— E se vier um médico?

— Também vai morrer — disse o homem.

A mulher pôs-se a arrancar com uma faca velha o mato que crescia no que ela chamava de sua calçada, e enquanto arrancava o mato resmungava:

— É uma pena. Um velho com tanta limpeza! Branco como um franguinho.

Viu na extremidade da rua um médico da vizinhança que passava, e resolveu pedir-lhe para subir.

— É no segundo andar — disse ela. — É só entrar. Como o pobre homem não se mexe mais da cama, a chave está sempre na porta.

O médico viu Jean Valjean e falou com ele.

Ao descer, a zeladora o interpelou:

— E então, doutor?

— Seu doente está muito doente.

— O que ele tem?

— Tudo e nada. É um homem que, ao que parece, perdeu uma pessoa muito querida. Disso também se morre.

— O que ele lhe disse?

— Disse-me que estava bem.

— O senhor vai voltar, doutor?

— Voltarei — respondeu o médico. — Mas é preciso que venha outra pessoa além de mim.

III. Uma pluma é pesada para quem já levantou a carroça de Fauchelevent

Uma noite, Jean Valjean teve dificuldade para levantar-se apoiando-se nos cotovelos; segurou o próprio pulso, mas não o sentiu; sua respiração estava curta e, por instantes, chegava a parar;

ele reconheceu que estava mais fraco do que jamais estivera. Então, sem dúvida sob pressão de alguma preocupação suprema, fez um esforço, sentou-se na cama e vestiu-se. Colocou sua velha roupa de trabalho. Como já não saía, voltou a usá-la, era a roupa que preferia. Precisou interromper-se várias vezes enquanto se vestia; só o esforço de enfiar as mangas da blusa já fazia o suor escorrer-lhe pela testa.

Desde que estava sozinho, colocara sua cama na sala de entrada, a fim de usar o menos possível aquele aposento deserto.

Abriu a valise e tirou o enxoval de Cosette; estendeu-o sobre a cama.

Os castiçais do bispo estavam em seu lugar, sobre a lareira. Tirou de uma gaveta duas velas de cera e colocou-as nos castiçais. Em seguida, embora ainda dia claro, pois era verão, acendeu-as. Às vezes, velas assim, acesas em pleno dia, são vistas em aposentos onde há gente morta.

Cada passo que dava, indo de um móvel a outro, o extenuava, e via-se obrigado a sentar-se. Não era o cansaço normal que gasta as forças para depois renová-las; era o resto dos movimentos possíveis; era a vida esgotada, esvaindo-se em esforços terríveis que não serão recomeçados.

Deixou-se cair em uma das cadeiras que ficava em frente àquele espelho, tão fatal para ele, tão providencial para Marius, em que lera, invertida, a carta de Cosette. Viu-se nesse espelho e não se reconheceu. Parecia ter oitenta anos. Antes do casamento de Marius, não lhe davam mais que cinqüenta; aquele ano valera por trinta. O que trazia na fronte não era mais a ruga da idade, era a marca misteriosa da morte. Via-se ali o escavar da unha impiedosa. As faces estavam caídas; a pele do rosto tinha aquela cor que faria acreditar já estar coberta de terra; os dois cantos da boca, voltados para baixo, eram como os das máscaras que os antigos esculpiam nos túmulos; ele olhava para o nada com ar de reprovação; parecia uma dessas grandes e trágicas criaturas que têm razão para se queixar de alguém.

Ele se encontrava naquela situação, última fase do abatimento, em que a dor já não circula, mas está, por assim dizer, coagulada; sobre a alma existe como que um coágulo de desespero.

A noite caíra. Arrastou laboriosamente uma mesa e sua velha poltrona para perto da lareira, e colocou sobre a mesa uma pena, tinta e papel.

Após fazer isso, teve um desmaio. Quando recobrou os sentidos, teve sede. Não conseguindo levantar a jarra de água, inclinou-a com muita dificuldade para a boca e bebeu alguns goles.

Depois, voltou-se para a cama, ainda sentado, porque não conseguia ficar de pé, e pôs-se a contemplar o vestidinho preto de Cosette e todos aqueles objetos queridos.

Essas contemplações duram horas que parecem minutos. De repente, estremeceu, sentiu um calafrio; apoiou os cotovelos sobre a mesa iluminada pelos castiçais do bispo, e pegou na pena.

Como nem a pena nem a tinta havia muito não eram usadas, o bico da pena estava recurvado e a tinta seca; foi preciso que se levantasse para colocar algumas gotas de água no tinteiro, o que não pôde fazer sem ter de parar e se sentar duas ou três vezes, e viu-se forçado a escrever com as costas da pena. De tempos em tempos tinha de enxugar a fronte.

Sua mão tremia. Ele escreveu lentamente as linhas que seguem:

> "Cosette, eu a abençôo. Vou lhe explicar. Seu marido estava certo em fazer-me compreender que eu devia me afastar; todavia, há um pequeno erro naquilo que ele supôs, embora estivesse certo. Ele é excelente. Ame-o sempre e muito, quando eu já estiver morto. Senhor Pontmercy, ame sempre minha filha querida. Cosette, encontrarão este papel, eis o que quero dizer-lhe, você verá as cifras, se eu tiver forças para me lembrar delas; escute bem, aquele dinheiro é seu, sim. Aí está toda a história. O azeviche branco vem da Noruega, o preto da Inglaterra e os vidrilhos pretos da Alemanha. O azeviche é mais leve, mais precioso, mais caro. Na França podem ser feitas imitações como na Alemanha. São necessárias uma pequena bigorna, de duas polegadas quadradas, e uma espiriteira a álcool para amolecer a cera. Antigamente, a cera era feita com resina e pó de carvão, custando quatro francos a libra. Imaginei fazê-la de goma-laca e terebentina. Assim não custava mais que trinta soldos, e ficava muito melhor. Os fechos são feitos com um vidro roxo, e são colados por meio dessa cera sobre uma pequena armação de ferro preto. O vidro deve ser roxo para a bijuteria de ferro e preto para a de ouro. A Espanha compra bastante desses artigos. É o país do azeviche..."

Nesse ponto, interrompeu-se, a pena caiu de sua mão; começou com aqueles soluços desesperados que às vezes vinham das profundezas de seu ser; o pobre homem pôs a cabeça entre as mãos e pensou.

— Oh! — exclamava ele interiormente (gritos lamentosos, ouvidos só por Deus). — Acabou-se. Não tornarei a vê-la. Foi um sorriso que passou por mim. Vou entrar para a escuridão sem ao menos revê-la. Oh! Só um minuto, um instante, ouvir sua voz, tocar seu vestido, olhar para ela, meu anjo, e depois morrer! Morrer não é nada, horrível é morrer sem vê-la. Sorriria para mim, me diria alguma coisa. Que mal isso faria a alguém? Mas não! Acabou-se para sempre. Aqui estou sozinho. Meu Deus! Meu Deus! Nunca mais a verei.

Nesse momento, bateram à porta.

IV. Tinteiro que consegue apenas embranquecer

Nesse mesmo dia, ou, melhor dizendo, nessa mesma noite, quando Marius saía da mesa e acabava de entrar em seu gabinete para estudar um processo, Basque entregou-lhe uma carta, dizendo: "A pessoa que escreveu a carta está na sala de espera".

Cosette saíra de braços com o avô e passeava pelo jardim.

Uma carta pode, bem como um homem, ter mau aspecto. Papel grosseiro, dobras grosseiras, certas missivas desagradam só de olhar. A carta que Basque trouxera era desse tipo.

Marius a pegou. Ela cheirava a tabaco. Nada desperta mais uma lembrança que um cheiro. Marius reconheceu aquele tabaco. Leu o sobrescrito: "Ao senhor Barão Pommerci. Em seu palácio". Reconhecer o tabaco levou-o a reconhecer a letra. Poderíamos dizer que a admiração tem seus lampejos. Marius foi como que iluminado por um deles.

O olfato, misterioso auxiliar da memória, acabava de reavivar nele um mundo de coisas. Naquele papel, no modo de dobrar, na tinta desbotada, naquela letra conhecida, e principalmente naquele cheiro de tabaco, a espelunca Jondrette lhe reaparecia.

Assim — estranho capricho do acaso! —, uma das duas pistas que ele tanto havia procurado, aquela para cuja descoberta ainda recentemente empregara tantos esforços, e que supunha perdida para sempre, vinha por si mesma oferecer-se a ele.

Abriu avidamente a carta, e leu:

"Senhor barão,

Se o Ser Supremo me houvesse dotado de talentos, eu poderia ter sido o Barão de Thénard, membro do Instituto (Academia das *siências*), porém não o sou. Tenho apenas o mesmo nome que ele, e me dou por feliz se essa lembrança me recomendar à excelência de sua bondade. O benefício com o qual o senhor poderá honrar-me será recíproco. Possuo um segredo que diz respeito a um *serto* indivíduo. Esse indivíduo diz respeito ao senhor. Conservo meu segredo à sua disposição, desejando ter a honra de lhe ser *hutil*. Vou lhe dar o meio simples de *espulsar* de sua *respeitavel* família esse indivíduo que não tem direito, sendo a senhora baronesa bem-nascida. O santuário da virtude não poderia coabitar por muito mais tempo com o crime sem abdicar.

Aguardo na sala de espera as ordens do senhor barão.

Com respeito".

A carta estava assinada "THÉNARD".

Essa assinatura não era falsa. Estava apenas um pouco abreviada.

De resto, o estilo burlesco e a ortografia completavam a revelação. O certificado de origem estava completo. Nenhuma dúvida era possível.

A emoção de Marius foi profunda. Após uma sensação de surpresa, teve uma sensação de felicidade. Restava-lhe agora encontrar o outro homem que procurava, aquele que o salvara, a ele, Marius, e nada mais teria a desejar.

Ele abriu uma gaveta de sua escrivaninha, tirou algumas notas de dinheiro, colocou-as no bolso, tornou a fechar a gaveta e tocou a campainha. Basque entreabriu a porta.

— Faça-o entrar — disse Marius.

Basque anunciou:

— O senhor Thénard.

Um homem entrou.

Nova surpresa para Marius. O homem que entrou era-lhe totalmente desconhecido.

Esse homem, já velho, aliás, tinha o nariz grande, o queixo enterrado na gravata, óculos verdes com dupla viseira de tafetá verde sobre os olhos, os cabelos, escorridos e achatados sobre a testa, encostando nas sobrancelhas como uma peruca de cocheiros ingleses da *high life*, estavam grisalhos. Vestia-se de preto da cabeça aos pés, um preto bem surrado, mas limpo; um molho de berloques saindo de seu bolso fazia supor que ali houvesse um relógio. Segurava na mão um velho chapéu. Caminhava curvado, e a curvatura de suas costas aumentava com a profundidade da inclinação de suas saudações.

O que logo chamava a atenção era que a roupa desse personagem, larga demais, embora cuidadosamente abotoada, não parecia ter sido feita para ele. Aqui, uma rápida digressão se faz necessária.

Naquele tempo, havia em Paris, em um estabelecimento de péssima aparência na rua Beautreillis, próximo a l'Arsenal, um engenhoso judeu cuja profissão consistia em transformar qualquer tratante em homem de bem. Não por muito tempo, o que poderia ser constrangedor para o tratante. A transformação era feita à vista, por um ou dois dias, à razão de trinta soldos por dia, por meio de um traje o mais semelhante possível à honestidade de todo o mundo. Esse homem que alugava roupas era chamado de O Transformador. Era o nome que lhe haviam dado os gatunos parisienses, e não o conheciam por outro. Ele possuía um guarda-roupa bem completo. Os andrajos com que transfigurava as pessoas eram até convincentes. Tinha especialidades e categorias; de cada prego de sua loja pendia, gasta e amarrotada, uma condição social; aqui uma toga de magistrado, ali uma batina de padre, acolá uma roupa de banqueiro, em outro canto uma farda de militar reformado, em outra parte um casaco de homem literato, mais adiante um terno de estadista. Esse homem era o figurinista do imenso drama representado pela gatunice de Paris. Sua espelunca era como bastidores de onde saía o roubo e para onde a velhacaria retornava. Um vagabundo esfarrapado chegava ali, entregava trinta soldos e escolhia, segundo o papel que desejava representar naquele dia, o traje que lhe conviesse, e, ao descer as escadas, o vagabundo parecia ser alguém. No dia seguinte, todos os objetos eram fielmente devolvidos, e o Transformador, que confiava tudo aos ladrões, nunca era roubado. Esses trajes tinham um inconveniente, nem sempre "caíam bem"; como não eram feitos para quem os alugava, eram apertados para uns e largos para outros, não se ajustando a ninguém. Todo gatuno que ultrapassasse a média humana, para maior ou para menor, ficava pouco à vontade nas roupas do Transformador. Não se podia ser nem muito gordo nem muito magro. O Transformador não previra senão os homens comuns. Tomara como medida da espécie a do primeiro tratante que apareceu, o qual não era nem gordo nem magro, nem alto nem baixo. Daí as adaptações às vezes difíceis, com as quais os fregueses do Transformador se saíam como podiam. Azar das exceções! O terno de estadista, por exemplo, todo preto, e por conseqüência conveniente, teria ficado muito largo para Pitt, e muito justo para Castelcicala[2]. No catálogo do Transformador, a vestimenta de estadista estava descrita como transcrevemos a seguir: "Casaca de tecido preto, calças de casimira preta, colete de seda, botas, camisa branca". À margem lia-se: "Antigo embaixador", e uma nota que também transcrevemos: "Em uma caixa separada, uma peruca devidamente encrespada, óculos verdes, berloques e dois pequenos canudos de pena, de uma polegada de comprimento, enrolados em algodão". Toda essa vestimenta estava, se assim podemos dizer, extenuada; as

---

[2] Referência a William Pitt, estadista inglês, e a Fabrício Ruffo, Príncipe de Castelcicala, diplomata napolitano. (N. do E.)

costuras esbranquiçadas, em um dos cotovelos começava a se abrir um rasgo; além disso, faltava um botão no paletó, na altura do peito, mas isso era apenas um detalhe; a mão do estadista devendo estar sempre sobre o coração, tinha como função esconder o botão ausente.

Se Marius estivesse familiarizado com as instituições ocultas de Paris, teria imediatamente reconhecido, sobre as costas do visitante que Basque acabava de introduzir, o terno de estadista alugado na loja de disfarces do Transformador.

O desapontamento de Marius, vendo entrar um homem diferente daquele que esperava, foi a desgraça do recém-chegado. Examinou-o dos pés à cabeça, enquanto o personagem inclinava-se desmesuradamente, e perguntou-lhe em tom seco:

— O que o senhor quer?

O homem respondeu com uma careta amável, da qual o sorriso afável de um crocodilo daria alguma idéia:

— Parece-me impossível que eu já não tenha tido a honra de ver o senhor barão na sociedade. Creio tê-lo encontrado, há alguns anos, em casa da Princesa Bagration e nos salões do excelentíssimo Visconde Dambray, par de França.

É sempre uma boa tática de malandragem fingir reconhecer alguém que nunca se viu.

Marius estava atento ao modo de falar do homem. Observava seu tom e seus gestos, e seu desapontamento aumentava; era uma pronúncia fanhosa, inteiramente diferente do tom de voz seco e áspero que esperava. Estava completamente desnorteado.

— Não conheço — disse — nem a senhora Bragation nem o senhor Dambray. Nunca, em minha vida, pus os pés em casa de nenhuma dessas pessoas!

A resposta era ríspida. Todavia, o personagem, afável apesar de tudo, insistiu.

— Então deve ter sido na casa de Chateaubriand que vi o senhor! Conheço Chateaubriand muito bem. É muito amável. Às vezes, diz-me: "Thénard, meu amigo, tome alguma coisa em minha companhia".

O semblante de Marius tornava-se cada vez mais severo.

— Nunca tive a honra de ser recebido na casa do senhor Chateaubriand. Vamos abreviar a conversa. O que quer?

O homem, diante da voz mais dura, saudou-o com mais reverência.

— Senhor barão, queira escutar-me. Existe na América, em um país que fica próximo ao Panamá, uma aldeia chamada Joya. Essa aldeia se compõe de uma só casa. Uma grande construção quadrada de três andares, de tijolos cozidos ao sol. Cada lado do quadrado tem cento e cinqüenta metros de comprimento, cada andar recua três metros e meio em relação ao andar inferior, de modo a formar terraços que rodeiam todo o edifício. No centro há um pátio interno, onde ficam as provisões e as munições; não há janelas, mas seteiras; não há portas, mas escadas. Escadas para subir do chão ao primeiro terraço, e do primeiro terraço ao segundo, e do segundo ao terceiro. Escadas para descer ao pátio interno. Nos quartos, não há portas, mas alçapões, não há escadas fixas, mas escadas removíveis. À noite, fecham-se os alçapões, retiram-se as escadas, preparam-se os bacamartes e as carabinas nas seteiras. Não há meios de entrar-se ali. Uma casa de dia, uma fortaleza de noite; oitocentos habitantes, assim é essa aldeia. Por que tantas precauções? Porque o lugar é perigoso; está cheio de antropófagos. Então, por que vão para lá? Porque é um lugar maravilhoso, ali se encontra ouro.

— Onde o senhor quer chegar? — interrompeu Marius, que do desapontamento passava à impaciência.

— Ao seguinte, senhor barão. Sou um antigo diplomata cansado. A velha civilização me venceu. Quero experimentar os selvagens.

— E daí?

— Senhor barão, o egoísmo é a lei do mundo. A aldeã proletária, que trabalha por dia, volta-se quando passa a diligência. A aldeã proprietária, que trabalha em suas terras, não se volta. O cão do pobre ladra ao rico, o cão do rico ladra ao pobre. Cada um por si. O interesse, eis o objetivo dos homens. O ouro, eis o ímã.

— E então? Conclua.

— Eu gostaria de ir estabelecer-me em Joya. Somos três. Tenho minha esposa e minha filha, uma moça muito bonita. A viagem é longa e cara; portanto, preciso de algum dinheiro.

— E o que eu tenho com isso? — perguntou Marius.

O desconhecido esticou o pescoço para fora da gravata, gesto peculiar dos abutres, e replicou com redobrado sorriso:

— Então o senhor barão não leu minha carta.

Isso era quase verdade. O fato era que o conteúdo da missiva escapara a Marius. Ele mais havia prestado atenção na letra do que propriamente lido a carta. Mal se lembrava dela. Havia alguns instantes, outra coisa acabara de despertar sua atenção. Notara este detalhe: minha esposa e minha filha. Marius fixava sobre o desconhecido um olhar penetrante. Nem um juiz de instrução teria feito melhor. Praticamente o espreitava. E limitou-se a responder-lhe:

— Seja mais preciso.

O desconhecido colocou as mãos nos bolsos, levantou a cabeça sem endireitar a espinha dorsal, mas também fitando Marius com o olhar verde de seus óculos.

— Bem, senhor barão, serei mais preciso. Tenho um segredo para vender-lhe.

— Um segredo?

— Um segredo.

— Que me diz respeito?

— Um pouco.

— Que segredo é esse?

Marius examinava cada vez mais o homem enquanto o escutava.

— O começo é grátis — disse o desconhecido. — O senhor vai ver que sou interessante.

— Fale.

— Barão, o senhor tem em sua casa um ladrão e um assassino.

Marius estremeceu.

— Em minha casa? Não — disse ele.

O desconhecido, imperturbável, esfregou seu chapéu com o cotovelo e prosseguiu:

— Assassino e ladrão. Note, senhor barão, que não falo aqui de fatos antigos, passados, caducos, que podem achar-se apagados pela prescrição perante a lei, e pelo arrependimento perante Deus. Falo de fatos recentes, fatos atuais, fatos ainda ignorados da justiça no momento. Continuo. Esse homem infiltrou-se em sua confiança, e quase em sua família, com um nome falso. Vou dizer seu verdadeiro nome, sem pedir nada em troca.

— Estou ouvindo.

— Chama-se Jean Valjean.

— Isso eu já sei.

— Vou dizer-lhe, também sem pedir nada em troca, quem é ele.

— Diga.

— É um antigo forçado!

— Também já sei.

— Ficou sabendo depois que tive a honra de dizer-lhe.

— Não. Já sabia antes.

O tom frio de Marius, a dupla réplica "já sei", seu laconismo refratário ao diálogo excitaram uma surda cólera no desconhecido. Lançou, disfarçadamente, um olhar furioso sobre Marius, rapidamente extinto. Por mais rápido que tenha sido, aquele olhar era dos que se reconhecem mesmo quando só tenham sido vistos uma vez; e não escapou a Marius. Certas faíscas não podem vir senão de certas almas; as pupilas, respiradouros do pensamento, tranformam-se em brasas, e óculos não escondem nada. É como colocar uma vidraça no inferno.

O desconhecido retomou sorrindo:

— Não pretendo desmentir o senhor barão. Em todo caso, o senhor vê que estou bem informado. Agora, o que tenho a contar-lhe é de meu exclusivo conhecimento. Interessa à fortuna da senhora baronesa. É um segredo extraordinário. Está à venda. É ao senhor que o ofereço em primeiro lugar. Não há nada mais barato. Vinte mil francos!

— Conheço esse segredo tão bem como os outros — disse Marius.

O homem sentiu que devia baixar um pouco seu preço:

— Senhor barão, dê-me dez mil francos, e contarei.

— Repito que o senhor não tem nada para contar-me. Eu sei o que o senhor quer falar.

Uma nova faísca apareceu no olhar do homem; ele exclamou:

— No entanto, eu preciso jantar hoje. Estou dizendo que é um segredo extraordinário. Senhor barão, vou falar. Eu falo. Dê-me vinte francos.

Marius olhou-o fixamente:

— Conheço seu segredo extraordinário, do mesmo modo que conheço o nome de Jean Valjean, do mesmo modo que conheço seu nome.

— Meu nome?

— Sim.

— Não é difícil, senhor barão. Tive a honra de escrevê-lo e de dizê-lo ao senhor. Thénard.

— Dier.

— Como?

— Thénardier.

— Quem?

Em perigo, o porco-espinho eriça-se, o escaravelho finge-se de morto, a velha-guarda forma em quadrado; o homem desatou a rir.

Depois, sacudiu com uma palmadinha um grão de poeira da manga de sua roupa.

Marius continuou:

— O senhor também é o operário Jondrette, o comediante Fabantou, o poeta Genflot, o espanhol D. Alvarez e dona Balizard!

— Dona o quê?

— Teve uma taverna em Montfermeil.

— Uma taverna? Nunca!

— Afirmo que é Thénardier.

— Eu nego!

— E que é um tratante. Tome.

Marius tirou do bolso uma nota de dinheiro, arremessando-a em seu rosto.

— Muito obrigado! Perdão! Quinhentos francos! Senhor barão!

E o homem, transtornado, fazendo reverências, pegou o dinheiro e pôs-se a examiná-lo.

— Quinhentos francos! — repetiu ele, deslumbrado. E balbuciou a meia voz: — Uma nota verdadeira!

Depois exclamou bruscamente:

— Muito bem. Fiquemos à vontade.

E, com a presteza de um macaco, empurrou os cabelos para trás, arrancou os óculos, tirou do nariz e escondeu ligeiramente os dois canudos de pena, dos quais falamos há pouco, e que já foram vistos em outra página deste livro, tirou a cara postiça como quem tira um chapéu.

Os olhos iluminaram-se, a fronte desigual, sulcada, cheia de saliências, horrivelmente enrugada liberou-se; o nariz voltou a ser pontiagudo como um bico, o perfil feroz e sagaz do homem de rapina reapareceu.

— O senhor barão é infalível — disse ele em voz clara, que já nada tinha de fanhosa. — Eu sou Thénardier.

E endireitou as costas recurvadas.

Thénardier, pois era ele mesmo, estava estranhamente surpreso, e teria ficado perturbado, se isso fosse possível. Tinha vindo para causar admiração, mas foi ele quem ficou admirado. Essa humilhação fora-lhe paga com quinhentos francos, e, no fim das contas, a aceitava; mas nem por isso estava menos abalado.

Ele via pela primeira vez esse Barão Pontmercy e, apesar do disfarce, o Barão Pontmercy o reconheceu, e o reconheceu a fundo. E o barão não só estava a par de Thénardier, mas também parecia estar a par de Jean Valjean. Quem era esse jovem quase imberbe, tão glacial e tão generoso, que sabia o nome das pessoas, que sabia todos os seus nomes, e que lhes abria sua bolsa, e que maltratava os gatunos como um juiz, e que os pagava como um logrado?

Thénardier, como se lembram, embora tenha sido vizinho de Marius, nunca o vira, coisa freqüente em Paris; havia muito tempo, ouvira vagamente suas filhas falarem de um jovem muito pobre, chamado Marius, que morava na mesma casa. Escrevera-lhe, sem o conhecer, a carta que conhecemos. Nenhuma relação poderia ser feita em sua mente entre o tal Marius e o Barão Pontmercy.

Quanto ao nome de Pontmercy, estão lembrados que, no campo de batalha de Waterloo, ele só ouvira as duas últimas sílabas, pelas quais sempre tivera o legítimo desprezo que se deve ao que nada mais é que um agradecimento.

De resto, por sua filha Azelma, que ele pusera na pista dos

noivos no dia 16 de fevereiro, e por suas próprias investigações, conseguiu saber muitas coisas e, do fundo das trevas em que se encontrava, conseguiu seguir mais de um fio misterioso.

Por suas habilidades tinha descoberto, ou, pelo menos, à força de induções tinha adivinhado quem era o homem que certo dia encontrara no Grand Égout. Do homem facilmente chegara ao nome. Sabia que a senhora Baronesa Pontmercy era Cosette. Porém, a esse respeito, estava resolvido a ser discreto. Quem era Cosette? Nem ele mesmo sabia muito bem.

Entrevia um caso de descendência bastarda, a história de Fantine sempre lhe parecera mal contada; mas de que serviria falar disso? Para que o recompensassem por seu silêncio? Ele tinha, ou acreditava ter, algo melhor para vender. E, segundo todas as aparências, vir fazer, sem provas, esta revelação ao Barão Pontmercy: "Sua mulher é uma bastarda" não teria outro resultado senão atrair as botinas do marido para o traseiro revelador.

No entender de Thénardier, a conversa com Marius nem havia começado. Tivera de recuar, modificar sua estratégia, abandonar uma posição, mudar a frente de combate; mas nada de essencial fora comprometido, e já tinha quinhentos francos no bolso. Além disso, tinha algo de decisivo a dizer, e mesmo contra esse Barão Pontmercy, tão bem informado e tão bem armado, sentia-se forte. Para os homens com a natureza de Thénardier, todo diálogo é um combate. Neste que ia travar, qual era sua situação? Não sabia a quem falava, mas sabia do que falava. Fez rapidamente uma revista interior de suas forças e, depois de dizer: "Sou Thénardier", esperou.

Marius ficara pensativo. Enfim, tinha ali Thénardier. O homem que tanto desejara encontrar estava lá. Poderia, finalmente, fazer honra à recomendação do Coronel Pontmercy. Sentia-se humilhado pelo fato de que aquele herói devesse alguma coisa a esse bandido, e de que a letra de câmbio, sacada do fundo do túmulo por seu pai, sobre ele, Marius, estivesse protestada até aquele dia. Parecia-lhe também, na complexa situação em que se encontrava seu espírito em presença de Thénardier, que tinha uma oportunidade de vingar o coronel da infelicidade de ter sido salvo por um velhaco daqueles. Fosse lá como fosse, estava contente. Ia, então, libertar desse credor indigno a sombra do coronel, e tinha a impressão de que tiraria da prisão, por dívidas, a memória de seu pai.

Além desse dever, havia um outro, esclarecer, se fosse possível, a origem da fortuna de Cosette. A ocasião parecia apresentar-se. Talvez Thénardier soubesse alguma coisa. Poderia ser útil sondar o homem. Começou por aí.

Thénardier fizera desaparecer a "nota verdadeira" dentro de seu bolso, e olhava para Marius com uma afabilidade quase terna.

Marius rompeu o silêncio.

— Thénardier, já lhe disse o seu nome. Agora, quanto ao segredo que vinha contar-me, quer que lhe diga também? Também tenho minhas informações. Vai ver que sei mais do que o senhor. Jean Valjean, como o senhor disse, é assassino e ladrão. Ladrão porque roubou o rico manufatureiro senhor Madeleine, cuja ruína causou. Assassino porque matou o agente de polícia Javert.

— Não estou entendendo, senhor barão — disse Thénardier.

— Vou fazer-me entender. Ouça. Havia em um distrito de Pas-de-Calais, por volta de 1822, um homem que tivera antigas questões com a justiça e que, sob o nome de senhor Madeleine, reergueu-se e reabilitou-se. Esse homem transformou-se, com toda a força do termo, em um justo. Com uma indústria, a fábrica dos vidrilhos pretos, fez a fortuna de uma cidade inteira. Quanto a sua fortuna pessoal, também a fez, mas de forma secundária, e até certo ponto pelas circunstâncias. Era o pai que alimentava os pobres. Fundava hospitais, abria escolas, visitava os enfermos, dotava as moças, sustentava as viúvas, adotava os órfãos; era como que um tutor da cidade. Recusou a cruz da Legião de Honra, mas foi nomeado prefeito. Um forçado liberto conhecia o segredo de uma pena outrora imputada a esse homem; denunciou-o e conseguiu que o prendessem, aproveitando-se de sua prisão para vir a Paris e obter a entrega, pelo banqueiro Laffitte — eu soube desse fato pelo próprio tesoureiro —, por meio de uma falsa assinatura, de uma soma superior a meio milhão de francos, pertencente ao senhor Madeleine. O forçado que roubou o senhor Madeleine foi Jean Valjean. Quanto ao outro fato, o senhor também não tem nada mais a informar-me. Jean Valjean matou o agente Javert com um tiro de pistola. Eu, que estou lhe falando, estava presente.

Thénardier lançou sobre Marius o soberano olhar do homem derrotado que volta a ter a vitória nas mãos, e que retoma, em um minuto, todo o terreno que havia perdido. E aquele seu sorriso logo reapareceu; o inferior, diante do superior, deve ter um triunfo ponderado, e Thénardier limitou-se a dizer a Marius:

— Senhor barão, vejo que estamos no caminho errado.

E sublinhou a frase girando nos dedos seu molho de berloques.

— Como — replicou Marius —, está contestando isso? São os fatos!

— São quimeras. A confiança com a qual o senhor barão me honra coloca-me no dever de contar-lhe. Acima de tudo, a verdade e a justiça. Não gosto de ver ninguém ser acusado injustamente. Senhor barão, Jean Valjean não roubou o senhor Madeleine nem matou Javert.

— Essa é boa! Como assim?

— Há duas razões.

— Quais? Fale.

— Esta é a primeira: não roubou o senhor Madeleine, porque ele próprio, Jean Valjean, é o senhor Madeleine.

— O que o senhor está me dizendo?

— E esta é a segunda: não assassinou Javert, pois que quem matou Javert foi Javert.

— O que quer dizer?

— Que Javert se suicidou.

— Prove! Prove! — exclamou Marius fora de si.

Thénardier prosseguiu, escandindo a frase à moda de um alexandrino antigo:

— O-agente-de-polícia-Javert-foi-encontrado-afogado-debaixo-de-um-barco-na-Pont-au-Change.

— Então prove!

Thénardier tirou do bolso lateral um grande envelope de papel pardo que parecia conter folhas dobradas de diversos tamanhos.

— Tenho um dossiê — disse ele com calma.

E acrescentou:

— Senhor barão, em seu interesse, eu quis conhecer Jean Valjean a fundo. Disse que Jean Valjean e o senhor Madeleine eram o mesmo homem, e disse que Javert não teve outro assassino senão o próprio Javert, e quando digo isso é porque tenho provas. Não provas manuscritas, uma letra pode ser suspeita, complacente, mas provas impressas.

Enquanto falava, Thénardier tirava do envelope dois números de jornais, amarelados, desbotados e fortemente impregnados de tabaco. Um desses jornais, rasgado em todas as dobras e caindo em pedaços quadrados, parecia bem mais antigo do que o outro.

— Dois fatos, duas provas — disse Thénardier. E estendeu a Marius os dois jornais desdobrados.

O leitor conhece esses dois jornais. O mais antigo, um número do *Drapeau Blanc* do dia 25 de julho de 1823, cujo texto já foi visto anteriormente, estabelecia a identidade do senhor Madeleine e de Jean Valjean. O outro, um número do *Moniteur* de 15 de julho de 1832, constatava o suicídio de Javert, acrescentando que fora o resultado de um relatório verbal de Javert ao delegado; havendo ficado prisioneiro na barricada da rua de la Chanvrerie, devia a vida à magnanimidade de um rebelde que, mantendo-o sob sua pistola, em vez de "queimar-lhe o cérebro", disparara para o ar.

Marius leu. Havia ali evidência, data certa, prova irrecusável; aqueles dois jornais não haviam sido impressos para dar apoio às palavras de Thénardier. A nota publicada no *Moniteur* era comunicada oficialmente pela delegacia de polícia. Marius não podia duvidar. As informações do tesoureiro eram falsas, e ele próprio enganara-se. Jean Valjean engrandeceu repentinamente, e saía da névoa. Marius não pôde conter um grito de satisfação.

— Então, esse infeliz é um homem admirável! Toda essa fortuna pertencia realmente a ele! É Madeleine, a providência de uma cidade inteira! É Jean Valjean, o salvador de Javert! É um herói! É um santo!

— Não é um santo, e não é um herói — disse Thénardier. — É um assassino e um ladrão.

E acrescentou em tom de quem começa a sentir que tem alguma autoridade:

— Vamos com calma.

Ladrão, assassino, essas palavras que Marius supunha desaparecidas e que voltavam, caíram sobre ele como um balde de água fria.

— Ainda! — disse ele.

— Sempre — respondeu Thénardier. — Jean Valjean não roubou Madeleine, mas é um ladrão. Não matou Javert, mas é um assassino.

— O senhor quer falar — tornou Marius — desse miserável roubo de quarenta anos atrás, expiado, como se depreende dos próprios jornais que me mostrou, por uma vida inteira de arrependimento, de abnegação e de virtude?

— Digo assassinato e roubo, senhor barão. E repito que falo de fatos atuais. O que tenho a revelar-lhe é absolutamente desconhecido. É coisa inédita. E talvez o senhor encontre aí a origem da fortuna tão habilmente oferecida por Jean Valjean à senhora baronesa. Digo habilmente, pois, mediante uma doação dessa natureza, infiltrar-se em uma família respeitável, partilhando de sua condição e, ao mesmo tempo, ocultar seu crime, gozar de seu roubo, esconder seu verdadeiro nome e arranjar uma família para si, não é falta de habilidade.

— Poderia interrompê-lo aqui — observou Marius —, porém continue.

— Senhor barão, vou dizer-lhe tudo, deixando a recompensa por conta de sua generosidade. Este segredo vale ouro maciço. O senhor vai me dizer: "Por que não se dirigiu a Jean Valjean?" Por uma razão muito simples, sei que ele renunciou ao que tinha em seu favor, e acho a combinação engenhosa; mas ele não tem mais um tostão e mostraria as mãos vazias e, posto que preciso de algum dinheiro para minha viagem a Joya, prefiro o senhor, que tem tudo, a ele, que não tem nada. Estou um pouco cansado, permita-me pegar uma cadeira.

Marius sentou-se e fez-lhe sinal que sentasse.

Thénardier puxou uma cadeira estofada, pegou os dois jornais, recolocou-os no envelope e murmurou, marcando com a unha o *Drapeau Blanc*: "Este aqui, deu-me trabalho consegui-lo".

Depois, cruzou os braços e recostou-se, atitude própria de pessoas seguras do que dizem, e então entrou no assunto, de forma grave e acentuando as palavras:

— Senhor barão, no dia 6 de junho de 1832, aproximadamente há um ano, no dia da revolta, um homem encontrava-se no Grand Égout de Paris, do lado em que o esgoto vem encontrar o Sena, entre a ponte de Invalides e a ponte d'Iéna.

Marius aproximou bruscamente sua cadeira à de Thénardier. Thénardier reparou naquele movimento e prosseguiu com a lentidão de um orador que prende seu interlocutor e que sente a palpitação do adversário ao ouvir suas palavras:

— Esse homem, forçado a esconder-se, por motivos completamente estranhos à política, adotara o esgoto como domicílio e possuía uma chave dali. Repito, era dia 6 de junho, por volta das oito da noite. O homem ouviu barulho no esgoto; muito surpreso, escondeu-se e ficou à espreita. Era um ruído de passos, andavam no escuro, vinham em sua direção. Coisa estranha, havia no esgoto outro homem além dele. A grade de saída do esgoto não ficava longe. O pouco de claridade que vinha dali permitiu-lhe reconhecer o recém-chegado e ver que o homem trazia alguma coisa às costas, porque caminhava curvado. O homem que andava curvado era um antigo forçado, e o que ele trazia às costas era um cadáver. Seria um flagrante delito de assassinato. Quanto ao roubo, era evidente; não se mata um homem gratuitamente. O forçado ia jogar o cadáver no rio. Um fato a ser notado é que, antes de chegar à grade de saída, o tal forçado, que vinha de longe dentro do esgoto, havia necessariamente passado por um medonho atoleiro, onde parece que poderia ter deixado o cadáver; mas, já no dia seguinte, os homens que ali trabalhavam encontrariam o corpo do assassinado, o que não convinha ao assassino. Ele preferiu atravessar o atoleiro com seu fardo às costas, e seus esforços devem ter sido enormes; é impossível arriscar mais completamente a própria vida. Não sei como ele saiu vivo de lá.

A cadeira de Marius aproximou-se mais um pouco. Thénardier aproveitou para respirar longamente. E prosseguiu:

— Senhor barão, um esgoto não é o Champ-de-Mars. Ali falta de tudo, até mesmo espaço. Quando dois homens estão lá dentro, forçosamente terão de se encontrar. Foi o que aconteceu. O domiciliado e o que estava de passagem foram forçados a se cumprimentar, mesmo a contragosto. O que passava disse ao domiciliado: "Está vendo o que tenho nas costas, preciso sair, e você tem a chave, entregue-a a mim". O tal forçado era um homem de uma força extraordinária. Não havia como recusar. No entanto, o que tinha a chave argumentou, unicamente para ganhar tempo. Examinou o morto, mas não pôde ver nada, a não ser que era jovem, bem trajado, parecia rico e desfigurado pelo sangue. Enquanto conversava, conseguiu um meio de rasgar e arrancar por trás, sem que o assassino percebesse, um pedaço da roupa do homem assassinado. Prova material do crime, entende; um meio de recuperar a pista das coisas e de provar o crime ao criminoso. Depois de guardar no bolso a prova do crime, abriu a grade, fez o homem sair com o fardo que levava às costas, tornou a fechar a grade e safou-se, não querendo ver-se envolvido no resto da aventura e, principalmente, não querendo estar ali quando o assassino lançasse o assassinado no rio. Agora o senhor entende. O homem que carregava o cadáver era Jean Valjean; o que tinha a chave é quem lhe fala neste momento; e o pedaço da roupa...

Thénardier concluiu a frase tirando do bolso e segurando, à altura dos olhos, entre seus indicadores e seus polegares, um pedaço de tecido preto rasgado, todo coberto de manchas escuras.

Marius levantou-se, pálido, arquejante, olhos fixos no pedaço de pano preto e, sem dizer uma palavra, nem tirar os olhos daquele trapo, recuou até a parede, tateando com a mão direita estendida para trás, à procura de uma chave que se encontrava na fechadura de um armário próximo à lareira. Encontrou-a, abriu o armário, colocou seu braço lá dentro sem olhar e sem que suas pupilas espantadas se desviassem daquele pano que Thénardier mantinha estendido.

Ao mesmo tempo, Thénardier continuava:

— Senhor barão, tenho as mais fortes razões para acreditar que o jovem assassinado era um opulento estrangeiro portador de uma enorme soma, atraído para uma cilada por Jean Valjean.

— O jovem era eu, e o casaco está aqui! — bradou Marius, arremessando ao chão um velho casaco preto todo ensangüentado.

Depois, arrancando o trapo das mãos de Thénardier, agachou-se sobre o casaco e aproximou da barra rasgada o pedaço arrancado. O trapo ajustava-se perfeitamente, completando o casaco.

Thénardier ficou petrificado. Pensou o seguinte: "Estou arrasado!"

Marius ergueu-se trêmulo, desesperado, radiante.

Remexeu em seu bolso e caminhou, furioso, em direção a Thénardier, mostrando-lhe, e quase esfregando-lhe na cara, seu punho cheio de notas de quinhentos e de mil francos:

— Você é um infame, um mentiroso, um caluniador, um facínora. Vinha acusar esse homem mas acabou fazendo-lhe justiça; queria perdê-lo mas o que conseguiu foi glorificá-lo. Você é que é um ladrão! Você é que é um assassino! Eu o vi, Thénardier Jondrette, naquela espelunca do bulevar de l'Hôpital. Sei a seu respeito o suficiente para mandá-lo para as galés, e até para mais longe, se eu quisesse. Tome, aí tem mil francos, seu patife!

E atirou uma nota de mil francos sobre Thénardier.

— Ah! Jondrette Thénardier, vil tratante! Que isso lhe sirva de lição, seu vendedor de segredos, mercador de mistérios, escavador das trevas, miserável! Pegue esses quinhentos francos e saia daqui! Waterloo o protege.

— Waterloo — resmungou Thénardier, embolsando as notas de quinhentos e de mil francos.

— Sim, assassino! Lá você salvou a vida de um coronel...

— De um general — disse Thénardier, erguendo a cabeça.

— De um coronel! — repetiu Marius com arrebatamento. — Eu não daria um tostão por um general. E você vem aqui com essas infâmias! Afirmo que você cometeu todos os crimes. Vá embora! Desapareça! Seja feliz, é tudo que lhe desejo. Seu monstro! Tome mais três mil francos! Pegue-os. Parta amanhã mesmo para a América, com sua filha, porque sua mulher já morreu, abominável mentiroso. Cuidarei de sua partida, bandido, e nesse momento terá vinte mil francos. Faça com que o enforquem em outro lugar!

— Senhor barão — respondeu Thénardier, inclinando-se até o chão —, gratidão eterna.

E Thénardier saiu, sem compreender nada daquilo, estupefato e encantado com o suave esmagamento sob sacos de ouro, e com aquele raio fulminando sua cabeça em forma de dinheiro. Fulminado havia ficado, mas contente também; e teria se aborrecido se tivesse um pára-raio contra esse tipo de descarga.

Terminemos imediatamente com esse homem. Dois dias depois dos acontecimentos que acabamos de relatar, Thénardier, ajudado por Marius, partiu para a América com um falso nome e com sua filha Azelma, munido de uma letra de vinte mil francos, a ser sacada em Nova York. A miséria moral de Thénardier, o burguês fracassado, era irremediável; ele foi na América o que havia sido na Europa. O contato de um homem ruim às vezes é o suficiente para corromper uma boa ação e fazê-la produzir um mau resultado. Com o dinheiro de Marius, Thénardier tornou-se traficante da escravos.

Mal Thénardier retirou-se, Marius correu ao jardim, onde Cosette ainda passeava.

— Cosette! Cosette! Venha, venha depressa! Vamos. Basque, uma carruagem! Venha, Cosette! Oh! Meu Deus! Foi ele quem salvou-me a vida! Não percamos um minuto! Coloque seu xale!

Cosette julgou-o louco, e obedeceu.

Ele não respirava, punha a mão sobre o coração para comprimir-lhe os batimentos. Ia de um lado para o outro a passos largos, beijava Cosette e dizia:

— Ah! Cosette! Sou um infeliz!

Marius estava transtornado. Começava a entrever nesse Jean Valjean não se sabe que grande e sombrio vulto. Uma rara virtude se apresentava, suprema e suave, humilde em sua imensidão. O forçado transfigurava-se em Cristo. Marius sentia o deslumbramento desse prodígio. Não sabia bem o que via, mas era algo grandioso.

Em um instante, uma carruagem estava em frente à porta.

Marius ajudou Cosette a subir e entrou.

— Cocheiro — disse ele —, para a rua de l'Homme-Armé, número 7.

A carruagem partiu.

— Oh! Que felicidade! — disse Cosette. — Rua de l'Homme-Armé. Eu não ousava mais falar-lhe a esse respeito! Vamos visitar o senhor Jean?

— Seu pai, Cosette, seu pai mais do que nunca! Agora adivinho, Cosette! Você me disse que nunca recebeu a carta que eu lhe mandara por Gavroche. É porque deve ter caído nas mãos dele. Cosette, ele foi à barricada para me salvar. Como é de seu feitio ser um anjo, ao passar salvou outros, salvou Javert! Tirou-me daquele abismo para entregar-me a você. Carregou-me nas costas por aquele medonho esgoto. Ah! Sou um monstruoso ingrato. Cosette, depois de ser a sua Providência, ele foi a minha também. Imagine que havia no esgoto um medonho lamaçal, onde cem vezes era possível afogar-se, afogar-se em lama, Cosette! E ele o atravessou comigo. Eu estava desmaiado, não via nem ouvia nada, eu não podia tomar conhecimento da minha própria aventura. Vamos buscá-lo, trazê-lo conosco, quer ele queira quer não, e nunca mais sairá da nossa companhia. Tomara que esteja em casa! Tomara que o encontremos!

Vou passar o resto da minha vida a venerá-lo. É, deve ter sido isso, Cosette. Foi a ele que Gavroche entregou minha carta. Está tudo explicado. Você compreende?

Cosette não compreendia uma única palavra.

— Você tem razão — disse-lhe ela.

Enquanto isso, a carruagem rodava.

V. Noite, após a qual vem o dia

Ao ouvir baterem à sua porta, Jean Valjean voltou-se.

— Entre — disse ele com uma voz fraca.

A porta foi aberta. Marius e Cosette apareceram.

Cosette entrou precipitadamente no quarto.

Marius ficou parado, de pé e encostado no batente da porta.

— Cosette! — exclamou Jean Valjean, erguendo-se em sua cadeira, braços abertos e trêmulos, espantado, lívido, sinistro, mas com imensa alegria no olhar.

Cosette, sufocada de emoção, caiu sobre o peito de Jean Valjean.

— Pai! — disse ela.

— Cosette! É ela! Senhora, é você? Ah! Meu Deus!

E, estreitado nos braços de Cosette, exclamou:

— É você! Você está aqui! Então me perdoa?

Marius, abaixando os olhos para impedir que as lágrimas corressem, deu um passo e murmurou por entre os lábios convulsivamente contraídos para abafar os soluços:

— Meu pai!

— Você também me perdoa? — disse Jean Valjean.

Marius não conseguiu encontrar uma só palavra, e Jean Valjean acrescentou:

— Obrigado!

Cosette tirou o xale e jogou o chapéu sobre a cama.

— Isso me incomoda — disse ela.

E, sentando-se nos joelhos do velho, afastou seus cabelos brancos com um gesto amável e beijou sua testa.

Jean Valjean deixava-se levar, encantado.

Cosette, que compreendia apenas confusamente o que se passava, redobrava suas carícias, como se quisesse pagar a dívida de Marius.

Jean Valjean balbuciava:

— Como sou tolo! Pensei que não a veria mais. Imagine, senhor Pontmercy, que no momento em que entraram eu pensava: "Está tudo acabado. Ali está o vestidinho dela, sou um homem miserável, nunca mais verei Cosette!" Eu pensava isso enquanto subiam as escadas. Que idiota! Vejam como a gente é idiota! É com o que se conta sem o bom Deus. O bom Deus diz: "Pensa que vão abandoná-lo, seu bobo! Não, não, as coisas não se passarão assim. Vamos, ali há um pobre homem que precisa de um anjo!" E o anjo vem; e eu torno a ver minha Cosette, minha pequena Cosette! Ah! Eu estava muito infeliz!

Ficou um momento sem poder falar, mas então prosseguiu:

— Eu precisava realmente ver Cosette, um pouquinho, de tempos em tempos. O coração, ele quer um osso para roer. Mas eu bem percebia que eu era demais ali, e me dava várias razões: "Eles não precisam de você, fique no seu canto, não temos o direito de nos eternizar". Oh! Graças a Deus torno a vê-la! Sabe, Cosette, que seu marido é muito bonito? Ah! Você está com uma bela gola bordada, perfeita. Gosto desse desenho. Foi seu marido que o escolheu, não foi? E você também vai precisar de xales de lã. Senhor Pontmercy, deixe-me chamá-la de você. Não será por muito tempo.

E Cosette retorquia:

— Que maldade, ter-nos abandonado assim! Por onde andou? Por que demorou tanto? Antes suas viagens não duravam mais que três ou quatro dias. Mandei que Nicolette viesse, e sempre respondiam: "Ele está ausente". Há quanto tempo voltou? Por que não mandou avisar? Sabe que está muito mudado? Oh! Que pai danado! Ficou doente e nem soubemos! Veja, Marius, como está com as mãos frias!

— Então está aí, senhor Pontmercy, então me perdoa! — repetiu Jean Valjean.

A essas palavras, que Jean Valjean acabava de repetir, tudo o que estava represado no coração de Marius encontrava uma saída; ele exclamou:

— Está ouvindo, Cosette? Ele me pede perdão. E você sabe o que ele me fez, Cosette? Salvou-me a vida! Fez mais do que isso, deu-me você. E depois de salvar-me, e depois de dar-me você, Cosette, o que fez dele mesmo? Sacrificou-se. Eis o homem. E a mim, o ingrato, a mim, o esquecido, a mim, o impiedoso, a mim, o culpado ele diz: "Obrigado". Cosette, toda a minha vida passada aos pés desse homem será muito pouco. Aquela barricada, aquele esgoto, aquela fornalha, aquela cloaca, tudo aquilo ele atravessou por mim, por você, Cosette! Carregou-me através de todas as mortes que afastava de mim e que aceitava para ele mesmo. Esse homem encerra todas as coragens, todas as virtudes, todos os heroísmos, todas as santidades! Cosette, este homem é um anjo!...

— Psiu! Psiu! — disse bem baixinho Jean Valjean. — Para que dizer tudo isso?

— Mas o senhor também! — exclamou Marius em uma reprimenda cheia de veneração. — Por que o senhor não disse nada? Também é sua culpa. Salva a vida das pessoas e esconde isso delas! Ainda faz pior! Sob pretexto de se desmascarar, calunia a si mesmo! Isso é atroz!

— Eu disse a verdade — respondeu Jean Valjean.

— Não — replicou Marius —, a verdade é a verdade inteira, e o senhor não a disse. Por que não disse que era o senhor Madeleine? Por que não disse que salvou Javert? Eu lhe devia minha vida, por que não disse?

— Porque pensava como o senhor. Achava que o senhor tinha razão. Eu tinha de afastar-me. Se o senhor soubesse a história do esgoto, teria feito com que eu ficasse perto de vocês. Então tive de calar-me. Se eu tivesse falado, teria atrapalhado tudo.

— Atrapalhado o quê? Atrapalhado quem? — replicou Marius. — Está pensando que vai permanecer aqui? Vamos levá-lo. Oh! Meu Deus! Quando penso que foi por acaso que eu soube de tudo isso! Vamos levá-lo. O senhor faz parte de nós mesmos. É o pai de Cosette e meu também. Não passará nem mais um dia nesta casa horrível. Nem pense que amanhã ainda estará aqui.

— Amanhã — disse Jean Valjean —, não estarei aqui, mas também não estarei em sua casa.

— O que quer dizer? — replicou Marius. — Ah! É isso, não permitiremos mais nenhuma viagem. O senhor não nos deixará mais. O senhor nos pertence. Não o largaremos.

— Dessa vez é de verdade — acrescentou Cosette. — Temos uma carruagem lá embaixo. Vou raptá-lo, e se for preciso usarei de força.

E, rindo, fez um gesto de levantar o velho nos braços.

— Seu quarto continua arrumado — prosseguiu ela. — Se soubesse como o jardim está bonito agora! As azaléias estão indo muito bem lá. As alamedas estão cobertas com areia de rio, e há também pequenas conchas cor de violeta. Vai comer meus morangos. Sou eu quem os tem regado. E nada de senhora, nada de senhor Jean, vivemos em uma república, todo o mundo se trata por você, não é, Marius? O programa mudou. Se soubesse o desgosto que eu tive, pai, um pintassilgo tinha feito seu ninho em um buraco do muro, mas um gato malvado o comeu. Meu pobre pintassilgo, que colocava a cabeça na janela e olhava para mim. Chorei tanto. Queria matar aquele gato! Mas agora ninguém chora mais. Todos riem, todos estão felizes. O senhor vem conosco; como o avô vai ficar contente! Terá seu canteiro no jardim para cultivar, e veremos se seus morangos serão melhores que os meus. E também vou fazer tudo o que o senhor quiser, mas o senhor vai ter de me obedecer.

Jean Valjean a escutava, mas não entendia. Ouvia mais a música de sua voz do que o sentido de suas palavras. Uma dessas grandes lágrimas, que são as sombrias pérolas da alma, crescia lentamente em seus olhos. Ele murmurou:

— A prova de que Deus é bom é que você está aqui.

— Meu pai! — disse Cosette.

Jean Valjean continuou:

— É verdade que seria maravilhoso vivermos juntos! Com as árvores cheias de passarinhos. Eu passearia com Cosette. Sermos pessoas que vivem, que se cumprimentam, que se chamam para o jardim, seria uma delícia. Podermos nos ver já pela manhã. Cultivarmos cada qual seu canteirinho. Ela me faria comer seus morangos e eu pediria a ela que colhesse das minhas rosas. Seria encantador, só que...

Ele interrompeu-se e disse docemente:

— É pena.

A lágrima não caiu, voltou para dentro, e Jean Valjean a substituiu por um sorriso.

Cosette tomou as mãos de seu pai entre as suas.

— Meu Deus! — disse ela. — Suas mãos estão mais frias ainda. O senhor está doente? Sente alguma coisa?

— Eu? Não — respondeu Jean Valjean —, estou muito bem. Só que...

Ele parou.

— O quê?

— Vou morrer logo.

Cosette e Marius estremeceram.

— Morrer? — exclamou Marius.

— Sim, mas isso não é nada — disse Jean Valjean.

Ele respirou, sorriu e continuou:

— Cosette, você estava falando, continue, fale mais; então seu pintassilgo morreu? Fale, quero ouvir sua voz!

Marius olhava petrificado para o velho.

Cosette soltou um grito penetrante.

— Pai! Meu pai! O senhor vai viver! Vai sim. Quero que o senhor viva, está ouvindo?

Jean Valjean levantou a cabeça com adoração em direção a Cosette.

— Oh! Sim! Proíba-me de morrer. Quem sabe? Talvez eu

obedeça. Quando vocês chegaram, eu estava morrendo, mas então cessou, pareceu-me que eu renascia.

— O senhor é cheio de força e de vida — exclamou Marius. — O senhor pensa que se pode morrer assim? Teve desgostos, mas não os terá mais. Sou eu que lhe peço perdão, até mesmo de joelhos! O senhor vai viver, e viver conosco, e viver muito ainda. Vamos levá-lo conosco. De agora em diante, somos dois aqui a ter um único pensamento, sua felicidade!

— Está vendo — tornou Cosette em lágrimas —, Marius está dizendo que o senhor não vai morrer!

Jean Valjean continuava a sorrir.

— Se vocês me levassem, senhor Pontmercy, isso faria com que deixasse de ser quem eu sou? Não. Deus pensou como o senhor e eu, e ele não muda de idéia. É conveniente que eu me vá. A morte é uma boa forma de arranjar as coisas. Deus sabe melhor do que nós o que nos convém. Que vocês sejam felizes, que o senhor Pontmercy sempre tenha Cosette, que a juventude despose a manhã, que haja em torno de vocês, meus filhos, lilases e rouxinóis, que sua existência seja um belo gramado cheio de sol, que todos os encantamentos celestes preencham suas almas, e agora, eu, que não sirvo para nada, que eu morra; é certo que tudo isso está bem. Vejam, sejamos razoáveis, agora nada mais é possível, sinto perfeitamente que tudo se acabou. Há uma hora tive um desmaio. Essa noite bebi toda a água que tinha naquele jarro. Como seu marido é bom, Cosette! Você está muito melhor com ele.

Um ruído se fez à porta. Era o médico que entrava.

— Bom dia e adeus, doutor — disse Jean Valjean. — Aqui estão minhas pobres crianças!

Marius acercou-se do médico e dirigiu-lhe esta única palavra: “Senhor?...”, mas em sua maneira de pronunciá-la havia uma pergunta completa.

O médico respondeu a pergunta com um olhar expressivo.

— Não é porque certas coisas desagradam — disse Jean Valjean — que há motivo para sermos injustos com Deus.

Fez-se silêncio. Todos os corações estavam oprimidos.

Jean Valjean voltou-se para Cosette e pôs-se a contemplá-la, como se quisesse levar sua imagem para a eternidade.

Na profundidade das sombras para onde já havia descido, o êxtase ainda lhe era possível contemplando Cosette. A luz daquele doce semblante iluminava seu rosto pálido.

O sepulcro também pode ter o seu deslumbramento.

O médico tomou-lhe o pulso.

— Ah! Era de vocês que ele sentia falta! — murmurou, olhando para Cosette e Marius.

E, inclinando-se em direção a Marius, acrescentou em voz bem baixa:

— Tarde demais.

Jean Valjean, quase sem deixar de olhar para Cosette, observou Marius e o médico com serenidade. Ouviram sair de sua boca estas palavras articuladas com dificuldade:

— Morrer não é nada; horrível é não viver.

De repente, levantou-se. O retornar das forças é às vezes o próprio sinal da agonia. Caminhou com passos firmes até a parede, afastou Marius e o médico, que queriam ajudá-lo, tirou do prego o pequeno crucifixo de cobre que estava pendurado ali, voltou a sentar-se com toda a liberdade de movimentos, como se estivesse em plena saúde, e disse em voz alta, colocando o crucifixo em cima da mesa:

— Aqui está o grande mártir.

Então, seu tronco curvou-se, sua cabeça vacilou, como se a embriaguez do túmulo o acometesse, e suas duas mãos colocadas sobre os joelhos começaram a raspar com as unhas o tecido de suas calças.

Cosette amparava-o pelas costas, soluçando, e tentava falar com ele, mas não conseguia.

Distinguiam-se, entre as palavras envoltas naquela saliva lúgubre que acompanha as lágrimas, frases como estas: "Pai! Não nos deixe. Será possível que o tenhamos reencontrado só para perdê-lo?"

Poderíamos dizer que a agonia serpenteia. Ela vai e vem, avança em direção ao sepulcro e retrocede para a vida. Existe um certo apalpar na ação de morrer.

Após essa meia síncope, Jean Valjean firmou-se, balançou a cabeça como para sacudir as trevas, e readquiriu quase plenamente a lucidez. Pegou uma dobra da manga de Cosette e beijou-a.

— Voltou a si, doutor, voltou a si! — bradou Marius.

— Vocês dois são muito bons — disse Jean Valjean. — Vou dizer-lhes o que me fez sofrer. O que me fez sofrer, senhor Pontmercy, foi ver que não quiseram tocar naquele dinheiro. Aquele dinheiro realmente pertence à sua mulher. Vou explicar-lhes tudo, meus filhos; é por isso também que estou contente em vê-los. O azeviche preto vem da Inglaterra, o branco da Noruega. Tudo isso está nesse papel aqui, que vocês devem ler. Para os braceletes, tive a idéia de substituir os fechos de metal soldados por fechos com encaixes. São mais bonitos, melhores e mais baratos. Podem imaginar quanto dinheiro é possível ganhar. Assim, a fortuna de Cosette é, de fato, dela. Estou contando esses detalhes para que fiquem com o espírito tranqüilo.

A zeladora havia subido e espreitava pela porta entreaberta. O médico a afastou, mas não pôde impedir que, antes de desaparecer, a boa mulher gritasse ao moribundo:

— O senhor quer um padre?

— Já tenho um — respondeu Jean Valjean.

E, com o dedo, mostrou um ponto acima de sua cabeça, onde parecia ver alguém.

É provável, efetivamente, que o bispo assistisse àquela agonia.

Cosette carinhosamente colocou um travesseiro sob suas costas.

Jean Valjean prosseguiu:

— Senhor Pontmercy, não tema, eu lhe peço. Os seiscentos mil francos são de Cosette. Eu terei perdido minha vida se vocês não os aproveitarem. Conseguimos trabalhar muito bem com os vidrilhos. Rivalizamos com as chamadas bijuterias de Berlim. Por exemplo, não se pode igualar com os preços dos vidrilhos pretos da Alemanha. Uma grosa, que contém mil e duzentas contas muito bem talhadas, custa apenas três francos.

Quando algum ente que nos é muito querido está para morrer, lançamos um olhar que nele se agarra e que gostaria de retê-lo. Os dois, mudos de tanta angústia, não sabendo o que dizer à morte, desesperados e trêmulos, permaneciam de pé e de mãos dadas diante dele.

De instante em instante, Jean Valjean declinava e se aproximava do sombrio horizonte. Sua respiração tornara-se intermitente, entrecortada por ruídos. Já lhe custava mover os braços, seus pés haviam perdido todo o movimento; e, ao mesmo tempo que a miséria dos membros e a fraqueza do corpo aumentavam, toda a majestade da alma expandia-se acima de sua fronte. A luminosidade do mundo desconhecido já era visível em suas pupilas.

Seu rosto empalidecia e mostrava um sorriso. A vida já não estava ali, mas sim outra coisa. Sua respiração diminuía, seu olhar engrandecia. Era um cadáver no qual percebiam-se asas.

Fez sinal para Cosette aproximar-se, depois para Marius; era, evidentemente, o último minuto da última hora; ele começou a falar-lhes com uma voz tão fraca que parecia vir de longe, e como se entre ele e os dois já se interpusesse uma muralha.

— Aproxime-se, aproximem-se os dois. Eu os amo muito. Oh! Como é bom morrer assim! Você também gosta de mim, não é, minha Cosette? Eu bem sabia que você sempre tinha amizade por este velho homem. Você foi muito gentil em colocar essa almofada em minhas costas! Vai chorar um pouco por mim, não vai? Mas não muito. Não quero que você sofra. Devem se divertir muito, meus filhos. Esqueci de dizer que nas fivelas sem ponta ganhava-se ainda mais do que em todo o resto. A grosa, de doze dúzias, ficava em dez francos, e era vendida por sessenta. Era mesmo um bom negócio. Por isso, não precisa se assustar com os seiscentos mil francos, senhor Pontmercy. É um dinheiro honesto. Podem ser ricos com tranqüilidade. Devem ter uma carruagem, ir de vez em quando ao teatro, comprar lindos vestidos de baile, minha Cosette, e também oferecer bons jantares a seus amigos, e viver muito felizes. Há pouco eu escrevia a Cosette. Ela vai encontrar minha carta. É para ela que deixo os dois castiçais que estão sobre a lareira. São de prata, mas para mim era como se fossem de ouro, de diamantes; convertem as velas que neles colocamos em círios. Não sei se quem os deu a mim está contente, lá do alto, comigo. Fiz o que pude! Meus filhos, não esqueçam que sou pobre, mandem enterrar-me no primeiro canto de terra que aparecer, apenas com uma pedra marcando o local. Essa é minha vontade. Nada de nomes escritos na pedra. Se Cosette quiser vir um pouquinho, de vez em quando, isso me fará gosto. E o senhor também, senhor Pontmercy. Devo lhe confessar que nem sempre gostei do senhor, pelo que lhe peço perdão. Agora, o senhor e ela, para mim, é como se fossem uma só pessoa. Sou-lhe muito reconhecido. Vejo que faz Cosette feliz. Se o senhor soubesse como ela tinha as faces rosadas, senhor Pontmercy, era minha alegria; quando a via um pouco pálida, eu ficava triste. Ali na cômoda há uma nota de quinhentos francos; nem toquei nela. É para os pobres. Cosette, está vendo seu vestidinho ali na cama? Você o reconhece? Já se passaram dez anos. Como o tempo passa depressa! Fomos muito felizes, mas acabou-se. Meus filhos, não chorem, eu não vou para muito longe. Verei vocês de lá! Quando for noite, basta olhar e verão que sorrio. Cosette, você ainda lembra de Montfermeil? Você estava no bosque, com muito medo, lembra quando peguei na alça do balde de água? Foi a primeira vez que toquei em suas pobres mãozinhas. Estavam tão frias! Ah! Você tinha as mãos vermelhas naquela época, senhorita, agora elas estão bem branquinhas. E aquela boneca imensa! Lembra? Você a chamava de Catherine. Você lamentava não tê-la levado para o convento! Como me fez rir muitas vezes, meu doce anjo! Quando chovia, você colocava pedaços de palha na enxurrada para vê-los ir embora. Um dia, dei-lhe uma raquete de vime e uma peteca com plumas amarelas, verdes e azuis; esqueceu delas? Quando pequena, você era muito travessa! Gostava de brincar. Colocava cerejas nas orelhas. Essas são coisas do passado. As florestas pelas quais passei com você, as árvores sob as quais passeamos, o convento onde nos escondemos, as brincadeiras, as boas risadas da infância, são sombras. Eu imaginei que tudo isso me pertencesse. Foi essa minha bobagem. Aqueles Thénardier foram muito maus, mas é preciso perdoá-los. Cosette, esse é o momento de dizer o nome de sua mãe, ela se chamava Fantine. Guarde este nome: Fantine; e coloque-se de joelhos todas as vezes que o pronunciar. Ela sofreu muito, e a amava muito. Teve de infelicidade tudo o que você tem de felicidade. Deus é que reparte as coisas. Ele está lá em cima, nos vê a todos, e sabe o que faz no meio de suas grandes estrelas. Estou partindo, meus filhos! Amem-se sempre muito. Não há nada melhor que isso no mundo: amar-se. Lembrem-se algumas vezes do pobre velho que morreu aqui! Ó minha Cosette, não foi minha culpa não tê-la visto nos últimos tempos, isso me cortava o coração; eu ia até a esquina, devia causar má impressão às pessoas que me viam passar, eu parecia um louco, certa vez saí até sem chapéu. Meus filhos, já não estou vendo claramente, ainda tinha muitas coisas para dizer, mas não faz mal. Pensem em mim, uma vez ou outra. Vocês são criaturas abençoadas. Não sei o que eu tenho, estou vendo uma luz. Cheguem mais perto. Morro feliz. Deixem que eu coloque minhas mãos sobre essas cabeças tão queridas.

Cosette e Marius caíram de joelhos, amargurados, sufocados em lágrimas, cada um segurando uma das mãos de Jean Valjean. Essas mãos augustas não mais se moviam.

Ele tombara para trás, o brilho dos dois castiçais o iluminou; seu rosto branco estava voltado para o céu, ele deixava Cosette e Marius cobrirem suas mãos de beijos.

Estava morto.

A noite não tinha estrelas e estava profundamente escura.

Sem dúvida, na escuridão, algum imenso anjo estava de pé, asas abertas esperando sua alma.

VI. A relva esconde e a chuva apaga

Existe, no Cemitério Père-Lachaise, próximo à vala comum, longe do bairro elegante dessa cidade de sepulcros, longe de todos aqueles túmulos de fantasia que ostentam, em presença da eternidade, as horríveis modas da morte, em um canto deserto, junto a um velho muro, sob uma árvore na qual se entrelaçam trepadeiras, em meio à relva e ao musgo, uma lápide. Essa lápide não é menos isenta que as outras das lepras do tempo, do mofo, do líquen e do excremento dos pássaros. A água a torna verde, o ar a torna escura. Não está próxima de nenhum caminho, e ninguém gosta de ir daqueles lados pois o mato está grande e porque rapidamente os pés ficam molhados. Quando há um pouco de sol, os lagartos passeiam por lá. Ao redor, há um tremular de loucas hastes de aveia. Na primavera, os pássaros cantam nos galhos da árvore.

Essa lápide é completamente nua. Ao talhá-la, só pensaram no que seria essencial ao túmulo, e não houve outro cuidado além de fazê-la suficientemente longa e estreita para cobrir um homem.

Nenhum nome se lê sobre ela.

A única coisa, e isso já faz muitos anos, que uma mão escreveu sobre ela, a lápis, são estes quatro versos que, pouco a pouco, foram se tornando ilegíveis, e hoje, provavelmente, já estão apagados:

Il dort. Quoique que le sort fût pour lui bien étrange,
Il vivait. Il mourut quand il n'eut plus son ange.
La chose simplement d'elle-même arriva,
Comme la nuit se fait lorsque le jour s'en va.

Ele dorme. Embora a sorte tenha-lhe sido bem estranha,
Ele vivia. Morreu quando não teve mais seu anjo.
A coisa simplesmente veio por ela mesma,
Assim como a noite chega quando o dia se vai.

Victor Hugo*
(1802-1885)

HENRY THOMAS E DANA LEE THOMAS

Em 1865, Victor Marie Hugo estava exilado na Ilha de Guernesey. "Napoleão, o Pequeno" banira-o de Paris por ser ardente demais o amor de Hugo à humanidade. Tal era a sua fama no mundo inteiro quando, a 29 de abril desse mesmo ano, ele recebeu uma carta endereçada da seguinte maneira: Victor Hugo, Occano. No mesmo dia remeteu uma carta, aos cuidados do embaixador norte-americano na Bélgica, endereçada a Meus Concidadãos, Mundo. Nessa carta ele exprimia sua tristeza pelo assassinato de Lincoln. "O trovão que rugiu em Washington abalou a terra inteira... Que terrível cataclismo!" E prosseguia confortando o povo norte-americano com palavras tão proféticas hoje como o foram em 1865: "O povo norte-americano é um colosso de bronze: os traidores

* Fonte: *Vidas de Grandes Romancistas*, Henry Thomas e Dona Lee Thomas, Editora Globo, Porto Alegre, RS, 1954.

podem arranhar-lhe a superfície, mas não dar com ele em terra... Os Estados Unidos tornaram-se o guia entre as nações... aquela que indica, às suas irmãs, a estrada de granito para a liberdade e para a fraternidade universal". Então o exilado concluiu sua carta assinando-se um "devotado cidadão da República da Humanidade".

Há quem considere Victor Hugo e Abraham Lincoln a Cabeça e o Coração do século XIX.

II

É bem estranho que a criança que iria ser um dos mais ardentes republicanos da Europa fosse educada no respeito à monarquia. O pai de Victor Hugo era general do exército de Napoleão. Quando Victor tinha onze anos, viu Napoleão montado a cavalo pelas ruas de Paris. "O que incutiu em mim um temor sagrado foi ver o imperador... não foi a vista da multidão barulhenta que o seguia... cantando em coro... mas a vista desse homem supremo movendo-se, silencioso e heróico, com o ar de um deus de bronze." Até em plena maturidade, Victor Hugo considerava os imperadores da França como que participantes da solidez do bronze e da solenidade de Deus.

Seu amor ao império veio-lhe mais de sua mãe que de seu pai. Os pés de Madame Hugo estavam sempre calçados de verde, a cor dos reis da França.

E verdes eram também os olhos de Madame Hugo. Estava sempre com ciúmes do marido. E este estava sempre com ciúmes dela. E não sem razão. A vida conjugal deles era uma sucessão de separações e reconciliações, de mulheres estranhas em casa do General Hugo e de homens estranhos em casa de Madame Hugo.

Quanto a Victor, este adorava igualmente o pai e a mãe, embora a vida irregular deles significasse para o menino uma infância de incessantes peregrinações. De Paris a Bordéus, de Bordéus a Segóvia, de Segóvia a Madri, e daí novamente a Paris. Como resultado dessa contínua peregrinação, o pequeno Victor teve uma educação um tanto irregular, adquirindo conhecimentos desordenados, cuja pouca solidez era suprida pela variedade. "Este menino", dizia uma das amigas de sua mãe, "sabe um pouco de tudo". "Sim", respondeu Madame Hugo, "sabe muito pouco de tudo".

E assim foi adejando de escola em escola e sugou apressadamente o néctar desta e daquela flor até que, aos treze anos, fez uma grande descoberta: a poesia de Virgílio. Traduziu a Primeira Écloga de Virgílio, e foi recompensado pelo seu professor, chamado Decotte, com umas varadas. É que o próprio Decotte acabara havia pouco uma tradução da mesma Écloga. Como ousava este pretensioso fedelho arvorar-se em seu rival?

Victor enxugou as lágrimas e continuou versejando. Compôs uma ode para um concurso entre os alunos de sua escola (Decotte não fazia parte do júri) e ganhou o primeiro prêmio. Escreveu um poema épico, um drama e um romance. Seus professores alcunharam-no de "criança sublime".

E a criança sublime mostrou-se precoce não só na literatura mas também no amor. Aos dezesseis anos contratou casamento com Adèle Foucher, jovem de dezesseis anos. "Lembras-te, Adèle? Foi na noite de 26 de abril de 1819, quando eu estava sentado a teus pés, que me pediste para te confiar o meu maior segredo... E eu, trêmulo, confessei que te amava. Ouvindo a tua resposta, minha Adèle, tive a coragem de um leão..."

Casaram-se dois anos mais tarde. Um belo par, aquela moça, de olhos negros e de sorriso melancólico, e aquele rapaz, com a boca de um poeta e a fronte de um soldado. E que alegre casamento! Uma festa de "leite e mel, flores, frutas e folhagem, riso e amor!"

Houve, contudo, uma nota dissonante. Ao realizar-se a cerimônia do casamento, apareceu um homem armado com um machado, que se precipitou sobre o noivo. Com dificuldade conseguiram dominá-lo. — Um louco! — Era Eugêne, o irmão mais velho de Victor. Tinha enlouquecido de ciúme. Também ele desejava casar-se com Adèle.

A cena tempestuosa do casamento marcou o início de uma vida também tempestuosa para Victor. Os ventos trouxeram-lhe, na mesma proporção, tristezas e alegrias. Um volume de poesias que alcançou êxito, um drama muito bem recebido, o aplauso do público, o elogio dos críticos, a fita da Legião de Honra, o nascimento e a morte de um filho, a morte de sua mãe e a deslealdade de um devotado amigo. O mais querido de todos eles, o crítico Sainte-Beuve, traíra-o, tentando, embora sem êxito, seduzir a esposa de Hugo.

Foi com esse amargo pensamento fazendo-lhe pesar o coração que Hugo assistiu à estréia de *Hernani* — um acontecimento transcendente. Esse drama de Hugo, alheio às convenções, ia ser a batalha inicial entre clássicos e românticos, "o fogo dos novos e as cinzas dos velhos". Hugo tinha desafiado corajosamente o inimigo para a luta.

"Nesta peça", declarara ele, "reduzo a fragmentos todas as teorias, métricas e sistemas. Ponho abaixo o antigo estuque que reveste a fachada da beleza. De hoje em diante já não existem nem regras nem modelos..."

A peça foi levada à cena em meio a uma tempestade de vaias e aplausos. Ao baixar o pano, os aplausos prevaleceram. A assistência inteira contemplava extasiada o recém-coroado Rei do Romance. Hugo, porém, mantinha-se indiferente àquele culto. Não tirava os olhos do camarote onde estava sentado Sainte-Beuve. E os olhos de Sainte-Beuve estavam cravados em Adèle.

Diante de pedido imperioso, Sainte-Beuve prometeu jamais voltar a ver Adèle. Mas não cumpriu a promessa. Insistiu em encontrá-la e escrever-lhe — secretamente, pensava ele, porém o segredo era conhecido de Hugo.

E Hugo tentou esquecer no trabalho a sua tristeza. Escreveu o romance *O Corcunda de Notre-Dame*. Começou-o em 4 de setembro de 1830, trabalhou num frenesi de paixão durante o outono e o começo do inverno e terminou-o em 15 de janeiro.

É a história de um templo sagrado — um edifício de pedra habitado por uma alma viva. "Ao lado da velha Catedral (Notre-Dame)", escreve o historiador francês Michelet, "Victor Hugo construiu uma Catedral de Poesia, tão firmemente assentada em seus alicerces quanto a outra e de torres igualmente altas."

Mais aplausos, mais tristeza no coração, mais trabalho. E depois, o nascimento de um novo amor — o "pássaro de fogo", Juliette Drouet. Esta bela atriz, cujo corpo servira de joguete a muitos homens, dava agora seu coração a um único homem. Durante cinqüenta anos consagrou-se apaixonadamente a Victor Hugo.

E Victor Hugo permaneceu apaixonadamente devotado a Juliette Drouet. Não que tivesse deixado de amar Adèle. Permaneceu firme em sua afeição a ela, mas era antes o afeto do filho pela mãe que o do marido pela mulher. E Adèle parecia contentar-se com essa tranqüila espécie de afeto. Seus sentimentos para com Hugo — e, a falar verdade, para com Sainte-Beuve — tinham sido sempre mais platônicos que de posse. Para ela, o amor era um sol distante. Gostava do calor dos primeiros raios oblíquos e sentia-se contente de poder estar abrigada dos seus raios verticais.

Mas as emoções de Hugo e de Juliette (ela também possuía a centelha da poesia) eram como uma chama dominadora. Nunca conheceram a "triste saciedade" do amor. Passado meio século de sua "primeira noite", ele ainda era sensível à embriaguez dos seus beijos. "Beijo o teu corpo e a tua alma. És beleza, és luz. Adoro-te!"

Juliette, o objeto de sua adoração, era uma filha anônima do vulgo, uma enjeitada. Para Hugo, ela simbolizava todos os enjeitados do mundo. Mediante a "dedicação do amor de Juliette" ele se transformou gradualmente de um Bourbon em um burguês, de monarquista em socialista. Doravante, declarou ele, sua vida seria inspirada por uma "sombria fidelidade às coisas abandonadas". Declarou mais, que todo o poder que possuísse seria empregado "na defesa dos fracos".

Este foi o princípio que o norteou até o fim da vida. Em 1830, e novamente em 1848, uniu-se "à causa do povo", arriscando, em ambas as ocasiões, não somente sua fama, mas também sua vida. Na revolução de 1848, lutou nas barricadas. "Estou morto de fadiga", escreveu a Juliette, "tendo passado três dias e três noites sem dormir, na refrega, sem uma cama onde deitar-me, quase sem alimento e sem água, dispondo apenas de algum raro instante para sentar-me no chão, a título de descanso..."

Enquanto estava longe, nas barricadas, sua casa foi varejada pelo próprio povo que estava procurando salvar. Foram de quarto em quarto, picando, rasgando, quebrando tudo o que encontravam até chegarem ao gabinete de trabalho de Victor Hugo. Sobre uma alta escrivaninha perto da janela (Hugo escrevia sempre de pé), os insurretos viram algumas folhas de papel em desordem. O cabeça dos rebeldes, um ex-mestre-escola chamado Gobert, lançou um olhar às folhas de papel. Eram o começo de uma história. Então Gobert olhou a página de rosto.

— Hum! O título não é mau para um romance.

— Qual é o nome? — perguntou um de seus companheiros.

— *Les Misérables*.

IV

Hugo começou a escrever *Les Misérables* em Paris. Concluiu-o em Guernesey, para onde fora banido por causa de sua oposição à tirania de Napoleão III. A borrasca de seu destino continuava a acossá-lo. A vida e a morte continuavam a dispensar-lhe alternadamente carinhos e golpes: eleição para a Academia, e morte por afogamento de sua filha Léopoldine num estuário do Sena; seu reconhecimento como o maior poeta da França, e morte prematura de outra filha; verdadeiras romarias à Ilha-Santuário do Poeta-Vidente, e o malfadado caso de amor seguido de loucura de uma terceira filha. Tais foram os sucessos que acompanharam a composição de *Les Misérables*. Ao escrever essa epopéia da dor humana, Deus tocou-lhe no ombro e elevou seu olhar da terra para o céu. "A terra chamou-me Poeta e o eco no céu respondeu, Profeta." Por intermédio dos seus sofrimentos ele se fizera o profeta da esperança. "Enfrentei o terror da morte e, transpondo-o, encontrei a flor da vida."

A flor da vida, a esperança dos desesperados, o evangelho dos humildes, a bondade de Deus nascida do amor por todas as suas criaturas sofredoras — eis o tema de *Les Misérables*. A transformação do sofrimento em piedade, da piedade em amor. Um livro intenso, turbulento e terno que envolveu o mundo num fogo purificador. No dia do seu aparecimento, os parisienses cercaram a livraria Pagnerre às 6 da manhã. Em poucas horas carregaram consigo 50 mil exemplares do livro. Victor Hugo, o prisioneiro solitário do rochedo de Guernesey, foi aclamado o Cidadão nº 1 do Mundo.

E o Cidadão nº 1 recebeu com "modesta ufania" as homenagens que lhe foram feitas. E, à proporção que passavam os anos, ele se tornava mais jovem. "Sob minhas cãs vive o amor da primavera... A luz não envelhece." Tornara-se um Titã de resistência física e mental. Levantava-se ao alvorecer, dava um mergulho entre as ondas e punha-se de pé diante de sua escrivaninha antes do nascer do sol. À tarde, descansava um pouco empunhando os seus lápis (pois gostava tanto de desenhar quanto de escrever), e em seguida um longo passeio à beira-mar, arrostando o sol e o borrifo das ondas. Jamais levava uma bengala para ajudá-lo a escalar os rochedos ou um guarda-chuva que o protegesse contra a chuva. Não temia nem o calor nem o frio. "Sou imortal. Nada me pode ferir." Seu apetite era espantoso. Comia vários pratos de carne numa única refeição. Dias havia em que duas galinhas não bastavam para satisfazer sua fome. Comia com prazer e com prazer pensava e aceitava as tristezas e as alegrias da vida. "A tristeza é apenas o prelúdio da alegria. A sinfonia da vida, quando conseguimos ajustar a ela o nosso ouvido, transforma-se num grande acorde final." Assim, nessa absoluta confiança, encarou a morte de dois de seus filhos e de sua esposa, Adèle. E nessa mesma confiança afrontou a invasão da França, em 1870, pelos alemães, quando já havia regressado do seu exílio em Guernesey. "Para o *front*, cidadãos, todos! Que as cidades se levantem! Que se queimem todos os campos!... Cidades, cidades, cidades! Fazei florestas de lanças, multiplicai vossas baionetas, armai vosso canhão; e tu, aldeia, empunha teu facho! Que todos os homens — rico, pobre, trabalhador, camponês, comerciário — façam surgir ou apanhem do chão tudo o que se assemelhe a uma arma ou um projétil! Rolem os rochedos, empilhem as pedras das calçadas, transformem em trincheiras as valetas de irrigação... Arranquem as pedras de nosso solo sagrado, apedrejem os invasores com os ossos de nossa mãe, a França!..." E depois, com um brilho profético no olhar: "Não temam a derrota de hoje. Concentrem seu coração e suas mãos num único alvo: a vitória final!"

E foi nessa mesma confiança — confiança no caráter saudável da dor humana e nos altos fins do trabalho humano — que ele escreveu um dos seus mais belos romances — *Os Trabalhadores do Mar*.

Eis um resumo muito truncado da história:

Lethierry, tio e tutor da encantadora Deruchette, trata como amigo o aventureiro Rantaine. Este paga-lhe o obséquio roubando-lhe 50 mil francos, dinheiro que fora acumulado durante quarenta anos para servir de dote a Deruchette.

Ora, Deruchette é objeto de uma adoração profunda e silenciosa. Gilliat, jovem de provada coragem, porém de duvidosa origem, adora-a a distância. Sente-se humilde demais para lhe falar de amor.

Um dia, Gilliat salva da fúria das ondas um jovem ministro protestante. Este oferece-lhe um soberano, mas Gilliat recusa-o. Aceita, em vez do dinheiro, uma Bíblia. Uma situação interessante. Uma bela jovem cujo dote foi roubado; um jovem de baixa situação social que está perdidamente enamorado dela; outro moço, de situação mais elevada e de maior cultura. O velho e inevitável trio. Mas continuemos e vejamos como o autor desenvolve o tema e como entrelaça os destinos dos outros personagens aos destinos daqueles três jovens.

Lethierry, o tio de Deruchette, possui um barco a vapor, o Darande, que é comandado pelo Capitão Clubin. Lithierry perdeu todos os outros navios que possuía e suas esperanças se concentram no Darande e em seu comandante. Este é um homem honesto e digno da confiança do seu patrão. Em uma de suas viagens, o Capitão Clubin encontra-se com Rantaine, o bandido que roubou o dinheiro de Lethierry e que se prepara para fugir do país com uma fortuna de 75 mil francos. Apontando-lhe uma pistola, Clubin obriga-o a entregar-lhe o dinheiro. Então dirige de volta o seu navio para devolver o dinheiro a Lethierry.

Nesta altura o autor complica a situação para prolongar o fio da história. O navio Durande naufraga. Clubin salva os passageiros embarcando-os no bote salva-vidas e espera calmamente a morte na embarcação que vai a pique. As esperanças de Lethierry quanto ao futuro de Deruchette estão virtualmente perdidas. O Durande representa uma perda total — com exceção das máquinas, que são um desenho original de Lethierry. Se ao menos as pudesse recuperar, seria talvez possível aproveitá-las em outro barco. E assim a vida poderia continuar.

Há alguém que possa encontrar um meio de salvar as máquinas? Se alguém o puder fazer, este desposará Deruchette.

Há um homem na multidão que empreende esta tarefa quase impossível de levar a cabo. É Gilliat.

Parte para o local do sinistro. O navio está no fundo de um precipício, no canal. Para alcançá-lo, Gilliat precisa descer por uma corda cheia de nós. É um trabalho sobre-humano, eriçado dos maiores riscos. Dias a fio trabalha, e passa fome, pois parte dos alimentos que trouxe consigo foi carregada pelo mar. Alimenta-se de ostras e caranguejos quando os pode apanhar.

Um dia, ao penetrar numa caverna onde a água não é muito profunda, é atacado por um gigantesco polvo e mal consegue escapar com vida.

E assim Gilliat continua sua lida, como símbolo que é de todos os trabalhadores do mundo, que lutam, sofrem e esperam que suas fainas os levem ao porto seguro dos seus sonhos.

Então o autor começa a nos preparar para o clímax. Leva Gilliat para os mais distantes recessos da caverna e aí encontra o esqueleto de um homem. Por meio de um cinto com o nome do homem gravado nele, Gilliat consegue identificar o esqueleto. É o do comandante do navio, Capitão Clubin. Amarrada fortemente ao cinto está uma caixa de aço contendo 75 mil francos.

Gilliat toma o dinheiro e volta à sua labuta. Deruchette terá seu dote e Lethierry suas máquinas.

Finalmente Gilliat consegue salvar as máquinas. Está aparelhado para receber sua recompensa — a mão de Deruchette.

Ao anoitecer, aproxima-se da casa onde vive a moça. Um rouxinol canta. Também no coração de Gilliat há uma canção. Deruchette está no jardim. Não está só. Com ela está o jovem ministro cuja vida Gilliat salvou. Deruchette e o ministro abraçam-se. Gilliat afasta-se para não perturbá-los em suas expansões amorosas.

Deruchette casa-se com o ministro. Embarcam para a Inglaterra. Gilliat, de pé num rochedo à beira do mar, contempla a saída do navio. A maré vai subindo. Alcança-lhe os joelhos, os ombros, cobre-lhe a cabeça. E assim termina a vida de um dos trabalhadores do mar.

Mas ele teve sua recompensa. Pois obteve não a mão mas — o que é muito mais importante — a felicidade de Deruchette.

V

Octogésimo aniversário de Hugo. “Flores!”, lembrou um de seus amigos. “Devemos levar-lhe muitas flores.” E por todo o aprazível caminho entre Nice e Paris foram dispostas duas alas de flores trazidas em trens e carros. Sua casa estava literalmente sepultada entre flores. E cinqüenta mil crianças, belas flores vivas, cantam e dançam em homenagem a Hugo. E nas avenidas de Paris um milhão de trabalhadores marcham cantando o hino predileto de Hugo, a "Marselhesa".

Foi então que se verificou o fastídio de seu triunfo e o cúmulo da sua dor. Poucos dias depois da celebração do seu octogésimo aniversário, "a mais querida de suas amigas", Juliette, vem a falecer. "E se estivesses morta, mais ainda te amaria", escrevera-lhe Hugo pouco antes do fim. "E se eu estivesse morto, ainda assim te amaria... Se morreres, eu morrerei..."

E, com a morte de Juliette, Hugo deixou de viver na terra e começou a desejar ansiosamente a vida ainda maior, a do além. Não tinha a mais leve dúvida quanto à realidade dessa vida ainda maior que a terrena. "Se no momento que eu fosse esmagar uma formiga ela unisse suas duas miseráveis patinhas numa prece a mim dirigida, eu me mostraria bondoso com ela. Por que então não há Deus de mostrar-se bondoso comigo?... Suplico-lhe que vos dê a vida eterna... a vós... a mim... a todos."

Embora tivesse perdido a amante, a esposa e todos os filhos, menos uma filha (Adèle ainda vivia, mas irremediavelmente louca), não estava só. Vivia entre os netos como um carvalho cercado por arbustos resistentes. Ao avizinhar-se a hora suprema, chamou-os para perto de si. "Meus doces anjinhos", disse, "vou deixá-los. Sinto que Deus me chama. Vou rever meus outros pequerruchos que estão no céu. Não me verão mais, porém eu estarei sempre com vocês, muito mais próximo que neste momento. E os abençoarei como agora os abençôo."

Morreu no dia 22 de maio, festa de Santa Júlia, santa da qual foi tirado o nome de Juliette.

Seus amigos esperavam um "enterro régio". Contudo, não se surpreenderam ao ter conhecimento de sua última vontade:

"Desejo doar 50 mil francos aos pobres... Desejo ser levado para o cemitério no carro funerário dos pobres"; e, rematando esse seu último pedido, deixou exarada uma declaração simples de sua fé: "Rejeito as preces de todas as igrejas... Creio em Deus".

Sumário

Os Miseráveis

Quarta Parte:
O idílio da rua Plumet e a epopéia da rua Saint-Denis

Livro XI - O átomo fraterniza com a tempestade

Livro XII - Corinthe

Livro XIII - Marius entra na sombra

Livro XIV – As grandezas do desespero

Livro XV - A rua de l'Homme-Armé

Quinta Parte: Jean Valjean

Os Objetivos, a Filosofia e a Missão da Editora Martin Claret

O principal Objetivo da MARTIN CLARET é continuar a desenvolver uma grande e poderosa empresa editorial brasileira, para melhor servir a seus leitores.

A Filosofia de trabalho da MARTIN CLARET consiste em criar, inovar, produzir e distribuir, sinergicamente, livros da melhor qualidade editorial e gráfica, para o maior número de leitores e por um preço economicamente acessível.

A Missão da MARTIN CLARET é conscientizar e motivar as pessoas a desenvolver e utilizar o seu pleno potencial espiritual, mental, emocional e social.

A MARTIN CLARET está empenhada em contribuir para a difusão da educação e da cultura, por meio da democratização do livro, usando todos os canais ortodoxos e heterodoxos de comercialização.

A MARTIN CLARET, em sua missão empresarial, acredita na verdadeira função do livro: o livro muda as pessoas.

A MARTIN CLARET, em sua vocação educacional, deseja, por meio do livro, claretizar, otimizar e iluminar a vida das pessoas.

Revolucione-se: leia mais para ser mais!

MARTIN CLARET

RELAÇÃO DOS VOLUMES PUBLICADOS

1. **DOM CASMURRO**
Machado de Assis
2. **O PRÍNCIPE**
Maquiavel
3. **MENSAGEM**
Fernando Pessoa
4. **O LOBO DO MAR**
Jack London
5. **A ARTE DA PRUDÊNCIA**
Baltasar Gracián
6. **IRACEMA / CINCO MINUTOS**
José de Alencar
7. **INOCÊNCIA**
Visconde de Taunay
8. **A MULHER DE 30 ANOS**
Honoré de Balzac
9. **A MORENINHA**
Joaquim Manuel de Macedo
10. **A ESCRAVA ISAURA**
Bernardo Guimarães
11. **AS VIAGENS - "IL MILIONE"**
Marco Polo
12. **O RETRATO DE DORIAN GRAY**
Oscar Wilde
13. **A VOLTA AO MUNDO EM 80 DIAS**
Júlio Verne
14. **A CARNE**
Júlio Ribeiro
15. **AMOR DE PERDIÇÃO**
Camilo Castelo Branco
16. **SONETOS**
Luís de Camões
17. **O GUARANI**
José de Alencar
18. **MEMÓRIAS PÓSTUMAS DE BRÁS CUBAS**
Machado de Assis
19. **LIRA DOS VINTE ANOS**
Álvares de Azevedo
20. **APOLOGIA DE SÓCRATES / BANQUETE**
Platão
21. **A METAMORFOSE/UM ARTISTA DA FOME/CARTA A MEU PAI**
Franz Kafka
22. **ASSIM FALOU ZARATUSTRA**
Friedrich Nietzsche
23. **TRISTE FIM DE POLICARPO QUARESMA**
Lima Barreto
24. **A ILUSTRE CASA DE RAMIRES**
Eça de Queirós
25. **MEMÓRIAS DE UM SARGENTO DE MILÍCIAS**
Manuel Antônio de Almeida
26. **ROBINSON CRUSOÉ**
Daniel Defoe
27. **ESPUMAS FLUTUANTES**
Castro Alves
28. **O ATENEU**
Raul Pompéia
29. **O NOVIÇO / O JUIZ DE PAZ DA ROÇA / QUEM CASA QUER CASA**
Martins Pena
30. **A RELÍQUIA**
Eça de Queirós
31. **O JOGADOR**
Dostoiévski
32. **HISTÓRIAS EXTRAORDINÁRIAS**
Edgar Allan Poe
33. **OS LUSÍADAS**
Luís de Camões
34. **AS AVENTURAS DE TOM SAWYER**
Mark Twain
35. **BOLA DE SEBO E OUTROS CONTOS**
Guy de Maupassant
36. **A REPÚBLICA**
Platão
37. **ELOGIO DA LOUCURA**
Erasmo de Rotterdam
38. **CANINOS BRANCOS**
Jack London
39. **HAMLET**
William Shakespeare
40. **A UTOPIA**
Thomas More
41. **O PROCESSO**
Franz Kafka
42. **O MÉDICO E O MONSTRO**
Robert Louis Stevenson
43. **ECCE HOMO**
Friedrich Nietzsche
44. **O MANIFESTO DO PARTIDO COMUNISTA**
Marx e Engels
45. **DISCURSO DO MÉTODO / REGRAS PARA A DIREÇÃO DO ESPÍRITO**
René Descartes
46. **DO CONTRATO SOCIAL**
Jean-Jacques Rousseau
47. **A LUTA PELO DIREITO**
Rudolf von Ihering
48. **DOS DELITOS E DAS PENAS**
Cesare Beccaria
49. **A ÉTICA PROTESTANTE E O ESPÍRITO DO CAPITALISMO**
Max Weber
50. **O ANTICRISTO**
Friedrich Nietzsche
51. **OS SOFRIMENTOS DO JOVEM WERTHER**
Goethe
52. **AS FLORES DO MAL**
Charles Baudelaire
53. **ÉTICA A NICÔMACO**
Aristóteles
54. **A ARTE DA GUERRA**
Sun Tzu
55. **IMITAÇÃO DE CRISTO**
Tomás de Kempis
56. **CÂNDIDO OU O OTIMISMO**
Voltaire
57. **REI LEAR**
William Shakespeare
58. **FRANKENSTEIN**
Mary Shelley
59. **QUINCAS BORBA**
Machado de Assis
60. **FEDRO**
Platão
61. **POLÍTICA**
Aristóteles
62. **A VIUVINHA / ENCARNAÇÃO**
José de Alencar
63. **AS REGRAS DO MÉTODO SOCIOLÓGICO**
Émile Durkheim
64. **O CÃO DOS BASKERVILLES**
Sir Arthur Conan Doyle
65. **CONTOS ESCOLHIDOS**
Machado de Assis
66. **DA MORTE / METAFÍSICA DO AMOR / DO SOFRIMENTO DO MUNDO**
Arthur Schopenhauer
67. **AS MINAS DO REI SALOMÃO**
Henry Rider Haggard
68. **MANUSCRITOS ECONÔMICO-FILOSÓFICOS**
Karl Marx
69. **UM ESTUDO EM VERMELHO**
Sir Arthur Conan Doyle
70. **MEDITAÇÕES**
Marco Aurélio
71. **A VIDA DAS ABELHAS**
Maurice Materlinck
72. **O CORTIÇO**
Aluísio Azevedo
73. **SENHORA**
José de Alencar
74. **BRÁS, BEXIGA E BARRA FUNDA / LARANJA DA CHINA**
Antônio de Alcântara Machado
75. **EUGÊNIA GRANDET**
Honoré de Balzac
76. **CONTOS GAUCHESCOS**
João Simões Lopes Neto
77. **ESAÚ E JACÓ**
Machado de Assis
78. **O DESESPERO HUMANO**
Sören Kierkegaard
79. **DOS DEVERES**
Cícero
80. **CIÊNCIA E POLÍTICA**
Max Weber
81. **SATÍRICON**
Petrônio
82. **EU E OUTRAS POESIAS**
Augusto dos Anjos
83. **FARSA DE INÊS PEREIRA / AUTO DA BARCA DO INFERNO / AUTO DA ALMA**
Gil Vicente
84. **A DESOBEDIÊNCIA CIVIL E OUTROS ESCRITOS**
Henry David Toreau
85. **PARA ALÉM DO BEM E DO MAL**
Friedrich Nietzsche
86. **A ILHA DO TESOURO**
R. Louis Stevenson
87. **MARÍLIA DE DIRCEU**
Tomás A. Gonzaga
88. **AS AVENTURAS DE PINÓQUIO**
Carlo Collodi
89. **SEGUNDO TRATADO SOBRE O GOVERNO**
John Locke
90. **AMOR DE SALVAÇÃO**
Camilo Castelo Branco
91. **BROQUÉIS/FARÓIS/ ULTIMOS SONETOS**
Cruz e Souza
92. **I-JUCA-PIRAMA / OS TIMBIRAS / OUTROS POEMAS**
Gonçalves Dias
93. **ROMEU E JULIETA**
William Shakespeare
94. **A CAPITAL FEDERAL**
Arthur Azevedo
95. **DIÁRIO DE UM SEDUTOR**
Sören Kierkegaard

96. Carta de Pero Vaz de Caminha a El-Rei Sobre o Achamento do Brasil
Carta de Pero Vaz de Caminha

97. Casa de Pensão
Aluísio Azevedo

98. Macbeth
William Shakespeare

99. Édipo Rei/Antígona
Sófocles

100. Lucíola
José de Alencar

101. As Aventuras de Sherlock Holmes
Sir Arthur Conan Doyle

102. Bom-Crioulo
Adolfo Caminha

103. Helena
Machado de Assis

104. Poemas Satíricos
Gregório de Matos

105. Escritos Políticos / A Arte da Guerra
Maquiavel

106. Ubirajara
José de Alencar

107. Diva
José de Alencar

108. Eurico, o Presbítero
Alexandre Herculano

109. Os Melhores Contos
Lima Barreto

110. A Luneta Mágica
Joaquim Manuel de Macedo

111. Fundamentação da Metafísica dos Costumes e Outros Escritos
Immanuel Kant

112. O Príncipe e o Mendigo
Mark Twain

113. O Domínio de Si Mesmo Pela Auto-Sugestão Consciente
Émile Coué

114. O Mulato
Aluísio Azevedo

115. Sonetos
Florbela Espanca

116. Uma Estadia no Inferno / Poemas / Carta do Vidente
Arthur Rimbaud

117. Várias Histórias
Machado de Assis

118. Fédon
Platão

119. Poesias
Olavo Bilac

120. A Conduta para a Vida
Ralph Waldo Emerson

121. O Livro Vermelho
Mao Tsé-Tung

122. Oração aos Moços
Rui Barbosa

123. Otelo, o Mouro de Veneza
William Shakespeare

124. Ensaios
Ralph Waldo Emerson

125. De Profundis / Balada do Cárcere de Reading
Oscar Wilde

126. Crítica da Razão Prática
Immanuel Kant

127. A Arte de Amar
Ovídio Naso

128. O Tartufo ou O Impostor
Molière

129. Metamorfoses
Ovídio Naso

130. A Gaia Ciência
Friedrich Nietzsche

131. O Doente Imaginário
Molière

132. Uma Lágrima de Mulher
Aluísio Azevedo

133. O Último Adeus de Sherlock Holmes
Sir Arthur Conan Doyle

134. Canudos - Diário de Uma Expedição
Euclides da Cunha

135. A Doutrina de Buda
Siddharta Gautama

136. Tao Te Ching
Lao-Tsé

137. Da Monarquia / Vida Nova
Dante Alighieri

138. A Brasileira de Prazins
Camilo Castelo Branco

139. O Velho da Horta/Quem Tem Farelos?/Auto da Índia
Gil Vicente

140. O Seminarista
Bernardo Guimarães

141. O Alienista / Casa Velha
Machado de Assis

142. Sonetos
Manuel du Bocage

143. O Mandarim
Eça de Queirós

144. Noite na Taverna / Macário
Álvares de Azevedo

145. Viagens na Minha Terra
Almeida Garrett

146. Sermões Escolhidos
Padre Antonio Vieira

147. Os Escravos
Castro Alves

148. O Demônio Familiar
José de Alencar

149. A Mandrágora / Belfagor, o Arquidiabo
Maquiavel

150. O Homem
Aluísio Azevedo

151. Arte Poética
Aristóteles

152. A Megera Domada
William Shakespeare

153. Alceste/Electra/Hipólito
Eurípedes

154. O Sermão da Montanha
Huberto Rohden

155. O Cabeleira
Franklin Távora

156. Rubáiyát
Omar Khayyám

157. Luzia-Homem
Domingos Olímpio

158. A Cidade e as Serras
Eça de Queirós

159. A Retirada da Laguna
Visconde de Taunay

160. A Viagem ao Centro da Terra
Júlio Verne

161. Caramuru
Frei Santa Rita Durão

162. Clara dos Anjos
Lima Barreto

163. Memorial de Aires
Machado de Assis

164. Bhagavad Gita
Krishna

165. O Profeta
Khalil Gibran

166. Aforismos
Hipócrates

167. Kama Sutra
Vatsyayana

168. O Livro da Jângal
Rudyard Kipling

169. De Alma para Alma
Huberto Rohden

170. Orações
Cícero

171. Sabedoria das Parábolas
Huberto Rohden

172. Salomé
Oscar Wilde

173. Do Cidadão
Thomas Hobbes

174. Porque Sofremos
Huberto Rohden

175. Einstein: o Enigma do Universo
Huberto Rohden

176. A Mensagem Viva do Cristo
Huberto Rohden

177. Mahatma Gandhi
Huberto Rohden

178. A Cidade do Sol
Tommaso Campanella

179. Setas para o Infinito
Huberto Rohden

180. A Voz do Silêncio
Helena Blavatsky

181. Frei Luís de Sousa
Almeida Garrett

182. Fábulas
Esopo

183. Cântico de Natal/Os Carrilhões
Charles Dickens

184. Contos
Eça de Queirós

185. O Pai Goriot
Honoré de Balzac

186. Noites Brancas e Outras Histórias
Dostoiévski

187. Minha Formação
Joaquim Nabuco

188. Pragmatismo
William James

189. Discursos Forenses
Enrico Ferri

190. Medéia
Eurípedes

191. Discursos de Acusação
Enrico Ferri

192. A Ideologia Alemã
Marx & Engels

193. Prometeu Acorrentado
Ésquilo

194. Iaiá Garcia
Machado de Assis

195. Discursos no Instituto dos Advogados Brasileiros / Discurso no Colégio Anchieta
Rui Barbosa

196. **Édipo em Colono**
Sófocles

197. **A Arte de Curar pelo Espírito**
Joel S. Goldsmith

198. **Jesus, o Filho do Homem**
Khalil Gibran

199. **Discurso sobre a Origem e os Fundamentos da Desigualdade entre os Homens**
Jean-Jacques Rousseau

200. **Fábulas**
La Fontaine

201. **O Sonho de uma Noite de Verão**
William Shakespeare

202. **Maquiavel, o Poder**
José Nivaldo Junior

203. **Ressurreição**
Machado de Assis

204. **O Caminho da Felicidade**
Huberto Rohden

205. **A Velhice do Padre Eterno**
Guerra Junqueiro

206. **O Sertanejo**
José de Alencar

207. **Gitanjali**
Rabindranath Tagore

208. **Senso Comum**
Thomas Paine

209. **Canaã**
Graça Aranha

210. **O Caminho Infinito**
Joel S. Goldsmith

211. **Pensamentos**
Epicuro

212. **A Letra Escarlate**
Nathaniel Hawthorne

213. **Autobiografia**
Benjamin Franklin

214. **Memórias de Sherlock Holmes**
Sir Arthur Conan Doyle

215. **O Dever do Advogado / Posse de Direitos Pessoais**
Rui Barbosa

216. **O Tronco do Ipê**
José de Alencar

217. **O Amante de Lady Chatterley**
D. H. Lawrence

218. **Contos Amazônicos**
Inglês de Souza

219. **A Tempestade**
William Shakespeare

220. **Ondas**
Euclides da Cunha

221. **Educação do Homem Integral**
Huberto Rohden

222. **Novos Rumos para a Educação**
Huberto Rohden

223. **Mulherzinhas**
Louise May Alcott

224. **A Mão e a Luva**
Machado de Assis

225. **A Morte de Ivan Ilicht / Senhores e Servos**
Leon Tolstói

226. **Álcoois e Outros Poemas**
Apollinaire

227. **Pais e Filhos**
Ivan Turguêniev

228. **Alice no País das Maravilhas**
Lewis Carroll

229. **À Margem da História**
Euclides da Cunha

230. **Viagem ao Brasil**
Hans Staden

231. **O Quinto Evangelho**
Tomé

232. **Lorde Jim**
Joseph Conrad

233. **Cartas Chilenas**
Tomás Antônio Gonzaga

234. **Odes Modernas**
Anntero de Quental

235. **Do Cativeiro Babilônico da Igreja**
Martinho Lutero

236. **O Coração das Trevas**
Joseph Conrad

237. **Thais**
Anatole France

238. **Andrômaca / Fedra**
Racine

239. **As Catilinárias**
Cícero

240. **Recordações da Casa dos Mortos**
Dostoiévski

241. **O Mercador de Veneza**
William Shakespeare

242. **A Filha do Capitão / A Dama de Espadas**
Aleksandr Púchkin

243. **Orgulho e Preconceito**
Jane Austen

244. **A Volta do Parafuso**
Henry James

245. **O Gaúcho**
José de Alencar

246. **Tristão e Isolda**
Lenda Medieval Celta de Amor

247. **Poemas Completos de Alberto Caeiro**
Fernando Pessoa

248. **Maiakósvski**
Vida e Poesia

249. **Sonetos**
William Shakespeare

250. **Poesia de Ricardo Reis**
Fernando Pessoa

251. **Papéis Avulsos**
Machado de Assis

252. **Contos Fluminenses**
Machado de Assis

253. **O Bobo**
Alexandre Herculano

254. **A Oração da Coroa**
Demóstenes

255. **O Castelo**
Franz Kafka

256. **O Trovejar do Silêncio**
Joel S. Goldsmith

257. **Alice na Casa dos Espelhos**
Lewis Carrol

258. **Miséria da Filosofia**
Karl Marx

259. **Júlio César**
William Shakespeare

260. **Antônio e Cleópatra**
William Shakespeare

261. **Filosofia da Arte**
Huberto Rohden

262. **A Alma Encantadora das Ruas**
João do Rio

263. **A Normalista**
Adolfo Caminha

264. **Pollyanna**
Eleanor H. Porter

265. **As Pupilas do Senhor Reitor**
Júlio Diniz

266. **As Primaveras**
Casimiro de Abreu

267. **Fundamentos do Direito**
Léon Duguit

268. **Discursos de Metafísica**
G. W. Leibniz

269. **Sociologia e Filosofia**
Émile Durkheim

270. **Cancioneiro**
Fernando Pessoa

271. **A Dama das Camélias**
Alexandre Dumas (filho)

272. **O Divórcio / As Bases da Fé / e outros textos**
Rui Barbosa

273. **Pollyanna Moça**
Eleanor H. Porter

274. **O 18 Brumário de Luís Bonaparte**
Karl Marx

275. **Teatro de Machado de Assis**
Antologia

276. **Cartas Persas**
Montesquieu

277. **Em Comunhão com Deus**
Huberto Rohden

278. **Razão e Sensibilidade**
Jane Austen

279. **Crônicas Selecionadas**
Machado de Assis

280. **Histórias da Meia-Noite**
Machado de Assis

281. **Cyrano de Bergerac**
Edmond Rostand

282. **O Maravilhoso Mágico de Oz**
L. Frank Baum

283. **Trocando Olhares**
Florbela Espanca

284. **O Pensamento Filosófico da Antiguidade**
Huberto Rohden

285. **Filosofia Contemporânea**
Huberto Rohden

286. **O Espírito da Filosofia Oriental**
Huberto Rohden

287. **A Pele do Lobo / O Badejo / o Dote**
Artur Azevedo

288. **Os Bruzundangas**
Lima Barreto

289. **A Pata da Gazela**
José de Alencar

290. **O Vale do Terror**
Sir Arthur Conan Doyle

291. **O Signo dos Quatro**
Sir Arthur Conan Doyle

292. **As Máscaras do Destino**
Florbela Espanca

293. **A Confissão de Lúcio**
Mário de Sá-Carneiro

294. **Falenas**
Machado de Assis

295. **O Uraguai / A Declamação Trágica**
Basílio da Gama

296. **Crisálidas**
Machado de Assis

297. **Americanas**
Machado de Assis

298. **A Carteira de Meu Tio**
Joaquim Manuel de Macedo

299. **Catecismo da Filosofia**
Huberto Rohden

301. **Rumo à Consciência Cósmica**
Huberto Rohden

302. **Cosmoterapia**
Huberto Rohden

303. **Bodas de Sangue**
Federico García Lorca

304. **Discurso da Servidão Voluntária**
Étienne de La Boétie

305. **Categorias**
Aristóteles

306. **Manon Lescaut**
Abade Prévost

307. **Teogonia / Trabalho e Dias**
Hesíodo

308. **As Vítimas-Algozes**
Joaquim Manuel de Macedo

309. **Persuasão**
Jane Austen

310. **Agostinho**
Huberto Rohden

Série Ouro
(Livros com mais de 400 p.)

1. **Leviatã**
Thomas Hobbes

2. **A Cidade Antiga**
Fustel de Coulanges

3. **Crítica da Razão Pura**
Immanuel Kant

4. **Confissões**
Santo Agostinho

5. **Os Sertões**
Euclides da Cunha

6. **Dicionário Filosófico**
Voltaire

7. **A Divina Comédia**
Dante Alighieri

8. **Ética Demonstrada à Maneira dos Geômetras**
Baruch de Spinoza

9. **Do Espírito das Leis**
Montesquieu

10. **O Primo Basílio**
Eça de Queirós

11. **O Crime do Padre Amaro**
Eça de Queirós

12. **Crime e Castigo**
Dostoiévski

13. **Fausto**
Goethe

14. **O Suicídio**
Émile Durkheim

15. **Odisséia**
Homero

16. **Paraíso Perdido**
John Milton

17. **Drácula**
Bram Stocker

18. **Ilíada**
Homero

19. **As Aventuras de Huckleberry Finn**
Mark Twain

20. **Paulo – O 13º Apóstolo**
Ernest Renan

21. **Eneida**
Virgílio

22. **Pensamentos**
Blaise Pascal

23. **A Origem das Espécies**
Charles Darwin

24. **Vida de Jesus**
Ernest Renan

25. **Moby Dick**
Herman Melville

26. **Os Irmãos Karamazovi**
Dostoiévski

27. **O Morro dos Ventos Uivantes**
Emily Brontë

28. **Vinte Mil Léguas Submarinas**
Júlio Verne

29. **Madame Bovary**
Gustave Flaubert

30. **O Vermelho e o Negro**
Stendhal

31. **Os Trabalhadores do Mar**
Victor Hugo

32. **A Vida dos Doze Césares**
Suetônio

34. **O Idiota**
Dostoiévski

35. **Paulo de Tarso**
Huberto Rohden

36. **O Peregrino**
John Bunyan

37. **As Profecias**
Nostradamus

38. **Novo Testamento**
Huberto Rohden

39. **O Corcunda de Notre Dame**
Victor Hugo

40. **Arte de Furtar**
Anônimo do século XVII

41. **Germinal**
Émile Zola

42. **Folhas de Relva**
Walt Whitman

43. **Ben-Hur — Uma História dos Tempos de Cristo**
Lew Wallace

44. **Os Maias**
Eça de Queirós

45. **O Livro da Mitologia**
Thomas Bulfinch

46. **Os Três Mosqueteiros**
Alexandre Dumas

47. **Poesia de Álvaro de Campos**
Fernando Pessoa

48. **Jesus Nazareno**
Huberto Rohden

49. **Grandes Esperanças**
Charles Dickens

50. **A Educação Sentimental**
Gustave Flaubert

51. **O Conde de Monte Cristo (Volume I)**
Alexandre Dumas

52. **O Conde de Monte Cristo (Volume II)**
Alexandre Dumas

53. **Os Miseráveis (Volume I)**
Victor Hugo

54. **Os Miseráveis (Volume II)**
Victor Hugo

55. **Dom Quixote de La Mancha (Volume I)**
Miguel de Cervantes

56. **Dom Quixote de La Mancha (Volume II)**
Miguel de Cervantes

58. **Contos Escolhidos**
Artur Azevedo

59. **As Aventuras de Robin Hood**
Howard Pyle